Ukryta róża

REYES MONFORTE

Ukryta róża

Przełożył Zbigniew Zawadzki

WYDAWNICTWO WAM

Tytuł oryginału
La rosa escondida

Opieka redakcyjna: Dorota Trzcinka
Redakcja: Zofia Palowska
Korekta: Dariusz Godoś, Katarzyna Onderka
Opracowanie okładki i przygotowanie do druku
Izabella Marcinowska
na podstawie projektu Magdy Kuc
Zdjęcie na okładce: © Elisabeth Ansley/Arcangel Images
Skład: Edycja

ISBN 978-83-277-1059-8
Wznowienie 2017, dodruk

WYDAWNICTWO WAM
ul. Kopernika 26 • 31-501 Kraków
tel. 12 62 93 200 • faks 12 42 95 003
e-mail: wam@wydawnictwowam.pl

DZIAŁ HANDLOWY
tel. 12 62 93 254-255 • faks 12 62 93 496
e-mail: handel@wydawnictwowam.pl

KSIĘGARNIA WYSYŁKOWA
tel. 12 62 93 260
www.wydawnictwowam.pl

Druk: ABEDIK • Poznań

Publikację wydrukowano na papierze Creamy HiBulk 60 g wol. 2.4
dostarczonym przez ZING Sp. z o.o.

Dla Pepe, najwspanialszego prezentu,
jakim obdarowało mnie życie.
Dziękuję, że jesteś – w dobrym znaczeniu tego słowa –
dobrym człowiekiem.

Krwi jakobińskiej krople w arteriach moich płyną,
lecz ma poezja tryska ze źródła spokojnego;
i bardziej niż uczonym z tradycją i doktryną
mianem człowieka mógłbym określić się dobrego.

ANTONIO MACHADO, *Portret*[1]

Bałkany wytworzyły więcej historii, niż są w stanie wchłonąć.

WINSTON CHURCHILL

Przemoc jest strachem przed ideałami innych.

MAHATMA GANDHI

Kiedy uwierzyliśmy, że znamy wszystkie odpowiedzi,
zmienili nam wszystkie pytania.

MARIO BENEDETTI

Nawet kwiaty różnią się swoim losem.
Jedne upiększają życie, inne zdobią śmierć.

HÉCTOR GÓNGORA

Łabędzie należą do tej samej rodziny co kaczki, ale są łabędziami.

PRZYSŁOWIE TURECKIE

[1] Przekład Zuzanna Jakubowska. Wszystkie przypisy pochodzą od tłumacza.

Kiedy dostrzegła ją przez okno samochodu, którym jechała do Villa de Alba, swego nowego miejsca zamieszkania w regionie Salamanki, pomyślała, że oto los puszcza do niej oko. Wydawało jej się, że rzeka tocząca spokojne, krystaliczne wody, o pozornie łagodnym, ale niezwykle zdradliwym nurcie, wita się z nią, nieświadoma ogromnego bagażu upokorzeń i cierpień nagromadzonych w pięknych, zielonych oczach dziewczyny. „Tak jak tamta w moim kraju, jak w domu".

Toń rzeki Tormes wywołała w niej wspomnienie całkiem innej rzeki przepływającej przez jej rodzinne miasto Wiszegrad. Miasto, które kilka dni wcześniej musiała porzucić, ukryta w małej, drewnianej łodzi i kołysana przez znajome wody. Wtedy nurt Driny oznaczał dla niej ucieczkę od śmierci, od tortur, gwałtów i najhaniebniejszych czynów, jakich kiedykolwiek dopuścili się ludzie.

Zehera pochyliła się na siedzeniu samochodu i opuściła szybę okienka, chcąc usłyszeć szum rzeki. Pozwoliła się uwodzić melodii, która wydała jej się ożywcza i oczyszczająca. Uśmiechnęła się, uświadamiając sobie, że oto właśnie otrzymuje od życia dar jeszcze jednej szansy. Ale widma przeszłości zmówiły się, żeby zetrzeć z jej twarzy ten ledwo rodzący się, delikatny uśmiech.

Znów bała się swojego losu.

Kłębiło się w niej zbyt wiele złych wspomnień, zajadle walczących, żeby wydostać się na zewnątrz.

CZĘŚĆ PIERWSZA

W Sarajewie tej wiosny 1992 roku
wszystko jest możliwe:
na przykład stajesz w kolejce,
żeby kupić chleb,
a kończysz na pogotowiu
z amputowaną nogą.
I myślisz potem,
że miałeś dużo szczęścia.

Szczęście na sposób sarajewski, IZET SARAJLIĆ, poeta bośniacki

· 1 ·

– Masz szczęście, chociaż sama o tym nie wiesz. Jesteś prawdziwą szczęściarą.

Zehera stękała głośno, próbując zakryć brzuch kolanami. Ręce miała związane na plecach cienkim, zardzewiałym drutem. Wyglądało, jakby starała się zamknąć w swych wnętrznościach ból i wstyd usiłujące wydostać się na zewnątrz; zamknąć je po tym, jak odrażająca przemoc wtargnęła w dotychczas niewinne miejsce jej ciała – została kilkakrotnie brutalnie zgwałcona przez nowego wojennego władcę Wiszegradu Saszę Ludonovicia.

– Szczęściarą? – Nie potrafiła zrozumieć, na czym miałby polegać dobry los, o którym mówił głos skrywający się w cieniu. – Widziałaś to? Masz pojęcie, co tu się działo? Gdzie widzisz to szczęście?

– Dopiero się tu pojawiłaś i już cię wziął jak swoją. On. Stwórca całego tego piekła, nowy pan naszego życia i, przede wszystkim, naszej śmierci. Nawet nie rozumiesz swojego szczęścia. Jeszcze za wcześnie. Jeszcze nic nie wiesz.

Zehera z trudem dostrzegała zarys twarzy tajemniczej kobiety, która zwracała się do niej szeptem z głębi ciemnego pokoju. A mimo to coś w dobiegającym ją głosie świadczyło, że tamta się uśmiechnęła.

– Czy przywiązali cię może za ręce i nogi do ramy żelaznego łóżka, przykładali ci prąd do genitaliów, a potem cię gwałcili, aż straciłaś przytomność? Czy może ponad setka mężczyzn na zmianę torturowała cię i gwałciła przez całe dziesięć dni? Kazali ci patrzeć, jak gwałcą twoją sześcioletnią córkę aż do jej ostatniego tchu? Straszyli, że wyłupią ci oczy krucyfiksem, jeśli nie będziesz piła litrów alkoholu, który zamawiali, i jeśli nie przyjmiesz serbskiego imienia? Rozkładali ci nogi, żeby cię gwałcić kałasznikowami i drewnianymi kijami? Czy obcięli ci piersi w trakcie gwałtu, krzycząc: „O, muzułmanka się zepsuła!"? Powiedz, zrobili ci może coś takiego?

Nagle kobieta przestała mówić i opisywać ze szczegółami te straszliwości, które – sądząc po jej pewności siebie i po drobiazgowości relacji – musiała widzieć na własne oczy, a może nawet doświadczyć ich na własnej skórze. W pomieszczeniu zapadła przerażająca cisza.

Od początku wojny w Bośni i Hercegowinie Zehera nienawidziła takich chwil ciszy. Zapowiadały strach, były poczekalnią przerażenia, ognia, krzyków i błagań pozostawionych bez odpowiedzi. To nienormalne milczenie przynosiło zagładę rodzinom, przyjaciołom, nadziejom, śmiechowi, spotkaniom, planom na przyszłość, ludzkim opowieściom i ludzkiemu życiu. Cisza, której się nasłuchała w trakcie tej przeklętej wojny, szła w parze z odgłosami eksplozji, smakiem szrapneli, dźwiękiem syren i zapachem spalonej skóry oraz śmierci. Z dantejskim spektaklem dla zmysłów, który docenić potrafili tylko nieliczni.

Z narożnika pokoju znów dobiegł szept, wznowiony tak nagle, jak przedtem urwany.

– Biedactwo. Nic nie wiesz. Jesteś tu dopiero od paru godzin i nie rozumiesz, że w każdym pokoju tego hotelu strach przyjmuje ludzką postać. Wierz mi, dziecko, jesteś szczęściarą. – Tajemnicza kobieta obejrzała ją od góry do dołu. Także Zehera mogła w końcu zobaczyć rysy twarzy tamtej. Twarzy, która wydawała się zmięta, brutalnie pobita i śmiertelnie zraniona. – Ile masz lat, dziewczyno?

– Dzisiaj kończę osiemnaście – odpowiedziała Zehera. – I chcę umrzeć.

Był 10 czerwca 1992 roku. Zaledwie przed kilkoma godzinami Zehera została przyprowadzona do hotelu Vilina Vlas w Wiszegradzie. Już na samym początku wojny miejsce to zostało przekształcone w ośrodek zbiorowych gwałtów na kobietach, co Serbowie w trakcie wojennych zmagań uznali za świetne narzędzie przydatne przy prowadzeniu bezlitosnych czystek etnicznych i eksterminacji ludności bośniackiej. Przed wojną Zehera nigdy nie była w tym budynku – mieścił się w nim uzdrowiskowy hotel.

Była naga i zmarznięta. Nie mogła obejrzeć własnej twarzy, ale czuła, że jest opuchnięta od otrzymanych ciosów, powieki ciążyły jej, jakby były z ołowiu, a oczy przekazywały rozmazany i zdeformowany obraz otoczenia. Sądząc po gorzkim i metalicznym smaku krwi w ustach, miała rozbite wargi. Głęboki i nieznany jej dotychczas rodzaj bólu niczym ognista kula przeszywał ciało od żołądka aż do stóp. Próbowała odtworzyć w myśli wydarzenia dnia, w którym kalendarz szykował jej podarunek w postaci pełnoletniości i nowych marzeń o przyszłości, fortuna zaś postanowiła obdarować ją przymusową dojrzałością i niepewną teraźniejszością. Starała się znaleźć w przebiegu tego dnia jakąś zapowiedź przeznaczenia, które zapanowało nad jej obecną sytuacją. Przychodziło jej to z trudem.

· 2 ·

Pierwszy raz zadrżała, słysząc komentarz na temat swej szczęśliwej gwiazdy, kiedy kilka tygodni wcześniej wspomniała o tym jej siostra Suhra. Prawie półtora roku temu starsza siostra Zehery przeniosła się do Sarajewa razem z mężem i czteroletnim synem Arim. Chciała studiować malarstwo oraz inne sztuki plastyczne i wiedziała, że bogate życie kulturalne i artystyczne, którym kipiała stolica, da jej więcej możliwości poświęcenia się temu, co zawsze stanowiło jej prawdziwą pasję. Na dodatek jej mąż Nicolas, prawnik, znalazł w Sarajewie pracę. Oboje myśleli o lepszej przyszłości dla małego.

– Wiesz, że nazwa Sarajewo pochodzi od perskiego i otomańskiego słowa *saraj*, które oznaczało pałac, rezydencję? Siostro, będziesz zachwycona. Posłuchaj: w bibliotece, w której spędzam niezliczone godziny, wyszukując i czytając wspaniałe dzieła, znalazłam *Księgę podróży* Ewlii Czelebiego[2]. Wymienia wiele miast w cesarstwie otomańskim, których nazwy zawierają słowo *saraj*, ale twierdzi, że Sarajewo jest o wiele piękniejsze od wszystkich pozostałych. I możesz mi wierzyć, że nadal tak jest. Nie masz pojęcia, jaka jest uroda tego miasta, wszystkich jego zakątków. Brakuje tylko ciebie, siostrzyczko.

Ale życie miało dla niej inne plany, podobnie jak dla większości ofiar wojny. Siostra ją ostrzegała – sama miała już wtedy uszkodzone bębenki w uszach. Kilka godzin wcześniej ogłuszył ją wystrzał, który przerwał życie studentki w jej wieku.

– Zehera, zbieraj się, wyjeżdżaj z tego kraju. Proszę cię, nie trać więcej czasu. Masz szczęście: Wiszegrad jeszcze nie zamienił się w takie piekło jak Sarajewo. Uciekaj szybko, ratuj życie, nie zastanawiaj się, bo może być za późno. Zmykaj, siostro, zmykaj, póki jeszcze możesz.

Był 6 kwietnia 1992 roku i wojna w Bośni i Hercegowinie oficjalnie się rozpoczęła. Poprzedniego dnia Suhra

[2] 1611–1683, turecki podróżnik, zawarł w *Księdze* ciekawe opisy poznanych krajów.

była świadkiem głupiego i nikczemnego morderstwa, którego ofiarą padła Suada Dilberović, dwudziestotrzyletnia studentka medycyny. Znajdowała się kilkadziesiąt centymetrów od Suhry, kiedy dosięgła ją kula wystrzelona ot tak przez snajpera.

– To było straszne, jeszcze się trzęsę – opowiadała Zeherze siostra łamiącym się głosem, przyciskając telefon do ucha, jakby chciała stłumić echo swoich słów z obawy, że ktoś mógłby je usłyszeć. – Dochodziła trzecia po południu, szliśmy w pokojowej manifestacji przez most Vrbanja. W większości młodzi ludzie, studenci, niektórzy nawet z małymi dziećmi. Ja na szczęście nie wzięłam Ariego, bo była piękna pogoda i woleliśmy, żeby się bawił...

Wspomnienie tamtych chwil pobudziło ją do płaczu. Musiała przerwać opowieść, ale po chwili się opanowała.

– Chcieliśmy usunąć barykady, które serbscy radykałowie ustawili w różnych punktach miasta. Chodziło nam o pokazanie, bez nienawiści i przemocy, że opowiadamy się za tym, za czym głosowaliśmy już 1 marca: żeby respektowano wyniki referendum w sprawie niepodległości Bośni. Krzyczeliśmy: „Demonstracja pokojowa! Demonstracja pokojowa!". Śpiewaliśmy, rozdawaliśmy róże. Obok mnie ktoś przez megafon czytał fragment tekstu referendum: „Za suwerenną i niezależną Bośnią, w której wszyscy obywatele i narody państwa, muzułmanie, Serbowie, Chorwaci i członkowie innych społeczności będą równi wobec prawa". Słuchaj, nie jestem w stanie tego zapomnieć, to się wżarło w moją pamięć niczym wypalone ogniem! – Suhra przełknęła ślinę z wysiłkiem, jakby grudka smoły utkwiła jej w gardle, i mówiła dalej. – Nagle dobiegł mnie jakiś syk, bardzo słabo słyszalny. Przysięgam ci, ledwo zdałam sobie z tego sprawę. Ale zaraz potem ludzie zaczęli się gromadzić wokół kobiety, która upadła na ziemię tuż obok mnie. Olga. Tak miała na imię.

Olga Sučić. Rozmawiałam z nią chwilę wcześniej, byłyśmy tam razem, to się mogło zdarzyć mnie. Rozumiesz? To ja mogłabym teraz być martwa...! Ludzie się zbiegli, żeby jej pomóc, i właśnie wtedy usłyszałam, tym razem już wyraźnie, wystrzał, którego huk uszkodził mi bębenki. Zostałam całkiem odcięta od krzyków przerażenia wokół siebie. Trafili młodą dziewczynę, Suadę, która chciała pomóc Oldze. Kula dosięgła ją w okolice pachy, w każdym razie stamtąd płynęła struga krwi. Próbowałam zrobić opaskę uciskową ze swojej chustki, to było straszne! Starałam się powstrzymać krwotok, ale krew natychmiast przeciekała, nie starczało mi rąk, żeby ją zatrzymać. Udało nam się umieścić Suadę w taksówce. Rozmawiała z nami, była przytomna. Zwróciła się do mnie: „Powiedz mi, że to nie jest Sarajewo. To niemożliwe, niemożliwe". A potem straciła przytomność. – Suhra zaczęła płakać. – I więcej nie otworzyła oczu. Nie powiedziała już nic. Bladła w oczach. Umarła w szpitalu. To było straszne, straszne. A będzie jeszcze dużo gorzej. To się czuje przez skórę. Można tego niemal dotknąć, czuje się zapach strachu, który cię dusi. Nie da się tego z niczym porównać...

– Suhra, to niemożliwe – próbowała ją uspokoić Zehera. – Unia Europejska właśnie dziś uznała niepodległość Bośni i Hercegowiny. Nie pozwolą, żeby się coś takiego działo. Widziałaś straszne rzeczy, ale to był incydent! Nie może tak dalej być, nie może być wojny. To niemożliwe! Po prostu niemożliwe. Wszystko się za parę dni skończy, może za parę godzin. Musi się skończyć. Może byś wróciła do nas, do Wiszegradu? Tu się nic nie dzieje, jest całkiem spokojnie.

– Zehera, czy ty nie słyszałaś, co ci powiedziałam? To miasto zostało zdobyte! A przecież wcześniej też tu było spokojnie. Przez cały dzień słychać wystrzały i nawet nie wiemy skąd, czy z gór, z mostu, z okien sąsiednich budynków... Nieważne zresztą skąd, jedno jest pewne: osiągają swój cel, czyli nas zabijają. Wielu ludzi mówi, że zacznie się wojna. Ale tak naprawdę już się zaczęła i potrwa lata. Siostro, ja też w to nie wierzyłam, nie chciałam, uciekałam od takich myśli. To samo mówiła Suada w taksówce. Ale po wczorajszym jestem już przekonana. To ty powinnaś wyjechać, byle daleko: do Niemiec, do Chorwacji albo na Węgry. Albo do Hiszpanii. Aleksandar nie ma tam rodziny? Zresztą wszystko jedno, dokąd pojedziesz, bylebyś to zrobiła dzisiaj. Nie czekaj do jutra. Uciekaj! Wyjedź stąd! Uciekaj z tego kraju!

– Ale tutaj się nic nie dzieje! W Wiszegradzie jest spokojnie, wszystko jest w porządku. Od czasu do czasu słychać przelatujący samolot albo widać na szosie ciężarówkę w barwach ochronnych, ogólnie jednak jest spokój.

– Wyjedź stąd i zabierz babcię, Dina i rodziców. – Suhra zaczęła mówić rozkazującym tonem. – Zrób to od razu, natychmiast, bo potem będzie za późno. Słyszysz mnie, Zehera? Wyjeżdżaj natychmiast!

Połączenie telefoniczne zostało przerwane. W ciągu kolejnych godzin Zehera usiłowała ponownie nawiązać kontakt z siostrą, ale wszystkie próby okazały się nieskuteczne.

Kilka godzin po tej dramatycznej rozmowie, która w obu siostrach zostawiła tyle samo rozpaczy, co poczucia bezsilności, Zehera była w swoim pokoju. Próbowała opanować zamęt i strach, które słowa Suhry zasiały w jej i tak zawsze niespokojnej głowie. Chodziła nerwowo z kąta w kąt, na wpół oszołomiona, gryząc zajadle paznokcie. Mogła to robić bezkarnie, korzystając z faktu, że babci Mirsy, którą ten zwyczaj okropnie irytował, nie było akurat w domu. Zehera przemierzała swój niewielki pokój ze wzrokiem utkwionym w oknie, jakby szukała tam podmuchu świeżego powietrza, które ochłodziłoby jej rozgorączkowane myśli. Nie wiedziała, co robić, i niepokój odbierał jej wszelką zdolność działania. Nie miała się z kim podzielić słowami Suhry; nie było nikogo, kto pomógłby jej dźwigać ciężar niepewności. Tęskniła za narzeczonym, Aleksandrem, który zawsze, kiedy ponosiły ją nerwy, potrafił tchnąć w nią spokój. „Gdzie ty jesteś, Alek? Powinieneś przyjść po mnie już kilka godzin temu. Czemu nie przychodzisz? Czemu nie zadzwoniłeś, skoro miałeś się spóźnić?".

Suchy, przerażający ryk sprawił, że zatrzęsła się podłoga pod jej stopami, i Zehera przerwała swoje nerwowe rozmyślania. Podbiegła do okna. Spektakl, jaki rozgrywał się przed nią, sprawił, że jej zielone oczy rozszerzyły się, jakby miały wyskoczyć z orbit. O mało zresztą tego nie dokonały. Gęsty i wielki słup dymu zasnuł drzewa, domy, samochody i ulice Wiszegradu, spowijając wszystko potężną, duszącą chmurą pyłu oraz sadzy i pogrążając okolicę w nienaturalnej ciemności. Budynki, którym przyglądała się zaledwie kilka sekund wcześniej, zamieniły się w wielkie słupy ognia, grożącego pochłonięciem wszystkiego wkoło. Paliły się też samochody, a płomienie wydawały się rosnąć i rosnąć. Słychać było wycie alarmów, wyróżniające się wśród odgłosów katastrofy. Miasto pogrążyło się w kakofonii dźwięków, którą tworzył terkot serii karabinów maszynowych, wybuchy moździerzy, brzęk tłuczonego szkła i wycie syren. Z głębin ogromnej chmury pyłu wyłaniały się jak duchy rozmyte sylwetki ludzi, istot zrodzonych z chaosu i błąkających się bez celu w niewiadomych kierunkach, przysypanych warstwą popiołu, która w groteskowy sposób podkreślała ich widmowy wygląd. Były wśród nich osoby całkiem czarne, wyplute z wnętrza wielkiej kuli dymu i ognia, która ogarnęła znaczną część miasta. Niektóre trzymały w ramionach zakrwawione ciała, inne pełzały, usiłując złapać choć odrobinę czystego powietrza, haust tlenu wolnego od pyłu.

– Mój Boże... Co się dzieje? Co to wszystko znaczy?

Zehera zakryła usta dłonią, nie po to, żeby uchronić się przed dymem, który mógłby wtargnąć do jej płuc – czemu zresztą szybko zapobiegła, zamykając okno – ale przerażona widokiem, który miała przed oczami. Było to pierwsze w jej życiu bombardowanie oglądane na żywo, eksplozja, która uciszyła odgłosy miasta, rozerwała serca wielu jego mieszkańców i złamała ducha prawie wszystkich. To było jej przywitanie z wojną.

Suhra miała więc rację. Także tym razem. Jak zawsze.

Kiedy nie umiała już zapanować nad płaczem, a obrazy przed oczami się rozmyły – może na zasadzie maski ochronnej, bariery, która miała bronić jej przed obcowaniem z widokiem piekła – do uszu Zehery dobiegł znajomy dźwięk. Rozpoznała odgłos motoroweru Aleksandra: staroświeckiego pojazdu, hałaśliwego i rozklekotanego, do którego jej narzeczony żywił szczególną słabość, ponieważ był dawniej własnością jego dziadka Mitara. Dziewczyna nerwowo wypatrywała Aleka, aż wreszcie dostrzegła go w przydomowym ogródku. Zbiegła po schodach, nie zwracając uwagi, gdzie stawia stopy, i potykając się, niecierpliwie pragnąc dopaść drzwi i przytulić się do swojego chłopaka.

Kiedy miała go już przed sobą, zorientowała się, że wybuch, który na kilka dziwnych i pełnych zamętu minut kompletnie wyłączył ją z życia, miał konsekwencje gorsze, niż mogła się spodziewać. Na twarzy Aleka nie było miejsca na jakikolwiek ślad optymizmu. Podobnie jak w jego smutnej opowieści.

– Właśnie wychodziłem z Café Andrić, kiedy to się zaczęło. Najpierw usłyszeliśmy odgłos samolotu albo coś podobnego. Wydawało się, że dobiega z daleka, ledwie słyszalny, ale stopniowo stawał się coraz głośniejszy, aż w końcu pomyśleliśmy, że leci prosto na nas, więc wybiegliśmy, żeby zobaczyć i... i potem... Potem nie wiem... To było tak, jakby ziemia się rozstąpiła i zaczął się z niej wydobywać ogień, dym, pył, strzały... – Aleksandar był wzburzony, słowa nerwowo tańczyły na jego języku, odbijały się od podniebienia i w końcu ginęły gdzieś w głębi wysuszonego gardła. Oddech miał przyspieszony, nie był w stanie opanować przerażenia, które zawładnęło jego ciałem. – Nic nie było widać, dym nas oślepiał, nie dawał oddychać. Czułem go tutaj, w gardle, mogłem go prawie żuć. Chcieliśmy się ruszyć, ale to było niemożliwe, bo zniknęła podłoga, nie wiedzieliśmy, gdzie stawiać stopy. Kręciło mi się w głowie, miałem wrażenie, że pływam w jakiejś pustce, że spadam w przepaść i nie mogę się niczego złapać, tak jak czasem w snach, tylko jeszcze gorzej, bo wszyscy byliśmy przytomni.

Zehera mocno objęła narzeczonego. Nie była pewna, czy robi to bardziej po to, żeby podtrzymać go na duchu, dodać mu sił i pewności siebie, czy też chce z tego pocieszenia skorzystać sama. Objęci, niemal przyklejeni do siebie, ściskając się mocno, weszli razem do domu.

– Spokojnie. Oddychaj spokojnie – powiedziała dziewczyna, pomagając mu usiąść w największym fotelu w salonie i ocierając z jego twarzy, pokrytej wciąż warstwą szarawego pyłu, zimny pot. Mieszanina potu i cząstek pyłu nadawała mu wygląd sinawej, lodowej rzeźby, wyostrzając przy tym jeszcze jego klasyczny rzymski profil. – Przyniosę ci z kuchni szklankę wody, a ty wszystko mi opowiesz.

– W Wiszegradzie panuje chaos. Wszyscy biegają, krzyczą, płaczą, nawołują się, wykrzykując swoje imiona. A usłyszeć, jak ktoś w tej ciemności krzyczy twoje imię, to przeżycie jak z piekła. Wszyscy są całkowicie bezbronni. Ma się uczucie rozdzierającej samotności. Ale zrobiło się jeszcze gorzej, kiedy dym zaczął się rozchodzić, bo mogliśmy zobaczyć, co się chowało w tej szarej chmurze. Widziałem ciała bez głowy, z oderwanymi od tułowia rękami i nogami, z otwartymi brzuchami, z których wypływały jelita – opowiadał Aleksandar, trzymając Zeherę mocno za ramię i zmuszając ją, żeby usiadła obok niego, jakby wiedział, że szklanka wody, którą mu proponowała, nie wystarczy, by przepchnąć przez gardło wszystko, czego świadkiem był tego ranka. – Zehera, widziałem czołgi na ulicy. Żołnierzy z karabinami maszynowymi. Celowali i strzelali nawet do dzieci! Leko i ja uciekliśmy na wzgórze, żeby nas nie zobaczyli. – Aleksandar próbował się uśmiechnąć do narzeczonej, co pośród tej dramatycznej opowieści wydało się dość absurdalne. – Leko chyba bardziej przejmował się tym, czy jego kawiarnia dalej stoi, niż samym sobą. Ciągle się oglądał za siebie, żeby sprawdzić, czy się nie zawaliła. I wtedy zobaczyliśmy, że wyleciała w powietrze część elektrowni wodnej. Chyba ją zbombardowali. Prawdę mówiąc, nie umiem tego ocenić, ale nagle wszystkie światła pogasły i wytrysnęła woda, która po chwili utworzyła na ulicach wodospady. Porywała wszystko: samochody, ludzi, ławki, drzewa... wszystko. W życiu nie widziałem nic podobnego. I jeśli mam być szczery, nie wiem, jak sobie z tym wszystkim poradzić. Nie wiem.

W geście świadczącym o desperackiej potrzebie ochrony położył głowę na kolanach Zehery i trwał w tej pozycji przez dłuższą chwilę, poszukując utraconego wewnętrznego spokoju, który przestał istnieć podobnie jak spokój na ulicach miasta.

– Dzwoniła do mnie siostra. Mówi, że w Sarajewie wybuchła wojna. Też widziała umierających ludzi. Błagała, żebyśmy natychmiast wyjeżdżali z kraju, żeby nie czekać ani dnia, że będzie coraz gorzej – powiedziała Zehera.

– Boję się, że już jest na to za późno – wymamrotał Aleksandar, przytulając się jeszcze mocniej do ciała dziewczyny. – Za późno.

Po tygodniu bombardowań, ataków powietrznych i przymusowego trwania mieszkańców w domach, a także po paru przypadkach zbiorowych ucieczek ludności, sytuacja w Wiszegradzie uspokoiła się. Bomby przestały spadać, ucichły nieustanne odgłosy serii broni maszynowej, słupy dymu i ognia nie były już stałym elementem krajobrazu. Ale polepszenie się stanu chorego było tylko złudzeniem i wkrótce zaczęła go trawić wojenna gorączka. Zło szerzyło się jak śmiertelne przerzuty raka, a ludowa medycyna nie znała sposobu na zaprowadzenie trwałego pokoju.

· 3 ·

Zehera i jej siostra Suhra należały do najbardziej znanych młodych osób w Wiszegradzie, małym mieście liczącym nieco ponad dwadzieścia tysięcy mieszkańców – Bośniaków, Serbów i Chorwatów – położonym we wschodniej części Bośni, bardzo blisko granicy z Serbią i zaledwie sto kilometrów na wschód od wielkiego Sarajewa. Zehera uwielbiała miasto, w którym się urodziła i którym się cieszyła, przebiegając z jednego jego krańca na drugi. Zatracała się w jego zielonych zakamarkach, którymi bujna miejscowa roślinność chętnie obdarowywała ludzi ciekawych świata i mających oko artysty, by zauważyć zadziwiającą urodę tego miasta. Godzinami podziwiała karnawał światła i kolorów, który przyroda dla własnego kaprysu urządzała na tutejszych żyznych ziemiach. Nie przypadkiem niezwykły, zielony płaszcz, który szczelnie otulał góry, doliny i pagórki oraz obrysowywał strumienie żywo spływające do głównego nurtu rzeki Driny, przyciągał młodą dziewczynę z taką siłą i rzucał na nią urok, od jakiego nie potrafiła się wyzwolić. Przynajmniej tak uważała jej babcia ze strony ojca, Mirsa, zawsze spiesząca z wyjaśnieniem hipnotycznego zachwytu wnuczki.

– Piękno jest w twoich oczach, dziecko. Przez te swoje szmaragdowe oczy masz dar widzenia wszystkiego na szmaragdowo. Z takimi oczami nic, co widzisz, nie może ci się wydać brzydkie. Piękno jest w tobie. Zapamiętaj sobie dobrze, co ci mówię.

Zehera śmiała się, słysząc dywagacje babci, i wtedy jej wargi – zawsze za namową siostry i na jej podobieństwo idealnie umalowane na czerwono – rozchylały się jak płatki róży w pierwszych dniach wiosny.

– Jesteśmy różami, siostro – szeptała do niej Suhra, siedząc przed lustrem i instruując, jak wyprofilować wargi za pomocą szkarłatnej szminki, tak jakby chodziło o niezwykle ważny rytuał. – A nie znam ani jednej osoby, której nie podobałyby się róże. W różach zawsze jest przekaz życia, marzeń, optymizmu, zawsze jest dobra nowina. Dlatego kiedy twoje wargi się rozchylają i otwierają, a inni to widzą, rozumieją, że w twoim wnętrzu dzieje się coś dobrego. I to jest chwila, żeby świętować, możesz być tego pewna.

Słowa starszej siostry dźwięczały zawsze tak, jakby wypowiadała je troskliwa matka. Pobrzmiewała w nich gotowość do opieki, mądra i bezinteresowna rada, delikatna ochrona, czułe oddanie. Suhra była tylko o siedem lat starsza od Zehery, ale od kiedy młodsza sięgała pamięcią, zawsze widziała starszą siostrę przy sobie, u swego boku. Opiekowała się nią w chorobie, chroniła przed nocnymi koszmarami, które przerażały ją, gdy miała zaledwie sześć lat, odprowadzała do szkoły, szykowała jedzenie, pomagała odrabiać lekcje, była przewodniczką przy pierwszych egzystencjalnych wątpliwościach dotyczących miłości, życia, przyjaźni i śmierci. Zajmowała się wszystkim, co zwykło się kojarzyć z postacią matki.

Dziewczęta rzadko widywały swoich rodziców, Edina i Selmę. Kiedy starzy wpadali do domu, atmosfera stawała się napięta, choć nikt za dobrze nie wiedział dlaczego. Nie było żadnego realnego powodu, żadnej zakotwiczonej w przeszłości pretensji, która miałaby dostateczny ciężar gatunkowy, żeby uzasadniać tę sytuację – tak jawnie sprzeczną z naturą. Po prostu postaci rodziców nie należały do codziennego życia rodziny, wszyscy wydawali się z tym faktem pogodzeni i nieszczególnie nim przejęci. Babcia Mirsa starała się tuszować przed dziewczynkami brak zainteresowania i troski ze strony rodziców, opowiadając o nadmiarze pracy, który miał dokuczać jej synowi i synowej, o obowiązku częstego wyjeżdżania w podróże, o konieczności spędzania czasu z innymi ludźmi, otwierania nowych horyzontów dla lukratywnego i dobrze prosperującego biznesu tekstylnego. Ale cała ta wymuszona słowna gimnastyka, którą próbowała uprawiać babcia, nie na wiele się zdawała. Tym, do których były adresowane wszystkie niezliczone wyjaśnienia, wydawały się one śmieszne i pozbawione znaczenia. Siostry nie zwracały na nie uwagi. Nieobecność rodziców ukształtowała osobowość obu dziewcząt. Żadna z nich nie potrafiła nawiązać z nimi prawdziwych więzów rodzinnych, ale za to bardzo silny był związek między nimi dwiema. Kiedy pojawił się mały Dino, młodszy o dziewięć lat od Zehery, historia powtórzyła się, jakby odtwarzano ją zgodnie ze szczegółowym scenariuszem. Wydawało się jednak, że wspólnota i wzajemne oddanie łączące Zeherę i Suhrę wykraczają poza więzy krwi i genetykę. Podczas długich wycieczek po górach, w trakcie spacerów nad rzeką albo wypraw rowerowych, kiedy rywalizowały, która potrafi szybciej pedałować – a była to jedna z ich ulubionych rozrywek i poświęcały jej znaczną część wolnego czasu – siostry często żartowały na temat błędów popełnianych przez naturę:

– Ty i ja powinnyśmy się urodzić jednocześnie. Mam wrażenie, że siedziałyśmy w tym samym worku owodniowym – mówiła, śmiejąc się, Suhra. – Ale ty już wtedy się strasznie leniłaś, więc musiałam się uniezależnić i wyjść pierwsza. Nie mogłam na ciebie czekać. Życie mnie wołało. Powinnyśmy być bliźniaczkami, może nawet jednojajowymi. Jesteśmy do siebie zbyt podobne, żeby być tylko siostrami.

Tę opinię podzielali wszyscy w Wiszegradzie. Obie młode kobiety były wysokie i szczupłe, miały czarne, lśniące włosy obcięte na chłopczycę, delikatną skórę, jasną, niemal bez jednej plamki, wolną od niedoskonałości – dziedzictwo po babci ze strony ojca. Poruszały się żwawo, krokiem niewolnym od kokieterii. Zawsze odważnie wyprostowane, skandalicznie śmiałe, zadziorne, radosne; na ich twarzach niezmiennie malował się uśmiech, w który układały się usta pociągnięte szminką w żywym kolorze wiśni.

– Jesteśmy dwiema różami, siostrzyczko. Dwiema pięknymi różami.

Jedynym, czego siostry nie dzieliły po równo, była niezwykła fascynacja Zehery ogromną konstrukcją z regularnych bloków jasnego kamienia, która spinała dwa brzegi rzeki w ich rodzinnym mieście – długa na sto osiemdziesiąt metrów, elegancko osadzona na jedenastu dostojnych łukach z piętnastometrowymi prześwitami. Wzniósł ją nadworny architekt Mimar Koca Sinan w 1571 roku, za panowania wielkiego wezyra Mehmeda Sokolovicia. Niewątpliwie był to ulubiony obiekt Zehery w Wiszegradzie: most z białych, ogromnych, kamiennych bloków, wznoszący się pysznie, śmiało, niemal dumnie ponad zielonymi i przejrzystymi wodami rzeki Driny. Regularnie przemierzała ten ogromny i dostojny pomnik: chodziła po nim z takim spokojem, jakby był to obiekt święty, godny uwielbienia. Ręce Zehery muskały majestatyczne i precyzyjnie ociosane białe kamienie, jakby dotykała najszlachetniejszego jedwabiu świata. Obejmowała je, przykładała do nich swą delikatną twarz, czekając, aż odsłonią przed nią jakąś tajemnicę.

– Suhra, jeśli przytulisz się mocno do tych kamieni, jeśli do nich przylgniesz, tak jak przylgnęłabyś do ostatniego człowieka, który został na świecie, pozwolą ci dotrzeć do historii, która w nich jest zawarta. Nie zauważyłaś energii, którą przekazują? Nie czujesz jej?

Kilka minut później starsza siostra niezgrabnie naśladowała jej ruchy, próbując uświadomić młodszej rosnące zaniepokojenie tym, że w jej głowie lęgną się coraz to nowe ptaszki. Ale Zehera daleka była od obrażania się na siostrę. Śmieszyła ją, a nawet rozczulała, troska Suhry.

To upodobanie do perły szesnastowiecznej inżynierii otomańskiej było niemal chorobliwe. Zeherę pociągały również niezliczone legendy i historie związane z mostem, opowiadane przez starych ludzi z Wiszegradu, między innymi przez jej babcię. Mirsa wplatała w swoje opowiadania tyle ozdobników i przepysznych szczegółów, że młodsza wnuczka słuchała jej z otwartymi ustami jak zahipnotyzowana. W opowieściach babci występowały złe czarownice, które przeszkadzały twórcy mostu wznieść to wspaniałe dzieło. Pojawiały się krwawe historie o okrutnych zemstach, jakich przyczyny sięgały najdawniejszej przeszłości. Były tam nawet potwory, które pod postacią przerażających straszydeł zamienionych w czarnego Araba mieszkały od niepamiętnych czasów w jednym z przęseł niezwykłego mostu, pozbawiając życia wszystkich, którzy na nie choćby spojrzeli. Opowieść wprawiająca Zeherę w największą ekstazę, do tego stopnia, że za jej sprawą nie była potem w stanie zasnąć przez wiele nocy, dotyczyła jąkającej się kobiety, która urodziła braci bliźniaków.

– Budowę tego mostu, który teraz tak bardzo ci przypadł do serca, ukończono z pięcioletnim opóźnieniem, bo wszystko, co budowniczowie wznieśli w ciągu dnia, coś albo ktoś niszczył potem w nocy – snuła babcia słodkim i kojącym głosem, godnym najlepszego opowiadacza bajek na świecie. – Mieszkańcy miasteczka zapewniali, że odpowiedzialny za te wszystkie zniszczenia, które rozwścieczały tureckich władców, był pewien czarownik. Powiedział on zarządcy robót o imieniu Abidaga, że jeśli chce, żeby most powstał, musi zamurować w jego przęsłach bliźnięta, chłopca i dziewczynkę noszących imiona Stoia i Ostoia. Wszyscy wiedzieli, że to sami robotnicy, wycieńczeni ogromnym wysiłkiem związanym z budową mostu i przerażeni dużą liczbą ofiar, które te prace za sobą pociągały, niszczyli to, co budowali. Szczególnie aktywny był przy tym pewien człowiek o imieniu Radislav, który namawiał usilnie pozostałych pracowników, żeby się zbuntowali. Przekonywał, że Turcy w gruncie rzeczy chcą ich zniszczyć, a nie zbudować most. Ale legenda o złym czarowniku stawała się coraz bardziej popularna i w końcu dotarła do uszu jąkającej się i szalonej kobiety, zatrudnionej w domu u pewnych cudzoziemców. Kobieta zaszła tam w ciążę i urodziła martwe bliźnięta, chłopców. Na przekór wyjaśnieniom, z jakimi spieszyli różni ludzie, kobieta wierzyła, że bliźniacy, których zażądał czarownik i których kazał zamurować w filarze mostu, to jej synowie. Wszyscy wiedzieli, że kobieta jest szalona. Dawano jej jałmużnę, żeby tylko zniknęła z okolicy. Teraz jednak znalazła sens życia. I to jej zawdzięczamy legendę, według której dwoje tureckich dzieci zostało zamurowanych w moście wiodącym przez Drinę. Nawet dzisiaj jeszcze możesz spotkać ludzi, którzy w to wierzą. Ale to tylko bajki, legendy i przesądy, żeby wzbogacić historię miasteczka. Nie zwracaj na nie uwagi, dziecko.

Były też baśnie, w których główne role odgrywali odważni bohaterowie, zbawcy tej ziemi. One jednakże – nie bardzo wiadomo dlaczego – nie budziły w mieszkańcach Wiszegradu (i w Zeherze) takiego zainteresowania i żądzy wiedzy.

„Kiedy będę starsza, muszę objechać cały świat, żeby poznać wszystkie mosty i wszystkie straszne historie, które są w nich zamknięte" – marzyła Zehera. „I opowiem je wszystkim, którzy zechcą je poznać. Będę wielkim przewodnikiem. Albo jeszcze lepiej: zostanę historyczką, a studenci będą siedzieli z otwartymi ustami na moich wykładach".

Być może w tych myślach pobrzmiewało echo zamętu, który był dziełem lęgnących się w jej głowie ptaszków – tych samych, które tak niepokoiły Suhrę. Tak czy owak Zeherę cieszyło opowiadanie o planach na przyszłość, o najważniejszych marzeniach.

Nie potrafiła temu zaradzić. Uwielbiała ten most i wszystko, co sobą przedstawiał. Z tego powodu na piętnaste urodziny siostra podarowała jej wielką, ciężką księgę, którą napisał Ivo Andrić, laureat Nagrody Nobla z 1961 roku: *Most na Drinie*. Jako namiętna czytelniczka Zehera już wkrótce potrafiła recytować z pamięci wiele fragmentów książki, którą przeczytała chyba z tysiąc razy. „W każdym razie jedno jest pewne: istnieje głęboka więź pomiędzy tym mostem a życiem mieszkańców kasaby[3] – twierdził Andrić. – Losy ich tak się splatają, że oddzielnie nie sposób ich sobie ani wyobrazić, ani opisać"[4]. Nie wyobrażała sobie, jak makabryczna i bolesna rzeczywistość zawarta była w tych słowach.

Sielskie obrazy mostu, jakie Zehera tkała w swoich porannych marzeniach jeszcze nie tak dawno temu, straciły blask w pierwszych tygodniach wiosny 1992 roku, na samym

[3] Z tureckiego – miasto, miasteczko.
[4] Tłum. Halina Kalita (Czytelnik, Warszawa 1956).

początku maja, niewiele po pierwszej eksplozji, która wstrząsnęła Wiszegradem.

Zadzwonił do niej wtedy jeden z przyjaciół, Mehmed, ze Slapu nad Žepą – niedalekiej miejscowości leżącej nad rzeczką będącą dopływem Driny – i spytał, co takiego dzieje się u diabła z rzeką powyżej ich miasteczka, że nie przestają nią spływać martwe ciała. Zehera zrozumiała wtedy, że jej wyidealizowany most z porowatych białych kamieni zamienił się w scenę dziwacznego teatru, w którym nieustannie wystawiane są spektakle o śmierci i krwi. Opowieść niemogącego otrząsnąć się z szoku przyjaciela potwierdziła tylko prawdziwość koszmaru, który dziewczyna obserwowała od wielu dni szeroko otwartymi oczami.

– Ale powiedz, co tam się dzieje? Pięć dni temu zobaczyliśmy, jak rzeką spływał pierwszy trup. W życiu nie widziałem nic podobnego. Ciało było sinoczarne i nosiło na sobie ślady przemocy, tak jakby tego człowieka torturowano... przede wszystkim głowa... Miał głębokie cięcie na szyi, brakowało mu uszu i nosa. Wyglądało, że ktoś mu je obciął, ale to jest... – Logika Mehmeda nie pozwalała mu kontynuować tego rozumowania, bardziej z poczucia przyzwoitości niż z braku zrozumienia sytuacji. – Zanieśliśmy go na cmentarz i pogrzebaliśmy, jak umieliśmy, ale niewiele dało się zrobić, bo nie miał przy sobie żadnych dokumentów, dzięki którym moglibyśmy się zorientować, kto to jest. Od tego czasu nie przestajemy wydobywać z rzeki trupów. Przypływają bez przerwy i wszystkie są w okropnym stanie: zdeformowane ciała dzieci, kobiet, starców, wiele jest okaleczonych. Musieliśmy zorganizować grupę ochotników, którzy ich wyciągają z wody i chowają. Boimy się. Nie wiemy, co robić. Ale najgorsza była ostatnia noc. – Mehmed zamilkł na chwilę, przełknął ślinę i ciągnął dalej dramatyczną opowieść. – Kiedy nasz kochany Nezir przyszedł nam pomóc przy wyciąganiu trupów, rozpoznał ciało swojej matki przyniesione przez prąd rzeki. Otworzyli jej brzuch nożem i wyciągnęli dziecko, którego się spodziewała. Zehera, to straszne, przerażające. Co się tam dzieje w górze rzeki? Jakie demony tam szaleją? Kto stoi za tym barbarzyństwem?

– Mehmed, oni nas mordują. – Ledwo zdołała wydusić z siebie odpowiedź, zasłaniając jednocześnie słuchawkę telefonu, żeby nikt inny nie usłyszał jej słów, podobnie jak robiła to kilka tygodni wcześniej Suhra dzwoniąca z Sarajewa. – Nie wiem, dlaczego nas tak nienawidzą ani co im zrobiliśmy, ale likwidują nas. Każdego dnia robi się coraz gorzej. Dziś przychodzą po twoich rodziców, po twoje dzieci, po twoich przyjaciół, po sąsiadów... a jutro mogą przyjść po ciebie. To jakaś makabryczna loteria. Nic z tego nie rozumiemy, nie wiemy, co robić ani dokąd uciekać. Jesteśmy przerażeni. A najgorsze jest, że nikt nie chce dostrzec tego, co z nami robią. Czy nikt nam nie pomoże?

W tym momencie desperacji zaskoczyło ją wyobrażenie siostry. Ale inaczej niż przy innych okazjach, tym razem wcale jej nie uspokoiło. „Powinnam była posłuchać Suhry. Dlaczego tego nie zrobiłam? Dlaczego nie posłuchałam jej rady? Dlaczego nie uciekłam, kiedy mi radziła? Zawsze jej słuchałam, dlaczego nie tym razem?”

Dlaczego?

Trudno było nadać jakikolwiek sens temu, co od wielu dni działo się na ulicach Wiszegradu. Pewnego ranka całe miasto – w większości zamieszkane przez bośniackich muzułmanów – obudziło się zaalarmowane echem słów emitowanych przez megafon:

– Bracia Serbowie: nadeszła pora, żeby skończyć z muzułmanami.

Wypowiedział je Sasza Ludonović, zbliżając do megafonu wąskie usta o nieregularnym kształcie, żeby wypełnić strachem całe miasto. Był to dwudziestoczteroletni młodzieniec, którego znało wielu mieszkańców Wiszegradu.

Człowiek, który w tak zuchwały sposób przemierzał ulice, ubrany był w wojskowy mundur i z dumą demonstrował pas z przytroczonymi granatami oraz kałasznikowa, a także symbole najbardziej skrajnej frakcji odrodzonego niedawno ruchu serbskich nacjonalistów. Urodził się w Rujišcie, mniej więcej piętnaście kilometrów na północ od miasta, któremu teraz tak bezlitośnie groził. Wielu ludzi, którzy znali go wcześniej, uważało Saszę za normalnego sąsiada, młodzieńca na pierwszy rzut oka nieróżniącego się od innych, sympatycznego i dobrze wychowanego, z którym nie było problemów i który nigdy nie głosił – przynajmniej publicznie – poglądów nacjonalistycznych, a już na pewno nie w wersji skrajnej. Często widywano go w towarzystwie muzułmańskich przyjaciół, którym towarzyszył nawet wtedy, gdy szli się modlić do miejscowego meczetu. Wesoły, rozmowny, żywy – normalny chłopak, którego głównym zajęciem były spotkania z kolegami i zadawanie się z jak największą liczbą dziewczyn.

Wszystko się zmieniło, kiedy postanowił wrócić do Wiszegradu po pobycie w Niemczech, Szwajcarii i Serbii, gdzie, jak mówiono, prowadził kawiarnię. Po powrocie, który zbiegł się w czasie z wybuchem wojny, zaczął się zachowywać całkiem inaczej. Wyglądem zewnętrznym starał się w dość śmieszny sposób upodobnić do okrutnego i krwawego wojownika, zaczął też dobierać sobie zupełnie innych towarzyszy niż w latach dzieciństwa. Zgromadził wokół siebie grupę piętnastu mężczyzn: wszyscy chodzili w panterkach i nazwali się Beli Orlovi – Białe Orły. Była to serbska grupa paramilitarna, która przyjęła jako własne insygnia odznaki osławionych czetników – formacji militarnej serbskich nacjonalistów, która podczas drugiej wojny światowej działała w opozycji do partyzantki komunistycznej późniejszego przywódcy jugosłowiańskiego Josipa Broz-Tity i współpracowała z hitlerowcami. Po wojnie formacja ta została zdelegalizowana przez reżim marszałka Tity, lecz prawie pięćdziesiąt lat później Sasza Ludonović wraz ze swymi Białymi Orłami postanowił wydobyć ją z zapomnienia. Grupa zaczęła demonstracyjnie ubierać się w charakterystyczne wysokie czapki z czarnej skóry, prezentować czarne flagi z białą czaszką na środku, nosić karabiny na ramieniu, pasy z granatami zakładane obok normalnych pasów albo przerzucone przez pierś, a także noże z wielkimi, ostrymi klingami, które albo lśniły, albo nosiły ślady krwi na znak triumfu nad zdobyczą – bośniackimi kobietami, dziećmi i mężczyznami.

Pierwszym czynem dokonanym przez piekielnego syna marnotrawnego było wymordowanie bośniackich sąsiadów i podłożenie ognia pod dwa meczety; jeden z nich to była ta sama świątynia, do której zdarzało mu się chodzić z niegdysiejszymi muzułmańskimi przyjaciółmi. Ludonović nie miał żadnych skrupułów, gdy chodziło o stosowanie bezwzględnych form przemocy – także wobec osób, które kiedyś należały do jego przyjaciół czy do znajomych rodziny, ludzi, którym jeszcze kilka lat wcześniej wyświadczał rozmaite przysługi. Można było wręcz powiedzieć, że przemoc go cieszyła, sądząc po rechocie wydobywającym się z jego gardła za każdym razem, kiedy kogoś własnoręcznie mordował.

– Jestem mścicielem i przybyłem, żeby w końcu zaprowadzić sprawiedliwość – krzyczał do całego świata, niezależnie od tego, czy ktoś chciał go słuchać, czy nie. – Przygotujcie swoje domy i swoje rodziny, przeklęci Turcy, bo już niedługo zobaczycie, do czego jestem zdolny. Jestem mścicielem!

Nie trzeba było długo czekać, żeby te groźby się spełniły.

Od chwili przybycia Ludonovicia do Wiszegradu często można było zobaczyć, jak Białe Orły wkraczają do domów bośniackich sąsiadów i żądają od mieszkańców wydania pieniędzy, kosztowności, dokumentów i posiadanej broni. Po załatwieniu tej sprawy dawano mieszkańcom domu kilka minut na ucieczkę z miasta. Wcześniej jeszcze upokarzano ich, zmuszając do podpisania deklaracji, w której stwierdzali, że odchodzą dobrowolnie.

– Te domy mają służyć serbskim rodzinom, a nie tureckim śmieciom – mówiono pogardliwie bośniackim muzułmanom, sterroryzowanym i niezdolnym do stawienia najmniejszego oporu. Bośniacy pochylali głowy, przełykali wszystkie obelgi i porzucali swoje miasto, dom, dobytek, pieniądze i – co gorsza – nierzadko też członków rodziny. Nawet wtedy nie było pewne, czy uda im się uciec: większości nakazywano wsiadać do rozklekotanych autobusów, które odjeżdżały z Wiszegradu w kierunku Fočy, Preleva, Dragomilja albo innych miejsc na Bałkanach lub poza nimi, w zależności od rozwoju sytuacji na froncie. Finał był zawsze taki sam: uwięzienie, tortury, śmierć.

W połowie drogi kazano im wysiadać z autobusów i rozdzielano kobiety i mężczyzn. Te pierwsze odprowadzano do położonych najbliżej szkół, sal gimnastycznych, na komisariaty, do hoteli albo do ośrodków sportowych przekształconych przez armię serbską w obozy gwałtu i niewolnictwa. Mężczyźni zaś stawali się uczestnikami nieprzewidywalnej – choć zawsze kończącej się tragicznie – rosyjskiej ruletki: niektórzy stawali się ofiarami egzekucji przeprowadzanych na miejscu, na oczach żon, córek, matek i przyjaciółek. Inni, którym wydawało się, że mają więcej szczęścia, kończyli w którymś z obozów koncentracyjnych – w Omarskiej, Trnopolju czy w Keratermie – gdzie niejeden zaczynał zazdrościć losu tym, którzy zginęli od razu.

W takich miejscach zaczynało się umieranie. Dzień po dniu serbscy strażnicy poddawali ich upokorzeniom i torturom, korzystając z narzędzi, jakie mieli pod ręką. Mogły to być łańcuchy, kije, karabiny, pistolety, pałki, żelazne pręty, kable elektryczne, pejcze zakończone stalowymi kulkami czy kamienie, którymi więźniów bito w głowy, w nerki, w plecy, a przede wszystkim w narządy płciowe. Wielu z nich okrutnie okaleczano, amputując im palce, uszy, języki, stopy, ramiona, wybijając zęby lub wyłupując oczy. Tortury trwały długie godziny, a jedynym celem strażników było zintensyfikowanie męki i przedłużenie agonii. W końcu ofiary zostawiano, żeby się wykrwawiły i wreszcie umarły. Jedna z technik zadawania bólu, która szczególnie bawiła oprawców z obozów koncentracyjnych, polegała na jednoczesnym torturowaniu członków tej samej rodziny, szczególnie kiedy dotyczyło to ojców i synów. Zamykano ich w ciemnych, cuchnących pomieszczeniach i zmuszano do stosunków seksualnych; kazano im się bić ze sobą, a serbscy strażnicy urządzali w tym czasie zakłady, obstawiając, kto zwycięży. Zmuszano ich do wzajemnego zabijania się nożami, kijami czy kamieniami. Albo też poddawano transfuzji krwi, która kończyła się śmiercią obu mężczyzn. Inną makabryczną zabawą było zmuszanie więźniów do patrzenia godzinami w słońce, aż całkiem ślepli. Kazano im rzucać się głową naprzód na sterty betonowego gruzu lub jeść żywe zwierzęta, przede wszystkim szczury. Nie pozwalano im spać przez wiele dni pod groźbą pobicia...

Wielu więźniom, szczególnie młodym i silnym, proponowano oszukańczą możliwość ratunku poprzez zaciągnięcie się do serbskich oddziałów. Ale nieliczni, którzy się na to godzili, kończyli na froncie jako żywa broń: ich ciała obkładano materiałami wybuchowymi, przywiązywano im bomby do nóg albo do pasa, na plecach umieszczano miny i wysadzano ich w powietrze, kiedy znaleźli się na pierwszej linii walk. Innym kazano kopać okopy blisko linii ognia albo biegać nago – wyłącznie dla rozrywki prześladowców – przed oddziałami armii bośniackiej. Zwykle Bośniacy orientowali się, że mają do czynienia z rodakami, dopiero po otwarciu do nich ognia.

Całe to barbarzyństwo powtarzało się z większym lub mniejszym nasileniem w ponad dwustu obozach koncentracyjnych utworzonych przez Serbów w Bośni i Hercegowinie, a także w Serbii, Czarnogórze i Chorwacji. Wszyscy, których bliscy trafili do któregoś z tych miejsc, dobrze wiedzieli, co się tam dzieje. Do rodzin ofiar zawsze docierały szczegółowe informacje dzięki niegodziwej uczynności któregoś z serbskich urzędników albo kogoś, kto przechwalał się dobrymi stosunkami w ich kręgach. Nikt nie mógł liczyć na to, że któregoś dnia taki sam los nie spotka jego albo kogoś z bliskich. I Zehera nie była wyjątkiem.

· 4 ·

Życie w tym małym mieście we wschodniej Bośni zamieniło się w znaczony krwią bieg z przeszkodami, w nierówną i niesprawiedliwą walkę o przeżycie. W ciągu kilku dni bośniaccy sąsiedzi – których według spisu ludności było dwukrotnie więcej niż Serbów – zrozumieli, że ich życie jest zagrożone, a przyszłość mają w swoich rękach grupy uzbrojonych po zęby partyzantów pałających żądzą zemsty z powodów, które dla większości ludzi były kompletnie niezrozumiałe. Serbowie i Bośniacy, którzy do tej pory bez żadnych problemów mieszkali obok siebie i spotykali się na ulicach Wiszegradu, nie pojmowali, co się dzieje, i nie potrafili zrozumieć tej nagłej, konfrontacyjnej obsesji nowo przybyłych, pragnących poróżnić obie grupy ludności i zmienić je w zagorzałych wrogów.

– Zawsze wspólnie tu żyliśmy, nie obchodziło nas, kto skąd przyjechał ani jaką religię wyznaje. Dlaczego mamy teraz ze sobą walczyć, dlaczego mamy uciekać?

Jedni drugim próbowali dodawać sił i podtrzymywać na duchu słowami, w których zawierały się logiczne, jak się wydawało, argumenty.

– Poza wszystkim nas jest więcej niż ich. To tylko banda dzieciaków, które zobaczyły w wojnie okazję, żeby dać upust najniższym instynktom. Jeśli się im przeciwstawimy, jeśli stawimy im czoło, poradzimy sobie z nimi.

Najpopularniejszą kawiarnią w centrum miasta była Café Andrić, należąca do Leka – Serba, którego jedyną obsesją od wielu lat było uprzyjemnianie klientom czasu spędzanego w jego lokalu. Café Andrić szybko stała się ulubionym miejscem spotkań, tak jak wcześniej most na Drinie. Zbierali się w niej stali klienci i ludzie poszukujący wiarygodnych informacji o tym, co dzieje się w mieście i poza jego murami. Podobnie jak wielu innych mieszkańców Wiszegradu, Zehera i Aleksandar też stali się bywalcami lokalu. I to pomimo strachu, jaki w babci Mirsie budził fakt, że jej wnuczka chodzi na niemal konspiracyjne spotkania, podczas których wszyscy, nawet najbardziej egzaltowani, pamiętali, żeby mówić ściszonym głosem i nie dać się ponieść wściekłości i poczuciu bezsilności, jakich doświadczali goście Café Andrić.

– Dlaczego miałabyś opuszczać dom, Aido? – pytał Petar, jeden z najbardziej wziętych piekarzy w mieście. – Przecież znamy się od czasu, kiedy byliśmy mali. I nigdy nie było między nami swarów, chociaż ty jesteś Bośniaczką i muzułmanką, a ja Serbem i chrześcijaninem. No powiedz sama.

Czy nie sprzedawałem ci chleba? Nie przychodziłaś do mnie go kupować? Na Boga świętego, Aido, kto jak nie ty zajmował się moim sklepem, kiedy poszedłem do szpitala?

Piekarz kręcił głową, tak jakby sam miał kłopoty ze zrozumieniem własnych słów.

– A jeśli jutro ci każą, żebyś mi już nie sprzedawał chleba, nie rozmawiał ze mną, żebyś im powiedział, gdzie mieszkam i ile osób jest u mnie w domu? Jeśli ci każą, żebyś mnie zabił, bo tylko tak uratujesz własne życie albo jeszcze gorzej: życie twoich bliskich? – W głosie Aidy można było wyczuć ten sam ogień, który dało się dostrzec w jej oczach. Oczach, które zmęczone własną, ograniczoną mocą, szukały przed sobą nowych horyzontów. – Będziesz w stanie narazić na śmierć swoją małą, żeby mi podarować kromkę chleba? Naprawdę to zrobisz? Nie widziałeś, co się dzieje, jak bez zastanowienia mordują niewinnych ludzi, dzieci, kobiety, starców? Kto nam zagwarantuje, że to się nie zdarzy nam samym za kilka dni?

– Ja – wtrącił się energicznie Leko, właściciel Café Andrić, jednocześnie stawiając gwałtownie na ladzie szklankę, którą chwilę wcześniej starannie wycierał sfatygowaną ścierką w biało-niebieską kratkę. – Ja ci to zagwarantuję. Ja też jestem Serbem, jak te bestie. Poprzebierali się za pajaców i bawią się w wojenkę, malując sobie czarne kreski na policzkach, nosząc wojskowe buty i przyczepiając granaty do pasków. Ja jestem Serbem lepszym niż oni i nie mam głowy wypełnionej propagandą i nacjonalistycznymi kłamstwami. Zawsze żyliśmy w pokoju. Zawsze sobie pomagaliśmy. I nie możemy teraz zachować się inaczej, tylko dlatego że banda idiotów coś ogłasza przez megafony.

– A co będzie, jeśli ci Serbowie przyjdą cię zabić? Ciebie, który, jak mówisz, jesteś lepszym Serbem niż oni? Bo chyba wiesz, że przez „przeklętych Turków" staniesz się jednym z nas. Co wtedy zrobisz? – Aida rozejrzała się po pozostałych serbskich sąsiadach i przyjaciołach, którzy słuchali i przyglądali się jej z mniejszym niedowierzaniem niż jeszcze kilka minut wcześniej, podczas gdy obecni w kawiarni bośniaccy muzułmanie kiwali głowami, okazując zrozumienie dla jej słów. – Co zrobicie? Powiem wam: to samo co inni Serbowie z naszego miasta. Na przykład Risto, który był nauczycielem w szkole, a teraz został szefem policji w Wiszegradzie. Gwałci i torturuje byłych sąsiadów. Albo Nenad, taksówkarz, który jeszcze nie zdążył przekazać informacji o nas wszystkich, włącznie z tymi, którzy spotykają się w tej kawiarni. Albo Momir, stolarz, który chodzi przebrany w śmieszny mundur polowy i grozi ludziom. Tym, którzy przez dwadzieścia lat utrzymywali go swoimi zamówieniami. Otwórz w końcu oczy! Ci, którzy nam grożą i nas zabijają, to nie tylko grupa wściekłych Serbów z oddziałów paramilitarnych. To nasi sąsiedzi, którzy jeszcze kilka miesięcy temu jedli i pili przy tych samych stołach co my, którzy się z nami wychowywali i wiedzą wszystko o naszych rodzinach.

– Aida ma rację – wtrącił się Aleksandar, czym zadziwił swoją narzeczoną. – Nie wiecie, co się dzieje, co ta banda oszalałych Serbów wyrabia z naszym miastem! Od czasu kiedy przeklęta Jugosłowiańska Armia Ludowa zajęła Wiszegrad, urządzili tu stan oblężenia. I teraz my wszyscy, którzy nie myślimy tak jak oni, także Serbowie jak ja, jesteśmy zagrożeni śmiercią. Być muzułmaninem albo mieć muzułmańską żonę czy męża, albo stanąć w obronie muzułmanina oznacza pewny wyrok śmierci. Od czasu kiedy postawili stopę w naszym mieście i postanowili utworzyć komitet kryzysowy złożony wyłącznie z serbskich mieszkańców, zaczęło się oddzielanie i wypędzanie Bośniaków. Szczególnie ci, którzy zajmowali w naszym mieście ważne stanowiska, zaczęli znikać. Nie pamiętacie, co zrobili z doktorem Safetem? Jak go wyciągnęli siłą z gabinetu i wpakowali mu trzy kule w głowę?

Już zapomnieliście o losie Himzo, dyrektora Szkoły Średniej imienia Hamida Besirovicia? Serbowie go odnaleźli w szkole, a potem nikt już go nie widział. Powiedzcie, Petar i Leko, kto pomógł dyrektorowi Tufo ze Szkoły Podstawowej imienia Hasana Veletovacia, kiedy wezwali go bojowcy Saszy? Czy ktoś wie, czy on żyje, czy umarł? A co się stało z inżynierem Salko albo z doktor Mirą i jej rodziną? Tamci rabują albo palą sklepy i zakłady muzułmanów, ich domy i samochody, a ich serbscy sąsiedzi przyglądają się bezczynnie.

Stopniowo Aleksandar rozgrzewał się i również jego wypowiedź nabierała coraz większego impetu. Zehera popatrywała niespokojnie przez szyby Café Andrić, sprawdzając, czy ktoś z umundurowanych mężczyzn wałęsających się po okolicy nie znalazł się dostatecznie blisko, żeby usłyszeć jej narzeczonego.

– Wiadomo, że Bośniacy stanowią w Wiszegradzie większość, i wiadomo, że porządnych ludzi jest więcej niż tamtych – ciągnął Aleksandar. – Ale gdzie są oni, a gdzie jesteśmy my? Przyjrzyjcie się uważnie: siedzimy tu w ukryciu i rozmawiamy ściszonym głosem, a tamci chodzą po ulicach, sieją panikę i zabijają nas. Gdzie są nasi demokratycznie wybrani przedstawiciele? Wszystkich powyrzucali z pracy: policjantów, sędziów, prokuratorów, przywódców religijnych, polityków, nauczycieli, intelektualistów... wszystkich aresztowali, torturowali, a niektórych pozabijali. Teraz to oni mają kontrolę nad miastem, a my jesteśmy ich poddanymi!

– Będziemy się bronić! – wtrącił piekarz. – Jeśli oni mogą nas terroryzować, nie ma żadnego powodu, żebyśmy nie odpłacili im tą samą monetą i...

– Ale jak się chcesz bronić? – To pytanie Aleksandra usadziło w jednej chwili Petra. Słowa chłopaka obudziły i rozpaliły twarze większości obecnych. Sporo osób wokół niego potakująco kiwało głowami, potwierdzając w ten sposób to, co tłumaczył im młodzieniec. – Czego byś chciał? Mamy wyjść na ulice z nożami, karabinami i granatami i wszystkich podziurawić albo podrzynać im gardła, tak jak oni robią? A tak z ciekawości: jaką bronią chciałbyś się posłużyć? Przypominam ci, zresztą wszystkim przypominam, że nam ją zabrali. Rozbrojono nasz rząd, nasz kraj i naszą armię. Kilka miesięcy temu, 25 września zeszłego roku, Rada Bezpieczeństwa Narodów Zjednoczonych przyjęła Rezolucję CSNU 713, która nakłada embargo na dostawy broni do całej dawnej Jugosławii. – Zehera miała wrażenie, że jej narzeczony mówi w jakimś obcym języku, i gdyby nie powaga sytuacji, w jakiej wszyscy się znajdowali, wytknęłaby mu nadmiar pedanterii. – Ale władcy Europy i całego świata nie wzięli pod uwagę, że ta absurdalna i niefortunna blokada dotyka tylko armię bośniacką, bo Serbowie mają w ręku większość arsenałów dawnej Ludowej Armii Jugosłowiańskiej.

Cisza, która zapadła w kawiarni po tych słowach, stanowiła dowód, że tyrada Aleksandra wywarła na zebranych wrażenie. Nie wiedzieli, czy po uzyskaniu tej informacji – której większość z nich wcześniej nie znała i której znaczenia nie zdążyli jeszcze przetrawić – powinni się czuć bardziej czy mniej pewnie.

– Jedno co wiem, to to, że nas zabijają. – Upierał się tym razem Dragan, mąż Aidy. – I nie tylko w Wiszegradzie. Moja kuzynka była sędziną w Prijedorze, dwadzieścia kilometrów od granicy z Chorwacją. Zatrzymali ją Serbowie. Jej syn mi opowiadał, że trafiła po kolei do dwóch obozów koncentracyjnych, czyli obozów dla zatrzymanych, jak oni to nazywają: w Omarskiej i w Trnopolju. A dziś nie wiemy, czy żyje, czy jest martwa.

– Panują już nad całym terytorium Bośni – włączył się znów Aleksandar. – Banja Luka, Jajce, Vlasenica, Zvornik, Rogatica, Donji Vakuf... Kilka dni temu zniszczyli trzy z pięciu meczetów w Janji. W pierwszym tygodniu kwietnia w Bijeljinie serbskie oddziały paramilitarne zamordowały ponad czterdzieści osób, muzułmanów i Albańczyków. W Prelevie na początku maja widziano, jak Sasza Ludonović i jego ludzie kazali wysiąść muzułmanom z autobusu, który wyjechał z naszego miasta. Zmusili ich, żeby się położyli twarzami do ziemi, i wszystkich zastrzelili. To samo zrobili w Dragomilju z ciężarówką pełną muzułmanów, Bośniaków, którzy przerażeni uciekali przed Serbami ze swojej ziemi.

W trakcie tej przemowy Aleksandar widział, jak twarze przerzedzonego już audytorium ulegają głębokiej metamorfozie. W szczególności obserwował – nie bez pewnej próżności – rosnące napięcie na pięknej twarzy narzeczonej. Zehera z trudem powstrzymywała się od słuchania go z otwartymi ustami. – W Foču zapędzili siłą muzułmańskie kobiety i dziewczynki do domu numer 16 przy ulicy Osmana Dikicia, gdzie zostały kilkakrotnie zgwałcone, a te, które przeżyły, sprzedali po dwieście pięćdziesiąt dolarów. Kupić mógł każdy, kto chciał je wykorzystywać. W piecu w kopalni Tomašica pod Prijedorem spalono już żywcem tysiące muzułmanów. W...

– Ale dlaczego? – spytała Zehera, która była już na tyle wstrząśnięta, że nie chciała dłużej słuchać szczegółowej relacji. – Czemu służy to całe zniszczenie, wszystkie te morderstwa? Czego oni chcą? Co zyskują, zabijając nas, szarych ludzi? Jesteśmy zwykłymi obywatelami. Dlaczego nas tak nienawidzą?

– Chcą Wielkiej Serbii zamieszkanej wyłącznie przez Serbów. Tego samego chciał w swoich chorych marzeniach Hitler dla Niemiec – wyjaśniał Aleksandar. – Bośniacy, muzułmanie, Turcy, jak na was mówią z pogardą, są zbędni. I ci z nas, którzy „zgrzeszyli", zawierając mieszane małżeństwa, związki albo nawiązując przyjaźnie, też im nie pasują, przeszkadzają, nie są godni. Właściwie przynosimy wstyd ich rasie. Nie jesteśmy tacy jak oni. Jesteśmy bezwartościowi. – Obserwował przez kilka sekund zasłuchane audytorium. – Nie czytacie gazet? Nikt z was nie widział, jak to się zaczynało? Serbska prasa od miesięcy... Co tam od miesięcy, od lat już demonizuje Bośniaków i Chorwatów i generalnie wszystkich, którzy nie są Serbami. Jeśli chodzi o Chorwatów – mówił, wskazując na małżeństwo siedzące przy stoliku na samym środku Café Andrić, poruszone wyjaśnieniami Aleksandra – oskarżają was, że chcieliście wywołać następną wojnę światową. Wciąż powtarzają, że chcecie powtórzyć na Serbach ludobójstwo z Jasenovaca z czasów drugiej wojny światowej. I wmawiają wam, że trzeba uważać na Bośniaków, bo was odrzucają i nie spoczną, póki nie założą w Bośni państwa islamskiego. Zaraz, jak to się nazywa...? Dżamahirija. I że potem was pozabijają, zmasakrują i wyrzucą do biednych Serbów, tak jak to się według nich od wieków powtarza. No co? Co się z wami dzieje? Nie słyszeliście w radiu, jak sprzyjający im dziennikarze dolewają oliwy do ognia i opowiadają, że Bośniacy mogą być niebezpieczni, jeśli pozwolić im żyć w spokoju, z ich wymarzoną niezależnością?

Płomienne słowa Aleksandra sprawiły, że ludzie w lokalu zamilkli. Nikt się nie ruszał – choćby po to, żeby dopić kawę czy alkohol czekający na stole. Wszyscy chcieli dalej słuchać wyjaśnień tego chłopaka, który najwyraźniej dobrze orientował się w materii, jaką omawiał.

– Leko, wiem, że wciąż trzymasz gazetę sprzed trzech lat. Wiesz, o czym mówię, czytaliśmy ją razem tysiąc razy. Proszę cię, wyciągnij ją. Chciałbym, żeby wszyscy to usłyszeli.

– Nie wiem, Alek, czy to najlepszy moment. Może już powinniśmy wszyscy rozejść się do domów, jest zbyt niebezpiecznie...

– Proszę, cię, Leko, chciałbym tylko, żeby ludzie to zrozumieli.

Kiedy mimo protestów właściciela Café Andrić Aleksandar miał już w rękach pożółkły papier gazety, zwrócił się znów do sąsiadów, jakby był symbolicznym przywódcą całej grupy.

– Trzy lata temu, 28 czerwca 1989, przy okazji sześćsetnej rocznicy bitwy na Kosowym Polu, serbski prezydent Slobodan Milošević w obecności miliona Serbów, którzy przyszli go posłuchać, obiecał... Cytuję dosłownie – zapowiedział Aleksandar, przybliżając nieco gazetę do oczu. – „Serbowie już nigdy nie będą zwyciężani i upokarzani. Nasze kolejne klęski na przestrzeni wieków wynikały z braku wewnętrznego porozumienia. Ten brak oraz biorące się z niego zdrady były przekleństwem całej naszej historii. Sześć wieków później znów musimy przystąpić do walki. Bitwy, które teraz musimy toczyć, nie będą polegały wyłącznie na konfrontacji armii, chociaż tego nie da się wykluczyć". I ten milion ludzi zakrzyknął na to *Samo sloga Srbina spasava*, „Tylko jedność ocali Serbów". Wiecie, o jaką jedność im chodziło? O żądzę zemsty tłumioną przez ponad sześć wieków. I o to tu chodzi. Nie powiecie, że nas nie uprzedzali, i to sam serbski przywódca! „Odrodzenie Wielkiej Serbii".

– Aleksandar, nic z tego nie rozumiem. O czym ty mówisz? Jaka zemsta? Kiedy tego słuchamy, boimy się jeszcze bardziej niż przedtem – przerwała mu wzburzona Zehera.

– No dobrze, posłuchajcie. Spróbuję wam wytłumaczyć, chociaż myślę, że niektórzy już to wiedzą. Sześćset lat temu, 28 czerwca 1389 roku, armia księcia Lazara Herbeljanowicia została pokonana na Kosowym Polu przez wojska tureckie, którymi dowodził sam sułtan Murat. Dwadzieścia pięć tysięcy żołnierzy księcia Lazara poniosło klęskę i od tego zaczęło się panowanie imperium otomańskiego na Bałkanach, a także serbska żądza zemsty. Legenda mówi, że na chwilę przed rozpoczęciem walki księcia Lazara nawiedził prorok Eliasz pod postacią sokoła. Dał mu do wyboru: albo zwycięstwo w bitwie, która właśnie miała się zacząć, i osiągnięcie tym sposobem królestwa na ziemi, albo klęska z rąk tureckiego wroga, po której naród serbski miał się stać narodem wybranym i uzyskać miejsce w królestwie Bożym. Książę nie wahał się: wolał poświęcić życie swoje i swoich wojsk w zamian za ocalenie narodu serbskiego z niewoli ziemskiego życia. Wolał dostać się do królestwa niebieskiego, przedkładając je nad królestwo ziemskie. Dlatego przed rozpoczęciem zmagań książę i jego rycerze poszli na mszę, żeby przyjąć komunię, bo wiedzieli, że umrą, i chcieli dotrzeć do królestwa Boga bez skazy. Lazar został uznany za męczennika i jego imię zaczęto zapisywać w kościelnym kalendarzu czerwonym kolorem, po to żeby modlitwy wiernych oraz śpiewy i poświęcone księciu nabożeństwa trwały przez wieki. 28 czerwca Serbowie obchodzą Vidovdan, wielkie święto, Dzień Świętego Wita. Przegrali bitwę, ale dotarli do królestwa niebieskiego. Bóg ich wybrał, ponieważ książę opowiedział się za życiem wiecznym, sprawiedliwością i prawdą. Tak się zaczęła serbska mitologia. „Każdy serbski żołnierz-wieśniak wie, o co walczy, ponieważ kiedy był dzieckiem, matka mówiła mu: «Witaj, przyszły mścicielu Kosowa!»". To słowa Brytyjczyka Johna Reeda z 1917 roku, ale to samo można by napisać choćby i dziś rano. Ten epizod, który wielu z was może wydawać się banalny, który możecie nawet brać za żart, wciąż stanowi źródło rojeń grup nacjonalistycznych. Stworzono poematy, książki, pieśni, obrazy, które odwołują się do tamtej bitwy i podtrzymują marzenie o odrodzeniu Wielkiej Serbii. A wojna może odbudować honor, który przez wieki doznawał uszczerbku za sprawą Turków. Aha, i jeszcze ciekawostka, może wcale nieprzypadkowa: miliona ludzi, którzy przybyli 28 czerwca 1989 roku z całej Jugosławii, żeby słuchać przemowy Miloševicia, pilnowało dwadzieścia pięć tysięcy żołnierzy wojsk federalnych. Tylu, ilu liczyła armia księcia Lazara.

– Zabijają nas z powodu czegoś, co się zdarzyło ponad sześćset lat temu? To nam chcesz powiedzieć? – spytała Aida, która zareagowała jako pierwsza, podczas gdy reszta słuchaczy milczała w zdumieniu. – To niemożliwe. Przepraszam cię, Alek, ale to śmieszne. Wszyscy zwariowaliśmy, czy co? Jaką my ponosimy winę za tamte wydarzenia? Jaką winę ponosi moja trzyletnia córka za to, co sześćset lat temu sułtan zrobił z księciem?

– Żadnej, ale dla nich to nie ma jakiegokolwiek znaczenia – odpowiedział jej Aleksandar. – To jest szaleństwo. Ale ta absurdalna schizofrenia doprowadziła nas wszystkich do nieodpowiedzialnej i groteskowej wojny.

– Przeklęci Serbowie. – Ten okrzyk wydobył się z gardła starszego mężczyzny, który przez całe popołudnie przesiedział w milczeniu przy stoliku w głębi kawiarni, skoncentrowany na swojej rakii[5]. Ivo miał osiemdziesiąt lat i był emerytowanym nauczycielem, znanym i szanowanym w mieście, w którym większość mieszkańców stanowili jego dawni uczniowie. Z tego powodu jego słowa zostały przyjęte w milczeniu i z pełną szacunku uwagą. – To samo przez całe życie. Synowie złej matki. Tak, nie patrzcie tak na mnie! Cały świat o tym wie. Kto ponosi odpowiedzialność za wybuch pierwszej wojny światowej? Przeklęty Serb, popieprzony szaleniec, terrorysta, skarlały i rachityczny osobnik, którego nawet własna rodzina nie kochała. Gawriło Princip, który w Sarajewie, na moście Łacińskim zamordował arcyksięcia Franciszka Ferdynanda, następcę tronu cesarstwa austro-węgierskiego, oraz jego żonę. I to też się wydarzyło 28 czerwca. Bydlak próbował popełnić samobójstwo, ale mu się nie udało. Zatrzymano go i stwierdzono, że nie można go skazać na karę śmierci, bo nie był jeszcze pełnoletni. Przeklęty Gawriło

[5] Rodzaj brandy popularnej na całych Bałkanach.

Princip, przeklęty... Przez niego cesarstwu austro-węgierskiemu zabrakło czasu, żeby przygotować ofensywę przeciwko Serbii i przy okazji przeciwko całym Bałkanom. Ten zamach stanowił iskrę, która rozpaliła ogień wojny, a potem wszystkich nas ten ogień pochłonął. A wiecie, co zrobiono, zamiast potraktować Gawriłę Principa jak szaleńca? W Sarajewie zbudowali jego muzeum, na pamiątkę, tak jakby bez tego dało się zapomnieć taki kolosalny nonsens. Jakbyśmy potrzebowali pomocy, żeby zachować w pamięci piekło przeszłości. Na jednej ze ścian w tym muzeum wisi złota tabliczka, na której można przeczytać: W DOWÓD WIECZNEJ PAMIĘCI O MŁODYM BOJOWNIKU O WOLNOŚĆ I NIEPODLEGŁOŚĆ NARODÓW BAŁKAŃSKICH. Ale to jeszcze nie wszystko. To była jeszcze niewystarczająca gloryfikacja tego łotra. Wyrzeźbili jego posąg i obok umieścili maksymy Principa: KOCHAŁEM MÓJ NARÓD i NAJLEPIEJ ZROZUMIAŁY JĘZYK ŚWIATA TO WOLNOŚĆ. Bezczelność! Co oni wiedzą o wolności i o językach! – Ivo utkwił wzrok w szklaneczce pełnej śliwkowej rakii, którą tak lubił i którą pił na tyle wolno, że jedna szklaneczka towarzyszyła mu przez całe popołudnie, spędzane w kawiarni na rozmowach i słuchaniu innych. – Zawsze traktują szaleńców jak bohaterów, wynoszą ich do rangi idoli, nadludzi, stawiają ich na piedestałach, z których wysyłają nas wszystkich na śmierć. Włącznie z tymi, którzy zdzierają sobie gardła, wrzeszcząc na ich cześć i najbardziej ich oklaskują, z najgłupszymi. Serbowie! Nigdy nie przestają wtrącać się w nie swoje sprawy. Odcisnęli śmiertelne piętno na dwudziestym wieku. Zaczęli od zamachu w Sarajewie, a skończą tą przeklętą wojną, niepotrzebną i śmieszną. Nigdy nie mają dość. Przenigdy.

Na pełnych smutku twarzach wszystkich obecnych – szczególnie Bośniaków – teraz dostrzec można było także niepewność. Ivo uchodził za człowieka mądrego, cieszącego się szacunkiem i sympatią całego Wiszegradu. Wielu ludzi zwracało się do niego z pytaniem o informacje różnego rodzaju albo z prośbą o pomoc w trakcie studiów. Dla wszystkich miał właściwą odpowiedź lub przydatną radę. Zawsze był grzeczny, miły i cierpliwy, zachowywał dobre maniery, gotów do służenia pomocą. Nigdy nie podniósł głosu ani nie rzucił grubym słowem, niezależnie od tego, jakie barbarzyństwa docierały do jego uszu. Z jego ust nigdy nie wyszło choćby jedno złe słowo pod adresem kogokolwiek z sąsiadów. Może dlatego właśnie takie zdumienie budził twardy ton, którym wypowiedział teraz te zdania, i może dlatego wszyscy słuchali ich z uwagą należną kazaniu duchownego.

– Przeklęci Serbowie. Chorzy umysłowo – powtórzyła słowa Iva Aida. – Wybaczcie, Leko, Aleksandar, Petar, to nie dotyczy was, bo jesteście tak samo zagrożeni jak my, tylko dlatego że się z nami przyjaźnicie i rozmawiacie. Ale niech będą przeklęci. A ten Sasza Ludonović, ten szatan, skąd on się wziął? Znacie go? Przecież to jeszcze prawie dziecko!

– Jest w moim wieku – wtrącił Aleksandar. – Musi mieć dwadzieścia cztery lata, lada chwila skończy dwadzieścia pięć. Urodził się na początku września sześćdziesiątego siódmego roku. Wiem, bo jest ode mnie o miesiąc młodszy, a ja jestem z sierpnia. Trzymaliśmy się razem jako dzieciaki, razem się bawiliśmy, pływaliśmy w rzece, chodziliśmy do kawiarni, umawialiśmy się z dziewczynami... Ale potem wyjechał z Wiszegradu, nie pamiętam dokąd, i nigdy więcej go nie widziałem, aż pojawił się kilka tygodni temu. Szedł ulicą ze swoimi Białymi Orłami, z bratem Igorem, kuzynem Markiem i jakimś przyjacielem z Belgradu. Spuściłem wzrok, bo chciałem uniknąć problemów. Jak rozumiecie, szczególnie wiele się o nim nie dowiedziałem.

– A ja tak, synu – zapewnił Ivo. – Ja się dowiedziałem o nim i o całej jego przeklętej rodzinie. Można powiedzieć, że w jego drzewie genealogicznym widać silne i żywotne korzenie zła, zdrady i zbrodni. W czasie drugiej wojny światowej Bośnia była pod kontrolą faszystowskiego rządu Chorwacji. Faszyści zaczęli zabijać Serbów. Bali się ich i zmuszali ich do pozostawiania własnych domów. Jednym z tysięcy Serbów wyrzuconych z domu był członek rodziny Ludonoviciów, który potem został zamordowany. Na imię miał Novicia. Później, kiedy Serbowie zmobilizowali się do walki i chwycili za broń, żeby się bronić, zaczęli zabijać muzułmanów w okolicach Rujišty. Tych samych muzułmanów, którzy im pomagali, kiedy trochę wcześniej mordowani byli Serbowie. Wiadomo, że różni członkowie muzułmańskiej rodziny Gavriloviciów, którzy pomagali Ludonoviciom, zostali spaleni żywcem we własnych domach. Uratował się tylko Nurko Gavrilović, który zdołał w porę uciec. Kiedy skończyła się wojna i nastały rządy marszałka Tity, powstało coś w rodzaju państwa policyjnego, w którym Serbowie i Bośniacy zostali zmuszeni do życia razem. Za wszelkie próby dyskryminacji z powodu rasy, kultury czy religii groziło więzienie. Właśnie w tym czasie nowe pokolenia Ludonoviciów i Gavriloviciów na nowo się zaprzyjaźniły. Ich synowie, Rale Ludonović i Hasib Gavrilović stali się niemal nierozłączni. Nadeszły jednak czasy Miloševicia i zaczęło się wlewanie Serbom do głów prymitywnej propagandy, po to żeby znów obrócili się przeciwko Bośniakom. A jednym z ludzi, którzy bez wahania chwycili za broń, żeby skończyć z Bośniakami i wziąć udział w czystkach etnicznych, które propagował Slobodan Milošević, był bratanek Ralego, którego wszyscy już mamy nieszczęście znać: Sasza Ludonović.

– Od małego rósł, słuchając historii o tym, jak podczas drugiej wojny światowej jego przodkowie mordowali muzułmanów i jak dzięki takim czynom stali się bohaterami, prawowitymi spadkobiercami księcia Lazara – ciągnął dalej Ivo. – Nie zdziwiłbym się, gdyby Sasza własnymi rękami zamordował przyjaciela swojego stryja, Hasiba Gavrilovicia. O ile mi wiadomo, Hasib dzięki Bogu zdołał uciec do Srebrenicy. Może tam będzie bezpieczny. Chociaż z takimi mordercami nigdy nic nie wiadomo. – Ivo zrobił krótką przerwę na zaczerpnięcie tchu. Sprawiał wrażenie zmęczonego, ale po kilku sekundach znów zaczął mówić. – Z tego co wiem, Sasza cieszy się poparciem głównych przywódców tej absurdalnej wojny. Mówią, że działa na rozkaz Radovana Karadżicia[6] i Ratko Mladicia[7]. Dlatego boję się, że wbrew temu, co myśli wielu z nas, jeszcze długo będziemy mieli u siebie ten horror. Z Serbami tak już jest...

– No dobrze, dość już tego – wtrącił się najwyraźniej urażony Petar. Zbyt długo już słuchał tych słów i coś w jego wnętrzu nakazało mu przerwać milczenie. – Myślę, że wystarczy. Dłoń ma pięć palców i każdy jest inny. To samo dotyczy Serbów. I Bośniaków. Niektóre gazety mówią o bośniackich obozach koncentracyjnych, o prześladowaniach, masowych egzekucjach, o gwałceniu serbskich kobiet. Skoro lubisz uogólniać, mówiąc o Serbach, może będziemy tak samo uogólniać w sprawie Bośniaków?

– Petar, proszę cię! – Bezskutecznie próbowała go uspokajać Aida. – Wiesz dobrze, że chodzi nam o tych, którzy mordują, a przede wszystkim o serbskich polityków. Nie możesz zapominać, że...

[6] Polityk serbski, po utworzeniu – w wyniku wojny – Serbskiej Republiki Bośni i Hercegowiny został jej prezydentem; oskarżany o ludobójstwo; ujęty w 2008 r. przez służby specjalne Serbii i osadzony w areszcie w Hadze.

[7] Słynący z bestialstwa serbski generał, jeden z dowódców wojsk serbskich podczas wojny w Bośni i Hercegowinie; odpowiedzialny za rzeź ludności bośniackiej w Srebrenicy w 1995 r.; ujęty w 2011 r. i przekazany Trybunałowi w Hadze.

– Aida, wydaje się, że teraz to wy o czymś zapominacie. Kiedy wymieniacie te wszystkie daty, mówicie o historii, o niewinnych ofiarach, o okropnych wydarzeniach, zapominacie chyba o ponad pięciuset tysiącach Serbów zamordowanych w obozie koncentracyjnym, który historia i cały świat chciały wymazać z mapy. Jasenovac. Oczywiście, że ten obóz istniał. Sam go wcześniej wymieniłeś, Aleksandar. Nie mogę o nim zapomnieć i boli mnie, że tak tę sprawę lekceważycie, bo mój ojciec, Serb i dobry człowiek, zginął tam po torturach, które przerażały nawet hitlerowców. Jasenovac.

Sam dźwięk tego słowa sprawiał, że sześćdziesięcioletni Petar czuł dreszcze i oczy zachodziły mu mgłą. Przypominał sobie wszystko, co opowiadała mu matka o obozie koncentracyjnym zarządzanym przez chorwackich faszystów, którym przewodził dyktator Ante Pavelić. Stał on na czele rządu ustaszów ustanowionego w Chorwacji podczas drugiej wojny światowej przez nazistów. Wielki, niesławny obóz wzniesiono mniej niż sto kilometrów na południe od Zagrzebia, na powierzchni dwustu czterdziestu kilometrów kwadratowych, na których mieściło się pięć oddzielnych obiektów: Ciglana, Kozara, Bročica, Krapje i Stara Gradiška. Ten ostatni był obozem kobiecym, w którym uwięziono matkę Petra. Był też osobny obóz koncentracyjny dla dzieci, w którym zamordowano brutalnie siedemdziesiąt cztery tysiące nieletnich. Umysł Petra wypełnił się wspomnieniami tego, o czym opowiadała mu matka. Pod ich wpływem musiał jeszcze raz powtórzyć – przeliterować niemal – tę straszliwą nazwę.

– Obóz Jasenowac został stworzony po to, by poddać eksterminacji wszystkich, którzy nie byli Chorwatami. I temu służył! Karmił się głównie Serbami. W niecałe cztery lata liczba zamordowanych sięgnęła ośmiuset tysięcy, a może nawet miliona ludzi. Prawdziwej liczby nikt nie zna, mogła być i większa. Zabili ponad pięćset tysięcy Serbów, osiemdziesiąt tysięcy Cyganów, trzydzieści pięć tysięcy Żydów i ponad dziesięć tysięcy antyfaszystów różnych narodowości. To było serbskie Auschwitz. Historycy twierdzą, że ten obóz jest wielkim, wciąż skrywanym sekretem wojennej zagłady. Mordowano tam w czysto hitlerowskim stylu. Nie, wróć, źle mówię! Chorwackim faszystom gazowanie ludzi nie wydawało się dostatecznie okrutne; woleli palić Serbów żywcem, podrzynać im gardła wielkimi nożami kuchennymi, ćwiartować ich żywych, obcinać głowy piłą, wbijać gwoździe pod paznokcie, sypać sól na otwarte rany... a potem się zabawiali, robiąc sobie zdjęcia z trupami. Moja matka miała sporą kolekcję takich fotografii. Jednej nie jestem w stanie zapomnieć, mimo że minęło już tyle lat: widać na niej, jak chorwaccy strażnicy wsadzają cygaro w usta stanowiące część głowy odciętej już od ciała Serba. Matka opowiadała mi też, jak chorwaccy faszyści robili sobie naszyjniki z języków i oczu serbskich więźniów, jak wbijali na pal dzieci i jak u chorwackich rzeźników wieszali kawałki mięsa różnej wielkości pod napisem, który głosił: MIĘSO LUDZKIE.

Łzy płynące z oczu Petra wydawały się zsynchronizowane ze słowami, które wydostawały się z jego ust. Ale nie miał zamiaru skończyć swojej przemowy. Ciągnął ją dalej, prowadzony przez wspomnienia i nie przestając patrzeć na tych, którzy go słuchali z wyrazem przerażenia na twarzach.

– Urządzali zawody, kto zabije więcej ludzi w ciągu jednej nocy. Zwycięzcą został franciszkanin Pero Bnica. Udało mu się za pomocą specjalnego noża poderżnąć gardła tysiąc trzystu pięćdziesięciu więźniom, prawie wyłącznie Serbom. Większości kazał przed śmiercią krzyczeć „Niech żyje Pavelić", czyli chorwacki przywódca. I wielu ludzi krzyczało, chociaż nic im to nie dało. Bnica otrzymał tytuł Króla Podrzynaczy Gardeł, no i oczywiście premię: złoty zegarek, komplet srebrnych sztućców i inne drobne upominki. Nie dziwcie się, że tym królem został akurat boży człowiek, bo komendantem obozu był inny franciszkanin, Miroslav Filipović. Zabił własnymi rękami tysiące ludzi. Mówią, że jego pierwszą ofiarą był mały chłopiec, którego ponownie ochrzcił, pozbawiając go życia. Nazywano go ojcem Szatanem, był kapelanem chorwackich nazistów, zabawiającym się mordowaniem mężczyzn, kobiet i dzieci. Taki to był franciszkanin, sługa Boży... nie wierzę, że ktokolwiek tutaj uważa wszystkich ludzi Kościoła za jednakowych.

– „Bóg jest po stronie tych, którzy mają więcej dział" – zawyrokował Ivo, korzystając z pauzy, jaką zrobił Petar. Ten ostatni spojrzał na niego, nie umiejąc powściągnąć nieznacznego, ironicznego uśmiechu. – To nie moje słowa, tylko Napoleona, który lepiej wiedział, o czym mówi, niż wasz uniżony sługa.

– Nie brakuje ci rozumu. Ani tobie, ani Napoleonowi – ciągnął Petar. W kwietniu 1945 roku, po czterech latach funkcjonowania, przeklęty obóz koncentracyjny wysadzono w powietrze, a żeby nie zostawiać niewygodnych śladów, zlikwidowano wszystkich więźniów, którzy jeszcze żyli. Nowo utworzony rząd marszałka Tity nie miał ochoty, żeby całe to gówno wypłynęło na wierzch, bo przecież chciał pokazać światu, że Serbowie, Chorwaci i Bośniacy żyli zgodnie na tej samej ziemi i cierpieli pod jednym jarzmem. Taki obóz koncentracyjny, jakim był Jasenovac, zaburzyłby jego „Braterstwo i jedność". Mnie pozbawiono ojca, moja matka została wdową poszkodowaną do końca życia. No ale oczywiście wszyscy jesteśmy przeklętymi Serbami. I to samo mówiły wojska niemieckie, kiedy wkroczyły do Belgradu w 1915 roku, na początku pierwszej wojny światowej: *„Serbien muss sterbien!"*, „Serbowie muszą umrzeć!". I tak się stało. Umierały nas całe miliony.

Petar znów zrobił pauzę. W Café Andrić zapanowało milczenie, słychać było tylko ciężkie westchnienia i stłumiony płacz.

– Jak widzisz, Aleksandar, ja też znam historię, ale nie poznałem jej z książek, z których uczyłeś się na uniwersytecie, ani z wykładów – ciągnął po chwili milczenia Petar. – To wszystko przeżyli mój ojciec i matka, która, inaczej niż on, przetrwała i mogła opowiadać. Mówią, że cmentarz w Jasenovacu jest największym serbskim miastem po Belgradzie. I to na pewno jest prawda. Nie chodzi o jakiś wyświechtany frazes historyków. W tym podziemnym mieście mieszka mój ojciec. Dziesięć lat po zniszczeniu obozu postawiono tam betonowy kwiat wysoki na trzydzieści metrów, z otwartymi płatkami. Taki jak kwiaty, które można zobaczyć na cmentarnych grobach. Bo to właśnie jest grób: ogromny grób tysięcy ludzi, na którym ktoś posadził betonowy kwiat. Tak jakby to miało wystarczyć.

– Chorwaccy faszyści też trafili do obozów koncentracyjnych. Masakrowano ich w Austrii, w Bleiburgu, kiedy uciekali na południe kraju przed partyzantami Tity, mając nadzieję, że Brytyjczycy ich obronią – dodał nieśmiało Aleksandar, obawiając się, że ten historyczny komentarz, pomyślany jako sposób na pocieszenie Petra, okaże się niepotrzebny i źle zrozumiany. Tak też się stało.

– I temu też my jesteśmy winni, „przeklęci Serbowie", jak mówią Aida i Ivo? – spytał Petar, jakby nie miał już ochoty rozmawiać. – Serbowie, Chorwaci, Bośniacy, jedni, drudzy... Prawdziwymi ofiarami są zawsze jacyś „oni". Wciąż uogólniamy i czynimy z ofiar odpowiedzialnych. Chociaż wiemy, że prawdziwi sprawcy tego wszystkiego mają imiona i nazwiska, wszyscy mówimy, włącznie ze mną, o Bośniakach, Serbach, Chorwatach. Wiecie, co się stało z Ante Paveliciem? Nic. Trzy lata później uciekł z pieniędzmi, które ukradł ofiarom. Pojechał do Argentyny tak zwaną „trasą szczurów". Bardzo sugestywne określenie. Prosto w objęcia innego dyktatora, Peróna, który do upadłego wydawał wizy nazistom chorwackim ściganym przez komunistów Tity. Wiem, że po ośmiu latach po przyjeździe do Argentyny kilku nieznanych sprawców[8] podziurawiło go kulami na przedmieściach Buenos Aires, ale szczury długo żyją. Kiedy Perón upadł, Pavelić uciekł do Hiszpanii i ukrył się pod płaszczem innego dyktatora, Francisco Franco. Umarł w Madrycie w 1959 roku. Mówiono mi, że otrzymał osobiste błogosławieństwo papieża Jana XXIII. A ja nie wiem, gdzie dokładnie jest pochowany mój ojciec, przeklęty Serb, i nie przypuszczam, żeby otrzymał jakiekolwiek błogosławieństwo. Serbowie nigdy nie będą odpowiedzialni za to, co może jeszcze zrobić Milošević ani Sasza, ani za to, co zrobił szaleniec Princip. Tak samo jak nie uważam, żeby wszyscy Chorwaci odpowiadali za zbrodnie Pavelicia na moim ojcu i na milionie innych ludzi. Nie przyszłoby mi też do głowy, że Bośniacy, z którymi w tej kawiarni popijam rakiję i rozmawiam, są odpowiedzialni za okrucieństwa sułtana Murata. I tego samego oczekiwałbym wobec siebie. Nie sądzę, żeby to było tak dużo.

I znów w kawiarni zaległa cisza. Trwała kilkadziesiąt sekund, które wszystkim obecnym wydawały się godzinami.

– No dobra, wystarczy. Dość na dzisiaj – powiedział Leko, próbując zatuszować zaniepokojenie obrotem, jaki od pewnego czasu przyjmowała pełna emocji rozmowa. – Dyskusja zaczyna nam się wymykać spod kontroli i wszyscy mówimy to, czego wcale nie chcemy powiedzieć ani w gruncie rzeczy tak nie myślimy. Czy nie dość mamy problemów? Dla wszystkich będzie najlepiej, jeśli rozejdziemy się do domów.

Wszyscy posłuchali tej rady. Było już późno, za chwilę miało zmierzchać, a nikt nie chciał, żeby noc zaskoczyła go

[8] Byli to agenci jugosłowiańskich służb specjalnych; Pavelić przeżył zamach.

na niebezpiecznych ulicach miasta, w którym serbscy żołnierze dla rozrywki polowali na Bośniaków.

Zehera i Aleksandar przyspieszyli kroku. Tym razem postanowili nie jechać na rowerach, ponieważ chcieli wracać do domu mało uczęszczanymi drogami, które nie bardzo nadawały się do przemierzania na dwukołowych pojazdach.

– Myślę, że nie powinniśmy więcej przychodzić do Café Andrić. Za duże ryzyko przy obecnym stanie rzeczy – przerwała milczenie Zehera.

– Dlaczego? Wydawało mi się, że ci się podobało, choćby dlatego, że będziesz mogła powtórzyć potem wszystko babci. Dziś na pewno zainteresują ją wszystkie opowieści, które stamtąd przyniesiesz. Tylko nie mów jej, że należałem do tych, którzy najwięcej mówili. Potem będzie mi wypominać, że nabijam ci głowę historiami, „które moją wnuczkę ani grzeją, ani ziębią" – odpowiedział, próbując z czułością naśladować ton, jaki przybierał głos babci Mirsy, kiedy coś ją denerwowało.

– Dlaczego? Jak to dlaczego? Nie słyszałeś, co tam ludzie mówili? Albo inaczej: czy nie słyszałeś samego siebie? Jeśli to wszystko jest prawda, to ile czasu, twoim zdaniem, zajmie im sprawdzenie, kim jesteśmy? Przecież bywamy tam prawie codziennie. I możesz mi wyjaśnić, skąd wiesz to wszystko, o czym mówiłeś w kawiarni? Poważnie, Alek, nie wiem, czy mnie to uspokaja, czy przeraża.

– Pamiętasz może, że studiuję historię? I chcę wiedzieć, jakie fundamenty mają te budowle, po których dziś chodzimy. To zawsze pomaga. A poza tym powinnaś już być przyzwyczajona. Twoja siostra Suhra jest taka jak ja. Dlatego się przyjaźnimy.

Zehera nie odrzucała argumentów ukochanego, ale nie potrafiła powściągnąć pewnego chłodu.

– Myślę, że nie powinniśmy tam wracać. To wszystko.

I nie wrócili. Nikt nie wrócił.

Po trzech dniach członkowie Białych Orłów pozabijali deskami główne drzwi i wszystkie okna – poza jednym – w Café Andrić i podłożyli tam ogień, jednocześnie strzelając do wszystkich, którzy w tym momencie byli w środku. Jednym z obecnych był stary nauczyciel Ivo: nie dał rady uciec przez wąskie tylne drzwi, które bojówkarze zapomnieli zablokować i przez które Leko pomógł się wydostać wszystkim, którzy byli w stanie do nich dotrzeć. Petar też nie zdołał się uratować: zbyt długo pomagał Aidzie wydostać się przez drzwi, które nie zostały zablokowane. Nie dowiedział się nigdy, że jego heroizm poszedł na marne: Aida padła martwa zaledwie cztery metry od kawiarni, skoszona serią z kałasznikowa przez jednego z serbskich ultranacjonalistów.

Wokół tego całopalnego stosu, w który przekształcił się najpopularniejszy lokal w mieście, słychać było suche trzaski pojedynczych strzałów, serie z karabinów maszynowych i salwy śmiechu ludzi Saszy. Te odgłosy bezlitośnie wdzierały się do uszu sąsiadów. Wewnątrz lokalu wszystko zagłuszały okrzyki bólu i wołania o pomoc, nieludzkie wrzaski przerażenia i cierpienia, wydobywające się z gardeł mężczyzn i kobiet, Bośniaków i Serbów. Spotkali się tam, żeby wypić kawę, przeczytać gazetę albo pogadać o najnowszych wydarzeniach wojennych, które znów ich zaskoczyły. W ciągu kilku minut wszystko zostało zredukowane do popiołów. Po nienasyconych płomieniach, które pożerały ludzkie istnienia, marzenia i ciała, pozostał gęsty osad popiołu. Jeszcze kilka godzin później pojedyncze płomienie wystrzeliwały w powietrze, tak jakby dusze ofiar, które zostały tam zaskoczone i spłonęły żywcem, próbowały ciągle uciec ze śmiertelnej pułapki. Zapach zniszczenia i śmierci rozszedł się po całym mieście i nikt nie był w stanie się od niego uwolnić: fetor wniknął w domy, ubrania, ciała i mózgi. To było jego miasto. Smród zła pochodzący z kloak nienawiści i niezrozumiałej żądzy zemsty.

· 5 ·

Niebawem Zehera mogła przekonać się naocznie, jak wygląda charakterystyczny sposób działania Saszy i jego ludzi.

Pewnej nocy, kiedy wszyscy poza nią już spali, a Zehera próbowała sobie radzić z bezsennością, po raz kolejny czytając *Most na Drinie*, usłyszała jakieś głosy i krzyki. Nie była w stanie ich rozpoznać, ale wiedziała, że dobiegają z ogrodu sąsiadów, Behii i Dema. Zaalarmowani groźbą, którą niosły ze sobą te wrzaski, rodzice Zehery, babcia Mirsa i brat Dino szybko zeszli do wykopanej pod domem, zakonspirowanej piwnicy, która nieraz już służyła domownikom za schron i kryjówkę. Zaintrygowana hałasami Zehera celowo ociągała się z dołączeniem do reszty rodziny, a kiedy w końcu postanowiła to zrobić, odgłos wystrzału zmroził jej krew i odebrał możliwość wykonania jakiegokolwiek ruchu. Odgłos dotarł do jej uszu tak wyraźnie, jakby ktoś strzelał w jej własnym pokoju, o centymetry od miejsca, w którym się znajdowała. Przez chwilę bała się nawet odetchnąć; strach nie pozwolił jej choćby spojrzeć na samą siebie – bała się stwierdzić, że to ona była celem. Drugi taki odgłos kazał jej rzucić się na ziemię. Krzyki i lamenty stały się jeszcze głośniejsze i bardziej dramatyczne, ale tym razem dotarły do niej w niezrozumiałej otoczce śmiechów i obelg.

Nie wiedząc, dlaczego to robi, zamiast leżeć rozciągnięta na drewnianej podłodze własnej sypialni, podpełzła w kierunku okna i przez kilka sekund siedziała przy nim w kucki.

Szukała odpowiedniego kąta, żeby móc wyjrzeć, sama nie będąc widziana. Kiedy w pełni dotarło do niej znaczenie tego, co zobaczyła, było już za późno, aby jej oczy posłuchały płynącego z mózgu rozkazu wycofania się spod okna. Patrzyła na najbardziej przerażającą scenę w swoim życiu, ale nie potrafiła odwrócić wzroku.

Widziała wyraźnie, jak Sasza Ludonović zmusił Behiję, aby uklękła w ogrodzie, i dziko ją gwałcił. Trzymał jej głowę wyprostowaną, tak aby widziała, jak dwóch jego ludzi robi to samo z jej pięcioletnią córką, którą kiedyś opiekowały się z Suhrą. Obłąkańcze krzyki matki, błagającej o litość dla córki, nie dość że nie powstrzymywały umundurowanych bestii, ale zdawały się jeszcze je podniecać i nasilać ich sadyzm, zwiększając satysfakcję z okrucieństwa, którego się dopuszczały. Kiedy Zehera przesunęła nieco wzrok i zmieniła kąt patrzenia, dostrzegła, że głowa rodziny, Demo, został przybity do głównych drzwi domu, po czym strzelono mu w głowę oraz w krocze. Zehera nie wiedziała, jak długo patrzyła na ten pokaz barbarzyństwa, ale zaczęła się domyślać, że zaraz wydarzy się coś jeszcze bardziej okrutnego. Sasza zszedł z Behii i ze spodniami opuszczonymi do połowy nóg skierował się w miejsce, gdzie leżała mała, która przestała już płakać, a nawet się poruszać. Bez najmniejszego wahania złapał dziewczynkę za głowę, podniósł na wysokość swoich bioder i zmuszając do patrzenia w miejsce, gdzie pozostawił jej leżącą matkę, wydobył zza pasa nóż i poderżnął jej gardło. Behija usiłowała podbiec do dziecka, ale jeden z umundurowanych uniemożliwił jej to, strzelając w plecy. Upadła na trawnik, wyciągając ramię w ostatniej desperackiej próbie dotarcia do miejsca, w którym jej córeczka się wykrwawiała. Czterech mężczyzn, którzy przybyli do tego domostwa kilka minut wcześniej, zaczęło wśród śmiechów zbierać się do powrotu, dopinając spodnie, popijając z butelek i podśpiewując czetnickie pieśni. Przed odejściem Ludonović zbliżył się do konającej matki, złapał ją za włosy i coś jej powiedział do ucha. Potem uderzył ją w głowę kolbą karabinu.

Na koniec Zehera zobaczyła, jak potwór wsiada do samochodu zaparkowanego przy wejściu do domu, przedtem spoglądając jeszcze na otoczenie z miną myśliwego, który z dumą obrzuca wzrokiem swoje trofea, ocierając umazane krwią ręce o błyszczącą karoserię auta. Był to volkswagen passat wiśniowego koloru, kupiony dopiero co przez Behiję i jej męża w związku z oczekiwanym przez nich przyjściem na świat nowego członka rodziny, choć trwająca dopiero trzy miesiące ciąża kobiety była jeszcze prawie niezauważalna. Sasza Ludonović wsiadł do samochodu, z zadowoleniem przysłuchiwał się przez chwilę ostremu rykowi silnika, po czym włączył radio i nastawił je na maksymalną głośność, jakby chciał, żeby cały świat słuchał piosenki, którą wybrał, by towarzyszyła mu w diabelskiej przejażdżce. Ruszył gwałtownie, zostawiając za sobą gęsty obłok pyłu, który z pewnością nie zdołał przykryć śladów koszmaru, jakie pozostały w ogrodzie.

Kilka sekund później zapanowała kompletna cisza. Śmiertelna cisza. Nie drgał w powietrzu żaden dźwięk. Nikt nie krzyczał, nie słychać było płaczu, który zakłócałby odrealniony spokój tej wiosennej nocy.

Zehera czuła, że krew płynąca w jej głowie krąży zbyt szybko i pulsuje w skroniach z niezwykłą gwałtownością. Podniosła wzrok i wtedy go zobaczyła: stał dumny jak zawsze, nieporuszony, zimny, zamieniony w głównego świadka terroru, który zagnieździł się w mieście. Być może most, jej most, też czuł, że bystre i hałaśliwe wody płyną łożyskiem rzeki z taką samą wściekłością, wrogością i bezsilnością, z jaką w jej głowie płynęła krew. Nieliczne światła odbijały się w wodach Driny jak płomyki świec. Zehera miała wrażenie, że rzeka wciąż wzburzona jest barbarzyństwem, które rozegrało się na jej szmaragdowozielonych oczach. Wydawało jej się, że przestrzenie pod przęsłami mostu powiększyły się, rozszerzyły, jak wielkie usta, krzyczące i płaczące nad potwornościami, które rozegrały się tak blisko.

Niedługo potem światło wyraźnie inne niż to migoczące na powierzchni rzeki zaczęło pokonywać ciemność, którą spowity był dom sąsiadów Zehery. W ogrodzie, w którym niewiele minut wcześniej zapuściło korzenie zło, pojawił się ambulans. Odwieziono Behiję owiniętą w jakąś tkaninę przypominającą dywan, wyniesioną z wnętrza domu przez jedną z osób, które wysiadły z ambulansu. Dwaj inni ludzie pozostali na miejscu i zajęli się ciałami pozostałych pomordowanych członków rodziny.

W tym momencie Zehera poczuła, że nierzeczywisty świat, w którym do tej pory trwała, zatrzymał się, po to żeby miała możliwość z niego wyjść i przenieść się do prawdziwego życia. Nikczemnicy, o których opowiadali sąsiedzi, spotykając się w piwnicach domów, na rogach placów czy – w szczególności – w unicestwionej Café Andrić, uzyskali w końcu konkretne twarze i imiona. Bezmiar okrucieństw popełnianych przez Białe Orły i relacjonowanych przez przyjaciół i sąsiadów otrzymał teraz pieczęć realności. Wreszcie była w stanie zrozumieć, co przeżyła Fehima, widząc, jak Sasza i jego ludzie uwożą jej ojca i dwóch braci, okładając ich pięściami i kolbami karabinów. Wsadzili ich do samochodu, a kilka dni później bliscy Fehimy zostali znalezieni w rzece z poderżniętymi gardłami i śladami okrutnego pobicia na ciele. Teraz Zehera potrafiła pojąć wyraz bólu malujący się na twarzy Jasminy, kiedy opowiadała, jak siłą wyciągnęli jej męża z fabryki, w której pracował, kazali mu się położyć na ziemi twarzą do góry obok innych bośniackich robotników, po czym zabili ich strzałami w głowę. Wyobrażała sobie teraz wyraźnie i bez fałszywych upiększeń bezbrzeżne cierpienie, które doprowadziło do samobójstwa gadatliwego zazwyczaj Admira: trzech ludzi Saszy zaskoczyło go w meczecie, do którego poszedł się pomodlić. Na jego oczach zgwałcili i zamordowali jedenastoletnią wnuczkę. Wreszcie pojęła niedający się ukoić płacz Maidy, do domu której zajechała grupa serbskich żołnierzy ciężarówką wypełnioną młodymi dziewczynami pochodzącymi z różnych miast. Zażądali wydania jej szesnastoletniej córki, podając jako powód fałszywe wyjaśnienie powtarzane mechanicznym głosem przez jednego z umundurowanych mężczyzn: „Wymienimy ją na serbskie dziewczyny więzione przez armię bośniacką. Nie ma się czego obawiać. Szybko wróci do domu".

To wszystko działo się już od pewnego czasu w Wiszegradzie, ale Zehera właśnie teraz przeszła chrzest ogniowy, który na dobre zatrzasnął jej drzwi do fikcyjnego świata pełnego legend. Została powitana w innym świecie, w którym wszechwładnie panowała okrutna rzeczywistość.

Zachrypnięty głos matki sprawił, że odwróciła głowę ku wnętrzu swego pokoju i odsunęła się od okna.

– Mieliśmy szczęście. To mogliśmy być my.

· 6 ·

Po tych wydarzeniach wyglądanie przez okno – to samo, które jeszcze niedawno uważała za niezwykle interesujący i godny pozazdroszczenia punkt widokowy – przestało sprawiać Zeherze przyjemność. Zbyt wiele potworności przez nie widziała, zbyt wiele cierpienia. To, co dawniej było najlepszym lekarstwem na bezsenność i sposobem na zapomnienie się w pełnej złudzeń przyszłości – czyli widok wspaniałego mostu na Drinie – teraz było gwarancją niepokojów, nocnych koszmarów i lęków. Strach przerodził się w tępe uczucie, które towarzyszyło jej wszędzie. Był jak przeszywające pierś ostrze, przed którym nie potrafiła się bronić, jak cień, którego nigdy nie widziała, ale zawsze miała poczucie, że jej nie opuszcza. Strach przed śmiercią, przed nieznanym, przed krwią, ciemnością, przed wszystkim, co w gruncie rzeczy od początku świata napędza wielkie niepokoje ludzkości, nagle zakwitł w tym zakątku Bałkanów. Ten strach żywił się historiami, które opowiadały wyniszczone usta sąsiadów i przyjaciół, oraz obrazami, które Zehera sama widziała.

Nowy strach począł pożerać serca wszystkich mieszkańców Wiszegradu, kiedy bomby i pociski na dobre wzięły się do unicestwiania miast Bośni i Hercegowiny. Te miasta stopniowo przekształcały się w widma. Fasady budowli i domów mieszkalnych, przeszyte pociskami i odłamkami bomb, wyglądały jak wyszczerbione przez samego diabła. Wycie silnika wiśniowego passata, który Sasza Ludonović zrabował Behii po zamordowaniu całej jej rodziny, zamieniło się w sygnał zła, w zapowiedź kolejnych okrucieństw, które miały się za chwilę wydarzyć. Kiedy Sasza parkował ten rzucający się w oczy pojazd przed jakimś domem, fabryką, budynkiem gospodarskim, na placu lub pod meczetem, zawsze oznaczało to dla kogoś nieuchronny wyrok śmierci. Wszyscy modlili się, żeby nie usłyszeć przeklętego ryku silnika, zwiastującego przybycie diabła. Kiedy już się pojawił, nie było żadnej możliwości ucieczki, żadnej litości dla mężczyzn i kobiet, próbujących się gdzieś ukryć przed jego spojrzeniem. Wszelkie próby uniknięcia ironicznego wzroku, którym toczył wkoło nowy, wojenny pan Wiszegradu, wszystkie wysiłki, by nie wejść z nim w kontakt, okazywały się daremne.

Właśnie w czerwonym passacie odbywał swe najdziksze i najkrwawsze rajdy. Kobiety, którym kazał wsiadać do samochodu, wiedziały, że nie ujdą z życiem. Szczególnie upodobał sobie ciężarne, które odwoził na komisariat albo do budynku straży pożarnej, gdzie gwałty odbywały się każdego dnia. Jeśli kobiety były w zaawansowanej ciąży, zamykał je aż do porodu, a potem je gwałcił i odbierał życie. Bawiło go też ogromnie – sądząc po częstotliwości organizowania takiej rozrywki i lubieżnych śmiechach, które z siebie wydawał, oglądając spektakl we wstecznym lusterku passata – przywiązywanie człowieka do tylnego zderzaka samochodu i jeżdżenie z wielką prędkością po głównych ulicach Wiszegradu, aż jego ofiara zaczynała wyglądać jak krwawy tobołek. Potem zatrzymywał samochód i bił ją, aż się zmęczył, tak jakby nie docierało do niego, że człowiek i tak od dawna jest martwy i nie może poczuć jego wściekłości.

– Jestem największym zbrodniarzem w historii – krzyczał po każdym kolejnym akcie barbarzyństwa. – I nikt, słuchajcie mnie dobrze, tureckie bękarty, nikt nie może mi nic zrobić. Jestem nietykalny.

O różnych porach dnia i nocy na most nad Driną zajeżdżały ciężarówki wyładowane mężczyznami, kobietami i dziećmi, eskortowane przez ludzi w mundurach. Zaczynało się wtedy straszliwe przedstawienie; ukochany most Zehery zamieniał się w makabryczne miejsce kaźni. Nie miało znaczenia, czy chodzi o osoby dziewięćdziesięcioletnie, czy trzymiesięczne. Zielone, krystaliczne wody rzeki stopniowo nabierały czerwonej barwy. Na rozkaz szefa Białych Orłów wszyscy musieli wysiąść z ciężarówek i ustawić się po jednej stronie mostu. Większość była już wcześniej torturowana i sprawiała wrażenie duchów pozbawionych zmysłu orientacji i poczucia rzeczywistości. Nikt poza umundurowanymi nic nie mówił. I wtedy przerażający, wojenny władca miasta zaczynał w tym teatrze odgrywać rolę mistrza ceremonii, która tak bardzo go zachwycała. Każda noc była inna, choć nigdy mordowanie nie trwało krócej niż trzy kwadranse. Niektórych zabijano jednym strzałem i wrzucano do rzeki, innym podrzynano gardła – nie jednym cięciem, ale tak, żeby maksymalnie przedłużyć agonię, szczególnie jeśli obecni byli krewni ofiary, którzy wiedzieli, że też są skazani. Ludzkie bestie nie cofały się przed niczym ani przed nikim. W czasie gdy środkowa część mostu służyła za scenę urządzanej tam rzeźni, powietrze przepełniała muzyka dobiegająca z czerwonego passata: sam Sasza zajmował się pogłaśnianiem i ściszaniem radia w zależności od natężenia krzyków ofiar.

Kiedy to śmiertelne przedstawienie się kończyło, pozostawała po nim dantejska scenografia. Wszędzie krew. Tak jakby sprawcy chcieli zostawić na historycznych kamieniach niezatarty dowód tego, do czego są zdolni. Zehera miała wrażenie, że to most krwawi, że kona, porażony śmiercią i strachem. Tamtej nocy wydawało jej się, że wielka kamienna bryła zmalała, zapadła się pod ciężarem hańby i upodlenia, że nie jest już potężnym pomnikiem, szlachetnym i majestatycznym, którym do tej pory potrafiła się zachwycać.

– Musimy stąd wyjechać, Aleksandar. Niedługo to spadnie i na nas – błagała cichym głosem narzeczonego, który tkwił obok niej i razem z nią stawał się świadkiem najnowszej masakry. – Jutro mogą przyjść po mnie albo po ciebie. Nie chciałabym patrzeć, jak nas zabijają na tym moście. Nie możemy czekać na ten moment i nic nie robić, jakby to nas nie dotyczyło. Moja siostra miała rację: oni się nie zatrzymają, póki nie wykończą nas wszystkich.

– Kochanie, wyjedziemy. Zaufaj mi. Niedługo wyjedziemy, ale trzeba to dobrze przygotować. Nie możemy ryzykować ucieczki, zanim nie będziemy wiedzieli, dokąd iść, komu ufać. Musimy mieć plan, który nam zagwarantuje, że ucieczka nie zakończy się strzałem w głowę. Rozmawiałem już ze swoim kuzynem Dejanem. On zna sytuację dużo lepiej od nas, wie, w jakich strefach jest najbardziej niebezpiecznie, i przede wszystkim ma kontakty, które mogą nam pomóc. – Zamilkł na chwilę i patrzył na niepewny wyraz twarzy kobiety, w której był po uszy zakochany. Nie lubił, kiedy się tak smuciła, irytowało go, że jego słowa nie uśmierzają natychmiast jej rosnącego niepokoju, jak to bywało dawniej, zanim czar, jaki roztoczył nad narzeczoną, nie został unicestwiony przez pierwsze bombardowania. – Daję ci słowo, że stąd wyjedziemy. Żywi. Razem. Uciekniemy daleko w bezpieczne miejsce, gdzie nikt z nich nie będzie mógł nam nic zrobić. Obiecuję ci. Ale musimy poczekać.

– A gdzie jest to bezpieczne miejsce, Alek? Dokąd pojedziemy? – Dziewczyna była coraz bardziej niepewna.

– Dejan mi powiedział, że jego brat od roku mieszka w Hiszpanii i dobrze mu się wiedzie. Rozmawiał już z nim, żeby go wysondować. Tamten stwierdził, że może nas na jakiś czas przyjąć do siebie.

– Hiszpania? Przecież ja nic nie wiem o tym kraju oprócz tego, że jest daleko. Co tam będziemy robić?

– Żyć. Uciekniemy przed śmiercią. To więcej, niż moglibyśmy sobie wymarzyć, gdybyśmy zostali tutaj.

Od czasu gdy rozpoczęły się publiczne egzekucje na moście, Aleksandar nie zostawiał narzeczonej samej ani chwili dłużej, niż to było konieczne. Każdego wieczoru przychodził do jej domu, mimo że mogły zobaczyć go i zatrzymać Białe Orły. Obiecał to Suhrze, zanim wyjechała do Sarajewa, i zamierzał dotrzymać słowa.

Zehera go kochała. A przynajmniej była przekonana, że niczego podobnego nie czuła wcześniej do nikogo innego. Alek – tak go nazywali najbliżsi – był młodzieńcem bystrym, sympatycznym, przedsiębiorczym. Miał cechy przywódcze, a także wiele planów na przyszłość. A ponadto jego wygląd – ponad metr osiemdziesiąt wzrostu jako wizytówka oraz idealnie umięśnione ciało – gwarantował mu dotychczas powodzenie u kobiet i ułatwiał podboje. Zajmował się prowadzeniem rodzinnego biznesu – wypożyczalni i sklepu z rowerami w Wiszegradzie. Kiedy nie był pochłonięty zajęciami na studiach historycznych, można go było często zobaczyć, jak obsługuje klientów w firmie. Jego rodzice zdawali sobie sprawę, że Aleksandar ma w sobie coś z darów zaklinacza węży – zawsze kiedy on zajmował się firmą, obroty wyraźnie rosły. Poza tym rodzice woleli, żeby syn dbał o biznes zamiast – ich zdaniem – tracić czas na gazety i czasopisma polityczne albo nadmierne zbliżanie się do kręgów miejscowych intelektualistów, które zbierały się regularnie w małej miejskiej bibliotece. Młodzi ludzie pokroju Aleksandra przychodzili tam, żeby posłuchać różnego rodzaju wystąpień politycznych wygłaszanych przez wykładowców, dawnych studentów i zaproszonych gości.

Był o osiem lat starszy od Zehery i zaledwie o rok od Suhry, która ich ze sobą poznała.

– Jestem pewna, siostrzyczko, że ci się spodoba. Poza wszystkim lubi róże – wyznała jej wśród konspiracyjnych śmiechów.

Zehera i Aleksandar spotkali się dwa lata wcześniej, na pół roku przed wyjazdem Suhry do Sarajewa. Starsza z sióstr znała Aleksandra od pewnego czasu, bo studiowali na tym samym roku. Choć nie mieli ze sobą wiele styczności, bo należeli do różnych kręgów koleżeńskich, wpadali na siebie czasem na różnych imprezach kulturalnych, które w gruncie rzeczy miały charakter polityczny. Suhra wiedziała, że nie był najlepszym studentem, ale jego otwarty charakter, spryt i charyzma rekompensowały brak sukcesów akademickich. Pewnego dnia Alek zapytał ją o rodzeństwo i Suhra nie potrafiła ukryć uśmiechu.

– No wiesz, rozczula mnie twoja troska o pomyślność mojej rodziny. A o kogo konkretnie ci chodzi, o Dina czy Zeherę? Mogę powiedzieć, że Dino ma się świetnie, z każdym dniem rośnie jak na drożdżach. Ale, wiesz, nie je najlepiej... Pewnie przez to, że pożera wszelkie zielska, jakie gdziekolwiek znajduje. Och, przepraszam! – Udała, że dopiero teraz zauważyła nieporozumienie.

Aleksandar przyglądał jej się z szerokim uśmiechem. Ten uśmiech angażował wszystkie mięśnie twarzy i wywoływał na niej liczne zmarszczki oraz fałdy, ale jednocześnie podkreślał młodzieńczą urodę chłopca.

– A, to nie o mojego brata Dina ci chodzi? No naprawdę, przepraszam! Widzisz, tak to jest, jak się ma dużą rodzinę. Moja siostra ma się dobrze, bardzo dziękuję. Jeszcze czegoś chcesz się dowiedzieć?

Dwa dni po tej rozmowie obie siostry zjawiły się w wypożyczalni Aleksandra, przy czym Zehera była mocno zdezorientowana, bo nie mogła zrozumieć, w jaki sposób z obu kół jej roweru zeszło tego ranka powietrze.

– Zawsze mogę ci naprawić rower, jeśli tylko mi obiecasz, że nie użyjesz go po to, żeby ode mnie zaraz odjechać. Rozumiem, że w praktyce okaże się to niemożliwe. Przypuszczam, że znasz legendę o niewolniku, który na targu natknął się na śmierć. Zobaczył, że na niego macha, i poprosił swego pana, żeby mu pożyczył konia, bo chciał uciec do Damaszku, by oddalić się od śmierci... Wiesz, co było dalej? Kiedy dostał konia, jego pan i władca spotkał się ze śmiercią i robił jej wymówki, że wystraszyła jego niewolnika. A wtedy koścista starucha odziana w szmaty odrzekła: „Nie miałam zamiaru go straszyć. Zdziwiłam się tylko, kiedy go tu zobaczyłam: liczyłam na to, że spotkamy się tej nocy w Damaszku!". Musiałaś to już słyszeć. Twoja siostra powiedziała mi, że uwielbiasz bajki i znasz ich więcej, niż było w *Tysiącu i jednej nocy*.

Przerwał przemowę, widząc wyraz zdumienia na twarzy Zehery.

– Opowiem ci tę historię ze szczegółami, jak pójdziemy na herbatę... We trójkę, rzecz jasna, razem z Suhrą.

– Bardzo mi miło – odpowiedziała teatralnym tonem Suhra.

A potem dodała cicho, kierując te słowa do siostry:

– Cóż za troskliwy chłopak. Zaprasza nas i w ogóle...

– Tak, aż za bardzo troskliwy, nie sądzisz? – Zehera zamierzała wydostać się z pułapki, którą, jak zaczynała podejrzewać, zastawiła jej ukochana siostra. – Posłuchaj no ty – powiedziała najbezczelniejszym tonem, na jaki zdołała się zdobyć. – Każdy słyszał o *Baśniach z tysiąca i jednej nocy*, a ty musisz wiedzieć, że sporo ci brakuje do roli Szeherezady: prawdę mówiąc, nie wyobrażam sobie, jak miałbyś koić bezsenność swojego pana. Mogłeś popracować trochę nad podrywem i nie polegać tak bardzo na wspólnikach.

Znów spojrzała na siostrę, która udawała, że jej te słowa nie dotyczą.

– Więc znasz już siłę przeznaczenia i daremność sprzeciwiania się mu – powiedział Aleksandar. – Nie ma co próbować wpływać na własne szczęście. A więc herbata... szybka, ale herbata. Bo jak nie, to cię będę ścigać aż do Damaszku, jeśli będzie trzeba.

Wtedy właśnie między dwojgiem młodych zaczęła się rodzić przyjaźń. Kilka tygodni później przekształciła się w zażyłość bardziej intymną, w dużej mierze dzięki znakomitym talentom Suhry w roli swatki, w której umyśle zaczął się już kształtować projekt przenosin do Sarajewa. Starsza siostra chciała uspokoić sumienie, zostawiając młodszą – na czas swej nieobecności – pod dobrą opieką.

W tamtych pierwszych chwilach nikt z całej trójki nie brał na poważnie słów Aleksandra o sile przeznaczenia.

– Uciekniemy daleko stąd i nikt nie zdoła nam nic zrobić – powiedział teraz.

Stali nieruchomo przy oknie, przez które prawie co noc obserwowali masowe egzekucje odbywające się na moście. Zehera i jej narzeczony mieli wrażenie, że widzą odzianą w szmaty kostuchę na czarnym koniu, biegnącym szybko w ich kierunku.

· 7 ·

Zanim nadeszła noc, kiedy ludzie Saszy Ludonovicia pojawili się w jej domu, Zeherę przez kilka dni dręczył szczególny niepokój. Przez ostatnie tygodnie bezskutecznie próbowała nawiązać na nowo kontakt z Suhrą, ale telefon wciąż nie chciał jej w tym pomóc: rzadko w ogóle dało się słyszeć sygnał, a kiedy już miała to szczęście, numer jej siostry nie reagował. Niemożność pogadania z Suhrą, z którą zawsze tyle rozmawiały, szarpała jej nerwy i tak już napięte do granic wytrzymałości. Nic nie było w stanie zmniejszyć jej narastającego niepokoju. W radiu też nie mogła natrafić na żadne wieści dotyczące tego, co dzieje się w Sarajewie. Nic, co pomogłoby jej poczuć się – choćby w symbolicznym sensie – bliżej siostry. W ostatnich dniach zresztą baterie stały się trudno dostępne nawet na wojennym czarnym rynku.

Towarzyszące jej od tylu dni zdenerwowanie nasiliło się, kiedy usłyszała gdzieś blisko domu odgłos silnika czerwonego passata. Właśnie skończyli kolację – skromną, bo wszelkie produkty spożywcze przekształciły się stopniowo w towary luksusowe i były kłopoty z ich zdobyciem. Sąsiedzi pomagali sobie, zgodnie z zasadą „dzisiaj ja tobie, jutro ty mnie", która stała się mottem ich trudnej egzystencji. Ale Zehera nie zwracała uwagi na to, że nie całkiem zaspokoiła głód: wiedziała, że babcia Mirsa rozmawiała z cukiernikiem i – kosztem dużych wyrzeczeń – zamówiła u niego tort urodzinowy, żeby już za kilka godzin uczcić osiągnięcie przez wnuczkę pełnoletniości. Jej mała dziewczynka kończyła osiemnaście lat i niezależnie od tragicznych okoliczności, w jakich przyszło obchodzić ten radosny jubileusz, zasługiwała na święto.

Choć nikt nie odważył się wyjrzeć przez okno, z obawy że wyobrażony strach się zmaterializuje, wszyscy słyszeli grupę mężczyzn rozmawiających przy drzwiach ich domu; w tle ich głosom akompaniował warkot silnika: kiedy Sasza przyjeżdżał po kogoś, nigdy nie wyłączał motoru passata. Wiedział, jaką panikę siał ten zwiastun śmierci, i bawił się ciągłym jej podsycaniem.

Pośród osłupienia wszystkich domowników rozległ się dzwonek do drzwi. Spojrzeli po sobie zdezorientowani. Dlaczego nie wyważyli drzwi wejściowych, jak mieli w zwyczaju? Dlaczego zadali sobie trud dzwonienia? Czy to naprawdę oni, czy...?

– Otwierać natychmiast! – krzyknął ktoś z zewnątrz.

Ojciec Zehery odciągnął zasuwę zamka przy drzwiach, a potem cofnął się do wnętrza domu, niezdolny do wypowiedzenia jakiegokolwiek słowa. Do mieszkania wszedł sam Sasza Ludonović w towarzystwie Białych Orłów. Jego ludzie chyłkiem zajęli strategiczne pozycje, tak żeby mieć wszystkich na oku.

– Dobry wieczór paniom – rzekł przywódca grupy, zwracając się do Zehery, jej matki oraz babci i przyglądając się najmłodszej z nich w sposób tak obleśny, że poczuła się zbrukana. Na twarzach jego podwładnych pojawiły się zjadliwe uśmiechy. – Mam nadzieję, że paniom nie przeszkadzam. Wiecie panie, dostaliśmy informację, że w tej okolicy przebywają różni ekstremiści, i pomyśleliśmy: przejdźmy się po sąsiadach i zobaczmy, czy będą chcieli nam pomóc w przywróceniu porządku. – Sasza rzucał teraz lodowate spojrzenia na męską część domowników: na ojca Zehery, jej brata Dina i narzeczonego Aleksandra. – Panowie nic nie wiedzą? Niektórzy mówią różne rzeczy, robią jakieś uwagi i krytykują Serbów tylko za to, że są Serbami. Taki nasz los. Historia się powtarza. Ale teraz nie dadzą nam rady. Już zbyt wiele razy im się udawało. – Po przedłużającej się chwili groźnego milczenia ciągnął dalej swoją sarkastyczną przemowę. – No tak. Spodziewałem się daleko idącej współpracy. – Teatralnie zaczerpnął tchu, tak jakby chciał napełnić płuca, zanim wypowie kolejne ważkie słowa. – Bardzo dobrze. Nie ma problemu. Rozbierzcie się wszyscy. Ale już!

Popatrzyli na siebie przez tysięczną część sekundy, jakby nie wierzyli w polecenie, które wydał im reżyser tej surrealistycznej sceny, ale wrzask jeszcze głośniejszy niż poprzedni kazał im natychmiast wykonać rozkaz. Najszybciej, jak tylko pozwalały na to nerwy, przełykając strach i wstyd, którego nie potrafili ukryć, cała szóstka rozebrała się do bielizny. Kiedy myśleli już, że w jadalni nastąpi za chwilę taka sama scena przemocy, jakiej świadkami byli kilka tygodni wcześniej w ogrodzie Behii, ich sąsiadki, Sasza zbliżył się powoli do Aleksandra, przysuwając swoją twarz na centymetry do jego twarzy.

– Kopę lat. Bo my się chyba znamy, prawda? Nie rozumiem tylko, jak się znalazłeś w takim chlewie z tymi wszystkimi śmieciami. Czy już tak się przyzwyczaiłeś do smrodu Turków, że nie czujesz fetoru, jaki od nich wali? – Zamilkł, jakby spodziewał się odpowiedzi, ale zarówno on, jak i stojąca przed nim twarzą w twarz ofiara wiedzieli, że pytanie było retoryczne. Cios w żołądek, który Ludonović zadał swojemu vis-à-vis, w jakimś sensie rozładował panujące napięcie. Alek przez kilkanaście długich sekund walczył o odzyskanie tchu. Nie czekając, aż chłopak wróci do siebie, Sasza wskazał go swoim karabinem. To samo zrobił z małym Dinem i z jego ojcem. – Ty, ty i ty idziecie z nami. Ruszać się! – wrzasnął, podczas gdy jego ludzie wypychali karabinami z domu trzech mężczyzn. Potem odwrócił się w stronę Zehery, ignorując jej matkę i babcię. Zbliżył się do niej na tyle, że dziewczyna poczuła silną woń jego oddechu. – A ty zapisz na drzwiach imiona wszystkich, którzy mieszkają w tym domu. Wrócę niedługo i nie chcę żadnych kłamstw. Zrozumiałaś?

– Dokąd ich zabierasz? Co chcesz z nimi zrobić? – spytała Zehera, nie słuchając wewnętrznego głosu, który nakazywał jej zachować milczenie.

– Już ci powiedziałem. Pomogą nam rozpoznać pewnych ekstremistów. Lepiej zajmij się sobą i zrób to, co ci kazałem – odszczeknął Sasza.

Kiedy po oddalającym się odgłosie silnika czerwonego passata kobiety zorientowały się, że morderczy orszak dostatecznie się oddalił, matka zaczęła płakać. Krzyczała i biegała po całym domu zdjęta paniką. Przebiegała przez wszystkie pokoje, jakby jej ciało i usta opętał diabeł. W tym czasie babcia Mirsa podbiegła do wnuczki, żeby jej pomóc w pisaniu imion na drzwiach domu.

– Zabiją ich, prawda? – pytała Zehera. – Wszystkich trzech. Mojego brata, ojca, Aleksandra... Poderżną im gardła na moście, tak jak pozostałym, i wrzucą ich do wody, i... – mówiła roztrzęsiona.

– Pisz. Pisz i nie myśl, dziecko. Pisz. Pisz. Pisz.

Niedługo potem, trochę po północy, charakterystyczny warkot czerwonego passata znów zmroził serca trzech kobiet. Tkwiły wciąż ze wzrokiem wbitym w otwarte drzwi wejściowe, bo nikt nie zadał sobie trudu, żeby je zamknąć. Wiedziały, że zamykanie ich nie miało sensu. Kiedy szef Białych Orłów zatrzymał się przed nimi, przeczytał imiona wypisane na drewnianej powierzchni, spojrzał na Zeherę i dał znak jednemu ze swoich ludzi, żeby poszedł do kuchni. Dziewczyna poczuła, że jej serce domaga się uwagi, że za chwilę przestanie się mieścić w piersi i – sądząc po tym, jak gwałtownie trzepocze – rozerwie delikatną skórę i wyskoczy na zewnątrz. Człowiek, który poszedł do kuchni, wrócił, trzymając w ręku kilka łyżek. Rzucił je na stół, wywołując metaliczny grzechot, który wystraszył wszystkie trzy kobiety. Sasza zaczął liczyć sztućce.

– Jedna, dwie, trzy... cztery, pięć... sześć łyżek. Sześć różnych gąb do nakarmienia. Sześć, sześć. Ale jeśli się nie mylę – mamrotał pod nosem i jednocześnie na nowo przyglądał się wypisanym na drzwiach imionom, lekko i rytmicznie uderzając w nie jedną z łyżek. – Tu jest pięć. Nie trzymacie tu nikogo w ukryciu, prawda? Nie, nie, nie sądzę. – Wyraz jego twarzy przeszedł nagłą metamorfozę: z furią rzucił łyżkę na podłogę i znów stanął na środku salonu. – Ty idziesz ze mną – powiedział, chwytając Zeherę za ramię. – Mamy sporo do pogadania.

W tym momencie babcia Mirsa doskoczyła do niego, błagając, żeby nie zabierał Zehery, żeby nie robił jej krzywdy.

Jedyną odpowiedzią był policzek, po którym Mirsa upadła na podłogę z zakrwawionymi ustami. Sasza zaś silnie pociągnął za ramię jej wnuczkę.

Kiedy kazał jej usiąść w passacie na siedzeniu obok kierowcy, zauważyła, że z tyłu siedzą w aucie jeszcze cztery dziewczyny, wszystkie z tym samym wyrazem przerażenia na twarzach, wszystkie zesztywniałe ze strachu. Sasza tak mocno wcisnął pedał gazu, że Zehera zachwiała się i uderzyła w głowę. Ból jeszcze bardziej stępił jej zmysły.

Droga zajęła im tylko kilka minut, po których dotarli do celu: był nim cieszący się złą sławą hotel Vilina Vlas. Budynek pozbawiony był jakichś cech szczególnych poza wielkim, czerwonym dachem – który zresztą był dość typowy dla budowli w starej Jugosławii. Za sprawą tego dachu hotel widać było z daleka. Przed złowieszczym kwietniem 1992 roku był celem wycieczek wielu turystów, którzy chcieli się zrelaksować i znaleźć zadowolenie oraz spokój, korzystając z tutejszych wód termalnych. Sytuacja zmieniła się jednak drastycznie i ściany hotelu – zamiast nadal być tłem scen kojarzących się z odpoczynkiem i zabawą – spływały krwią, były świadkami bólu i śmierci. Wszyscy mieszkańcy Wiszegradu słyszeli historie, od których włosy stawały dęba, mówiące o tym, co działo się dzień w dzień w hotelu zamienionym na ośrodek gwałcenia bośniackich muzułmanek. Wszyscy wiedzieli, że niełatwo jest ujść z życiem z tego przeklętego miejsca. Kiedy przekroczyło się próg hotelu Vilina Vlas, sens słowa „życie" ulegał zresztą rozmyciu i zostawało z niego mgliste wspomnienie. Właściwie sens znikał, a dalsze trwanie stawało się piekielną karą, jedyną zaś nadzieją była szybka śmierć.

Zehera weszła do hotelu po raz pierwszy, choć wolałaby nie robić tego nigdy. Kiedy jej niezgrabne i pospieszne kroki (potykała się co chwilę, brutalnie ciągnięta za ramię przez oprawcę) doprowadziły ją do hotelowego holu, poczuła silny, kwaśny zapach potu, brudu i wilgoci. Fetor wręcz dusił i Zehera mimowolnie cofnęła głowę. Na środku obszernego pomieszczenia, które sprawiało wrażenie, jakby zostało pospiesznie zajęte przez pułk wojska i w locie przemeblowane, stała trzyosobowa sofa, cała w wielkich, ciemnych plamach, które wydawały się nie przeszkadzać siedzącym na niej ludziom: dwóm umundurowanym mężczyznom bez spodni, ale za to w topornych i ciężkich regulaminowych butach. Przed kanapą stał chybotliwy drewniany stolik, a na nim w nieładzie leżały noże, pałki, pejcze, kilka pistoletów, różnego kalibru amunicja, popielniczki pełne niedopałków, resztki jedzenia i puste butelki, niektóre potłuczone. Wyposażenia dopełniało kilka bezładnie rozstawionych krzeseł, jakaś drewniana szafa pod jedną ze ścian i bar z wielką ladą, zastawioną butelkami, szklankami i paczkami tytoniu marki Colorado. Prócz tego we wnętrzu znajdowało się czarno-niebieskie radio i jeszcze jeden pijany i półprzytomny żołnierz – tak wyglądało to odrażające pomieszczenie. Okna zasłonięte były prześcieradłami i kawałkami tektury, co nadawało miejscu jeszcze bardziej ponury charakter. Naturalne światło nie mogło wniknąć do wnętrza i oświetlić sali. Wszystkie ściany i podłoga były zaplamione krwią, a schody prowadzące na pierwsze piętro poznaczone dużymi, czerwonymi śladami – znakami zbrodni, których dokonano na wyższych piętrach hotelu.

Zehera miała wrażenie, że przerażającą naturę tej sceny wzmacnia jeszcze agresywna muzyka dobiegająca z radia usytuowanego na końcu barowej lady. Sasza dał wzrokiem znak jednemu z mężczyzn, żeby je wyłączył, i wtedy Zehera usłyszała krzyki dobiegające zza ścian. Dziewczęta, które wysiadły z czerwonego passata i które od wejścia do hotelu nie były zdolne do wypowiedzenia choćby jednego słowa, odruchowo spojrzały w górę, a z ich ust wydobył się stłumiony i urwany krzyk: z ramion ogromnego żyrandola zwisały trupy nagich, brutalnie okaleczonych kobiet. Z ran pokrywających ciała kapała jeszcze krew. Przerażeniu dziewczyn, które zaczęły płakać, błagając o zmiłowanie, towarzyszyły salwy śmiechu umundurowanych mężczyzn.

Pośród tego harmidru żołnierze kazali im wejść na wyższe piętra hotelu. Orszak otwierał główny watażka, ciągnący Zeherę, jakby chodziło o niezbyt ciężki pakunek. Sparaliżowane strachem ciało młodej kobiety nie stawiało żadnego oporu. Za nimi szło sześciu żołnierzy, którzy popychali pozostałe dziewczyny i naśmiewali się z nich, wymieniając się upokarzającymi je komentarzami odnoszącymi się głównie do fizjologii. Zostawili za sobą pierwsze piętro i wspięli się na drugie. Idąc korytarzem, wyłożonym wąskim, czerwonym dywanem, brudnym i poprzecieranym, ludzie Saszy próbowali otwierać drzwi prowadzące kolejno do trzech różnych pokojów; były jednak zamknięte na klucz. W każdym byli żołnierze: jęki i krzyki kobiet nie pozostawiały co do tego żadnych wątpliwości. Kiedy wreszcie kolejne drzwi ustąpiły, cztery kobiety zostały wepchnięte do środka; jeden z mężczyzn próbował dołączyć do tej grupy Zeherę, ale Sasza mu na to nie pozwolił.

– Nie, ta idzie ze mną. Zaczekaj tu na mnie. Zaraz wracam.

Przeszli jeszcze kilka metrów i dotarli niemal do końca ponurego korytarza. Sasza Ludonović otworzył drzwi, na których wisiały trzy cyfry złotego koloru: był to pokój numer 218.

W środku nie było nikogo. Wśród nielicznych mebli znajdowało się łóżko, sądząc po stanie pościeli i poduszek, niedawno używane; oprócz tego drewniany stolik ustawiony blisko okna przesłoniętego nieprzepuszczającą światła narzutą w charakterze zasłony; krzesło, z którego wyrwano z korzeniami jeden podłokietnik, zostawiając sterczące, ostre drzazgi; na podłodze stała aluminiowa miska średniej wielkości.

– Zaraz wracam. Nie odchodź – rzucił z sardonicznym śmiechem, od którego dziewczynie zlodowaciała krew w żyłach.

Człowiek będący ucieleśnieniem bezgranicznego sadyzmu zniknął zaledwie na kilka minut, które wystarczyły, żeby sterroryzowana Zehera przepowiedziała sobie w głowie wszelkie możliwe domysły co do swej niepewnej przyszłości. Nie była w stanie wprawić w ruch choćby jednego mięśnia. Mogło się wydawać, że to całkowite zniesienie zdolności motorycznych da jej czas na uporządkowanie w głowie wszystkiego, co widziała od wejścia do Vilina Vlas, ale Zehera nie była w stanie tego dokonać. Dźwięk klucza, który znów otwierał od zewnątrz drzwi pokoju numer 218, wyrwał ją z letargu. Do pokoju wszedł powoli człowiek odpowiedzialny za to, że znalazła się w tym miejscu. Przyjrzał jej się od głów do stóp. Potem zbliżył się powoli do przerażonej ofiary, nadal nieośmielającej się zmienić ani na milimetr położenia ciała. Jego kroki wydawały się ociężałe, tak jakby nogi musiały dźwigać ogromny ładunek. Nie było to takie dziwne, zważywszy mnogość przypiętych do pasa granatów, pistoletów i noży. Nie wypowiadając ani słowa, odpiął pas i pozwolił mu opaść na stół. Potem przeciągnął go z hałasem pod drzwi pokoju, które wcześniej zamknął na klucz.

– Bardzo dobrze. Wreszcie jesteśmy sami.

Roześmiał się, widząc, że jego słowa wzmogły przerażenie Zehery, tak jak to zresztą działo się w przypadku wszystkich ofiar. Zgrabne i ładne ciało dziewczyny zaczęło lekko dygotać, a po chwili wpadło w drgawki, których Zehera nie była w stanie opanować. Zauważyła, że każdy centymetr kwadratowy jej ciała pokrył się zimnym potem, który wbijał się jej w skórę jak igiełki. Czuła, że nogi zaraz odmówią jej posłuszeństwa, a żołądek nie zdoła się już długo bronić przed kolejnymi seriami skurczów szarpiących jej wnętrzności.

– Nie przejmuj się. Nic ci się nie stanie. Chcę ci tylko zadać kilka pytań. To wszystko.

Jedną ręką złapał za krzesło i ustawił je przed dziewczyną, o metr od miejsca, w którym tkwiła, dygocąc, a potem usiadł, z trudem mieszcząc na połamanym meblu swoje potężne ciało.

– Powiedz mi, Zehera... Właściwie dlaczego masz takie imię? Czym się zajmuje twój ojciec?

– Jest... jest... zajmuje się tkaninami, kupuje i sprzedaje różne materiały – jąkała się przez chwilę, bo język przybrał niezwykłe rozmiary i zdawał się wypełniać szczelnie całe usta; w połączeniu z brakiem śliny utrudniało to wypowiedzenie jakiegokolwiek słowa. – Nic nie zrobiliśmy. Nigdy się nie wtrącaliśmy w...

– Ćśś... – przerwał jej. – Tylko odpowiadaj na moje pytania. To chyba proste, nie? – Bezgłośnie wyjął z kieszeni paczkę papierosów, wargami wyciągnął z niej jednego, miętosił go przez chwilę między zębami i w końcu zapalił. Zaciągnął się mocno i wypuścił dym z wystudiowanym spokojem. – Mieliście w domu broń? Znasz jakiegoś sąsiada, który trzyma broń i nie przekazał jej moim ludziom? – pytał, a Zehera przecząco kręciła głową po każdym pytaniu dotyczącym rodziny, sąsiadów, oszczędności, religii, przyjaźni... – A twój narzeczony, ten wysoki i silny chłopak, już cię pieprzył? Zrozumiałem, że jest Serbem, tak jak jego ojciec, wujek i kuzyni, więc powinien już to zrobić.

Wstał z krzesła i, nie przestając mówić, zaczął zdejmować ubranie, aż został kompletnie nagi.

– Chociaż mam nadzieję, że umiałaś się zachować jak dobra muzułmanka i że... jak to mówią Turcy? A, no tak: że nadal jesteś *niewinna*. Bo gdyby było inaczej, bardzo by mi się to nie podobało i zabiłbym cię.

Zgasił papierosa na jedynym pozostałym podłokietniku fotela i – nie patrząc nawet na Zeherę – wydał rozkaz:

– Ściągaj ubranie i kładź się na podłodze.

Zehera wydała z siebie cichy jęk i cofnęła się o krok.

– Nie słyszysz, co mówię!

To drugie wezwanie brzmiało groźniej i bardziej brutalnie – miało udowodnić dziewczynie, że rozmówca nie żartuje, a ona nie ma innego wyboru jak podporządkować się. Zdjęła z siebie wszystko, włącznie z bielizną, i po gwałtownym geście Saszy wskazującym jej miejsce na podłodze, położyła się na drewnianym parkiecie jak automat, twarzą do góry. Zauważyła, że drewniane klepki są lodowate, mimo zimnego potu, który wciąż parował z jej skóry każdym porem. Kiedy poczuła, że mężczyzna gwałtownie rzuca się na nią, zaczęła krzyczeć i błagać o litość. Próbowała bronić się przed atakiem, kopiąc i bijąc na oślep, drapiąc paznokciami wszystko, co napotykały jej dłonie, byle tylko wydostać się spod spoconego, brudnego ciała.

– Nie, nie... Zostaw mnie! Zostaw mnie!... Nie dotykaj mnie, proszę, nie! Zostaw mnie!

Dobrze wymierzony silny cios w żołądek zadziałał z bezwzględną skutecznością i stłumił jej krzyki. Była w stanie wydać z siebie jedynie cichy, ledwie słyszalny jęk.

– Muzułmańskie gówno! A co ty sobie wyobrażasz? Nie wiesz, z kim jesteś? – Potwór nie posiadał się z wściekłości. Złapał ją za szyję obiema rękami, jakby chciał udusić. Nacisnął na tyle mocno, że straciła oddech. Widok duszącej się dziewczyny spowodował, że z napastnika wylała się cała seria obelg; krople śliny wystrzeliwały z jego ust jak pociski i rozbijały się na twarzy pozbawionej tchu ofiary. – W tej chwili mogłabyś już leżeć na dnie Driny z jednym kamieniem przywiązanym do nóg, a drugim wiszącym na brudnej tureckiej szyi. A zamiast tego jesteś ze mną i będziesz miała to szczęście, że wyrucha cię nowy bóg. Żebyś lepiej zrozumiała: Allach będzie z tobą, ty bośniackie gówno. – Zehera nie przestawała płakać i kręcić głową. – Jak będziesz niegrzeczna, zawołam trzech Białych Orłów, żeby cię uspokoili, kiedy cię będę pieprzył, aż się zmęczę. Potem z radością będą cię gwałcić i bić przez kilka dni. Połamią ci każdą kosteczkę, zanim cię poćwiartują. Mają już doświadczenie. Możesz mi wierzyć, że są dobrzy. Tego chcesz? Powiedz! Tego chcesz?

Opis okrucieństw, które ją czekały, jeśli się nie uspokoi, podziałał jak skuteczny środek uśmierzający skurcze wściekłości i bezsilności. Zehera uznała, że najlepiej będzie, jeśli zamrze w bezruchu, spowita we łzy i krzyki bólu, ale posłuszna jego rozkazom i powolna wszystkim kaprysom. Czuła, jak jej ciało jest maltretowane, napastowane, bite, upokarzane w sposób, którego dotąd nie byłaby sobie w stanie wyobrazić: ręce potwora potrafiły dokładnie znajdować miejsce, z którego wypływa niewyczerpane źródło bólu i wstydu. Bębenki jej uszu atakowane były niczym młotem przez pogardliwe wybuchy śmiechu po stwierdzeniu, że jest dziewicą. Ludzka bestia raz po raz obracała ją, żeby zajrzeć w najgłębsze jamy jej ciała. Kiedy bestia potrzebowała czasu, żeby znów nabrać męskiego wigoru, przypalała ją papierosowym żarem albo biła, aż do krwi. Kat wykorzystywał jej słabe ciało, tak jakby była lalką, na której można dopuszczać się wszelkiego rodzaju tortur, zarówno fizycznych, jak i psychicznych. Błagała o śmierć, a on wrzeszczał, pytając, czy ją boli, czy chce jeszcze, czy chce, żeby przestał, czy ma mu coś do powiedzenia.

W pewnej chwili rzucił ją na stół, wygiął jej ciało i usadowił się za nią, brutalnie rozstawiając jej nogi. Potem podniósł jej głowę, ciągnąc za włosy i zmuszając do patrzenia w lustro, które ustawił na stole, opierając jego ramę o drzwi pokoju.

– I co, już się nie śmiejesz, turecki śmieciu? Dawniej się śmiałaś. Często się śmiałaś – mówił, bezlitośnie napierając na nią miednicą i delektując się obrazem, który obserwował w lustrze. Widział twarze ich obojga: jej pokrytą mieszaniną krwi i łez; swoją – spowitą fantasmagoryczną zasłoną potu.

– Świetnie to pamiętam. Doskonale pamiętam ciebie i twoją siostrę. Zawsze się śmiałyście, a wargi miałyście umalowane na czerwono i mówiłyście, że to róże.

Jego oddech stawał się coraz szybszy, coraz głośniejszy; znów ją gwałcił, nie przestając śmiać się i gadać.

– Co się dzieje, że teraz się nie śmiejesz? Nie bawi cię to? No dawaj, muzułmańskie nasienie, przecież dobrze się bawimy. Śmiej się, śmiej się! Mówię ci, śmiej się. – Nagle nacisk jego ciała ustał. Sasza patrzył przez chwilę na jej odbicie w lustrze. – Aha, rozumiem. Wargi. Chodzi o kolor twoich warg. Są blade, prawda? Dlaczego mi nie zwróciłaś uwagi wcześniej?

Wyszedł z niej gwałtownie, nakazując nie ruszać się ani na centymetr i zachować tę samą pozycję na stole, ze zgiętym ciałem, rozstawionymi nogami i wzrokiem utkwionym w lustro. Bestia chwyciła nóż, który zostawiła na stole, i stanęła znów za Zeherą.

– Pomalujemy ci usta na czerwono, żeby wszystko było jak dawniej i żebyś mogła się uśmiechnąć i mnie uszczęśliwić. Chociaż nie mam dobrej szminki. Trzeba będzie improwizować.

Trzymał nóż prawą ręką, a lewą ciągnął swoją ofiarę za włosy, zmuszając do uniesienia twarzy. Ogromne ostrze noża przesuwało się po jej odbiciu w lustrze, co pewien czas rysując także kształt jej warg. W końcu skierowało się ku lewej piersi, gdzie nacięło skórę. Cięcie nie było zbyt głębokie, ale zabolało tak, że Zehera krzyknęła. Potem Sasza rzucił nóż na podłogę, umoczył palce we krwi wypływającej z rany i umazał nią wargi dziewczyny. Ponownie wściekle wszedł w jej ciało.

– No, teraz jest dobrze. Nie można dopuścić, żeby mała turecka róża zwiędła. A jak róża twojej siostry? Myślisz, że ktoś ją umalował, tak jak ja ciebie? Myślisz, że miała takie szczęście? Odpowiadaj, ścierwo muzułmańskie, odpowiadaj!

Zehera nie potrafiła przestać płakać, krzyczeć, błagać, żeby zaprzestał torturowania jej, zabił od razu, żeby skończył z jej życiem, ale wszystkie błagania były jak suche drewno dorzucane do buzującego ognia. Wspomnienie Suhry było ostatecznym pognębieniem. Ten człowiek zapanował nad jej ciałem, nad jej skórą i wnętrznościami, ale aż do tej chwili myślała, że jej umysł będzie bezpieczny, że wspomnienia i obrazy przeszłości należą tylko do niej i nikt nie zdoła zaatakować ich ani sponiewierać. A jednak się pomyliła. Słowa dotyczące Suhry i niepewność co do jej losu sprawiły, że kaźń stała się jeszcze bardziej okrutna. Ile czasu potrwa jeszcze to makabryczne piekło? Co jeszcze może jej zrobić? Jak długo jej ciało zdoła to wytrzymać?

Czuła, że wkracza w inną rzeczywistość, w której echo obelg wypowiadanych przez kata dociera do jej uszu jakby po przejściu przez tłumik, a maltretowane ciało ledwie czuje zadawane mu tortury. Wydawało się, że wszystko przyjmuje inny, wolniejszy rytm, odgłosy stają się głuche, wyciszone, jakby świat wokół niej zaczął działać na zwolnionych obrotach.

Utrata świadomości uniemożliwiła jej zrozumienie tych dziwnych zjawisk. Musiała na to jeszcze poczekać.

Kiedy ciało i umysł Zehery ponownie obudziły się w okrutnej rzeczywistości pokoju numer 218, dreszcze, które przebiegały po całym jej ciele, osiągnęły taką intensywność, że czuła się, jakby zdarto z niej skórę do żywego mięsa. Leżała kompletnie naga na lewym boku, rzucona na łóżko między zaplamione krwią prześcieradła. Było jej zimno, a w uszach, które wydawały się zatkane, słyszała jakieś stłumione echo. Oprócz niej w pokoju nie było nikogo. Na początku, nie mogąc poruszyć rękami ani nogami, myślała, że Sasza wykorzystał jej brak przytomności i zrealizował makabryczną obietnicę połamania jej wszystkich kości i poćwiartowania. Po kilku minutach poczuła, że jej umysł próbuje sobie poradzić z przetrawieniem horroru, którego doświadczyła przed utratą świadomości. Zrozumiała, że ręce ma założone na plecy i związane w przegubach i że całe jej ciało przenika straszny ból. Kiedy chciała dokładniej zbadać swą żałosną sytuację, drzwi znajdujące się za jej plecami otworzyły się i ktoś wszedł do pokoju. Usłyszała, jak głośne kroki zbliżają się do łóżka, ale nie była w stanie się odwrócić; paraliżował ją strach. Ani ciało nie zdołało się poruszyć, ani oczy nie potrafiły już patrzeć na kolejne akty przemocy.

– Idziemy, kurwo! Ten pokój, w którym wszystkim wam jest tak dobrze, potrzebny jest innym! – Dobiegł ją głos nieznanego mężczyzny. – Ty już przeszłaś chrzest, teraz inne będą miały szanse cieszyć się tym samym. Ale nie martw się: według tego, co słyszałem, z tobą będą jeszcze powtórki.

Ten cuchnący, umundurowany mężczyzna o wulgarnym słownictwie i chamskim sposobie bycia podniósł ją z pozycji embrionalnej, w której leżała, chwytając za prawe ramię. Zehera zdołała stłumić krzyk, ale nie udało jej się zachować równowagi i utrzymać pionu. Cios w brzuch odczuła jak rażenie prądem elektrycznym, poczuła go aż w nerkach i kręgosłupie. Jej nogi były zbyt słabe, żeby utrzymać kierunek, i upadła na podłogę. Widok młodej kobiety wijącej się z bólu na podłodze pobudził mężczyznę do śmiechu. Wydawało się, że podnieca go ta scena. Kiedy szykował się, żeby wprowadzić w życie to, co szeptały mu do ucha jego niskie instynkty, przeszkodził mu ogłuszający, chrapliwy głos. Sasza Ludonović obserwował tę scenę, stojąc w progu pokoju; ani umundurowany łajdak, ani Zechera nie zdawali sobie wcześniej sprawy z jego obecności.

– Zaprowadź ją na górę, tam gdzie ci mówiłem. Ruszaj się, durniu!

Wydawało się, że nieznoszący sprzeciwu, despotyczny głos wiszegradzkiego watażki bardziej wystraszył mężczyznę niż więźniarkę. Wraz z dwoma innymi Białymi Orłami zaczął niemalże ciągnąć Zeherę po podłodze. We trzech zawlekli ją na trzecie piętro i wepchnęli do jakiegoś pokoju z taką samą delikatnością, jaką zastosowaliby w przypadku worka ze starymi rupieciami. Wylądowała na podłodze na kolanach, a instynkt błyskawicznie podpowiedział jej, żeby przyjąć tę samą pozycję embrionalną, w jakiej leżała na łóżku. Ból przeszywający jej brzuch znów się nasilił. Jakby lew zjadał jej wnętrzności. Właśnie wtedy zdała sobie sprawę, że nie jest sama w czterech ścianach tego pomieszczenia.

– Masz szczęście, chociaż sama o tym nie wiesz. Jesteś prawdziwą szczęściarą.

· 8 ·

Spanikowana, słuchała beznamiętnej opowieści kobiety, z którą wylądowała w jednym pokoju. Jej rozmówczyni bardzo dobrze wiedziała, co dzieje się w hotelu Vilina Vlas, i ta wiedza działała w pewnym stopniu jak środek znieczulający. Powiedziała, że na imię ma Samira. Z jej słów można było wywnioskować, że przebywała w przeklętym hotelu prawie od dwóch miesięcy. Była jedną z pierwszych porwanych i uwięzionych tam kobiet. Schwytano ją w połowie kwietnia. Miała czterdzieści trzy lata i pomimo okropieństw, które przeżyła w tym ponurym miejscu, wzdrygnęła się, słysząc słowa swej młodej towarzyszki.

– Dziś kończę osiemnaście lat – powiedziała Zehera. – I chcę umrzeć.

Samira zaczęła mówić, ani przez chwilę nie podnosząc głosu, niemalże szeptem.

– Kilka dni temu przyprowadzili tu dziewczyneczkę. Nie sądzę, żeby miała więcej niż siedem lat. Nazywała się Mahmuljin Avdija. W ciągu dwudziestu czterech godzin została zgwałcona przez ponad czterdziestu zbrodniarzy. Na oczach rodziców. Umarła. Jej drobne ciałko nie zdołało pomieścić tyle zła, tyle cierpienia. Wolę nie myśleć, co działo się w jej główce. Umarła, a oni nie przestali się nad nią znęcać, powiedzieli, że dopóki ciało jest ciepłe... Inna dziewczynka wyskoczyła w zeszłym tygodniu z okna pokoju na drugim piętrze. To był chyba ten sam pokój, w którym byłaś dziś przez całą noc. Słyszałam twoje krzyki aż tutaj. A ją słyszałam przez kilka nocy. Przypuszczam, że pewnego dnia nie mogła już wytrzymać i wolała skończyć sama ze sobą niż dawać satysfakcję prześladowcom. Słyszałam też, jak się przechwalali, że sprzedali dwunastoletnią Fatimę za dwieście pięćdziesiąt dolarów, a wcześniej przez kilka dni ją wykorzystywali. Tkwiła tu, w tym samym kącie, w którym teraz siedzisz, spomiędzy jej nóg lała się krew. Myślałam, że się zaraz wykrwawi. Ledwo mogła mówić, powtarzała tylko drżącym głosikiem: „Ojciec mnie zabije. To dla niego hańba. Zabije mnie". A potem zamilkła. Nie wypowiedziała już ani słowa więcej, ani nie skarżyła się na ból, ani nie płakała, o nic nie prosiła. Nic. – Samira spojrzała na swą nową towarzyszkę, sprawdzając, czy jej słucha, i ciągnęła dalej opowieść tym samym monotonnym głosem, którym operowała od pierwszej chwili. – Mladenka też przez kilka dni była moją towarzyszką. Chociaż kazali nam siedzieć w kącie pokoju i patrzeć bez słowa w ścianę, chowała się pod tym drewnianym łóżkiem. Spędzała tam całe godziny, trzęsąc się i płacząc, aż w końcu jeden z nich przyszedł po nią i zaczęła się rozrywka. Nie chciała umierać, opierała się, nie godziła się, żeby zniknąć z tego świata. I może dlatego napisała swoje imię na dolnej części łóżka. Ten napis wciąż tam jest, jeszcze go nie widzieli. Oby przetrwał do czasu, kiedy to wszystko się skończy.

Kobieta kilkakrotnie zaczerpnęła głęboko tchu, próbując uśmierzyć powracający ból brzucha. Gdy tylko ból przycichł, Samira podjęła relację na nowo.

– Igbala Raferović. Tak się nazywa. Znałam ją. Byłyśmy przyjaciółkami, czy może raczej sąsiadkami. Sasza zabił jej męża, a ją gwałcił przez całą noc, tak jak ciebie, i kazał swoim ludziom oglądać to, co z nią robił. Krzyczał do nich, że mają się uczyć, że tak trzeba traktować tureckie kobiety, muzułmańskie gówna. No i się uczyli. Traktowali to jako spektakl, który bez wahania oklaskiwali. Wiwatowali, drwili, dopingowali, śmiali się. Igbala jest teraz jego niewolnicą i jak dotąd miała szczęście, o jakim na początku ci mówiłam. Ale myślę, że niedługo ją zabije, bo w tobie znalazł jej dobrą następczynię.

Coś ją wystraszyło na tyle, że przerwała opowieść i wbijając wzrok w drzwi, odczekała kilka chwil. Zehera wstrzymała oddech, ale minęło parę minut, w trakcie których słychać było jedynie tę samą co każdego dnia makabryczną hotelową muzykę, składającą się z uderzeń, jęków, krzyków i śmiechów dochodzących z różnych pokojów. Samira znów zaczęła mówić, tak jakby chciała wyrzucić ze swego ciała nagromadzone w nim barbarzyństwo, które widziała, słyszała i poczuła na własnej skórze.

– Ja też mam swoją historię. Każda z nas jakąś ma. W ciągu jednego tygodnia zgwałcili mnie ponad trzysta razy. Straciłam w którymś momencie rachubę. Pierwszej nocy było dziewięciu mężczyzn. Bez przerw. Bez chwili wytchnienia.

Żadne moje błaganie nie potrafiło powstrzymać ich morderczego szału. Znałam jednego z nich, rozpoznałam go, kiedy się zbliżył, żeby po raz pierwszy uderzyć mnie w twarz: to był jeden z nauczycieli mojego syna. Uczył mojego małego, a kiedyś zadzwonił do mnie, żebym przyszła na jego seminarium. I to on traktował mnie najbardziej brutalnie, wydawało się, że to jego najbardziej bawią te barbarzyństwa, które ze mną wyczyniali. Przysięgam ci, że tych okrucieństw zdarzyło się tyle, że nawet wszystkich dobrze nie pamiętam. – Samira opowiadała ze wzrokiem utkwionym w jeden punkt drewnianej podłogi, tak jakby w ogóle nie zauważała Zehery, która przez cały czas kręciła głową. – Ale zapamiętałam, że ten potwór wrzeszczał do mnie, że nie wydam już na świat więcej Turków. Że urodzę Serbów, którzy utworzą Wielką Serbię i nigdy się nie dowiedzą, że ich matka była brudną muzułmanką, bo żaden Serb nie może zostać tak zhańbiony.

– Dlaczego nam to robią? Dlaczego? – Ośmieliła się spytać Zehera nieco podniesionym tonem, za co dostała reprymendę od Samiry.

– Ćśś! Oszalałaś? Zakazali nam porozumiewać się między sobą. Mów ciszej. Jeśli chcesz coś powiedzieć, rób to tak jak ja: szeptem, a jak usłyszysz, że ktoś się zbliża, zamilcz. Tym, które przyłapali na rozmowie, obcinali języki. Nie baw się z nimi. To tylko oni mogą się bawić z nami. Twój nowy pan ci tego nie powiedział? Nie mówił ci, że jesteśmy zabawkami w ich rękach i mogą z nami zrobić, co zechcą? – popatrzyła na swą nową towarzyszkę, która znów zatraciła się w płaczu. – Co się stało z twoją rodziną? Wiesz coś?

– Nie. Zabrali mojego ojca, narzeczonego i młodszego brata. Przypuszczam, że trafili do któregoś z tych obozów koncentracyjnych, o których ludzie mówią. Albo są już martwi na dnie rzeki, zabici na moście. Matka i babcia zostały w domu, tylko mnie zabrali – szeptała zgodnie z instrukcją.

– Po mnie też przyszli do domu. Tam mnie pierwszy raz zgwałcili, a potem kazali mojemu mężowi... I mojemu synkowi, siedmioletniemu synkowi, mojemu malutkiemu... A ja nic nie mogłam zrobić, nie mogłam, nie mogłam... nie mogłam... nie...

Samira nie potrafiła znaleźć odpowiednich słów i Zehera zrozumiała, że dwa miesiące to za mało, żeby nauczyć się nazywać tortury i nagłą śmierć tych, których kochasz. Że być może całego życia na to nie starczy. Ale Samira otarła już łzy, podniosła oczy i ciągnęła dalej.

– Potem mnie przywieźli tutaj. Wiem już, że nie wyjdę stąd żywa. Ale ty tak, wiem, że stąd wyjdziesz. Wiem to. I powinnaś to opowiedzieć. Świat musi się dowiedzieć...

Nagle do pokoju wtargnął jeden z wojaków, osłonięty cieniami, które zaludniały pomieszczenie i skrywały także twarze obu kobiet. Drzwi otworzył tak gwałtownie i z taką siłą, że obie kobiety się przeraziły. Natychmiast utkwiły wzrok każda w innym kącie pokoju. Słychać było tylko przyspieszone oddechy uwięzionych. Można było wyczuć strach, który zawładnął wszystkimi ich zmysłami. Mężczyzna rzucił na podłogę coś, co potoczyło się kawałek i zatrzymało. Zbliżył się do miejsca, w którym siedziały kobiety, i kiedy stanął nad nimi, z jego ust wydobył się nieprzyjemny odgłos. Opluł je raz, potem drugi, a w końcu wyszedł z pokoju, głośno trzaskając drzwiami. Słysząc ten odgłos, Zehera wzdrygnęła się i wpełzła jeszcze głębiej w kąt, jakby chciała się lepiej schować.

– To kawałek chleba – wyjaśniła Samira. – Rzucają go nam co rano. Jest twardy i często poplamiony... wszystko jedno. Zjedz go. Przyda ci się. Musisz go złapać zębami, bo inaczej nie dasz rady.

– Nie jestem głodna – odpowiedziała przerażona dziewczyna.

– I co z tego? To nie ma znaczenia. Zjedz to. Szybko, bo oni wrócą.

Nie zdążyła jeszcze skończyć zdania, kiedy do pokoju wszedł jeden z Białych Orłów. Skierował się do Samiry i kopnął ją w twarz, tak że chleb, który jeszcze trzymała w zębach, wypadł jej z ust. Twarz kobiety zalała się krwią. Nie wypowiadając żadnego rozkazu ani obelgi, mężczyzna zaczął ją gwałcić i bić, ignorując całkowicie obecność ledwie widocznej Zehery, która patrzyła przerażona na sceny rozgrywające się przed jej oczami. Nie wiedziała, co robić, jak reagować, nie chciała przyglądać się temu, co się dzieje, po prostu nie mogła znieść widoku tego, co spotyka kobietę, która stała się jedyną przyjazną jej duszą w tym hotelu. Pragnęła schować się pod tym samym drewnianym łóżkiem, pod które wciskała się Mladenka, i zatkać sobie uszy rękami, żeby nie słyszeć jęków swej towarzyszki. Ciało Zehery pokryło się zimnym potem, ostry ból ścisnął jej żołądek. Kiedy spróbowała odwrócić głowę, żeby wbić wzrok w ścianę, mężczyzna wrzasnął:

– Jak przestaniesz się gapić, natychmiast ją zabiję.

W tym momencie przypomniała sobie wszystko, o czym opowiadała jej Samira, i zrozumiała, że nawet mrugnięcie oczami byłoby luksusem, na który w tej chwili nie może sobie pozwolić. Po jakimś czasie, którego miary Zehera nie była w stanie oszacować, ciało starszej z kobiet przestało drżeć, jej konwulsje ustały. Mężczyzna spokojnie wstał, podciągnął spodnie, wymierzył ostatniego kopniaka w brzuch swojej ofiary i podśpiewując, wyszedł z pokoju, poprawiając pas i rzucając lubieżne spojrzenie na Zeherę.

Drzwi pokoju pozostały otwarte i żadna z kobiet nie mogła się ruszyć: jedna, ponieważ leżała bezwolnie na podłodze, druga – bo się bała, że ktoś wejdzie i zobaczy, jak pomaga towarzyszce.

Nie wiedziała, jak długo trwała wciśnięta w kąt pokoju. Nie przestawała ani na chwilę przyglądać się powykręcanemu ciału zgwałconej, wypatrując dowodów na to, że oddycha. Patrzyła, czy wznosi się jej brzuch albo ramiona, modliła się, żeby Samira w końcu się obudziła, otworzyła oczy i potwierdziła, że istnieje, że tortury nie były śmiertelne, że wciąż tli się w niej życie. Zehera dygotała na wspomnienie słów, które wcześniej wypowiedziała Samira: „Wiem już, że nie wyjdę stąd żywa. Ale ty tak, wiem, że stąd wyjdziesz. Wiem to. I powinnaś to opowiedzieć. Świat musi się dowiedzieć...". Opanowała ją wymykająca się wszelkiej kontroli rozpacz. Choć próbowała, nie była w stanie poskromić nieprzerwanego histerycznego łkania. Chciała je w sobie zdusić, bo bała się, że zwróci uwagę któregoś z żołnierzy, a konsekwencje będą straszne.

Jej wysiłki nie na wiele się zdały; kilka minut później w drzwiach pojawił się poobwieszany wojskowym ekwipunkiem Sasza.

– Nie żałuj jej. Są inne rzeczy, którymi powinnaś się przejmować. Na przykład ty sama. – Zbliżył się do Zehery i pochylił, żeby przyjrzeć się jej z bliska. Wyglądała żałośnie: całe jej ciało znaczyły ślady przemocy, otwarte rany, zadrapania. Skóra Zehery przybrała sinawy odcień; na nogach, ramionach i plecach widać było zielone, niebieskie i czarne sińce. Widniały też na niej plamy zaschniętej krwi.

– No, no, nie najlepiej wyglądasz. Każę, żeby cię umyli, i przyjdę po ciebie. Wyjeżdżamy stąd.

Bardzo szybko zjawiło się czterech Białych Orłów, przywołanych głośnym okrzykiem przywódcy. Tak właśnie porozumiewał się z innymi, tak wydawał rozkazy, tak gwałcił, bił, śmiał się, złościł, rozmawiał: krzycząc. Wiecznie krzycząc. Podnieśli Zeherę, owinąwszy ją w zieloną, szorstką i brudną narzutę, tak śmierdzącą, że kilkakrotnie podczas tych przenosin bała się, że się udusi. Transportujący ją mężczyźni byli wyraźnie zdenerwowani, być może dlatego, że sam główny szef postanowił nadzorować operację z niedużej odległości i Białe Orły czuły na karkach jego oddech. Kilka razy ciało więźniarki spadło im na podłogę – albo dlatego, że nie wytrzymywała narzuta, albo z powodu braku koordynacji ruchów czterech żołnierzy. Kiedy w końcu dotarli do celu, postawili ją na podłodze. Zehera nie widziała, gdzie jest, ale czuła, że to, co ma pod stopami, jest śliskie i zimne; zrozumiała dlaczego, kiedy na jej nagie i obolałe ciało spadł silny strumień lodowatej wody, tnący niczym grad żyletek.

Instynktownie opuściła głowę, próbując zminimalizować ból, który powodowała woda uderzająca w skórę. Widziała, jak jej strumienie wiły się na obrzydliwie brudnej posadzce i uciekały przez odpływ. Zazdrościła im szczęścia. Piekły ją rany, bolały stawy, drżały wszystkie mięśnie, trzeszczały wszystkie kości. Wydawało jej się, że za chwilę eksplodują jej uszy, choć nie wiedziała, czy to za sprawą kropel wody, jak małe kryształki wbijających się w skórę, czy z powodu wyzwisk rzucanych przez czterech mężczyzn przyglądających się jej wymuszonej toalecie.

– Umyj się, turecka świnio. Brudna jesteś. Śmierdzisz gównem, jak wy wszystkie. Umyj muzułmańską dupę! – Poganiali ją, popychając i uderzając kolbami karabinów. Kilka razy pod tymi ciosami upadła.

– Wiecie, co to jest: nie ma zębów, ma wąsy i śmierdzi gównem? – Ku wielkiej uciesze kolegów jeden z żołnierzy zadał im zagadkę. – Bośniacka dziewczyna!

Starała się nie słuchać komentarzy, utkwiwszy wzrok w wodzie, która znikała w otworze odpływowym. Pomyślała o Samirze. I o swojej siostrze Suhrze, o babci Mirsie, o młodszym bracie Dinie i o swojej miłości Aleksandrze. Gdzie byli teraz, jak się miewali, co z nimi robiono? Wytrzymywali czy skończyli jak...? Zmusiła się do zamknięcia oczu i uczepiła się całkiem nieprawdopodobnej i absurdalnej nadziei, że kiedy je otworzy, wszystko wkoło zniknie. Kiedy w końcu rozchyliła powieki, uświadomiła sobie, jak bardzo infantylne było to złudzenie; poczuła się śmieszna i zawstydzona.

Pierwszy pomysł jej strażników polegał na tym, żeby ją wysuszyć tą samą wstrętną narzutą, w którą owinęli ją podczas przenosin, ale główny szef zarządził, żeby ją zostawili, aż wyschnie na powietrzu. Kazał wszystkim wyjść z pomieszczenia prysznicowego, bo chciał zostać z Zeherą sam. Rozpiął koszulę i uczepił się swoim ciałem jej skóry jak rzep psiego ogona. Zehera zauważyła, że potwór znów się podniecił jej zapachem oraz dotykaniem i badaniem ran. Kiedy umysł zaczął ją przygotowywać na kolejny epizod gwałtu, Sasza wycofał się i rzucił w nią ubraniem, które miała założyć: była to prosta sukienka z czarnym paskiem, para espadryli i chustka na głowę.

– Ubieraj się – rzucił, prawie na nią nie patrząc. Zapalił papierosa.

– Mmm... – Z powodu zimna, bólu i strachu Zehera miała problemy z wymówieniem jakiegokolwiek słowa. – Moje ręce... Nie mogę. – Nikt nie rozwiązał dziewczynie rąk, dalej miała je związane na plecach.

Kat zbliżył się do niej z papierosem w ustach, bawiąc się nim tak jak poprzedniej nocy, zanim zaczął gasić niedopałki na jej ciele. Zehera wciąż miała zamglony wzrok utkwiony w podłodze, nie była w stanie ani nie chciała widzieć tego, co w każdej chwili mogła z nią zrobić stojąca obok bestia. Poczuła, że jej ciemiężyciel odczepia coś od jednej ze sprzączek przy pasie i przysuwa to do jej oczu w jednym jedynym celu: żeby ją jeszcze bardziej przerazić. Ten przedmiot przypominał parę cęgów, na których widać było plamy krwi. Końcówka tego dziwnego przyrządu dotknęła jej ciała, po czym zaczęła wykonywać upokarzające dziewczynę ruchy: wciskała się w jej skórę w okolicy sutków, ślizgała się po wewnętrznej stronie ud, krążyła wokół szyi i po policzkach, koło oczu i po wydatnych wargach – sinych i nieprzestających drżeć. W końcu dał się słyszeć trzask i ręce Zehery zostały uwolnione. W tym samym momencie całkiem bezwiednie opróżnił się jej pęcherz. Nerwy okazały się za słabe, by sprostać udawanej sile dziewczyny. Wywołało to głośną i okrutną salwę śmiechu jej dręczyciela, który z upokarzania Zehery uczynił przedmiot własnej zabawy i głośnych przechwałek.

Przełykając wstyd i tłumiąc w sobie ból, odczuwany w dopiero co uwolnionych rękach, Zehera zdołała się ubrać pod czujnym i lubieżnym spojrzeniem swego strażnika, przyglądającego się jej przez długą chwilę wzrokiem właściciela oceniającego stan trzody.

– Powinnaś zaczekać trochę dłużej, żeby lepiej wyschnąć. Sukienka przykleiła ci się do skóry. Będziesz zwracać na siebie uwagę, co dla muzułmanki nie jest wskazane.

Rzucił papierosa na podłogę i zdeptał go ogromnym, czarnym buciorem. Zehera widziała wcześniej, jak tym samym butem kopał mężczyzn, kobiety i dzieci na moście na Drinie.

– Ale mnie się tak podoba. Może być, przynajmniej jak dla mnie. Chodź – powiedział, łapiąc ją znów za ramię i zmuszając, by szła za nim. – Mam dużo rzeczy do zrobienia i chcę, żebyś to zobaczyła.

Znów szła tą samą drogą, którą tamtej nocy, kiedy została przywieziona do hotelu Vilina Vlas, prowadzono ją pośród pchnięć i wrzasków. Wszystko spowite było tym samym cmentarnym, morowym powietrzem, wyglądało tak samo makabrycznie, ponuro, przerażająco. Zmieniły się tylko twarze dziewczyn – ale nie przerażenie widoczne w ich nienaruszonych jeszcze twarzach – obserwujących martwe ciała innych kobiet oraz brutalną, morderczą bezczelność porywaczy.

Kiedy przeszła przez drzwi hotelu, oślepiło ją silne światło słoneczne, zmuszając do zamknięcia oczu. Straciła równowagę, ale uświadomiła sobie, że to i tak nie ma znaczenia: Sasza wlókł ją jak psa, wedle uznania szarpiąc ją i ciągnąc. Kiedy szmaragdowe oczy Zehery przyzwyczaiły się do światła, zorientowała się, że siedzi znów na przednim fotelu pasażera w przeklętym czerwonym passacie. Uświadomiła sobie z przerażeniem coś, czego nie była w stanie dostrzec poprzedniej nocy: sądząc po plamach krwi na karoserii, samochód funkcjonował jako przedłużenie hotelu, z którego właśnie wyszła. Zehera nie odważyła się wypowiedzieć ani słowa, nie płakała, bała się nawet głośniej odetchnąć. Zastanawiała się, czy wyruszy w drogę sama, czy w aucie są też jakieś inne dziewczyny, stłoczone na tylnym siedzeniu. Ale nawet tego nie ośmieliła się sprawdzić. Ograniczyła się do wybrania jakiegoś punktu na jezdni, możliwie odległego od brudnej, przedniej szyby samochodu, i utkwienia w nim wzroku. Przestrzeń wypełniał hałaśliwy dźwięk radia, podobnie jak wtedy, gdy stojąc jak sparaliżowana przy oknie sypialni, obserwowała egzekucje na moście. Teraz to jej własne ciało – a nie ciała sąsiadów – błąkało się jak duch, uzależnione od kaprysu Saszy Ludonovicia. To ona musiała teraz słuchać tej nieprzyjemnej muzyki, żałosnych dźwięków dziejącego się szaleństwa.

· 9 ·

Nie wiedziała, jaki to dzień tygodnia ani ile czasu spędziła w hotelu Vilina Vlas. Być może była tam jedną noc, może tydzień. Stale powtarzające się momenty utraty przytomności, gnębiące ją koszmary, rozmyte chwile pół snu, pół jawy sprawiły, że trwała w dziwnym stanie odrealnionego i ogłupiającego autyzmu. Samira ją o tym uprzedzała.

– Kiedy tu wchodzimy, tracimy poczucie czasu, nie wiemy, czy to dzień, czy noc. Każda tkwi w swoim kącie jak słup soli, zmuszona do wpatrywania się w jeden punkt na ścianie. Znamy tylko porę, kiedy przychodzą po nas, żeby gwałcić. To nasza jedyna miara czasu.

Wzrok Zehery wciąż błądził po jezdni, ale oczami wyobraźni widziała swoją towarzyszkę i pocieszycielkę pobitą i porzuconą na podłodze jak bezbronne zwierzę. Chciała, żeby Samira przeżyła, choć po chwili pożałowała egoizmu zawartego w tym pragnieniu. „Może tak lepiej. Nie będzie już dłużej cierpiała". Przez brudne szyby samochodowych okien dawało się zmierzyć puls chorego miasta, zainfekowanego wirusem snutych od wieków absurdalnych rojeń o rasowej wyższości, miasta zniszczonego wojenną gorączką i historycznym fałszem. Serbskie szrapnele z niezwykłą żarłocznością powgryzały się w fasady budynków. Wiele domów – między innymi sklep z rowerami Aleksandra, piekarnia Petra, kawiarnia Leka i meczet, w którym zwykło się modlić wielu bośniackich sąsiadów – strawiły płomienie i pozostały po nich tylko czarniawe szkielety. Całe miasto wyglądało na zdewastowane, oblężone, porzucone. Wiszegrad stał się miastem-duchem zamieszkanym przez cienie. Ulice opustoszały i przybrały szarawy kolor, który sprawiał, że całe otoczenie wyglądało jak skamieniałe. Ta szarość zapowiadała jeszcze trudniejsze i bardziej niebezpieczne czasy. Poprzez otwarte rany okaleczonych budynków wydostawały się wysokie, ponure słupy dymu jak sygnały dochodzące z samego piekła. Nie można było uciec od smrodu popiołów, ale wszystko przenikał jeszcze inny fetor, wżerający się w mózgi tych, którzy przeżyli: fetor spalonego mięsa. Smród barbarzyństwa.

Ostre hamowanie zakończyło ten film grozy, który wyświetlał się na siatkówce oka oszołomionej Zehery. Czerwony passat zatrzymał się przy bramie miejskiej remizy strażackiej. Nie wyłączając silnika ani radia, Sasza Ludonović wysiadł pospiesznie z samochodu, zostawiając otwarte drzwi. Zehera, wciąż odczuwająca skutki gwałtownego hamowania, zauważyła, jak w okolicznych domach ludzie zatrzaskują okna, opuszczają rolety lub zaciągają firanki. Nikt z mieszkańców nie chciał być świadkiem kolejnych zabójstw, którym można było przeciwstawić jedynie własną bezsiłę i rezygnację. Wiele budynków sprawiało wrażenie opuszczonych. Z domów, gdzie niegdyś mieszkali przyjaciele Zehery, teraz wychodziły osoby, których nie znała. Prawie wszyscy nosili broń, ubrani byli w mundury i z wielkim oddaniem salutowali trzema palcami swemu przywódcy.

– To serbski sposób salutowania – kobiecy szept dochodzący z tylnego siedzenia samochodu gwałtownie wyrwał Zeherę z letargu i przyspieszył rytm jej serca. – Używają tego znaku między sobą i obnoszą się z nim przed naszymi nosami, żeby nas straszyć. Przeklęci Serbowie.

Zehera nie posiadała się ze zdumienia: na tylnym siedzeniu ktoś był i nie bał się mówić. Spojrzała nieśmiało we wsteczne lusterko, z nadzieją że zdoła dojrzeć źródło kobiecego głosu. Ale nic nie widziała. Ogarnęło ją poczucie winy i wstydu z powodu nieustannego strachu, który nie pozwalał jej odwrócić głowy i zobaczyć nowej rozmówczyni. Jednak lęk ją paraliżował. Znów dotarł do niej głos z tylnego siedzenia.

– Wiem, kim jesteś. Uspokój się. Znałam twoją siostrę i jej męża, Nicolasa. Mój brat pracuje, czy raczej pracował, w sklepie z rowerami twojego narzeczonego. – Kiedy kobieta wspomniała o Aleksandrze, Zehera poczuła, że w jej ustach coś wreszcie zaczęło tajać i że być może uda jej się wydać z siebie jakiś dźwięk.

– Aleksandar – wymówiła to imię, niemalże je literując. – Alek... Wiesz coś o nim? Wiesz, gdzie jest? Żyje?

– Nie wiem. Kiedy go widziałam ostatnim razem, jechał tą samą ciężarówką, do której Białe Orły wsadziły mojego brata, gdy wywlekły go z domu. Miał zakrwawioną głowę i podtrzymywał twojego brata Dina: mocno go trzymał za rękę. Nie mogłam z nim porozmawiać, ale widziałam go. Widziałam.

– Ile czasu minęło od tamtej pory? – próbowała ustalić Zehera.

– Nie mam pojęcia. Nie wiem nawet, jaki dziś dzień. Ale jestem pewna, że przywieźli ich do tego samego budynku, do remizy strażackiej.

Konspiracyjna rozmowa zgasła, kiedy kobiety zobaczyły zbliżających się umundurowanych i uzbrojonych po zęby mężczyzn, obserwujących je przez brudne szyby czerwonego passata. Słowa znów uwięzły w gardłach dziewczyn, a ich spojrzenia wróciły do poprzedniego stanu, kiedy wyrażały coś pomiędzy depresją a szaleństwem. Czuły, jak prześwietlają je – niczym promienie rentgenowskie – spojrzenia zbliżających się łotrów; mało brakowało, a dotarłyby do nich także ich cuchnące oddechy. Tamci wycofali się jednak, widząc Saszę i jego ludzi, którzy pojawili się w głównych drzwiach remizy, prowadząc sześć kobiet, których ciała zdradzały liczne ślady dokonanych na nich gwałtów.

– Posadź parę na tylnym siedzeniu, a resztę upakuj w bagażniku. A jak się któraś nie zmieści, to przywiąż ją do rury wydechowej. – Rozkaz wydany przez przywódcę Białych Orłów brzmiał jak wyrok śmierci, choć został wypowiedziany pośród wybuchów śmiechu. – Jedziemy do szkoły – powiedział, sadowiąc się ponownie na fotelu kierowcy. Energicznym ruchem zwrócił twarz w kierunku pasażerki z przedniego siedzenia. Złapał ją za podbródek. – A ty byłaś dobrą uczennicą? Słuchałaś się nauczycieli? Odrabiałaś lekcje...? Zaraz to sprawdzimy!

Milczące pasażerki czerwonego passata nie dowiedziały się, czy wyrok śmierci został istotnie wykonany na którejś z kobiet wyprowadzonych z remizy. Żadna nie zapytała. Żadna nie spojrzała, kiedy pośród krzyków i zadawanych ciosów kazano im wychodzić z samochodu.

Zehera znów poczuła na lewym ramieniu łapę oprawcy. Ją pierwszą wyprowadzono z przeklętego samochodu i wprowadzono do budynku Szkoły Podstawowej imienia Hasana Veletovacia. Dobrze znała miejsce, do którego ją prowadzono. Jej umysł wypełniły wspomnienia z dzieciństwa, w których widziała samą siebie, jak siedzi w jednej z klas. Przychodziła tam też w późniejszych latach, żeby odebrać ze szkoły młodszego brata Dina – tak jak ją wcześniej odbierała Suhra. Pojawiające się w pamięci obrazy przeplatały się z fragmentami rozmów, które słyszała przed kilkoma tygodniami w Café Andrić, kiedy była tam w towarzystwie Aleksandra. Wtedy jeszcze mówiła sobie, że najgorsze dopiero nadejdzie. Przypomniała sobie teraz opowieść o tym, jak Tufo, dyrektor Szkoły imienia Hasana Veletovacia, został zwolniony z pracy i wyrzucony siłą ze swojej placówki; nikt go już później nie widział. Prowadzona szkolnymi korytarzami wspominała, co opowiadano w Café Andrić o pewnym serbskim dziennikarzu, który informacjami i własnymi tekstami propagandowymi służył sprawie ludobójstwa bośniackich muzułmanów; powierzono mu zadanie sporządzania czarnych list więźniów, których należy przetrzymywać, torturować, a także mordować w szkolnym budynku, gdzie wprowadzono właśnie Zeherę. Znów naszło ją gorzkie poczucie, że bierze czynny udział w zdarzeniach, z którymi do niedawna miała do czynienia wyłącznie jako widz czy słuchacz.

Podobnie jak w hotelu Vilina Vlas ściany i podłogi korytarzy szkolnych były obficie zbryzgane krwią, tak jakby ktoś specjalnie chciał zostawić oczywiste dowody, że krwawe łaźnie są w tym miejscu na porządku dziennym. Te same krzyki, szepty, płacze, jęki i błagania... I również te same twarze: przyjaciół, sąsiadów, krewnych Zehery. Wszystkie noszące ślady bicia, sine, zdeformowane, krwawiące. Ciągnącymi się w nieskończoność korytarzami szli umundurowani mężczyźni, uzbrojeni w groteskowo ostentacyjny sposób. Dzierżyli w rękach noże, u pasa mieli zawieszone granaty, karabiny przewieszone przez piersi. Wykrzykiwali obelgi, wyszczekiwali rozkazy, wywrzaskiwali sprośności, krążąc między poszczególnymi szkolnymi salami. Zehera widziała też mężczyzn i kobiety w opłakanym stanie, przenoszonych z jednej części budynku do drugiej, niestawiających najmniejszego oporu. Ci ludzie nie odważali się podnieść głowy, chyba że zmuszały ich do tego ciosy zadawane przez żołnierzy.

Nowo przybyłą grupę zaprowadzono do sali gimnastycznej. Kiedy otwarto drzwi, Zeherę zaszokowała liczba zgromadzonych tam ludzi. Stanęły jej natychmiast przed oczami czarno-białe fotografie, które widziała w książkach, gazetach albo na filmach ukazujących hitlerowskie obozy koncentracyjne. Oszacowała, że w tej sali zgromadzono jakieś pięćset osób. Większość siedziała lub leżała na podłodze, wszyscy w strasznym stanie fizycznym i psychicznym. Byli tam mężczyźni, kobiety – niektóre w ciąży – kilkumiesięczne dzieci, dziewczynki między dziesiątym a siedemnastym rokiem życia, starcy powyżej dziewięćdziesiątki. Ciekawość i przerażenie, z jakimi nowo doprowadzona grupa kobiet obserwowała uwięzionych tu wcześniej ludzi, kontrastowały z zagubionymi, martwymi spojrzeniami, jakimi odwzajemniali się tamci, wyglądający, jakby spędzili w niewoli całe życie.

Naśladując zachowanie większości, Zehera usiadła na podłodze, milcząc, starając się nie zwracać na siebie uwagi i nie zająć niczyjego miejsca, co nie było proste w warunkach panujących w tej sali. Szukała w najbliższym otoczeniu jakiegoś porozumiewawczego spojrzenia, uspokajającego gestu, znajomej twarzy. Nic takiego nie znalazła. Po kilku minutach, kiedy wciąż jeszcze badała twarze uwięzionych, którzy wydawali jej się pozbawieni życia, jakby byli istotami obrabowanymi ze wspomnień i własnego istnienia, do sali weszła grupa pięciu żołnierzy. Przeszli przez pomieszczenie z butnymi, pełnymi wyższości minami i zatrzymali się koło wianuszka młodych dziewcząt siedzących obok swoich rodziców i drżących z przerażenia. Umundurowani mężczyźni wskazywali je po kolei palcami, jedną po drugiej.

– Ty, ty, ty... i ty też. Idziecie z nami. Chcemy, żebyście nam zaparzyły kawy jak dobre niewolnice. Ruszać się, podnieście brudne, tureckie dupy! Szybko! Chcemy kawy!

W sali zapanowała gęsta, pełna niepokoju cisza, przerywana jedynie szlochem matek i ojców dziewcząt wybranych do „parzenia kawy". Zehera nic nie rozumiała, ale nie odważyła się nikogo spytać. Była pewna, że i tak nie otrzymałaby odpowiedzi.

Dziewczyny wróciły po kilku godzinach, kiedy zapadł już zmrok i w sali panowała kompletna ciemność. Ich ubrania były porozdzierane, włosy potargane, a którąś ostrzyżono na łyso. Szły z trudem, miały rozbite wargi, napuchnięte oczy, po ich nogach sączyła się krew. Żadna się nie odzywała. Te, których ojcowie lub matki byli w sali gimnastycznej, ukryły się w ich opiekuńczych ramionach. Pozostałe znajdowały sobie jakieś wolne miejsce i zwijały się tam w kłębuszek, tak jak Zehera w hotelu Vilina Vlas.

– Skurwysyny – wymamrotał mężczyzna siedzący obok Zehery. – „Zaparzyć kawę", mówili. A co z nimi robią?

Przecież to są jeszcze dzieci, na pewno w tym samym wieku co ich własne córki, które całują i układają do snu w pieprzonych łóżkach, kiedy wracają do swoich pieprzonych domów. Skurwysyny. Skurwysyny.

Nagły krzyk sparaliżował wszystkich w sali.

– Ty, co tam mruczysz?! Ktoś ci dał pozwolenie, żeby mówić? – spytał jeden z żołnierzy, podchodząc do mężczyzny i uderzając go w głowę kolbą karabinu. – Co się dzieje? Już nie mówisz, straciłeś ochotę? Zaraz zobaczysz, jak będziesz mówił... Wstawaj! I wy też! – krzyknął, wskazując na grupę dziesięciu czy dwunastu młodych ludzi siedzących w pobliżu.

Mężczyzna, który wcześniej się odezwał, bezskutecznie próbował zatamować rękami krew spływającą mu z czoła.

– Zobaczymy, komu jeszcze nie przeszła ochota na gadanie – powiedział żołnierz.

Kobiety towarzyszące mężczyznom zaczęły lamentować i błagać, żeby ich zostawiono w spokoju. Zapewniały, że nikt nic nie mówił, prosiły, żeby ich nie zabierać. Ale wszystkie starania, żeby zmiękczyć serca żołnierzy, jak zwykle okazały się daremne. Cała sala gimnastyczna usłyszała po chwili rozdzierające krzyki owych mężczyzn: było to autentyczne wycie z bólu, przenikające przez ściany sali i mogące doprowadzić do szaleństwa każdego, kto je słyszał. Dwadzieścia czy trzydzieści minut później większość wyprowadzonych wróciła do sali. Bez zębów, z rozbitymi twarzami, z głębokimi ranami na piersiach i głowach. Wszyscy obficie krwawili z ust. Obcięto im języki. Wszystkim.

Jeden z żołnierzy, wciąż jeszcze z rękami umazanymi krwią, podszedł do kobiety, która wcześniej błagała bezskutecznie, żeby nie zabierali jej męża.

– Gdzie jest twój mąż? – zapytał z szerokim, sadystycznym uśmiechem na pomarszczonej twarzy.

– Sam go zabrałeś. Nic o nim nie wiem – odpowiedziała zapłakana kobieta. – Co z nim zrobiłeś? Co się z nim stało? Proszę cię, powiedz mi.

– Uspokój się, na was też przyjdzie pora – oznajmił podniesionym głosem wojak i uderzył kobietę w twarz na tyle mocno, że padła nieprzytomna na podłogę.

Tej nocy sala gimnastyczna pogrążona była w zatrważającej ciszy. Rozlegały się tylko z rzadka jakieś jęki bólu albo wściekłości, albo stłumione łkanie, które szybko uciszały nieśmiałe syknięcia krewnego czy przyjaciela. Pomimo wielkiego zmęczenia niewiele osób było w stanie zamknąć oczy i szukać pociechy we śnie. Wszystko zdominował strach, niepewność, co może się z nimi stać, jeśli choć na sekundę stracą nad sobą kontrolę. Ale wbrew temu, czego wielu się obawiało, drzwi sali gimnastycznej zamienionej w kolejny obóz tortur nie otworzyły się już tej nocy ani razu.

Bezsenność, która od pewnego czasu niezmiennie doskwierała Zeherze, sprawiła, że dziewczyna przez całą noc nie zmrużyła oka. Obserwowała zgromadzonych w tym miejscu nieszczęśników, nie tracąc też z pola widzenia drzwi wejściowych do sali i nie przestając nasłuchiwać dochodzących zza nich odgłosów kroków. Każdy taki odgłos sprawiał, że wszyscy więźniowie na kilka sekund wstrzymywali oddech. Nie potrafiła znaleźć wytłumaczenia dla tego wszystkiego. Jej głowa nie umiała temu sprostać, a obolałe ciało też nie było w stanie pomóc. Chciała uciekać, biec jak najszybciej, bez oglądania się wstecz, zostawić za sobą tę makabryczną rzeczywistość, która oby okazała się jedynie okrutnym i przerażającym złudzeniem. Pragnęła ukryć się w ramionach Aleksandra, tak jak zawsze, ilekroć coś ją przerażało. Czasami były to rzeczy całkiem trywialne, jak grzmoty towarzyszące burzy; wtedy jej strach wywoływał lekko kpiący uśmiech na twarzy narzeczonego. Aleksandar przytulał ją w takich sytuacjach z całej siły, uspokajał pocałunkami, pieszczotami, szepcząc słowa zapewniające o swej opiekuńczości i trosce o jej bezpieczeństwo. Zehera marzyła, żeby oprzeć głowę na miękkich i zawsze gotowych ją przyjąć kolanach babci Mirsy, słuchać jej mądrych słów, którymi staruszka zawsze potrafiła pocieszyć ukochaną wnuczkę. Tak bardzo chciała spotkać się raz jeszcze z Suhrą, objąć ją, pocałować, wziąć za rękę i pobiec z nią przez te same miejsca, które razem odkrywały; chciała razem z siostrą pomalować na czerwono wargi, „bo jesteśmy różami, siostro, a w różach zawsze jest przekaz życia, marzeń, optymizmu, zawsze jest dobra nowina". Chciała opowiedzieć jej wszystko, przez co przeszła, żeby to właśnie Suhra znalazła rozwiązanie i uśmierzyła jej niepokój. Zehera myślała też o Dinie, swoim młodszym bracie, i zaczęła się modlić, żeby zdołał uciec z tego piekła, żeby przeżył, a jego umysł i ciało nie musiało znosić tego, czego inne dzieci w jego wieku doświadczyły na własnej skórze. Pomyślała też o ojcu i matce, choć nie zdołała nasycić tego wspomnienia taką samą czułością; w pewnym stopniu fakt ten też sprawił jej ból.

Na ile była w stanie jasno rozumować, obserwowała przytłaczająco klarowne obrazy, pojawiające się w jej głowie. Marzyła, że o świcie, kiedy pierwsze promienie światła wpadną przez niewielkie okna sali gimnastycznej, wszystkie zgromadzone w niej ludzkie cienie okażą się jedynie ciemnymi kształtami, pozbawionymi życia, rozumu i zmysłów, czarnymi chmurami, które w pierwszej godzinie nowego dnia rozproszą się i znikną, podobnie jak znikną być może nagromadzone w ostatnim czasie wspomnienia. Nic takiego się nie wydarzyło, ale Zehera wciąż snuła podobne wizje. Niezależnie od tego, jak chimeryczne były te nadzieje, tylko na takie potrafiła się zdobyć i nie była w stanie z nich zrezygnować.

· 10 ·

Następnego dnia po południu w sali gimnastycznej Szkoły imienia Hasana Velotovacia zjawił się Sasza Ludonović. Osobiście wybrał swe kolejne ofiary, wskazując je krótkimi i pulchnymi palcami zakończonymi malutkimi paznokciami, pod którymi zawsze widoczna była wyraźna, czarna smuga. Tym razem padło na trzy nieszczęsne dziewczynki, siedmio-, jedenasto- i trzynastoletnią, oraz na Zeherę. Przeprowadzono je do jednej z sal, które były już wcześniej scenami niekończących się sesji tortur. Nadal pozostały w niej pojedyncze stoliki z podnoszonymi pulpitami, książki, zeszyty, szafki pełne kolorowych kredek, stół nauczyciela nieco większy niż uczniowskie oraz czarna tablica, na której ktoś białą kredą wypisał wyzwiska, obelgi i wulgarne uwagi na temat bośniackich muzułmanów.

W takich momentach główny przywódca Białych Orłów celowo przywoływał na twarz swój diaboliczny uśmiech, za pomocą którego siał wśród ofiar panikę, wprowadzając je w stan neurastenicznego łkania. Lubił patrzeć na nie z góry, pokazywać żółte zęby, którymi przygryzał wargi, i mówić o sobie i cierpieniach, jakie planował im zadać.

– Wszystkie was zabiję. Jedną po drugiej, powoli. Posłucham, jak krzyczycie z bólu, jak mnie błagacie, żeby was już wreszcie dobić. Odetnę wam uszy, piersi, ręce, nosy, usta... Jestem waszym panem i władcą i mogę zrobić z wami wszystko, na co mi przyjdzie ochota! Zapamiętajcie to sobie na wypadek, gdybyście miały żyć odpowiednio długo, żeby o tym opowiedzieć: jestem największym zbrodniarzem w historii i będą o mnie pisać w podręcznikach. Uczniowie będą się o mnie uczyć dokładnie w takich miejscach jak to. – Zamilkł na kilka chwil i z uwagą przyglądał się ofiarom, jak drapieżny ptak obserwuje swój łup. – Boicie się? Próbujecie sobie wyobrazić, co z wami zrobię? Co też się teraz dzieje w tych główkach? Nikt na świecie nie ma wystarczającej wyobraźni.

Sasza przerwał nagle swoje przemówienie, złapał za szyję Zeherę i usadził ją przy jednym z uczniowskich stolików.

– A ty na co masz dziś ochotę? Wolisz się przyglądać czy żebym cię gwałcił, kiedy inne będą się przyglądać?

Rozpacz uniemożliwiła jej jakąkolwiek odpowiedź. Nie odważyłaby się zresztą odezwać. W końcu on sam za nią zadecydował. Używając drutu z kilku wieszaków na ubrania, z niezwykłą zręcznością przywiązał Zeherę za przeguby i pęciny do stolika, przy którym siedziała, i trzymając ją mocno za włosy, żeby uniemożliwić jakąkolwiek próbę oporu, wsadził jej do ust czarną szmatę, wyglądającą na skarpetę. Czując, jak kawałek tkaniny wciska się jej do gardła, Zehera sądziła, że za chwilę się udusi i wszystko się skończy. Ale tak się nie stało.

– A teraz skup się na tym, czego cię będę uczył. Musisz porządnie wykuć dzisiejszą lekcję. Przyłóż się do nauki, bo potem cię odpytam. I możesz mi wierzyć, że lepiej, żebyś wszystko umiała – śmiał się, wystawiając znów na pokaz żółtawe zęby, podczas gdy jego ludzie wiwatowali i oklaskiwali swego wodza.

Zaczął się zatem koszmar, przy którym musiała być obecna i patrzeć nań otwartymi oczami: bicie przeradzało się w dobrze już jej znane gwałty dokonywane na każdej z dziewcząt przez wszystkie Białe Orły; najbrutalniejszym czynom towarzyszyły wiwaty żołnierzy i krzyki dziewczynek. Marko, kuzyn Saszy, skoncentrował się szczególnie na najmłodszych. Kiedy wojacy sprawili, że przypominały kompletnie zniszczone, nieruchome szmaciane lalki, wyrzucili pozbawione życia ciała przez okna. Mózg Zehery odmówił wtedy posłuszeństwa i dziewczyna wreszcie straciła przytomność.

Kiedy się ocknęła, gwałtowne uczucie duszenia się znów przyprawiło ją niemalże o omdlenie. Wciąż czuła w gardle czarną szmatę. Nos i usta miała wypełnione galaretowatym płynem – pozostałością po płaczu podczas straszliwej sesji tortur. Ktoś przeniósł ją z powrotem do sali gimnastycznej i rzucił tam na podłogę. Kiedy otworzyła oczy, zobaczyła nad sobą wiele głów, które otaczały ją i przypatrywały się, czy oddycha, czy nie. Wyjęli jej szmatę z ust i Zehera była w stanie zaczerpnąć tchu tak głęboko, jakby nigdy w życiu tego nie robiła. Sąsiedzi przypatrywali się jej z przerażeniem. Jedna z kobiet przecisnęła się przez otaczający ją tłumek i uklękła przed nią.

– Wiesz, co się stało z moją córką? To ta najmniejsza, blondynka, miała niebieskie oczy. Wiesz, gdzie jest? Co z nią zrobili? Możesz mi coś powiedzieć?

Zehera nie była w stanie odpowiedzieć jej słowami. Potrafiła jedynie wybuchnąć płaczem, kiedy potworność tego, co zrobiono z tamtymi dziećmi, znów stanęła jej przed oczami. Kobieta, która zadawała jej pytania, cofnęła się na poprzednie miejsce i oparła o ścianę sali, dokładnie tam, gdzie spędziła kilka ostatnich godzin, czekając na powrót córeczki. Zehera, wstrząsana głuchym szlochem, przyglądała się jej ze swojego miejsca uważnie: z oczu matki, która właśnie otrzymała wiadomość oznaczającą pogrzebanie jej za życia, nie popłynęła ani jedna łza – pozostały suche; być może widziały już tyle okrucieństw, że łzy zestaliły się w kryształy i nigdy już nie wrócą do postaci słonawego płynu. Ten widok sprawił, że Zehera przestała płakać. Pozostała jej tylko nerwowa czkawka. Czuła, że to było nie w porządku: nie miała prawa płakać, skoro tamta matka nie jest w stanie skorzystać z tego samego przywileju. Zehera uznała, że wszyscy w tej sali myślą podobnie: krucha cisza była jedynym sygnałem ludzkiego bólu.

Drzwi sali gimnastycznej znów się otworzyły i wszyscy jednocześnie odsunęli się od wejścia, jakby ich ciała były połączone niewidzialnymi więzami. Sylwetki Saszy nie można było pomylić z żadną inną – i to nie tylko dlatego, że zawsze pojawiał się w obstawie wielu innych umundurowanych mężczyzn: jego postać absolutnego i bezwzględnego władcy wydzielała silny, specyficzny zapach, który przenikał wszystko. Wielu twierdziło wprost, że jest to zapach śmierci, mówiono nawet o fetorze siarki. Tylko nieliczni odrzucali te określenia, większość uważała je za zgodne z prawdą.

Pewnym i spokojnym krokiem człowieka uważającego się za niezwyciężonego przeszedł część sali gimnastycznej, aż jego spojrzenie napotkało oczy Zehery. Dziewczyna nawet nie zadała sobie trudu, żeby opuścić wzrok. Nie próbowała – tak jak reszta więźniów – chować oczu w jakiejś bezużytecznej kryjówce, bo wiedziała, że nie zdoła w ten sposób odwieść go od jego niewątpliwie paskudnych zamiarów. Sasza podszedł do niej i jak zwykle chwycił ją za ramię.

– Nie myślałaś chyba, że o tobie zapomniałem? – zapytał, przykładając usta do jej lewego ucha i jednocześnie wyprowadzając ją szybko z sali. – Obawiam się, że to już będzie dla mnie zupełnie niemożliwe. Prawie tak jak dla ciebie zapomnienie o mnie.

I znowu przemierzali niekończące się korytarze. Zehera czuła na lewym ramieniu bolesny ucisk stalowej dłoni oprawcy, a na karku jego cuchnący oddech. Znów wchodziła po schodach prowadzących na górne piętro i znów eskortowała ją niedająca się tym razem sprecyzować liczba Białych Orłów. Szli za nimi i Zehera słyszała stukot ich ogromnych, czarnych buciorów o podłogę. Pamiętała takie same buty bez opamiętania kopiące bezbronne ciała Bośniaków tak długo, aż w końcu zostawała z nich miazga. To ciężkie obuwie stało się autentyczną maszyną do zabijania. Cały liczny orszak zatrzymał się przed jakimiś drzwiami. Sasza wydał rozkaz jednemu z ludzi, żeby je otworzył. Wrzucili Zeherę do środka tak gwałtownie, że jej ciało uderzyło o podłogę. Udało jej się ramionami zamortyzować nieco ten upadek, dzięki czemu uniknęła pewnej rany na głowie.

Kiedy podniosła wzrok, zobaczyła, że znajduje się w wielkiej, przestronnej sali, rzęsiście oświetlonej wielkimi jarzeniówkami, które pluły białym, sztucznym światłem. Jednocześnie nieprzerwanie dobiegało z nich cienkie, denerwujące brzęczenie, jakby z ula pełnego pszczół. Odgłos ustał, kiedy ktoś dotknął wyłącznika i zgasił światło. Na podłodze leżały niebieskie maty różnych rozmiarów, pobrudzone wielkimi, ciemnymi plamami, które Zeherze przypominały to, co widziała poprzednio w holu hotelu. Wystarczyło, żeby nie mieć jakichkolwiek złudzeń co do tego miejsca. Wzdłuż ścian zamontowane były drewniane drabinki gimnastyczne, z których w czasach gdy budynek pełnił swoje szkolne funkcje, zwieszali się uczniowie wykonujący ćwiczenia rozciągające albo wzmacniające mięśnie brzucha czy też inne sportowe zadania. Teraz między szczeble zatknięte były gdzieniegdzie przewody elektryczne, a obok nich, na podłodze, spoczywały zardzewiałe metalowe kubły pełne wody, w której pływały wielkie, porowate, żółte gąbki. W rogach sali walały się zapomniane ogromne plastikowe piłki w krzykliwych barwach, kije, skakanki, pierścienie do gry, wstęgi używane w gimnastyce artystycznej. Zehera przeczuwała, że te sprzęty miały obecnie całkiem inne zastosowanie niż służenie do zajęć sportowych. Intuicja jej nie zawiodła: przypatrując się kozłowi do skoków, zobaczyła przywiązane do niego ciało kobiety, najwyraźniej poddane wcześniej torturom i niedające znaku życia. Pod wpływem tego odkrycia z ust Zehery wyrwał się cichy jęk przerażenia, który został natychmiast stłumiony przez śliski język Saszy Ludonovicia: poczuła, jak wykonuje w jej ustach szaleńcze, wygłodniałe ruchy, a potem zęby mężczyzny gryzły jej wargi do krwi.

Czuła, że bestia wydziela silny zapach alkoholu. Usadowił się nad nią, krępując całkowicie jej ruchy i prawie uniemożliwiając oddychanie. Zehera poczuła, że się dusi. Próbowała uwolnić się od niego, ale była całkiem bez sił. Zaczęła kopać, żeby zwrócić uwagę, że powietrze nie dopływa do jej płuc. Próbowała jak najmocniej wybałuszyć oczy, ale wszystkie te znaki na nic się zdały, bo spocony potwór, brudny i wywołujący w niej mdłości, zwracał uwagę tylko na swoje potrzeby. Kiedy myślała już, że zemdleje, Sasza położył się na niej, uwalniając swoje ramiona. Obnażył się i zdarł ubranie także z niej, zostawiając ją rozciągniętą na podłodze, kompletnie nagą.

– Bądź grzeczna, bo dzisiaj mamy publiczność – powiedział, zaśmiewając się i wskazując głową swoich ludzi. Zgodnie ze wskazówkami przywódcy zgromadzili się mniej więcej półtora metra od miejsca, w którym miało dojść do gwałtu. – I to wymagającą publiczność, która chce się czegoś nauczyć.

– Proszę... proszę, nie...

– Masz nic nie mówić! Dzisiaj nie. Krzycz, wrzeszcz, wyj z bólu, jeśli chcesz, ale nie chcę słyszeć ani jednego słowa, bo wiesz, co się stanie. Mamy tu już niezłą kolekcję języków, ale zawsze się przyda jeszcze jeden. – Skończył przemowę pośród salw śmiechu wspólników z tego szczególnego wojska i przystąpił do rytuału gwałtu i tortur.

Zehera zamknęła oczy i obiecała sobie, że nie będzie płakać, choćby po to, żeby nie sprawić dodatkowej przyjemności temu, kto po raz kolejny bawił się upokarzaniem jej. Ale ból był silniejszy od postanowienia, od woli oporu, od chęci pozostania obojętną na wszystko. Żywe piekło, które przeżywała w swoim wnętrzu przy poprzednich spotkaniach z gwałcicielem, tym razem było dziesięć razy gorsze. Jej ciało znów stało się własnością człowieka, którego przepełniało bezbrzeżne zło, stało się zabawką w jego rękach. Przy każdym bestialstwie wpatrywał się czarnymi oczami w oczy swej ofiary. I uśmiechał się.

– Jesteś moja, Turczynko. Jesteś moja i mogę z tobą zrobić wszystko, co zechcę.

I tak minęła kolejna noc, podczas której sponiewierane ciało Zehery nie zaznało ani chwili wytchnienia.

· 11 ·

Obudził ją ostry ból kręgosłupa na całej długości – od zwieracza aż do szyi. Najbardziej nieznośny stawał się na wysokości piersi i brzucha. Powoli otwierała oczy. Zorientowała się, że siedzi na podłodze oparta o drabinki umocowane na ścianie. Raz jeszcze zobaczyła swoje nagie i pobite ciało, noszące ślady gwałtu: resztki krwi na udach i kolanach, a między nogami także dziwne kałuże cieczy, której nie była w stanie zidentyfikować. W pierwszej chwili nie potrafiła sobie przypomnieć, jak dotarła aż do tego miejsca i dlaczego była przywiązana grubymi sznurami za przeguby, ramiona i szyję do drewnianych szczebli. Z trudem przychodziło jej unieść głowę, jakby miała na niej tonę betonu, ale w końcu się udało. Powoli przebiegła oczami po swoim ciele, aż w końcu musiała odwrócić wzrok. Zobaczyła, że jej sutki są osmalone, jakby przypalone węglem drzewnym. Podobnie wyglądała wewnętrzna powierzchnia jej ud. Dostrzegła też koło siebie kubeł z wodą, teraz już prawie pusty, ale nie było w nim ani śladu gąbki. Ten widok wszystko jej wyjaśnił. Poczuła też zapach spalonego mięsa. Wtedy wrócił ból w piersiach i w podbrzuszu, a głębiej we wnętrzu ciała poczuła jakby smagnięcie pejczem. Kiedy udało jej się podnieść głowę, gorzko tego pożałowała: przeraził ją nieoczekiwany widok Saszy Ludonovicia, który przyglądał się jej, siedząc przed nią na krześle i popijając coś z czarnego kubka. Chciała krzyknąć, ale nawet na to nie miała sił.

Z trudem przełknęła ślinę, widząc, że wstaje i zbliża się do niej z żółtą gąbką w ręce, w drugiej trzymając kubek. Zapach kawy w sali tortur wydał jej się dziwny. Mężczyzna wolno włożył gąbkę do wiadra z wodą i starannie ją namoczył. Potem, kucnąwszy obok dziewczyny, przeciągnął gąbką po jej czole. Pod wpływem tego dotknięcia ciało Zehery znów się wzdrygnęło.

– Nie bój się. Tym razem nie będzie prądu – zapewnił ją ironicznie cichym głosem. – To tylko woda. Ja decyduję o wszystkim. Więc tym razem to tylko woda.

Zehera zaczęła płakać. Zrozumiała w tym momencie, że jej życie nie ma już żadnej wartości; że nikt nie zdoła jej pomóc; że jej rodzina i przyjaciele są daleko albo nie żyją; że jej ukochane marzenia o przyszłości – o podróżach po świecie, o poznaniu innych ludzi i innych kultur – obróciły się w popiół; że jej pragnienie założenia rodziny z mężczyzną, którego kochała, rozwiało się... a mężczyzna, który śmiał się jej teraz w twarz, stał się jej oprawcą na całe życie. Im dłużej płakała, tym bardziej zadowolony wydawał się potwór, tym większą radość ze swej władzy odczuwał. Zbliżył do jej sinych warg brzeg kubka z parującym płynem i zmusił ją do picia, choć jego ofiara nie potrafiła nawet przełykać i czarna, gorzka kawa wypływała przez pęknięcia w jej wargach.

– Zabij mnie, proszę – zdołała wyszeptać, nie przestając jęczeć i czując w ustach silny smak kawy. – Zabij mnie, skończ ze mną wreszcie. Zrób to, błagam cię. Co jeszcze możesz mi zrobić? Co jeszcze?

– O tym, tak jak o wszystkim innym, ja zdecyduję – powiedział, głośno siorbiąc kawę. Przez kilka sekund trzymał płyn w ustach, jakby to był środek do odświeżania jamy ustnej, a potem wypluł go na twarz Zehery. – Ja wybiorę odpowiedni moment.

Wypowiedziawszy te słowa, wyjął nóż i przeciął sznury, którymi dziewczyna miała związane ręce i ramiona. Sznurem, który miała na szyi, posłużył się natomiast jak obrożą, żeby zaciągnąć ją na matę, gdzie znów ją zgwałcił. Zehera wiedziała, że się myliła: ten człowiek wciąż jeszcze mógł jej zrobić dużo, bardzo dużo...

Po obowiązkowym prysznicu z zimnej wody, któremu towarzyszyła spora porcja wyzwisk, Zehera została odstawiona do tej samej sali na górnym piętrze szkoły, w której kilka godzin wcześniej się obudziła. Czterech Białych Orłów, którzy jej pilnowali i zadali sobie trud ponownego związania jej rąk na plecach, wyraźnie się spieszyło. Rozmawiali ze sobą, nie przejmując się jej obecnością, jakby nie istniała, jakby była niewidzialna albo martwa, co zresztą w znacznej mierze odpowiadało rzeczywistości. Minionej nocy, w czasie gdy ona była brutalnie gwałcona i torturowana, w sali gimnastycznej musiało się wydarzyć coś, co sprawiło, że mężczyźni zachowywali się nerwowo, a nawet sprawiali wrażenie zaniepokojonych. Zdołała usłyszeć, że grupa czterdziestu osób, głównie mężczyzn, postanowiła się zbuntować. Korzystając z tego, że większość serbskich strażników znajdowała się na górze, dopingując swego przywódcę przy bestialstwach, których dopuszczał się na ciele Zehery, więźniowie wybili okno i uciekli. Przez całą noc uciekinierzy krążyli po górach otaczających miasto oblegane przez paramilitarne oddziały serbskie, szukając tam jakiejś kryjówki. Najodważniejsi dostali się aż do rzeki i popłynęli z prądem, starając się dotrzeć do enklawy zarządzanej przez armię bośniacką, by znaleźć tam schronienie.

Ucieczka zakończyła się spektakularnym fiaskiem. Uśmiech Saszy, który Zehera widziała rano, budząc się z kolejnego koszmaru, był wyrazem triumfu związanego z wyłapaniem wszystkich więźniów. Większość wróciła do sali gimnastycznej; reszta zginęła od razu z rąk serbskich żołnierzy. Teraz nadeszła pora kary i Białe Orły się niecierpliwiły. Kiedy skończyli wiązać ręce Zehery, kazali jej uklęknąć na środku sali, ze wzrokiem utkwionym w podłogę. Zagrozili, że ją zabiją, jeśli wracając, nie zastaną jej w tej samej pozycji; a wrócić mogli w każdej chwili. Przed wyjściem jeden z mężczyzn kopnął ją w bok tak mocno, że dziewczyna nie mogła złapać tchu, a potem zwymiotowała smużką krwi.

– Na razie nie możemy cię zgwałcić, ale nikt nam nie broni dać ci tego, na co zasługuje takie muzułmańskie gówno.

Godziny mijały tak wolno, jakby wskazówki zegara borykały się ze stuleciami. Od czasu do czasu ból i zmęczenie wywołane nieustającymi sesjami strachu i cierpienia wprowadzały Zeherę w stan niespokojnego snu. Nie dość, że nie pozwalał on odpocząć, to jeszcze ogromnym okrucieństwem były powroty do realnego świata. Ponieważ nie mogła się ruszać, straciła czucie w ramionach i nogach, a pęcherz musiała opróżniać pośród skurczów i ukłuć bólu, w skrajnie niewygodnej i upokarzającej pozycji. Ale nie odważyła się jej zmienić także wtedy, kiedy poczuła silne i niedające się opanować mdłości zakończone wymiotami, w których znów pojawiła się krew.

W sali zapanowała kompletna ciemność. Zehera starała się nie poruszyć ani jednym muskułem ciała – choć wiedziała, że to i tak nie uratuje jej przed kaprysami oprawcy. Niemniej jednak jakieś poruszenie przed budynkiem szkolnym, dające się wyraźnie słyszeć, spowodowało, że utkwiła wzrok w oknie, które miała na wprost siebie mniej więcej w odległości dziesięciu metrów. Hałas nasilał się i choć z miejsca, w którym się znajdowała, nie mogła zobaczyć zbyt wiele, zauważyła, że na ścianach szkoły pojawiły się niewielkie ogniska pomarańczowego światła. Przez chwilę bała się, że budynek został podpalony, a ona, pozostawiona sama sobie i opuszczona, dokona zaraz żywota w płomieniach. Ale po krótkim czasie rozległy się głośne dźwięki muzyki, którą dobrze już znała: były to te same dziwaczne melodie czetników, które dobiegały z radia czerwonego passata, gdy Sasza mordował bośniackich muzułmanów na moście nad Driną. Ciekawość okazała się silniejsza niż strach i śmiertelne groźby Białych Orłów. Zehera postanowiła ostrożnie przesunąć się w stronę okna. Okazało się to trudne i bolesne: jej ciało, pozostające przez długi czas bez ruchu, zdrętwiało. Przebyła odległość dzielącą ją od okna, czołgając się, aż w końcu zdołała zapanować nad mięśniami i wyprostować się. Kiedy usłyszała donośny głos przywódcy paramilitarnych oddziałów serbskich, strach omalże nie odebrał jej znów możliwości poruszania się, ale kiedy dotarło do niej, że jego wyzwiska i rozkazy nie są skierowane do niej, postanowiła kontynuować swą osobistą drogę krzyżową aż do okiennej ramy.

Tak jak wtedy, gdy skamieniała ze strachu patrzyła z okna swej sypialni na zabójstwo sąsiadów, Behii i Dema, znów jak zahipnotyzowana utkwiła oczy w rozgrywających się przed nią scenach horroru. Dzięki strategicznie rozmieszczonym przez wojaków pochodniom – gdy światło elektryczne w całym budynku zostało wyłączone – mogła obserwować przygotowany na ten wieczór spektakl. Tych, którzy poprzedniej nocy brali udział w zakończonej porażką ucieczce, ustawiono w idealne koło i kazano im stać na jednej nodze. Kto postawił na ziemi drugą stopę, upadł albo zemdlał, był bity na śmierć.

W środek makabrycznego koła wpędzono mężczyzn wyposażonych w pałki, noże i żelazne pręty: kazano im się okładać wzajemnie tak długo, aż tylko jedna osoba pozostanie przy życiu. Tak jak w rzymskim cyrku prawie setka ludzi została wypchnięta na środek forum na pewną śmierć. Przerażające było patrzeć, jak mężczyźni w różnym wieku bez słowa godzą się ze straszliwym losem zgotowanym im przez niegdysiejszych sąsiadów, a obecnie śmiertelnych wrogów. Kiedy pierwsi ludzie zaczęli padać, słychać było głośne salwy śmiechu Białych Orłów, którzy dopingowali nie wiedzieć czemu jednych czy drugich uczestników tych śmiertelnych zawodów; dały się także słyszeć błagania o litość bliskich ofiar, którzy zszokowani obserwowali tę niewiarygodną scenę. Po kilku minutach krew zabarwiła wszystko na czerwono, rozpłatane ciała padały na ziemię bez życia, a jeśli w którymś tlił się jeszcze słaby oddech, natychmiast znajdował się ktoś, kto go tłumił.

Zehera nie mogła na to patrzeć i cofnęła się od okna, zwijając w kłębek na podłodze. Jej oczy uwolniły się już od patrzenia na bezkarność szalejącego terroru, ale do uszu wciąż dobiegały odgłosy uderzeń, krzyki, serbskie piosenki, które mordowanym kazano śpiewać w trakcie zadawania im tortur. Wciąż to słyszała, choć próbowała przyciskać do uszu ramiona związanych rąk. Wszystkie wysiłki były daremne. Kiedy odgłosy ucichły, Zehera znów przytknęła nos do okna. Na placu została już zaledwie dziesiątka wyczerpanych i ciężko zmaltretowanych mężczyzn. Białe Orły znów kazały im się ustawić tak, żeby mogli odegrać absurdalną pantomimę: wśród panującego chaosu kazano im rozegrać mecz koszykówki. Zdarzało się to już wcześniej. Jedyna reguła mówiła, że nie wolno nie trafić do kosza, pod groźbą pobicia albo zgwałcenia – samych graczy albo najbliższych członków ich rodzin. Ale pojawienie się Saszy – który w jednej ręce trzymał brązowy worek – świadczyło o tym, że nie będzie to byle jaki mecz: teatralnym gestem wielki wódz opróżnił worek, którym najpierw przez kilka sekund obracał, jakby chciał spotęgować wrażenie na widzach. Uciekinierom kazano grać głową jednego z bośniackich więźniów, która miała posłużyć im za piłkę. Tym, którzy odmówili, poderżnięto gardła. Tych, którzy zastosowali się do diabelskiego rozkazu strażników, spotkał po chwili ten sam los.

Kiedy było już po wszystkim, Sasza podniósł wzrok ku oknu, z którego obserwowała tę scenę prawie martwa z przerażenia Zehera, i uraczył ją uśmiechem, który niemal zamroził jej krew w żyłach. Cofnęła się odruchowo. Niezwykła siła jej spazmatycznego oddechu sprawiła, że dziewczyna wylądowała na kolanach.

Kiedy największy zbrodniarz w dziejach – jak sam lubił się określać, chełpiąc się radośnie tym mianem – wszedł do sali, zastał drobne i bezbronne ciało swej ulubionej więźniarki wstrząsane nerwowymi konwulsjami i dyszące ciężko jak ciało astmatyka. Widok tej walczącej o oddech rozpaczy wystarczył, by potwór wpadł w zachwyt i podniecił się. Zbliżył się do Zehery, żeby wyraźniej usłyszeć odgłosy jej strachu, poczuć jego zapach z odległości kilku centymetrów, tak jak to lubił robić ze wszystkimi ofiarami.

– Proś mnie o to jeszcze raz – powiedział, łapiąc ją obiema rękami za szyję. – Błagaj mnie, żebym cię zabił, żeby wszystko się skończyło. – Roześmiał się sarkastycznie, słysząc, że jedyną odpowiedzią jest przedłużająca się, rozpaczliwa walka o oddech. Wiedział dobrze, że jego ofiara nie odważy się powiedzieć czegokolwiek po ujrzeniu rzeźni, jaką urządził kilka minut wcześniej. – Nie rozumiesz jeszcze, jakie masz szczęście, Turczynko. Ale zaczniesz je niebawem doceniać.

Szybkim ruchem odwrócił ciało Zehery przodem do ściany, uderzając jej twarzą w okienną szybę. W tej pozycji, w której oboje mogli obserwować rezultaty masakry, znów wszedł w nią od tyłu. Tym razem to nie fizyczny ból wyłączył jej zmysły.

– Proś mnie o to jeszcze raz, Turczynko. Proś mnie o to jeszcze raz – powtarzał, dysząc.

· 12 ·

W ciągu paru kolejnych dni Sasza nie przychodził do Zehery, dzięki czemu jej rany przestały się zaogniać, a ostry, palący ból, który odczuwała w umęczonym ciele, nieco zelżał. Ale cierpienia psychiczne wywołane tym, co widziała i przeżyła, nie uległy najmniejszemu choćby złagodzeniu. Prawie w ogóle nie mogła spać. Jej ciało wciąż się buntowało: co dwie–trzy godziny dręczyły ją torsje, nie przestawała płakać. Nieustanne poczucie zagrożenia sprawiało, że każdy niespodziewany dźwięk powodował skurcz wszystkich mięśni dziewczyny. A głowa miała ochotę eksplodować, ciągle bombardowana zapamiętanymi dantejskimi scenami; niemilknące krzyki, dobiegające z niższego piętra, z sali gimnastycznej, jeszcze ten stan nasilały.

Ze związanymi rękami i nogami, porzucona w miejscu, gdzie doświadczyła ostatniego gwałtu zaraz po masakrze na podwórzu Szkoły imienia Hasana Velotovacia, Zehera nie miała kontaktu z kimkolwiek oprócz jednego umundurowanego mężczyzny, który przynosił jej coś do jedzenia. W charakterze całego dziennego pożywienia ciemiężyciele wydzielali jej kilka kromek suchego chleba i trochę brudnej wody. Przychodzący mężczyzna przynosił jednak czasem trochę herbaty i owsiane ciastka. Od pierwszego razu, kiedy wszedł do jej osobistego pokoju tortur, Zehera zauważyła, że jest inny od pozostałych. Ubrany był tak jak reszta, miał też podobną posturę, chodził w takich samych ciężkich butach nadających się do zabijania, jak i pozostałe Białe Orły, nosił podobną broń, na ubraniu naszyte miał identyczne symbole, ale jego głos i sposób zachowania były odmienne. Starał się mówić do niej łagodnie, szczególnie kiedy zobaczył, że jej ciało kurczy się jak ranne zwierzę za każdym razem, kiedy otwierają się drzwi.

– Mam na imię Goran. – Męski głos sprawił, że Zehera drgnęła. – Uspokój się. Nie skrzywdzę cię. Przyniosłem ci kubek herbaty i parę herbatników. Dziś nie udało mi się zdobyć niczego więcej. – Wpatrywał się niebieskimi oczami w jej oczy i widać było wyraźnie, że także to spojrzenie w niczym nie przypominało wzroku jego towarzyszy. – Posłuchaj, nie wiem, czy mi uwierzysz, ale nie zgadzam się z tym, co się tu wyrabia. Nie mogę tego zrozumieć. Mam rodzinę i wiele kobiet i dzieci, które tu widzę, przypomina mi moich bliskich. Nie rozumiem tego. Nie mogę pojąć. Nie wiem, co się dzieje. Nie mają serc ani uczuć. Nie mają sumienia. Ale nie mogę zrobić nic więcej, niż próbować ulżyć wam w bólu i głodzie. Nie jestem jedyny, który tak myśli. Tu jest więcej takich jak ja, ale nie możemy nic zrobić. Osiągnęlibyśmy tylko to, że potraktowaliby nas tak samo jak was.

Zehera przyglądała mu się szeroko otwartymi oczami, nie mrugając nawet powiekami ze strachu, że obraz tego mężczyzny zniknie, a jego słowa okażą się urojeniem spowodowanym gorączką, która trapiła ją od kilku dni. Trwała ze wzrokiem utkwionym w tym człowieku, nie próbując się odezwać, aż w końcu poczuła do Gorana wystarczające zaufanie, żeby wypowiedzieć słowo, którego nigdy nie spodziewała się usłyszeć w tym pomieszczeniu wypełnionym nienawiścią i goryczą.

– Dziękuję.

– Nie ma za co. Rozwiążę ci na chwilę ręce, żebyś mogła zjeść to, co ci przyniosłem.

Po kilku chwilach ciszy mężczyzna dodał:

– I proszę cię, nie proś mnie, tak jak inni, żebym ci pozwolił uciec. To niemożliwe. I nic by nie dało. To bezsensowne. Widziałaś, jak to się ostatnio skończyło.

Popatrzyła na niego, zaskoczona tym komentarzem, jakby w tym właśnie momencie odkrył jeden z jej największych sekretów.

– Widziałem cię w oknie tak samo jak on.

Z ust tego strażnika, jakże odmiennego od innych, Zehera dowiedziała się, z czego wynika przedłużająca się nieobecność Saszy: codziennie jeździł do obozu w Uzamnicy, położonego pod Wiszegradem, mniej więcej pięć kilometrów od miasta. Prowadził tam swoją szczególną kampanię zastraszania, przede wszystkim kobiet muzułmańskich, którym kazał jeść wieprzowinę i które nieustannie gwałcił. „Będziesz miała serbskie dziecko" – mówił każdej, śmiejąc się. W związku z nowymi rozrywkami przez ostatnie dwa dni był bardziej zajęty niż zwykle: zaczął palić ludzi. Stało się to jego nową, chorobliwą obsesją. Nie wystarczało mu już mordowanie Bośniaków na progach ich domów albo w miejscach ich pracy, na oczach rodzin i przyjaciół; nie wystarczało zabijanie ich z zimną krwią na moście na rzece Drinie. Teraz upodobał sobie ogień jako narzędzie siania paniki wśród muzułmańskich sąsiadów.

Tym właśnie był zajęty 14 czerwca, kiedy zmusił setkę Bośniaków – wśród nich kobiety, dzieci i starców – do spędzenia nocy w domu Jusufa Memicia przy ulicy Pionirskiej, jednej z głównych ulic miasta. Zabrawszy im wszystko, co posiadali, Białe Orły przepędziły tę grupę do pobliskiego domu przy tej samej ulicy, należącego do Adema Omeragicia. Tam zamknięto ich w jednym pokoju. Po skrupulatnym zabiciu deskami wszystkich wyjść dom został oblany benzyną i podpalony. Ludonović, jego kuzyn Marko i przyjaciel ich obu znany pod imieniem Laco zajęli się strzelaniem do wszystkich, którzy próbowali wydostać się z tego całopalnego stosu.

Zehera nie mogła się powstrzymać: zamknęła oczy i wspominała Iva, Aidę, Leka i wszystkich innych przyjaciół, którzy w podobny sposób ponieśli śmierć w Café Andrić.

Silnik czerwonego passata znów obwieścił bezpośrednie zagrożenie wszystkim, którzy pozostawali jeszcze w budynku szkoły. Dotyczyło to także Zehery, której ciało wzdrygnęło się, usłyszawszy znienawidzony dźwięk. Wszystkie duchy, które przez ostatnie godziny gdzieś się ukryły, znów powróciły w całej swej przerażającej ohydzie. Ze swego miejsca przy drabinkach skulona Zehera słyszała wyraźnie, jak Sasza pokonuje kolejne stopnie schodów prowadzących w jej kierunku. Była przekonana, że potwór potrafi wyczuć jej strach i właśnie dlatego nie spieszy się z wejściem na górne piętro, delektując się paniką, jaką odgłos jego kroków sieje w ciele ofiary.

Przez kilka chwil stał za drzwiami milczący, bez ruchu. Był cierpliwy, wiedział, że jego cień przenika przez zamknięte drzwi, przybierając niezwykłe rozmiary. Nie miał wątpliwości, że wystarczy sam jego widok, żeby wywołać spazmy dziewczyny, której życie postanowił naznaczyć na zawsze, podobnie jak zrobił to już z jej ciałem. Przyłożył do drzwi ucho, pragnąc usłyszeć takie same nieregularne, nerwowe, chorobliwe jęki jak te, które wypełniały salę, kiedy ją opuszczał kilka dni wcześniej. Potem uśmiechnął się z satysfakcją i pchnął klamkę z całą siłą, jaką mógł wykrzesać z ramienia. Stał przez chwilę w progu. Chciał, żeby jego ofiara go widziała, przyglądała mu się, żeby zaczęły się jej trząść nogi, żeby zacisnął się żołądek, podniosły włoski na całym ciele, żeby skóra pokryła się zimnym potem, który tak go podniecał, żeby ciśnienie doszło do stanu grożącego eksplozją wszystkich żył. Nic na świecie nie sprawiało mu większej przyjemności niż poczucie, że budzi strach, nienawiść, respekt, że wymusza posłuszeństwo. Zostały mu niecałe trzy miesiące do ukończenia dwudziestego piątego roku życia, a już jego imię potrafiło przerazić całe miasto, już tysiące ludzi spuszczało wzrok, widząc go na swojej drodze. Dzieci bały się go jak Lucyfera, a on czuł się niezmiennie wspaniale w roli wielkiego mściciela. Uważał się za lepszego od innych; litość była dla niego jedynie niedopuszczalną oznaką słabości. Potwierdzał swój autorytet, upokarzając innych. Podnosiło to jego samoocenę, osiągającą już i tak niewiarygodne poziomy. Lubił słuchać, jak jego ludzie zapewniali, że nazwisko Ludonović znajdzie swoje miejsce w historii obok nazwisk Hitlera, Mussoliniego i Stalina. Idee, motywy i uzasadnienia nie były ważne. Jakiekolwiek wyjaśnienie było dobre, byle tylko przejść do Historii. I wiedział, że uda mu się to osiągnąć.

– Zabiorę cię w miejsce, które cię powinno zachwycić – powiedział w końcu, przecinając sznur, którym związane były nogi Zehery, nie ruszając jednak drutu, który krępował i ranił jej nadgarstki. – Nie wiem tylko, czy po obejrzeniu tego, co dla ciebie przygotowałem, specjalnie dla ciebie – wyszeptał jej do ucha – nie zmienisz upodobań.

Kazał jej się podnieść i oparłszy o ścianę, ostentacyjnie ją powąchał, a potem przejechał językiem po jej twarzy. Zehera poczuła silny zapach cebuli i potu. Przypomniała sobie, co w pokoju numer 218 w hotelu Vilina Vlas opowiadała jej Samira o swoich gwałcicielach. Potem bestia nożem rozchyliła jej nogi. Ciało dziewczyny zesztywniało.

– Nie bądź niecierpliwa, Turczynko. Jeszcze musisz trochę poczekać. Powiedziałem ci, że mam ci coś do pokazania.

Kiedy wychodzili ze Szkoły imienia Hasana Velotovacia, zapadł już wieczór. Budynek był całkowicie pogrążony w ciemnościach. Mrok rozjaśniały tylko pojedyncze źródła światła znajdujące się na zewnątrz, głównie reflektory aut czekających na wjazd na teren szkoły. Mimo panującej ciemności oczy Zehery dostrzegły dziesiątki trupów, ciał okrutnie pobitych, wręcz zmasakrowanych, leżących na korytarzach albo porzuconych na schodach. Zmrok nasilał tylko złowrogą aurę tego zaimprowizowanego cmentarzyska anonimowych, ale jakże bliskich jej istot. Unosił się nad nim zapach przyprawiający o mdłości – oddychanie było trudne i bolesne. Zehera nie mogła przeczytać słów wypisanych wielkimi literami na ścianach szkoły, ale nie wymagało wielkiego wysiłku domyślenie się, że były pełne złości, nienawiści i strachu. Mrok i milczenie wydawały się idealnymi sojusznikami duszącego klimatu niegodziwości panującego w budynku.

Nie było słychać żadnych odgłosów, nawet zwykłych w tym miejscu krzyków bólu, wyzwisk i błagań. Niósł się tylko odległy dźwięk dobiegający z radia czerwonego passata Saszy, który z upodobaniem ściskał ramię Zehery i wyznaczał drogę, jaką miały przejść jej obolałe nogi. Kiedy mijała drzwi sali gimnastycznej, wyobraziła sobie ponure cienie zgromadzonych tam ludzi, skulonych na podłodze i czekających na zamordowanie. Pewność niedalekiej i nieuniknionej śmierci zabiła w ich umysłach wszelkie ślady nadziei.

Znów siedziała na przednim fotelu pasażera w przeklętym samochodzie. Wzdrygnęła się, słysząc dociekliwy głos Saszy.

– Powiedziano mi, że twoją ulubioną książką jest *Most na Drinie*. To prawda? – Pełne przerażenia milczenie ofiary zirytowało go. – Odpowiadaj! Czy to prawda? – powtórzył wściekle.

– Tak – wyszeptała zastraszona, choć nie rozumiała, w jaki sposób informacja, którą znał tylko krąg jej najbliższych, mogła dotrzeć do tego człowieka.

– Co za zbieg okoliczności. To także moja ulubiona książka. Więc pewnie wiesz, że most wymaga ofiar, żeby stać na swoim miejscu – dodał, podkręcając głośność samochodowego radia.

Ta ostatnia uwaga dodatkowo ją zaniepokoiła, jednocześnie rozwiewając wątpliwości co do miejsca, w które się kierowali, i co do natury niespodzianki, jaka tam na nią czeka. Mimo skąpego oświetlenia ulic Wiszegradu u wylotu drogi, którą jechali, zobaczyła wyraźnie majestatyczną sylwetkę mostu, przez który tak wiele razy przebiegała jako dziecko, a szczególnie jako nastolatka. Tyle razy szła przez ten most, trzymając za rękę Suhrę, swoją siostrę. Tyle razy przejechała go na rowerze wraz z Aleksandrem. Most był miejscem tylu spotkań ze znajomymi, smakowania kawy albo naparów z ziół podawanych w kawiarence mieszczącej się w jego centralnej części, tylu zwierzeń i wyznań dzielonych z przyjaciółmi, tylu chwil spędzonych w miłym towarzystwie, tylu rozmów i marzeń zrodzonych nad szemrzącym nurtem krystalicznie czystej Driny... Wspominając ten dobrze znany, a jednocześnie tak daleki od obecnej rzeczywistości widok, Zehera czuła, że ktoś chwyta ją za serce, ściska je i próbuje wyrwać z piersi.

– Zabijesz mnie na moście tak jak innych? Dlaczego? Dlaczego to robisz? – zdołała zapytać, nie wiedząc nawet, skąd czerpie odwagę, by się do niego odezwać.

– Już ci mówiłem. Nie zabiję cię. Jeszcze nie.

Sasza wysiadł z samochodu prawie w połowie mostu, otworzył bagażnik, wyjął z niego karabin z celownikiem optycznym i kazał wysiąść także swej przerażonej towarzyszce. Po prawej stronie mostu kilku Białych Orłów trzymało pod bronią grupę mężczyzn z uniesionymi w górę rękami. Żołnierze bili ich i obrzucali wyzwiskami. Światło pochodni rozmieszczonych w centralnej części mostu nie było dostatecznie silne, żeby dostrzec twarze więźniów, ale w miarę zbliżania się do nich niepokój Zehery się nasilał. W reakcji na ledwo widoczny gest przywódcy dwaj ludzie złapali ją mocno za ramiona i zaciągnęli w miejsce, z którego można było oglądać dokładnie mający się właśnie zacząć spektakl. Widząc sadystyczne spojrzenie Saszy, Zehera domyślała się, że lider Białych Orłów zaczyna oblizywać się na myśl o czekającej go przyjemności.

– Kto z was umie pływać? – zapytał człowiek budzący największe przerażenie w Wiszegradzie ku zdumieniu spędzonych na most ofiar i ku radości swoich ludzi.

Musiał zaczekać kilka sekund, zanim z grupy więźniów dobiegł pojedynczy głos.

– Ja – powiedział zdecydowanie młody chłopak, wysoki, silnie zbudowany, ze śladami przemocy na ciele, głównie na pokiereszowanej twarzy.

Kiedy Zehera przyjrzała się dokładnie chłopakowi, nie mogła powstrzymać okrzyku bólu. Jej ciało daremnie próbowało wyzwolić się z uścisku strażników i podbiec do młodego mężczyzny. W pierwszej chwili nie poznała jego zmaltretowanej twarzy, ale ten głos rozpoznałaby wśród miliona innych: to był Aleksandar. Ubranie miał poszarpane – koszula wyglądała jak zaplamiona krwią szmata. Twarz napuchła mu od bicia, ale nadal wyrażała tę samą siłę i zdecydowanie, w których zakochała się od pierwszego dnia.

Rozgrywająca się scena najwyraźniej uszczęśliwiała kierującą całą akcją bestię, która zwietrzyła okazję, by dać upust swemu nienasyconemu sadyzmowi.

– Proszę, proszę. Wy się znacie? – zapytał cynicznie, bawiąc się karabinem. – Kolejny zbieg okoliczności. Niewątpliwie. Tym lepiej, znacznie lepiej. To że ludzie się znają, to bardzo dobrze. Ja przynajmniej mam wtedy znacznie lepszą zabawę.

Przeszedł kilka kroków po środkowym odcinku mostu i stając przed Aleksandrem, zapytał:

– A więc naprawdę umiesz pływać? Bardzo dobrze, człowieku, bardzo dobrze! Wygląda na to, że jesteś tu jedyny albo reszta twoich kolegów zapomniała języka w gębie... A może obciął im je któryś z moich ludzi?

Rechot Białych Orłów nasilił jeszcze panujące napięcie.

– Ano zobaczymy, czy mówisz prawdę, czy nas okłamujesz. Skacz do wody i pokaż nam, jak się pływa.

· 13 ·

Aleksandar spojrzał na Zeherę. Dziewczyna krzyczała, błagając, żeby zostawili go w spokoju. Zachowywała się podobnie jak tyle innych kobiet, które w takiej sytuacji wpadały w identyczny trans. Przesławszy jej nieśmiałym ruchem warg bezgłośne „kocham cię", Aleksandar podszedł do kamiennej balustrady mostu, eskortowany przez dwóch mężczyzn trzymających go na muszce. W trakcie tej krótkiej drogi przez głowę przelatywały mu tysiące pytań, nie pozwalając na spokojne myślenie: „Czy mnie zastrzelą? Strzelą mi w plecy? Co zrobić? Rzucić się do ucieczki? Zacząć biec? Skoczyć i mieć nadzieję, że spudłują albo że kula nie trafi w żaden ważny organ? Umrę na tym moście? Zejdę z tego świata, mając dwadzieścia pięć lat? Dlaczego?".

W kalejdoskopie najrozmaitszych wizji, który obracał się w jego umyśle, pojawił się też obraz narzeczonej.

Nie wiedział, czemu w tym właśnie momencie zainteresował się też temperaturą wody. „Co mi za różnica? I tak umrę, i tak umrę!”. Zatrzymał go potężny głos Saszy Ludonovicia, pod wpływem którego zamarł w bezruchu.

– Stać! Zatrzymaj się. Nie ruszaj się. Reszta niech stanie na lewo i na prawo od niego. Po pięciu z każdej strony. Szybko! Ruszać się!

Dziesięciu więźniów posłuchało rozkazu i zajęło wskazane miejsca, stając tyłem do grupy wojaków ściskających w dłoniach kałasznikowy i wyczekujących niecierpliwie momentu, kiedy będą mogli ich użyć. Większość więźniów zamknęła oczy. Aleksandar wciąż miał je otwarte. Słyszał wyraźnie metaliczny odgłos zmiany pozycji przełącznika rodzaju ognia, który jego oprawcy przestawiali z ciągłego na pojedyncze strzały: nietrudno było się domyślić, że zamierzają ich pozbawić życia pojedynczo, jednego po drugim, być może dlatego, żeby mieć pewność, iż wszyscy zostaną zabici. Rozdzierający krzyk pierwszego mężczyzny z szeregu, który spadł do wody, upewnił Aleksandra, że miał rację. Nie słyszał wystrzału, więc pomyślał, że to Sasza dokonał egzekucji, bo chyba jako jedyny dysponował tłumikiem. Pozostali więźniowie wpadli w panikę: wiedzieli już, jaki los ich czeka. Jeden po drugim spadali do rzeki, dosięgani kolejnymi kulami. Wystrzały było teraz wyraźnie słychać. Aleksandar odetchnął głęboko i postanowił skorzystać z hałasu i głośnych krzyków mordowanych oraz katów: skoczył do Driny, zanim jego ciało zostało trafione pociskiem.

– On żyje! Rzucił się do rzeki – krzyknął jeden z Białych Orłów, który był odpowiedzialny za trafienie Aleksandra w kark. – Jeszcze nie wystrzeliłem. Rzucił się do wody. Nie wystrzeliłem.

– Trzeba go dobić – krzyknął rozgorączkowany Sasza. – Strzelajcie po rzece! Strzelajcie do trupów! Trzeba go dobić!

Po wszystkich. Nie chcę nikogo żywego, słyszycie? Wszyscy mają być martwi!

Stojący na moście wysoko ponad wodą umundurowani mężczyźni zwrócili broń w kierunku płynącego pod nimi nurtu i zaczęli pruć seriami. Pociski z hałasem uderzały o powierzchnię rzeki i wpadały do wody, zostawiając w niej biały, spieniony ślad znaczący przebytą przez metal drogę. Z taką samą surowością wnikały w ciała mężczyzn, które trafiały. Większość z nich i tak już była martwa, zwłoki płynęły po powierzchni rzeki, niektóre, zniesione przez nurt Driny, tkwiły w jakimś przybrzeżnym zakamarku. Zajadłość ostrzału sprawiała, że te ciała się przemieszczały, zwijały, podskakiwały, jakby zostało w nich jeszcze coś z życia.

Pod wpływem uderzenia pocisku jeden z trupów podskoczył z taką mocą, że upadł na płynącego Aleksandra i przykrył go. Przez kilka sekund chłopak pozostawał bez ruchu pod wodą, nie oddychając, ukryty pod zwłokami mężczyzny, którego nie znał. Śmierć tego człowieka ratowała teraz jego życie. Nie wiedział, jak długo wytrzyma bez powietrza z głową zanurzoną pod wodą. Uczepił się zakrywających go zwłok, czując ciężar pozbawionego życia ciała, i pozwolił się nieść prądowi Driny. W pewnej chwili zauważył, że ta szczególna, śmiertelna boja, której się trzymał, zaczepiła się o przybrzeżne gałęzie, tworząc niewielki wir, w którym znalazło się jego własne ciało. Pozwoliło mu to unieść lekko głowę i upewnić się, czy któryś z Białych Orłów nie podąża za nim, żeby go dobić. Najwyraźniej oprawcy przyjęli za pewnik, że tego wieczoru udało im się zamordować w rzece jedenaście kolejnych osób. Wody Driny znów zabarwiły się na czerwono. Tkwiąc w tymczasowej niewygodnej kryjówce, Aleksandar zdołał dostrzec sylwetki żołnierzy, którzy szli w kierunku samochodów i stopniowo opuszczali miejsce krwawej orgii. Słyszał z oddali głos ukochanej Zehery, która wciąż wykrzykiwała jego imię, tak jakby za pomocą ogromnego wysiłku swoich strun głosowych usiłowała przywrócić mu życie. Ze wszystkich ludzi biorących udział w tej scenie tylko on jeden wiedział, że jeszcze tego życia nie stracił. Pragnął dać jej jakiś znak, że tu jest, że wciąż żyje, żeby ją objąć i chronić, żeby podać jej rękę i uciekać razem z nią ku przyszłości, którą sobie wspólnie wymarzyli, na długo zanim wojna rozbiła ze szczętem ich wcześniejsze złudzenia. Płakał z bezsilności i gniewu, źle się czuł z powodu swojego zachowania, które oceniał jako tchórzliwe, niegodne mężczyzny. Powinien być szczęśliwy, bo uszedł z życiem, ale wokół siebie nie znajdował żadnych powodów, żeby się cieszyć. Los sprawił, że śmierć nieznanego człowieka podarowała mu życie, ale rozważania na temat szczęśliwego losu były dla niego zbyt bolesne.

Aleksandar postanowił ostatecznie porzucić zwłoki, dzięki którym mógł wciąż oddychać. Ośmieliła go bliskość brzegu oraz wielce fortunny fakt, że znajdował się na zakręcie rzeki, i to w miejscu porośniętym bujną roślinnością, którą uznał za dość pewne schronienie. Ucałował głowę zmarłego w geście wdzięczności, a potem przykucnąwszy w nowej kryjówce, przypatrywał się przez kilka chwil, jak prąd rzeki unosi ciało, na miejscu którego mógł się przecież znajdować jego własny trup. Zwłoki szybko zniknęły mu z pola widzenia i Aleksandar zaczął się zastanawiać nad całkiem inną kwestią, którą uświadomiły mu dzwoniące zęby: zimno, które do tej pory nie wydawało mu się jakimkolwiek problemem, w końcu go dopadło. Spojrzał na dłonie, białe i pomarszczone, zachowujące się niezdarnie przy najprostszym ruchu, i zobaczył, że paznokcie ma sine. Wiedział, że musi jak najszybciej wyjść z rzeki, ale wydawało mu się to zbyt ryzykowne. Bał się, a jego strach był całkiem uzasadniony.

W pewnej chwili Aleksandar usłyszał jakby trzask suchej gałęzi. Przerażenie sprawiło, że przestał dzwonić zębami, oddychać i omal nie zatrzymało pracy jego serca. Znów wślizgnął się do wody, próbując robić jak najmniej hałasu. „Niemożliwe. Nie teraz. Nie może tak być, jeśli udało mi się dokonać najtrudniejszego. Proszę. Teraz już nie". Próbował przekonać sam siebie, jakim nonsensem byłaby teraz jego wpadka, i nagle usłyszał głos, który uspokoił rozdygotane myśli.

– Alek, jesteś tam?

Znał ten głos. Bez wątpienia słyszał go już wcześniej, ale umysł nie potrafił dobrać do niego właściwej twarzy i zareagować zaufaniem.

– Aleksandar, to ja, Dino. Przyszedłem ci pomóc. Jesteś tam?

Dino. Młodszy brat Zehery i Suhry. Ale co on tu robił? Jak go znalazł? W pierwszej chwili opanowały go wątpliwości, szybko jednak zrozumiał, że ten wysoki głos przedwcześnie dojrzałego chłopca musi odpowiadać osobie, za którą się podaje. Aleksandar postanowił porzucić niewygodną kryjówkę.

– Można wiedzieć, co tu robisz? Zgubiłeś się w remizie? Jak ci się udało uciec? Zrobili ci coś? A ojciec? Gdzie jest Edin?

Ta nadmierna ciekawość wydała się chłopcu śmieszna. Dino przyglądał się Aleksandrowi z uśmiechem.

– W wodzie nabrałeś chyba ochoty na rozmowę – skomentował Dino, który w wieku dziewięciu lat stał się starym mężczyzną. – Mnie w każdym razie odechciało się gadać.

Dino – ta dziwna mieszanka dziecka i starca – pomógł Aleksandrowi wydostać się z wody i zaczął mu tłumaczyć swoją sytuację.

– Zatrudnili mnie przy wyławianiu ciał z rzeki. Powiedzieli, że skoro jestem za mały, żeby walczyć, muszę robić, co mi każą, jeśli chcę zachować życie. Co noc muszę przychodzić na brzeg Driny i wyciągać ciała, które strącają z mostu. Potem je wkładam do worków, niosę na brzeg i zakopuję. W zeszłym tygodniu wyciągnąłem z wody wielki, czarny worek na śmieci. Bardzo dużo ważył. Myślałem, że tam jest coś cennego, co można będzie sprzedać albo wymienić na jedzenie, ale kiedy go otworzyłem, okazało się, że w środku są tylko głowy.

Dino nawet nie mrugnął powiekami, opisując swoje przeżycia. Wydawało się, że jego czarne, błyszczące i wielkie oczy przybrały kolor nocy i stały się równie jak ona ponure, a przez to uodpornione na wszystkie potworności, które oglądały.

– Powiedzieli mi, że jak znajdę kogoś żywego, mam im powiedzieć, bo inaczej zabiją mnie, matkę i babcię. Ale nie przejmuj się. Nie zamierzam im donieść na ciebie. A poza tym oni już odjechali. Pewnie nie wrócą tej nocy.

W obliczu spokoju, z jakim chłopiec opowiadał o tym wszystkim, Aleksandar nie potrafił wydobyć z siebie ani słowa. Nie umiał sobie wyobrazić czegoś tak niesprawiedliwego, jak zmuszanie dziewięcioletniego dziecka do oglądania tego, co tu się działo. Nie był w stanie dostrzec choćby cienia niewinności, której obrazem jeszcze kilka tygodni wcześniej był ten chłopiec. Nie wiedział, co ma powiedzieć ani jak z nim rozmawiać. Musiał się hamować, żeby nie walnąć pięścią w stojące obok drzewo.

– Pozwolili mi mieszkać w domu z mamą i babcią Mirsą. Czasami przychodzą i żądają pieniędzy, szukają broni, wywracają wszystko do góry nogami i przypominają, że mamy obserwować, co robią sąsiedzi, oraz patrzeć, kto wchodzi i wychodzi z ich domów. Jeśli to robimy, dają nam coś do jedzenia, a czasami pozwalają ojcu wrócić na parę dni do domu, ale babcia nie chce, żeby to robił. Mamie jest wszystko jedno, mówi, że trzeba przeżyć i że cmentarze są pełne bohaterów, którzy w najlepszym wypadku zostawiają po sobie wdowy i sieroty. A babcia upiera się, żebyśmy nie wyglądali przez okno, to wtedy nie będziemy musieli kłamać, jak nas zapytają, czy widzieliśmy kogoś w sąsiedztwie.

– Babcia ma rację. – Zdołał wreszcie wydusić z siebie wciąż oszołomiony Aleksandar. – Powinieneś się jej słuchać, zawsze, kiedy to tylko możliwe.

– Chodźmy. Schowam cię w domu. W piwnicy jest schowek, pamiętasz? Chowaliśmy się tam, kiedy słyszeliśmy, że idą Serbowie... – Dino nagle zamilkł i spojrzał na Aleksandra. – To znaczy, chodzi mi o złych Serbów, no wiesz. Ciągle jeszcze nie odkryli tego schowka. Nie są tacy sprytni, jak im się wydaje. Chodźmy, znam drogę, którą Serbowie nigdy nie chodzą... To znaczy... ci, którzy nie są tacy jak ty.

– Nie, zaczekaj. Nie chcę was narażać na niebezpieczeństwo swoją obecnością. Lepiej będzie, jak pójdziesz beze mnie. Nie martw się, potrafię o siebie zadbać.

– Nie bądź idiotą. Jeśli cię znajdą, a w końcu cię znajdą, zabiją cię. I kto wtedy wyciągnie moją siostrę stamtąd, gdzie jest? Widziałeś ją na moście? Była tam. Z nim. Musiałeś ją widzieć. Tysiąc razy krzyczała twoje imię. Dlatego musisz przeżyć. – Aleksandar skinął głową, starając się, żeby chłopiec nie zauważył, iż wspomnienie jego siostry wyciska mu łzy z oczu. – Zmusił ją, żeby się wszystkiemu przyglądała. Często tak robi.

– No dobra – przerwał mu nagle Aleksandar. Nie chciał słuchać opowieści o tym, co musiał oglądać zaledwie dziewięcioletni Dino. – Chodźmy do domu. Może masz rację.

– Pójdę przodem. Na wszelki wypadek... – powiedział Dino, patrząc porozumiewawczo na Aleksandra.

– Dziękuję, Dino. Bardzo ci dziękuję. Jesteś bardzo odważny.

– Nie jestem odważny. Robię tylko to, co mi każą. Ale chyba jestem równie sprytny jak oni, bo potrafię ich oszukać.

Są przekonani, że posłucham każdego rozkazu, a ja im pozwalam w to wierzyć. Ale zastawiam na nich pułapki, a oni się nie orientują. Czasami ludzie, których wkładam do worków, jeszcze oddychają. Wtedy im mówię, żeby się nie ruszali, cokolwiek by się działo, a kiedy wyciągnę ich na brzeg, pomagam im uciec. Niektórzy wolą uciekać rzeką, inni są w stanie jeszcze chodzić i postanawiają uciekać przez góry. Niejeden mi obiecywał, że kiedy to wszystko się skończy, odszuka mnie, żeby się odwdzięczyć. I wierzę, że niektórzy to zrobią. – Przerwał, jakby się zastanawiał, czy ma zadać pytanie, które chodziło mu po głowie. – Posłuchaj, a tam na moście, dlaczego krzyknąłeś, że umiesz pływać?

– Nie wiem. Może dlatego, że jestem równie sprytny jak oni.

· 14 ·

– Vidovdan! Niech żyje Vidovdan! – Taki okrzyk wojenny rozlegał się z megafonu trzymanego przez serbskiego żołnierza, który objeżdżał Wiszegrad samochodem. – Wychodźcie na ulice świętować, bracia Serbowie. Zabijmy trochę Bośniaków. Skończmy z nimi. Dziś jest Vidovdan. Pomścijmy naszych przodków!

Ogłuszające wrzaski obudziły Zeherę, choć z wielkim trudem przyszło jej podnieść powieki i otworzyć oczy. Trwało dobrą chwilę, zanim przypomniała sobie, gdzie jest i co się wydarzyło poprzedniej nocy. Na wspomnienie Aleksandra wpadającego do rzeki i strzelających do niego Białych Orłów zaczęła płakać, żałując, że w ogóle się obudziła. Czuła, jak wypełniająca ją pustka zamienia się w ostry ból, który dziurawi ściany żołądka. Myśl o tym, że nie zobaczy już nigdy mężczyzny, którego kochała, uniemożliwiała jej oddychanie, myślenie, życie. Rzut oka na otoczenie uświadomił jej, że nadal jest w miejscu, gdzie przyprowadził ją Sasza Ludonović zaraz po zakończeniu morderczego seansu na moście: w hotelu Vilina Vlas, w tym samym pokoju numer 218, w którym ją po raz pierwszy torturował i wykorzystywał w nocy, kiedy została zabrana z własnego domu. Siedemnaście dni później powtórzył ten rytuał pełnej władzy nad swoją ofiarą. Odczuwał satysfakcję, że wzniósł go jeszcze o stopień wyżej na swej niezwykłej skali sadyzmu, dając dobitny dowód absolutnego braku skrupułów, towarzyszącego jego krwawym działaniom, brutalności i bezbrzeżnej arogancji.

– Dzisiaj będę się tobą cieszył bardziej niż kiedykolwiek, Turczyneczko – wyznał, każąc jej się rozebrać i układając ją na podłodze – bo wiem, że w czasie kiedy będę robił z twoim ciałem, na co mi przyjdzie ochota, będziesz miała w głowie obraz ukochanego Aleksandra umierającego w rzece. Te same ręce, które rozchylą ci nogi i będą zadawały ciosy, zabiły twojego narzeczonego. Możesz mi wierzyć, że to mi sprawia niewyobrażalną przyjemność. Będziesz cierpieć podwójnie. A moja satysfakcja będzie tym większa.

Zapowiedzi tego szaleńca zawsze okazywały się prorocze. Wszystkie potworności, które wymyślał jego umysł, realizowało potem jego ciało, poszerzając jeszcze skalę okrucieństwa. Choć już wcześniej miała wystarczające dowody, żeby to sobie uświadomić, tej nocy zrozumiała, że ten człowiek nie jest tylko wojennym watażką. Miała do czynienia z autentycznym psychopatą, dla którego wojna okazała się idealnym scenariuszem, pozwalającym realizować to, co w życiu lubił najbardziej: mordować i cieszyć się tym.

Chciała wymazać z pamięci te brudne słowa i oddalić od siebie wspomnienie kolejnego gwałtu. Skoncentrowała uwagę na jednym punkcie pokoju; wpatrywała się w kąt, w którym po raz ostatni widziała nieruchome ciało Samiry. Z całych sił pragnęła spotkać ją tutaj także w tej chwili. Jej serce i umysł przyjęłyby to z wdzięcznością, jak chory przyjmuje najskuteczniej działający lek. Zehera chciałaby ją wyprowadzić z błędu, powiedzieć jej, że wcale nie ma wielkiego szczęścia, jak twierdziła Samira, kiedy się poznały. Opowiedziałaby jej, że była gwałcona, bita, upokarzana, wyzywana i zmuszona do oglądania śmierci swej wielkiej miłości. Ale kobieta, która otworzyła jej oczy na czekające ją w przyszłości męczarnie, nie mogła jej wysłuchać: nie było jej w pokoju. Niemal na pewno nie ma jej już w żadnym innym miejscu na ziemi i Zehera pomyślała, że teraz to Samira ma wielkie szczęście.

W pierwszej chwili nie dosłyszała wyraźnie słów, które wypluwał z siebie skrzeczący megafon, ale wkrótce je zrozumiała. Był ranek 27 czerwca, już za niewiele godzin Serbowie mieli zacząć wielkie święto: Dzień Świętego Wita, czyli Vidovdan. Wspomnienie Aleksandra wróciło, zajmując znów centralne miejsce w jej głowie i wyciskając łzy z oczu. Pod wpływem słów płynących z głośnika stanął jej w pamięci obraz narzeczonego opowiadającego w Café Andrić o klęsce wojsk księcia Lazara, pokonanych na Kosowym Polu przez armię otomańską.

– Każdy serbski żołnierz-wieśniak wie, o co walczy, bo kiedy był dzieckiem, matka mówiła mu: „Witaj, przyszły mścicielu Kosowa!” – tłumaczył wtedy Aleksandar.

To wyjaśnienie sprzed kilku tygodni dźwięczało jej teraz echem w głowie i przyprawiało o rozpaczliwy szloch.

– Nie płacz tak bardzo, bo i tak go nie ożywisz. On nie żyje, zapomniałaś już? – Głos Saszy był jak stosowane przez niego tortury: niezależnie od tego, jak dobrze się go znało i czego spodziewało, i tak zawsze zaskakiwał. – Nie rozumiem, dlaczego wszystkie tureckie Bośniaczki muszą tyle płakać. To nic nie da. Co w ten sposób osiągniesz? Powiem ci: tylko bardziej mnie podniecisz.

Znów się zaśmiał, a jego wesołość wsparły salwy śmiechu siedmiu mężczyzn, którzy mu przy tej okazji towarzyszyli.

– Wiesz co? Nadchodzi wielki dzień dla mojego narodu i ponieważ świętujemy, zrobię ci prezent. Odwiozę cię do domu.

To oświadczenie zaskoczyło Zeherę i sprawiło, że mięśnie jej twarzy, od wielu dni stale napięte, na kilka chwil się rozluźniły.

– Do mojego domu? – spytała z przerażeniem w głosie.

– No jasne. W moim jest już dużo osób i nie sądzę, żebyś tam była dobrze przyjęta. – Nachylił się do niej. – Wiesz przecież, że wy, Turczynki, jesteście bardzo zazdrosne w sprawach intymnych i źle znosicie konkurencję. Bośniacy mają to we krwi: poczucie niższości i brak wiary w samych siebie. Odwieziemy cię do domu i będziesz tam czekać, aż po ciebie wrócimy. Zakładam, że chciałabyś zobaczyć swoich... No cóż, być może wszystkich nie uda ci się zobaczyć. Nie jesteś zadowolona? Nie czujesz wdzięczności?

Widząc, że Zehera nie zamierza się odezwać, kopnął ją w plecy.

– Odpowiadaj, ty muzułmański śmieciu! Nie jesteś zadowolona?

– Tak, tak, jestem! – jęknęła, kuląc się na podłodze i próbując chronić głowę między ramionami.

– Dobrze by było, gdybyś okazała trochę wdzięczności, głupia Turczynko. I myślę, że tej nocy, po obchodach, które przygotowaliśmy, żeby uczcić nasz wielki dzień, wymyślę jakiś sposób, żebyś mogła spłacić swój dług wobec mnie. Moich ludzi już nudzi gwałcenie wciąż tych samych ciał, a ja zaczynam mieć dość twojego. To chyba dobry moment, żeby się tobą podzielić, nie? A poza tym myślę, że nadchodzi już czas, żebyś miała serbskie dziecko, więc któryś z nas powinien strzelić w twoją brudną dziurę.

Adresatka tych gróźb nie odezwała się ani słowem. Kopniak sprawił, że miała trudności ze złapaniem oddechu. Strach przed kolejnymi ciosami i myśl o zbiorowym gwałcie całkowicie odebrały jej mowę. Nie wypowiadając ani słowa więcej, wszystkie Białe Orły opuściły pokój 218. Jednakże buty ich przywódcy pozostały w tym samym miejscu, tuż obok ofiary, która zaczęła dygotać i nie potrafiła powstrzymać łez.

– Przywiążę cię do łóżka i moi ludzie jeden po drugim zgwałcą cię, tak jak gwałcili inne. Rozumiesz? – Zaczekał kilka sekund. – Powiedz, że rozumiesz.

Kiedy Zehera potwierdziła, kiwając głową, na twarzy Saszy wykwitł charakterystyczny sadystyczny grymas. Usatysfakcjonowany mógł już opuścić pokój. Kiedy Zehera po serii kroków usłyszała głośne trzaśnięcie drzwiami, wiedziała, że została sama. Bała się jednak, że w każdej chwili może wejść grupa wojaków i spełnić groźbę, która sprawiła, że zapomniała o zapowiedzi powrotu do domu.

Prawie już zmierzchało, kiedy po nią przyszli. Po raz pierwszy od czasu, kiedy zaczął się cały ten koszmar, to nie Sasza złapał ją za ramię i wyprowadził z budynku. Wolał patrzeć, jak jego ludzie, bijąc i popychając, wciskają ją do czerwonego passata. Kiedy Sasza zasiadł w końcu za kierownicą, założył jej na oczy czarną opaskę, włączył radio, podkręcił do maksimum głośność i opuścił szyby w oknach.

Przez całą drogę się do niej nie odezwał, dzięki czemu Zehera uniknęła potoku wyzwisk, gróźb i upokorzeń, do których była już przyzwyczajona. Od ogłuszających melodii piosenek, wydobywających się z radia, bolała ją głowa. Towarzyszyło jej głębokie przeczucie, że za chwilę Białe Orły odbiorą jej życie. Sposób prowadzenia samochodu przez bestię za kierownicą był równie przerażający jak inne jego działania: nagłe zmiany kierunku, gwałtowne hamowanie i nagłe przyspieszanie sprawiały, że pasażerką rzucało z jednej strony na drugą. Serce podeszło jej do gardła, kiedy w końcu usłyszała i poczuła, że Sasza zatrzymał samochód i wyłączył silnik.

Przez kilka minut siedzieli w milczeniu. Zehera nie wiedziała, gdzie jest, ale wyczuwała obok siebie obecność prześladowcy. Jej oddech był płytki i przyspieszony, jakby miała za mało powietrza w płucach, natomiast jego oddech był niemal niesłyszalny. W pewnej chwili poczuła, że ktoś otwiera jej usta i jednocześnie wkłada rękę między nogi, drapiąc skórę na udach i przesuwając dłoń aż do pochwy. Poczuła intensywny ból. Nie mogła się powstrzymać i zaczęła krzyczeć. Jej rozdzierające wrzaski zagłuszały piosenki czetników nieustannie płynące z radia.

– Śpiewaj, Turczynko, śpiewaj. Chcę cię usłyszeć, bo inaczej zaraz cię zabiję – zagroził jej Ludonović, nie przestając znęcać się nad bezbronnym ciałem dziewczyny. – Śpiewaj piosenkę! Śpiewaj ją! Chcę cię słyszeć!

Podporządkowała mu się w takiej mierze, w jakiej zdołała. Nie była w stanie śledzić melodii, a mimo to posłuchała rozkazu. Chichot psychopaty mieszał się z jej jękami bólu i absolutnej rozpaczy. Kiedy spektakl się zakończył, Sasza zdjął jej opaskę z oczu, zapalił papierosa i łapczywie pociągnął łyk coli, otworzywszy zębami butelkę. Spojrzeli na siebie: on patrzył na drgawki, które nadal wstrząsały zgwałconym ciałem ofiary; ona patrzyła w twarz swego wielokrotnego gwałciciela. Nienawidziła go jak nigdy nikogo w życiu, życzyła mu śmierci, tysiące razy wymyślała rozmaite, najokrutniejsze sposoby zabicia go: wyobrażała sobie, jak dławi się colą, którą tak lubił popijać, kiedy torturował i zabijał ludzi; modliła się, żeby spadła nań bomba albo pociski ze stu moździerzy. Pragnęła zobaczyć go, jak błaga o łaskę i litość. Syciła się wyobrażeniem, jak któryś z sąsiadów – ofiar jego upokorzeń – zabija go strzałem w głowę albo podrzyna mu gardło, tak jak tyle razy on i jego ludzie robili to innym. Przerażał ją ten nieznany dotychczas fanatyzm obecny w jej wizjach, ale nie czuła z tego powodu wyrzutów sumienia.

Kiedy rozejrzała się wokół, serce zabiło jej mocno. Była przed swoim domem. Widziała okno swojego pokoju, choć nie dostrzegła zapalonych świateł ani nie wyczuła żadnego ruchu na którymkolwiek z trzech pięter należącego do rodziny budynku. Sasza Ludonović powoli dopił swój napój i zgasił papierosa na ziemi, depcząc dłuższą chwilę butem niedopałek. Byli sami. Żaden z jego ludzi im nie towarzyszył. Spojrzał na zegarek i odwrócił wzrok w kierunku mostu na Drinie. Wtedy wreszcie uznał, że spektakl dobiegł końca.

– No dobra. Wejdź do domu. Na mnie już czekają – stwierdził. Wyciągnął ją z samochodu i nie zwracając uwagi na trudność, z jaką stawiała kroki z powodu głębokich, zadanych jej przed chwilą ran, ruszył szybko przed siebie. Ciągnął ją, aż doszedł do drzwi domu. Otworzył je kopniakiem i pchnął Zeherę na podłogę. Jakiś odgłos w głębi mieszkania przyciągnął jego uwagę. Nie świeciło się żadne światło, ale reflektory czerwonego passata oświetlały pokój wystarczająco, żeby dało się rozróżnić sylwetki. Do wejścia zbliżył się zawołany przez Saszę Dino.

– Co tu jeszcze robisz, turecki gówniarzu? Tej nocy będziesz miał dużo roboty. – Mówiąc, wykonał gest, przywołujący chłopca jeszcze bliżej. – Wiesz, jaki dzień czcimy, prawda?

– Tak, proszę pana. To wielki dzień dla Serbów. Świętego Wita – odpowiedział Dino z niezwykłym spokojem. – Dzień zwycięstwa narodu wybranego.

– No właśnie! Zobaczymy, czy uda ci się nauczyć czegoś twoją siostrę. Jest trochę bardziej tępa niż ty, ale na pewno zdołasz ją wyćwiczyć, żeby więcej wiedziała i lepiej się zachowywała.

– Co jej się stało? – próbował dowiedzieć się Dino, wpatrując się w siostrę, która oszołomiona przysłuchiwała się rozmowie, leżąc na podłodze i próbując opanować ból. – Mogę się nią zająć, proszę pana?

– Nie wiem, czy jest tego warta. Rób, co chcesz. Ale nie zajmuj się nią za długo. Powinieneś już być na swoim miejscu. Wykonujesz swoje obowiązki, prawda?

– Tak, proszę pana. Co noc. Wczoraj wyłowiłem cztery trupy. Pańscy ludzie mogą to potwierdzić.

– Moi ludzie mają ważniejsze rzeczy do roboty – oznajmił z zadowoleniem Sasza i skierował się ku drzwiom. – Dzisiaj nazbierasz więcej ciał. Możesz zacząć od swojej siostry – rzucił rozbawiony. – Nie chcę, żebyś się spóźniał, rozumiesz?

Dino skinął zdecydowanie głową i pozostał na swoim miejscu, zaledwie pół metra od siostry, która nadal leżała na podłodze, jęcząc i dygocąc. W końcu chłopiec usłyszał, że czerwony passat się oddalił. Podszedł do okna, żeby się upewnić, czy Sasza rzeczywiście odjechał, i dopiero potem podbiegł do Zehery.

– Zehera, co z tobą? Możesz mówić? Jesteś ranna? Chcesz jeść, pić? – Zasypał ją pytaniami, nie dając szansy, żeby na którekolwiek odpowiedziała.

Przyglądała się bratu z takim zmieszaniem i niepokojem, jakby to był ktoś obcy, przemawiający do niej ojcowskim tonem.

– Dino... Wydaje mi się, że minęło dwadzieścia lat. Co z tobą zrobili? Dlaczego tak z nimi rozmawiasz?

– To bez znaczenia. Mam dla ciebie niespodziankę. Ale musisz mi obiecać, że nie zaczniesz krzyczeć ani płakać. Obiecujesz?

– Gdzie jest babcia Mirsa? I nasi rodzice? Rozmawiałeś ostatnio z Suhrą, udało ci się z nią skontaktować? – Zehera upierała się, żeby dalej go wypytywać, tak jakby nie usłyszała tego, co przed chwilą powiedział.

– To nie ma teraz znaczenia, uwierz mi. Chcę ci pokazać coś innego. Jeśli ze mną pójdziesz, to ci pokażę. – Siła jego ramienia nie była dostateczna, żeby poruszyć ciało Zehery.

– Jak to nie ma znaczenia? Dlaczego tak mówisz?

Zehera podniosła się z trudem i oparła ręce na ramionach Dina. Popatrzyła na niego zaniepokojona, bojąc się tego, co może jej odpowiedzieć.

– Babcia Mirsa nie żyje. Zabiło ją trzech mężczyzn, którzy przyszli nocą, kilka dni temu. Ja się schowałem w piwnicy, a oni sądzili, że o tej porze nie ma mnie w domu. Gdyby wiedzieli, że nie jestem nad rzeką i nie łapię trupów, zabiliby także mnie. Schowałem się, nie mogłem jej pomóc. – Dino zauważył rozpacz na twarzy siostry, która przyglądała mu się ze łzami w oczach, kręcąc głową, tak jakby niedowierzanie było w stanie wymazać to, co się zdarzyło. – Babcia sama kazała mi obiecać, że jeśli któregoś dnia wydarzy się coś takiego, schowam się i będę siedział cicho jak myszka. „Najpierw się masz schować, a kiedy już pójdą, odczekać trochę i dopiero potem wyjść". Powtarzała mi to co wieczór. I tak zrobiłem. Wszystko słyszałem z piwnicy, a nawet mogłem trochę zobaczyć, co robią w ogrodzie, bo w jednej ze ścian jest szpara. Weszli o północy, jeden z nich został w domu i zgwałcił matkę. Nie opierała się. Nic odzywała się ani nie płakała, ani nie krzyczała, ani nie wzywała nikogo na ratunek. Dwaj zajęli się babcią. Złapali ją za włosy i zaciągnęli aż do ogrodu. Babcia krzyczała i wyzywała ich, nawet próbowała bić i kopać. Ale oni ją tylko coraz mocniej tłukli po głowie. Kiedy już się prawie nie ruszała, obaj się na niej położyli, najpierw jeden, potem drugi. A później któryś wyciągnął nóż i poderżnął jej gardło. Zanim poszli, powiesili ją na drzewie. Powiedzieli matce, żeby jej nie ruszała, że codziennie będą przychodzić i sprawdzać, czy ciało wciąż wisi. – Dino poszukał spojrzeniem wzroku siostry, wpatrzonej w jeden punkt podłogi. Kiedy w końcu zwróciła na niego uwagę, wolno uniósł ramię i wskazał okno. Zehera podążyła oczami za jego ręką. – Wciąż tam jest. Musiałaś ją widzieć, kiedy wchodziłaś. Matki nie ma. Odeszła z ojcem, kiedy go znowu przyprowadzili do domu kilka dni temu. Rodzice powiedzieli, że wrócą po mnie i pojedziemy razem do Macedonii. Ale ja nie chcę. Dopóki wykonuję ich polecenia, nie robią mi krzywdy. Potrzebują kogoś, kto będzie wyciągał ciała z rzeki. Dla nich jestem prawie niewidoczny, nie zwracają na mnie uwagi, więcej jestem dla nich wart żywy niż martwy. Nie pójdę z matką. Chyba tu zostanę.

Po chwili milczenia, wymuszonego przez tę upiorną opowieść, Dino znów zapytał:

– A teraz jesteś już gotowa, żebym ci coś pokazał? Zobaczysz, że cię to bardzo ucieszy. Nawet sobie nie wyobrażasz.

Ciało Zehery trwało nadal bez ruchu. Jej wzrok błądził gdzieś ponad oknem, a myśli wędrowały daleko od miejsca, w którym w rzeczywistości była. Ostatnie słowa młodszego brata nie dotarły do jej uszu. Nie bardzo też zdawała sobie sprawę, że po chwili Dino wyszedł z pokoju i zszedł schodami w dół, zostawiając ją samą. Po paru minutach wychudzona sylwetka chłopca znów się pojawiła. Tym razem trzymał za rękę jakiegoś młodego mężczyznę, który wyłonił się z piwnicy.

– Spójrz, siostro. Zobacz, kto tu jest. – Dino uśmiechnął się. Był pewien, że obecność tej osoby wyrwie jego siostrę z odrętwienia, w jakie wpadła.

– To ja – powiedział Aleksandar, zbliżając się powoli do niej. – To ja, kochanie, nie bój się.

Słowa człowieka, którego, jak sądziła, ostatecznie już utraciła, wstrząsnęły nią. Otworzyła szeroko oczy i przyglądała mu się, jakby pojawił się przed nią duch.

– Ale... to niemożliwe. – Kręciła głową, odrzucając wizję, którą wzięła za rezultat nadmiaru przebytych cierpień, jednocześnie mamrotała coś pod nosem, a po policzkach spływały jej łzy, zalewając całą twarz. – Niemożliwe... Widziałam, jak... Widziałam, jak upadłeś. Byłam tam. Oni cię zabili, strzelali do ciebie...

– Nie trafili mnie. Schowałem się pod trupami i udało mi się popłynąć z prądem. Twój brat pomógł mi wyjść z rzeki i schował mnie w piwnicy. Uratował mi życie. Jestem tu z tobą, kochana. Jestem tu.

Dwoje młodych padło sobie w objęcia i uściskali się z całych sił, jakie jeszcze im pozostały. Dino w tym czasie uśmiechał się i obserwował tę scenę, stojąc przy drzwiach wejściowych i sprawdzając, czy żaden serbski żołnierz nie włóczy się po okolicy i nie przerwie spotkania, które Zeherze wciąż wydawało się nieprawdopodobne. Młodzi przyglądali się sobie, nie mrugając nawet powiekami. Widzieli zmiany, jakie brutalność prześladowców spowodowała w ich ciałach; wyobrażali sobie noce pełne tortur, zadawanych ciosów, przesłuchań, bicia, wyzwisk, upokorzeń, gróźb. Przypominali sobie, jak jedno myślało o drugim, chcąc z tych myśli utworzyć wyspę, na której mogliby się odizolować od grozy, jaka stała się ich udziałem. Ale żadne z nich nie zadawało jakichkolwiek pytań; przez ich usta nie przeszło jakiekolwiek słowo wiążące się z podejrzeniami czy wątpliwościami, jakie niewątpliwie boleśnie dudniły w ich głowach. Mieli nadzieję, że nadejdzie jeszcze czas na ulgę, jaką mogą przynieść słowa, przybierające formę potoku wspomnień. Pamięć zdoła zachować i zatrzymać wszystko to, co przeżyli, do czasu kiedy ich opowieści już nie będą rozrywać im dusz.

– Pamiętasz, że kiedyś ci obiecałem, iż cię stąd wyciągnę? – spytał w końcu Aleksandar. – Więc teraz nadszedł ten moment. Dzięki Dinowi mój kuzyn Dejan dowiedział się, że tu jestem i że muszę cię ratować, wywieźć daleko stąd. Na szczęście dziś cię przywieźli do domu, wciąż jeszcze nie wiem dlaczego, ale to nam ułatwia zadanie. Mój kuzyn może nam pomóc uciec. A przynajmniej spróbować. Już to robił dla innych rodzin, dla swoich znajomych też. Może załatwić dla nas parę rzeczy, tak żebyśmy mogli dotrzeć do Niemiec, gdzie są moi rodzice. Albo możemy jechać do Hiszpanii, tak jak ci mówiłem. Tam od kilku lat mieszka brat Dejana, Zoran. Już o tym rozmawiali. Zoran może nas przyjąć. Musimy tylko tam dotrzeć, by zacząć nowe życie. Ale trzeba to zrobić szybko. Tej nocy. Jest Dzień Świętego Wita; pamiętasz, co mówiłem w Café Andrić? W Vidovdan wszyscy są zajęci obchodami i może być łatwiej uciec.

– Ale gdzie jest twój kuzyn? Nie wie, że chodzi też o mnie. Nie zdąży wszystkiego przygotować.

– Wszystko ma pod kontrolą. Wystarczy, że Dino pójdzie do niego i mu przekaże, co dzisiaj się stało. Wyciągnie nas stąd.

– Mój brat pojedzie z nami – powiedziała Zehera, która była już gotowa podjąć próbę ucieczki. – Nie może tu zostać.

– Oczywiście, nie ma żadnego problemu.

– Ja nie jadę. Zostaję. – Chłód, z jakim przemówił jej dziewięcioletni brat, zaskoczył i zmroził Zeherę. – Już ci to mówiłem. Muszę tu być. A poza tym jeśli przyjdą tu i nie znajdą ani mnie, ani ciebie, albo jeśli żołnierze nie zobaczą mnie dziś w nocy przy wyławianiu trupów z rzeki, zaczną coś podejrzewać i przyjdą po mnie. A wtedy nas zabiją. Wszystkich. Tak będzie lepiej. Nic mi się nie stanie, mówię ci, że...

– Nie, nie ma mowy, nigdzie nie pojadę bez ciebie. – Zeherę opuściła już poprzednia słabość i jej słowa brzmiały stanowczo. – Niech ci nawet przez myśl nie przeleci, że mogłabym cię zostawić...

– Nie mogę zniknąć tej nocy – przerwał jej Dino. Jego ton świadczył, że wcale nie prosi siostry o pozwolenie, ale informuje ją o swoim ostatecznym postanowieniu jako ten, który sam decyduje o swojej przyszłości. – Sasza Ludonović mnie widział i powiedział, żebym się nie spóźniał. Jak sądzisz, co się stanie, jeśli się nie pojawię? – Popatrzył znów Zeherze w oczy, usiłując nadać swojemu spojrzeniu jak największą stanowczość. – Mnie nic się nie stanie. No i pamiętaj, że matka i ojciec kazali, bym tu na nich czekał. Przyjadą po mnie i wtedy ucieknę z nimi.

– Nie masz nawet pojęcia, co te bestie mogą z tobą zrobić. Nie masz pojęcia! – Zehera zacięła się, jej twarz poczerwieniała, jakby męczyła ją gorączka. Musiała bardzo się starać, żeby nie wykrzyczeć całego gniewu, który trawił ją od środka. – Nie możesz im ufać, czy ty tego nie rozumiesz? To jest wojna. I to oni mają władzę. To nie są ludzie, nie mają honoru ani serca, ani sumienia, ani uczuć. Naprawdę wierzysz, że cię nie zabiją, jeśli któremuś przyjdzie na to ochota albo kiedy się upiją, albo po prostu tak, dla kaprysu? Nie wiesz, kim oni są i do czego mogą być zdolni.

– Świetnie to wiem, siostro. Przyglądam się temu co noc – skomentował nieustępliwie Dino. Wyciągnął z kieszeni spodni czapkę i włożył ją na głowę. – Alek, pójdę do twojego kuzyna, zanim będzie za późno.

· 15 ·

Obchody Dnia Świętego Wita przekształciły się w festyn krwi i śmierci. W mieście na wiele godzin zapanował dramatyczny karnawał najróżniejszych hałasów i odgłosów. Kiedy zaczął zapadać zmrok, dały się słyszeć pojedyncze wystrzały, wybuchy i serie z broni maszynowej. Krzyki ofiar słychać było w każdym, choćby najodleglejszym punkcie miasta. Pieśni czetników zalewały scenerię tych tragicznych rytuałów i obwieszczały rzezie kolejnych Bośniaków. Potężne słupy ognia przesłaniały horyzont. Do Wiszegradu przybywały z sąsiednich miast ciężarówki wypełnione żołnierzami nacjonalistycznej armii serbskiej. Przyjeżdżali na specjalne zaproszenie Białych Orłów, którym przewodził Sasza Ludonović – tej nocy szczególnie dumny ze swego prywatnego wojska, którym dyrygował tak, żeby ta wielka serbska uroczystość przeszła do historii.

Zapach zła, które zapanowało w mieście, można było wyczuć także w domu rodzinnym, w którym ukryli się Zehera i Aleksandar. Zanim Dino znów się pojawił, minęły mniej więcej dwie godziny. Był wyraźnie wyczerpany, tak jakby musiał uporać się z zadaniami trudniejszymi niż zwykle. Narzeczeni zaczęli się obawiać, że cały plan może wziąć w łeb. Ale tak nie było: ucieczka miała nastąpić zgodnie z dotychczasowymi ustaleniami. Dlaczego więc Dino tak się opóźnił? Rzeźnia, która odbywała się na moście, pochłonęła więcej ofiar niż zwykle i chociaż żołnierze serbscy nie wykazywali takiej staranności jak przy innych okazjach – wiedzieli bowiem, że zaraz potem będą musieli pomagać w innych miejscach eksterminacji Bośniaków w ramach dalszych obchodów Dnia Świętego Wita – jeden z nich szczególnie zainteresował się tym, żeby chłopiec włożył do łódki trzy trupy.

Dino wrócił ze wskazówkami od kuzyna Dejana: miał zaprowadzić Zeherę i Aleksandra w bezpieczne miejsce. Zrobił, co do niego należało, ostrzegając ich o grożących niebezpieczeństwach, o ile nie będą drobiazgowo stosować się do jego poleceń.

– Idźcie za mną i nie mówcie ani słowa – pouczał ich pospiesznie. – Przez całą drogę nie pytajcie o nic ani nie rozmawiajcie ze sobą, cokolwiek by się działo. Jeśli zdarzy się jakikolwiek problem, padnijcie na ziemię. Noc jest bardzo ciemna i nie powinni was zauważyć.

Wyszli we trójkę z domu. Zehera, wiedziona odruchem, czuła przez chwilę pokusę popełnienia szaleństwa: chciała zawrócić, żeby zabrać książkę, którą podarowała jej siostra i która w ciągu wszystkich tych lat stała się dla niej czymś w rodzaju prywatnej Biblii, ale nawet jej własne ciało nie posłuchało polecenia wysłanego przez mózg. Dantejskie sceny, które widziała na moście, wymazały zresztą z jej umysłu dawny, wyidealizowany obraz tego miejsca. Teraz nie była już w stanie patrzeć na most na Drinie tym samym wzrokiem co kiedyś. Po raz pierwszy stwierdziła, że w słowach babci Mirsy krył się błąd, a właściwie kłamstwo: „Piękno jest w twoich oczach, dziecko. Przez te swoje szmaragdowe oczy masz dar widzenia wszystkiego na szmaragdowo. Dzięki tym oczom nic, co widzisz, nie może ci się wydać brzydkie. Piękno jest w tobie. Zapamiętaj sobie dobrze, co ci mówię". Była to po prostu nieprawda. Przy jakiejkolwiek innej okazji wspomnienie babci wywołałoby wybuch płaczu. Ale napomnienia młodszego brata sprawiły, że przełknęła łzy.

Za sprawą nocnych ciemności nie widzieli, gdzie stawiają stopy, choć przez większość czasu wlekli się noga za nogą. Niemal natychmiast poczuli wilgoć ciągnącą od rzeki. Dino dał im znak, że mają się położyć na ziemi. Nie wiedzieli, czy ten energiczny gest ich straszliwie doświadczonego przewodnika wynikał z jakiegoś zagrażającego niebezpieczeństwa, czy był tylko objawem ostrożności. Tak czy owak zrobili, jak im zarządził. Wzdrygnęli się, kiedy chłopiec kazał im się ruszyć i wejść do łódki, schowanej w zaroślach przy brzegu. Czekał tam na nich Dejan, do połowy zanurzony w wodzie. Zehera spotkała go kilka razy w sklepie rowerowym rodziców Aleksandra. Fizycznie był tak podobny do jej narzeczonego, że ludzie często brali ich za braci: Dejan też był silny, może nawet bardziej umięśniony niż Alek, a przy tym dowcipny, sprytny, z darem zjednywania sobie ludzi. Od dziecka kuzyni byli nierozłączni i także kiedy dorośli, często widywało się ich pogrążonych w ożywionej rozmowie. To właśnie Dejan, o pięć lat starszy od Aleksandra, przekazał młodszemu kuzynowi zainteresowanie polityką i historią kraju. To on pożyczał mu pierwsze książki, z jakich Alek wyczytywał legendy, historie i opowieści, a później opowiadał o nich zaciekawionemu audytorium w Café Andrić, na uniwersytecie albo przy okazji rozmaitych spotkań rodzinnych czy towarzyskich.

Z pomocą narzeczonego i brata Zehera ułożyła się na dnie łódki. Dwie rzeczy ją uderzyły: po pierwsze sporo widocznej w niej krwi, a po drugie obecność młodej kobiety, która miała sporą część skóry spaloną, sczerniałą – schodziła z niej płatami.

– Ona jedzie z nami – oznajmił Dejan bardzo cichym głosem, widząc zdumienie Zehery. – Udało jej się uciec z domu Meha Aljicia w Bikavaciu. Sasza Ludonović i jego ludzie zamknęli tam ponad sześćdziesiąt osób, samych Bośniaków, w tym piątkę niemowlaków. Zabili drzwi i okna deskami, zabarykadowali je żelaznymi sztabami i workami z ziemią, a potem zaczęli wrzucać do środka pochodnie i granaty. Zrobiło się piekło. Płomienie wszystko pożerały. Ludzie w środku krzyczeli, płonąc żywcem. Walili w okna, usiłując je otworzyć i uciec. Słychać było strzały, które kończyły próby ucieczki... Wszyscy oprócz niej zginęli. Ona wie tylko, że żyje. Nie ma pojęcia, jakim cudem udało się jej uciec, ale się udało. No i teraz jedzie z nami.

Zehera nie odważyła się dotknąć dziewczyny. Nie mogła sobie nawet wyobrazić bólu, który tamta musiała czuć, ani makabrycznego filmu, który zapewne nieustannie przewijał się w jej głowie. Dino podszedł do siostry i objął ją.

– Proszę cię, jedź też. Tylu z nas już straciliśmy. Nie rób mi tego. Potrzebuję cię. Nie będę mogła żyć, wiedząc, że zostałeś tu sam – błagała Zehera, podejmując ostatnią próbę przekonania brata, żeby wskoczył do maleńkiej łódki i towarzyszył im w ucieczce.

– Nie jestem sam. Ojciec i matka wrócą po mnie pewnie dziś albo jutro. Wkrótce się zobaczymy, siostro. Obiecuję ci. Możesz mi wierzyć. Doprowadziłem cię aż do tego miejsca, prawda?

– Ja się nim zajmę. Nic mu się nie stanie – wtrącił się Dejan, czekając, aż jego kuzyn wsiądzie do łódki. – Jeśli jemu nie wierzysz, uwierz mnie. Musimy ruszać.

Stojąc na brzegu, Dino widział, jak łódka, której tyle razy używał do transportowania trupów nieznanych mu ludzi, odpływa w dół rzeki. Był pewien, że zobaczy znów siostrę, tak jakby oznajmiała mu to z uśmiechem jakaś zewnętrzna siła. Ale żadne z dwojga rodzeństwa nie byłoby w tym momencie w stanie wyobrazić sobie, w jakich okolicznościach dojdzie do tego upragnionego spotkania. Żadne z nich by w to nie uwierzyło.

Mimo lata woda w rzece była zimna, a zawieszona w powietrzu wilgoć nie przyczyniała się do ukojenia napięcia i strachu przed odkryciem przez jakiegoś przypadkowego serbskiego żołnierza. Plan wydawał się prosty, ale jakakolwiek najmniejsza przeszkoda mogła stanowić śmiertelne zagrożenie. Korzystali z ciemności nocy i zamieszania przy świątecznych obchodach, płynąc w dół rzeki, choć tak naprawdę nie wiedzieli, co mogą napotkać po drodze. W wodzie, na której się znajdowali, pewna była tylko obecność licznych trupów, dryfujących spokojnie z prądem, jakby nie było w tym nic nadzwyczajnego. Plan Dejana zakładał, że dotrą w ciągu kilku godzin do miasteczka Mušići i zwrócą się tam o pomoc do armii bośniackiej, w której szeregach kuzyn Aleksandra miał przyjaciół, mogących dać im bezpieczne schronienie, a potem odstawić do któregoś z krajów europejskich – najpierw być może do Niemiec, Szwajcarii albo Chorwacji, jak to się działo w przypadku większości uciekinierów, stamtąd zaś do Hiszpanii. Jednak po prawie siedmiu godzinach spływu rzeką okazało się, że rzeczywistość przygotowała dla nich inny plan.

Kiedy Dejan spotkał się ze swoim znajomym w Mušići, dowiedział się, że kilka godzin wcześniej wkroczyła tam armia serbska. I jeszcze jedna okoliczność komplikowała ucieczkę: z Wiszegradu nadeszła wiadomość, że jakaś kobieta przeżyła rzeź w Bikavaciu i że Serbowie oferowali nagrodę w wysokości dziesięciu tysięcy marek dla tego, kto doprowadzi do nich uciekinierkę albo dostarczy danych o miejscu jej pobytu.

– Nie możemy tu zostać – wyjaśnił Dejan współtowarzyszom, którzy trzęsąc się z zimna, czekali na niego w łódce. – Musimy popłynąć do Hamzići, z nadzieją że jest jeszcze w rękach armii bośniackiej, a stamtąd pójść przez góry do Goražde. Będziemy musieli iść przez kilka dni i to być może pod ostrzałem. Trzeba będzie kilka razy przekraczać serbskie linie, ale nie mamy innego wyjścia. Wiem, że to szaleństwo, ale albo ryzykujemy, albo i tak dostaniemy po kuli w łeb. Oszaleli z wściekłości i szukają jej – powiedział, wskazując poparzoną kobietę. – Dają dużo pieniędzy za jakąkolwiek informację na jej temat. Jeśli ktoś ją zobaczy, doniesie na nas bez zastanowienia.

– Skoro dotarliśmy już tutaj, płyńmy dalej, jak długo trzeba – odpowiedział Aleksandar, który liczył na milczące poparcie narzeczonej. – Dejan, wiem, że ponosisz ogromne ryzyko. Masz żonę i dwoje dzieci, a igrasz ze śmiercią, żeby nam pomóc. Jeśli musisz nas tu zostawić, zrozumiem.

– Ty też z nią igrasz, kuzynie. Też jesteś Serbem. Moglibyśmy sobie oszczędzić wielu problemów – odpowiedział mu z uśmiechem Dejan, przygotowując się do wydobycia łódki z zarośli, gdzie ją wcześniej schował. Po chwili wrzucił do niej torbę z jedzeniem, którą dał mu znajomy w Musiciu. – Chyba mają rację ci, co mówią, że Serbowie są szaleni.

– Mylicie się. To nie tak. – Wszystkich przeraził nieznany głos, dobiegający niewątpliwie z miejsca, w którym się znajdowali. – Mówią raczej, że najlepsze miejsce dla Serba jest pod korzeniami drzewa. – Te słowa wyszły z dotychczas zasznurowanych ust kobiety, której skóra przypominała surowe mięso, skulonej na dnie łódki. Spróbowała się uśmiechnąć, ale najwyraźniej przypłaciła to bólem. Współtowarzysze ją zrozumieli i powitali tę próbę gestami aprobaty. – Mam na imię Seila.

W Hamzići zostawili rzekę i posilili się tym, co podarowali przyjaciele Dejana. Kuzyn Aleksandra ponad pół godziny ukrywał starannie łódkę, przykrywając ją gałęźmi, kłodami drewna i opadłymi liśćmi. Musiał nią wrócić do Wiszegradu, jeśli nie chciał odbyć drogi powrotnej, płynąc wpław.

Przejście przez góry zajęło im siedem dni. Szli kozimi perciami. Odpoczywali tylko tyle, ile było absolutnie niezbędne. Spali schowani między skałami, w jamach, albo przykryci gałęźmi i liśćmi. Zawsze ktoś z nich czuwał, pełniąc straż. Radzili sobie, jak mogli, z głodem i pragnieniem;

doskwierały im napady mdłości, biegunki, kurcze mięśni, silne bóle brzucha, gorączka i skurcze żołądka. Wszystko to czasami uniemożliwiało im zrobienie choćby jednego kroku i odbierało resztki sił.

Zehera była wyczerpana, ciążyło jej całe ciało. Z trudem stawiała nogi, a od czasu ostatniej przejażdżki czerwonym passatem silny ból nieustannie trawił jej trzewia. Nie ośmieliła się jednak wypowiedzieć choćby jednego słowa skargi, nie chciała wydać z siebie ani jednego jęku ani okazać towarzyszom ucieczki jakiegokolwiek objawu wyczerpania. W końcu nikt przecież nie wykorzystywał jej ciała do absolutnych granic wytrzymałości, tak jak to miało miejsce przez poprzednie tygodnie. Znów mogła się uważać za szczęśliwą.

Dwaj mężczyźni pomagali Seili, a kiedy nie była już w stanie maszerować, na zmianę nieśli ją na ramionach. Zehera zaczęła opatrywać otwarte rany, pokrywające całe jej ciało, z których nie przestawała się sączyć lepka, żółtawa ciecz. Dziewczyna przypomniała sobie mądre rady babci Mirsy i okładała te rany jogurtem, znalezionym w przekazanej Dejanowi torbie z jedzeniem, najgorzej wyglądające wrzody bandażowała paskami płótna z podartej koszuli Aleksandra.

Nocą narzeczeni spali objęci i – choć nie zawarli w tej sprawie żadnej umowy – szeptali wyłącznie o przyszłości, całkowicie ignorując toksyczne osady niedawnych przeżyć. Tylko raz, kiedy reszta już spała, Zehera odważyła się zbliżyć do Dejana i zapytać go o coś, co nurtowało ją od chwili, gdy na brzegu Driny usłyszała jego obietnicę, że zaopiekuje się Dinem, jej młodszym bratem.

– Dlaczego to robisz? Prawie mnie nie znasz, ani mnie, ani mojej rodziny, a ryzykujesz dla nas życie. I dla Seili, której nigdy wcześniej nie widziałeś.

– A dlaczego miałbym tego nie robić? U nas w rodzinie zawsze sobie pomagaliśmy. Nie mam zamiaru zrywać z tą tradycją. My, Serbowie, jesteśmy bardzo przywiązani do tradycji, nie wiem, czy zdajesz sobie z tego sprawę. – Jego słowa zawsze można było interpretować na różne sposoby. – Będzie lepiej, jak wrócisz do mojego kuzyna i trochę się prześpisz. Za parę godzin znów musimy być na nogach.

– Więc muszę cię poprosić, żebyś mi pomógł w pewnej sprawie, jeszcze dla mnie ważniejszej – powiedziała pewniejszym już głosem. – Moja siostra Suhra jest w Sarajewie, ale nie wiem, czy żyje, czy nie. Od czasu kiedy Serbowie weszli do Wiszegradu, nie udało mi się z nią porozmawiać. Nie mogłam się do niej dodzwonić. Za każdym razem, kiedy zdejmowałam słuchawkę telefonu i wykręcałam jej numer, słyszałam tylko ciszę lub jakieś dziwne odgłosy. – Zielone oczy Zehery wpatrywały się w oczy Dejana, jakby była zahipnotyzowana. Jej rozmówca musiał co chwila mrugać powiekami, żeby wytrzymać to spojrzenie. – Zanim pojawił się twój kuzyn, Suhra była całym moim życiem. Myślenie o niej pomogło mi znieść cierpienia, których nie byłabym w stanie sobie nawet wyobrazić. Proszę cię, błagam, żebyś spróbował ją zlokalizować. Wiem, że to bardzo skomplikowane, prawie niemożliwe, ale masz wielu przyjaciół, kontakty, znasz ważnych ludzi w różnych miejscach. Proszę cię tylko, żebyś spróbował. A jeśli ją odnajdziesz, żywą... – Na chwilę zapanowało milczenie, wyraźnie bolesne dla Zehery. – ...albo martwą... będę ci wdzięczna, jeśli mnie zawiadomisz. Zawsze będę twoją dłużniczką. Przez całe życie. Wiesz, że będziemy w domu twojego brata, więc gdybyś coś wiedział... Ja też będę próbować, ale...

Z oczu pociekły jej łzy. Po chwili miała mokrą całą twarz, choć usilnie starała się zetrzeć palcami ten objaw emocji.

– Uspokój się. Przyrzekam ci, że spróbuję. Ale nie mogę nic obiecać. Oblężenie Sarajewa to potworność. Warunki życia są jeszcze trudniejsze niż tu... – Dejanowi ciężko przychodziło dobranie słów, które nie byłyby tak wieloznaczne. – Jestem pewien, że jeśli twoja siostra choć trochę przypomina ciebie, a obawiam się, że tak, uda jej się przeżyć. Jeśli żyje, jestem o tym przekonany, znów będziecie ze sobą rozmawiać. I jeździć na rowerach, i łamać serca połowie Wiszegradu umalowanymi na czerwono ustami. A teraz idź spać, nie chcę, żeby twój facet się obudził i zaczął cię szukać. Musicie być wypoczęci, żebyśmy mogli iść dalej.

– Dziękuję – powiedziała i ucałowała go. – Jesteś dobrym człowiekiem. Mam nadzieję, że to też jest u was rodzinne.

Więcej już na ten temat nie rozmawiali. Ale oboje wiedzieli, że zawarli porozumienie.

Musieli przyzwyczaić się do świstu kul przelatujących koło głów i panowania nad swoimi reakcjami na zaskakujące ich wciąż wybuchy. Musieli się nauczyć uciekać – o ile warunki terenowe na to pozwalały – w kierunku różnych naturalnych osłon i korzystania z ich ochrony. Któregoś dnia bombardowanie stało się tak intensywne i na tyle się przybliżyło do ich trasy ucieczki, a strach przed pojawieniem się jakiegoś serbskiego żołnierza tak realny, że postanowili schronić się w ogromnej jamie. Później, opuszczając ją, stwierdzili, że to, co uważali za naturalną kryjówkę, było tylko jednym z wielu dołów wykopywanych przez walczące na tych terenach armie, służących do przechowywania broni lub ukrywania więźniów.

Szczególnie Dejan zwracał baczną uwagę, żeby nie nadziać się na kogoś, kto utrudniłby jego obecne życie albo skrócił wytęsknioną przyszłość. Tylko raz uciekinierzy spostrzegli blisko przejeżdżający zdezelowany autobus, wyglądający tak, jakby się miał rozsypać na najbliższym wyboju. Sądząc po przerażeniu malującym się na twarzach i zagubionych spojrzeniach pasażerów, byli to obywatele bośniaccy z różnych miejscowości, którym kazano opuścić domy, cały dobytek i – z pewnością – także bliskich, pozwalając im zabrać tylko trochę ubrań. Zehera i jej przyjaciele szybko się ukryli, bojąc się, że pojazd może być eskortowany przez serbską milicję. Mimo wszystko Zehera powiodła głową za rozwalającym się autobusem – choć prawie nic nie widziała – licząc wbrew rozumowi, że rozpozna którąś z siedzących w nim osób.

– A może tam jedzie Dino z ojcem i matką? Może po niego przyjechali? – wymamrotała pełna złudzeń, rozglądając się wkoło.

– Nie sądzę, żeby jechali w tym konwoju – odpowiedział chłodno Dejan. – To nie jest droga do Macedonii. Na pewno musieli wybrać inną trasę. Pojadą innym autobusem.

Milczenie, w które zapadł Dejan na resztę dnia, miało swoje wytłumaczenie. Nie chciał jednak z nikim się nim dzielić, nawet z kuzynem. Wiedział przecież, że rodzice Dina nie wrócą po niego. Podejrzewał też, że ten dziewięcioletni starzec, w którego przekształcił się chłopiec, również wyczuwał swoje przeznaczenie, choć wolał maskować przeczucia obojętnością. Rodzice Zehery, Suhry i Dina byli dwojgiem spośród dwustu osiemdziesięciu pasażerów rozlokowanych w pięciu autobusach, które przemierzały Serbię, zdążając do Macedonii. W tę trzystupięćdziesięciokilometrową trasę wyprawił ich serbski Czerwony Krzyż, wyposażając w jedzenie oraz trochę ubrań i wymusiwszy na nich podpisy pod dokumentami, w których oświadczali, że byli dobrze traktowani i udają się do Macedonii z własnej woli, zostawiając domy i dobytek. Miejscem docelowym, do którego chcieli dotrzeć – niezależnie od trudnej sytuacji materialnej tam panującej – było Kosowo albo, w najgorszym przypadku, Sandžak: dwie enklawy, w których ludzie nie byli prześladowani za swoją rasę czy wyznanie. Ale nie pozostawiono im żadnego wyboru i wszystkich wywieziono do Macedonii. Uczestników konwoju zapewniano, że kiedy dotrą do granicy, zostaną im wydane paszporty i będą przyjęci jako uchodźcy wojenni. Jednakże władze macedońskie nie chciały już przyjmować bośniackich uchodźców, szczególnie takich, którzy wyznawali islam. Jako jedyne wytłumaczenie Macedończycy podawali fakt, iż wpuścili do tej pory ponad trzydzieści tysięcy bośniackich uciekinierów. „Taka lawina ludzi niewątpliwie spowoduje konflikty z lokalną muzułmańską społecznością Macedonii" – oświadczono. Przewodnicy, jadący z konwojem, nakłonili pasażerów do wyjścia z autobusów i próbowali przekroczyć z nimi granicę na piechotę, ale policja uniemożliwiła wejście na teren Macedonii. Kiedy zaś uchodźcy chcieli wrócić do autobusów, okazało się, że zdążyły już odjechać. O czwartej nad ranem 25 czerwca dwieście osiemdziesięcioro uciekinierów z Bośni zostało porzuconych na ziemi niczyjej, bez jedzenia, bez wody, bez ochrony, bez wsparcia społecznego, medycznego czy humanitarnego. Nikogo nie obchodziło, co się z nimi stanie. Piętnaścioro z nich miało powyżej osiemdziesięciu lat. Były w tej grupie dzieci poniżej drugiego roku życia, kobiety w ciąży, ludzie chorzy. Kiedy pogodzili się już z myślą, że umrą porzuceni w środku pustki, grupa albańskich muzułmanów pochodzących z małej rolniczej wioski oddalonej o dwadzieścia minut marszu od miejsca, gdzie przebywali uchodźcy, przyniosła im kosze chleba, koszyki pomidorów i trochę wody. Kiedy zapadła noc, chłopi postanowili wrócić po uchodźców taksówkami i traktorami i odwieźć ich do najbliższego meczetu. Ponieważ w grupie byli także ludzie chorzy, pracujący w wiosce lekarz ostrzegał przed niebezpieczeństwem epidemii, jeśli wszyscy uciekinierzy zostaną zgromadzeni pod jednym dachem. Dlatego dwa dni później mieszkańcy wioski zdecydowali, że przyjmą zbiegów do swoich własnych domów. Od tego czasu słuch o nich zaginął. Zostali odcięci od świata.

Nie można się było skontaktować z ich krewnymi, ponieważ telefony – jak w większości małych miejscowości – właściwie nie funkcjonowały: linie telefoniczne przestały zbliżać do siebie ludzi i ich głosy, a słuchawki wyłapywały jedynie panującą po drugiej stronie ciszę i dławiącą pustkę. Można było tylko mieć nadzieję, że miłosierdzie Albańczyków się nie wyczerpało.

Dejan też wierzył, że szczęście, towarzyszące nieco chaotycznej ucieczce, którą sam teraz dowodził, nie skończy się nagle. Uznał, że ukrywanie informacji o tamtej grupie uchodźców to niestety jeden z warunków, żeby tak się stało.

Osiem dni po opuszczeniu Wiszegradu, wiele kilometrów po przekroczeniu granic własnej wytrzymałości fizycznej przez uciekinierów, cała grupa – skrajnie wyczerpana, głodna i umierająca z pragnienia – dotarła do Goražde.

„Mojemu ojcu przejechanie pięćdziesięciu kilometrów dzielących te dwa miasta samochodem wyładowanym tkaninami zajmowało zaledwie czterdzieści minut, mnie zajęło osiem dni". Ta myśl kołatała w głowie Zehery, kiedy znalazła się pod opieką sił bośniackich, które zajęły się nią i resztą jej towarzyszy. Napojono ich, przykryto kocami i opatrzono rany. Personel medyczny po zbadaniu Seili nie był w stanie wyjaśnić, jak zdołała przeżyć i dotrzeć do Goražde. Kilka dni później została przewieziona do Niemiec, gdzie oczekiwało ją kilka zabiegów chirurgicznych; nie przywrócono jej pełni poprzedniego życia, ale jednak żyła.

Zehera i Aleksandar musieli czekać jeszcze cztery tygodnie, zanim przewieziono ich jako uchodźców do Hiszpanii, ze wszystkimi potrzebnymi dokumentami i przy zastosowaniu odpowiednich środków bezpieczeństwa. W Salamance czekał na nich Zoran, brat Dejana, który zobowiązał się, że zaoferuje im upragnione miejsce, w którym będą mogli stawiać pierwsze kroki w nowym życiu, daleko od zgiełku walk, wystrzałów moździerzy, wybuchów bomb... Tysiące kilometrów od metalicznego szczęku kałasznikowów; od czerwonych wód Driny; od domów zamienionych w stosy całopalne; od szkolnych ławek przekształconych w miejsca tortur, gdzie kończyło się życie tych, którzy go jeszcze na dobre nie zaczęli; od czarnych butów umundurowanych mężczyzn, łamiących kości i czaszki; od cuchnących cebulą i potem bandytów, którzy dniami i nocami rozszarpywali niewinne ciała swoich sąsiadów; od ryku silnika czerwonego passata, którym podróżowała śmierć, ból, Nicość.

Ale także boleśnie daleko od Suhry, Dina, babci Mirsy. Od Samiry, Iva, Aidy, Petra, Behii i Dema.

Od nich.

Od wszystkich.

Od domu.

CZĘŚĆ DRUGA

Nie znam pana, wierzyłam jednak zawsze
w dobroć nieznajomych.

BLANCHE DUBOIS w *Tramwaju zwanym pożądaniem*
Tennessee Williamsa[9]

[9] Przekład Jacka Poniedziałka.

· 16 ·

W trakcie pierwszych tygodni, a potem pierwszych miesięcy próbowała zwalczać przemożną pokusę. Chciała ją zanegować, wykorzenić, podobnie jak próbowała to robić z obrazami strasznej przeszłości, pojawiającymi się głęboką nocą pod postacią wizji, po których przychodziły palpitacje serca i zimne poty. Wszelkimi sposobami, jakie była w stanie wymyślić, próbowała się przed tą pokusą bronić. Jednakże wody rzeki Tormes zbyt silnie ją do siebie przyciągały. Pragnęła ich słuchać, patrzeć na nie, dotykać, pieścić. Zgadywała, że są chłodne, czyste, krystaliczne. Dzień po dniu narastała w niej nieprzeparta potrzeba wejścia w ten przezroczysty nurt i taplania się w nim, czerpania wody dłońmi i patrzenia, jak przepływa między palcami, ochlapując delikatnie jej ramiona. Choć nie miała ku temu żadnych podstaw, wierzyła, że taki chrzest w pobliskiej rzece przyniesie jej utracony wewnętrzny spokój. Ta wiara sprawiała, że rojenia o zanurzeniu się w jej wodach coraz silniej domagały się realizacji. Stopniowo przekształcało się to w obsesję. Jednocześnie na myśl o tym, że miałaby rzeczywiście to zrobić, oblatywał ją paraliżujący strach. Nie czuła się na siłach, by choćby wyjść na ulicę, nie mówiąc już o tak bliskim kontakcie z rzeką. Przynajmniej na razie.

Widziała ją tylko raz. Patrzyła na nią z okna samochodu Zorana pewnego poranka na początku sierpnia, kiedy przyjechała do Villa de Alba, miasteczka w regionie Salamanki, liczącego zaledwie pięciuset mieszkańców. Właśnie to miejsce los wybrał dla niej na nowy dom. Kiedy auto, którym podróżowała, przejeżdżało przez średniowieczny most strzegący wjazdu do miasta, Zehera zmusiła swoje obolałe ciało do pochylenia się w fotelu, dotknęła dłońmi szyby w samochodowym oknie i wpatrywała się w krystaliczny płaszcz otulający nogi akweduktu zbudowanego z ciemnego kamienia. Trwało to zaledwie sekundy, ale ten lśniący, świeży obraz pozostał w jej skołatanej głowie jak wypalony ogniem, jak potężny magnes nieodparcie ciągnący ją do zanurzenia się w wodach rzeki.

Villa de Alba wydawała się miasteczkiem wyciętym ze starej księgi dziecięcych bajek. Wszystko w nim było małe, blisko położone, przytulne, sympatyczne. Domy, ulice, kościół, główny plac, szkoła, park zabaw dla dzieci, auta, sklepy – wszystko wyglądało jak zabawki. Najczęściej Zehera słuchała tu ciszy, przerywanej tylko z rzadka odgłosami samochodowych silników, szumem przejeżdżającego roweru albo echem niedalekiego śmiechu czy rozmowy przechodniów spacerujących pod oknami domu Zorana. Intensywne ciepło sierpniowego lata też nie zachęcało do wychodzenia na ulicę, chyba że po zachodzie słońca, kiedy jedni sąsiedzi zasiadali przy drzwiach domów, inni zaś spotykali się w barach, żeby pogadać ze znajomymi, podczas gdy w telewizorze wciąż ukazywały się sceny z igrzysk olimpijskich rozgrywanych w Barcelonie. Obraz spokoju i błogości, którymi Zeherę raczyło nowe miejsce zamieszkania, nie współgrał z ponurą rzeczywistością tego, co działo się w jej wnętrzu.

Zehera czuła się dziwnie, była jakby nieobecna. Miała wrażenie, że jej ciało porzuciło duszę i już do niej nie należało. Zauważyła, że staje się ociężała, nogi i ramiona wydawały się jak z ołowiu. Bolała ją głowa i dziewczyna miała poczucie, że kieruje nią jakieś brzęczenie dobiegające z wnętrza umysłu, odrywające ją od rzeczywistości. Trwała w stanie nieustannego oszołomienia, ciągle walcząc z mdłościami, które męczyły ją, gdy całymi dniami leżała w łóżku albo siedziała godzinami na kanapie przed telewizorem, hipnotyzowana przez obrazy, które docierały do siatkówek jej oczu. Prawie nie rozmawiała z Aleksandrem, jeszcze mniej z Zoranem; obaj szanowali jej stan półprzytomności, przynajmniej na początku. Odbierali jako całkowicie logiczne jej odpowiedzi składające się zaledwie z ułamków zdań, właściwie z pojedynczych sylab. Narzeczony patrzył na nią z niepokojem, jakby jej nie rozpoznawał. Chciał z nią porozmawiać, przekonać ją, żeby wyszła z domu, żeby pospacerowali wspólnie po ich nowym mieście, żeby zaczęli poznawać nowych sąsiadów. Miał ochotę jeździć na rowerze po pełnych bujnej zieleni okolicach Villa de Alba, tak jak to robili w Wiszegradzie: zgubić się na jakiejś nieznanej drodze, obejmować się, całować, śmiać i dzielić planami na przyszłość, rodzącymi się w ich głowach. Ale ciało Zehery nie pozwalało na żaden kontakt, żadną pieszczotę, bliskość, ciepło innego ciała – nawet kiedy chodziło o osobę ukochanego. Noce, które spędzali ze sobą w Goražde, objęci i nierozłączni, odeszły gdzieś daleko, podobnie jak ich kraj i znajomi. Przerażenie, niepokoje, wątpliwości i lęki, które ją teraz obległy, nie miały nic wspólnego z poczuciem wolności i nadziei wypełniającym ją w trakcie ucieczki z piekła. Jakakolwiek próba porozmawiania o koszmarze, który przyszło im przeżyć, natychmiast była przerywana, głównie przez Zeherę. Żadne z nich nie wiedziało, jak reagować, nie znali sposobów na poradzenie sobie z tym wszystkim, a brak doświadczenia nie pozwalał odnaleźć jakiejś magicznej recepty, pomagającej żyć dalej.

Zmęczenie i dziwny letarg, w który wpadła w pierwszych dniach pobytu w Hiszpanii, przekształciły się w ciągu miesiąca w strach, brak wiary w siebie, wieczny niepokój... w gorzkie poczucie ciągłego zagrożenia, nieopuszczające jej ani na chwilę przez dwadzieścia cztery godziny na dobę. Najniewinniejszy odgłos sprawiał, że niemal podskakiwała: mogło to być uderzenie ramy okna o ścianę albo spadający na podłogę widelec. Łatwo się denerwowała i jakakolwiek niewinna uwaga mogła stać się źródłem ostrej konfrontacji, szczególnie w przypadku Aleka. Koszmary wracały do niej bez przerwy i wprawiały ją w taki dygot, że budziła się zlana potem. Jeden sen powracał szczególnie uporczywie: jej pokój napełniał się wodą – łóżko, krzesła, szafa, lampy, lustro i stoliki nocne pływały jak korki, ona zaś walczyła daremnie, żeby wypłynąć na powierzchnię. Po krótkim czasie meble znikały i jej oczom ukazywały się ciała przyjaciół, które przesuwały się obok niej, ale im usilniej starała się do nich dotrzeć, tym bardziej się oddalały, jakby je odrzucała. Dwa spośród tych trupów zaczynały spadać w dół. Ocierały się o nią, przesuwając obok niej: była to jej siostra Suhra i mały Dino. Oboje mieli otwarte oczy i wydawało się, że na nią patrzą. Właśnie wtedy budziła się, krzycząc i płacząc. Początkowo Aleksandar, który po pierwszym tygodniu postanowił spać na sofie w salonie, przybiegał do niej, próbując ukoić jej rozpacz, ale wkrótce dał sobie spokój, widząc, że jego obecność jeszcze bardziej irytuje tę, którą chciał pocieszyć i uspokoić. Ograniczał się więc do nasłuchiwania z sąsiedniego pokoju; odwracał się na drugi bok i próbował odzyskać sen, którego ona nie miała już zaznać do końca nocy.

Od przyjazdu do Hiszpanii Zeherę zaczął boleć żołądek. W niektóre poranki musiała walczyć z torsjami i biegunką, brzuch puchł jej jak piłka i przez kilka dni nie wracał do normy. Odczuwała suchość w ustach, której zawsze towarzyszyła dziwna gorycz, a także uporczywą zgagę, zabijającą apetyt. Prawie nic nie jadła, więc ubyło jej jeszcze więcej wagi, niż straciła od chwili, gdy wojna zaczęła trawić jej kraj i jej ciało. Palpitacje serca, które początkowo nękały ją tylko wtedy, gdy budziła się z nocnych koszmarów, zaczęły pojawiać się także za dnia. Towarzyszył im silny ból w piersiach. Mimo tych wszystkich cierpień nie skarżyła się. Wolała trzymać wszystko w zamknięciu w swoim wewnętrznym świecie, w którym słychać było tylko jej własny głos i w którym tylko ona wydawała sobie rozkazy. Był to także świat, w jakim próbowała walczyć ze wspomnieniami, wciąż wypełzającymi z całym bogactwem szczegółów na wierzch i wstrząsającymi jej umysłem. Ten wewnętrzny dialog przytłaczał ją. Czuła potrzebę, żeby się z kimś podzielić myślami, wyrzucić je z siebie, zwymiotować, kiedy znów czuła je w sobie. Chciała się otworzyć i zostać wysłuchana, chciała krzyczeć, usłyszeć swój własny głos nie tylko w swoim wnętrzu, marzyła o jakimś słowie przynoszącym ulgę, pociechę, świadczącym o zrozumieniu i wsparciu. Ale wszystko psuł straszny lęk przed zbliżeniem się do kogokolwiek. Z jednej strony marzyła o tym, żeby przebić balon, w którym się ukryła, skończyć z tą straszną samotnością, która ją powoli pożerała; z drugiej strony wolała być sama, odizolowana od świata.

Pod koniec października Zoranowi udało się załatwić kuzynowi pracę w tej samej fabryce wędlin, w której i on był zatrudniony. Miał się tam zajmować załadunkiem i wyładunkiem towarów oraz innymi robotami magazynowymi. Była to ciężka praca, ale ciało Aleksandra było dostatecznie silne, żeby jej podołać bez większych problemów. Nawet Zehera przyjęła tę wiadomość z zadowoleniem i uczciła ją uśmiechem.

– Ale to znaczy, że będziesz spędzała więcej czasu sama w domu – powiedział Alek. – Powinnaś dojść do siebie, kochanie. Od czasu kiedy przyjechaliśmy do Hiszpanii, spędzasz całe dni na kanapie, oglądając telewizję. To nie jest dobre. Martwię się o ciebie.

– Przynajmniej osłucha się z językiem, a to na pewno będzie pożyteczne – wtrącił Zoran, sam wyraźnie nie wierząc w to, co mówi, podobnie jak jego słuchacze.

– Musisz wychodzić. Jeśli nie chcesz ze mną albo z moim kuzynem, w porządku, zrozumiemy to. Ale wychodź sama. Wyjdź na ulicę. Odetchnij. Zobacz, jak wygląda świat dookoła. Musimy dalej żyć. Dostaliśmy taką możliwość i musimy z niej korzystać. Nie możemy zatracać się w przeszłości, bo jeśli tak zrobimy, oni nas w końcu zwyciężą, będą górą. Wyrządzili nam już zbyt wiele krzywd, nie sądzisz?

– Spróbuję – odpowiedziała Zehera bez większego przekonania.

– Jestem tego pewien. Pomogę ci. – Aleksandar spojrzał na Zorana, który z obojętną miną obserwował tę scenę, przeżuwając kanapkę. – Obaj ci pomożemy.

Pierwszego dnia nowej pracy Aleksandra w fabryce Zehera postanowiła zrobić dwie rzeczy, których nigdy wcześniej nie robiła: zapalić papierosa – miała na to ochotę, od czasu gdy zobaczyła, jak Alek i Zoran spędzają wieczory otoczeni chmurą dymu, która wydawała się wyraźnie poprawiać im samopoczucie, rozweselać ich i ożywiać – oraz zwiedzić dom, w którym mieszkała i który przez dotychczasowe trzy miesiące nie wzbudził w niej żadnego zainteresowania. Zehera była w okropnym stanie ducha i zobojętniała na wszystko, co działo się dookoła. Ten brak zainteresowania nowym siedliskiem wynikał też z nieufności do Zorana, którą odczuwała od pierwszej chwili. Wiedziała, że winni są mu wdzięczność, bo zgodził się ich przyjąć (szczególnie dotyczyło to jej, bo nie łączyła ich z Zoranem żadna więź krwi ani przyjaźń), a jednak nie była zdolna tej wdzięczności naprawdę w sobie poczuć. Ta podejrzliwość wobec gospodarza wywoływała w niej poczucie winy, ale nie potrafiła temu zaradzić: sama jego obecność onieśmielała ją, krępowała. Bardzo rzadko miała odwagę spojrzeć mu w oczy. Czuła się onieśmielona, śledzona. Rozwinęła się w niej nieznośna awersja do poważnego i suchego brzmienia jego głosu, do sposobu mówienia, śmiania się i chodzenia. Zaczęła przypuszczać, że powoli wariuje, że nic przecież nie usprawiedliwia takiej wrogości wobec człowieka, którego niemal w ogóle nie zna; jednak nie potrafiła tych uczuć opanować. Były mocniejsze niż ona i nasilały jeszcze jej lęk.

Korzystając z przyjemnej samotności, która stała się tego dnia jej udziałem, postanowiła zwiedzić kamienny dom. Nie był szczególnie duży, ale wyposażony we wszystko, co potrzebne, by mieszkańcy mogli czuć się wygodnie. Największym pomieszczeniem był niewątpliwie salon. Główne miejsce zajmowała w nim szeroka i podniszczona trzyosobowa sofa. Blisko niej ustawiono przesadnie wielki jak na rozmiary mieszkania telewizor i drewniany stół z dwoma krzesłami po każdej stronie. Do miejsca, w którym stał ten mebel, przylegał obszerny prostokątny ślad na podłodze, tak jakby przez długi czas leżała w tym miejscu jakaś mata, dywan czy wykładzina, po której został tylko ten znak dawnej obecności. Z kolei najmniejszym i najwęższym pomieszczeniem była kuchnia, w której ledwo mieściły się jednocześnie dwie osoby – i to o ile wchodziły bokiem. Białe kafle były niekompletne, niektóre popękane, czy wręcz rozbite. Na jednym z nich, w pobliżu lodówki, przytwierdzono haczyk ze zbieraniną myjek, szczotek i ścierek żółtawego koloru, podniszczonych od długotrwałego używania. Łazienka nie była wiele większa, ale wystarczyło w niej miejsca na biały sedes, nieskazitelnie czystą umywalkę oraz brodzik z prysznicem, od którego Zehera szybko odwróciła spojrzenie, kiedy jej mózg, jak zwykle na ten widok, zaczęły bombardować obrazy i wspomnienia z przeszłości osadzone w hotelu Vilina Vlas. Poza tym w domu były dwie sypialnie:

jedna, zajmowana przez Zorana, duża i przestronna, którą niemal w całości wypełniało ogromne łóżko, ledwo pozostawiające miejsce na rachityczny nocny stolik, zdezelowane krzesło i starą szafę. Druga, mniejsza, przeznaczona została dla gości. Prawie od samego początku używała jej wyłącznie Zehera, która nie mogła znieść, żeby ktokolwiek dotykał jej ciała, nawet ten, który miał stać się mężczyzną jej życia.

Ta niechęć do dotyku, niezależna od jej woli, napełniała ją niepokojem, trudnym do okiełznania zakłopotaniem, które z kolei zaowocowało ciągłą bezsennością. Choć próbowała z nią walczyć, zawsze przegrywała. Nie chciała nawet myśleć o tym, że jej skóra i mózg będą w nieskończoność pamiętać doznane krzywdy, uniemożliwiając innym dłoniom zapisanie na jej ciele całkiem innych historii, o których zawsze marzyła. Aleksandar próbował przy kilku okazjach zbliżyć się do niej, ale widząc lęk, jaki budziło to w jego narzeczonej, wycofywał się, czekając na lepszy moment, kiedy ich ciała będą mogły przylgnąć do siebie jak dawniej – wolne od napięć, strachu i urazów. Zehera nie zebrała jeszcze sił, żeby otworzyć się przed nim i opowiedzieć o bestialstwach Saszy Ludonovicia. Czuła wstyd, odrazę i strach przed odrzuceniem, do którego ślady tych wszystkich niegodziwości, wciąż obecne na jej ciele, mogłyby skłonić Aleksandra.

„A jeśli mnie odepchnie? – myślała. – Jeśli nie będzie chciał zostać z kobietą, którą zgwałcili ci sami ludzie, którzy próbowali go zabić? Ale dlaczego? Dlaczego nie zrobiłam więcej, żeby tego uniknąć? Mogłam się bardziej opierać, mogłam krzyczeć, drapać, kopać, mogłam uciekać, stawiać się tym ludziom, tak jak inne kobiety. Dlaczego tego nie robiłam? Dlaczego nie byłam w stanie? Czy nie lepiej było umrzeć od strzału w plecy, tak jak umarła Aida w Café Andrić, nie pozwalając nikomu zbezcześcić mojego ciała? A jeśli on postanowi mnie rzucić, co zrobię? Gdzie pójdę?”

Taki wewnętrzny dialog, tyleż bolesny, co niespójny, nie tylko nie przynosił jej ulgi, ale pogłębiał rany i podkopywał morale. Łzy spływały z jej oczu równie często, jak w jej umyśle pojawiały się przerażające retrospekcje, straszące, że będzie znów musiała odtworzyć w pamięci tortury przeszłości. Próbowała te wspomnienia wyrugować z głowy, zajmując ją innymi myślami, chodząc nerwowo po domu z kąta w kąt. Ale cała ta bateria najrozmaitszych retorycznych pytań rozrosła się jeszcze bardziej, kiedy potwierdziły się jej podejrzenia. Od przyjazdu do Hiszpanii Zehera nie miesiączkowała, co w przypadku jej organizmu, zdrowego i punktualnego jak zegarek, nie było normalne. Dwa pierwsze spóźnienia nie zaniepokoiły jej jeszcze; mogły się wydawać logicznym następstwem wszystkiego, co wycierpiała; ale za trzecim i czwartym razem jej fizjologia potwierdziła to, nad czym do tej pory nie miała nawet odwagi się zastanawiać: była w ciąży z człowiekiem, który ją gwałcił, niewolił, maltretował i upokarzał; z tym, który wyrwał ją z idyllicznej teraźniejszości i wtrącił w więcej niż niepewną przyszłość. Z pewnością nie była na to przygotowana i mogła się spodziewać, że jeszcze mniej przygotowany będzie człowiek, z którym chciała związać przyszłe życie.

„Dlaczego? Dlaczego właśnie ja? Co zrobiłam, żeby na to zasłużyć?"

Ciąża wciąż jeszcze była ledwo widoczna. Szczupła i koścista sylwetka Zehery, teraz prawie niejedzącej, pozwalała zamaskować rosnący brzuszek, którego nie miała nawet odwagi dotknąć. Aleksandar i Zoran spędzali coraz więcej czasu poza domem, choć wiedziała, że nie przeszkodzi im to zauważyć po kilku kolejnych tygodniach, iż z ciałem Zehery dzieje się coś dziwnego. Pytania wciąż kotłowały się w jej głowie. Miałaby ochotę wykrzyczeć je wszystkie i w ten sposób rozprawić się z nimi jak z gorzkimi i toksycznymi wymiotami. Zaczęła odbierać otoczenie w sposób coraz bardziej klaustrofobiczny, w płucach zaczynało jej brakować powietrza.

Być może to wrażenie duszności albo chęć poczucia w końcu na własnej skórze dotyku wiatru wypchnęło ją pewnego ranka z domu. Poszła przespacerować się w kierunku rzeki, która ciągnęła ją ku sobie od dnia przyjazdu do Villa de Alba. Niewielki obszar miasta zachęcał do włóczenia się po jego uliczkach i drogach, a odnalezienie rzeki nie było trudne, choć otaczała ją bujna roślinność. Narastająca w powietrzu wilgoć przyprawiała Zeherę o podniecenie i gęsią skórkę. Po raz pierwszy od długiego czasu oddychała głęboko i czuła ulgę. Chłód przenikał jej wnętrze i oczyszczał je. Przestała się lękać, jakie obrazy może jej za chwilę podsunąć umysł, z każdą chwilą coraz mniej otępiały. Szła przed siebie, aż dostrzegła ten sam most, który przekroczyła, przyjeżdżając do miasta. Poczuła satysfakcję, że się tu wybrała. Wreszcie jej się udało. Przeciągała dłońmi po kamieniach, na których wznosił się niewielki akwedukt. Robiła to z lękiem, całkiem inaczej niż pieściła kamienie mostu na Drinie. Potem spojrzała w dół i przyjrzała się Tormesowi. Zapamiętała go inaczej: oszukał ją i teraz wyglądał gorzej niż za pierwszym razem. Prąd był niespokojny, wydawało się, że ośmielona bystrym nurtem rzeka okazuje swą dumę i nieokiełznany charakter, odwagę i gniew. Brązowa patyna lśniąca na powierzchni wody nie pasowała zupełnie do wyobrażenia krystalicznej, łagodnej i chłodnej toni, które Zehera wyniosła z pierwszego kontaktu z Tormesem.

Czuła, że przenika ją uczucie nieufności, ale kiedy zamierzała cofnąć dłonie z bariery mostu, coś ją powstrzymało. Patrząc na wiry, które wydawały się uwięzione wśród pęcherzyków piany, dostrzegła rozwiązanie problemu, który tkwił w jej duszy. Byłoby to wyjście szybkie, czyste, niewątpliwie definitywne. Warunki były wprost idealne: nikt nie będzie wątpił, że atak nudności albo chwilowa nieuwaga były przyczyną niefortunnego potknięcia się młodej przyjezdnej i tragicznego w skutkach wpadnięcia do rzeki, której zbuntowany nurt huczał w dole. Położy to kres rozwijającej się w jej wnętrzu nieczystości, przez którą i ona stawała się brudna i zawstydzona. Tak, zrobi to. Chciała to zrobić. Musiała tylko zebrać niezbędną odwagę i postawić pierwszy krok. Po tym, co przeżyła, nie odczuwała teraz strachu. Wszystko zależało tylko od niej. Ten most nie był tak wysoki jak w Wiszegradzie, ale nie będzie to stanowiło żadnego problemu. Zauważyła, że jej mięśnie kurczą się, ciało staje się gotowe do przyjęcia polecenia: skoczyć i zanurzyć się wreszcie w tych wodach, które wydawały się znajome, które jakby czekały, aby zakończyć wszystkie jej nieszczęścia. Czuła pulsowanie krwi w skroniach, w szyi i zastanawiała się, co będzie, jeśli któraś z tych żył eksploduje. Usłyszała zgrzytanie własnych zębów, poczuła sztywność kręgosłupa, która jednocześnie ją paraliżowała i popychała ku skokowi z mostu. Silne, wyraźne palpitacje zagłuszały odgłosy świata zewnętrznego, które teraz wydały jej się nierealne, odległe i zupełnie nieważne. Oto pojawiła się możliwość zakończenia wszystkiego i Zehera nie miała zamiaru jej odrzucać. Jeśli wszystko pójdzie dobrze, spotka się z babcią Mirsą i – kto wie? – może też z Suhrą i z Dinem, bo nie bardzo wierzyła, żeby zdołali przeżyć całe to barbarzyństwo. „Dlaczego do mnie nie zadzwoniła? Gdyby żyła, zadzwoniłaby, na pewno by zadzwoniła! Na pewno nie przestawałaby próbować. Gdyby zachowała życie, porozumiałaby się ze mną. Nie żyje. Zabili ją. Nie żyje...".

Ten umęczony wewnętrzny głos został nagle uciszony przez inny, o wiele spokojniejszy, słodszy i bardziej młodzieńczy. Głos, który wyrwał ją z zamknięcia we wnętrzu szklanej kuli i przywrócił rzeczywistości.

– Moja babcia zawsze mi mówiła, że życie rodzi się w wodzie. Że wszyscy z niej pochodzimy – zaczął przemawiać ów głos zza jej pleców. – Chyba dlatego ja też lubię rozmawiać z rzeką, opowiadać jej o moich sprawach, zwierzać się. Jeśli mam być szczera, wiele rzeczy mnie rozczarowuje; ale za to rzeka zawsze słucha cierpliwie.

Zehera odwróciła głowę i zobaczyła młodą, drobną dziewczynę. W pierwszej chwili wzięła ją wręcz za dziecko. Miała ciemną cerę i długie, gładkie włosy zebrane w koński ogon. Jej twarz, z malującą się na niej śmieszną, zadziorną miną, zdobił uśmiech, kojarzący się z pewnym siebie mędrcem.

– Mam na imię Teresa. Jestem córką Fernanda, piekarza. No cóż, prawdę mówiąc, są u nas dwie piekarnie, ale do mojego ojca należy ta lepsza. U niego chleb jest pieczony w piecu, którego używali jeszcze mój dziadek i pradziadek. Nigdy nic nie było modernizowane. Ojciec mówi, że chleb może smakować różnie, ale jeśli nie miałby smakować tak, jak smakował przez całe jego życie, po cóż on sam miałby wstawać co rano o wpół do czwartej i miesić ciasto. – Uśmiech namalował jej na twarzy dwa strategicznie rozmieszczone dołeczki, jeszcze bardziej podkreślając sprytną minę. – To ty jesteś ta bośniacka dziewczyna, która przyjechała zamieszkać u tego Sosana, tak? Bo w twoim kraju jest wojna, wszystkich was mordują. Oglądam to w telewizji, straszne rzeczy. Ty i twój narzeczony jesteście uchodźcami, tak? – Paplała, przemierzając wielkimi krokami dystans, który je dzielił. – Słyszałam o tobie, ale nigdy nie wiadomo...

– Ma na imię Zoran.

– Wszystko jedno. Sosan się kojarzy z sosem, a Zorana nikt w miasteczku nie umie wymówić, co za różnica, Sosan czy Zoran. Brzmi podobnie. A ty jak masz na imię? – Kiedy usłyszała, jej uśmiech jeszcze się poszerzył. – O jak ładnie! Zehera. Podoba mi się. A teraz, skoro już się znamy, powiedz mi jedną rzecz. Nie chciałaś skoczyć do rzeki? Bo ostatni, który to próbował zrobić, skończył fatalnie: prawie musieli mu amputować nogę. Od tego czasu nazywamy go „kulawką", wiesz, od tego jak rusza nogą przy każdym kroku, o tak. – Mówiąc to, przesadnie próbowała udawać utykanie na jedną nogę. – Rozumiesz mnie? – spytała. Nie miała pewności, czy nieznajoma dostatecznie rozumie hiszpański. Po chwili pomyślała, że może jej pytanie o skok do wody wydało się dziewczynie niestosowne i próbowała załagodzić wrażenie. – Oczywiście mój dziadek też mawiał, że jeśli ktoś nie zaryzykuje, skacząc na głębię, nigdy się nie dowie, co to znaczy wypłynąć na powierzchnię.

– Muszę już iść – powiedziała Zehera czerwona ze wstydu, że ktoś mógł odkryć jej pomysł popełnienia samobójstwa.

– Poczekaj, nie gniewaj się. Nie miałam złych zamiarów. Jeśli chcesz, możemy razem wrócić do miasta.

Widząc, że jej słowa nie odnoszą efektu, zaczęła krzyczeć w kierunku odchodzącej Zehery:

– Jak chcesz, możemy się tu spotkać jutro! Ja wcześnie wstaję i o tej porze mam wolne, bo wszyscy kupili już chleb, magdalenki i herbatniki i nie muszę ich wkładać w torebki, żeby...

Kiedy Zehera wróciła do domu, brakło jej tchu, ale nie z powodu wspomnień o tym, co działo się przed kilkoma miesiącami w hotelu Vilina Vlas, w samochodzie Saszy albo na moście na Drinie – jak to bywało do tej pory. Tym razem chodziło o inne uczucie, które nie zamknęło jej znów w labiryncie wewnętrznych, niedających się rozstrzygnąć walk, ale skłoniło do zastanawiania się nad tym, czego właśnie doświadczyła. Czy byłaby w stanie skoczyć? Czy znalazłaby w sobie dość odwagi, żeby pozbawić się życia? Czy uległaby pokusie cichej demonstracji, jaką staje się taka ofiara? Co by się stało, gdyby nie pojawiła się Teresa?

Choć ciągle odczuwała wstyd, który wciąż jeszcze odbijał się na jej twarzy, Zehera polubiła tę dziewczynę. Mówiła dużo i szybko, ale robiła to z wdziękiem. Wydawała się rozsądna, sympatyczna, naturalna, jej głos brzmiał przyjaźnie, a przede wszystkim była pierwszą osobą, z którą rozmawiała od przyjazdu do Hiszpanii, pierwszą, która się nią zainteresowała. „To ty jesteś ta bośniacka dziewczyna, która przyjechała zamieszkać u tego Sosana, tak? Bo w twoim kraju jest wojna, wszystkich was mordują. Oglądam to w telewizji, straszne rzeczy. Ty i twój narzeczony jesteście uchodźcami, tak?".

Uchodźca. Znów zabrzmiało jej to dziwnie i poczuła obcość tego terminu. Za pierwszym razem, kiedy zobaczyła to słowo zapisane obok swojego nazwiska na karcie dołączonej do teczki z dokumentacją – nowa sytuacja egzystencjalna wpisana wśród danych personalnych – ta adnotacja ją zabolała, wymagała pewnego wysiłku, żeby ją zrozumieć. Osiem liter, które przełamywały dotychczasowe schematy. UCHODŹCA. Wydawało się, że to nie jest na poważnie, bo nie mogło być: przecież miała swój kraj, rodzinę, przyjaciół, życie i teraźniejszość, a tymczasem to słowo działało jak huragan, który wszystko niszczył, wymazywał, rozmywał. Od chwili gdy otrzymała status uchodźcy, ludzie zaczęli na nią inaczej patrzeć, zmienił się ton głosu tych, którzy się do niej odzywali, a twarze rozmówców zaczęły wyrażać żal lub nieufność. Wszystko się zmieniło, a ona nie rozumiała dlaczego: przecież nic złego nie zrobiła, a jednak musiała dźwigać ze sobą wszędzie to dziwne słowo, stanowiące teraz jej główny bagaż: uchodźca. To nie było sprawiedliwe, ale jeszcze gorzej byłoby umrzeć jako osoba pozbawiona ojczyzny we własnym kraju, bez prawa do pochówku w ziemi, na której przyszła na świat. Naszło ją wspomnienie martwych ciał, które jej brat wyciągał na brzeg rzeki, żeby je przenieść na ląd i pochować; autobusów wypełnionych jej rodakami, którzy zostali siłą wygnani z własnych domów, oszukani, i jechali złożyć swoje kości poza kolejnymi liniami granicznymi; trupów porzuconych na korytarzach szkoły... Może Teresa miała rację, mówiąc, że życie rodzi się w wodzie. I może ona mogłaby jeszcze raz zacząć nowe życie, dając je istocie, którą nosiła w sobie, bo pomimo terroru i nienawiści, jakie towarzyszyły jej poczęciu, ona akurat za nic nie ponosiła winy.

Nazajutrz wróciła nad rzekę. I tak samo następnego dnia, i jeszcze następnego... i tak przez niemal wszystkie kolejne dni. Te spacery uspokajały ją i tonowały napięcie w jej duszy. Stopniowo nabierała poczucia, że jej ciało uwalnia się od cieni, które mu zewsząd zagrażały. Spotkania z Teresą stawały się coraz dłuższe, w rozmowach obie odnajdywały coraz lepszy klimat porozumienia. Rzeka była świadkiem rodzącej się przyjaźni młodych kobiet. Zeherze wrócił nawet utracony apetyt, częściowo dzięki słodkim wypiekom, które codziennie przynosiła jej nowa przyjaciółka, owiniętym starannie w cieniutką, białą serwetę.

– Powiedziałam ci, że mój ojciec ma najlepszą piekarnię w mieście, i nie oszukałam – potwierdzała, widząc, jak Zehera rozkoszuje się każdym kęsem smakowitych bułeczek, delikatnych biszkoptów udekorowanych lśniącą warstewką białego cukru, ciastek oblanych czekoladą albo przystrojonych zabarwionym na czerwono lub zielono lukrem, posypanych orzeszkami piniowymi i migdałami, świeżutkimi croissantami, które rozpływały się w ustach i pachniały domowym piecem, jak wszystko, co wychodziło z tej piekarni. – Dziewczyno, ale ty masz spust, tak się cieszę! Zobaczysz, jak spróbujesz wielkanocnego placka. To jest po prostu grzech w czystej postaci. Wiesz, co to znaczy grzech, prawda?

Usłyszawszy twierdzącą odpowiedź wygłodniałej Zehery, ciągnęła dalej:

– Więc mogę cię zapewnić, że ta ziemia pełna jest grzeszników. A grzech wielkanocnego placka to nasz własny, lokalny wynalazek. Jeśli go spróbujesz tutaj, nie tkniesz go w jakimkolwiek innym miejscu. No i oczywiście nie muszę ci mówić, że ten z piekarni ojca jest najlepszy. Kawałki polędwicy, chorizo, kiełbas i szynki, które trafiają do ciasta, są wielkie jak kamienie, naprawdę, nie przesadzam! I wszystko dojrzewające u nas. I z kroplą oliwy tłoczonej na zimno. Powinnaś zobaczyć, jakie tłuściutkie ciasto wyrabiają... Bo zakładam, że nie masz problemów z jedzeniem tych wszystkich rzeczy, chociaż jesteś muzułmanką... To znaczy, że twoja religia... – Zehera pokręciła głową, mając usta wciąż zajęte przeżuwaniem pyszności, które przyniosła jej Teresa. – Jasne, kobieto, czegoś takiego nie można zabronić, to by się nie mieściło w głowie!

Teresa ciągnęła dalej.

– Zobaczysz, jak nadejdzie lany poniedziałek i całe miasto wylegnie nad rzekę, żeby jeść placek wielkanocny. Zbieramy się tam wszyscy, żeby się obżerać i pić, chociaż ludzie tu są niecierpliwi i nadgryzają placek już w Niedzielę Wielkanocną. To najbardziej typowe święto dla naszego regionu i naprawdę świetnie się wtedy bawimy. Wiesz, dlaczego główne obchody są w Salamance? Będziesz zachwycona: wszystko zaczęło się od ślubu w szesnastym wieku. Król Filip II poślubił portugalską księżniczkę Marię. Opowiadano, że w trakcie siedmiu dni obchodów w mieście odbywały się wyłącznie zabawy, przyjęcia, bale, walki byków, turnieje... W końcu król, nie wiadomo czy zgorszony, czy z jakiegoś innego powodu, wydał edykt, zgodnie z którym przez cały okres Wielkiego Postu nie wolno było jeść mięsa pod jakąkolwiek postacią, w jakimkolwiek sensie... Teraz już rozumiesz. – Teresa puściła oko do przyjaciółki, ale Zehera nie zrozumiała tego znaku. – Dziewczyno, taki niefart! Wszystkie rodzaje mięsa... Rzeczy cielesne... Wszystkie świństwa...

Na Boga: rzeczy, które robią mężczyzna i kobieta! – Jednoznaczne gesty towarzyszące przemowie Teresy sprawiły, że Zehera lekko się uśmiechnęła. – Posłuchaj, nawet prostytutki opuszczały miasto na czas obchodów religijnych. No i biedne kurwy... Wiesz, co to kurwy? – spytała Teresa, otrzymując od swojej słuchaczki kolejne potwierdzenie w postaci rumieńca. – No więc biedaczki musiały przechodzić na drugą stronę rzeki i tam chronić się w domach, którymi kierował pewien mężczyzna, znany wszystkim jako Ojciec Kurwiarz. Ale w trakcie dyktatury, którą mieliśmy tu w Hiszpanii, zmieniono mu imię i zrobiono z niego Ojca Łukasza. No więc widzisz sama, że wszyscy wiedzą... No dobra, muszę się streszczać, bo nigdy nie skończę: więc kiedy minęło tych kilka tygodni, o których była mowa, prostytutki mogły wracać do Salamanki, a na brzegach rzeki witali je miejscowi mężczyźni, szczególnie studenci. Zapraszali je na wielką ucztę, nie wiem tylko, czy jedli wtedy placek wielkanocny, no bo skąd niby można wiedzieć, co oni wtedy jedli?

Teresa zauważyła, że jej jedyna słuchaczka przez cały czas trwania tej wyuczonej na pamięć relacji nie przestawała jeść.

– Sama zobaczysz, jak tam będzie fajnie. Ale na razie jedz, jedz, tak miło na ciebie patrzeć. A poza tym to normalne, bo musisz się odżywiać za dwoje.

Oszałamiający apetyt Zehery nagle ustał, a wyraz jej twarzy skłonił Teresę do zadania kolejnego pytania:

– Powiedziałaś mu już? Wie?

– Nie. Jeszcze nie – niemal wyszeptała Zehera, ocierając okruchy z warg cienkimi, długimi palcami.

– I na co ty czekasz, kobieto? Przecież musisz mu powiedzieć, bo brzuch nie przestanie ci rosnąć mimo tego całego strachu, który w tobie jest. Jeśli odkryje to sam, zanim mu powiesz, będzie jeszcze gorzej. Pomyśli, że ukrywałaś to przed nim i będzie się czuł, jakbyś go wyrzuciła ze swojego życia. Posłuchaj mnie, bo znam się nie tylko na chlebie, ale i na tych rzeczach. I nie dlatego, że miałam wielu narzeczonych, wcale nie, ale przez całe życie służyłam przyjaciółkom jako chusteczka do wycierania łez. A nawet obcy ludzie z miasteczka też mi się zwierzają. Przychodzą do mnie i nagle pstryk: wszystko mi opowiadają. No i chcesz czy nie, ale takie coś daje ci pewien poziom doświadczenia życiowego, które się bardzo przydaje, kiedy...

– Zrobię to dziś wieczorem – powiedziała Zehera, ucinając szaleńczą przemowę Teresy. Przyzwyczaiła się już do takich interwencji, ponieważ słowotok przyjaciółki mógł ciągnąć się bez końca i Zehera przy podobnych okazjach często zastanawiała się, jak jej rozmówczyni radzi sobie z oddychaniem. – Masz rację, nie mogę dłużej czekać.

– Zobaczysz, że wszystko się dobrze ułoży.

Teresa uścisnęła mocno jej ramię i spytała, zmieniając ton:

– A ja co? Nigdy mi nie odpowiesz? Zastanawiałaś się nad moją ofertą? Przyjmiesz ją czy nie? Rozmawiałam już z ojcem i on też uważa, że przyda nam się jeszcze jedna para rąk do roboty, żeby wszystko, co trzeba, trafiało do pieca. A poza tym praca pomoże ci myśleć o innych rzeczach i zarobić trochę pieniążków, a to nigdy nikomu nie szkodzi.

– Dziękuję, Tereso. Bardzo mi pomagasz. I oczywiście przyjmuję propozycję pracy w piekarni u twojego ojca. Będę zachwycona. O tym też powiem Aleksandrowi dziś wieczorem. Jestem pewna, że się ucieszy, bo druga pensja bardzo nam się przyda.

Aleksandar nie był nieświadomy gwałtownej zmiany zachowania narzeczonej i bardzo się z niej cieszył. Dlatego kiedy Zehera powiedziała mu, że zaoferowano jej pracę w piekarni i że ma wielką ochotę skorzystać z propozycji, z radości ucałował dziewczynę, delikatnie ujmując w dłonie jej twarz.

– Nie masz pojęcia, jaki jestem szczęśliwy, że w końcu wracasz do siebie. Musimy nadrobić stracony czas, odbić sobie to, z czego nas obrabowano. To będzie nasza najważniejsza zemsta. Żyć i cieszyć się życiem.

Zehera uśmiechnęła się i odwzajemniła pieszczotę. Uznała, że nadszedł odpowiedni moment, żeby zrzucić z siebie ciężar, który ledwie pozwalał jej żyć.

– Musimy porozmawiać, Alek. Muszę ci coś opowiedzieć.

– Oczywiście. Mamy cały czas, jakiego tylko możemy potrzebować, żeby sobie opowiadać wszystko, na co masz ochotę. Teraz musimy iść do fabryki, ale kiedy wrócimy, będziemy gadać przez całą noc.

Od kilku tygodni Aleksandar zawsze używał liczby mnogiej, kiedy mówił o sobie, we wszystkich wypowiedziach uwzględniając Zorana. Zehera czuła, że robi to bez złych intencji, bez żadnej obłudy, ale ta maniera wcale nie robiła się od tego mniej irytująca. Rozumiała, że jej zimne i zdystansowane zachowanie przez minione miesiące nie było tu bez znaczenia, ale nie mogła znieść wspólnoty, która narodziła się ostatnio między dwoma kuzynami. Wychodziła z siebie, słysząc ten sposób mówienia.

Tego wieczoru miała ochotę na trochę prywatności, bo to, co miała do powiedzenia, było na tyle bolesne i intymne, że nie zniosłaby obecności obcych oczu ani uszu, mogących zakłócić pełen delikatności moment, na który czekała.

– Alek, mam ci coś ważnego do powiedzenia, coś, co dotyczy tylko nas dwojga. Czy możemy porozmawiać na osobności? – powiedziała, kiedy nadszedł już czas rozmowy. – Proszę.

Widziała, że Zoran poczuł się dotknięty, i zauważyła, że jego czarne oczy, które od pierwszego dnia, kiedy weszła do tego domu, tak ją onieśmielały, wbijają się w nią jak noże. Dostrzegła też zakłopotanie Aleksandra. Daremnie próbowała złagodzić nietakt, robiąc pełną troski minę, ale sama widziała, że ten gest nie odnosi żadnego skutku. Nie obchodziło jej to zanadto. Musiała porozmawiać z narzeczonym i ta potrzeba, narastająca od tylu tygodni, nie pozwalała zwracać uwagi na szczegóły, które uważała za mało ważne.

– O co chodzi? – spytał zdumiony Aleksandar, kiedy zamknęli drzwi do pokoju gościnnego. – Co się dzieje?

– Dzieje się... – Zehera nabrała powietrza, a następnie wypuściła je, starając się, żeby wszystkie słowa, które chce wypowiedzieć, wyszły z niej na jednym wydechu – ...to, że jestem w ciąży. Zaszłam w ciążę w Wiszegradzie. To mniej więcej czwarty miesiąc.

Zapadło milczenie, które przekształciło się w gruby sznur, oplatający serca obojga i krępujący ich języki. Alek wyglądał, jakby zamienił się w figurę z marmuru o bladym, zimnym i napiętym obliczu. Żaden mięsień jego twarzy nie drgnął. Nie wypowiedział ani jednego słowa, które rozbiłoby lód, zalegający między nimi. Oboje siedzieli nieruchomo, sztywno, wymieniając się spojrzeniami, ale nie widząc się wzajemnie. Zehera rozumiała, że efekt jej słów był zbyt gwałtowny, że właściwie trzeba było trochę delikatniej przygotować go na tę prawdę. Najwyraźniej ten człowiek, który wpatrywał się w nią jak w obrazek, właśnie wszedł w pewną rzeczywistość, której nie znał. Dlatego to ona poczuła się zobowiązana do przełamania milczenia.

– Zatrzymali cię i uwięzili w jednym z tych straszliwych miejsc, tak jak i mnie, więc nie sądzę, żebym musiała opisywać ze szczegółami, co tam się działo, ani co serbscy żołnierze robili z bośniackimi kobietami. Gwałcili mnie... – Gruda zatykająca jej gardło stała się zbyt wielka, żeby mogła jednocześnie przełykać ślinę i oddychać, więc przerwała to trudne wyznanie i łapała powietrze. – ...wiele razy i zawsze to był ten sam człowiek. Sasza. Sam o nim mówiłeś tamtego popołudnia w Café Andrić. Ten, który ma urodziny o miesiąc wcześniej niż ty...

– Wiem. Doskonale wiem, kto to jest – odpowiedział Alek, siadając jednocześnie w nogach łóżka. Miał nadzieję, że dzięki temu sypialnia przestanie wirować mu przed oczami.

Potrzebował kilku minut, żeby zrzucić z siebie ten autystyczny płaszcz, którym odizolował się od surowej, rozdzierającej serce rzeczywistości. Oczywiście wiedział, co działo się w serbskich obozach, miał okazję przekonać się o tym na własne oczy, ale odsuwał tę wiedzę od siebie za każdym razem, kiedy wśród wspomnień pojawiały się potworne sceny z udziałem umundurowanych mężczyzn. Świadomość tego, do czego dochodziło w obozach, nie czyniła go bardziej odpornym na ból, który uderzył w niego z tak bliska. Kiedy wydawało mu się, że doszedł już do siebie, podniósł głowę, otarł zimny pot z czoła i odwrócił się w stronę Zehery. Nie mógł uniknąć tego, że wydała mu się inna. Sam się zadziwił zachwycającym obrazem, który pojawił się na siatkówce jego oka. Wydawało mu się, że ta kobieta zmieniła się w ułamku sekundy i teraz otaczała ją tajemnicza, niepokojąca aura. Aleksandar nie zwlekał z ubraniem swych najintymniejszych myśli w słowa.

– Wybacz, wybacz mi. Nie, nie spodziewałem się... Nie chcę, żebyś myślała... Po prostu mnie to trafiło... To było... – Zehera z ulgą spostrzegła, że to jąkanie po chwili ustało. – No, ale ty...? Jak ty się masz? Dobrze się czujesz? Źle znosisz swój stan? Ale ze mnie głupiec! – wyrzucał sobie, podrywając się z łóżka. – Chodź, usiądź, musisz być zmęczona.

– Dobrze się czuję. I chcę, żebyś wiedział, że dla mnie to też nie jest łatwe, więc nie przejmuj się i nie czuj się winny temu, co w tej chwili dzieje się w twojej głowie, bo na pewno to są rzeczy podobne do tych, które się dzieją we mnie. – Chciała powstrzymać łzy, ale one już od zbyt długiego czasu domagały się ujścia i powódź stała się nieunikniona. – Najpierw myślałam, żeby się pozbyć tego dziecka. Potem poszłam nad rzekę, nie zastanawiając się... Nawet zadawałam sobie pytanie, czy przez to miasto przejeżdża pociąg albo czy tu jest niedaleko jakaś stacja. Byłam zdecydowana, przekonana, nie mogłam znieść myśli, że noszę w sobie coś tak brudnego i obrzydliwego, ale nie mogłam... Nie pytaj mnie dlaczego. Przysięgam ci, że nie mogłam. Nie byłam w stanie. Na początku wstydziłam się tchórzostwa, myślałam o tobie, o sobie, o mojej siostrze, o Dinie... O moich marzeniach, żeby jeździć po świecie, poznawać ludzi i obejmować kamienie, pamiętasz? Mój egoizm mnie zawstydzał. Nie mogłam. A teraz jestem przekonana, że postąpiłam słusznie. Urodzę to dziecko i postaram się nie przekazać mu nienawiści, wśród której było poczęte. – Zamilkła i przypatrywała się mężczyźnie, który stał przed nią. On też wydawał się kimś innym i to ją przestraszyło. – A teraz muszę usłyszeć coś od ciebie... Cokolwiek to będzie.

– To trudne. Nie wiem, co powiedzieć. Nie wiem, jak się z tym uporać. Przykro mi.

– To samo powiedziałeś mi pierwszego dnia, kiedy zaczęli bombardować Wiszegrad, pamiętasz? – spytała go, kiedy głaskał jej włosy, tak jakby był jej matką. – Tamtego dnia przyjechałeś do mnie do domu na motorowerze, cały w kurzu, mając jeszcze w uszach szczęk broni maszynowej. Opowiedziałeś mi, jak razem z Lekiem uciekliście z rejonu ataku lotniczego. I popatrz, gdzie się znaleźliśmy. Jak na początkującego, poradziłeś sobie całkiem dobrze.

– Nie zostawię cię samej z tym wszystkim. Nie powinienem być takim egoistą. Wiem, że to nie będzie proste, ale będę przy tobie i staniemy się najlepszymi rodzicami na świecie.

Ich uścisk był szczery i długi. Trwał aż do następnego ranka, kiedy po raz pierwszy od wielu miesięcy znów obudzili się obok siebie. Żadne z nich nie chciało wydostać się z ramion drugiego, choć w ich głowach panował zamęt niepozwalający zastanawiać się dlaczego. Po prostu tego potrzebowali, żeby ukoić nerwy, niepokoje i lęki po przeżytym koszmarze. Być może nie wiedzieli, że szczerość nie jest cnotą, która może trwać wiecznie.

· 17 ·

Praca w piekarni nie tylko jej się podobała, ale na dodatek pozwalała stawić czoło problemom życiowym dzięki ekstradawce odpowiedzialności i dobrego humoru, jakich jej dostarczała. Dni biegły jej za marmurową, białą i chłodną ladą, która przyjemnie kontrastowała z nieznośnym gorącem bijącym od opalanego drewnem pieca. Ten ostatni zlokalizowany był w tylnej części sklepu i pozostawał pod opieką Fernanda, ojca Teresy, któremu wcale nie przeszkadzało to, że zajmował się najtrudniejszą i najbardziej wyczerpującą częścią rodzinnego biznesu. Obsługa pieca wiązała się ze wstawaniem przed świtem, do czego jego organizm zdążył się już przyzwyczaić, a także ze znoszeniem wysokich temperatur. Od chwili kiedy dwie młode kobiety zajęły się obsługiwaniem klientów, firma osiągnęła najlepsze wyniki w swej historii. Ludzie lubili patrzeć na te dwie sprzedawczynie, ubrane w nieskazitelnie białe kitle, zwinnie poruszające się między tacami wafli przekładanych kremem waniliowym i czekoladą, koszami gorącego, parującego chleba, tortami ozdobionymi śmietaną i czekoladowymi truflami oraz figurkami z karmelu, najróżniejszymi ciastami, metrowymi laskami smażonego ciasta pączkowego, rurkami z kremem, biszkoptami nasączanymi winem i syropem – była to jedna ze specjalności firmy, równie znana jak placek wielkanocny – a także wyśmienitymi rożkami z ciasta francuskiego nadziewanymi pomidorami, tuńczykiem albo mięsem, które stanowiły ulubiony przysmak wszystkich klientów piekarni. Nie dało się zaprzeczyć, że zręczność obu dziewczyn przy układaniu chleba w koszach, rozkładaniu ciastek na tacach czy staranność, z jaką pakowały do pudełek kawałki biszkoptu, tak żeby się nie pogniotły, przyczyniały się do zadowolenia klientów, którzy przy każdej okazji chętnie wracali, nabijając sklepową kasę. Świeżość obu dziewczyn, ich miłe i grzeczne zachowanie oraz stosowne komplementy, którymi zwykle raczyły każdego klienta, dopełniały dzieła.

Zehera uwielbiała zapach świeżo wypieczonego chleba. Zabawiała się jak dziecko, przysuwając nos do falistych, żeliwnych form, w których stygły bochenki wyjęte z pieca, i chciwie wciągając powietrze wraz ze wszystkimi zapachami hojnie przez nie przenoszonymi. Zamykała w takich chwilach oczy i uśmiechała się od ucha do ucha. Wyobrażała sobie przy tym przyjemność, jaką prosta, ale cudowna mieszanka mąki, wody i soli potrafi dać ludzkiemu podniebieniu. Fernando obserwował te sceny z czułością i nie mógł powstrzymać się przed skomentowaniem ich. Widział, jak dziewczyna nachyla się nad bochenkami, jakby to były kołyski z nowo narodzonymi dziećmi:

– Któregoś dnia przypalisz sobie nos i ludzie z miasta nie będą chcieli kupować mojego chleba – żartował Fernando.

Tym słowom zawsze towarzyszył śmiech, który przeradzał się w wielki rwetes urządzany przez dziewczyny. Czasami przyłączała się do nich matka Teresy, która wpadała do firmy przez drzwi łączące sklep z częścią mieszkalną budynku. Zjawiała się najczęściej wtedy, kiedy przychodziło jej siedzieć samej.

– Tylko przychodzą powęszyć, a nie żeby coś kupić. Chodzi mi oczywiście o porządne zakupy. Tylko się pogapić. Co za ludzie! – mówiła mocno ożywiona po wyjściu koleżanek. – Teresko, dziecko, tłumaczyłaś już przyjaciółce, co to znaczy gapić się? No, powinnaś, dobrze, żeby nie myliła słów, bo któregoś dnia mogą być przez to jakieś kłopoty. I zwiąż sobie porządnie włosy gumką! Chyba nie sądzisz, że ludzie mają ochotę na owłosiony towar. W końcu przyjdzie nam zamknąć budę!

Zehera zaczęła się domyślać, skąd Teresa ma skłonność do szaleńczych słowotoków.

Zachcianki przyszłej mamy też udawało się zaspokajać dzięki pracy w piekarni, szczególnie jedną: na białe bezy z małymi, przypalonymi punkcikami. Pewnego dnia Zehera przyszła do cukierni o piątej rano, dwie godziny przed normalną porą rozpoczęcia pracy. Zobaczywszy ją, Fernando przeraził się: zostały jej zaledwie trzy miesiące do rozwiązania, więc na widok ciężarnej stojącej na progu piekarni i uparcie stukającej w szyby drzwi wejściowych mocno zabiło mu serce. Ze zdenerwowania wymknęła mu się z rąk, jak zawsze chronionych grubymi rękawicami, taca pełna chlebów. Po kilku nerwowych pytaniach początkowe przerażenie ustąpiło miejsca atakowi śmiechu: Fernando dowiedział się bowiem, że powodem, dla którego Zehera przyszła tak wcześnie, był jej nieokiełznany apetyt na kilka kawałków bezy.

– To dziecko wyjdzie z ciebie takie słodkie, że potem nie będzie potrzebowało cukru do kawy – mruczał Fernando, nie kryjąc szerokiego uśmiechu.

Przyjaźń z Teresą, mimo stałego, bliskiego kontaktu obu dziewczyn, nie tylko się nie psuła, ale żywiona codzienną dawką anegdot i pogawędek rosła niemal tak szybko jak brzuch Zehery. Kobiety spędzały ze sobą nie tylko ranki. Jako że Aleksandar i Zoran jadali w stołówce fabryki wędlin, obie dziewczyny dotrzymywały sobie towarzystwa przy drugim śniadaniu, a potem spędzały jeszcze razem całe popołudnie. Chodziły często na spacery nad rzekę, siadały na jednej z drewnianych ławek i podziwiały wspaniałe pejzaże o zmierzchu. Jeśli temperatura na to pozwalała, zabawiały się, mocząc nogi w wodzie. Potem wracały do domu, zawsze z poczuciem, że cała masa spraw została im jeszcze do omówienia. Rozmawiały o wszystkim. Na początku to Teresa czyniła głównie użytek ze swojego języka. Słowa spływały z jej ust jakby bez żadnego wysiłku, potrafiła mówić przez całe popołudnie, robiąc w tej werbalnej powodzi tylko krótkie przerwy na odkaszlnięcie, na jakąś monosylabę wtrąconą przez rozmówczynię czy na salwę śmiechu. Nie było dla niej tematów tabu, a jeśli w jakiejś sprawie brakowało jej wiedzy, szybko nadrabiała to dzięki niezwykłej inwencji. Stopniowo Zehera także otwierała się w tych rozmowach, a w miarę coraz lepszego panowania nad hiszpańskim zaczęła opowiadać przyjaciółce o sprawach, o których nie odważyła się mówić nawet Aleksandrowi.

– Wiesz, co mi przyszło do głowy któregoś dnia? – zaczęła Teresa, próbując przełknąć kęs deseru przyrządzonego z mleka, mąki i jajek, który wzięły ze sobą z piekarni. – Że na tym świecie trwa wielka bitwa między twoimi i moimi.

– Jakimi twoimi i jakimi moimi? – zapytała Zehera, próbując jednocześnie poradzić sobie z bezą metodą lizania jej. – O czym ty mówisz?

– No, między chrześcijanami i muzułmanami. Czytałam o tym niedawno i pomyślałam sobie: koniecznie powinnam jej to opowiedzieć. Ale musisz mieć cierpliwość, to się zaczęło bardzo dawno, wiesz, w roku 939, czyli w dziesiątym wieku. To tak, żebyś miała pojęcie. – Spojrzała spod oka na przyjaciółkę, która przyglądała się jej, jakby właśnie zgubiła się gdzieś w ciemnym lesie. – Jeśli będę mówiła za szybko albo nie dasz rady czegoś zrozumieć, powiedz mi, to ci wytłumaczę jeszcze raz. No więc był kiedyś władca Królestwa Leónu[10], Ramiro II, i był też kalif Abd al-Rahman III[11], czyli Abderraman III. Wzięli się za łby, bo każdy z nich chciał opanować dodatkowe terytoria nad rzeką Duero. Według legendy, czy raczej kronik, które sama czytałam, kalif podjął wielką kampanię przeciwko Królestwu Leónu. – Nagle zamilkła i przez kilka sekund czytała coś, co miała zanotowane na lewej dłoni. – *Gazat-al kudra*, Kampania o Najwyższą Władzę, tak się to dokładnie nazywało. Zapisałam sobie tutaj, bo wiedziałam, że zapomnę taką skomplikowaną nazwę. No dobra, więc muzułmańska armia kalifa zaczęła się przesuwać z Kordoby do doliny rzeki Duero, bo prawdopodobnie chciała najpierw zająć Zamorę, która miała strategiczne położenie, jeśli chciało się potem iść na León. W tym czasie Ramiro II, widząc, że przeciwnik nadchodzi, skorzystał z pomocy dwojga przyjaciół, ni mniej, ni więcej tylko księcia Fernána Gonzáleza z Kastylii i regentki Nawarry Tody Aznar – ciągnęła Teresa, ponownie spojrzawszy na lewą dłoń, gdzie znajdowały się jej notatki. – Kazał swoim wojskom czekać i stawić czoło Maurom, którzy przybyli dobrze przygotowani. Było ich prawie sto tysięcy: rekruci andaluzyjscy, zawodowi rycerze, plemiona berberyjskie, ochotnicy, żołnierze ze zmilitaryzowanych prowincji... No, cały świat muzułmański się zjednoczył, żeby walczyć przeciwko chrześcijanom! Bitwa zaczęła się pod miastem Simancas, w miejscu gdzie spotykają się rzeki Pisuerga i Duero. I wiesz, co się stało? Następnego dnia po nadejściu wojsk Abderramana III, 19 lipca, kiedy obie armie były już gotowe do rozpoczęcia walki, zapadły ciemności.

[10] Państwo chrześcijańskie powstałe w początkach X wieku z królestwa Asturii, na północnym zachodzie Półwyspu Iberyjskiego.

[11] Emir, później kalif Kordoby.

– Słońce wzeszło o szóstej rano – ciągnęła Teresa – a o wpół do ósmej znów nadeszła noc. Wszędzie zapanowała całkowita ciemność. Słońce zostało zakryte, zrobiło się całkiem czarne. Mówiono, że psy zaczęły wyć jak oszalałe, koguty nie wiedziały, czy piać, czy nie, ziemia nabrała koloru ochry, a ludzie biegali, szukając schronienia. Ale nie wojska, które postanowiły pozostać na swoich pozycjach, chociaż były oszołomione i półżywe ze strachu. Tak naprawdę doszło do zaćmienia słońca. Wiesz, księżyc zasłonił je prawie całkowicie, ale wszyscy wierzyli, że to sygnał od Boga, ostrzeżenie, przekleństwo ostrzegające przed czymś strasznym. Zapanował taki strach wśród jednych i drugich, że przez dwa dni armie nie były w stanie się ruszyć. Ale nic, wreszcie się ruszyły. Bitwa trwała kilka dni, a w końcu chrześcijanie pokonali muzułmanów. Mówią, że uzyskali przewagę, bo objawił im się święty Millán. Podobno kalif uciekał tak szybko, że zapomniał o dwóch najcenniejszych dla siebie rzeczach: o Koranie, którego oprawa wysadzana była drogimi kamieniami, i złotej kolczudze. Dzięki zwycięstwu chrześcijanie przesunęli granice Królestwa Leónu aż do rzeki Tormes, którą dziś możemy oglądać o tu, przed nami. – Teresa opatrzyła swoje słowa teatralnym i pompatycznym gestem. – A kalif Abderraman III tak to ciężko przeżył, że kiedy wrócił do Kordoby, zrzucił odpowiedzialność za klęskę na wojskowych i rozkazał, żeby trzystu oficerów kawalerii zostało ukrzyżowanych. Krzyczał do skazanych, że to kara odpowiednia dla tych, którzy zdradzili islam, sprzedali swoje miasto i zasiali strach w oddziałach bojowników uczestniczących w świętej wojnie.

Teresa spoglądała na Zeherę, która siedziała wpatrzona w nurt rzeki. Podczas całej tej opowieści nawet nie otworzyła ust, choćby po to, żeby ziewnąć, co zwykła robić dość często, żeby poirytować przyjaciółkę.

– No i co powiesz? Nie robi na tobie wrażenia, że te rzeczy działy się Bóg wie ile lat temu, a teraz sobie tu siedzimy ty i ja, dzielimy się słodyczami i zapychamy sobie nimi buzie? – Teresa przyglądała się przez chwilę przyjaciółce, oczekując, że ta doceni wysiłek włożony w opowieść. – No co się dzieje? Nie podobała ci się ta historia? Dziewczyno, czy ty wiesz, ile mnie kosztowało nauczenie się tego na pamięć z książki, którą znalazłam w miejskiej bibliotece? A tak mi się nie chciało tam iść przez tę okropną Marinę, która notuje, kto wchodzi i kto wychodzi, na wypadek gdyby jakaś książka zginęła, a miałyśmy szczęście, że...

– Nie o to chodzi – odezwała się w końcu Zehera, kończąc przeżuwanie i nieśmiało wycierając okruszki z twarzy. – Po prostu od jakiegoś czasu nie podobają mi się historie o wojnie. Poza tym przypomniałam sobie inną opowieść, którą słyszałam przed wyjazdem z kraju. Opowiadał nam ją Alek, mnie i grupie przyjaciół, którzy kilka dni później zostali zamordowani. Chodziło o serbskiego księcia, któremu też się ukazał święty pod postacią sokoła. Oni wtedy przegrali i według Aleksandra każą teraz wszystkim drogo za to płacić.

Zehera zamilkła i choć raz jeden Teresa nie ośmieliła się przerwać ciszy.

– Dawniej mogłam godzinami słuchać babci Mirsy, która opowiadała mi tego rodzaju historie. Uwielbiałam odkrywać legendy związane z jakimiś miejscami, osobami, miastami... Ona tak pięknie opowiadała! Miała śliczny głos i wyobraźnię, która najbardziej zwyczajne rzeczy zamieniała w cuda. Ale teraz myślę, że te wszystkie legendy są całkiem nieprawdziwe, nie ma w nich nic ładnego. I jestem pewna, że wymyślają je szaleńcy, bo wiedzą, że w ten sposób mogą przejść do historii, że wszyscy będą o nich mówić. Nie jest dla nich ważne całe to barbarzyństwo i szaleństwa, i niesprawiedliwość. Wszystko zrobią, żeby ich imię zostało zapamiętane i powtarzane z pokolenia na pokolenie, chociaż prowadzi to do przeciwstawiania jednych ludzi drugim, do zabijania. Im jest wszystko jedno.

– Rozumiem – odważyła się odezwać Teresa, która nie potrafiła ukryć, jak niezręcznie się czuje. Opowiedziała historię, która przygnębiła jej przyjaciółkę. – Wybacz mi. Teraz rozumiem, że powinnam sobie darować. Powiem ci, że mnie te historie o wojnach i różnych głupotach też się nie bardzo podobają. Przykro mi. Przepraszam. Dobrze się czujesz? Nie jesteś przeze mnie smutna?

– Ja się nigdy przez ciebie nie smucę. Zawsze mnie rozśmieszasz.

– To czysty egoizm. Bo masz taki śliczny uśmiech! Jestem pewna, że ludzie kupują chleb tylko po to, żeby go zobaczyć.

– To samo mi mówiła moja siostra, Suhra.

– Też sprzedawała chleb? – spytała zdziwiona Teresa.

– Nie, głuptasie. Ale jej też się podobał mój uśmiech. A mnie jej.

Uświadomiła sobie, że mówi o siostrze w czasie przeszłym. Zabolało ją to. Twarz Zehery zasnuła się mrokiem, tak jak ziemia w czasie zaćmienia słońca przed bitwą pod Simancas. Cień pojawił się nie tylko na twarzy dziewczyny, ale opanował też jej serce i stłumił radość dnia.

– Zobaczysz, że któregoś dnia znowu będziesz z nią rozmawiać – powiedziała Teresa, zdając sobie sprawę z tego, co się dzieje. – Kiedy najmniej się będziesz tego spodziewać, zadzwoni telefon i usłyszysz siostrę, która ci powie, że ma się dobrze i zada ci dziesięć tysięcy pytań o twoje nowe życie. Poprosi cię, żebyś jej opowiedziała, jak żyjesz, co robisz i do kogo się uśmiechasz. A wtedy, oczywiście, opowiesz jej o mnie. – Pod wpływem impulsu objęła przyjaciółkę ramionami i obsypała ją głośnymi pocałunkami, które wywołały nieśmiały uśmiech na coraz bardziej zachmurzonej twarzy Zehery. – Zobaczysz, że już całkiem niedługo będziesz mi sama o tym opowiadać. I obiecuję, że zrobię wszystko, co się da, żeby ci nie przerywać.

Podczas gdy praca w piekarni przynosiła Zeherze wiele dobrych chwil i coraz głębsze porozumienie z Teresą i całą jej rodziną, sytuacja w domu była całkiem odmienna. Aleksandra prawie nie widywała, a kiedy już się spotykali, to zawsze w towarzystwie Zorana, tak że rozmowa sam na sam była niemożliwa. Tęskniła za ich wspólnymi pogawędkami w Wiszegradzie, także już po wybuchu wojny. Bardziej niż kiedykolwiek potrzebowała jego słów pocieszenia, zastrzyku jego niezwykłego optymizmu, potrzebowała uspokajających rad, podbudowujących sugestii i pełnych radości wizji przyszłości. Ale do jej uszu nie docierały żadne słowa wsparcia i nadziei. Milczenie stawało się nie do wytrzymania.

Z rzadka pytał ją o pracę w piekarni, a jeśli już czasem ten temat wypływał w rozmowie, Aleksandar zdawał się nie przywiązywać do niego szczególnej wagi. Przez wszystkie te tygodnie tylko dwa razy przyszedł po nią w sobotę przed południem, korzystając z tego, że weekendy miał wolne. Ale tylko te dwa razy. Sprawiał wrażenie, że odczuwa jakiś niezwykły wstyd, że czuje się niezręcznie wobec spojrzeń i pytań – najczęściej czysto grzecznościowych – ze strony rodziny Teresy i klientów, którzy w takich chwilach znajdowali się w sklepie. Nigdy nie odwzajemniał spojrzeń, a po kilku chwilach przebywania w piekarni okazywał zdenerwowanie. Wycofywał się, prawie się nie odzywał, co wyglądało bardzo dziwnie jak na człowieka, który zawsze lubił rozmowy z innymi ludźmi, znajomymi i obcymi. W końcu przepraszał i mówił narzeczonej, że zaczeka na nią na zewnątrz, żeby zapalić papierosa. Później tłumaczył jej, że woli czekać na nią w domu razem z kuzynem, z którym spędzał całe dni, paląc papierosy, pijąc i rozmawiając o wojnie w ich kraju.

Epizody czułości między niegdyś tak bardzo zakochanymi w sobie młodymi stawały się coraz rzadsze, aż w końcu przestały się w ogóle zdarzać. Pomimo ciąży Zehery i mimo tego, że Aleksandar znany był ze swojej emocjonalnej natury, teraz nie okazywał narzeczonej zainteresowania ani troski. Wręcz przeciwnie. Z każdym dniem obaj kuzyni przychodzili do domu coraz później, czasami nad ranem. Zehera kładła się spać po samotnej kolacji. W nocy słyszała ze swojego pokoju szczęk zamka u drzwi wejściowych. Po kilku nieudanych próbach sforsowania go drzwi się w końcu otwierały i obaj wchodzili, szepcząc scenicznie, zaśmiewając się i nie radząc sobie z najprostszymi czynnościami, jak znalezienie włącznika światła, przejście przez salon bez potykania się o nieliczne meble czy usadzenie się w fotelu bez utraty równowagi i gruchnięcia na podłogę.

Pierwszej nocy zebrała się na odwagę i otworzyła drzwi sypialni wyłącznie po to, żeby przyjrzeć się żałosnemu stanowi upojenia, w jakim znajdowali się obaj kuzyni. Nie mogła w to uwierzyć: nie dziwiło jej takie zachowanie Zorana, ale to, co wyrabiał Alek... Nigdy wcześniej nie pił alkoholu, właściwie nie znosił go. Ani razu nie spróbował nawet słynnej rakii, którą podawał Leko w Café Andrić, mimo że właściciel uparcie go nią częstował. A teraz wyglądało, że potrzebuje codziennie sporej dawki czegoś mocniejszego. Zehera błagała los, żeby skończyło się to jak najszybciej, chciała traktować tę słabość jako coś chwilowego, niewartego nawet wspominania, ale jej zaklęcia nie zostały wysłuchane i ten sam nieszczęsny spektakl powtarzał się niemal dzień w dzień, choć ona nie otwierała już drzwi do swego pokoju. Wolała tkwić w łóżku, dobrze schowana w pościeli, z szeroko otwartymi oczami, obejmując ramionami wydatny już brzuch i odgadując znaczenie poszczególnych dźwięków, które dobiegały z salonu jakby zgodnie z jakąś wcześniej spisaną partyturą. Odgadywała, jakie kolejne dźwięki będzie wyłapywał jej zmysł słuchu: potknięcie się Aleksandra o stół w jadalni, stuk o podłogę lampy wymykającej się z bezradnych rąk kuzynów, brzęk kluczy rzuconych na stół, uderzenia fruwających butów o ścianę, dźwięk butelki stukającej o kieliszki, a potem gulgot towarzyszący ich napełnianiu, w końcu głośne, pijackie chrapanie. Tę samą symfonię Zoran i Aleksandar wykonywali każdej nocy. Zwiastowała ona Zeherze kolejny seans bezsenności, niepokoju, kłótni, wyzwisk i trzaskania drzwiami.

Zehera odkrywała w tym okresie nieznanego jej wcześniej Aleksandra. Niebawem pojawiły się pierwsze kłamstwa, prymitywne i śmieszne wymówki, coraz bardziej płaskie i jednocześnie infantylne, mające uzasadnić jego nieobecność albo nieustanny brak pieniędzy. Zaczął się zaniedbywać – wcześniej zawsze wyglądał nienagannie. Brak odpowiednio długiego czasu spędzanego w łazience dawał o sobie znać. Coraz częściej widywano go nieogolonego, rozczochranego, noszącego niezmieniane przez wiele dni ubrania. Mówił coraz mniej, a jeśli już, to raczej do Zorana niż do Zehery. Wielokrotnie niespodziewane pojawienie się narzeczonej powodowało, że obaj milkli, wymieniali się porozumiewawczymi spojrzeniami i zmieniali temat rozmowy. Wszystko to robiło groteskowe wrażenie. Z minuty na minutę Aleksandar potrafił się zrobić bardzo podejrzliwy. Najniewinniejsze spojrzenie, najbardziej neutralna uwaga powodowały wybuch wrogości, jakiej Zehera wcześniej u niego nie znała. Kiedy próbowała rozmawiać z nim o tym, co się dzieje, reagował tak gwałtownie, że nawet zastanawiała się, czy się nie wyprowadzić. Zdarzało mu się rzucać w jej kierunku jakimiś przedmiotami, które nawinęły mu się pod rękę, albo wykrzykiwać obelgi i pogróżki, jakie nigdy wcześniej nie przeszłyby mu przez gardło. Wyglądało też na to, że trawią go niczym nieuzasadnione ataki zazdrości.

Któregoś dnia pojawił się nietrzeźwy w piekarni. Zoran, równie pijany jak jego kuzyn, towarzyszył mu jak cień, choć zawsze pozostawał na drugim planie. Kiedy Zehera zobaczyła ich, jak zbliżają się chwiejnym krokiem do sklepu, poczuła nagły atak gorąca i spojrzała na Teresę. Jej przyjaciółka też obserwowała mężczyzn przez sklepowe witryny. Ich chybotliwy marsz nie wróżył nic dobrego. Otworzyli drzwi piekarni jednym gwałtownym pchnięciem, które sprawiło, że obie dziewczyny stojące za ladą cofnęły się o dwa kroki. Tak samo zachowali się nieliczni klienci obecni o tej porze w sklepie. Wtedy zaczęły się krzyki. Słysząc je, Fernando opuścił swoje zwykłe miejsce w pobliżu pieca i wychylił się zza zasłony rozdzielającej część sklepową od zaplecza. Chciał zobaczyć, skąd to zamieszanie, powstałe nagle w jego firmie i zakłócające panujący w niej zwykle spokój. Co prawda nie słyszał początku, ale dostrzegł Aleksandra stojącego przed Zeherą i mówiącego do niej po hiszpańsku – chyba po to, żeby ją poniżyć i zranić wobec wszystkich obecnych. Słowa najpierw potykały się o jego język, a potem wyskakiwały z ust jak pociski.

– Mam cię dość, słyszysz? Dość ciebie i tego wszystkiego! Może myślisz, że nie wiem, dlaczego tak lubisz przychodzić do tego chlewu? Tu się czujesz swobodnie, tak? Rozmawiasz sobie z tymi, z tamtymi, uśmiechasz się wymalowanymi na czerwono ustami, stroisz miny, prowokujesz wszystkich, pozwalasz się podziwiać. Zawsze to robiłaś i nie przejmowałaś się, co sobie mogą pomyśleć o tobie i o mnie. Więc posłuchaj mnie uważnie – wpatrywał się w nią oczami nabiegłymi krwią, pełnymi przerażającej wściekłości i szaleństwa, a jednocześnie ściskał ją za przegub. – To się skończy. Mam już dość tego, że wszyscy na mnie patrzą i chichoczą za plecami z twojego powodu. Z twojego kurewskiego powodu! Jesteś kurwą i wszyscy o tym wiedzą. Co ty sobie myślisz, że ich też możesz oszukiwać, tak jak mnie oszukałaś? Spójrz na siebie, kurwo, spójrz na siebie!

Zehera nie mogła oddychać. Słowa Aleksandra eksplodowały tuż przed jej twarzą, a towarzyszyły im kropelki śliny, które jej wydały się pociskami wbijającymi się w jej pierś i pozbawiającymi ją tchu. Zaczęła bezgłośnie dyszeć, co zaniepokoiło Teresę. Zehera nie mogła zrozumieć, dlaczego on to robi w obecności innych. Strach i wstyd, które czuła, słuchając tego ataku, wprowadziły ją w stan katatonii – nie potrafiła poruszyć się ani cokolwiek odpowiedzieć na te jadowite brednie.

– Dosyć tego! Jazda stąd, obaj!

Fernando chwycił drewniany kij, którego używał do zastawiania drzwi piekarni na noc. Teraz potraktował go jako dodatkowy środek obrony. Uderzenie drewna o marmurową ladę sprawiło, że wszyscy, którzy w zdumieniu przyglądali się tej nieprzyjemnej scenie, wzdrygnęli się.

– Jak wam nie wstyd przychodzić do mojego domu w takim stanie? Wynocha! Jazda z mojego sklepu, ale już! Idźcie spać! A ty – zwrócił się do Aleksandra, chwytając go za ramię i wyciągając z piekarni – lepiej zmień towarzystwo. A jeśli się dowiem, że znów tak się do niej odezwałeś albo choćby dotkniesz jej palcem, będziesz miał ze mną do czynienia! – Potem spojrzał na Zorana, robiącego wyzywające miny. – Jeśli was tu znowu zobaczę, zadzwonię po Straż Obywatelską[12], która już sobie na was ostrzy zęby. A teraz jazda! Wynoście się!

12 Guardia Civil, formacja paramilitarna stanowiąca jeden z elementów systemu bezpieczeństwa państwowego w Hiszpanii.

Stopniowo także zasępieni klienci zaczęli opuszczać piekarnię. Każdy żegnał się z Zeherą słowami wsparcia i pociechy, jednak nie wywierało to na upokorzonej kobiecie pożądanego wrażenia. Kiedy wyszedł ostatni klient, Teresa zamknęła drzwi piekarni, wywiesiła tabliczkę ZAMKNIĘTE i podbiegła do przyjaciółki, która nie mogła przestać płakać.

– Ale dlaczego? Dlaczego mówi mi takie rzeczy? On taki nie jest. Nie jest taki – powtarzała raz po raz Zehera. – To niemożliwe, żeby naprawdę myślał to wszystko, co powiedział.

– Może on akurat tak nie myśli, ale ten drugi to niezły gagatek. Już niejeden problem w tym mieście wynikł przez niego – złorzeczył Fernando pod nosem.

– Dzisiaj zostaniesz z nami – powiedziała Teresa, pomagając Zeherze usiąść na krześle. – Prawda, tato? Nie możemy pozwolić, żeby wróciła do domu i spotkała się z tymi dwoma szalonymi pijakami i...

– Nie, nie. Nie mogę. Muszę iść do niego. Muszę się z nim rozmówić – tłumaczyła dziewczyna, a jednocześnie na próżno próbowała wstać. – On nie jest zdrowy. Nie może być zdrowy, jeśli powiedział mi takie rzeczy. Nie rozumiem go.

– Posłuchaj się Teresy. Będzie lepiej, jak dziś zostaniesz z nami. Przecież musi minąć kilka godzin, aż ci dwaj odzyskają choć trochę rozumu, który utopili w winie i w dżinie – orzekł Fernando. – Tu ci będzie lepiej. I nie chodzi tylko o jedną noc. Tyle, ile będziesz chciała.

Nazajutrz rano Zehera dowiedziała się, że Aleksandar wrócił o północy pod piekarnię, żeby prosić o wybaczenie. Był zawstydzony i wygłosił całą litanię przeprosin i usprawiedliwień, tysiąc i jeden raz błagał o przebaczenie, potępiał swoje zachowanie i prosił, żeby pozwolono mu zobaczyć się z narzeczoną. Jego błaganiom towarzyszyło to samo poczucie winy, które – jak się wydawało – już od jakiegoś czasu odciskało się na jego twarzy i które Zehera dostrzegała, nie starając się zanadto go zrozumieć. Jednak ostry sprzeciw Fernanda i powtarzająca się groźba wezwania funkcjonariuszy Straży Obywatelskiej sprawiły, że Aleksandar zawrócił i poszedł do siebie, po raz kolejny prosząc o wybaczenie.

Nie był to jedyny incydent, w którym wzięli udział obaj kuzyni. Pewnej nocy na początku lutego, niedługo po tamtej historii, kiedy Zehera postanowiła przyjąć już przeprosiny Aleksandra i uznać za szczere jego słowa skruchy, zaczęły ją dobiegać z ulicy dziwne śpiewy. Świtało już – było koło piątej rano – i Zehera znajdowała się w półśnie, zmęczona zarówno fizycznie, jak i psychicznie. Nie była w stanie rozpoznać wyraźnie fałszujących głosów. Wstała nieprzytomnie jak lunatyczka, ale w miarę zbliżania się do drzwi domu zaczęła rozróżniać dziwnie brzmiące melodie. Od nagle obudzonych wspomnień włosy stanęły jej dęba i gwałtownie podniósł się poziom adrenaliny. Kiedy otworzyła drzwi, zobaczyła Zorana i Aleksandra: biegli całkiem nadzy i pijani, objęci ramionami, każdy ze swoją butelką w dłoni. Potykali się, rycząc ze śmiechu i wyśpiewując piosenki, przypominające te, których Zehera musiała wysłuchiwać z radia przeklętego czerwonego passata Saszy Ludonovicia. Jej głowa o mało nie eksplodowała, poczuła, że wydatny brzuch również grozi wybuchem. Sąsiedzi pootwierali drzwi i okna, żeby przyjrzeć się zawstydzającemu spektaklowi. Zaczęto wykrzykiwać ku nim połajanki, co po chwili przekształciło się w wymianę wyzwisk między mieszkańcami pobliskich domów i dwoma pijakami. Ci ostatni postanowili w końcu zniknąć w jednej z uliczek, nie zaprzestając ani na chwilę szczególnego koncertu.

Piec chlebowy Fernanda był oddalony od miejsca tego zamieszania i nie stał się świadkiem dziwnego spektaklu. Dzwonek telefonu zaskoczył wszystkich członków rodziny, a jego dźwięk dotarł do najdalszych zakątków domu. Kiedy ojciec Teresy – już na nogach, wyrabiający ciasto – go odebrał, usłyszał zdesperowany głos Zehery.

– Pomóż mi. Coś jest nie tak. Boli mnie brzuch, bardzo mnie boli, i krwawię. Nie mogę się podnieść, nie mogę chodzić. Boli mnie. Zawołaj Teresę, proszę. Pomóż mi.

Później nie pamiętała nawet, czy Fernando jej odpowiedział, czy mówił coś, co miało ją uspokoić, ale i tak nie na wiele by się to zdało: Zehera straciła przytomność. Kiedy przyszli do jej domu, drzwi były otwarte. Znaleźli ją leżącą na podłodze, nieprzytomną. Strużka krwi zaplamiła dół jej koszuli. Teresa okryła ją swoim płaszczem, jako że nocą o tej porze roku temperatura w Salamance nie przekraczała minus pięciu stopni. Razem z ojcem podnieśli ją ostrożnie, przenieśli do auta i zawieźli do najbliższego szpitala.

Ojciec i córka czekali przez pięć godzin w poczekalni na izbie przyjęć, pijąc ohydną kawę z automatu, paląc papierosy i obgryzając z niepokoju paznokcie. Kiedy wreszcie wyszedł do nich lekarz, żeby przekazać upragnioną informację, napięcie gromadzące się przez całą noc zniknęło z twarzy Teresy i Fernanda. Pojawiły się szerokie uśmiechy.

Zehera urodziła córkę, tak jak przepowiadali lekarze. Przyszła na świat o jedenastej siedem, rankiem 5 lutego 1993 roku. Urodziła się o miesiąc za wcześnie, ale jej waga była w normie: dwa kilogramy i osiemset gramów.

– To naturalne: skoro karmiliśmy porządnie matkę, nie ma powodu, żeby córka miała problemy z niedożywieniem – żartował Fernando, którego rozpierała duma, tak jakby ta mała istotka przemieniła go w kogoś w rodzaju dziadka.

– Wiesz, jakiego dnia urodziła się twoja córka? – spytała rozbawiona Teresa oszołomioną matkę, która potrafiła tylko uśmiechać się do nich wszystkich i przyglądać swojemu maleństwu, tak jak ktoś, kto obserwuje tysiące szczegółów jakiejś perły architektury. – Dziś jest dzień świętej Agaty. A pamiętasz, jak się obchodzi ten dzień? Mężatki wydają rozkazy, a mężczyźni muszą ich słuchać. Faceci muszą siedzieć w domach i robić wszystko, co im każemy. I oczywiście to samo dotyczy zarządzania miastem. Jak ci się podoba, że twój aniołek wybrał sobie właśnie taki dzień, żeby się pojawić na świecie? Nie będzie mogła niczego rozkazać, jest panienką!

– Teresa, ty też nie jesteś mężatką. Nie możesz rozkazywać – skomentowała półgłosem Zehera, próbująca dojść do siebie po skomplikowanym cesarskim cięciu.

– Nie wierz w to, ślicznotko. Tak było dawniej. A teraz rządzimy wszystkie: mężatki, kobiety samotne, wdowy, powtórnie zamężne. Stan cywilny nie ma znaczenia. Ważne, żeby rządzić. Żałuję tylko, że nie mogę cię zabrać na procesję Najświętszej Panienki, jest bardzo poruszająca, śliczna. Rozdają podczas niej różne rzeczy. Przede wszystkim słodycze. Podobałoby ci się. Ale co zrobić... Widać, że dzidziuś się spieszył. Pójdziemy na procesję w przyszłym roku. A w ogóle, to jak jej dasz na imię?

Zapadło milczenie. Wszystkim obecnym wydało się, że trwa całą wieczność. Teresa poczuła się zakłopotana. Czy zapytała o coś, o co nie powinna? Może w ogóle za dużo mówiła, jak to zwykle ona? Przez chwilę myślała, że to nieobecność Aleksandra w pokoju szpitalnym Zehery wywołała kaskadę łez, które zaczęły płynąć z zielonych oczu jej przyjaciółki. Teresa czuła się fatalnie, przeklinała swoją manię paplania bez zastanawiania się nad słowami, które wypływają z jej ust. Miała ochotę tam, na miejscu, wymierzyć samej sobie policzek, a sądząc po spojrzeniach innych, nie spotkałoby się to z ich strony ze zbyt wielkim sprzeciwem. Czuła, jak pełne skruchy myśli tłuką się po jej głowie, nie dając nadziei na uspokojenie. „Trzeba być idiotką, żeby o coś takiego zapytać. Co ja sobie myślałam? Dlaczego muszę zawsze wtykać nos w nie swoje sprawy? O imieniu dziecka zawsze decydują wspólnie oboje rodzice. A tutaj ojciec się nie pojawił. Dlaczego ja nie myślę, zanim coś powiem? Dlaczego nie ugryzę się w język? Nigdy się nie nauczę. Idiotka. Właśnie tak, idiotka".

Przyjazna mina Zehery, której rysy zostały już odmienione przez macierzyństwo, przekonała ją jednak, że myli się w ocenie samej siebie i niepotrzebnie urządza to wewnętrzne samobiczowanie.

– Czuję się dobrze, naprawdę, całkiem dobrze – powiedziała jej przyjaciółka, ocierając palcami łzy z policzków. – Strasznie się miotałam w sprawie imienia, aż do dziś, kiedy zobaczyłam wszystko bardzo wyraźnie. Na początku chciałam jej dać na imię Suhra, po mojej siostrze. Ale jestem przekonana, że ona wciąż żyje, a chodziło mi tylko o to, żeby ktoś o tym imieniu był obecny w moim życiu. Więc odrzuciłam ten pomysł. Myślałam też o Mirsie, po babci, i o Samirze, po przyjaciółce, którą poznałam pewnej nocy... Ale ostatecznie zdecydowałam, że skoro moja córka urodziła się w Hiszpanii, musi nosić hiszpańskie imię; a skoro jest niemal cudem, że w ogóle przyszła na świat, będzie mieć imię innej świętej, Teresy. Tak jak ty. Moja osobista święta. Moja córka będzie miała dwa imiona: Teresa Alina.

Ten komunikat wszystkich zaskoczył. Uhonorowana zdołała tylko zakryć usta obiema dłońmi, pokręcić głową i rozpłakać się. Gdyby nie nagłe pojawienie się pielęgniarki, która weszła, żeby uciszyć nieco festiwal krzyków i szaleństw, jakiego odgłosy dochodziły z pokoju pierworódki, z pewnością obie kobiety płakałyby, całując się i obejmując przez cały tydzień, który Zehera miała spędzić w szpitalu.

Aleksandar pojawił się czwartego dnia. Nikt nie zdołał zlokalizować go wcześniej ani w domu, ani w mieście, ani nawet w fabryce. Nikt nie wiedział, gdzie się podziewał. Ostatni obraz, jaki po sobie zostawił, to tamta pijacka noc, kiedy biegli obaj z Zoranem nago, zataczając się, śpiewając dziwnie brzmiące pieśni sąsiadom z Villa de Alba. Kiedy pojawił się w drzwiach szpitalnego pokoju, wszyscy spojrzeli na niego jak na ducha. Trudno było mu ukryć, zwłaszcza przed Fernandem, jak krępuje go obecność innych ludzi. Nie widzieli się bowiem od incydentu w piekarni.

– Zostawiamy was samych. Wyobrażam sobie, że macie o czym porozmawiać – powiedziała Teresa, całując przyjaciółkę w czoło. – A jeśli będziesz czegoś potrzebować, zawołaj nas. Będziemy niedaleko i przyjdziemy natychmiast. Popatrz, wystarczy, że naciśniesz ten guziczek, i zanim zdążysz cofnąć palec, będziemy tu wszyscy z pielęgniarką i kto tam jeszcze będzie potrzebny. A jeśli nikt więcej nie będzie potrzebny, to też. Zgoda? Zrozumiałaś mnie? Tylko naciskasz, a...

– Myślę, że cię doskonale zrozumiała – stwierdził Fernando, biorąc córkę za ramię i wyciągając z pokoju. – Ale jeśli nie wyjdziemy, córko, nie będzie mogła nacisnąć żadnego guziczka, bo i tak będziemy przy niej...

Zehera pokiwała im głową. Gdy przyglądała się tej scenie, usta same ułożyły jej się w uśmiech rozświetlający twarz. Ci dwoje zawsze potrafili ją rozśmieszyć. Miałaby ochotę należeć do tej pracowitej rodziny, kochającej się i pozbawionej problemów innych niż te, których może dostarczać codzienne życie. Kochała tych ludzi i czuła wobec nich ogromną wdzięczność.

Kiedy ojciec i córka w końcu wyszli z pokoju, przyjrzała się twarzy Aleksandra. Potrafiła dostrzec w niej więcej niż sto różnych cieni: jej narzeczony był zgnębiony, smutny, zmęczony, wymizerowany... Pod oczami widniały wielkie wory, a same oczy oplecione były siatką czerwonych żyłek, które odejmowały zwykłą żywość jego spojrzeniu. Od czasu do czasu rozchylał wargi, jakby chciał wypowiedzieć jakieś słowo, ale próby te spełzały na niczym na skutek nadmiernej suchości w ustach albo z braku koniecznej odwagi. Wyraźnie nie miał śmiałości przyjrzeć się uważnie matce ani noworodkowi. Robił wrażenie, że obawia się wypowiedzieć jakiekolwiek słowo, tak jakby lękał się tego, co może stać się w tym pokoju w ciągu kilku następnych minut. Nie był nawet cieniem dawnego Aleksandra, mężczyzny, w którym się zakochała.

– Gdzie byłeś? – spytała w końcu Zehera.

– Nieważne. Jak ty się miewasz? Dobrze się czujesz?

– Jak na to, że cztery dni temu urodziłam dziecko, to całkiem dobrze. Gdybyś mi się przyjrzał chociaż przez parę sekund, sam mógłbyś mi to powiedzieć. – Kiedy podniósł oczy, żeby na nią spojrzeć, ciągnęła dalej przesłuchanie. – Alek, czemu nie przyszedłeś wcześniej?

– Nie mogłem. I nie pytaj mnie dlaczego. Sam nie wiem. – Zbliżył się, robiąc kilka kroków w kierunku małego, różowego kosza, stojącego obok wezgłowia łóżka Zehery. – Mogę ją zobaczyć?

– A jak myślisz? Jeśli cię interesuje, jak wygląda...

Zbliżał się do kołyski wolno i niepewnie, jakby w reakcji na chłód, z jakim zwracała się do niego matka dziecka.

– Jaka mała – zauważył ze strachem. Nie zbliżał się zanadto, spoglądał z dystansu na maleństwo, które nie dawało rady wypełnić kołyski. Widział bujne, czarne włosy, które pokrywały całą główkę dziecka; zdumiało go, że włosy małej były tak nastroszone. Wpatrywał się w maleńkie, ale idealnie wykształcone paluszki, wystające z rękawów różowego sweterka. Uwagę Aleksandra przykuły złote kolczyki, które lśniły w płatkach uszu noworodka, oraz cała gama smoczków i bucików, leżących obok dziecka w koszu. Dotarł do niego zapach czystości i zrozumiał, że jego źródłem była mieszanka dziecięcych kosmetyków, talku i rozmaitych kremów oraz maści, których słoiczki wypełniały osobny koszyk ozdobiony różowymi tasiemkami, spoczywający na jednym ze stolików znajdujących się w pokoju. Leżąca w koszu osóbka wydała mu się najbrzydszą istotą, jaką w życiu widział. Była pomarszczona, jakby miała wszędzie za dużo skóry, nie wyłączając twarzy. Sprawiała wrażenie, że składa się głównie z jej zaczerwienionych fałdów. Aleksandar nie potrafił ukryć pewnego niepokoju; wątpił, czy ta miniaturowa istotka naprawdę miała siłę wszystko zmienić, ledwo pojawiła się w brzuchu kobiety, która teraz obserwowała go z łóżka. Milczenie, w jakie zapadł, ośmieliło Zeherę.

– Alek, to się musi skończyć. Nie wiem, co się z tobą dzieje. To znaczy, właściwie wiem. I ty też. Chodzi o Zorana. Nie chcę już mieszkać w jego domu i nie chcę, żebyś ty z nim spędzał czas. On jest niebezpieczny. To trucizna dla ciebie i dla nas. Czy ty nie widzisz, co on z tobą robi?

– Teraz nie możemy odejść. Przykro mi, ale to absolutnie niemożliwe. – Przesunął się pod okno i ze wzrokiem utkwionym gdzieś na zewnątrz wypowiedział słowa, które najwyraźniej chciał z siebie wyrzucić od chwili, gdy wszedł do tego pokoju. – Straciłem pracę. Wyrzucili mnie z fabryki wędlin. Bez pieniędzy nie możemy nigdzie pójść.

– Wyrzucili cię? – Zehera nie wierzyła w to, co usłyszała. Na chwilę zapomniała o bólu i próbowała się unieść na łóżku, tak jak zrobiłaby dawniej, zanim blizna po cesarskim cięciu nie pojawiła się w dole jej brzucha. Nieoczekiwane ukłucie bólu i kurcz mięśni sprawiły, że poczuła szarpnięcie nakazujące jej spokojnie leżeć. – Ale dlaczego? Co się stało? Kiedy? Dlaczego mi nic nie powiedziałeś?

– Teraz ci mówię. Nie pracowałem kilka dni, bo źle się czułem – tłumaczył z opuszczoną głową. Nie odważył się opuścić tchórzliwie obranej pozycji przy oknie ani spojrzeć choć raz w twarz Zehery.

– Źle się czułeś, bo piłeś z nim. Twój kuzyn jest przyzwyczajony, a ty nie. No widzisz? O tym właśnie mówię. On jest twoim demonem. Płacisz za jego błędy, niegodziwości, grzechy. Na ciebie spadają konsekwencje.

– To ja jestem odpowiedzialny. Próbowałem znaleźć inną pracę, zarobić pieniądze, żebyśmy mogli stąd wyjechać. Zaczniemy nowe życie.

– Ale ja nie chcę stąd wyjeżdżać. I zaczęłam już nowe życie. Dobrze się czuję w tym mieście. Nie chcę znowu uciekać z powodu działań i zachowań innych. Już nie. I nie chcę się dłużej ukrywać. Alek, ja mam swoją pracę. I jeśli przestaniesz pić i zachowywać się jak marionetka w rękach Zorana, też znajdziesz pracę. Nawet w piekarni. Mogłabym porozmawiać z Fernandem.

– Przecież on na mnie nie może patrzeć. Nienawidzi mnie. Uważa mnie za przeklętego Serba.

– Uważa cię za pijaka, który pewnego dnia przyszedł do jego sklepu, wykrzykując wyzwiska i groźby. I to w towarzystwie faceta, który już wiele razy w tym mieście narobił problemów. Co on w ogóle może wiedzieć o Serbach?

– Zoran mówi co innego. Twierdzi, że w tym mieście są sami rasiści, że na nas źle patrzą, bo jesteśmy cudzoziemcami, przyjechaliśmy z kraju, w którym toczy się wojna. Wkurzamy ich, nie chcą nas tutaj. Uważają, że zabieramy im pracę, że zamierzamy im ukraść ziemię. Nigdy nas nie zaakceptują jako równych sobie. Zawsze będą mieli poczucie wyższości, że są panami ziemi, po której chodzą. Chcą nas upokorzyć, żebyśmy dla nich pracowali, służyli im...

– Co ty za głupoty wygadujesz?! Nie lubią tych, którzy im komplikują życie i zakłócają spokój w ich mieście, tak jak to robi bez ustanku twój kuzyn. Nie opowiedział ci przypadkiem, dlaczego jego zdaniem ludzie tutaj są takimi rasistami? On, taki odważny, nie opowiedział ci? Więc skoro on się nie odważył, to ja to zrobię. Problemy z twoim kuzynem zaczęły się od pierwszego dnia po przyjeździe: wyrzucali go z barów, bo się ciągle upijał, wywoływał burdy lub brał w nich udział, bił się z każdym, kto nie ustępował przed jego zachciankami i nie dostosowywał się do jego absurdalnych gierek. Prowokował dziewczyny, był wobec nich niegrzeczny, zaczepiał je i posuwał się w tych zaczepkach za daleko. Wyrzucili go ze sklepu spożywczego, w którym zaczął pracować, kiedy stwierdzili, że podbiera pieniądze z kasy i towary z magazynu. Musiał szukać pracy w innym mieście, gdzie nikt go nie znał. I tak dziwne, że pozwolili mu mieszkać w domu, który zajmował. – Im bardziej Zehera zapalała się w czasie tej mowy oskarżycielskiej, tym bardziej Alek chował głowę w ramiona. – I co, ty tego wszystkiego nie widzisz? Nie zdajesz sobie sprawy ze swojej ślepoty? Mnie zaakceptowali od pierwszego dnia. I ciebie też, aż do czasu, kiedy stałeś się cieniem swojego kuzyna.

– On to wszystko inaczej przedstawia – upierał się Aleksandar, mrucząc cicho pod nosem.

– No jasne. Na pewno łatwiej jest zwalać na innych winę za całe zło, które cię spotyka. Łatwiej wszystko znieść, kiedy można oskarżyć kogoś innego o to, co się samemu robi. – Zehera odetchnęła głęboko, jakby chciała zapewnić sobie wystarczającą rezerwę tlenu w płucach. – Posłuchaj, jeśli przyszedłeś, żeby właśnie to mi powiedzieć, to szczerze mówiąc, wolę, żebyś sobie poszedł. Zadajesz mi ból, a mam teraz córkę, którą się muszę zająć i...

– Mamy – przerwał jej Aleksandar, ocierając wierzchem dłoni łzy, które zaczęły płynąć po jego twarzy. – Mamy córkę. Sądziłem, że co do tego już się dogadaliśmy. Zaopiekuję się wami obiema. Wiesz, że dam radę. Znasz mnie.

– Zdawało mi się, że cię znam – powiedziała cicho. – Ale jak chcesz to zrobić? Pijąc i śpiewając nago absurdalne piosenki, trzymając się kuzyna, żeby się nie zwalić na ziemię, tak jak niedawno w nocy? Powiedz, tak to chcesz osiągnąć? Jeśli tak, to naprawdę myślę, że nie potrzebuję tej opieki. Ani ona.

Te twarde słowa osiągnęły pożądany skutek. Aleksandar był kompletnie zdruzgotany. Podszedł do Zehery i usiadł obok niej, między łóżkiem a różowym koszem. Złapał narzeczoną za rękę i skierował na nią wzrok, który odwracał przez cały czas, odkąd wszedł do pokoju.

– Przebacz mi. Byłem głupkiem, egoistą, niegodziwcem. Wstyd mi i nie mam żadnego wytłumaczenia. Nie poznaję sam siebie. Skrzywdziłem cię bardziej, niż mógłbym sobie wyobrazić. Nie wiem, co się ze mną porobiło. Jesteś osobą, którą najbardziej na świecie kocham, przeszliśmy razem przez tak straszne cierpienia i nie rozumiem, jak teraz mogłem tak upaść. Nie chcę cię stracić. Wybacz mi, proszę. Mam zamiar budować swoją przyszłość przy tobie, tak jak sobie wyobrażaliśmy, kiedy wyjeżdżaliśmy z kraju. Nie chcę cię stracić. Nie! Proszę cię. Nie zniósłbym tego.

– Nie możesz mnie zawieść, Alek. Już teraz nie.

– Nie zawiodę cię. Przysięgam ci, że nie.

· 18 ·

Te obietnice lepszej przyszłości i przykładnego zachowania były jak bezwolne marionetki, które ktoś usiłuje utrzymać w pozycji stojącej, manipulując cienkimi i przetartymi sznureczkami: można przewidywać, że operacja w którymś momencie się zakończy, i to gwałtownie.

Przez pierwsze miesiące wydawało się, że wszystko wróciło do normy. Aleksandar przychodził do domu w porze kolacji, czasami w towarzystwie kuzyna, a zazwyczaj sam. Zehera wróciła do pracy sześć miesięcy po porodzie. W weekendy Alek przychodził po nią do piekarni. Często widywano ich na spacerach z małą, na wspólnych zakupach albo w trakcie lokalnych obchodów razem z innymi mieszkańcami. Na początku miejscowi zachowywali się nieufnie wobec Serba i niezbyt miło reagowali na jego obecność, pamiętali bowiem o nocach pełnych pijackich hałasów, awanturach i nieprzyjemnych wybrykach. Ale z czasem stawali się coraz bardziej otwarci na całą rodzinę Zehery. Nie było żadnych problemów, kiedy wszyscy zbierali się podczas obchodów świąt, na posiłki i biesiady nad rzeką, gdzie próbowano popularnych rodzajów paelli albo tortilli z ziemniaków, zgłaszanych na konkurs kulinarny, albo zajadano się owocami w trakcie Arbuzowej Pielgrzymki, organizowanej w ramach wrześniowych obchodów święta Najświętszej Panienki z Otero.

Mała Teresa Alina rosła jak na drożdżach. Od pierwszych dni okazała się dzieckiem spokojnym i cichym, właściwie nigdy nie słyszało się jej płaczu. Ktoś powiedział, że milczenie było jej znakiem rozpoznawczym już w kołysce, a potem stało się dziedzictwem, które towarzyszyło jej zawsze. Czarne oczy, wielkie jak kamienie i głębokie jak studnia, obserwowały i analizowały po cichu wszystko wkoło. Nikt nigdy się nie żalił, że dziecko nie odziedziczyło szmaragdowych oczu po matce. Dziewczynka wtykała zadarty nosek w każdą otwartą dziurę, jaką napotykała. Każde ramię, które obejmowało ją czule i tuliło do piersi, było dla niej dobre, może dlatego, że przez pierwsze miesiące życia ściskały ją tylko ramiona matki. Alek bowiem rzadko brał ją na ręce. Uchylał się od tego, tłumacząc, że się boi, że kruchość dziecka napawa go strachem, że nie chce jej upuścić... Dla matki te wymówki brzmiały nieszczerze i stanowiły źródło bólu i goryczy, które usiłowała odsunąć od siebie, żeby nie zakłócały pierwszych chwil życia córki. Zoran zawsze przyglądał się dziecku z pewnej bezpiecznej odległości, a jego wzrok przepełniała przy tym wyraźna niechęć. Były chwile, kiedy wydawało się, że sprawia mu przyjemność czujne śledzenie każdego gestu małej, tak jakby spodziewał się, że dziecko zaraz zrobi coś nieodpowiedniego i samo uzasadni jego niezadowolenie ze swej niemiłej obecności. Nieustannie patrzył krytycznie na dziecięce psoty Teresy Aliny; zachowywał się jak ktoś, kto tak długo stara się zapędzić zwierzę w kozi róg, że w końcu ciągła prowokacja staje się źródłem jakiegoś rzeczywiście nagannego zachowania. Nie wypowiedział nigdy ani jednego dobrego słowa pod adresem małej, nie wykonał ani jednego czułego gestu, nie zdobył się na najmniejszą pieszczotę, do jakich zwykle pobudza ludzi dziecko. Okazywał wyłącznie absolutną obojętność. Zehera daleka była od martwienia się tym stanem rzeczy, nie czuła się dotknięta ani zakłopotana. Odwrotnie: uspokajało ją to, ponieważ nie mogłaby znieść sytuacji, kiedy ten człowiek wziąłby jej córeczkę na ręce.

A jednak fantasmagoryczny duch marionetek uruchamianych cienkimi, poprzecieranymi sznureczkami krążył po tym domu swobodnie i bezczelnie, wiedząc, że to on jest mistrzem ceremonii przy rozgrywaniu tej farsy. W owej zaimprowizowanej scenie komediowej było coś, od czego Zehera się dusiła. Miała wciąż poczucie, że żyje we wnętrzu jakiejś sztucznej bańki, spowita gęstą mgłą kłamstw. W niektóre dni czekała z zamkniętymi oczami na zdarzenie, które rozbije w drobny mak szklaną rzeczywistość. Ona sama na skutek napięcia czuła się na krawędzi eksplozji, jaka rozerwie ją na tysiąc kawałków. Otwierała oczy tylko po to, żeby wpatrywać się w zielony telefon, spoczywający na stoliku w salonie. Kiedy była w domu, potrafiła spędzać długie godziny, trzymając małą w ramionach i nie odwracając wzroku od aparatu, który wciąż przygnębiająco milczał.

Zajmowała się jałowymi grami wyobraźni, niemalże słysząc ten upragniony dźwięk i snując wizje, że kiedy podniesie słuchawkę, usłyszy głos Suhry, który nada sens jej duszącemu pobytowi w tym domu.

„Dlaczego nie dzwonisz, siostro? – myślała. – Jestem tu i czekam na twój telefon. Zadzwoń choć raz. Potrzebuję tylko minuty, żeby ci powiedzieć, że cię kocham i że wszystko jest w porządku. Trzydzieści sekund, żeby się dowiedzieć, że żyjesz, i żeby uciszyć szept, który słyszę w piersi i który budzi mnie po nocach. Zadzwoń, proszę. Zadzwoń!"

Przez tydzień linie telefoniczne były zerwane po silnej burzy, jaka przeszła nad Villa de Alba. Zaatakowała ona miasto ulewą z widowiskowymi piorunami i potężnymi grzmotami, niszcząc i tak niezbyt obfite zbiory, które dla pewnej części mieszkańców miasteczka były źródłem utrzymania. Dla Zehery ten brak kontaktu ze światem był bardzo denerwujący i niemal całkiem zatruł jej życie. Logika podpowiadała, że jeśli do oczekiwanej rozmowy nie doszło przez cały ostatni rok, który Zehera i Aleksandar spędzili w Hiszpanii, prawdopodobieństwo, że miałoby do niej dojść właśnie w tym momencie, nie jest duże. Ale po wszystkich dotychczasowych przeżyciach logika nie zajmowała w świecie Zehery zbyt ważnego miejsca. Nieustannie podnosiła słuchawkę, żeby sprawdzić, czy przywrócono łączność, wypytywała ludzi, z którymi się stykała, czy nie wiedzą, kiedy problem zostanie rozwiązany. Żadna odpowiedź nie zdołała jej uspokoić. Nerwowość, w jaką popadła, zachęciła Zorana, żeby robić to, co najlepiej umiał.

– Lepiej się uspokój i przestań nas wszystkich denerwować. Może nie pamiętasz, ale w twoim kraju toczy się wojna. A to oznacza, że ludzie umierają... Skoro twoja siostra nie zadzwoniła... – Zehera wyczuła, że ten okropny facet specjalnie na chwilę zamilkł, żeby wzmocnić swój przekaz wymuszonym, słabym uśmieszkiem. – ...to chyba nie jest takie trudne do zrozumienia. Chyba że ktoś nie chce rozumieć.

– Ale z ciebie skurwysyn. – Te słowa kiełkowały w niej od miesięcy i choć czuła, że nie należy ich wypowiadać, sprawiło jej radość, że wyrzuca je z siebie i przestaje udawać. Aleksandar zbladł, kiedy je usłyszał.

– A z ciebie bośniackie gówno. – Te słowne wymioty Zorana potrafiły jej dopiec, jakby to była lawa z wnętrza wulkanu, który i w nim od dłuższego czasu szykował się do wybuchu. – Właśnie tak. Przeklęte bośniackie gówno. W dodatku bezczelne i niewdzięczne, jak wy wszyscy. A potem się dziwicie, że ludzie wam nie pomagają. Po co?

– Dość już. Proszę. Oszaleliście oboje? – Głos Aleksandra brzmiał nerwowo, naznaczony napięciem, jakie emanowało z tej nieoczekiwanej sceny. – Mówicie coś, czego wcale nie myślicie.

– Oboje myślimy to samo, kuzynie. A ty powinieneś otworzyć oczy, bo twoja tchórzliwa ślepota nie pozwala ci zobaczyć prawdy.

– To ty powinieneś zamknąć swoją brudną gębę – odpowiedziała stanowczym głosem Zehera, a zwróciwszy się do Aleksandra, dodała: – A ty może powinieneś swoją otworzyć, żeby coś powiedzieć.

Ale Zoran odezwał się pierwszy.

– Otwieram gębę tak samo jak swój dom. Ale czasami pojawiają się w nim niepożądane problemy, trudne do rozwiązania – odpowiedział tonem pełnym sarkazmu.

Zehera spojrzała na niego z nienawiścią, taką samą, z jaką tylekroć spoglądała na Saszę Ludonovicia, kiedy delektował się jej widokiem po kolejnej sesji gwałtów, których się na niej dopuszczał. Było to uczucie niepoddające się kontroli; nie tylko nie potrafiła go poskromić, ale nienawiść z każdą chwilą narastała. Pogardzała Zoranem, nie znosiła go, ale jeszcze trudniej było jej się pogodzić z tchórzliwym zachowaniem mężczyzny, z którym uciekła z kraju. Niczym nie przypominał teraz tamtego człowieka – zdecydowanego, dzielnego, pełnego charyzmy, odwagi i determinacji, jakie wykazywał, chroniąc ją przed wszystkim, co mogło stanowić zagrożenie. Tamten mężczyzna pozostał w wodach Driny. Milczenie Aleksandra, jego usłużne zachowanie w stosunku do kuzyna i irytujący strach raniły ją znacznie głębiej niż ostre ataki Zorana.

Popatrzyła na swoją córeczkę i dostrzegła, że mała – mimo krótkiego dotychczasowego życia – wyczuwa, że coś jest nie tak. Jednak nie płakała. Nie robiła nadąsanych minek. Tylko obserwowała otoczenie jak zawsze w milczeniu, z szeroko otwartymi oczami, którymi nawet nie mrugała. Jej spojrzenie było zdecydowane i uparte, jakby rozumiała wszystko, co dzieje się wokół niej.

Zehera nie miała ochoty słuchać dalszych obelg. Wzięła córkę na ręce i wyszła z domu. Wiedziała, że prawdopodobnie nikt za nią nie wyjdzie. Nie odwróciła nawet głowy, żeby się upewnić. Mimo przyrzeczenia złożonego w szpitalu Alek wolał pozostać w domu; najpierw będzie pływał w morzu wymyślonych na poczekaniu wymówek, potem złapie się tej samej co zawsze deski ratunkowej – paru kieliszków alkoholu. Znów do tego wrócił. Zehera wiedziała o tym, czuła, że jej narzeczony znów pije, ale nie reagowała, obserwując tylko drżenie rąk, z którym często się budził, nerwowe tiki wstrząsające jego ciałem, chorobliwe zaczerwienienie oczu, ślady bezsenności na twarzy, postępującą utratę apetytu, silny zapach, który wydobywał się z jego ust i który usiłował maskować, żując tytoń, płucząc usta specjalnymi płynami albo międląc w ustach gumę do żucia lub ziołowe karmelki. Huśtawka nastrojów zamieniła go w osobę wściekłą, rozdrażnioną i poirytowaną, wiecznie naładowaną złością. Wszystko to nie pozostawiało żadnych wątpliwości. Zdarzały się nawet dni, kiedy tracił przytomność z powodu ustawicznych mdłości; przypisywał te epizody napięciu, w jakim żył, od czasu kiedy stracił pracę w fabryce. Potrafił spędzać całe dni zamknięty w pokoju albo siedząc na sofie przed telewizorem, prawie bez jedzenia. Pocił się i nękała go arytmia serca, którą próbował ukryć, zamykając się na całe godziny w łazience. Nigdy nie pił przy niej, ale wiedziała, że nie ma najmniejszych problemów z dostępem do dowolnej ilości alkoholu. Coraz częściej zdarzały mu się niepokojące sytuacje, świadczące o utracie pamięci.

Pewnego dnia Zehera wyszła z piekarni przed porą lunchu. Za dwa tygodnie Teresa Alina miała skończyć pierwszy rok życia i Fernando obiecał z tej okazji jej matce przygotować specjalny tort, który zaplanował ze wszystkimi najdrobniejszymi szczegółami.

– Powiedz mi tylko, jaki smak sobie życzysz. Reszta to już moja sprawa.

Przypuszczała, że Alek ucieszy się, widząc, jak przynosi do domu różne próbki z cukierni; dla małej nie miało przecież wielkiego znaczenia, czy śmietany będzie więcej niż trufli ani czy biszkopt będzie miał smak cytrynowy, czy lekko migdałowy. Kiedy otworzyła drzwi domu, zastała narzeczonego leżącego na sofie, pogrążonego we śnie, któremu towarzyszyło głośne chrapanie. Telewizor włączony był na cały regulator, z popielniczki wysypywały się niedopałki. Natychmiast też dostrzegła butelkę z bezbarwnego szkła stojącą w nogach sofy. Postanowiła jednak nie tracić czasu na jałowe wymówki: zrobiło jej się bowiem gorąco, kiedy dotarło do niej, że kogoś brakuje. Nigdzie nie widziała małej. Zaczęła jej szukać po całym domu, ale bezskutecznie. Dziecięcego wózka nie było w salonie ani w sypialni, w kuchni ani w łazience. Wybiegła wzburzona do małego przydomowego ogródka, z nadzieją że tam znajdzie wózek, ale znów nadaremnie. Nie potrafiła już jasno myśleć. Czuła w piersi ciężar, który utrudniał jej oddychanie, dusił ją wręcz; tym bardziej nie było mowy o klarownym rozumowaniu.

– Gdzie jest dziecko? Gdzie?! – zaczęła krzyczeć w desperacji, potrząsając jednocześnie ciałem pijaka. – Miałeś z nią być, pilnować jej. To jedyne, co masz do zrobienia przez cały dzień i nawet tego nie potrafisz! Co z nią zrobiłeś?! Gdzie jest moja córka?! Odpowiedz mi, do cholery!

Jej przeraźliwe krzyki tylko bardziej mąciły umysł Aleksandra, który wciąż jeszcze na dobre się nie obudził i miał kłopot ze zrozumieniem, o co chodzi w całej tej kakofonii krzyków i hałasu docierającej do jego uszu i półotwartych oczu. Ledwo zdołał się unieść, a jedyne, co potrafił, to kręcić głową i rozglądać się zamglonym wzrokiem po wszystkich kątach pokoju. Nie rozumiał, co się stało z dzieckiem.

– Nie wiem. Nie wiem. Była tu. Nie wiem... – mamrotał pod nosem.

– Nie ma jej tu! Oprzytomnij wreszcie, na miłość boską! Zastanów się, gdzie ona może być. – Zehera odchodziła od zmysłów. – Wychodziłeś dziś rano z domu? Zabrałeś ją dokądś? Na targ, do jakiegoś sklepu, do lekarza?

– Chyba byliśmy na spacerze. – Język mu się plątał, wargi coś mamrotały, jakby fragmenty wspomnień, które stopniowo nabierały kształtu w jego głowie. – Chyba... nie wiem...

– Alek, dokąd poszedłeś? Musisz mi to natychmiast powiedzieć, bo dziecku może grozić niebezpieczeństwo. – Miała ochotę przyłożyć mu w twarz, złapać go za głowę i potrząsnąć, żeby się przekonać, czy w ten sposób nie zdoła przywrócić mu choć trochę rozumu i zarazem częściowo wypędzić z niego alkoholowego otępienia. Ale postanowiła powściągnąć emocje i mówić do niego wolniej, niemalże literując słowa. – Dokąd... poszliście?

– Wyszliśmy, żeby kupić papierosy... Tak, teraz sobie przypomniałem, byliśmy w kiosku, potem spacerowaliśmy po parku i... i nad rzeką... Tak, pamiętam, byliśmy nad rzeką, przeszliśmy przez most i potem...

– I co potem...?! Dokąd potem poszliście? – Przepełniała ją niecierpliwość połączona z rodzącą się histerią.

– Nie wiem, nie mogę... Nie pamiętam. Nie wiem. Nad rzeką...

Zehera miała złe przeczucia, które zakłócały tok jej rozumowania. Rzeka. Most. Nie było to pewne. Los nie mógł być aż tak okrutny. To niemożliwe. Nie pozwoli na to. Biegła tak szybko jak nigdy, bez odpoczynku, bez oglądania się za siebie, nie zwracając nawet uwagi na intensywność biegu zbyt wielką jak na jej nogi, nie licząc się z tym, że opuszczą ją siły i zabraknie tchu. Czuła tylko gwałtowne pulsowanie krwi w skroniach, jak dzikie salwy zwiastujące jakieś straszne wydarzenia. Cała zatraciła się w tym żywiołowym pędzie. Nie myślała, nie zwracała uwagi, gdzie stawia stopy, nie patrzyła, którędy biegnie, wiedziała tylko, że ma biec w kierunku mostu. Chciała tam dotrzeć jak najszybciej, ale jednocześnie przerażały ją diaboliczne wizje podsuwane przez umysł. Nie chciała na nie patrzeć, nie da rady... Wózek, Teresa, woda, kocyk, zabawki, lalka, buciki...

Im bardziej uporczywie bombardowały ją te przerażające wizje, tym bardziej chwiejny był jej bieg, tym bardziej urywany oddech. Kiedy wreszcie dotarła nad brzeg Tormesu, gdzie spędziła tyle popołudni z wierną przyjaciółką Teresą, dzieląc się z nią sekretami, wyznaniami i obfitymi przekąskami, była zlana potem. Jej oszołomiony wzrok nie dostrzegał niczego, co chwilę wcześniej podpowiadał umysł. Nie była w stanie utrzymać spojrzenia w jednym miejscu dłużej niż przez tysięczną część sekundy. Chciała zobaczyć wszystko naraz, dostrzec jakiś ślad po dziecku, jakikolwiek przedmiot, który potwierdziłby złe przeczucia trawiące ją od chwili, gdy wybiegła z domu. Ale nie było nic. Wody rzeki płynęły wartko, a ich chłód, którego się domyślała, przerażał ją.

– Błagam, oby jej się nic nie stało. Błagam.

Most był pusty. Ani jednej zagubionej sylwetki przechodnia nieświadomego dramatu, który rozgrywał się w duszy Zehery, kogoś, do kogo mogłaby krzyknąć, prosić o pomoc. Znów zwróciła uwagę na koryto rzeki, zbliżyła się do brzegu, przeszła krok za krokiem aż do samego mostu, przebiegła przez drogę, omiatając oczami każdy punkt okolicy. Spokój i wyniosła cisza dominujące w krajobrazie wydawały jej się farsą, jakby rozciągający się przed nią pejzaż bawił się z nią, chowając przed nią dziecko, nie podsuwając żadnej poszlaki dotyczącej jego losu. Zehera oparła się wyczerpana o kamienną balustradę mostu. Poszukiwania jak dotąd pogłębiły tylko jej rozpacz.

– Gdzie jesteś? Dlaczego cię nie widzę? Gdzie jesteś?!

Podczas gdy jej oddech wracał do normalnego rytmu, wzrok spoczął na wąskiej drodze prowadzącej do miasta. W kierunku mostu szła nią kobieta popychająca dziecięcy wózek. Zehera nie pozwoliła sobie na jakikolwiek ruch mięśni, żaden dźwięk nie wypłynął z jej gardła. Wolała zaczekać, aż obraz przyjmie ostateczną formę i będzie możliwe rozpoznanie sylwetki kobiety. Minuty, które upłynęły, zanim owa kobieta zdołała pokonać dystans dzielący ją od mostu, Zehera poświęciła na błagania, aby ta osoba zwróciła jej utracony spokój. Nawet gdy kobieta znalazła się już o dwa metry od niej, Zehera nadal nie była w stanie się ruszyć.

– Posłuchaj, królowo mauretańska, nie mogę już dłużej zajmować się tym dzieckiem.

Była to Ángeles, żona właściciela najpopularniejszego baru w Villa de Alba, kobieta, która skończyła już pięćdziesiąt lat – wieśniaczka o konserwatywnych przekonaniach, wciąż piękna, z urodą, którą w młodości musiała zachwycać, gadatliwa i pracowita, od lat ku swemu wielkiemu zadowoleniu gromadząca rekordową liczbę nagród w konkursach na najlepszą ziemniaczaną tortillę.

– Nie chodzi o nie, bo to maleństwo jest po prostu święte, nie płacze, nie ma z nim problemów, nic a nic. To po prostu aniołek z nieba. Ale Zehero, królowo, muszę się wybrać do Salamanki, żeby skończyć zakupy, a jeszcze mam iść do matki, bo kobieta czeka na mnie w domu, żebym jej zrobiła coś do jedzenia. A patrz, która już godzina. Zabraknie mi czasu. No więc już nie mogę dłużej czekać... Ale dziewczyno... – W głosie Ángeles dało się słyszeć zaniepokojenie, kiedy Zehera zaczęła histerycznie płakać. – Na Boga! Nie zachowuj się tak, nie o to mi chodziło! Wybacz mi, kobieto, nie chciałam tego powiedzieć. Wiesz, że możesz ją u nas zostawiać, kiedy będziesz chciała, u Pedra i u mnie, tylko że dzisiaj mam urwanie głowy. Ale jeśli chcesz, żebym z nią jeszcze została, powiedz tylko i nie będzie żadnego problemu, jakoś sobie poradzę.

– Ależ nie, Ángeles, nie o to chodzi. Wręcz przeciwnie, jestem wam ogromnie wdzięczna, Pedrowi i tobie. Po prostu nie wiedziałam, gdzie jest dziecko, i wystraszyłam się śmiertelnie...

– Dziecino, przecież to twój mąż przyszedł z nią do gospody, żeby wypić parę szklaneczek. No ale zapomniał wziąć pieniędzy z domu, więc powiedział mi, żebym została chwilkę z małą, a on pójdzie po kasę. I po drodze się gdzieś zawieruszył... Nie powiedział ci tego? Nie widziałaś męża?

– To nie jest mój mąż...

– No dobrze, mnie tam takie sprawy nie obchodzą, ja nie jestem tak jak te plotkary z miasta, które nie podnoszą dupy z ławki na placu i ciągle obsmarowują wszystkich, którzy przechodzą, wszystko, co się rusza. Posłuchaj, królowo mauretańska, proszę cię, zrób mi przysługę i uspokój się, przecież nic się nie stało – prosiła ją Ángeles, wyjmując białą chustkę z kieszeni sukienki i przecierając zapłakaną twarz Zehery z taką zręcznością, z jaką robią to starsze kobiety. – Tak się zdarza u młodych! Problem polega na tym, że nie rozmawiacie. Dzisiaj małżeństwa nie rozmawiają, a potem dzieje się to, co się dzieje. Ale ty się uspokój, ja będę zostawać z dzieckiem tyle razy, ile będzie trzeba. Lepiej ci już? Może pójdziesz ze mną do baru, zaparzę ci herbatki? Zobaczysz, że dobrze się poczujesz i przejdzie ci to przygnębienie, w które wpadłaś, dziecko drogie, na Boga...

– Nie, już mi lepiej. Nie przejmuj się mną, zajmij się swoimi sprawami. I tak ci zabrałam sporo czasu. Biegnij, idź, a ja zostanę z dzieckiem... I dziękuję ci. Bardzo dziękuję.

– Oj, oj, oj – powtarzała Ángeles, oddalając się, ucałowawszy małą Teresę Alinę i złożywszy głośny pocałunek na policzku Zehery. – Oj, ta młodzież! Nic się nie uczą! Zajmują się swoimi sprawami, całkiem wariują. Kto to widział coś takiego! Mnie to się nie mieści w głowie, naprawdę. Pewnie, czasy teraz inne, ale tak nie może być, w żadnym wypadku tak nie może być!

Kiedy Ángeles stała się już dalekim, czarnym punkcikiem na horyzoncie, Zehera wzięła małą na ręce. Dziecko – zgodnie ze swoim zwyczajem – śledziło oczywiście z uwagą rozmowę dwóch kobiet. Zehera przycisnęła córkę mocno do piersi, pocałowała ją, pogłaskała po bujnych, czarnych włoskach i po pulchnych policzkach, ucałowała jej wargi i znów przycisnęła mocno do siebie. Stały tak przytulone, jakby świat nie istniał. Może dlatego z trudem przyszło jej usłyszeć okrzyki, w których występowało jej imię.

– ...era! ...era! Zehera! Zehera!

Teresa krzyczała coraz głośniej. Ponieważ nie poznała wózka małej, sądziła, że pomyliła osoby: widziana z daleka sylwetka kobiety nie reagowała na jej wołania i wciąż pozostawała nieruchoma. Kiedy w końcu wyczerpana dotarła w pole widzenia przyjaciółki, nie ukrywała zaniepokojenia.

– Wszystko w porządku? Na pewno? Poszłam do twojego domu i kiedy zobaczyłam otwarte drzwi i kawałki tortu rozrzucone na podłodze w salonie, i Aleksandra wychodzącego z łazienki, obawiałam się najgorszego. On mi powiedział... no... gdzie możesz być.

Te pospieszne wyjaśnienia pozbawiły ją tchu. Kiedy uspokoiła oddech, zapytała:

– Wszystko w porządku? Ale się przeraziłam, święty Boże! Posłuchaj, nie chcę nic mówić, ale...

– Właśnie, lepiej nic nie mów. Nie trzeba. To, co mi powiesz, sama wiem lepiej niż ty – odpowiedziała Zehera. Wiedziała, że w tym momencie najmniej jest jej potrzebna reprymenda z ust przyjaciółki.

– No tak... Szkoda, bo mam wszystko przygotowane, żeby ci wygarnąć od razu, prosto z mostu, wszystko gotowe. – Teresa zrozumiała, że będzie musiała zaczekać ze swoją mową. – Dobra, dobra. Już się zamykam. Na razie...

Tego wieczoru Aleksandar nie wrócił do domu; nie wrócił też Zoran. Zehera leżała, nie śpiąc, skulona, przytulona do córki, która spała w jej łóżku. Wreszcie usłyszała, jak wracają. Tak jak przy wielu poprzednich okazjach szeptali coś do siebie, ale nie było tym razem rozmów ani żartów, tylko jakieś stękanie jednego w reakcji na coś w rodzaju jęku drugiego. Nie było też słychać śmiechów ani odgłosów chwiejnych kroków; obyło się bez potrącania mebli czy rzucania kluczy na stół. Obeszło się bez dodatkowych toastów. Towarzyszyła im jedynie cisza, która zaniepokoiła Zeherę. Miała wrażenie, że do domu weszły dwa duchy, nie robiąc niemal żadnych hałasów. Usłyszała, jak Zoran zamyka się w swojej sypialni i jego ciężkie ciało opada na łóżko. Alek położył się na sofie w salonie. Spojrzała na szafkę nocną i stojący tam budzik, który nieprzerwanie wyświetlał czas: dziesięć po szóstej. Za dwadzieścia minut trzeba będzie wstawać. Postanowiła odwrócić się na drugi bok i zamknąć oczy, ale takie pospieszne zasypianie okazało się ponad jej siły.

Ta dziwna cisza...

· 19 ·

Tort był godzien księżniczki. Pysznił się rozmiarami, był piękny, można powiedzieć, że majestatyczny ze swymi trzema piętrami, pokryty cieniutką i kruchą warstewką czarnej czekolady, z którą kontrastował słodki blask śmietanowej bieli, po mistrzowsku kreślącej kwiatowe wzory. W środku krył się najsmakowitszy i najdelikatniejszy biszkopt, przekładany najwyśmienitszym kremem, najdelikatniejszymi truflami i najsmaczniejszą śmietaną, jakich można było zakosztować w całym regionie. Figurki zwierząt z kreskówek oraz czerwone i zielone wiśnie zdobiące każde piętro tortu, a także przezabawne czekoladowe stworki dopełniały obrazu. Być może było to ciasto zbyt wykwintne jak na potrzeby zaledwie rocznego dziecka, ale Fernando uznał, że okazja tego wymaga.

– Nie chciałabyś chyba, żeby twoje dziecko zadowoliło się lekko przypaloną bezą ze świecą na środku, prawda?

Niedawny epizod spowodowany lekkomyślnością Aleksandra mocno przygnębił Zeherę. W piekarni wszyscy byli zgodni: trzeba podjąć jakieś wysiłki, choćby najbardziej absurdalne czy dziwaczne, żeby ją rozweselić. Do 5 lutego 1994 roku zostało jeszcze trochę czasu i wszystko wskazywało, że obchody będą niezapomniane. Nawet żona Fernanda uczestniczyła w przygotowaniach do urodzin, mimo że szykowanie uroczystości ku czci świętej Agaty pochłaniało ją niemal bez reszty. Imienne zaproszenia, aperitify, napoje orzeźwiające, czerwona świeca w kształcie jedynki, obrusy dopasowane do talerzy, serwetki z postaciami z kreskówek, baloniki, naczyńka ze słodyczami zawieszane w pomieszczeniu, w którym mieli zebrać się goście (te akurat przyciągnęły szczególną uwagę Zehery, która wreszcie odważyła się przełamać swoje lęki i, wiedziona ciekawością, spytała o dziwne przedmioty zwisające z sufitu w sklepie Fernanda, gdzie miały się odbywać uroczystości), odpowiednia muzyka dziecięca, mająca towarzyszyć obchodom, paczki z prezentami owinięte w papier o krzykliwych kolorach i przystrojone wielkimi kokardami... Wszystko było gotowe, żeby stworzyć popołudnie, które zapadnie w pamięć jubilatki, jej matki i wszystkich dzieci z miasteczka – jako że wszystkie były zaproszone. Była to też dobra okazja, żeby wzmocnić więzy między Zeherą i sąsiadami z Villa de Alba; niektórzy żywili pewne lęki związane z niepokojącą postacią Zorana i – w mniejszym stopniu – jego kuzyna.

Patrząc z okien swego pokoju na puszysty, jeszcze niezadeptany śnieg, Zehera dziękowała losowi, że urodziny małej przypadają w sobotę, co z pewnością ułatwi wielu gościom przybycie na uroczystość. Łatwiej będzie im machnąć ręką na brzydką pogodę i wykorzystać weekend na zabawę.

– Przynajmniej nie będą się mogli wymówić pracą. Smutna byłaby zabawa urodzinowa z takim ogromnym tortem i bez gości.

Była przekonana, że sąsiedzi dopiszą. Teresa nie przestawała upewniać się w tej sprawie i brała na świadków wszystkie dziewice z sanktuarium, które mogła sobie przypomnieć przy wyjmowaniu z form jeszcze ciepłych bochenków chleba i układaniu świeżo zrobionych ciast na kartonowych tacach. Ale nadal nie mogła do końca pozbyć się nawiedzających ją lęków przed ogólną absencją gości, która byłaby wydarzeniem szczególnie okrutnym.

Pogrążona w takich rozmyślaniach Zehera spojrzała na kalendarz: był 31 stycznia. Nie chciała zaczynać tego tygodnia od wątpliwości, lęków, chimerycznych rozważań, które mogą prowadzić tylko do rozstroju żołądka i worków pod oczami. Potrząsnęła lekko głową, kończąc suszyć włosy. Wreszcie odzyskały dawny blask i zdrowy wygląd, utracone przed wieloma miesiącami. Potem popatrzyła w lusterko i przyjrzała się uważnie swoim wargom: były blade, zgaszone, spragnione życia. Na kilka sekund mózg Zehery wyparł obraz idealnego kształtu jej ust i zamiast niego ukazał wizję, w której pojawiła się ona obok starszej siostry, Suhry, malującej wargi na czerwono.

– Uśmiechnij się, siostro. Uśmiechnij się, przecież wyglądasz jak róża.

Echo, które – jak się jej wydało – wyraźnie usłyszała, zmusiło ją do otrząśnięcia się i zrobienia normalnej miny. Pokusa poprowadziła jej dłoń do małej białej torebki z zamkiem błyskawicznym w złotym kolorze. Trzymała tam nieliczne kosmetyki, których używała od czasu do czasu. Jej palce namacały przedmiot, którego szukała, i wydobyły go z torebki: czarny cylindryczny pojemnik, w którym znajdowała się lśniąca, czerwona szminka do ust. Pomagając sobie opuszkami palca wskazującego i kciuka, pokręciła mechanizmem i po chwili zobaczyła karminowy sztyft o końcu startym w szpic. Spokojnie zbliżyła szminkę do ust, jakby chodziło o jakiś przysmak. Nie odrywając oczu od własnego odbicia w lustrze, zobaczyła, jak pierwsze pociągnięcie pozostawia kolor na połowie górnej wargi. Sztyft dalej biegł po jej ustach, delikatnie i zwinnie; po ostatnim dotknięciu całe usta Zehery pokryte były czerwienią. Bez pośpiechu dokładnie się obejrzała. Była zadowolona z rezultatu. Uśmiechnęła się szeroko, nawet z pewną przesadą. Mogło się wydawać, że wewnątrz lustra wyrósł bujny krzew obsypany wielkimi, czerwonymi kwiatami róży. Zehera uśmiechała się, patrząc, jak jej kości policzkowe wznoszą się w górę, białe zęby odznaczają się na tle cienkiej skóry warg, napiętej do granic wytrzymałości, oczy zaś robią się skośne i bez zastrzeżeń akceptują szczęśliwy los, o którym świadczyć może ten uśmiech. Mogłaby trwać w tej pozie godzinami, ale nagle usłyszała hałas, który wyrwał ją z transu. Wzdrygnęła się na odgłos dzwonka telefonu i obudziła ze stanu przelotnego autyzmu. Podbiegła do aparatu, żeby go uciszyć; od miesięcy już był to dla niej jedyny łącznik ze światem nadziei.

„Późno już – pomyślała. – Znowu nie zdążę na czas. W piekarni mnie zabiją. W końcu doprowadzę do tego, że mnie wyrzucą". Kiedy podnosiła słuchawkę, niemal nie oddychała.

– Tak, Tereso, znów zaspałam, wybacz, już wychodzę... – Z drugiego końca linii nie usłyszała ani jednego słowa. Tylko dziwny odgłos, jakby dwa kable elektryczne stykały się, wzniecając snop iskier. – Teresa? To ty?

– Zehera! Mówi Suhra, słyszysz mnie? Zehera?

Miała wrażenie, że ogromny pociąg towarowy przejechał jej po piersi. To przecież niemożliwe. Zupełnie jakby była nie całkiem przytomna, odsunęła słuchawkę od ucha i obejrzała ją. Rozejrzała się wkoło, szukając jakiegoś wytłumaczenia, którego oczywiście nie znalazła. To było niemożliwe. Słuch płatał jej figle, żartował z niej paskudnie. Znów przybliżyła słuchawkę do ucha, powoli i nie kryjąc głębokiego lęku. Odczekała chwilę, próbując zweryfikować to, co słyszy.

– Zehera? – upierał się metalicznie brzmiący głos. – Nie wiem, czy mnie słyszysz. – Wydawało się, że to słowa wypowiedziane do kogoś obcego. – Źle słychać. Jesteś tam? – dopytywał się głos w słuchawce. – Słyszysz mnie?

– Suhra, przysięgnij, że to ty! Przysięgnij! Proszę cię, proszę, pro... – Nerwy i wrażenie, jakie wywarł na niej głos, który od chwili kiedy wyjechała z Bośni, tak bardzo pragnęła usłyszeć, objawiły się jako nieposkromiony potok łez, który całkiem ją obezwładnił i sparaliżował przede wszystkim gardło.

– Nie płacz teraz, siostro. Popłaczesz sobie później. Teraz rozmawiaj ze mną, pozwól mi cię usłyszeć! Ileż to już czasu! Pewien dziennikarz pożyczył mi telefon, jeśli to monstrum można tak nazwać. Nie wiem, ile czasu potrwa, zanim spadnie następny pocisk moździerzowy albo zaświszczy kolejna kula.

– Ty żyjesz! Nie masz pojęcia, ile się modliłam, żeby móc dożyć tej chwili. Gdzie jesteś? A Ari jak się miewa? Wszyscy jesteście zdrowi? I Nicolas? Jesteś ciągle w Sarajewie? Opowiedz mi wszystko, szybko, żeby nie było tak jak ostatnim razem, kiedy twój głos zniknął. Tysiąc razy próbowałam do ciebie dzwonić, ale nie było sposobu, żeby się połączyć. Nie wiedziałam, czy żyjesz, czy jesteś... – Nie odważyła się dokończyć zdania, nie zrozumiała też cichego śmiechu, który, jak się jej wydało, usłyszała na drugim końcu linii.

– Gdybyś tu była, nie miałabyś takich problemów z wymówieniem słowa „martwa". Nie przejmuj się. Jestem za bardzo zaprzyjaźniona ze śmiercią, teraz mnie już nie boli ani nie przeraża, nic a nic. Wciąż na nią czekamy. Ari jest ze mną, biedak nie przestaje płakać. Trudno mu się przyzwyczaić do bomb, wybuchów, syren, wozów opancerzonych i krzyków. Na szczęście mamy towarzystwo innych ludzi w dzień i w nocy. Praktycznie mieszkamy w piwnicy naszego domu. Pamiętasz zdjęcie naszego budynku, które ci wysłałam? Pięciopiętrowy. Dalej w nim mieszkam, chociaż nie zostało z niego wiele więcej niż piwnica, jakieś pojedyncze ścianki, pogięte żelastwo powyrywane z korzeniami i fasada z wielkim dziurami... – Zehera słuchała jak w transie opowieści siostry, która zatracała się w szczegółach. Brzmiało to tak, jakby chciała jej opowiedzieć wszystko naraz, zanim łączność zostanie przerwana. – Na początku wojny radzili nam, żeby zabić deskami drzwi i okna. Teraz się śmiejemy z tamtej pracy. Już nic nie zostało. Pociski powybijały tyle dziur, że nie trzeba okien... Nie mamy też już parku: musieliśmy go spalić. Kiedy nadeszły pierwsze śniegi, nie można było wytrzymać: dwadzieścia stopni poniżej zera. Strasznie było. Odcięli nam wodę, gaz, elektryczność... musieliśmy palić ogniska, żeby się ogrzać. Parki zostały ogołocone z drzew, bo biegaliśmy tam, szukając opału. Powinnaś nas była widzieć! Kiedy już poradziliśmy sobie z wszystkimi drzewami, zaczęliśmy palić meble: najpierw krzesło, potem rama obrazu, stół, łóżko, szafa. Potem musieliśmy pozbyć się książek i fotografii. Spalić nasze życie, nasze wspomnienia. Nie zdajesz sobie sprawy, jakie to jest okropne, dopóki nie widzisz, jak wszystko znika w płomieniach: to tak jakby sam diabeł pożerał twoje życie, przeszłość, jakby się śmiał z twojej pamięci i cieszył się, że ją zjada po kawałku. Ale przynajmniej wygraliśmy z zimnem, mogliśmy gotować wodę i tę odrobinę jedzenia, jakie mieliśmy. Nigdy nie myślałam, że kiedykolwiek w życiu będę taka głodna. Gdyby mi to ktoś powiedział, kiedy mieszkaliśmy spokojnie w Wiszegradzie, nie uwierzyłabym. Żeby się pocieszyć, wyobrażałam sobie, jaki smak bym czuła, gdybym zachowała kawałek ciasta babci albo gulasz, który sama robiłam. Dino zawsze moczył w nim chleb, a matka na niego za to krzyczała, pamiętasz?

Nie czekała na odpowiedź, tylko ciągnęła dalej swoją opowieść. Suhra nie przestawała mówić, jakby miała pewność, że kiedy raz ulegnie pokusie odetchnięcia między zdaniami, łączność zostanie zerwana, tak jak to się nieraz zdarzało. Musiała słyszeć swój własny głos i chciała mieć pewność, że jest słyszana. Była przekonana, że jej słowa uciszą wszystkie kule, fale uderzeniowe czy ogień z broni maszynowej, które ośmieliłyby się zakłócić taki moment.

– ...a woda to był znowu inny problem. To też zabiło wiele osób. Od razu nam ją odcięli. Niektórzy odważali się chodzić w góry po wodę z rzeki, ale potem trzeba było uciekać przed kulami i wielu ludziom się nie udało. Reszta zbierała wodę w wiadra, kiedy padał deszcz: wychodziliśmy ostrożnie na ulice, starając się nie podnosić zanadto głów, żeby nam ich nie odstrzelili. Potem tę wodę gotowaliśmy. Prawdę mówiąc, kiedyś mi to uratowało życie. Pewnej nocy, kiedy serbski żołnierz próbował wejść do domu, wylałam na niego garnek wrzątku. Nawet się nie zastanawiałam, co robię. Spojrzałam tylko na Ariego i przeszły mi wszelkie wątpliwości. Chyba mu poparzyłam twarz. Ciągle jeszcze słyszę jego krzyk i wydaje mi się, że widzę, jak zbiega w dół po schodach, zasłaniając twarz brudnymi rękami. Oczywiście zostałam bez wody! A potem przyszły epidemie cholery, żółtaczki, duru brzusznego, nieżyty żołądka i jelit, które zabijały dzieci. Jeśli nie ma się wody i nie można jej zagotować, kiedy trzeba, ludzie piją, nie zastanawiając się, skąd pochodzą jakieś mizerne krople, które udało im się zebrać. A że dodatkowo nie mamy lekarstw... Wiesz, co mówi Aldo? O, przepraszam, Aldo to jest sąsiad, jeden z niewielu mężczyzn, którzy jeszcze zostali przy życiu i który sobie z tego żartuje. Mówi, że ktoś przecież musi się opiekować kobietami z naszej kamienicy. Jest tu ze mną, obok mnie, nie chciał, żebym szła sama. No więc on mówi, że trzeba mieć pecha, żeby umrzeć w Sarajewie od czegoś innego niż kula snajpera. – Śmiech Suhry pobudził wyobraźnię jej siostry, która zobaczyła ją taką, jaką pamiętała, zawsze z twarzą ozdobioną uśmiechem. – Tak naprawdę Aldo jest bardzo zabawny; przynajmniej dzięki niemu wszyscy się śmiejemy i zapominamy, w jakiej strasznej dziurze tkwimy. Dużo nam opowiada o podróżach, które odbywał po całym świecie. Był w Hiszpanii i nie przestaje mi opowiadać o tym kraju, bo wie, że udało ci się tam uciec z Aleksandrem. Zresztą tak jak cię prosiłam. Wiedziałam. W pierwszym roku śledziliśmy, na ile się dało, igrzyska olimpijskie w Barcelonie. I Aldo wymyślił, że zrobimy miniigrzyska dla wszystkich mieszkańców kamienicy. Niewidzialne igrzyska. Zamiast medali wręczaliśmy zwycięzcom kamienie i niektórzy ciągle jeszcze noszą je w kieszeniach i pokazują z dumą wszystkim, którzy chcą je oglądać. Jemu zawsze przychodzą do głowy różne pomysły, które nas odrywają od rzeczywistości. Wymyślił numer z pizzą. – Wydawało się, że Suhra zatraciła się w swojej opowieści, jakby zapomniała o obecności młodszej siostry na drugim końcu linii. – Pewnego dnia zaskoczył wszystkich, mówiąc, że zamówił pizzę. Wciągnął w ten żart jedną z sąsiadek. Podszedł do drzwi i udał, że odbiera wielkie kartonowe pudło od dostawcy, usiadł na kanapie i zaczął jeść pod naszym nosem niewidzialną pizzę. Pomrukiwał z zadowoleniem, jaka jest smaczna, jakie ma kruche ciasto, jak dobrze stopiony ser, jakie pomidory, boczek, mięso, kiełbasa, ananas, pieczarki, papryka... A kiedy skończył, zaczął starą śpiewkę, że nie ma pieniędzy, by zapłacić dostawcy. Tę rolę grała tamta sąsiadka. I zaczęli we dwójkę gonić się po piwnicy. Nie masz pojęcia, jak się uśmialiśmy. Och, ten Aldo!

– Suhra, a twój mąż? Co się dzieje z Nicolasem? – zdołała w końcu zapytać Zehera.

– Nie wiem. – Cały zapał siostry do opowiadania anegdot zniknął, kiedy padło to pytanie. – Pewnego dnia wyszedł z domu z dwoma sąsiadami. Chciał zdobyć coś do jedzenia. Był zmęczony, poirytowany, wściekły na to, co się z nami dzieje. Ciągle powtarzał: „A co robi świat? Dlaczego odwraca oczy, żeby nas nie widzieć?". Miał obsesję na tym punkcie. Stale do tego wracał: „Dlaczego nie reagują? Dlaczego nam nie pomagają? Dlaczego tego nie powstrzymają? Jak to wytłumaczą swoim dzieciom? Dlaczego patrzą na nas, jakbyśmy byli niewidzialni, jak mogą spać, wiedząc, co się tu z nami wyrabia?". Kiedy wpadał w taki nastrój, nie dawało się go uspokoić. Może dlatego, że miał świętą rację. Tamtego ranka widziałam go ostatni raz. Jeden z sąsiadów wrócił z raną w nodze i krwawiącą głową. Powiedział nam, że próbowali zdobyć jakieś konserwy i trochę chleba. Zostali zaatakowani. Każdy uciekał w inną stronę. Od tamtej pory nic nie wiemy. Nie ma sposobu, żeby się skontaktować. Ale wiem, że go spotkam. Kiedy to całe barbarzyństwo się skończy, pojadę do Barcasii, kawiarni w starej dzielnicy tureckiej, dokąd zawsze chodziliśmy z przyjaciółmi, i tam go zastanę. Będzie siedział przy stoliku w kącie, naszym ulubionym, uśmiechał się, pił kawę z kieliszkiem tej mocnej wódki, którą tak lubi. Siostro, wiem, że nie umarł. Wiem. Jestem pewna. To przeczucie jest zbyt silne. Nie umarł. Czeka na mnie. Tak jak i ty czekałaś na mnie. Wiedziałaś, że żyję i któregoś dnia cię odnajdę.

– Ale, Suhra, co ja mogę zrobić? Musisz stamtąd wyjechać, przenieść się w inne miejsce...

– A dokąd mam jechać? Wszędzie jest tak samo. Oblężenie Sarajewa trwa już prawie dwa lata. Wydaje się, że to się nigdy nie skończy. Wszystkie dni są takie same. Budzisz się i pierwsza twoja myśl jest o tym, czy właśnie dziś kula snajpera rozwali ci głowę, czy serce, czy padniesz na ulicy z rozkrzyżowanymi ramionami i otwartymi oczami skierowanymi ku niebu.

Zehera domyśliła się, że energia, z jaką przemawiała jej siostra, miała swoje źródło w desperacji, w rutynie obcowania ze strachem, w mądrości, jaką daje precyzyjna wiedza o cienkiej linii oddzielającej życie i śmierć. Nie dziwiła jej ani trochę ostrość opowieści Suhry. Była przyzwyczajona do słuchania relacji siostry nasyconych realizmem, nagą szczerością, nieskrywaną brutalnością – bez cieniowania subtelności czy pudrowania niedoskonałości. Całkiem innych niż jej obrazy. Słowa siostry wypełniły ją bólem, smutkiem i poczuciem bezsilności.

– Wiesz, że zburzyli Bibliotekę Narodową, tę, którą chciałam ci pokazać, kiedy mnie odwiedzisz? 25 sierpnia 1992 roku, o dziewiątej wieczorem. Aldo mi opowiadał, że wystrzelili z gór trzydzieści pocisków zapalających, albo i więcej, i wszystko rozwalili. Dziewięćdziesiąt procent zniszczeń. Miliony publikacji, dzieła sztuki, unikalne manuskrypty, katalogi, fiszki, książki, historia... To nie były tylko książki, siostro. Nie popełniaj tego błędu i nie myśl, że straty w ludziach są najważniejsze. Biblioteka była symbolem nie tylko narodu bośniackiego, ale wszystkich: muzułmanów, chrześcijan, żydów, prawosławnych, wszystkich, którzy szanowali inne kultury, nie przejmując się religiami. Bo na wojnie taki szacunek i takie związki są niebezpieczne i trzeba je zniszczyć. I ogień tego dokonał. Wiesz, że ten, kto wydał rozkaz zniszczenia Biblioteki, sam pisze poezje? Artysta, który niszczy sztukę tworzoną przez innych ludzi, a należącą do nas wszystkich. To najlepsza definicja tej głupiej wojny, która nie ma najmniejszego sensu. – Suhra odetchnęła głęboko, tak jak robiła zawsze, zanim jeszcze Zehera cokolwiek rozumiała; młodsza siostra szybko zresztą zaczęła naśladować ten zwyczaj. – Ale opowiadaj o sobie, proszę, ciągle tylko ja mówię. Co robisz? Jak się czujesz? Jak twoje życie? Gdzie ty właściwie jesteś?

– W Villa de Alba, to śliczne miasteczko koło Salamanki, na wschodzie Hiszpanii. O wiele mniejsze niż Wiszegrad. Dobrze nas tu przyjęto. Pracuję w piekarni...

– Boże święty, w piekarni! – przerwała jej Suhra, nie mogąc się powstrzymać. – Co za szczęście, siostro! Tutaj jabłko to marzenie. A kromka chleba to prawie halucynacja.

Naprawdę, zdobycie bochenka stało się koszmarem. Serbowie i snajperzy, których wynajęli, korzystają z tego, że ustawiamy się w kolejkach po chleb, i dziurawią nas kulami. Wiele razy tak się działo. Nie wyobrażasz sobie, jakim niebezpieczeństwem jest wyjście na ulicę. To podróż w nieznane, szalone ryzyko. Musimy przebiegać, skuleni, starając się uniknąć kul i spojrzeń snajperów. Oni potrafią spędzać całe godziny, obserwując nas i wymyślając, jak nas zabić. Ustawiamy się jeden za drugim, schowani gdzieś za rogiem, a kiedy przychodzi na ciebie kolej, musisz wybiec bez zastanowienia, bez żadnych wahań. To jak rosyjska ruletka. Jeśli nie reagujesz, ci z tyłu wypychają cię, żebyś nie blokowała innym możliwości zdobycia kawałka chleba dla dzieci, żeby zatkać im na moment głodne buzie. Na początku odmawiałam wychodzenia, bałam się, paraliżowało mnie za każdym razem, kiedy słyszałam okrzyk „*Pazite, snajper!*". Na początku nawet nie rozumiałam dokładnie, co oni wołają, tylko dochodził mnie czyjś wrzask i widziałam, jak ludzie padają na ziemię. Potem mi wytłumaczyli, że to okrzyk „Uwaga, strzelec!", i ten dźwięk wrył mi się w pamięć, tak samo jak ciągłe wycie syren. Ale jeśli chcesz jeść, nie ma rady, trzeba wychodzić. Zdziwiłabyś się, jak szybko potrafię przebiec przez szeroką ulicę! Aldo zrobił ze mnie prawie specjalistkę od broni. Potrafię już odróżnić rosyjskiego kałasznikowa od jugosłowiańskiej zastavy. Pewnego wieczoru Nicolas się wściekł, popatrzył mi w oczy i powiedział: „Nie zwracaj na to uwagi. To nie ma znaczenia. Zła broń to ta, która celuje w ciebie, a narodowość ma ten, kto naciska spust".

– Ale nie pozwalam wychodzić Ariemu – ciągnęła Suhra. – Jest taki mały! Nie sądź, że to ich powstrzymuje. Wprost przeciwnie. To są sadyści. Jeśli mogą zabić sześciomiesięczne dziecko, cieszą się bardziej niż z pozbawienia życia starca. Nie uwierzyłabyś, jakich rzeczy się dopuszczają dla czystej przyjemności zabijania. Kiedy nadeszło pierwsze lato wojny, na samym początku sierpnia, serbscy snajperzy podziurawili kulami autokar, który przewoził do Niemiec pięćdziesięcioro dwoje dzieci ewakuowanych z sierocińca w Sarajewie. Zabili dwoje z nich: Rokiego, trzynastolatka, i trzyipółletnią Vedranę, mniej więcej tyle wtedy miał mój Ari. Trzy dni potem, kiedy wszyscy byli na cmentarzu, żeby ich pochować, milicje serbskie i armia federalna ostrzelały ludzi z moździerzy. Babcia Vedrany straciła ramię. Przerażone dzieci uciekły i pochowały się przed ogniem w grobach. Możesz to sobie wyobrazić? Możesz mi powiedzieć, jaka idea, jakie terytorium, jaka religia, pieniądze, dumne dziedzictwo, jaki rodzaj paranoi może usprawiedliwić widok dwu- czy trzyletnich dzieci rzucających się do grobów, żeby uciec przed śmiercią? Wiek dzieci nie wpływa na żądzę krwi u tamtych. Nie obchodzi ich, że przez odcinanie prądu umierają niemowlęta w inkubatorach, nie mają problemów, żeby ostrzelać z moździerza samochód, w którym ojciec zostawił na chwilę dzieci, by zdobyć kawałek chleba. Nicolas miał rację. Miał świętą rację! – Suhra zamilkła zaledwie na kilka sekund. – Zehera, wybacz mi. Straszę cię. Wiesz przecież, że jestem strasznie głupia, że mówię bez ogródek, a czasami nie trzeba opowiadać tak otwarcie, kochanie, wybacz mi.

– Ja mam ci coś wybaczać? Jak możesz tak w ogóle mówić? Nie daje mi spokoju, że nie wiem, co mogę zrobić dla ciebie i Ariego, ani dla kogokolwiek. Nic o was nie wiedziałam. Nie można nikogo zlokalizować. Zostawiłam Dina czekającego, aż ojciec i matka przyjadą po niego i pomogą mu uciec. I od tego czasu nie mam żadnych informacji. Nie wiem, co dla was mogę zrobić. Czuję się fatalnie. Nie wiem, jak wam pomóc. Co mam robić, mój Boże, co mogę zrobić?!

– Żyć. Przeżywać z pasją każdy dzień, każdą godzinę, sekundę. Żyj, śmiej się, płacz, jeśli chcesz, ale płacz z radości, że jesteś żywa. Wychodź na ulicę i krzycz, siądź na tarasie i pij kawę, idź na targ i kup sobie kilogram pomarańczy, przejedź się na rowerze po parku, aż się zmęczysz, a potem odpocznij na ławce, idź do teatru, do biblioteki, obejrzyj film, wykąp się w rzece, opalaj się na słońcu... Rozumiesz mnie, siostro? Rób wszystko, na co masz ochotę, i rób to teraz. Jakby miało nie być jutra. Poczuj się wolna. Ach, i zawsze pamiętaj o jednym! – Zanim jej starsza siostra otworzyła usta, żeby wypowiedzieć następne zdanie, Zehera już wiedziała, jakie słowa usłyszy. – Maluj sobie wargi na mocny czerwony kolor, żeby wyglądały jak piękne płatki róży otwierające się na świat. Pewnie to robisz, co?

– Czasami. Dzisiaj tak, pierwszy raz od długiego czasu. Wcześniej jakoś nie miałam ochoty...

– To źle, kochanie. Wiem, że może to brzmieć jak głupota, ale ja to robię prawie codziennie. Podtrzymuje mnie to, dodaje odwagi, żeby stawić czoło życiu, pomaga pamiętać o tobie, o naszych dawnych dniach, o naszych marzeniach. A nikogo nie krzywdzi. Przeciwnie. Wiesz przecież: kiedy ty się uśmiechasz, świat też ma powód, żeby to zrobić. Uśmiech to lekarstwo na zmartwienia, które są, i środek zapobiegawczy przed tymi, które nadejdą. To jedno z najstarszych przysłów sarajewskich. Uśmiechaj się, siostro. Będziesz jak róża, która się otwiera i zaraża innych optymizmem. Mam nadzieję, że jeszcze tego nie zapomniałaś. Właśnie w takich sytuacjach świat potrzebuje więcej róż.

– Wiesz, Suhra, mam córkę – wtrąciła bardzo poruszona Zehera.

– Dziecko! Skąd miałam wiedzieć? Ależ jestem szczęśliwa, siostro. I jakie szczęście dla Aleksandra.

Zehera zamknęła oczy i zacisnęła wargi, czując na nich smak szminki. Zawsze myślała, że kiedy w końcu odnajdzie siostrę, opowie jej o wszystkim, co się wydarzyło, że jej ciało i umysł odnajdą dzięki temu spokój, którego tak pragnęły. Sesje zwierzeń przed Teresą działały na nią jak balsam, ale potrzebne jej było otwarcie się całkowite przed kimś, kto ją lepiej zrozumie. Taką osobą była jej siostra. A jednak nie odważyła się. Nie w takiej chwili. Czułaby się zanadto brudna i samolubna, nie miałaby sił, żeby poradzić sobie z poczuciem winy. Po wysłuchaniu opowieści Suhry nie miała prawa pogrążać jej jeszcze bardziej, przerzucając na nią brzemię swej własnej przeszłości. W końcu to ona była teraz w bezpiecznym miejscu, z dala od bomb, od moździerzy zabijających dzieci i rozrywających ludzi stojących po chleb. Jakie miała prawo się skarżyć? Życie przyniesie jej jeszcze kiedyś stosowniejszą chwilę, żeby wyrzucić z siebie całą nienawiść, która czaiła się w okrutnych wspomnieniach wyrytych w jej ciele, jeszcze nadarzy się lepsza okazja, żeby opowiedzieć siostrze, dlaczego Aleksandar nie czuje się tak szczęśliwy, jak Suhra przypuszcza.

– A jak ma na imię dziecko? W jakim jest wieku? – wypytywała starsza siostra, dowiedziawszy się, że została ciotką.

– Teresa Alina. To jej imię. A w tę sobotę kończy rok. Jest jak anioł. Nie trzeba z nią prowadzić żadnych wojen. – Zehera była zdumiona, że po wypowiedzeniu tych słów przed jej oczami pojawił się obraz Saszy Ludonovicia. Jak zawsze, kiedy przydarzało się jej coś takiego, nie szczędziła wysiłków, żeby ta nienawistna postać zniknęła z jej pola widzenia.

– Teresa? Co to za imię?

– To imię mojej najlepszej tutejszej przyjaciółki. To długa historia, pewnego dnia ci ją opowiem. Ale teraz wolę słuchać ciebie. Widziałaś Dejana? Bo to pewnie on ci powiedział, gdzie mnie znaleźć. Może mógłby pomóc ci wyjechać z Sarajewa, ma kontakty, sama widzisz, że dzięki niemu udało ci się do mnie zadzwonić...

– Dejan? Nie wiem, kto to jest. – Kiedy Suhra wymieniła jego imię, właściciel telefonu, przez który rozmawiała, przytaknął nieznacznie głową i zademonstrował lekki, nieco wymuszony uśmiech. – Ach, przecież to musi być ten, który tego wszystkiego dokonał, ale ja go nie znam. Wiem tylko, że ktoś się ze mną skontaktował i powiedział, że jest możliwość, by z tobą porozmawiać. Więc niech będzie błogosławiony Dejan, ktokolwiek to jest.

– To kuzyn Aleksandra. To on nam pomógł stamtąd wyjechać, dlatego ci mówię, że...

– Stąd nikt nie da rady się wydostać. Ani wyjechać, ani wjechać. To więzienie. Pułapka. To oblężenie, siostro. Dziura w świecie, czarna i głęboka dziura, do której nikt nie zdoła wejść, bo do niej się wpada. Łatwo ją zakryć, i wtedy zostaniemy pogrzebani.

– Proszę cię, nie mów tak. To się musi wkrótce skończyć. Nie może trwać w nieskończoność – zaklinała rzeczywistość Zehera, zdając sobie sprawę, że to także jest czysty egoizm.

– Masz rację. A poza tym nie jestem sprawiedliwa. Przeżywamy tu również dobre chwile, a ja ci o nich prawie nie wspominam. Wiesz, przez jedną z dziur, które pocisk z moździerza wybił w naszym domu, widzę coś, co zawsze przypomina mi ciebie! To zdanie, które ktoś napisał na murze przy alei snajperów. „Kocham cię, Edine". A ja przymykam jedno oko i zasłaniam palcem imię Edine, a zamiast niego wyobrażam sobie słowo Zehera. W ten sposób czuję się bliżej ciebie. Nie sądzę, żeby tej Edine to przeszkadzało. W gruncie rzeczy nie wiem, czy ona jeszcze żyje i czy może to przeczytać. Ale ja tak, i dzięki temu się uśmiecham.

– Bardzo cię kocham, siostro – powiedziała Zehera, zmuszając się do przełknięcia ogromnej grudy emocji, którą czuła w gardle. – Kocham cię całą duszą...

– Nigdy o mnie nie zapominaj. Pamiętaj. – Suhra przeczuwała, że rozmowa może się w każdej chwili skończyć, ponieważ widziała niepokój na twarzy właściciela telefonu satelitarnego i pospieszające gesty, które do niej kierował. Po dość długiej ciszy z jakiegoś niezbyt dalekiego miejsca zaczęły dobiegać odgłosy wystrzałów i eksplozji. Trzeba się było rozłączyć, choć Suhra nie wiedziała, jak to zrobić. – Nie zapominaj o mnie ani o Arim, ani o Nicolasie. Zachowaj nas na zawsze w pamięci. Kocham cię, siostro.

To były ostatnie słowa, które Zehera usłyszała. Po tym desperackim apelu na linii zapadła cisza. Telefon kompletnie ogłuchł, nie zwracając uwagi na błagania Zehery, która tak bardzo chciała jeszcze słyszeć głos siostry. Jej krzyki obudziły Aleksandra. Widząc wykrzywioną bólem twarz narzeczonej i słysząc imię, które bezustannie powtarzała, zrozumiał, że stało się coś ważnego, i próbował pocieszyć Zeherę, tak jak tego nie robił już chyba od wieków.

– Uspokój się. Przynajmniej wiesz, że żyje. To bardzo dobra wiadomość. Powinnaś się z tego cieszyć. Uspokój się. Skoro zadzwoniła teraz, na pewno niedługo znów to zrobi, możesz mi wierzyć. Zobaczysz, że niedługo się spotkacie. Ona żyje, nie rozumiesz? Żyje, mimo prawie dwóch lat wojny.

Zehera objęła go. Ponownie czuła siłę jego męskiego ciała, choć nie ulegało wątpliwości, że od czasu, gdy zaczął pić i zaniedbał ćwiczenia fizyczne, stracił sporo na wadze i mięśnie też były nie takie jak dawniej. Zapomniane już ciepło tego dobrze zbudowanego męskiego torsu wzmocniło ją, podobnie jak pocałunek, którym zaskoczył ją Aleksandar – pierwszy od dawna. Znów poczuła jego wilgotne usta, które uważała za utracone, i chciwy język, odnajdujący wszystkie miejsca zdobyte już dawniej. Lekki zapach drewna, który zawsze wydzielała jego opalona skóra, był mniej intensywny, ale znów zdołał ją uwieść i częściowo znieczulić jej zmysły. Zamknęła oczy i pozwoliła się nieść fali. Zapuszczona od niedawna broda Aleksandra drapała jej twarz, a usta, które kiedyś otworzyły się przed nią, żeby rozmawiać o rowerowych kołach i o Damaszku, teraz kąsały jej napiętą skórę, pokrywając ją jednocześnie delikatnymi pocałunkami. Alek z zachwytem całował i lizał palce Zehery, a ona po raz pierwszy nie opierała się przyjemności ani nie przeszkadzała silnym i szerokim dłoniom narzeczonego w wędrówce po jej skórze. Zamknęła się na wszelkie upiory przeszłości, przekształciła swoje ciało w fortecę, do której nie miały przystępu żadne obrazy, żadne wspomnienia, muzyka czy głos, które nie należały do niej albo Aleksandra. Zaskoczyła ją ta niezwykła zdolność koncentracji; nieznana wcześniej umiejętność napełniła ją dumą i dodała siły. Dlatego w chwili gdy instynktownie zacisnęła wargi i poczuła smak szminki, szeroko się uśmiechnęła.

Aleksandar najpewniej miał rację: jej siostra żyła i to było warte świętowania. Dlatego pozwoliła sobie na to uczucie, że leży na łodzi płynącej rzeką, prowadzonej przez kaprysy nurtu, nie myśląc o konsekwencjach, które mogą nadejść. Nie widziała żadnego powodu, by odrzucać to, co życie akurat w tej chwili jej oferowało, na co zasłużyła, czego tak długo była pozbawiona. Byłoby to przecież obelgą, a tych miała już dość.

· 20 ·

Od czasu gdy powróciła do codziennego zwyczaju malowania rano ust intensywnie czerwoną szminką, miała wrażenie, że świat patrzy na nią inaczej. Nawet Fernando – jak zawsze w pocie czoła obsługujący chlebowy piec, ze wzrokiem skoncentrowanym głównie na cieście, mące, drożdżach i soli – przyznawał, że na twarzy jego pracownicy pojawił się blask, którego wcześniej nie było widać. Wszyscy w firmie cieszyli się, tym bardziej że mieli na uwadze dodatkową pracę związaną ze zbliżającymi się uroczystościami ku czci świętej Agaty oraz pierwszymi urodzinami Teresy Aliny.

– Musisz być wykończona – śmiała się Teresa. – Mnie nie oszukasz tym swoim uśmieszkiem, który ci nie schodzi z ust przez cały dzień. Czemu nie idziesz do domu? Dzisiaj po południu będzie tu luźniej. Jutro jest wielki dzień i musisz być w formie: rano święta Agata, a po południu urodziny małej. Posłuchaj mnie, idź do domu i skorzystaj z okazji, żeby odpocząć. Jeśli będzie potrzebna jeszcze jedna para rąk, nie martw się, zadzwonię po ciebie.

– Naprawdę nie masz nic przeciwko temu? – spytała z poczucia obowiązku Zehera, zachwycona taką perspektywą. – Prawdę mówiąc, przydałoby mi się trochę odpoczynku, żeby naładować baterie, no wiesz...

– Nie wiem, ale wyobrażam sobie. Popatrzcie, jak szybko się nauczyła ładować baterie – skomentowała Teresa, podnosząc głos, żeby usłyszał ją także ojciec, obserwujący z rozbawieniem tę scenę z zaplecza. – Jeśli masz iść, to po to, by odpoczywać, a nie żebyś tu przyszła jeszcze bardziej zmęczona.

Zehera zdjęła fartuch podkreślający jej zgrabną figurę, którą już odzyskała po porodzie, pobiegła ucałować Fernanda – uprzednio podebrawszy mu białą bezę z plamką lekkiego przypalenia – uściskała Teresę, a nawet, bardzo ożywiona, pożegnała się z klientami czekającymi, żeby kupić chleb. Szła do domu pieszo, chcąc nacieszyć się urodą miasteczka. Zehera lubiła śnieg: nie dokuczał jej, jak większości mieszkańców, ale wydawał się piękny, przytulny i pełen życia. Potrafiła spędzać całe godziny, bawiąc się nim, wyciągnięta na grubej, białej powłoce, która jeszcze lśniła nieskalanym blaskiem. Przyzwyczaiła się do wąskich i krótkich uliczek miasteczka, do kamiennych domów, do kominów, z których wypływa szary dym rozwiewający się gdzieś między chmurami, do ciężarówek i traktorów często jeżdżących po okolicy i należących – według miejscowych sklepikarzy – do oszustów uprawiających nieuczciwą konkurencję, bo oferujących lokalne produkty w dobrych cenach. Bez wątpienia lubiła swoje nowe miejsce na ziemi. Akceptowana przez niemal wszystkich, czuła się tu wygodnie i bezpiecznie. Po raz pierwszy od dawna jej ciało i duch kąpały się w morzu spokoju, aż po horyzont wolnym od niebezpiecznych zawirowań. Zupełnie nieoczekiwana metamorfoza Aleksandra pozwoliła jej znów uwierzyć w marzenia o przyszłości, które snuli we dwoje przed wybuchem wojny i przed pospieszną ucieczką z Bośni, a które koncentrowały się na rodzinie, pracy i – przede wszystkim – miłości.

Zehera wykańczała ostatnie resztki bezy, zgrabnie zgarniając językiem okruszki z białego papieru, w który ciastko było zawinięte. Zastanawiała się, czy nie przejść się jeszcze na most, ale odrzuciła ten pomysł. „Może Alek jest w domu i...". Nie pomyliła się zresztą w tej kwestii, choć dalszy rozwój wypadków był daleki od upragnionego.

Kiedy wbiegła do domu prawie bez tchu, ożywiona wizją spotkania z narzeczonym, wszystkie rojenia rozsypały się jak domek z kart. Alek wytłumaczył jej w biegu, że czeka go rozmowa w sprawie pracy i musi natychmiast wyjść z domu.

– Jak dobrze, że przyszłaś, miałem zamiar zawieźć ci małą do piekarni. Wiesz, nie mam dużo czasu. Wrócę szybko, ty się w tym czasie zdążysz trochę przespać. To dobra okazja. Może w końcu mnie zatrudnią. Sama wiesz, żeby się nam to przydało. – Pocałował ją w usta i wyszedł, a ona stała, patrząc na niego przez okno i przyglądając się krokom, jakie stawiał. Kiedy po jego obecności zostały już tylko ślady ogromnych butów na śniegu, Zehera odeszła od okna – musiała zareagować na rozkręcający się płacz Teresy Aliny.

– Chce ci się spać, prawda, kochanie? Mamie też. Dam ci jeść i pójdziesz spać, obu nam się to przyda. Zobaczysz, jaka będziesz jutro śliczna i jaki cudowny będzie wielki tort, który zrobił Fernando, z tymi wszystkimi kolorowymi ozdobami.

Mogło się wydawać, że mała rozumie jej słowa, bo odwdzięczyła się czułym, szczerbatym uśmiechem, który napełnił matkę zachwytem. Ucałowała córkę w policzki, które Teresa Alina od urodzenia miała szczególnie pulchne i które ostatnio jeszcze bardziej się zaokrągliły. Potrzymała ją przez kilka minut na rękach, sycąc się zapachem balsamu dla dzieci, którym smarowała skórę małej, a potem położyła ją ostrożnie do łóżeczka. Miała nadzieję, że córka zaraz uśnie. Czekała na ten moment, głaszcząc ją po bujnych, czarnych lokach okrywających jej główkę. Kiedy od niej odeszła, małe ciałko nie poruszyło się, pogrążone w głębokim śnie. Teresa Alina oddychała spokojnie, przyjemnie poświstując. Zehera chciała zadzwonić do piekarni, żeby sprawdzić, czy jej tam nie potrzebują, ale zmęczenie wzięło górę. Położyła się do łóżka. „Jeśli Teresa będzie mnie potrzebować, sama zadzwoni".

Natychmiast zapadła w sen. Kiedy tylko przyłożyła głowę do poduszki, poczuła się jak odurzona lenistwem, wycieńczona, skrajnie osłabiona nadmiarem aktywności w ostatnich dniach i zalewem emocji, które bez ostrzeżenia dopadły ją ostatnio.

Po chwili jej ciało znalazło schronienie w głębokim uśpieniu. Świat stopniowo stawał się głuchy, niemy i ślepy. Całkowicie niewidoczny. Zehera otworzyła oczy w rzeczywistości snu, w którym mieszały się ze sobą różne opowieści, twarze znane z nieznanymi, całkowicie obcymi, szepczące do niej głosy, które bez trudu potrafiła rozpoznać i które opisywały ów świat sennego marzenia. Czuła, że ogląda twarze niewidziane od miesięcy, przeżywa ponownie sytuacje zarchiwizowane już w postaci wspomnień. Dzięki temu przyjemnemu, chimerycznemu stanowi, w którym się znalazła, odpoczywając, mogła znów przechadzać się po wzgórzach rodzinnego Wiszegradu, chodzić po moście i gładzić jego białe kamienie, przytulać się do nich i słuchać tajemnic skrywanych przez nie od wieków. Mogła jeździć po swoich stronach na rowerze w towarzystwie Suhry... Raz jeszcze kosztowała wraz z przyjaciółmi pysznej kawy sprzedawanej w małym kiosku na moście, pozdrawiała Aidę, Iva, Leka, który z uśmiechem podawał swoją firmową rakiję w maleńkich, kryształowych kieliszkach, ubrany w czarny, krótki fartuch przewiązany w pasie. Widziała samą siebie, jak odpoczywa pod drzewem nad Driną, oparta o pierś Aleksandra, czytającego z zainteresowaniem gazetę. Zamknęła oczy, chłonąc dźwięk wartko płynącego nurtu wody chłodnej, krystalicznie czystej rzeki – i tak trwała w cieniu, który skrywał jej szmaragdowe spojrzenie.

Nie była w stanie powiedzieć, ile trwało to rozkoszne doświadczenie. Kiedy wiedziała, że już się skończyło, otworzyła oczy. Wszystko zniknęło: nie było Aleksandra, rzeki, drzewa, odgłosów płynącej wody ani bujnej roślinności, głosów, mostu, intensywnego zapachu kawy... Zobaczyła, że ma na sobie obszerną, białą koszulkę i leży na ogromnym łóżku zajmującym połowę pokoju. Woda zaczynała ją zalewać i Zehera próbowała uciekać. W ciągu kilku sekund jej ciało zostało całkowicie zalane przez wodę; pochłaniała ją bez reszty potrzeba wydostania się na powierzchnię, skąd docierało do niej słabe światło. Nie pierwszy już raz brała udział w tej walce. Wiedziała, że to ten sam koszmar, przez który podczas pierwszych nocy spędzonych w Hiszpanii budziła się spocona i zapłakana. Tak jak i wcześniej obok niej zaczęły pojawiać się ciała innych topielców – przyjaciół i bliskich. Zehera wciąż patrzyła w górę, choć wszystkie wysiłki ramion i nóg, by wznieść się jak najwyżej w zalanym pokoju, okazywały się daremne. Im bardziej się szamotała, im bardziej walczyła, tym głębiej się osuwała, jakby ściągał ją w dół jakiś ogromny betonowy blok. Kiedy uczucie duszenia się dochodziło do granic wytrzymałości, znów spojrzała w górę, na coraz bardziej niedostępną powierzchnię wody. Tym razem światło było jaśniejsze i Zehera usłyszała wyraźnie, jak woła do niej Suhra:

– Zehera! Zehera! Do góry, szybko! Płyń do mnie. Nie patrz w dół. Do góry, do góry! – krzyczała siostra, jednocześnie wyciągając do niej rękę. Silne uderzenia w drzwi pokoju zmusiły ją, by spojrzała w innym kierunku. Im bardziej natarczywe stawały się te odgłosy, tym bardziej oddalały się krzyki Suhry, błagającej ją, żeby płynęła w górę. Wpatrywała się w drzwi, w które ktoś mocno walił i które wyglądały, jakby za chwilę miały pod tymi ciosami ustąpić. Echo głosu jej siostry stawało się coraz cichsze.

– Zehera! Zehera...!

Całkiem już obudzona podskoczyła na łóżku. Była zlana potem, ubranie przykleiło się jej do skóry. Wzburzenie, które zawładnęło całym jej ciałem, nie pozwalało wstać z łóżka. Ale wciąż słyszała takie same uderzenia w drzwi i takie same krzyki.

– Otwórz drzwi, Zehera! Otwieraj! To ja! – Był to głos Teresy. Brzmiał, jakby była przerażona, wyczerpana, zdenerwowana nieoczekiwanym oporem drzwi. – Otwórz, Zehera! Wiem, że tam jesteś! Co się z tobą dzieje?

Wciąż nie mogła jasno myśleć i to właśnie dezorientacja wypchnęła ją z łóżka i kazała biec do drzwi mieszkania, które Teresa najwyraźniej była zdecydowana wyważyć. Pokonując krótką drogę z sypialni do wejścia, zorientowała się, że na zewnątrz zapadła już noc, zapanowała całkowita ciemność i rozpadał się rzęsisty deszcz. Kiedy drżącą ręką otworzyła zamek, a potem chwyciła za klamkę, zobaczyła przemokniętą Teresę. Dziewczyna drżała z zimna, miała sine wargi i zaczerwienione oczy; dyszała tak ciężko, że całe jej ciało od góry do dołu falowało.

– Dlaczego nie otwierasz? Czy ty nie wiesz, co się stało? – Słowa wydostawały się z jej ust zniekształcone i chociaż oddech powoli się uspokajał, nie potrafiła ukryć poruszenia. Nieustannie kręciła głową. – Musisz uciekać. Nie masz dużo czasu. Zbierz trochę rzeczy, to co potrzebne dla małej, i uciekaj. Musicie zniknąć, zanim przyjdą.

Zehera była tak oszołomiona, że nie wiedziała, jak zareagować. Przebudziła się zbyt gwałtownie i umysł nie przyswajał jeszcze tego, co słyszała. Wszystko wydawało się pozbawione sensu; była przekonana, że zły sen wciąż trwa, choć kilkadziesiąt sekund wcześniej sądziła, że już się z niego wybudziła.

– Czy ty mnie nie słyszysz?! Możesz się już obudzić? Przyjdą po niego, a to znaczy, że przyjdą też po was. Dla nich to wszystko jedno.

– Ale o czym ty mówisz? Co się stało? Dlaczego się tak zachowujesz? Zasnęłam, a potem usłyszałam te uderzenia w drzwi...

– Znaleziono w rzece zwłoki kobiety. To młodsza córka właściciela fabryki wędlin, w której pracował Zoran i w której był też zatrudniony Aleksandar. – Teresa zamknęła za sobą drzwi wejściowe i pogasiła światła, zanim podjęła relację. Bała się, że ktoś może je zobaczyć. – Trupa dziewczyny znaleziono z samego rana, uwięzionego w zaroślach na brzegu Tormesu, dokładnie na wysokości mostu. Ciało było owinięte w dywan, przewiązane trzema kawałkami sznura: jednym na wysokości szyi, drugim w pasie i trzecim w nogach. Doczepione były do niego kamienie, więc pozostawało zanurzone, ale po tych deszczach, kiedy poziom rzeki się podniósł, woda wyciągnęła je na wierzch. Dziewczyna miała związane nogi i ręce i głębokie cięcie na szyi. Zniknęła jakieś piętnaście dni temu. Według tego, co mówią, ze stanu ciała wynika, że od tamtego czasu było zanurzone w wodzie. Nikt nie wiedział, gdzie jest. No i patrz, gdzie ją znaleźli.

Zehera zasłoniła twarz dłonią, oczy napełniły się jej łzami. To było straszne, a sposób, w jaki opowiadała Teresa, jeszcze przydawał temu wydarzeniu dramatyzmu.

– Ale... – zacinała się, bojąc zadać wprost to pytanie – ...ale co... Co to ma wspólnego ze mną? Dlaczego mam się zbierać i gdzieś biec? Nie rozumiem...

– W mieście wszyscy uważają, że to zrobił Zoran. Widziano go kilka razy, jak flirtował z tą dziewczyną przy wyjściu z fabryki. Jej ojcu się to nie podobało i zagroził, że go wyrzuci z pracy. – Teresa usiadła na krześle w salonie, żeby wyrzucić z siebie informację, którą ktoś jej przekazał. – A poza tym dywan... Dywan, w który dziewczyna była zawinięta. Sprzedali go Zoranowi właściciele baru, Ángeles i Pedro. – Zehera spojrzała przerażona na ślad, który wciąż widniał na podłodze, pod jadalnym stołem i krzesłami i który zauważyła pierwszego dnia, kiedy została w domu sama. – Rodzina tej dziewczyny jest bardzo zamożna. I nie należą do tych, którzy czekają na działanie wymiaru sprawiedliwości. To była ich najmłodsza córka, miała szesnaście lat... Usłyszałam, że wybierają się tu po Zorana. Dlatego ci mówię, że musisz uciekać, nie ma czasu do stracenia.

– Teresa, ale ja nic nie zrobiłam. Znasz mnie. Wiesz przecież! Mam małą córeczkę, własne życie, pracę... Wiesz, że nie było ze mną problemów. A Alek... Tak, wiele razy się upijał, ale przysięgam ci, że nie jest zdolny, żeby kogoś skrzywdzić... On uciekał przed wojną i robił to nie po to, żeby uprawiać przemoc! Proszę cię... Jak oni mogą tak myśleć? Ja to wytłumaczę...

– I jak to chcesz zrobić, kiedy oni wpadną tu z pałkami i strzelbami? Nie wiesz, jak daleko może się posunąć zrozpaczony, zdesperowany ojciec. Zabili jego córeczkę, zawinęli jej ciało w stary dywan i wrzucili do rzeki, żeby je zjadły ryby! Dla nich nie ma znaczenia, co mogłabyś powiedzieć. Setki razy widzieli Zorana i jego kuzyna, jak pili, upijali się, obrażali wszystkich, którzy obok nich przechodzili, pamiętają skandale, bieganie nago, zaczepki. Wiesz o tym tak jak wszyscy. Oni nie będą się zastanawiać, kto ma rację. Nie ma dla nich różnicy: mieszkacie pod jednym dachem, nieważne są szczegóły.

Teresa też zaczęła płakać. Nienawidziła swojej roli posłańca przynoszącego tak wstrząsającą wiadomość i wiedziała, że Zehera staje się kolejną ofiarą okrutnego morderstwa. Jednak te rady były najlepszą rzeczą, jaką mogła jej zaoferować, choć szczerość stała się w tym momencie ostrzem, które przebijało pierś jej przyjaciółki.

– Pół godziny temu wyruszyli ze swojego przedmieścia, więc za chwilę dotrą do Villa de Alba. – Teresa objęła ją mocno. – Nie sądzisz chyba, że nie pomyślałam o wszystkim? Cała rodzina się tym zajęła. Myśleliśmy, żeby cię ukryć albo ochronić przed bezsensownym i niesprawiedliwym gniewem tych ludzi, ale chyba lekarstwo byłoby gorsze niż choroba. Błagałam ojca, żeby z nimi porozmawiał, jednak nawet on by sobie na to nie pozwolił. Mają zemstę w oczach i jestem przerażona tym, co się może wydarzyć. Przede wszystkim tym, co mogą zrobić tobie i małej. Nie chcę, żeby wam się coś stało! Boję się. Strasznie się boję.

– Co mam robić? Nie chcę znów tego samego. Dlaczego mam uciekać? Dlaczego mam się znowu ukrywać, jeśli nic złego nie zrobiłam?

Nie dając odetchnąć swemu umysłowi, Zehera zaczęła składać razem klocki tej śmiertelnej układanki. Miała ochotę zaprzeczać dowodom, ale mózg wciąż podsuwał jej drobne szczegóły, które – przy całym oszołomieniu – co najmniej zasiały w niej wątpliwości. Przypomniała sobie, że dwa tygodnie wcześniej znalazła Aleksandra pijanego w salonie, nigdzie zaś nie było śladu po małej Teresie Alinie. I że tamtej nocy obaj kuzyni wrócili do domu nad ranem, ale tym razem nie robiąc hałasu, jak to się zwykle zdarzało po ich pijaństwach. „Boże mój. To niemożliwe".

Im mocniej kręciła głową, tym pewniejsze wydawało jej się, że Zoran jest uwikłany w zamordowanie dziewczyny. Miała związane nogi i ręce i głębokie cięcie na szyi. Nie mogła pozbyć się obrazu serbskich żołnierzy podrzynających ostrymi nożami gardła muzułmańskich sąsiadów w Wiszegradzie. Ciało było owinięte w dywan. Wspomnienie brutalnego morderstwa na sąsiadach, Behii, Demie i ich pięcioletniej córce, dokonane przez Saszę i jego ludzi w przydomowym ogrodzie, wychynęło z pamięci. Uderzył ją jak cios obraz załogi karetki zabierającej Behiję zawiniętą w jakąś matę...

„To niemożliwe. To niemożliwe".

Zehera złapała się obiema rękami za głowę, jakby chciała ją uchronić przed rozsadzeniem.

– Zrób, co ci mówię. Mnie to też boli, tak jak ciebie, że musimy się rozstać, ale to najlepsze, co możemy w tym momencie zrobić. Wyjedź z dzieckiem gdzieś daleko. Popatrz. – Z kieszeni dżinsów wyjęła pozginaną i trochę zmokniętą kartkę. – Zapisałam ci tu numer telefonu i adres kobiety, która pomaga wszystkim potrzebującym, przede wszystkim imigrantom z dziećmi. Pięć lat temu założyła stowarzyszenie, które się tym zajmuje. To bardzo dobra kobieta, wierz mi. Naprawdę zesłana przez Boga. Ma na imię Julia. Mieszka w Galicji, w mieście Orense. Zapisałam ci adres. Samochodem zajmie wam to godzinę. Jej stowarzyszenie może wam pomóc, szczególnie tobie i Teresie Alinie. Możesz powiedzieć, że mnie znasz. Julia była w Villa de Alba, kiedy jej mąż pomagał leczyć jednego z synów aptekarza, który miał guza mózgu. Wszyscy uważali, że to już całkiem beznadziejne, a jemu udało się go wyleczyć. To lekarz, wielka sława, równie dobry jak jego żona. Przez całe życie pracuje, pomagając innym, przede wszystkim w krajach Ameryki Południowej. I wcale nie po to, żeby się wzbogacić. – Teresa wsunęła kartkę w dygoczącą dłoń Zehery i mocno ją zacisnęła. – Chociaż teraz to wszystko może ci się wydawać szaleństwem, wcale tak nie jest. Zaufaj mi. Z czasem to zrozumiesz. To najlepsze, co można zrobić. Najlepsze dla wszystkich.

Nagle od jednego pchnięcia otworzyły się drzwi. Kobiety przelękły się, że stało się najgorsze. Uspokoiły się nieco, widząc, że do środka weszli Aleksandar i Zoran, równie przemoczeni i przejęci jak kilka minut wcześniej Teresa.

– Cholerni szaleńcy! Bydło. Nigdy nam nie dadzą żyć w spokoju. Nienawidzą nas i nie spoczną, póki nas nie wykończą – krzyczał Zoran na wszystkie strony świata, jakby sam diabeł przemawiał przez jego usta. – I to dotyczy też ciebie! – powiedział, wskazując Teresę. – Co ona tu robi? Po cholerę przylazła? Też mnie chce oskarżyć, że zabiłem tamtą kurwę?

– Dość tego! Kim ty jesteś, żeby tak mówić? – krzyknęła Zehera.

– Nie kłóć się z nim – poprosiła ją Teresa, łapiąc przyjaciółkę za ramię. – Wiesz już, co masz robić. Jeśli będziesz potrzebowała pomocy, wiesz, gdzie mnie szukać albo po prostu zadzwoń. Mój ojciec może pożyczyć ci samochód, żebyś pojechała tam, gdzie ci mówiłam. Słyszysz? Nie trać czasu na odpowiadanie mu. Rób to, co masz zrobić.

Pocałowała ją w policzek. Kobiety objęły się mocno, zadając sobie zapewne pytanie, czy nie widzą się po raz ostatni. Kiedy Teresa wyszła z domu, nie spojrzawszy nawet na Zorana, jej przyjaciółka zlekceważyła radę i podjęła na nowo atak.

– Niech cię szlag trafi! A gdzie ty byłeś dwa tygodnie temu? Skąd wróciliście obaj nad ranem? Nie odpowiesz mi? I ty też nie? – spytała histerycznie swego narzeczonego. – Jestem pewna, że to ty ją zabiłeś. Zabijasz, tak jak twoi rodacy, podrzynając gardła tym, którzy się różnią od ciebie, zawijasz ich w dywany i wrzucasz do rzeki, żeby woda wyprała twoją niegodziwość. A może nie pamiętasz, Alek, jak nas mordowali na moście na Drinie? To też byli tacy sami mordercy jak on.

– Bośniacka kurwa! – Obeldze wypowiedzianej przez Zorana towarzyszył odgłos policzka, który wymierzył Zeherze. Nie mogła zrobić nic poza tym, że zakryła lewą dłonią piekącą twarz.

– Dość tego! Nie waż się jej tknąć – nakazał Aleksandar, łapiąc kuzyna za szyję.

– Ktoś powinien się odważyć, skoro ty tego nie robisz – odpowiedział jego kuzyn z sadystycznym uśmiechem. Rozwścieczyło to jeszcze bardziej Aleksandra, który mocno pchnął go na ścianę. – Ja nikogo nie zabiłem! Ta dziewczyna igrała z ogniem i widocznie na kimś się w końcu spaliła. Ale to nie ja.

– Nie wierzę ci – odpowiedziała Zehera, widząc, że Alek spuszcza wzrok. – A teraz ty mi coś powiedz – zwróciła się do Aleksandra. – Powiedz, zanim pomyślę, że rozmawiam ze wspólnikiem mordercy.

– Przestań mówić rzeczy, których będziesz żałować. Nie szukaj upiorów tam, gdzie ich nie ma. Bierz dziecko, torbę z tym, co trzeba zabrać, i natychmiast się stąd wynośmy. Chyba że chcesz czekać, aż przyjdą te dzikusy i pozabijają nas wszystkich.

Po raz pierwszy od dawna Zehera usłyszała, jak jej narzeczony odzywa się zdecydowanie i autorytatywnie. Żadne z dwojga pozostałych nie ośmieliło się kwestionować jego poleceń. Pozbierali swoje dokumenty, pieniądze, ciepłe ubrania, koce, coś do jedzenia, butelki z wodą i przenieśli to szybko do samochodu Zorana. Kiedy wszystko było gotowe, Zehera pokazała Aleksandrowi kartkę, którą dostała od Teresy.

– Jak dla mnie, może być – odpowiedział. – Równie dobre miejsce jak każde inne. Nie mamy nic do stracenia.

– Masz rację. Wszystko już straciliśmy. Kolejny raz. – Można było powiedzieć, że głęboki smutek jej zielonych oczu parzy Aleksandra, który musiał opuścić wzrok, nie mogąc znieść bólu i poczucia niesprawiedliwości, przepełniających spojrzenie Zehery.

Znów zamknięci w aucie przemierzali ciemne okolice ze zgaszonymi światłami, skryci w ciemności nocy. Bali się, że zostaną odkryci. Zmierzali w nieznane, uciekając i oddalając się od miejsca, które zaczęli już uważać za swój dom, i od osób, które traktowali jak przyjaciół. Kolejna stracona okazja. Filary, na których – jak wierzyli – wznosili nowe życie, znów się zawaliły, grzebiąc wszystkie marzenia, pragnienia i plany na przyszłość.

Zehera tuliła w ramionach Teresę Alinę, której wielkie, czarne oczy były szeroko otwarte i wypatrywały oczu matki. Chwilami wzrok małej był tak przenikliwy, pewny i uparty, że Zehera czuła się onieśmielona. „Czy ona tak patrzy, bo rozumie, co się dzieje? Bo wie o wszystkim? Co myśli, kiedy się tak we mnie wpatruje? Co tam się dzieje w tej główce?".

Nieraz dziękowała losowi, że jej córka jest tak mała. Bała się dnia, w którym dziewczynka zacznie zadawać pytania, a ona będzie musiała wyjąkać jakieś odpowiedzi.

Zoran i Aleksandar postanowili zatrzymać się w przydrożnym hotelu i odpocząć kilka godzin. Jechali przez całą noc, klucząc po jakichś nieuczęszczanych drogach z dala od głównych szos, bojąc się, że ktoś mógłby ich namierzyć albo rozpoznać przez czysty przypadek. Napięcie pozawiązywało węzły w ich mięśniach, strach usztywnił wszystkie kończyny. Po drodze minęli niewiele aut, ale każde samochodowe światła, jakie widzieli za sobą i jakie powoli się do nich zbliżały, odbierali jak zagrożenie, niemalże wyrok śmierci.

Zeherze nie odpowiadał ten postój, ale nie chciała protestować, tym bardziej że starała się unikać konfrontacji z Zoranem, z którym nie zamieniła ani słowa od chwili, gdy jego wielka i brudna dłoń wylądowała na jej twarzy. Wolała skoncentrować się na pieszczotach i pocałunkach, którymi obsypywała małą, śpiącą w jej ramionach.

Hotel okazał się bezwstydnie ponury, tak jakby właściciele byli dumni ze smutnego wyglądu tego przybytku, ale oferował niskie ceny, więc nie stanowił nadmiernego wydatku dla ich pustawych kieszeni. Według początkowej propozycji Aleksandra mieliby dzielić w czwórkę jeden pokój, co nie bardzo spodobało się recepcjoniście. Ale nie musiał wyrażać swego niezadowolenia: Zehera absolutnie nie godziła się na ten wariant.

– Nie ma mowy. W żadnym wypadku.

W końcu Zoran zajął pojedynczy pokój. Wszyscy byli zadowoleni.

Obudził ją dźwięk telewizora. Kiedy zwróciła w stronę ekranu wpółotwarte oczy, nie bardzo jeszcze wiedziała, skąd pochodzą krzyki i zalewające ją światło. W chwili przebudzenia nie miała też dostatecznej jasności umysłu, żeby przypomnieć sobie aktualną datę: sobota, 5 lutego 1994 roku, pierwsze urodziny jej córki.

Starała się usiąść na łóżku, wydobywając się z plątaniny prześcieradeł, które złośliwie skrępowały jej uśpione ciało. Kiedy doszła już do takiego stanu, że nie musiała mrużyć oczu na widok światła wpadającego do pokoju przez okno, dostrzegła sylwetkę Aleksandra: siedział na końcu materaca, wpatrując się w osłupieniu w ekran telewizora, i płakał w milczeniu.

– Co się dzieje, Alek? – Zehera kończyła wydostawać się z kłębowiska materiału, w jakie zamieniła się ich pościel. – Co oglądasz? Co się dzieje?

Zanim odpowiedź dotarła do jej uszu, omiotła oczami telewizyjny ekran i zrozumiała, co tak strasznego oglądał Aleksandar. W prawym górnym rogu przeczytała napis SARAJEWO, DZISIAJ. Spiker informował o brutalnym ataku na targ Markale, skierowanym przeciwko ludności cywilnej, która stała w kolejce po chleb: zginęło sześćdziesiąt osiem osób, dwieście odniosło rany. W telewizorze migały obrazy zwłok leżących na asfalcie, ich krwawych strzępów, dzieci wciąż trzymanych przez urwane ramiona ojców, porzuconych koszyków z zakupami, butów pozbawionych stóp. Słupów dymu i ognia, pogiętych prętów powyrywanych przez wybuch ze ścian budynków, ludzi próbujących pomagać rannym, gorzko płaczących i domagających się sprawiedliwości przed kamerami, które usiłowały przekazać obraz tej niegodziwości.

Krzyki.

Jęki bólu.

Chaos.

Wszystko obrócone w popiół, zanurzone w szarzyźnie, od której odróżniała się tylko czerwień krwi, z coraz większą naturalnością mieszającej się z asfaltem ulic. Było to zbyt straszne, żeby robić wrażenie rzeczywistości. I zbyt rzeczywiste, żeby mogło uchodzić za film.

– Zabili biednych ludzi, którzy próbowali kupić chleb. Dobrze wiedzieli, co robią. Zabili ich za to, że starali się przeżyć – mówił Alek, choć dusiły go łzy. – Wiedzą, że w ten sposób trafią do wszystkich stacji telewizyjnych na świecie i ułatwi im to negocjacje: wszyscy, także społeczność międzynarodowa, spełnią każde ich żądanie.

Zehera zbliżyła się do ekranu, na którym pokazywane były dantejskie sceny; przeciągnęła dłońmi po szkle, zrozpaczona, studiując z bliska twarze ukazujących się osób, szukając najmniejszego szczegółu – swetra, chustki, torebki – który pomógłby się upewnić, czy Suhra znalazła się między ofiarami najnowszej masakry. „Ale jeśli chcesz jeść, nie ma rady, trzeba wychodzić. Zdziwiłabyś się, jak szybko potrafię przebiec przez szeroką ulicę!". Słowa, które wypowiedziała jej siostra kilka dni wcześniej, pulsowały teraz w jej skroniach tak gwałtownie, że na chwilę przestała słyszeć dźwięk telewizora i głos narzeczonego. Alek, widząc, że Zehera nie panuje nad sobą, bezskutecznie próbował ją uspokoić.

Obrazy zniknęły. Nerwowe dłonie dziewczyny dopadły telewizyjnego pilota. Próbowała szukać dalszych wiadomości, kolejnych materiałów filmowych na innych kanałach. Chciała kontynuować pracę detektywa. Nietrudno było znaleźć te informacje: wszystkie stacje pokazywały zbiorową rzeź, cmentarz, w który przemieniono sklep, piekarnię – tak jak dawniej się działo ze szkołami, dziecięcym ogródkiem, biblioteką czy szpitalem. Kiedy skończyły się programy informacyjne, pobiegła do telefonu. Musiała spróbować porozmawiać z siostrą, choć wiedziała, że ta próba, jak wszystkie poprzednie, okaże się daremna. Strach opanował ją bez reszty. Straciła poczucie czasu i rzeczywistości, a także kontrolę nad swoim życiem i swoim światem. Nie panowała nad samą sobą. Sytuacja wymykała jej się z rąk; czuła się jak we śnie, w środku jakiegoś nocnego koszmaru, w którym człowiek całkowicie traci wpływ na to, co dzieje się wokół niego. Zmysły odmawiały jej posłuszeństwa. Nie odpowiadała na pytania Aleksandra, po prostu dlatego, że ich nie słyszała. Nawet go nie widziała, jak chodzi za nią po pokoju, próbując każdego sposobu, żeby ją uspokoić.

Dopiero obraz wózka Teresy Aliny wstrząsnął nią i wyrwał ją ze stanu oszołomienia. Różne obrazy i wspomnienia wyniesione z przeszłości oraz inne, związane z marzeniami o przyszłości, szamotały się w jej głowie, wdając się w dyskusję, w której ona sama występowała wyłącznie jako widz: właśnie mijał rok od chwili, kiedy urodziła się jej córka, i oto los przyniósł jej w darze obrazy śmierci i rozpaczy. Przez chwilę myślała o ogromnym torcie przygotowanym przez Fernanda dla małej, i o tym, że w tej chwili pewnie ktoś go próbuje – o ile życie w Villa de Alba nadal płynie swoim nurtem. Inny obraz wyciągnięty z pamięci sprawił, że zadrżała: obraz babci Mirsy wkładającej do lodówki ciasto zamówione w wiszegradzkiej piekarni na osiemnaste urodziny Zehery. Tamte obchody przerwało przybycie do ich domu Saszy Ludonovicia oraz setka trupów spływających Driną. Święto jej córeczki nigdy się nie zmaterializowało, bo pojawił się inny Serb o imieniu Zoran – oraz zwłoki znalezione w Tormesie.

Torty, urodziny, Sasza, zabici, rzeki, krew, Zoran, świece... Zbitka słów, która tworzyła zbyt trudną, niedającą się rozwiązać krzyżówkę, nieczytelny hieroglif, surrealistyczne puzzle, w których zostawały zbędne klocki, brak było natomiast innych, najważniejszych. Ten konglomerat wspomnień, obrazów i myśli eksplodował w jej głowie i zdołał ją znieczulić. Nie rozumiała, jaki życie ma sens. Nie była w stanie tego odgadnąć.

· 21 ·

Pazo do Riba. Nazwa, którą Teresa zapisała na kawałku kratkowanego papieru przed pospiesznym wyjazdem Zehery z Villa de Alba, pojawiła się teraz wypisana czarnymi literami na białym tle tablicy drogowej. Stojąca na prawym poboczu szosy czekała na wszystkich, którzy ją mijali, żeby ich powitać w miasteczku. Od razu po wjeździe do Pazo do Riba milczący pasażerowie starej furgonetki Zorana przekonali się, że jest to miejscowość większa niż ta, z której uciekali: więcej sklepów, ludzi, ulic, więcej aut, świateł, wystaw sklepowych, usług publicznych, neonów, świateł drogowych, latarni, ławek, domów mieszkalnych i innych, wyższych budynków, więcej parków, przejść dla pieszych, psów, dzieci, starych ludzi, piekarni, policjantów, więcej asfaltu i mniej natury – przynajmniej na pierwszy rzut oka.

– Nic tu po nas – głos Zorana zabrzmiał sucho, niegrzecznie, nie było w nim ani krztyny życzliwości. – Nic tu nie zgubiliśmy.

– Nie tutaj zgubiliśmy to, co mieliśmy – odpowiedziała Zehera ze wzrokiem utkwionym w obrazy przesuwające się za oknem samochodu. – Powinieneś to wiedzieć lepiej niż ktokolwiek.

– Muszę z tobą porozmawiać – powiedział Zoran do kuzyna, zatrzymując samochód i wyciągając kluczyki ze stacyjki, po czym pospiesznie wysiadł. Zehera nie zadała sobie trudu, żeby spróbować ustalić, o czym rozmawiają obaj mężczyźni, choć nietrudno byłoby nastawić uszu i zorientować się, jaką treść kryją ich szepty. Przypominało to sytuacje, kiedy leżała skulona w łóżku, a kuzyni wracali nad ranem pijani. Tak jak i wtedy, teraz również nie czyniła najmniejszych wysiłków, żeby rozszyfrować znaczenie przesadnie wyrazistych gestów dłoni, ramion i głów mężczyzn, którzy zdecydowali się zostawić ją samą w furgonetce – jedynie w towarzystwie dziecka, traktowanego przez nich jak osoba niewidzialna – bo chcieli porozmawiać o irytujących ich sprawach. Przeczuwała, że coś, czego nie próbowała sobie nawet wyobrazić, właśnie dobiega końca.

Po kilku minutach rozmowy i wypaleniu paru papierosów, których niedopałki wdeptywali ordynarnie w ziemię, obaj kuzyni ponownie wsiedli do samochodu. Nie padło ani jedno słowo wyjaśnienia. Aleksandar poprosił Zeherę o kartkę z zapisanym adresem, grzecznie spytał parę przechodniów o wskazówki, jak tam dojechać, po czym ruszyli w drogę. Kiedy furgonetka się zatrzymała, Aleksandar wysiadł, bez słowa otworzył drzwi Zeherze i wyciągnął z tylnego siedzenia auta torbę z ubraniami i wózek. Zoran siedział w tym czasie za kierownicą, nie wyłączając silnika. Zapalił kolejnego papierosa i wpatrywał się w asfalt przez brudną szybę. Ani razu nie odwrócił głowy, wiedząc zapewne, co będzie się działo.

– To tutaj. O tym miejscu mówiła ci Teresa. – Alek stanął przed nią ze spuszczoną głową, wpatrując się uporczywie w kawałek kratkowanego papieru, który trzymał w palcach. Nie miał odwagi spojrzeć jej w oczy.

– Co się dzieje? – zapytała Zehera, próbując odszukać wzrokiem jego onieśmielone spojrzenie. Trzymała małą na rękach i miała świadomość, że pozostałe dwie torby wciąż niewyładowane z furgonetki stanowiły jakiś trop, pozwalający wyjaśnić dziwne zachowanie Aleksandra.

– Zoran odjeżdża...

– No i...? To dla wszystkich lepiej.

– I ja jadę z nim. – Ich oczy wreszcie się spotkały. Efekt przypominał zderzenie dwóch pociągów. – Zehera, to wszystko nie funkcjonuje. Od wyjazdu z Bośni ciągle jest gorzej i gorzej. Nie jesteśmy tacy sami jak kiedyś. Wszystko się zmieniło. Nie sądzę, żeby któremukolwiek z nas dobrze zrobiło dalsze bycie razem. Trzeba to zaakceptować. Przeżyliśmy wojnę i każde ma prawo odbudować swoje życie.

– I chcesz odbudowywać swoje z kuzynem... – podsumowała, nie bardzo wiedząc, skąd czerpie siły, żeby sięgać po ironię po tym, gdy dostała wiadomość, która powinna ją znokautować.

– Nie. Ale wiem, że z tobą i z tym dzieckiem też tego nigdy nie osiągnę.

– Nigdy jej nie mogłeś znieść. Nie rozumiem tylko, jak śmiesz właśnie ją nienawidzić, skoro to mnie zgwałcili, a nie tę małą.

– To niesprawiedliwe. Oboje przeszliśmy i wycierpieliśmy wiele. Dla mnie to też nie było łatwe.

– Nie mogę w to uwierzyć. Z czym mnie teraz zostawiasz? Mam być sama w tym miejscu, którego nie znam? Dla ciebie uciekłam z miasta, gdzie zaczynałam czuć się jak w domu, gdzie byli ludzie, którym ufałam i których kochałam, a teraz uciekasz jak tchórz?

– Na pewno masz rację. Jestem tchórzem, ale nie mogę nic na to poradzić.

– Ależ możesz! Możesz wejść tu ze mną i zacząć spełniać obietnice, które mi składałeś w Wiszegradzie i które powtarzałeś, płacząc jak dziecko w nogach łóżka, w pokoju na izbie porodowej. Już nie pamiętasz? Obudź się, może nam się udać, przecież się kochamy!

– Nie, Zehera. To nie jest tak. Ja cię już nie kocham. Kiedy zerwiesz tę opaskę, którą sobie założyłaś na oczy, dojdziesz do tego samego wniosku. Sądzę, że lepiej ci będzie beze mnie, a to jest dobre miejsce, żeby zacząć od nowa. Jeśli wszystko się ułoży, będziesz nawet mogła wrócić do Villa de Alba, do przyjaciół...

– Tych, których musiałam zostawić, bo twój kuzyn, i kto wie, czy nie razem z tobą, zabił tę dziewczynę? Powiedz, tych przyjaciół masz na myśli?

– Masz w sobie zbyt wiele nienawiści i to ci nie pozwala dostrzec rzeczywistości.

– To nie jest nienawiść. To ból, wściekłość, bezsilność. Może masz rację, byłam ślepa. Powinnam zareagować wcześniej, spojrzeć w oczy prawdzie i zobaczyć, kim ty w gruncie rzeczy jesteś. Nie powinno mnie to zaskakiwać, ale sam widzisz...

Obojgu trudno było ciągnąć tę rozmowę. Zehera chciałaby, żeby Aleksandar znów poprosił ją o przebaczenie i żeby z nią został, ignorując klakson, który w tym momencie nacisnął Zoran. Kusiło ją, żeby go o to poprosić, żeby uklęknąć przed nim i błagać. Chciała się rozpłakać, upokorzyć wobec nieznanych ludzi przechodzących obok i nieświadomych dramatu, w który zmieniała się jej egzystencja, ale coś we wnętrzu jej na to nie pozwalało. Coś bardzo silnego zachęcało ją, żeby nie zachowała się tak tchórzliwie jak on. Pragnienia Aleksandra szły w innym kierunku: chciał uciec od niej, oddalić się jak najszybciej od tej kobiety i dziecka, przypominającego mu nieustannie okrutną przeszłość, w którą wtrąciło go barbarzyństwo i głupota. Pragnął, żeby ta sytuacja już się skończyła i żeby mógł odzyskać dobre zdanie o sobie, które zostało gdzieś daleko. Bo Alek wstydził się za swoje postępowanie, czuł do siebie obrzydzenie, nie rozumiał, jak mógł stoczyć się tak nisko. To uczucie przerażenia i odrazy paliło go od środka. Nie miał też sił, żeby ciągnąć tę rozmowę, słuchać głosu, który tak kiedyś kochał. Czuł, że w jego żołądku otwiera się jakaś wielka dziura – musiał uciekać, nie zastanawiając się, czy robi słusznie, czy nie.

Znów rozległ się klakson. Zoran, chcąc zniknąć z tego miejsca, jeszcze bardziej się niecierpliwił niż jego kuzyn.

– Muszę iść. Mam nadzieję, że wszystko ci się ułoży i że uda ci się być szczęśliwą. Przysięgam ci, że to by mnie ucieszyło. Może któregoś dnia... – zdołał wyjąkać, podczas gdy Zehera odwróciła twarz ku małej. Teresa Alina, przytulona do matki, obserwowała rozgrywającą się scenę ze spokojem, którego jej spojrzeniu nigdy nie brakowało.

Milczenie było jedyną odpowiedzią, jaką otrzymał Alek. W pierwszym momencie ucieszyło go to, ale po chwili ta cisza stała się potężnym ciosem w jego sumienie.

Kiedy przestała już słyszeć silnik furgonetki Zorana, wiedziała, że właśnie zerwała się jedyna nić, która łączyła ją z tym, co było kiedyś. Zamknęła oczy i potok łez, wstrzymywany aż do tej chwili, zalał jej skrzywioną w bolesnym grymasie twarz. Wiedziała, że jest na świecie sama: daleko od domu i kraju, tysiące kilometrów od bliskich, być może osierocona przez rodziców i rodzeństwo. I przede wszystkim w nieludzki sposób porzucona. Jedyny człowiek, który jej pozostał, odrzucił ją, bo jakaś przeklęta bestia tej samej narodowości co on spustoszyła jego wnętrze.

Bez domu, bez przyjaciół, planów, marzeń, bez teraźniejszości i przyszłości. Bez niczego. Tylko z bólem przeszłości. Nigdy dotąd nie doznała takiego poczucia absolutnej pustki, które zawładnęło jej ciałem i umysłem. Nic. Nigdy w życiu nie czuła takiego egzystencjalnego zagrożenia tymi trzema literami; nawet wtedy, gdy ją gwałcono, upokarzano, poniżano, bito i wyzywano. Wtedy miała przynajmniej o kim myśleć, znała imię, które mogła szeptać, twarz będącą nadzieją, której potrafiła się trzymać, gdy spotykały ją wszystkie możliwe okrucieństwa. Teraz nie miała nic i, paradoksalnie, ten ładunek pustki, opuszczenia, nicości i osamotnienia miał wagę ołowiu. Opanowało ją uczucie dziwnej jałowości, która skłaniała ją, by zadać sobie pytanie, czy naprawdę żyje, czy krew nadal krąży w jej żyłach, czy jej serce nadal bije.

Z torbą pełną ubrań w jednej ręce i z Teresą Aliną na drugiej Zehera ruszyła w kierunku wejścia do budynku. Właściwie domyślała się, że to robi, bo nie miała poczucia ruchu. Jej uszy, które najwyraźniej ogłuchły, nie słyszały codziennych odgłosów ulicy. Skóra nie poczuła nawet mżawki, która zaczynała nasączać jej ubranie i moczyła małą. Teresa Alina wciąż milczała, nie wydała z siebie ani jednego dźwięku, nie zaczęła płakać. Ktoś, kto by zobaczył w tym momencie Zeherę, uznałby, że porusza się w somnambulicznym transie. Czuła się po prostu absolutnie samotna. Porzucona. Nieobecna. Martwa, a może uśpiona.

Otworzyła usta, kiedy stanęła przed białą ladą, za którą siedziała kobieta w średnim wieku.

– Julia. Przysyła mnie Teresa z Villa de Alba. Szukam Julii.

– Matko Boska, co się z tobą dzieje? Chodź, usiądź tu! – zawołała kobieta, odstawiając filiżankę parującej kawy i przypatrując się z niepokojem widmu, które właśnie weszło przez drzwi budynku. – Biedne maleństwo, zmokło. Natalia, Marisol! – krzyknęła, żeby zwrócić uwagę swoich współtowarzyszek. – Szybko, chodźcie mi pomóc! Ale skąd tyś się tu wzięła? – spytała, podstawiając Zeherze krzesło i biorąc małą na ręce, żeby osuszyć ją ręcznikiem.

– Z Bośni. Z wojny.

– Dziewczyno, co ty mówisz? Jak to przyjechałaś z...? Jesteś sama? Nikogo więcej z tobą nie ma? – pytała kobieta, spoglądając w kierunku drzwi wejściowych. – Jak tu dotarłaś?

Kobieta zza lady zlustrowała ją od góry do dołu i próbowała zrozumieć jej nieoczekiwane pojawienie się. Przez cztery lata, które przepracowała w stowarzyszeniu, widziała wiele osób z problemami, wchodzących przez te same szklane drzwi. Wszyscy prosili o uwagę, błagali o jedzenie, pieniądze, pracę, ubranie, schronienie albo o miejsce, gdzie mogliby się przespać... Ale pojawienie się osoby, która wydawała się bezdomnym aniołem, dopiero co spadłym z nieba wraz z padającym deszczem, było czymś innym.

– No dobrze, w końcu to wszystko jedno, skąd wyruszyłaś i skąd się tu wzięłaś. Jesteś bezpieczna i tylko to się liczy.

Kiedy się uspokoisz, trochę osuszysz, rozgrzejesz i coś zjesz, będziesz miała czas, żeby nam opowiedzieć. Zgoda?

– Julia? – zapytała Zehera, jakby nie usłyszała nic z tego, co powiedziała kobieta.

– Jest zajęta. Ale jak ją znam, pojawi się za minutę w tych samych drzwiach, przez które weszłyście wy dwie.

Od wielu lat Julia pomagała znajomym i nieznajomym, którzy prosili o pomoc w skomplikowanych procedurach meldunkowych albo w pisaniu podań o emeryturę lub subwencje. Służyła wsparciem ludziom borykającym się z problemami w domu albo w pracy, a przede wszystkim była pierwsza, by zajmować się wszystkimi pojawiającymi się w Pazo do Riba przybyszami, za cały bagaż mającymi wypełnioną komplikacjami przeszłość. Każda historia, każdy przypadek, każda osoba, która szukała u niej schronienia, stawała się nowym zadaniem, aż do czasu, kiedy w końcu odchodziła – pewna siebie, z podniesioną głową, bez lęku, wolna od uprzednich niepokojów i z nowym wyzwaniem przed sobą. Julia nigdy nie była zanadto zmęczona, nigdy nie miała zbyt wielu zajęć, nigdy konieczność wykonywania innych zadań nie przeszkodziła jej wysłuchać kogoś, kto prosił o przysługę. Ci, którzy ją znali, nie mogli sobie przypomnieć, żeby kiedykolwiek usłyszeli z jej ust odmowę, jeśli chodziło o udzielenie komuś pomocy. Zawsze była gotowa, nawet gdy oznaczało to nieobecność we własnej firmie albo w domu, albo odmówienie uwagi rodzinie. Często widywano ją w nowoczesnej, ale przytulnej kawiarni, którą prowadziła. Poruszała się po niej jak gazela, przemykając między stołami, krzesłami i barem, żonglując filiżankami z kawą, ciastkami, tortami, czekoladą, pierniczkami i pieniędzmi, oczywiście zawsze gotowa zdjąć kawiarniany fartuch i biec gdzie trzeba, kiedy ktoś przychodził z nowym problemem, z prośbą o ratunek, z nową historią, którą trzeba się było zająć. „Julia, mój syn... nie dali mu w ratuszu pozwolenia, o które prosił, i nie może otworzyć firmy". „Julia, w banku odmówili mi pożyczki, jeśli mi nie pomogą, wyląduję na ulicy". „Julia, dzieci na letni obóz... teraz mówią, że nie mają wiz, żeby przyjechać do Hiszpanii". „Julia, ja nie mam ubezpieczenia medycznego, a mój syn ma ubezpieczenie społeczne od niedawna i nie chcą mu zrobić operacji". „Julia... Julia... Julia". Była kobietą pełną życia, aktywną, o nieograniczonych siłach, uśmiechniętą, czułą, wesołą. Dobrą kobietą.

Skończyła niedawno czterdzieści siedem lat, choć jej wygląd trochę wprowadzał w błąd – i wydawała się starsza. Kilka kilogramów nadwagi, towarzyszących jej od czasu, kiedy urodziła młodsze z dwójki dzieci, syna Bruna, nie było w stanie ukryć, jak atrakcyjną kobietą musiała być wcześniej. Nie dbała zresztą o to, bo miała ważniejsze rzeczy na głowie. Pochodziła z zamożnej rodziny z Madrytu, która nigdy nie wiedziała, co to znaczy być głodnym. Na wydziale medycznym w stolicy poznała Daniela Castro, mężczyznę nieśmiałego i przystojnego, w którym zakochała się od pierwszego wejrzenia. Ona i połowa wydziału. Był to młodzieniec o oliwkowej cerze, czarnych, bujnych włosach, nad którymi zwykł panować za pomocą odrobiny żelu. Miał dość formalny sposób bycia, był człowiekiem na pozór bardzo poważnym, niezwykle dobrze wychowanym, wykształconym i aż nadto odpowiedzialnym – przynajmniej zdaniem większości studentek, które próbowały w jakiś sposób (czasem całkiem desperacki) zwrócić na siebie uwagę, kiedy tylko jego atrakcyjna sylwetka pojawiała się na uniwersyteckim korytarzu, na schodach albo w drzwiach wejściowych do auli. Zawsze miał ręce zajęte książkami, zeszytami, notatkami; niełatwo go było spotkać przy okazji jakichkolwiek wydarzeń, spotkań czy zabaw, które nie koncentrowały się na sprawach naukowych.

Spokój, brak jakichkolwiek uczuć choćby zbliżonych do wstydu oraz zdecydowanie okazały się w Julii silniejsze niż nieśmiałość i niechęć do wyróżniania się w obecności tego atrakcyjnego studenta medycyny. Pewnego dnia, zaraz po ostatnim wykładzie, podeszła pospiesznie do Daniela, zmusiła go do zatrzymania się i wysłuchania tego, co miała do powiedzenia:

– Cześć, jestem Julia. Nie znasz mnie, ale ja siedzę cztery rzędy za tobą i chciałam cię prosić o przysługę. Nie odwracaj wzroku, tylko patrz prosto przed siebie... no patrz, mówię ci! – zażądała, chwytając go za podbródek, żeby nie mógł się odwrócić. – Tam są moje przyjaciółki i grupa naszych kolegów, z którymi się założyłam: jeśli mnie pocałujesz albo odprowadzisz do samochodu, albo zachowasz się tak, jakbyś zapisywał na kartce numer telefonu czy adres, wygram pięćset peset. Wiem, że to wariactwo, ale te pieniądze będą nie dla mnie. Chodzi o pomoc dla rodziny koleżanki mojej kuzynki, która nie ma za co kupić lekarstw dla czteroletniego synka. I możesz mi wierzyć, że nie opowiadam ci żadnej bajki. Jeśli chcesz, kiedy tamci dadzą mi pieniądze, odprowadzisz mnie do domu, w którym mieszka ta rodzina, i zobaczysz ich na własne oczy... takie ładne, nie da się ukryć. Pomożesz mi?

Kiedy zobaczyła uśmiech rozjaśniający niemal grecką twarz Daniela i ukazujący rząd idealnych, śnieżnobiałych zębów, kiedy spostrzegła, że jego oczy koloru miodu rozbłysły jeszcze silniejszym blaskiem niż zwykle, wiedziała, że zachowa się w sposób niewybaczalnie głupi, jeśli nagle ugną się pod nią nogi – a czuła, że za chwilę do tego dojdzie. Ujęty i rozbawiony spontanicznością dziewczyny, na którą – całkiem inaczej, niż ona sama myślała – nieraz już zwracał uwagę (szczególnie kiedy próbowała zaparkować samochód, urządzając przy tym straszliwe awantury, z jakich zwykle wychodziła obronną ręką, w odróżnieniu od reszty uczestników), przytknął wargi do jej zaróżowionego policzka, po czym szarmancko podał jej ramię. Kiedy mieli już wychodzić z auli, zatrzymała Daniela, ciągnąc go za jego silną rękę.

– Poczekaj, pójdę odebrać nagrodę, a potem pojedziesz ze mną zobaczyć się z Mina... z rodziną chorego dziecka.

Tego dnia Daniel towarzyszył Julii w wizycie u potrzebującej rodziny, później odprowadził ją do domu – ale dopiero gdy pozwoliła się zaprosić na kawę z pączkami (przy czym Julia zamieniła w tym zestawie kofeinę na kieliszek anyżówki). Od tej pory stali się nierozłączni. W roku, w którym Zehera pojawiła się w Pazo do Riba, Julia i Daniel obchodzili dwudziestolecie ślubu. 11 listopada 1974 roku przysięgali sobie wieczną miłość w szczęściu i w nieszczęściu, w zdrowiu i w chorobie. Byli dumni z tego, że udało im się dotrzymać słowa i nie spędzić ani jednej nocy w rozłące: tam, gdzie jechało jedno z nich, towarzyszyło mu drugie. Dlatego Julia nie przejmowała się, kiedy jej mąż podniósł sprawę możliwej podróży do Ameryki Południowej, gdzie jako znany chirurg miałby pracować na rzecz najuboższych. Jego rodzice nigdy nie mogli zrozumieć, że ich syn nie woli praktykować w Hiszpanii, gdzie z pewnością mógłby pomnożyć majątek, ale Daniela pobudki natury społecznej i moralnej popychały ku ludziom, których potrzeb nie chciał ignorować.

Na początku 1985 roku przenieśli się więc do Ekwadoru wraz z dwójką dzieci – dziewięcioletnią Sarą i pięcioletnim Brunem. Przez dwa lata mieszkali tam w małym miasteczku, na które, jak się zdawało, Bóg po jego stworzeniu zapomniał spojrzeć po raz drugi. Daniel zajmował się najpilniejszymi przypadkami, szczególnie dziećmi, a Julia często działała jako jego wierna pielęgniarka. Nie miała w tej dziedzinie formalnego wykształcenia, ale jej wiedza nie była mniej rozległa niż dyplomowanej absolwentki szkoły pielęgniarskiej. Kiedy w końcu postanowili wracać do Hiszpanii, zamieszkali w Pazo do Riba, mieście na północ od Orense, gdzie rodzice Daniela mieli śliczną posiadłość. Zapisali ją w spadku jedynemu synowi, który stał się jej właścicielem, kiedy rodzice zginęli w wypadku drogowym. Julia zajęła się prowadzeniem kawiarni literackiej, którą sama stworzyła i która pozwalała jej odrywać się czasami od niekończącej się działalności społecznej. Daniel zaś rozpoczął współpracę z miejscowym szpitalem, gdzie praktykował, z każdym dniem zyskując coraz większą sławę. Od pierwszego dnia Daniel i Julia cieszyli się uznaniem mieszkańców miasta, którzy szybko poznali się na dobrych sercach nowych sąsiadów i na ich niezwykłym zapale do pracy.

Kiedy Julia przyszła tego dnia do lokalu stowarzyszenia, z wielkim zainteresowaniem przyjęła wiadomość o kobiecie, która się tam pojawiła, powtarzając jej imię.

– I mówisz, że przyjechała z Bośni? – spytała, pragnąc jak najszybciej poznać wszystkie szczegóły na temat dziewczyny siedzącej na kanapie w wygodnie urządzonej poczekalni. – Biedna kobieta, taka młoda, taka ładna, słaba, bezbronna. I z takim malutkim dzieckiem. Oglądałaś popołudniowe wiadomości? Atak w Sarajewie na tych ludzi, którzy stali w kolejce, żeby kupić chleb? Co za tragedia! Czułam się chora, patrząc na tę rzeźnię. Nie mogę sobie nawet wyobrazić, jak cierpią ludzie w tym kraju. I powiedziała wam, że przysłała ją Teresa z Salamanki? – spytała po raz kolejny, przecierając okulary w ciemnej rogowej oprawie. – Muszę spytać Daniela, czy ma zapisane jakieś telefony do ludzi stamtąd. Byli tacy mili i wdzięczni. Na pewno musiał je gdzieś zanotować, on nigdy o niczym nie zapomina, nie to co ja.

Julia podziwiała męża. Po prostu go uwielbiała. To, co do niego czuła, już pewien czas temu przekroczyło granice intrygującej symbiozy, której źródłem bywa miłość i namiętność.

Idealizowała go, ale też wiedziała, że choć to ona zdobyła wielkie uznanie za wiele lat występowania pod sztandarem solidarności społecznej, dużo zawdzięczała cichemu wsparciu męża i jego pełnemu zrozumieniu dla jej działalności. Zdarzały się chwile, gdy zaskakiwała samą siebie, obserwując uważnie męża, kiedy czytał, studiował literaturę fachową, spał albo oglądał mecz piłkarski w telewizji: potrafiła trwać tak godzinami, wykazując taki sam zachwyt jak ktoś, kto ogląda piękne i ważne dzieło sztuki. Daniel był od niej o trzy lata starszy, ale jego ciało i twarz – inaczej niż w przypadku Julii – z wiekiem nabierały coraz bardziej radosnego wyglądu i wydawały się o dziesięć lat młodsze, niż były w rzeczywistości. Pozostał bardzo przystojnym mężczyzną, interesującym, uwodzicielskim (choć się o to nie starał), idealnym towarzyszem pełnego i satysfakcjonującego życia. Julia wiedziała, że miała szczęście, poznając go, i ta świadomość dawała jej dostateczną pewność siebie i energię, żeby podejmować kolejne kampanie, choćby nie wiadomo jak szalone.

– Tak, Daniel z pewnością ma gdzieś te numery.

Zehera wpatrywała się w twarz kobiety, która uparcie się do niej uśmiechała, a jednocześnie obejmowała ją i szeptała do uszu niezwykle przyjazne słowa. Nie mogła nic poradzić na to, że opanował ją ból. Odczuwała złość, której nie potrafiła poskromić. Bez wątpienia czułość i delikatność, z jaką przemawiała do niej Julia, w połączeniu z jej gotowością do niesienia bezinteresownej pomocy przyczyniły się do przerwania tamy, która do tej pory powstrzymywała zdenerwowanie Zehery, jej desperację i poczucie bezsilności wobec wydarzeń, które spotkały ją w ciągu ostatnich dwudziestu czterech godzin. Jej rozpacz miała charakter absolutny. Nie mogła przestać szlochać, ale z jej ust nie wydostawało się ani jedno słowo. Przez cały czas mówiła tylko Julia: o potrzebie spokoju, o konieczności zjedzenia posiłku, zebrania sił, o ochronie, odpoczynku, o zajmowaniu się małą, o wizycie u lekarza i potrzebie cierpliwego czekania na to, by wysłuchać i być wysłuchaną.

Następne dni dla nikogo nie były łatwe. Zehera – po pierwszym tygodniu, kiedy przejawiała nieco większą komunikatywność i odważyła się opowiedzieć to i owo o swoim zrujnowanym życiu – zamknęła się całkowicie. Prawie w ogóle się nie odzywała i nie reagowała na to, co Julia i pracownicy stowarzyszenia do niej mówili. Nie odpowiadała na zewnętrzne bodźce, choćby najbardziej przyjazne i pełne zrozumienia. Wydawała się ciągle spanikowana. Stopniowo zatrzaskiwała się w wewnętrznym świecie, z dala od rzeczywistości, którą odbierała jako niebezpieczną, okrutną i niesprawiedliwie bolesną. Niepokój, nieustający lęk, słabość, jaka ogarnęła jej organizm, pojawianie się coraz silniejszego poczucia winy za to, co się stało, nieznośny wstyd, objawiający się za każdym razem, gdy ktoś próbował wniknąć w dręczące ją problemy... Wiedziała, że cofa się niemal o dwa lata wstecz, do czasów, gdy pojawiła się w Villa de Alba i pogrążyła w absolutnej apatii, izolującej ją od zewnętrznego świata. Wrócił do niej smutek, dolegliwości emocjonalne i fizyczne, nieznośne uczucie całkowitej bezbronności, duszności, zdenerwowanie, niepokój, dezorientacja... Przekonanie o tym, że jest zgubiona. Kompletnie sama. Pusta. Ponownie pojawiły się nocne koszmary, w których jej ciało zanurzało się w rzece o mętnych wodach, pełnych trupów jej najbliższych. No i, rzecz jasna, całkowity brak kontaktu. Nie było sposobu, żeby z jej ust spłynęły dźwięki odzwierciedlające kształt piekła, w którym z jakiegoś powodu – jakiego nie chciała Julii wyjawić – czuła się zamknięta.

– Wiesz, Daniel, martwi mnie to – wyznała Julia mężowi. Byli już w łóżku, dopełniając ostatnich czynności dnia:

ona przeglądała plan zajęć na jutro, on zaś tkwił z nosem w jakiejś medycznej książce. – Nie reaguje na żadne bodźce. Pierwszego dnia trafiła tu, prosząc o pomoc, pytając o mnie, a od tego czasu zachowuje się tak, jakby miała zapieczętowane usta. Doprowadza mnie do szaleństwa. Serce mi się kraje, kiedy widzę, jaka jest młoda i skrzywdzona, zdeprymowana, z pustką w oczach. No i to maleństwo: nie można sobie wyobrazić lepszego dziecka niż ten aniołek. Zawsze patrzy na matkę, kiedy się śmieje, kiedy płacze, śpi. Nigdy nie spuszcza jej z oka. To jakaś magia, coś tak niezwykłego, że samo patrzenie na nie budzi wielkie emocje. Musisz je zobaczyć. Na pewno coś ci zagra w duszy. Nie wiem już, co mam robić, żeby się otworzyła. Czuję się całkiem bezużyteczna. – Julia zamilkła na chwilę, popatrzyła na męża i rzuciła uwagę, którą już od dawna chciała wypowiedzieć. – Sądzę, że ty byś mógł jej pomóc.

– Ale jak? Jestem chirurgiem, i chociaż wiem, że gotowa jesteś na wszystko, byle tylko osiągnąć swój cel, to nie sądzę, żebyś się odważyła na coś takiego... – Ironia Daniela zezłościła jego żonę; ale okazała to tylko na tyle, żeby przyciągnąć jego uwagę i wydusić z niego zobowiązanie. – No dobrze. Jutro pójdę na oddział psychiatryczny w szpitalu. Porozmawiam z doktorem Muñozem. Może będzie mógł ją zbadać i powie nam, co się dzieje. Zadowolona?

– Bardzo. – Pocałowała go w policzek w dowód wdzięczności i przy okazji strąciła mu okulary. – Jestem wykończona. To był ciężki dzień. A jutro muszę iść porozmawiać z burmistrzem, żeby pomógł mi w sprawie wiz dla tych dzieci z Sahelu. Znów to co zawsze. Co roku to samo! Wszystkie możliwe problemy, żeby tylko te dzieci nie mogły wyjechać z kraju. Jakby biedactwa nie miały wrócić za dwa miesiące! Dobry Boże, chodzi tylko o spędzenie lata u normalnej rodziny, w normalnym otoczeniu, z normalnym jedzeniem, wśród ludzi i basenów pełnych wody, której te dzieciaki w swoim kraju nawet nie mogą się dość napić. Niektórym trudno to zrozumieć. – Zrobiła pauzę, żeby popatrzeć na męża, który trzymał w dłoniach specjalistyczną książkę medyczną ogromnych rozmiarów. Wiedziała, że jej słucha, choć nie z takim zainteresowaniem, jakiego by sobie życzyła. Nie obwiniała go. Wręcz przeciwnie: zachwycało ją, że jest tak skupiony na swoich lekturach, a jednak zawsze u jej boku, związany z nią, gotów poświęcać jej uwagę, kiedy tylko będzie tego potrzebowała. – Przeczytasz to całe, czy zostawisz sobie coś na jutro?

– Ale z ciebie nudziara. Przez pół godziny męczyłaś mnie, aż się zgodziłem na to, o co ci chodziło, a teraz nawet nie dasz mi poczytać. Już zamykam – powiedział z tym samym uśmiechem, w którym zakochała się dwie dekady wcześniej. Zgasił światło i pocałował ją na dobranoc. – Nie wiem, czemu cię wtedy posłuchałem. Zawsze byłaś interesowna. Cudowna, ale interesowna.

· 22 ·

Diagnoza doktora Nacho Muñoza nie pozostawiała wątpliwości.

– Zespół stresu pourazowego. Jasne jak słońce. Ta młoda kobieta ma za sobą straszliwe doświadczenia, których nikt z nas nie może sobie nawet wyobrazić. Moja ekipa zajmuje się nią, sam też się w to włączyłem i prawdę mówiąc nie wiem, jak ktoś może znieść aż tyle w tak krótkim okresie. Przeżyła wojnę, została porwana i zgwałcona, widziała umierających ludzi, straciła bliskich, uciekła ze swojego kraju, a na dodatek jej narzeczony postanowił ją porzucić.

Z pewnością jest jeszcze wiele spraw, do których na razie nie udało nam się dotrzeć. Być może ona cierpi na to, co się nazywa „niedokończoną żałobą".

Twarz Daniela świadczyła, że rozumie sens słów kolegi.

– Wiesz, ona weszła w pewien rodzaj stanu katatonicznego, kiedy się nie mówi, prawie nie nawiązuje kontaktu, nie czuje, nie widzi, nie słucha, tak jakby zdolności sensoryczne zanikły, jakby się dostało jakiś zastrzyk i znieczulenie trwało znacznie dłużej, niż powinno. Ta dziewczyna... – Doktor Muñoz spojrzał na trzymaną w dłoniach teczkę i zaczął w niej szukać jakiegoś szczegółu, który najwyraźniej wyleciał mu z głowy. – Ta dziewczyna... Zehera... opowiedziała nam o potwornych rzeczach, jakie przeżyła w ciągu ostatnich dwóch lat: o tym, co się stało z jej krajem, co jej zrobiono... Podzieliła się nawet pewnymi detalami, które nas wszystkich, poza samą opowiadającą, wzburzyły i przygnębiły. Musisz mnie dobrze zrozumieć: ona opowiadała o swoich doświadczeniach tak, jakby jej nie dotyczyły, bez okazywania bólu, nienawiści, chęci zemsty, goryczy czy niepokoju. Ale nie dlatego, że nie czuje bólu, tylko dlatego, że już go odczuła, i ten pozorny chłód jest czymś w rodzaju tarczy, ochrony przed cierpieniem. A poza tym jest teraz w obcym kraju, w którym jej sprawy nie układają się dużo lepiej. To znaczy, że do tego wszystkiego, o czym ci powiedziałem wcześniej, należy dołożyć „niepokój imigranta". To samo spotkało gosposię, która pracowała u nas w domu: musiała wrócić do swojego kraju, bo nie potrafiła wytrzymać tego stanu, a nie chciała przyjmować leków, które jej przepisałem. Chyba myślała, że chcę ją znarkotyzować, oszukać, sam nie wiem. – Muñoz zauważył, że jego problemy domowe nie bardzo interesowały Daniela. – Och, przepraszam, przecież nie rozmawiamy o mnie. Myślę, że najlepiej byłoby ją na pewien czas przyjąć na oddział. Nie pytaj mnie, na jak długo.

Zależy to od jej reakcji na leczenie, od jej sił i chęci wyjścia z tego, co ją zżera od środka.

– Jeśli chodzi o mdłości, biegunkę, bóle głowy i pleców, to wszystko są symptomy związane ze stresem pourazowym – mówił dalej doktor Muñoz. – To zwykła reakcja organizmu. Wszystkie badania, jakie jej zrobiliśmy, dają wynik negatywny. Ma na ciele ślady po ranach. Musimy ustalić, jak je odniosła. No i waży za mało, ale poza tym wszystko jest w porządku: płuca, żołądek, nerki, czerwone krwinki, serce... Wszystko poza głową. Nad tym trzeba ciężko popracować. A tak w ogóle, to twoja znajoma?

– Nie. Przyszła do Julii – wyjaśnił mgliście Daniel. – Ale jeśli chodzi o pieniądze, to chyba wiesz, że nie masz się co przejmować. Bierzemy to na siebie, znasz moją żonę. Powiedz nam, kiedy chcesz ją przyjąć, i nie będzie problemów.

– Twoja żona to święta – zażartował doktor Muñoz.

– Tak, a ja błogosławiony. I jej ofiara, nie zapominaj – dodał Daniel, podnosząc się z krzesła i spoglądając w popłochu na tarczę swojego zegarka.

– I nudziarz. I stary ramol. Bez ikry. A ta dziewczyna jest jak z bajki.

Pełna niezrozumienia mina Daniela kazała Muñozowi wyjaśnić, o co mu chodziło.

– Dziewczyna, którą przyprowadziła twoja żona, to prawdziwa piękność. Smutna, ale piękna.

– Więc postaraj się, żeby ta „piękność" pozostała wśród żywych, albo będziesz miał do czynienia z Julią. I skoncentruj się, kolego Muñoz, na tym, że nosisz biały fartuch – rzucił sarkastycznie Daniel.

– Och, bardzo uważam. To, co tu widzisz na ścianie, to dyplom. Z medycyny, a etyka zawodowa...

– Jest dla mnie święta – Daniel uprzedził tylekroć powtarzane słowa kolegi i przyjaciela, wypowiadając to zdanie jak wyuczoną lekcję. – Jeszcze nam to opowiesz. Rób to, co należy robić. Aha, moja córka Sara w końcu zdecydowała się wyjechać na studia do Stanów Zjednoczonych. Wiem, że masz tam wpływowych przyjaciół, więc zacznij już do nich dzwonić. Nie chciałbym, żeby mojej małej czegokolwiek brakowało.

– Twoja mała ma osiemnaście lat, może by już była pora, żebyś przestał tak o niej mówić? – Te ostatnie słowa Muñoz musiał w zasadzie wykrzyczeć: Daniel opuścił już bowiem jego gabinet.

„Chroniczny stres pourazowy o niepewnej odwracalności. Całkowita niezdolność do prowadzenia jakiejkolwiek działalności zawodowej".

W pierwszej chwili Julii wydawało się, że te słowa skaczą jedno przez drugie, tańczą między linijkami tekstu, zmieniając miejsce i szyk w *dossier* medycznym, które właśnie wręczył jej lekarz. Musiała przeczytać aż pięć razy wstępny raport, który zredagował doktor Muñoz i który przyjął bardziej formę wyroku niż zaleceń lekarskich. Nie do końca mogła zrozumieć, czy kartki, które miała przed sobą, przekazują dobre, czy złe wiadomości. Nienawidziła medycznego języka lekarzy, którzy próbowali chyba ukryć się za absurdalnym i nieczytelnym dla większości pacjentów żargonem. Miała wrażenie, że zwykle chodzi przy tym też o próby przydania wagi opisywanym przypadkom za pomocą grubej warstwy pudru.

– No więc co zrobiłeś przez te sześć miesięcy, kiedy miałeś ją na oddziale? – spytała naiwnie, nie zauważając, że to pytanie graniczy z bezczelnością, choć zakamuflowaną.

– Nie rób takiej miny, Julio. Poza tym to nie jest aż tak groźne, jak brzmi, i nie trzeba wpadać w panikę. To o „niepewnej odwracalności" nie jest całkiem precyzyjne. Wykonaliśmy z nią wielką pracę. Zrobiła ogromne postępy. Stopniowo się otwiera, jak kwiat róży. Nie masz pojęcia, jak to cieszy, kiedy twoja praca prowadzi do takiej poprawy stanu chorego. Rozmowa czasami czyni cuda dużo większe niż farmakologia. Osiągnęliśmy znaczne ograniczenie epizodów retrospekcji i koszmarów. Udało się to dzięki werbalnemu przetrawieniu traumatycznych wspomnień. Wiesz już, przez co ta kobieta przeszła, opowiadałem ci to na bieżąco, może tylko bez pewnych szczegółów, które wydawały się nam zbyt osobiste. Jeśli ktoś ma je kiedyś opowiedzieć, powinna to być ona sama. Pacjentka ma się dużo lepiej, ale teraz musi wrócić do życia, żeby można stwierdzić, na co się to wszystko zdało. Na oddziale już nic więcej nie zdziałamy. Dalsze trzymanie jej tutaj nie przyniosłoby nic dobrego: ona powinna wrócić do świata, być ze swoją córką. Na początku prawie o nią nie pytała, była skupiona na sobie, ale ostatnio jest nią bardzo zainteresowana. No zresztą sama widziałaś w trakcie tych kilku wizyt z małą, na które się zgodziliśmy. Tak jak wam powiedziałem, ona by potrzebowała wsparcia swoich bliskich, ale obawiam się, że to niemożliwe. Mimo to konieczne jest, żeby mogła mówić, wentylować swoje myśli, emocje, lęki, wszystko, co tkwi zamknięte w jej wnętrzu. Powinna przewietrzyć obrazy, które postanowiła ukryć w sobie ze strachu, że wyrządzą jej taką samą krzywdę jak kiedyś. Jestem przekonany, że w jej głowie jest znacznie więcej, niż nam opowiedziała. Są tam rejony wciąż jeszcze całkiem niedostępne. Powinniście jej pomóc oderwać się od przeszłości i zakotwiczyć się w teraźniejszości, która ją otacza. Rozmawiać, rozmawiać i rozmawiać. A ty, Julio, możesz tego dokonać lepiej niż ktokolwiek inny. Wasza rodzina jest modelowa, zespolona, zdrowa, szanowana... To najlepsze środowisko dla osoby z jej problemami, ale i tak będzie to dla niej duży wysiłek, żeby stanąć twarzą w twarz z normalnością.

Mówiąc te słowa, Muñoz przyglądał się z troską twarzom przyjaciół. Bał się, że nakłada na nich odpowiedzialność, którą nie on powinien dysponować. Powtarzał sobie, że być może się pospieszył, choć zdawał sobie sprawę, jak ważną rolę mogła odegrać pomoc obojga małżonków, których miał przed sobą.

– Oczywiście istnieje też wariant z umieszczeniem jej w domu dla psychicznie chorych, żeby tam się nią przez pewien czas zajęli, ale może w ten sposób wejść w błędne koło.

– Więc co robimy? – spytał Daniel, który był jeszcze bardziej zaniepokojony niż jego żona. – Co będzie najbardziej korzystne? Prawdę mówiąc, jesteśmy trochę zagubieni. Ja bardziej niż Julia, obawiam się... – skomentował Daniel. Jego żona spojrzała na niego nieufnie i lekko się uśmiechnęła.

– Nie wiem. Powiedziałem wam, jaka jest sytuacja: Zehera może się całkowicie wyleczyć, ale to wymaga czasu, by wzmocniła się u niej ekspresja emocjonalna. Musi znów komuś zaufać, czuć się potrzebna, wchodzić w relacje z innymi, zacząć rekonstrukcję swojego życia, które według tego, co o niej wiemy, zniszczono bez jej udziału. Oczywiście będzie nadal przychodzić regularnie do psychiatry i psychologa. Musi kontynuować terapię kognitywną i behawioralną, musi się uczyć sposobów rozluźniania się i uprawiać odpowiedni trening. Potrzebne jej są też ćwiczenia oddechowe i techniki samokontroli. Jestem też za tym, żeby nie odstawiała leków przeciwdepresyjnych i uspokajających, tych, które jej zaczęliśmy podawać na oddziale. Pomogą jej zwalczyć bezsenność, nocne koszmary i napięcie nerwowe, które jej dokucza – mówił Muñoz, kładąc na stole liczne papiery z informacjami, którymi dzielił się z przyjaciółmi. – Jeśli jej stan będzie się poprawiał, a nie jest to żelazna reguła i każdy pacjent to odrębny przypadek, możemy zmniejszać dawki leków. Żeby was uspokoić, powiem, że sześćdziesiąt pięć procent pacjentów kończy w pewnym momencie terapię psychofarmakologiczną. A ta dziewczyna chyba też zmierza w tym kierunku. Jestem optymistą, jeśli chodzi o jej przypadek.

– Zostanie u nas. Jej córka i tak już mieszkała z nami przez cały czas, kiedy Zehera była na oddziale, i nie sądzę, żebyśmy mogli i powinni je rozłączać. Obie mogą z nami mieszkać i kiedy matka całkiem dojdzie do siebie, i będą miały szansę odbudować swoje życie, niech ona sama zadecyduje. – Julia spojrzała na męża, który obserwował ją, zdając sobie sprawę, że decyzja, którą właśnie ogłosiła, jest ostateczna. – Oczywiście, jeśli ty, kochanie, nie masz nic przeciwko temu. Ale jestem pewna, że ci to nie będzie przeszkadzać. Zawsze tak robiliśmy. – Daniel kiwnął głową, posyłając jednocześnie żonie ten sam uwodzicielski i dobroduszny uśmiech, którym kiedyś ją zdobył. – A więc nie ma co dłużej o tym gadać. Obie zostaną u nas w domu. W dodatku Sara nas zostawia na rok. Jedzie studiować do Missouri. Daniel ci o tym mówił?

– Tak, coś wspominał. – Muñoz spojrzał na ludzi, z którymi rozmawiał, i poczuł się dumny, że oboje są jego najbliższymi przyjaciółmi. – Nie mam pojęcia, co stałoby się z tym światem bez takich ludzi jak wy. Nie wiem, czy jesteście szaleni, czy może święci. Przepraszam, zagalopowałem się – próbował obrócić swoje słowa w żart, gdyż zdał sobie sprawę, że zaczyna mówić ze zbytnim patosem. – To ty, Julio, jesteś święta, bo ten facet, którego masz za męża, nie przestaje być pantoflarzem. Świetny chirurg, ale pantoflarz. Nie wie, jakie mu się szczęście trafiło. – Znów zrobił poważną minę, żeby przekazać im ostatnią wskazówkę. – I bardzo was proszę, jeśli potrzebna będzie wam rada, będziecie mieli jakieś pytania albo wątpliwości, wiecie, gdzie mnie szukać dwadzieścia cztery godziny na dobę. Mówię serio.

Rodzinny samochód przekształcił się w ring, na którym obrzucano się spojrzeniami. Daniel sprytnie obserwował nową lokatorkę we wstecznym lusterku; Julia w nerwach i emocjach spoglądała na swojego męża, pewna, że dobrze wie, jakie myśli przebiegają w tej chwili przez głowę człowieka, który zawsze ją wspierał, niezależnie w jaką przygodę się angażowała. Zehera nie przestawała sprawdzać wzrokiem centymetr po centymetrze ciała córeczki, rzucając jednocześnie nieśmiałe spojrzenia na swoich towarzyszy drogi. Ale te zawody na spojrzenia jak zwykle wygrywała w cuglach Teresa Alina: przypatrywała się wszystkim otwarcie, bez udawania, bez dyplomatycznych zawijasów, bez kluczenia i wybiegów. Jej wielkie i z każdym dniem coraz bardziej wyraziste czarne oczy wpatrywały się kolejno we wszystkich pasażerów samochodu, który wiózł ich ze szpitala w miejsce mające wkrótce stać się ich nowym domem.

To właśnie w wielkiej rezydencji w Pazo do Riba, która pozostawała od dawna w rękach rodziny Castro, miały się od teraz krzyżować spojrzenia, uczucia, tajemnice, wyznania, przyjaźnie, spotkania, przemilczenia i myśli osób, które na razie mijały obłożoną wspaniałymi kamieniami fasadę domu. Kamienie – które cieszyły Zeherę podobnie jak tamte, odległe o kilka tysięcy kilometrów – stać będą od tej pory na straży zdarzeń, które zatrzęsłyby niejedną kolumną. Wystarczyło tylko poczekać, aż te historie się wydarzą i zaczną wędrować z ust do ust.

Trudno było objąć jednym szybkim spojrzeniem całość domu: potrzeba było na to co najmniej kilku minut, żeby nabrać przybliżonego pojęcia o strukturze tego kolosa z kamieni oplecionych bluszczem, położonego pośród lasu, który kapryśnie mieszał się z perfekcyjnym układem żywopłotów. Miejsce bardziej przypominało posiadłość ze średniowiecznej legendy niż współcześnie używany dom rodzinny.

Wnętrze, rozłożone na dwóch bardzo różnych kondygnacjach, nie rozczarowywało. Pokój dzienny był z pewnością pomieszczeniem najbardziej reprezentacyjnym i zajmował prawie cały parter: obszerny, jasny, dostojny, ale jednocześnie wygodny i miły, robił wrażenie miejsca żywego i cieszącego gospodarzy. To tam zbierała się cała rodzina, by oddawać się wspólnie różnym zajęciom: jedzeniu, nauce, oglądaniu telewizji, lekturze czy słuchaniu muzyki. Również tam miały miejsce wszelkie obchody: wydarzenia rodzinne czy ważne uroczystości znajdowały dzięki temu pokojowi stosowną oprawę. W pomieszczeniu tym dawały się wyróżnić dwie odmienne przestrzenie: ciepło urządzoną jadalnię, w której mieścił się wielki drewniany stół i osiem krzeseł, także z drewna, oraz obszerną przestrzeń stanowiącą rodzaj salonu, zajmującą większą część metrażu, a mimo to z jakiegoś powodu będącą najbardziej zatłoczonym zakątkiem domu. Na tym samym piętrze znajdowała się również kuchnia. Wysoka, przestronna, jasna, w dominującej tonacji czarnej i brązowej, wyposażona w przybory kulinarne wszelkich kształtów i kolorów, zwisające zarówno ze ścian, jak i z sufitu, oraz w najnowocześniejsze elektryczne urządzenia gospodarstwa domowego, jakie tylko można sobie było wyobrazić. Na środku wydzielono prostokątną wyspę roboczą, gdzie rozmieszczono kuchenkę, piekarniki i blaty do pracy. Jedne z kuchennych drzwi wychodziły na śliczny, tylny ogród. Znajdował się w nim mały aneks – drewniany domek, będący tak naprawdę wspaniałą i bogato wyposażoną spiżarnią, pełną wszelkiego rodzaju pudeł, pojemników, puszek, szklanych i plastikowych butelek z najróżniejszymi płynami, słoików i torebek z wszystkimi produktami, o jakich dało się pomyśleć: napojami, owocami, warzywami, mięsem, rybami, przyprawami, ziarnami, słodyczami... Była to prawdziwa świątynia jedzenia, raj dla zmysłu smaku.

Po przeciwnej stronie domu niż kuchnia, tuż obok jadalni, znajdował się gabinet Daniela, z którego korzystała także przy różnych okazjach Julia. Reszta domowników miała praktycznie zakaz wchodzenia do tego pomieszczenia. Nie był on nigdy otwarcie wypowiedziany, raczej miał charakter niepisanej normy, której wszyscy przestrzegali: po prostu wiedziało się o tym i stosowało w praktyce. Nie było zresztą żadnego powodu, by wchodzić w tę przestrzeń wypełnioną papierami, książkami, starymi fotografiami, segregatorami i dwoma komputerami. Nieuporządkowane wnętrze nie zawierało nic, co mogłoby zainteresować kogokolwiek poza obojgiem małżonków. Było to najświętsze miejsce w domu, prywatne i odrębne od pozostałych. Oaza spokoju i niezależności, których nie dało się znaleźć w pozostałych częściach rezydencji.

Górne piętro zajmowały wyłącznie sypialnie. Było ich razem sześć, a wielkość tych pomieszczeń pozwalała na to, żeby przy każdej urządzić osobną łazienkę. Jeśli chodzi o wyposażenie, nie brakowało niczego. W każdej sypialni były dwa lub trzy okna, zapewniające wspaniały widok. Z niektórych pokoi widać było główne wejście do domu z rzędami jednorodnych żywopłotów, z innych ogród okalający tylną część budynku (w którym ze smakiem rozstawiono meble ogrodowe, przydające całej scenerii wrażenia przytulności i wygody), mały obszar, gdzie mieścił się basen – niezbyt wielki w porównaniu z resztą rezydencji – oraz strefę, gdzie znajdowała się spiżarnia, a obok niej garaż.

Patrząc na twarz Zehery, można było zauważyć, że nowe miejsce robi na niej wrażenie, wręcz ją zdumiewa. Wyraźnie próbowała uporządkować w głowie te wszystkie metry kwadratowe. Uciekając się do nieśmiałego wybiegu, kilkakrotnie zamrugała powiekami, sprawdzając, czy silne leki, które brała, oraz długotrwałe zamknięcie w miejscu, gdzie dominowała biel, nie spowodowały jakichś skutków ubocznych. Ale to nie był sen: to, co widziała przed sobą, nie było owocem delirium, mózg nie płatał jej figli i tworzone przezeń obrazy nie były okrutnymi żartami, mającymi na celu naigrawanie się z niej, jak to już nieraz w jej życiu bywało. Wszystko, co rozciągało się przed jej oczami, było prawdziwe. I Zehera z całych sił pragnęła, żeby nie zniknęło.

Najbardziej obfitujący w emocje moment nadszedł wtedy, gdy Julia otworzyła drzwi sypialni przygotowanej dla Zehery. Reszta rodziny stanęła w pewnej odległości za obiema kobietami, nie chcąc zakłócić jakimś hałasem chwili, na którą wszyscy uczestnicy tego zapoznawczego spaceru po domu szczególnie się cieszyli. Wtedy ją zobaczyła: obok jej łóżka, w odległości nie większej niż dwadzieścia centymetrów, umieszczono kołyskę, w której głowach przyczepione były dziecięce kolorowe litery do zabawy, układające się w imię Teresy Aliny. Zehera otarła oczy, zamglone przez nagły przypływ emocji, i przyjrzała się wspaniałemu zbiorowi dziecięcych zabawek i gier – dominował tu kolor różowy. Nie mogła się już powstrzymać i wybuchnęła płaczem. Julia pospieszyła ze wsparciem. Uśmiechnęła się do Zehery i próbowała ją przekonać, że nie ma powodu do płaczu, podczas gdy czająca się za kobietami grupa pościgowa cofnęła się jeszcze o kilka kroków, żeby nie przeszkadzać. Kiedy pytające spojrzenie Julii uświadomiło pozostałym śmieszność ich zachowania, zaczęli się w końcu zachowywać naturalnie. Zgromadzenie się rozwiązało, kiedy Daniel krzyknął „wszyscy na kolację!".

Był to pierwszy posiłek grupy rodzinnej w nowym składzie. Nerwy i zmieszanie, które znalazły sobie schronienie w żołądku Zehery, sprawiły, że nie była pewna, czy w ogóle zdoła cokolwiek przełknąć podczas powitalnej kolacji. Jej wola wzięła jednak górę nad nerwami i po raz pierwszy od długiego czasu zdołała pokierować zachowaniem Zehery. Wspaniały zapach, który unosił się znad głównego półmiska – na którym spoczywała ogromna dorada, przystrojona trójkolorową paletą warzyw i owoców – sprawił, że na twarzach wszystkich obecnych pojawił się wyraz satysfakcji.

Teresa Alina odpoczywała już spokojnie w kołysce po pienistej kąpieli, w której zanurzyła ją Sara – tak jak co wieczór przez ostatnie miesiące – dolewając do wody cały zestaw dziecięcych kosmetyków i pachnideł. Zehera ze swej strony lśniła niezwykłym blaskiem, radosna, choć trochę wycofana. Pomyślała przed kolacją, że umaluje usta, tak jak to zwykle robiła. Przez chwilę miała wątpliwości, ale w końcu zrealizowała zamiar i zauważyła, że otoczenie reaguje tak, jak zawsze przepowiadała jej siostra: przyjazne i dumne twarze członków jej nowej rodziny rozświetlił uśmiech. Zehera czuła, że ci nieznani ludzie całkowicie bezinteresownie rozpostarli cienki, ale mocny płaszcz ochronny, który teraz delikatnie nałożyli jej na ramiona. Ściśnięte gardło ledwo pozwalało na przełykanie smakowitych potraw. Przez cały wieczór popijała wodę – dużo wody – żeby przepchnąć kęski jedzenia przez przełyk aż do skurczonego żołądka. Chciała wyrazić swoją wdzięczność, ale nie wiedziała, komu złożyć podziękowania. Czuła się przyjemnie oszołomiona i postanowiła dać się nieść tej fali życia.

Jak rzece.

· 23 ·

– Zehera, lubisz dzwonki? – spytała Julia, układając na regałach nowe książki, które zamówiła do swojej kawiarni literackiej.

Była świadoma, że jej klientela przychodzi w to miejsce zarówno dla wyśmienitej kawy, jak i dla przyjemnej atmosfery, którą można tam było odetchnąć i którą w dużej mierze stwarzała czarodziejska postać właścicielki. A jeśli na dodatek – oprócz nacieszenia się smakiem i atmosferą – można było wyjść z kawiarni z poczuciem intelektualnej satysfakcji, tym lepiej.

– Dzwonki... Czy lubisz? – powtórzyła pytanie, potrząsając jednocześnie małym, szklanym dzwoneczkiem stojącym obok kasy.

– Tak, lubię... – Zehera zastanawiała się przez chwilę nad odpowiedzią, bardziej sama dla siebie niż dla rozmówczyni. – Bardziej lubię rzeki i mosty. Dzwonki... nie wiem, prawdę mówiąc, nigdy się nad tym nie zastanawiałam.

– A ja tak. Uwielbiam ich słuchać. Zawsze opowiadają jakąś historię, ale żeby ją zrozumieć, trzeba się bardzo skupić. Tak jak w przypadku wszystkich opowieści.

Julia wiedziała, dlaczego to mówi. Wiele lat wcześniej przeczytała zdanie Freda Wardema, który przeszedł przez kilka hitlerowskich obozów koncentracyjnych, w tym Auschwitz: „Serce człowieka, który to przeżył, jest jak szklany dzwoneczek z małym pęknięciem: już nie dźwięczy". Te słowa zapadły jej w pamięć, poruszyły ją, ale też zezłościły i zmotywowały do walki ze wszystkich sił, by rozmaite popękane dzwonki mogły odzyskać swój dźwięk. Zehera stała się dla niej takim właśnie małym dzwoneczkiem.

– Zresztą, wszystko jedno, jak tam chcesz. W Orense mamy rzekę Miño. Przepływa pod mostem z czasów rzymskich, którego uroda aż zapiera dech w piersiach. Nawet jest takie powiedzenie: „Są w Orense trzy rzeczy, których nie ma nigdzie indziej w Hiszpanii: Santo Cristo[13], rzymski most i Las Burgas[14] gotujące wodę". W każdym razie przez Pazo

[13] Jedna z kaplic katedry w Orense.

[14] Orense słynie z wód termalnych o temperaturze od 30 do 60°C; główne kąpielisko nosi nazwę Las Burgas.

do Riba nie przepływa żadna rzeka i nie mamy mostu, więc lepiej zrobisz, jak polubisz dzwony. Tutejszy proboszcz zawsze je uruchamia, kiedy się nudzi. A możesz mi wierzyć, że nudzi się często.

Julia była inteligentną kobietą i nie potrzebowała tytułu uniwersyteckiego, żeby wiedzieć, kogo ma przed sobą: Zehera była właśnie takim ocaleńcem, o jakim pisał Wardem. W wieku dwudziestu lat miała za sobą niewyobrażalne cierpienia, których większość ludzi na szczęście nie dozna przez najdłuższe nawet życie. I oto stoi przed nią, reagując zawsze identyczną mimiką na uśmiech nieznikający z twarzy jej nowej protektorki. Niezależnie od swych bogatych doświadczeń w dziedzinie udzielania ludziom pomocy i okazywania solidarności Julia nie uważała się za mądrzejszą od innych i rady jej przyjaciela, doktora Muñoza, trafiły jej do przekonania. Przez wszystkie miesiące, które minęły od wyjścia Zehery ze szpitala, Julia bardzo poważnie podchodziła do zalecenia, żeby pozwolić jej mówić o swoich doświadczeniach: codziennie poświęcały pół godziny na rozmowę na te tematy albo na zapisywanie tego, co wracało do niej w nocnych koszmarach czy dręczących retrospekcjach. „To pozwoli jej odzyskać kontrolę nad myślami, które ją nachodzą, i sprawi, że będą miały na nią coraz mniejszy wpływ" – wyjaśniał lekarz. Julia zapamiętała też dobrze rekomendacje dotyczące aktywności fizycznej. Muñoz zalecał co najmniej piętnaście minut ćwiczeń dziennie. Ważne też było dobre odżywianie, wspomagające proces odzyskiwania równowagi. Wszystkie te rady były wprowadzane w życie w bardzo różnych dawkach i formach. Na początek obie panie uznały, że pół godziny rozmowy to trochę mało i postanowiły wydłużyć te pogawędki. Rozmawiały nie tylko o minionych okropnościach, odnajdując w tym przyjemność, relaks i spokój. Nie sprawiało im trudności konwersowanie nawet przez kilka godzin. Czasami nie starczało im dnia, żeby się nagadać, i korzystały z chwil bezpośrednio przed pójściem do łóżka, żeby pomówić jeszcze o czymś, co nie zostało dopowiedziane do końca. Czasami były to błahostki, nieistotne szczegóły, codzienne sprawy bez większego znaczenia. Zdarzały się takie noce, kiedy Daniel wstawał z łóżka i zastawał obie kobiety na kanapie w salonie: chichotały, śmiały się, oglądały zdjęcia, zajadały jakieś przekąski, piły napoje odświeżające, paliły papierosy, oglądały filmy, w których jedyną ścieżką dźwiękową był ich nieustający słowotok. Czasami je strofował jak dwie małe dziewczynki, korzystające z nieobecności dorosłych, żeby stać się paniami lodówki i telewizora.

– I oczywiście uważacie, że w waszym wieku to jest w porządku? Przecież jesteście razem przez cały dzień! Nie rozumiem, jak znajdujecie jeszcze jakieś tematy do rozmowy.

Najczęściej jednak zostawiał je zrezygnowany, życząc im dobrej nocy i przypominając, że nazajutrz trzeba iść do pracy.

Wdzięczność Zehery nie miała granic. Od długiego czasu nie czuła się tak dobrze. W niektóre noce broniła się przed zaśnięciem, bo bała się, że kiedy rano się obudzi, jej nowa rodzina zniknie. Po raz pierwszy od czasów poprzedzających ucieczkę z Bośni odmawiała w łóżku przed zamknięciem oczu krótką modlitwę: prosiła tylko o to, żeby wszystko pozostało tak, jak jest, żeby nic się nie zmieniało, żeby nikt się nie pojawił ani nie zniknął. To uparte powtarzanie tej samej prośby wprowadzało ją w stan głębokiego – i od kilku miesięcy wzmacniającego – odpoczynku.

Julia od samego początku obdarzyła Zeherę sympatią i to uczucie szybko zostało odwzajemnione. Kobiety stały się nierozłączne. Narodziło się między nimi coś szczególnego. Miały obie wrażenie, że znają się od dawna: nie potrzebowały pretekstów, żeby ze sobą rozmawiać, ani sposobów na przełamywanie lodów, mimo że trochę się tego obawiały, kiedy zamieszkały pod jednym dachem. Każdej z nich towarzystwo drugiej sprawiało przyjemność. Lubiły wymieniać się komentarzami, opiniami, opowieściami, lubiły dzielić pracę i oczywiście razem zajmować się rodziną. Stopniowo zaczęły się darzyć ogromną serdecznością, tworząc wspólnotę, której nie mogli nie zauważać inni. Ale ten sam duch porozumienia panował w całej rodzinie państwa Castro.

Choć najwięcej czasu Zehera spędzała z Julią i z nią weszła w najściślejsze relacje, obdarzała też ciepłymi uczuciami Bruna – do czasu pojawienia się Teresy Aliny najmłodszego domownika. Było to rozkoszne dziecko o twarzy łobuziaka, co podkreślał bogaty zbiór piegów na nosie i policzkach. Bruno miał otwartą naturę, zawsze się uśmiechał i był może trochę nadmiernie uczepiony matki. Tego przywileju – ku niezadowoleniu siostry – nadużywał bez skrupułów, kiedy tylko nadarzała się okazja. Bruno bardzo przypominał swoją mamę, zarówno dobrocią, jak i gadatliwością; Zeherze kojarzył się z jej młodszym bratem Dinem. Z tego powodu budził w niej jeszcze większą czułość. Często mu się przyglądała, przeczesywała mu włosy dłonią, próbując ulokować na właściwym miejscu każdy jasny lok. Wyobraźnia przenosiła ją przy tym do Wiszegradu, gdzie jak przypuszczała, jej brat wciąż przepływał rzekę tą samą wąską łódką co dawniej. Kiedy zanurzała się w te wizje, łzy zaczynały nagle płynąć po jej twarzy prawie bez jej świadomości. Gdy Bruno zdawał sobie sprawę z jej stanu, zamykał ją w mocnym, niemal uniemożliwiającym oddychanie uścisku i obsypywał pocałunkami. Przestawał dopiero wtedy, gdy słyszał śmiech swojej ofiary, która błagała, żeby ją wypuścił, albo zacznie wojnę na łaskotki. Gdy Zehera spełniała tę groźbę, nieodmiennie ku jego rozpaczy wychodziła z potyczek zwycięsko.

Sara, starsza siostra Bruna, była żywym portretem ojca, no i oczywiście źrenicą jego oka. Była śliczną dziewczyną z pięknymi, czarnymi, kręconymi włosami. Świetnie radziła sobie z nauką i zachowywała się znacznie poważniej niż jej niesforny brat. Sara czuła się swobodnie z Zeherą, tym bardziej że wiekowo dzieliła je różnica zaledwie dwóch lat, ale jej prawdziwą słabością była mała Teresa Alina. Uwielbiała bawić się z nią, ubierać ją, czesać, chodzić z nią na spacery, zabierać do parku, kąpać, karmić, usypiać... Za każdym razem, kiedy tylko miała okazję, żeby zostać z nią w domu, podczas gdy reszta domowników goniła gdzieś za swoimi sprawami, Sara prosiła, błagała, żeby nie oddawać małej do żłobka: zanim miał nadejść dzień jej wyjazdu do Stanów Zjednoczonych, gdzie zamierzała przez rok uczyć się angielskiego, chciała jak najczęściej zajmować się dzieckiem.

– Będzie idealną matką, a do tego idealną adwokatką, idealną żoną, idealną kobietą. Po prostu ideał. To oczywiste, po kim to ma – mawiał z dumą, i nieco teatralnie, Daniel. A widząc rozbawione twarze reszty domowników, którzy udawali, że nie wiedzą, o kim mówi, tłumaczył: – Po mnie, to jasne! Ona jest moją kopią. A was z tego powodu zżera zazdrość.

W domu Castrów zawsze słychać było śmiech. Wybuchał całkiem naturalnie, bez potrzeby szczególnych zabiegów czy nadzwyczajnych starań. Był zjawiskiem najzupełniej normalnym, częścią mechanizmu sprawiedliwego dzielenia się wszystkim, w którym każdy dawał i otrzymywał po równo – mechanizmu, w którym Zehera od dawna już nie miała okazji uczestniczyć. Zaczynała ostrożnie otwierać się na możliwość odczuwania własnego szczęścia, a więc na coś, co w dawnych latach wydawało jej się całkiem naturalne, a co potem, nauczona przez życie, uznała za wartość wielce niepewną i nietrwałą.

Jej relacje z Danielem też były szczególne. To on woził ją co tydzień na badania, które wykonywano w szpitalu, w zespole doktora Muñoza. On też odbierał ją z gabinetu psychiatrycznego. Do licznych cnót doktora Castro należała także punktualność. Zehera lubiła patrzeć, jak podjeżdża po nią, siedząc za kierownicą eleganckiego samochodu pokrytego czarnym, metalizowanym lakierem, spokojnie parkuje, zaciąga energicznie ręczny hamulec i wpatruje się uważnie w drzwi kliniki, przez które, jak się spodziewał, za chwilę wyjdzie oczekiwana pacjentka. Z rzadka towarzyszyła mu Julia. Zwykle to Bruno zajmował miejsce na tylnym siedzeniu rodzinnej terenówki. Wykorzystywał czas jazdy na pospieszne odrabianie lekcji i zadawanie pytań dotyczących wszelkich wątpliwości, jakie przychodziły mu do głowy. Starał się, żeby zdążyć ze wszystkim przed powrotem do domu i potem móc zasiąść przed telewizorem, co zresztą nie zawsze mu się udawało. Przedni fotel pasażera zarezerwowany był dla Zehery, która rozsiadała się w nim pełna satysfakcji, spełniona, promieniejąca, ucieszona swoim miejscem nie tylko w samochodzie, ale też w życiu nowej rodziny.

Była oczarowana sposobem prowadzenia auta przez Daniela. Nie pamiętała nikogo, kto prowadziłby z takim spokojem, a jednocześnie z podobną stanowczością. Zaskakiwało ją, jak zmieniał pasy – łagodnie, a zarazem pewnie. Potrafił w tym samym czasie rozmawiać z Brunem albo interesować się sesją terapeutyczną swojej pasażerki, nie odrywając ani na moment wzroku od samochodowych lusterek i jezdni. Zehera była zauroczona jego umiejętnością kontrolowania sytuacji. Potrafiła godzinami w milczeniu obserwować Daniela, analizując każdy ruch jego ramion lub nóg, służący temu, by auto zachowywało się tak, jak chce kierowca. To było dziwne uczucie, którego nie potrafiła zdefiniować, bo nigdy wcześniej go nie doświadczyła, ale niewątpliwie sprawiało jej przyjemność. Tak, była tego pewna. Daniel jej się podobał. Niejednokrotnie to dziwne doznanie sprawiało, że przechodził ją dreszcz i ożywiały się jej zmysły.

– Umiesz prowadzić? – Głęboki i mocny głos Daniela wyrwał ją ze stanu, w którym pozwalała się łagodnie kołysać własnym myślom. – Czy przyglądasz się tak uważnie, bo chciałabyś się nauczyć?

– Chyba się do tego nie nadaję – odpowiedziała, wychodząc z hipnotycznego zauroczenia. – Natychmiast bym się zaczęła denerwować, nie wiedziałabym, gdzie mam patrzeć, kiedy zmieniać pas, który guzik wcisnąć. Rozkojarzyłyby mnie te wszystkie przełączniki, światełka, rysunki, wskaźniki. Nie wiedziałabym, czy włączyć kierunkowskaz, zapalić światła czy wrzucić wsteczny bieg.

Słysząc te słowa, Daniel uśmiechnął się, a Bruno wybuchnął głośnym śmiechem.

– Mama też nie umie tego wszystkiego robić – śmiał się mały. – Ale jest przyjaciółką burmistrza i policjantów na całym świecie, więc jej zawsze darują. Któregoś dnia zgasł jej silnik, a kiedy go chciała zapalić, uderzyła w kiosk. Potem chciała wysiąść, wrzuciła wsteczny i walnęła w drzewo. A potem jeszcze o mało nie uderzyła w policjanta, który przyjechał z właścicielem lawety. Pamiętasz, tato? Musiałeś iść ją odebrać, bo inaczej kazaliby jej nocować w areszcie. Powiedziała policjantowi: „Proszę pana, to nie była moja wina. Nie zrobiłam nic złego, a jeśli pan się będzie upierał przy tej śmiesznej decyzji, proszę się liczyć z konsekwencjami". – Bruno żartobliwie naśladował sposób mówienia matki.

– Bruno, chyba powtórzę to mamie, kiedy wrócimy! – Daniel, rozbawiony, pogroził synowi. – A poza tym nie wszyscy dobrze robią to samo. Gdyby tak nie było, na świecie panowałby chaos. Zehera, jeśli chcesz, mogę dać ci lekcje prowadzenia. To wcale nie jest takie skomplikowane, jak się wydaje. Każdy może się nauczyć.

– No pewnie, wystarczy spytać mamy! – Bruno znów zaniósł się śmiechem, zarażając nim dorosłych.

– Bruno! – próbował przywołać go do porządku Daniel w asyście Zehery, ale bezskutecznie.

Tego wieczoru w trakcie kolacji Julia nie mogła zrozumieć znaczenia wymienianych przy stole spojrzeń, zduszonych chichotów i bezsensownych komentarzy, które śmieszyły wszystkich poza nią. Kiedy jej to wyjaśniono, przyłączyła się do festiwalu śmiechów, którym rodzina pożegnała kończący się dzień.

W jeden z nielicznych poranków, kiedy czuła się nadmiernie przytłoczona pracą, Julia wpadła na pomysł, że Zehera mogłaby jej pomagać w kawiarni. Oczywiście wtedy, kiedy będzie miała na to ochotę, bez żadnych nacisków czy przymusu. W końcu i tak najczęściej towarzyszyła jej w firmie i nawet wyręczała ją w niektórych czynnościach, kiedy napływ klientów był zbyt wielki dla jednej pary rąk albo kiedy Julia musiała pilnie wybiec w jakiejś sprawie czy gdy w stowarzyszeniu dochodziło do sytuacji awaryjnych. Od czasu gdy Sara wyjechała do Stanów Zjednoczonych, Julia nie miała nikogo do pomocy przy wydawaniu gościom kawy i ciast. Pośród tych czynności próbowała też – stając na małej, rozklekotanej drabince, która wyglądała na niezbyt stabilną i z której Julia spadła zresztą już niejeden raz – znaleźć upragnioną lekturę dla któregoś z klientów, proszącego o egzemplarz Szekspira, Rosalii de Castro[15] czy Dostojewskiego. Nieobecność córki oznaczała też brak niani dostępnej przez dwadzieścia cztery godziny na dobę, ponieważ za mądrą radą

[15] Dziewiętnastowieczna poetka i pisarka hiszpańska, szczególnie popularna w Galicji, gdzie rozgrywa się akcja tej części powieści.

doktora Muñoza – a także samego Daniela – uzgodniono, że najlepiej dla Teresy Aliny będzie rozpocząć socjalizację wśród innych dzieci w tym samym wieku. Zapisano ją więc do jednego z najlepszych i najbezpieczniejszych żłobków w mieście o pełnej wyrazu nazwie Siedmiu Krasnoludków.

Pomysł pracy bardzo uradował Zeherę i był zgodny z jej odnowionymi planami na przyszłość, które polegały głównie na dalszym cieszeniu się nieznanym dotychczas, pełnym spokoju otoczeniem. Co więcej, wkrótce zaczęła zarabiać, a pensja, wypłacana jej przez Julię za ponad dziesięć godzin spędzanych codziennie na paleniu i mieleniu kawy, podawaniu parujących filiżanek – które wieńczyła cienką warstewką mlecznej pianki posypanej starannie proszkiem kakaowym – ogrzewaniu mleka, nakładaniu ciastek oblanych czekoladą i naśladowaniu samobójczych akrobacji Julii na bibliotecznej drabince, była całkiem hojna, jak zresztą wszystko w tym miejscu.

Kiedy poszła założyć sobie konto w tym samym banku, w którym swoje oszczędności trzymała rodzina Castro, jej myśl powędrowała ku przyjaciółce – Teresie. Tysiąc razy zadawała sobie pytanie, co u niej słychać. Chciała znów usłyszeć jej głos, jej niepowstrzymany słowotok, śmiech, komentarze. Wiele razy planowała z Julią, że zadzwoni do Teresy i opowie o swojej sytuacji. Ale czy to ze strachu przed relacjonowaniem wszystkiego, co wydarzyło się po jej wyjeździe z Villa de Alba, czy z nadmiaru pracy, a najpewniej z obawy, że relacje między nimi nie będą już takie jak dawniej – wciąż odkładała ten telefon, który uważała za swój obowiązek. Wiedziała, że pewnie się na niego nie zdobędzie, dopóki nie przezwycięży widm przeszłości i nie zmobilizuje dostatecznych sił. Była przekonana, że wszystko stałoby się łatwiejsze, niż sobie wyobrażała, gdyby tylko nie czuła wciąż wstydu z powodu tego, co się wydarzyło. Wiedziała, że nie zachowała się właściwie wobec Teresy, że powinna jej podziękować za przyjaźń i hojność. Próbowała rozgrzeszać się pobytem na oddziale psychiatrycznym, ale wiedziała, że ten pretekst nie jest w stanie uśmierzyć poczucia winy wobec przyjaciółki i jej ojca Fernanda. „Może jutro się zbiorę i zadzwonię. Może jutro mi się uda".

Tym, czego nigdy nie udało się jej osiągnąć – mimo nieustannych namów ze strony Julii – było nabranie przekonania do kawy.

– Nie rozumiem, jak muzułmance może nie smakować kawa – mówiła do niej Julia teatralnym tonem, wykorzystując swoje mocno rozwinięte upodobanie do wygłupiania się. – Daj sobie powiedzieć, że możesz nawet popełniać grzech, choć nie znam się za dobrze na twojej religii. Wiesz, wczoraj akurat czytałam pewną książkę i dowiedziałam się, że ty i ja zarabiamy teraz na życie, i to nieźle, za sprawą Allacha. – Spojrzenie Zehery sprawiło, że Julia o mało nie pękła ze śmiechu. – No naprawdę, nie patrz tak na mnie. To aż nieprawdopodobne, że wy, młodzi, jesteście tacy niewykształceni. Legenda mówi, że widząc Mahometa zmartwionego, przemęczonego pracą i mającego dość całego świata, Allach postanowił wysłać do niego archanioła Gabriela, który miał mu zanieść pewien prezent. Allach wiedział, że ten prezent ożywi Mahometa, przywróci mu energię, chęć do życia, wigor i zdrowie, a nawet, jak twierdzą niektórzy, męskość. Tym prezentem było coś czarnego, jak czarny kamień z Al-Kaby, czyli ze świątyni znajdującej się w Mekce.

Chociaż Zehera nie zareagowała na tę ostatnią informację, Julia postanowiła mimo to opowiadać dalej, nie przejmując się tym, czy jej słuchaczka wie, o co chodzi.

– Mahometowi tak się ten prezent spodobał, że nazwał go „kahea", co oznacza coś podniecającego, energetyzującego. I w ten sposób do świata arabskiego wkroczyła ze wszystkimi honorami kawa. Nie patrz tak na mnie. Tak twierdzi legenda. Ale jeśli ta ci się nie podoba, to jest wiele innych.

Mimo wszystko baśnie i legendy nie złagodziły siły wspomnienia, jak przeklęta filiżanka parującej, ciemnej cieczy dotknęła pewnego ranka jej warg. Za każdym razem, kiedy próbowała wypić łyk, smak kawy przywodził na pamięć tamten dzień, kiedy obudziła się przywiązana do drabinek w sali gimnastycznej, a Sasza zmuszał ją, żeby się napiła z jego filiżanki. Nudności, które odczuwała za każdym razem, kiedy drażniła własną pamięć małym łyczkiem kawy, nie były spowodowane gorzkim smakiem, jak to tłumaczyła Julii, ale okrutnymi wizjami niezbyt odległej przeszłości. Od tamtego strasznego dnia nie potrafiła się zmusić do wypicia kawy. Wiele razy chciała już wyznać Julii prawdziwe motywy tej niechęci, ale nie potrafiła. Nie miała na to sił, choć przypuszczała, że pewnego dnia ogromne wzajemne zaufanie, jakie miały do siebie, pozwoli jej przekroczyć czerwoną linię nakreśloną w jej umyśle – linię, której jak do tej pory nikt jeszcze nie przekroczył. Jak na razie nadal ufała tylko swemu milczeniu.

Na dodatek bawiło ją obserwowanie, jak przyjaciółka niestrudzenie prowadzi swą kawową krucjatę, odwołując się do wszystkiego, co była w stanie podsunąć jej wyobraźnia. Podziwiała w niej tę nieskończoną zdolność prowadzenia poszukiwań w książkach, wśród anegdot i relacji o zdarzeniach, których Zehera tak lubiła słuchać, kiedy po dniu wypełnionym ciężką pracą, czując zrodzone ze zmęczenia słodkie wyczerpanie, widziała, jak wargi Julii rozchylają się i zaczynają spomiędzy nich wypływać opowieści... Dzięki tym historiom potrafiły czasami nie spać aż do świtu, ku rozpaczy Daniela, na którego nieraz spadała powinność odnoszenia ich do łóżek – przede wszystkim Zehery, której za sprawą przepisanych i nadal zażywanych leków nie dawało się dobudzić, kiedy już zmorzył ją sen. Ponieważ była lekka – inaczej niż Julia – nie było dla niego wielkim problemem odtransportowanie jej do sypialni.

Życie płynęło bez wydarzeń bardziej dramatycznych niż upadki Teresy Aliny podczas zabaw w parku, choroby typu grypy czy ospy wietrznej, które dziewczynka łapała w żłobku, czy też drobnych zadrapań na czole i kolanach, kiedy zdarzało jej się spaść z huśtawki. Daniel zainstalował dla niej takie urządzenie za domem, w niewielkiej odległości od basenu i blisko przytulnego ogrodu, gdzie dorośli zwykli siadywać po południu i skąd mogli łatwo doglądać małej. Dziewczynka rosła zdrowa i szczęśliwa, choć nie odziedziczyła po swojej matce upodobania do gadania (objawiającego się u Zehery szczególnie w obecności Julii). Wciąż była dzieckiem milczącym, uważnym obserwatorem – i maskotką całej rodziny, co martwiło jej matkę, ostrzegającą wszystkich przed niebezpieczeństwem rozpuszczenia dziecka. „Za bardzo ją rozpieszczacie. Kiedyś będzie przecież musiała wejść w dorosły świat i przestanie dostawać tylko ciastka. Ciekawe, co wtedy zrobimy". W głębi serca zachwycał ją ten grad czułości, którymi rodzina Castro obsypywała jej córeczkę, i poświęcana jej uwaga. Tym bardziej że działo się to pod nieobecność Sary: najstarsze dziecko państwa Castro postanowiło przedłużyć swój pobyt w Stanach Zjednoczonych o kolejne dwa lata. Dostała tam stypendium na Uniwersytecie Columbia. Przekazywanie jej porcji czułości wziął na siebie bez problemów Bruno, który traktował Teresę Alinę jak księżniczkę.

Zehera wciąż pomagała w kawiarni literackiej. Z każdym dniem coraz lepiej potrafiła sobie radzić – także samodzielnie – z tamtejszymi obowiązkami, co było o tyle ważne, że Julia miała wciąż masę pracy w stowarzyszeniu. Bywały dni, kiedy właścicielka lokalu nawet nie zachodziła do niego, żeby zobaczyć, jak idzie biznes, a jeśli już wpadała, to tylko po to, żeby ucałować swoją jedyną pracownicę, błagała o jedyne w swoim rodzaju, przepyszne cappuccino i wybiegała do ratusza, żeby prosić burmistrza o jakąś przysługę, albo też brała samochód i jechała do Orense, gdzie walczyła o jakże ulotne subwencje. „Panowie, zamierzam sprowadzić do Hiszpanii dzieci, żeby mogły tu spędzić wakacje. Nie pomidory ani kozy, które mają się paść na łąkach. Ciekawe, kiedy panowie to zrozumieją i przestaną je traktować jak towar!". Kiedy zbliżały się letnie wakacje, było to najczęściej wypowiadane przez nią zdanie.

Czasami Zehera miała chęć towarzyszyć jej w trudnych peregrynacjach po urzędach. Daniel bronił się przed tym stanowczo, nie mogąc powściągnąć wstydu, który ogarniał go na widok własnej żony przemienionej w królową nieustających targów – bo tak właśnie odbierał niekończące się spotkania z politykami i przyprawiającymi go o stres pośrednikami. W okresie wakacyjnym, w czerwcu, lipcu i sierpniu, wszyscy wiedzieli, że Julia znika z mapy i będzie praktycznie nieosiągalna w kawiarni, a tym bardziej w domu. Dlatego też pozostała część rodziny musiała radzić sobie sprawniej niż przez resztę roku: Daniel starał się wcześniej wychodzić z pracy, Zehera dbała, żeby jak najwcześniej posprzątać kawiarnię przed zamknięciem, nawet jeśli ten pośpiech oznaczał pewien uszczerbek na kasie. Bruno zaś zmuszał się, żeby nie grać roli maminsynka, którą opanował do perfekcji. Folgował sobie dopiero wtedy, kiedy matka pojawiała się w drzwiach domu, co z każdym dniem zdarzało się coraz później.

Nieobecność pani domu nietrudno było zauważyć. W niektórych momentach miała ona poważniejsze konsekwencje, w innych mniej groźne. Pewnej lipcowej nocy 1995 roku Zehera musiała w całkowitej samotności zasiąść przed wielkim ekranem telewizora. Wiadomości telewizyjne nie przestawały podawać informacji o przebiegu wojny w Bośni. Akurat nie było w domu nikogo, kto mógłby zapobiec, by przed szmaragdowymi oczami Zehery pojawiły się obrazy rzezi mieszkańców Srebrenicy, dokonanej przez serbskie wojska. Kiedy usłyszała, jak lektor mówi o ośmiu tysiącach zabitych muzułmanów, którym poderżnięto gardła, rozstrzelano ich, a nawet pochowano żywcem, serce zaczęło się jej telepać jak w dawnych czasach. Ciało pokryło się potem, a z oczu bez przestanku płynęły łzy, tak jak w jej kraju spadały z nieba bomby. S r e b r e n i c a. S r e b r e n i c a. Słyszała już dawniej tę nazwę, ale miała trudności z uświadomieniem sobie, w jakich okolicznościach dotarła do jej uszu. W końcu sobie przypomniała i to odkrycie jeszcze zwiększyło jej niepokój. Machina czasu przeniosła ją do Café Andrić w Wiszegradzie, na jedno z konspiracyjnych spotkań sąsiedzkich. „Nie zdziwiłbym się, gdyby Sasza własnymi rękami zamordował przyjaciela swojego stryja, Hasiba Gavrilovicia. Z tego co wiem, Hasib dzięki Bogu zdołał uciec do Srebrenicy. Może tam będzie bezpieczny. Chociaż z takimi mordercami nigdy nic nie wiadomo". Echo słów Iva, starego wiszegradzkiego nauczyciela, wypowiedzianych tamtego popołudnia pod czujnym spojrzeniem obecnych, rezonowało w jej głowie, która – jak się Zeherze zdawało – została opróżniona z wszelkich innych wspomnień. Kilka godzin po tym, jak Ivo podzielił się swymi myślami z sąsiadami, kawiarnia została spalona przez Białe Orły. Stracili wtedy życie liczni przyjaciele Zehery – Aida, Leko, Petar i sam Ivo. Jego słowa brzmiały teraz proroczo: „...z takimi mordercami nigdy nic nie wiadomo". Kolejne wspomnienia zaczęły atakować jej wnętrze, paląc wszystko na swej drodze.

Kiedy Daniel i Bruno weszli do salonu, zamilkli w pół słowa, a śmiech zamarł im na ustach. Na twarzach pojawił się lęk. Zehera nie odpowiadała na pytania, które jej zadawali, nie potrafiła oderwać oczu od telewizyjnego ekranu, powściągnąć swej rozpaczy ani zwrócić uwagi na zamieszanie, jakie wokół niej powstało. Daniel obawiał się, że sprawa jest bardzo poważna i że dziewczyna znów wraca do swej katatonii. Pobiegł do domowej apteczki, porzucając na chwilę typowy dla siebie spokój doskonałego chirurga. Poddał się na krótko nieznanemu sobie wcześniej wewnętrznemu zamętowi, zaburzającemu jego zazwyczaj nienaganne i w pełni kontrolowane zachowanie: nie znajdując tego, czego szukał w ciemnej, zamkniętej szafce, wyciągnął całą szufladkę, w której schowany był potrzebny lek, i wysypał jej zawartość na podłogę. Kiedy wypatrzył fiolkę ze środkami uspokajającymi, wrócił do Zehery i zmusił ją do zażycia dwóch pastylek, choć nie było to łatwe: musiał siłą otworzyć jej usta, rozdzielając palcami wargi dziewczyny, aż w końcu rozchyliły się na tyle, że dało się wcisnąć lekarstwo, a potem wlać łyczek wody. Po kilku minutach środek zaczął działać. Daniel siedział przy Zeherze, nie przestając jej obejmować, by powstrzymać drgawki. Kazał Brunowi wyłączyć telewizor, ale zanim chłopiec zdążył zareagować i wykonać polecenie, Daniel zdołał stwierdzić, że w kraju rodzinnym dziewczyny, którą trzymał w ramionach, musiało wydarzyć się coś strasznego. W domu panowało milczenie, nie świeciło się żadne światło. Nikt nic nie mówił. Słychać było tylko uspokajający szept Daniela.

– No już dobrze, dobrze... ćśś... Już minęło...

Bezwładne ciało Zehery, wciąż oparte o pierś Daniela, przestało drżeć. Jego ramiona ją otaczały; czuła podbródek opierający się o jej głowę i delikatnie zaznaczający powolny rytm kołysania, które towarzyszyło uściskowi. Świt zastał ich śpiących na kanapie, wciąż oszołomionych chwilami silnego napięcia. Dopiero kiedy pierwsze promienie światła słonecznego wniknęły do salonu przez wielkie okno, Daniel obudził się, wziął Zeherę na ręce, tak jak tyle razy robił to wcześniej, i ułożył ją na łóżku w sypialni. Odpoczywała tam mała Teresa Alina – śpiąca i całkiem nieświadoma tego, co działo się kilka godzin wcześniej na parterze – oraz Bruno, który zgodnie z poleceniem ojca poszedł na górę spać.

Pięć miesięcy później wszyscy wysłuchali komunikatu o zakończeniu wojny w Bośni. Media nie przestawały mówić o podpisaniu ostatecznego porozumienia pokojowego w Paryżu.

– Spójrz, Zehera, wszyscy są. To już naprawdę koniec – powiedziała Julia, wskazując zdjęcie przywódców światowych siedzących za stołem i bijących brawo. Towarzyszyli Slobodanowi Miloševiciowi, Franjo Tuđmanowi i Aliji Izetbegoviciowi, prezydentom Serbii, Chorwacji i Bośni, którzy składali podpisy w ogromnej księdze. – Widzisz? Tam stoi nasz premier Felipe González, a obok niego amerykański prezydent Bill Clinton, niemiecki kanclerz Helmut Kohl, premier Anglii John Major, a dalej Wiktor Czernomyrdin; podają tu, że to rosyjski premier. Wojna w twoim kraju naprawdę się skończyła. Koniec, kochanie. Po wszystkim. Nareszcie – powtarzała rozemocjonowana Julia, głaszcząc Zeherę po głowie.

– Tak, ale ja nie mogę dodzwonić się do siostry – użalała się Zehera, patrząc na zdjęcie serbskiego prezydenta. – Nikogo nie mogę znaleźć. Ona wciąż jest w Sarajewie, a tam ciągle trwa oblężenie. Co mi z tego, że wojna się skończyła, jeśli nie mogę odnaleźć swoich? Co mi z tego, skoro nie mogę ich zobaczyć ani porozmawiać z nimi, ani ich objąć?

Jej skargi miały mocne podstawy: prawie codziennie próbowała skontaktować się z siostrą, ale zawsze daremnie. Doprowadzało ją to do szału. Nie zdołała odnaleźć Suhry także wtedy, kiedy rząd Bośni oficjalnie ogłosił zakończenie oblężenia miasta, 26 lutego 1996 roku. Choć to najdłuższe oblężenie w historii, ciągnące się przez tysiąc trzysta pięćdziesiąt dni (podczas gdy wojenne cierpienia Leningradu trwały dziewięćset dni) dobiegło wreszcie końca, obie siostry nadal nie mogły porozmawiać, nadal były rozdzielone, ukryte w różnych regionach świata.

– Znajdziemy ją. Prędzej czy później trafimy na nią. Obiecuję ci – zapewniała ją Julia z charakterystycznym dla siebie uporem. – Nie mogła jej po prostu pochłonąć ziemia.

– A dlaczego nie? – odpowiedziała Zehera, zbolała i przygnębiona, ku zmartwieniu rodziny Castro. – Jak całą resztę. Mój kraj to ogromny cmentarz, a ci panowie z fotografii biją brawo, bo pod ziemią nikt by się już nie zmieścił.

Nie było dnia, żeby Zehera nie myślała o siostrze i jej rodzinie. Postanowiła nie dawać za wygraną, szczególnie teraz, kiedy – przynajmniej oficjalnie – sytuacja zaczęła się zmieniać. Co więcej, nie mogła znieść myśli o tym, jak strasznie nakrzyczałaby na nią Suhra, gdyby pogrążyła się w jałowej rozpaczy zamiast korzystać z okazji, których dostarczało życie. „Przeżywaj z pasją każdy dzień, każdą godzinę, sekundę. Żyj, śmiej się, płacz, jeśli chcesz, ale płacz z radości, że jesteś żywa. Rób wszystko, na co masz ochotę i rób to już teraz. Jakby miało nie być jutra. Poczuj się wolna. I zawsze pamiętaj o jednym: maluj sobie wargi na intensywnie czerwony kolor, żeby wyglądały jak piękne płatki róży otwierające się na świat". Nie chciała sprzeniewierzyć się ani jednemu słowu tego testamentu, który przekazała jej siostra podczas ostatniej rozmowy telefonicznej.

Tego dnia, kiedy słychać było jeszcze echa świętowania związanego z nadejściem pokoju – choćby kruchego i spóźnionego – Zehera złożyła sobie samej obietnicę, której udało jej się przez długie lata dotrzymywać.

Nie chciała już więcej płakać.

CZĘŚĆ TRZECIA

Nie sądźcie, że przyszedłem pokój przynieść na ziemię. Nie przyszedłem przynieść pokoju, ale miecz. Bo przyszedłem poróżnić syna z jego ojcem, córkę z matką, synową z teściową; i będą nieprzyjaciółmi człowieka jego domownicy.

Ewangelia według św. Mateusza, 10, 34–36[16]

[16] Przekład: Biblia Tysiąclecia, Wydawnictwo Pallottinum 2003, za portalem Deon.pl.

· 24 ·

– Wszystkiego! najlepszego! na dwudzieste! ósme! urodziny!!!

To zdanie skandowane w pięciu częściach zadźwięczało jej w uszach z taką mocą, że omal nie przedziurawiło bębenków. I nie skończyło się na jednym razie.

– Wszystkiego najlepszego na dwudzieste ósme urodziny!

Zwykle nie gustowała w niespodziankach, ale musiała przyznać, że tym razem coś przeczuwała, od chwili gdy Julia zaczęła się zachowywać jak afektowane i przemądrzałe dziecko, mające dostęp do jakiejś wielkiej tajemnicy: choć bardzo chciała się nią podzielić, musiała dochować obietnicy milczenia, tak jakby od tego miało zależeć jej życie.

Kiedy Zehera zobaczyła świece w kształcie cyfr 2 i 8 zdobiące jej ulubiony tort czekoladowy – na który zaczynały już spadać baloniki, po raz kolejny źle przymocowane przez Julię z powodu pośpiechu – zakryła oczy dłonią i pokręciła z niedowierzaniem głową. „To niemożliwe. Nie mogę być taka stara" – pomyślała rozbawiona, przyjmując jednocześnie po omacku życzenia od rodziny.

– Wszystkiego dobrego, mami! – Rozpoznała miękki, dziecinny głosik Teresy Aliny, która mimo swoich dziewięciu lat nadal mówiła jak dzidziuś, zapewne dlatego, że odzywała się w ogóle niewiele: pozostała najcichszym i najintensywniej przyglądającym się światu dzieckiem w Pazo do Riba.

– Wszystkiego dobrego, babciu. – Głos Bruna można było rozpoznać nawet z zatkanymi uszami. Zawsze też brzmiał nieco kpiąco, co ją denerwowało.

– Wszystkiego dobrego, kochanie. Już niewiele ci brakuje, żeby mnie dogonić. Ale nie martw się, wciąż jeszcze wyglądasz olśniewająco. – Zehera powinna wiedzieć, że życzenia matki i syna będą bardzo podobne. W głębi duszy tego właśnie oczekiwała i kiedy otrzymała potwierdzenie, obdarowała zgromadzonych szerokim uśmiechem, który rozświetlił jej twarz i otworzył kwiat róży, kwitnący na jej ustach.

– Gratulacje. Opowiesz mi potem, co się przeżywa w tym wieku, żebym się mogła przygotować. – Sara wróciła ze swych amerykańskich wojaży równie poważna, jak była w chwili wyjazdu, ale ładniejsza, dojrzalsza i bardziej odpowiedzialna, co jeszcze dodatkowo upodobniało ją do ojca.

– Wszystkiego dobrego, Zehero, z okazji dwudziestych ósmych urodzin.

Ten głos. Kazał na siebie czekać, ale w końcu się objawił i potrząsnął jej zmysłami. Nietrudno przyszło jej rozpoznać wargi, które właśnie złożyły pocałunek na jej zaróżowionym policzku. To krótkie muśnięcie sprawiło, że jej twarz odwróciła się, jak kwiat szukający światła. Tak naprawdę czekała na to od chwili, gdy zasłoniła sobie oczy: w tej ciemności próbowała przygotować się na to, co choć zabronione, pozostawało wielce pożądane. Od miesięcy, a może nawet od lat, próbowała zaprzeczać dowodom, odsuwać od siebie ten dreszcz, który uznawała za coś brudnego, brzydkiego, obscenicznego, niemoralnego, a przede wszystkim niesprawiedliwego i nielojalnego, coś, co niosło ze sobą ryzyko zniszczenia jej świata (zbudowanego zresztą dzięki hojności rodziny Castro, hojności objawionej po raz kolejny przy okazji obchodów urodzin Zehery).

Za każdym razem, gdy czuła na swych ramionach ten ciężki ładunek winy, próbowała zmienić bieg myśli za pomocą kłamstw i oszukańczych sztuczek. Były to śmieszne wybiegi, w które ostatnio sama już nie wierzyła. Czasami te wszystkie kłamstwa wydawały jej się całkiem diabelskie i musiała biec gdzieś, gdzie mogła schować się przed swoimi uczuciami. Jej kryjówką był niemal zawsze własny pokój albo łazienka. W tym drugim wypadku obraz, który widziała w lustrze, domagał się wyjaśnień. Widziała, że jej rysy są zniekształcone przez wzburzenie, ale jednocześnie ożywione naturalną grą hormonów, która z jednej strony groziła śmiercią, a z drugiej utrzymywała ją przy życiu. Powtarzała sobie od czasu do czasu, jaką głupotą jest ten pociąg, jak daremne pragnienie, które mąci jej w głowie, i jak słodki ów brak kontroli, w którym zatracał się jej umysł, kiedy Daniel znajdował się w pobliżu. Było to nieznane jej do tej pory uczucie braku tchu, nierozpoznane niebezpieczeństwo, niezwykły lęk przed czymś, co istniało tylko w myślach, choć przyjmowało cechy nieuchronnej rzeczywistości. Zeherze wystarczyło dostrzec, jak głowa rodziny Castro przeciera okulary przed lekturą gazety, żeby jej serce przyspieszyło, a gorąco, które czuła w porach skóry, nasiliło się. Albo gdy patrzyła, jak Daniel manewruje przy parkowaniu w jakimś bardzo trudnym miejscu; albo gdy zalewał przy niej sałatę sosem, tłumacząc Sarze, że koniecznie trzeba użyć dłoni, jeśli chce się mieć pewność, że dressing pokryje wszystkie liście; kiedy stukał w klawiaturę komputera, szykując się do wykładu, kiedy posługiwał się korkociągiem, otwierając butelkę wina do kolacji, kiedy spał na kanapie po weekendowych posiłkach, kiedy przepraszał, że nie zdjął jeszcze zielonego uniformu lekarza, odbierając ją razem z Brunem ze szpitala. Codzienność przekształciła się w pułapkę dla jej powstrzymywanych pragnień i w tor przeszkód, który musiała pokonywać, jeśli nie chciała zamienić się w potwora.

Nie potrafiła zrozumieć, jak doszło do takiej sytuacji, ale na swoją obronę mogła stwierdzić, że zrobiła wszystko co możliwe, żeby wyplenić te myśli z głowy, z ciała, wyrzucić je z wyobraźni i oczyścić z nich skórę.

W ostatnich miesiącach stwierdziła, że przestała zapadać w sen na kanapie, którą nadal dzieliła z Julią niemal codziennie, chyba że jej przyjaciółka wyjechała z jakąś solidarnościową misją daleko od domu. Właśnie którejś nocy, kiedy zmęczenie wzięło nad nią górę w trakcie długiej pogawędki, poczuła w swoim wnętrzu pierwszy sygnał alarmowy. Coś się z nią działo dziwnego. Czasami nie bardzo wiedziała, czy sprawiał to brak świadomości, czy półsen, i tchórzliwie szukała w tej niewiedzy schronienia, ale kiedy indziej była dostatecznie przytomna i wyraźnie czuła znajome ramiona, które ją transportowały i z niezwykłą delikatnością układały na łóżku. Wstydziła się fantazji, nachodzących ją w tych krótkich chwilach, kiedy jej skóra czuła kontakt ze skórą Daniela. Przerażały ją te wizje, napełniały niepokojem, czerwieniła się i czuła najbardziej nieuczciwą osobą we wszechświecie. Dlatego też robiła wszystko, żeby nie zasnąć w trakcie nocnych rozmów z Julią, przeciągających się czasem aż do świtu. Choć w głębi duszy pragnęła tego tak bardzo, że sama się nienawidziła. Nie chciała myśleć o swojej reakcji na ten dotyk. Wolała skończyć, stukając głową w ścianę, niż po raz kolejny dać się zaskoczyć. Jednak chciała znów to poczuć, choćby tylko po to, żeby te uczucia odrzucić.

Mimo wszystkich wysiłków czuła, że ten sam demon wciąż zastawia na jej drodze pułapki. Ale wciąż była gotowa stawiać im czoło dzień za dniem, po to by w nocy żałować, ale ze świadomością, że uniknęła błędu mającego wagę grzechu.

Oświadczenie Sary, że pragnie się usamodzielnić, wygłoszone w trakcie kolacji urodzinowej Zehery, zaskoczyło wszystkich – i to mimo że dziewczyna od dwóch lat pozostawała w związku z młodym lekarzem, pracującym w tym samym szpitalu co Daniel (choć w innym zespole i na innym oddziale). Podczas gdy starsza siostra Bruna wyliczała najróżniejsze potencjalne korzyści, uzasadniające jej decyzję – nie szczędząc przy okazji pochwał osobie, z którą zamierzała rzucić się w tę przygodę – jubilatka czuła, że jej własny umysł próbuje trzymać się z daleka od dramatu o cechach greckiej tragedii, w którym zaczynała brać udział. Musiała przyznać, że informacja Sary spadła na nią jak grom z jasnego nieba. Wiedziała, że jeśli Sara zniknie z domu, przybędzie niebezpieczeństw. Albo okazji. Ten dylemat znów wzbudzał w niej zamęt.

– Co się z tobą dzieje, Zehera? Nie powiesz chyba, że będziesz za mną tęsknić bardziej niż rodzice. – Wzdrygnęła się, słysząc ten komentarz Sary. Przestraszyła się, że jej chwilowe zamyślenie zostało zauważone i będzie źle interpretowane. – Kobieto, nie przejmuj się. Będę do was przychodziła częściej, niż myślicie. A poza tym ty i Teresa Alina możecie przychodzić do mnie, kiedy tylko będziecie chciały. Zawsze, kiedy tylko nie będzie z wami Bruna, rzecz jasna...

– Nigdy w życiu. Nie mam żadnej potrzeby odwiedzać siostrzyczki i jej nadętego narzeczonego. Mamo, jeśli ona się wyprowadzi, możemy powiększyć mój pokój? Myślałem już, jak można to zrobić, wystarczyłoby zwalić ściankę działową i...

– Brunooo! – Słowa syna sprowokowały reprymendę ze strony ojca. Daniel nie mógł ukryć zaskoczenia wywołanego komunikatem Sary, mimo że w gruncie rzeczy spodziewał się go od chwili, kiedy jego córka zaczęła pracować w kancelarii adwokackiej w Orense. Znajomość Sary z młodym lekarzem pogłębiała się. Takie były przecież prawa życia, choć dobrze wiadomo, że nie wszystkie prawa są sprawiedliwe. Wiedział, że jego ukochana córeczka musi żyć własnym życiem, wzbić się samodzielnie w powietrze... Ale kiedy ten moment nadszedł, poczuł ból.

– No, to trzeba to uczcić – zaproponowała Julia, jedyna, która wydawała się rozumieć nieunikniony bieg życia.

– Kobieto, a co tu jest do uczczenia?... Dopiero się okaże, czy będzie nas to cieszyć – wtrącił Daniel, okazując trochę nadmierny sprzeciw wobec postawy żony.

– Ja się cieszę – zadeklarował Bruno. – A ty, Zehera?

– To oczywiste, że się cieszę za Sarę. I równie oczywiste, że będę za nią tęsknić.

Sara, uśmiechnięta i zadowolona z powodu sukcesu, jaki odniosło jej niespodziewane oświadczenie, wstała, żeby objąć Zeherę i głośno ją pocałować (te pocałunki były znakiem firmowym rodziny Castro). Potem zachichotała jej do ucha z tajemniczą miną:

– Ciekawe, kiedy ty się ożywisz i przekażesz dobrą wiadomość. Bardzo bym tego chciała. No cóż, prawdę mówiąc, chyba wszyscy tutaj tego chcemy. Więc zamknij oczy, wypowiedz życzenie i zdmuchnij mocno świece.

Kolejny pocałunek złożony teraz w okolicach tego samego ucha, do którego Sara wyszeptała swoje życzenie, na pewien czas lekko ogłuszył Zeherę. Wykorzystała ten stan, żeby pozostać sam na sam ze swoimi lękami. Kiedy podano tort, po wysłuchaniu rodzinnego wykonania „Sto lat!" spojrzała na Sarę i uśmiechnęła się. Potem do jej oczu dotarło światło palących się świeczek: drżące płomyki zachęcały do zgaszenia ich jednym dmuchnięciem. Zehera postąpiła tak, jak jej powiedziano. I pomyślała swoje życzenie.

Korzystając z letnich wakacji, Sara spakowała walizki i opuściła rodzinne gniazdo, w którym spędziła szczęśliwe dzieciństwo. Teraz miała pójść swoją drogą, stworzyć własne ognisko domowe i bywać w rezydencji w Pazo do Riba wyłącznie w roli niedzielnego gościa. Szła pełna marzeń, uśmiechnięta i szczęśliwa. Tylko w jednym momencie zawiodły ją nerwy i zachwiała się jej zwykła pewność siebie: kiedy trafiła w ramiona ojca.

– Przecież nie odchodzę na zawsze, tato. Będziemy od siebie o pół godziny jazdy samochodem. Dalej będę twoją córeczką.

Gdyby nie zdecydowanie Julii i jej energiczne „Hola, hola, komu w drogę, temu czas" – wyuczone podczas tylu innych pożegnań, na przykład kiedy odjeżdżały grupy dzieci z Sahelu albo przybyłe z Czarnobyla, żeby spędzić lato u hiszpańskich rodzin – długo jeszcze i Sara, i jej ojciec płakaliby z emocji objęci uściskiem.

Zeherę bardzo wzruszyło wilgotne spojrzenie Daniela – pierwsze takie, które zobaczyła w ciągu wszystkich lat spędzonych w tej rodzinie. Wolała odwrócić wzrok, bojąc się, że jak zwykle będzie go zanadto idealizować. Spojrzała na Julię.

– Hola, hola, komu w drogę, temu czas!

Bardzo kochała tę kobietę. Pomyślała, jak trudne byłoby jej życie bez Julii. Podziwiała ją. A kiedy była blisko niej, czuła czasem zazdrość. Pragnęła, żeby to się nigdy nie zdarzyło, i żałowała, że nie wyraziła tego kilka miesięcy wcześniej, podczas gaszenia urodzinowych świec.

Normalność powróciła, zanim wszyscy zdążyli się zorientować: pośród obowiązków każdego z domowników i dzięki ciągłym wizytom Sary w domu rodzinnym nieobecność najstarszej córki właściwie była trudna do zauważenia. Sara zjawiała się przede wszystkim w weekendy, w niedziele w porze obiadu, kiedy podawano pyszny gulasz według przepisu z Valdeorras[17], liście rzepy, mięso z warzywami według domowej recepty, paellę i przede wszystkim gicz dwóch poetów, czyli goleń cielęcą najpierw duszoną, potem obtaczaną w tartej bułce i zapiekaną, specjalność Julii. Czasami rozmowy po posiłkach przeciągały się w nieskończoność, a towarzyszył im wyśmienity grog przygotowywany przez Daniela

[17] Region w hiszpańskiej Galicji, niedaleko Orense.

oraz ciasteczka z pieczonych kasztanów – które stały się ulubionym deserem Zehery – albo typowe galicyjskie naleśniki z nadzieniem z wieprzowej krwi słodzonej miodem i cukrem (których Zehera nigdy nawet nie spróbowała). W takich przypadkach Sara zostawała na noc w swoim dawnym pokoju, który ku niezadowoleniu Bruna pozostał nietknięty.

Praca w kawiarni literackiej wyglądała jak zawsze. W małym miasteczku – choćby tak dużym jak liczące ponad sześć tysięcy mieszkańców Pazo do Riba – trudno było zdobyć nowych klientów, choć lojalność dotychczasowych mogła być powodem do dumy. Gdy któryś z nich przekraczał próg lokalu, osoby odpowiedzialne za przyrządzanie kawy wiedziały już, co ma się znaleźć na stoliku; czasem potrafiły nawet odgadnąć nastrój klienta i zaproponować odpowiednią na dany dzień lekturę. Pomyłki należały do rzadkości. Do stałych gości należał Roberto, zwany El Latas, właściciel zakładu samochodowego położonego trzy przecznice dalej. Lubił kawę mocną, o pełnym smaku, ze szczyptą cynamonu i kieliszkiem koniaku. Przychodziła też Inma, zwana Pigułą, z trzeciego pokolenia miejscowych aptekarzy: traciła humor na resztę dnia, jeśli podano jej kawę w jednej ze specjalnie dekorowanych kawiarnianych filiżanek, a nie w wysokiej szklance; nie smakowała jej wtedy i kobieta z łyku na łyk stawała się coraz bledsza. Innym stałym klientem był Pedro zwany El Macho, ksiądz, który do czasu objęcia parafii musiał radzić sobie z plotkami w miasteczku. Był bowiem nieślubnym dzieckiem swojej matki z księdzem, który przybył, aby zastąpić swego poprzednika zmarłego na atak serca, który pozostał w miasteczku, aż dowiedziano się o jego ojcostwie. Ten z kolei lubił kawę czarną i bardzo gęstą. Przychodziła też Gema zwana Dziurą w Ziemi, która czterdzieści lat wcześniej była najpiękniejszą kobietą w całym Pazo do Riba. Chwaliła się tym, że nigdy w życiu nie pocałowała mężczyzny; mniej była dumna z przezwiska, które odziedziczyła po ojcu, wieloletnim miejskim grabarzu. Gema nie lubiła kawy, ale nie potrafiła znaleźć innego miejsca, gdzie mogłaby posiedzieć spokojnie, zrelaksować się i gdzie skupienie nie pada ofiarą krzykliwych rozmów, chmur papierosowego dymu i braku wychowania bliźnich. Przychodziła codziennie, żeby wypić herbatę miętową z mgiełką zimnego mleka. Rozpuszczała w naparze dwie kostki brązowego cukru, podczas gdy jej zmęczone spojrzenie błądziło wśród kawiarnianych regałów w poszukiwaniu jakiegoś nowego tomu, w którym mogłaby zanurzyć się na całe popołudnie. Była jedyną osobą, której Julia pozwalała zabierać książki do domu, jeśli w porze zamykania kawiarni zostawało jej do przeczytania kilka stron; zgodnie bowiem ze słowami Gemy nie dałaby rady zasnąć przez niepewność, jak historia się zakończy. I był też Tomas, najprzystojniejszy młodzian w Pazo. Wołano na niego Czekolada, przy czym przezwisko to, współgrające z odcieniem jego skóry, pasowało do niego jak obrączka do palca. Pracował jako taksówkarz i od pierwszego dnia, kiedy zobaczył tajemniczą młodą Bośniaczkę, zwiększył wydatnie dzienną dawkę kofeiny tylko po to, żeby krzyżować spojrzenie swych niebieskich oczu ze szmaragdowym, od którego cały dygotał. W Pazo powody jego westchnień znali wszyscy oprócz ich adresatki, która albo je ignorowała, albo wolała ich nie zauważać, żeby oszczędzić nieprzyjemności dobremu klientowi. Tomas parkował swoją taksówkę, siadał przy stoliku położonym najbliżej baru i podziwiał – bo nie można tego było nazwać patrzeniem – Zeherę zbliżającą się z filiżanką cappuccino, które umiała przyrządzać jak nikt inny. Śledził jej każdy krok, zahipnotyzowany lekkim kołysaniem bioder, uważnie patrzył, jak stawia na stoliku spodek z filiżanką obok cukiernicy, szklanki z wodą i talerzyka z próbkami wybranych ciast, które stanowiły dodatek do zamówienia. A potem obiekt jego pragnień odwracał się do niego plecami, pozwalając mu cieszyć się w samotności konsumpcją. Zehera postępowała tak samo wobec wszystkich klientów, ale dla zakochanych oczu Tomasa jej zachowanie w stosunku do niego było szczególne. Julia obserwowała go rozbawiona i przy każdej okazji z niego żartowała.

– Dziewczyno, przecież zamordujesz go tymi kawami. Wypija pięć dziennie. Mnie przynosisz majątek.

Spośród wszystkich stałych gości największą czułość wzbudzał w Zeherze Jacinto, najstarszy obywatel miasta i z pewnością najstarszy bywalec kawiarni. Od razu w dniu otwarcia nowego lokalu skierował ku niemu swoje kroki – lekko przygarbiony, podpierając się laską i rzucając pytanie:

– A tutaj co dają?

– Kawę i książki, *señor* Jacinto – odpowiedziała Julia.

– Więc proszę podać mi kawę, bo tego drugiego nie potrzebuję.

Ani razu nie zdecydował się, choćby przez ciekawość, otworzyć któregoś z egzemplarzy stojących na regałach.

– Wszystko, co tam mogą opowiadać, to ja już wiem. A to, czego nie wiem, w moim wieku już mnie nie interesuje.

Do najzabawniejszych momentów z udziałem tego starego wzruszającego zrzędy dochodziło przy płaceniu. Jacinto wciąż jeszcze nie opanował posługiwania się nową europejską walutą i euro ciągle było źródłem bólu głowy – jego i osób, które chciały je od niego dostać.

– Muszę zobaczyć, czy nie zabierasz mi więcej, niż kosztuje ta kawa – mówił do Zehery z całym spokojem, na jaki było go stać, odliczając palcem wskazującym kolejne monety. – Coś mi się wydaje, że to za dużo jak na ten naparstek kawy, który mi dziś podałaś.

Zehera uśmiechała się i ponownie objaśniała mu wyliczenia, nigdy nie denerwując się na niego, choć daleko posunięta głuchota i marudny charakter dawały wszystkim w kość.

Tego popołudnia w kawiarni siedzieli prawie wszyscy stali klienci. Gości było więcej niż zwykle, a przynajmniej takie miała wrażenie, może dlatego, że przez cały dzień musiała sobie radzić sama. Zehera nie była z tego zadowolona. Trudno było samotnie zajmować się wszystkim, a szczególnie dzielić pracę przy stolikach z obsługą kasy. Przez dwa ostatnie tygodnie, kiedy sama musiała zamykać lokal, stwierdzała drobne niezgodności w ilości gotówki; każdy uznałby je za śmieszne, chodziło zaledwie o pięć czy siedem euro, a Julia ze swoim talentem do radzenia sobie z rachunkami na pewno zdołałaby to wyjaśnić. Zehera jednak wściekała się, że obliczenia jej się nie zgadzają. Czuła się przez to głupia, złościło ją, że zawsze takie sytuacje zdarzały się, kiedy zostawała sama. Rano tamtego dnia, jak zresztą prawie zawsze ostatnio, Julia odjechała samochodem i do tej pory jeszcze nie wróciła ze stowarzyszenia. Obiecała zjawić się po obiedzie, ale ciąg różnych problemów, które objawiły się w ostatniej chwili, uniemożliwił to. Zeherze nie uśmiechało się wzywanie taksówki, bo wiedziała, że przyjechałby po nią Tomas i przez całą drogę obserwowałby ją we wstecznym lusterku – ni to chyłkiem, ni to całkiem bezczelnie – i słałby jej zakochane spojrzenia, które czasami aż ją drażniły. Z tego powodu – a także dlatego, że dni stawały się już krótsze i zmierzch zapadał sporo przed porą zamykania kawiarni – Zehera postanowiła zadzwonić do Daniela i spytać go grzecznie, czy mógłby ją odebrać.

Wyłączyła już ekspres po zrobieniu ostatniej filiżanki kawy przeznaczonej dla Jacinta, który obiecał wypić ją szybko i nie robić zbyt wielu trudności, gdy nadejdzie pora płacenia. Codziennie było to samo: wyglądało na to, że kiedy przychodziło do zamykania lokalu, nikt nie chciał iść do domu i wszyscy nagle nabierali ochoty na przedłużenie pobytu pośród kawiarnianych stolików i krzeseł, smakowali ostatnie krople kawy, czekolady czy naparu z ziół, przeżuwali ostatnie okruchy ciasteczek albo właśnie kończyli lekturę jakiejś strony w książce.

– Jutro też będzie otwarte. Jeśli nie wyjdziecie, zamkniemy lokal bez uprzedzenia – zwykła w takich sytuacjach mówić gromkim głosem i żartobliwym tonem Julia, zapraszając najbardziej ociągających się klientów do opuszczenia kawiarni. Zehera przejęła ten zwyczaj, kiedy zaczęła stawać za barem. Tamtego wieczoru Jacinto był zdecydowany sam wyszukać w portmonetce z czarnej skóry monety, którymi miał zapłacić za swoje zamówienie: dwie kawy, które oczywiście popijał powolutku, i dwa kieliszki anyżówki. Gema, czyli Dziura w Ziemi, też zjawiła się w ostatniej chwili, żeby w wielkim pośpiechu wypić miętową herbatkę i wypożyczyć – w drodze wyjątku – książkę Rosalii de Castro. Wiedziała, gdzie schowany jest tom, którego lekturę zaczęła kilka dni wcześniej. W czasie gdy Gema małymi łyczkami piła miętowy napar, Zehera wspięła się na drabinkę, żeby odnaleźć książkę. „No tak, kiedy się spieszę, akurat to mi było potrzebne. Gdzie ona może być?". Znalazła tom na najwyższej półce. Musiała wychylić się bardziej niż zwykle i stanąć na palcach, żeby go dosięgnąć. Drabina, niestabilna od pierwszego dnia swego działania, kiwała się jak zawsze, ale tym razem okazała się wyjątkowo chwiejna, nie dając Zeherze żadnej szansy na odpowiednią reakcję. Zanim jedna z nóg drabiny pękła, Zehera zauważyła w witrynie kawiarni światła terenowego samochodu Daniela. Poczuła ukłucie w żołądku, wiedząc już, że jej ciało zdane jest na łaskę huśtawki, która wymknęła się spod kontroli. Miała tylko tyle czasu, żeby wydać z siebie krzyk, raptownie uciszający wszystkie głosy w kawiarni. Ten sam krzyk sparaliżował też na chwilę Daniela, który właśnie miał zamknąć auto pilotem przypiętym do samochodowych kluczyków. Utkwił wzrok w oknie kawiarni, jakby szukał tam jakiegoś wytłumaczenia tego, co właśnie dotarło do jego uszu. Choć nie mógł usłyszeć głuchego uderzenia ciała Zehery o podłogę, bez trudu je sobie wyobraził, kiedy wpadł biegiem do kawiarni i zobaczył czworo klientów pochylonych nad kimś, kto leżał nieruchomo przy regale z książkami: dziewczyna miała oczy otwarte i patrzyła w sufit. Z nosa płynęła jej krew, cienka strużka ciekła też wzdłuż konturu twarzy z ranki po lewej stronie czoła. Zehera była bledsza niż zwykle. Nie odzywała się, nie skarżyła na ból, nie wydawała żadnych dźwięków. Nie reagowała też na słowa Gemy ani Jacinta, którzy uparcie pytali ją, czy ich słyszy.

Daniel zdecydowanym głosem poprosił wszystkich, żeby zrobili mu miejsce, i kucnął obok Zehery. Ujął jej głowę w obie dłonie i palcami uciskał poszczególne części twarzy: skronie, kości policzkowe, potem podbródek i na końcu szyję. To właśnie wtedy jego charakterystyczny głos, szorstki i męski, dotarł do uszu Zehery.

– Słyszysz mnie? Widzisz? Czujesz moje ręce na szyi? Jeśli tak, uściśnij mi rękę. Jeśli nie, zamrugaj. Muszę się tego w jakiś sposób dowiedzieć.

W tym momencie silnego wzburzenia nie była w stanie przypomnieć sobie, czy kiedykolwiek ich spojrzenia spotkały się na tak długo, tak intensywnie, bez uciekania się do środków ostrożności, takich jak odwracanie oczu. Zielone oczy zaczęły się poruszać, badając rysy twarzy, którą zobaczyły przed sobą. Danielowi wydawało się, że ciężki oddech przeszywa mu pierś jak sztylet. Kiedy Zehera nieśmiało poruszyła głową, mógł znowu odetchnąć swobodnie.

– Powiedz mi, co cię boli – wypytywał, dotykając ręką poszczególnych części jej ciała i usiłując zlokalizować w telefonie komórkowym numer pogotowia w jego szpitalu. W końcu znalazł ten numer. – Mówi Castro. Z kim rozmawiam? – zapytał osoby, która odebrała telefon. – Potrzebuję karetki, szybko. Do Café Castro. Tak, kawiarnia mojej żony. Aha, Ramirez, jeśli mówię szybko, to znaczy szybko. Rozumiesz? – Zakończył rozmowę i skoncentrował się znów na Zeherze. – Boli cię tu?

Zehera nie mogła przestać się w niego wpatrywać. Nie potrafiła wyjść z dziwnego stanu przypominającego hipnozę. Jej oczy przestawały wlepiać się w jego profil tylko wtedy, kiedy zmuszała je potrzeba ciężkiego i powolnego mrugnięcia powiekami.

– Musisz do mnie mówić. Jeśli nie odpowiadasz, nie wiem, co mogę zrobić. Musisz powiedzieć, gdzie sobie zrobiłaś krzywdę. Potrzebuję twojej pomocy. Sam nie dam rady – upierał się Daniel, także zagubiony w tej oazie spokoju, w którą zamieniło się spojrzenie dziewczyny. – Nawet nie wiem, czy mnie słyszysz. Odpowiedz, proszę. Boli cię coś?

– Nie wiem – odpowiedziała w końcu ku radości wszystkich. – Głowa. Boli mnie czoło. I pierś.

– A nogi? Tu cię boli? – spytał, naciskając dłonią kolano. – Musisz odpowiadać, boli cię?

– Nie wiem. Nie wiem. – Jej oczy wyglądały, jak zrobione ze szmaragdowego szkła i przyciągały uwagę wszystkich, którzy je znali. – Co się ze mną dzieje, Daniel? Czuję się dziwnie. Co się stało?

– Uspokój się. Nie stało się nic złego. Jestem z tobą. Zaraz przyjedzie karetka, która zabierze nas do szpitala. Zrobimy ci trochę badań. Chcę tylko, żebyś mi uścisnęła rękę i żebyś wiedziała, że jestem tutaj, zgoda? – powiedział, uśmiechając się do niej i spoglądając na swoją dłoń. Miał nadzieję, że Zehera odpowie mu gestem, o który ją prosił, ale to nie nastąpiło. – Bardzo dobrze. Dobrze ci idzie – skłamał. – Spokojnie.

Kiedy Zehera zobaczyła światła karetki, zrobiła przerażoną minę, co Daniel świetnie rozumiał.

– Nie zamierzam znikać. Zostanę z tobą, przy tobie. Obiecuję ci. Nie mam zamiaru odchodzić. Możesz być spokojna.

Pocałował ją w czoło i pomógł przetransportować do karetki, udzielając personelowi medycznemu informacji o stanie poszkodowanej. Poważne twarze osób biorących udział w tej rozmowie mogłyby ją przestraszyć, przygnębić, ale zachowywała spokój, bo Daniel był blisko. Wiedziała, że się nią zaopiekuje, że ją ochroni. Obiecał, że przy niej zostanie, i to jej wystarczyło. Leżąc na noszach, patrzyła, jak udziela wskazówek rozmówcy, jak kiwa raz czy drugi głową, jak rozmawia przez telefon komórkowy, podpisuje jakieś papiery, które podano mu w kartonowej teczce, a w końcu wchodzi do karetki i siada obok niej. Przez całą drogę nie przestawał głaskać jej po głowie, mówić do niej, puszczać oko, uśmiechać się, podtrzymywać na duchu, ściskać jej dłoń. Była zależna od tego wszystkiego, co widziała we wnętrzu karetki, od światełek wychodzących z trzewi skomplikowanych i nieznanych jej przyrządów, które ją otoczyły i wydawały się równie trudne do zrozumienia jak hieroglify. Daniel sam wlał jakiś płyn do kroplówki, której igłę jeden z sanitariuszy wprowadził w jej ramię. Ani razu nie spytała, co to było ani dlaczego jej ciało nie odczuwało żadnego bólu. Nie potrzebowała tego wiedzieć.

Kiedy dojechali do szpitala i znaleźli się w izbie przyjęć, Daniel pamiętał o swojej obietnicy. Doktor Castro nie odchodził ani na sekundę od noszy, na których ją wieziono. Kiedy tylko Zeherze wydawało się, że odchodzi, albo kiedy jego głos przestawał docierać do jej uszu, jej ciało zaczynało dygotać i rozlegał się koncert alarmowych brzęczyków i pisków wydawanych przez aparaty, które rozmieszczono wokół niej. Sanitariusze sami prosili Daniela, żeby nie oddalał się od pacjentki, bo się denerwuje, co dla niej nie jest wskazane, a innym utrudnia pracę. Także wtedy Zehera nie spytała, co się z nią dzieje. Potrzebny jej był tylko dotyk ręki Daniela. Jego głos. Jego słowa. Obecność. Kiedy wiedziała, że jest blisko, kiedy czuła go przy sobie, była spokojna. Na razie to jej wystarczało. Jego towarzystwo odprężało ją. Uspokajało. Przynosiło ulgę. Koiło.

· 25 ·

Kiedy otworzyła oczy, wpadła w panikę. Dopiero po kilku sekundach zdała sobie sprawę, gdzie jest i jak się w to miejsce dostała.

Daniel.

Powieki wciąż miała ciężkie, ale zdołała je unieść i z pełną jasnością umysłu rozejrzeć się po otoczeniu. Pierwszy rzut oka, szybki, z ukosa, nie pozwolił dostrzec Daniela. Zobaczyła tylko, że jest w białym pokoju, niezbyt jasno oświetlonym, leży na łóżku, a od jej prawego ramienia odchodzi jakaś rurka połączona z workiem kroplówki i ograniczająca jej ruchy. Przestraszyła się, że nie ma przy niej nikogo. Być może trudno byłoby jej to znieść, ale nie musiała wystawiać swej wytrzymałości na próbę. Kiedy odwróciła głowę, zobaczyła go: siedział na krześle, które wydawało się okropnie niewygodne, i tam zmorzył go sen. Głowę miał przechyloną na bok, oddychał miarowo. Mogło się to wydawać głupotą albo dowodem braku powagi, ale jednak ten widok ją wzmocnił. Uświadomiła sobie, że mięśnie jej twarzy odprężają się i układają, jak sądziła, w lekki uśmiech. Mogłaby wpatrywać się w Daniela godzinami, ale – nie wiedząc właściwie dlaczego – odwróciła głowę w drugą stronę. Zaskoczenie sprawiło, że z jej ust wydobył się stłumiony jęk.

– Julia! – w cudowny sposób znów mogła normalnie mówić. Wcześniej przez chwilę myślała, że strach odebrał jej panowanie nad umiejętnościami werbalnymi i że nie będzie w stanie odnaleźć słów. – Nie wiedziałam, że tu jesteś.

– Kochanie, a gdzie miałabym być? Aleś mnie nastraszyła! Kiedy Daniel zadzwonił, myślałam, że sprawa jest dużo poważniejsza. Przysięgam ci, że o mało sama nie padłam.

Julia zawsze patrzyła na nią matczynym wzrokiem, który Zeherę niezmiennie ujmował. Ale ostatnio przyprawiał ją też o poczucie winy związane z czymś, z czym próbowała walczyć, więc mówiła sobie, że jednak niczemu nie jest winna... Wiedziała, że to słabe wytłumaczenie, ale chwilowo żadnego innego nie miała.

– Jak się czujesz? – spytała Julia.

– Nie wiem, co mi się stało. Weszłam na drabinę. Gema prosiła o książkę Rosalii de Castro, a ja się spieszyłam, żeby zamknąć kawiarnię, nie mogłam się już doczekać. Byłam zmęczona, jakaś dziwna, a potem... Pamiętam tylko, że mnie nieśli do karetki. – Popatrzyła na Julię i nie mogła powstrzymać łez, które napłynęły jej do oczu. – Przykro mi, tak mi przykro. Nie chciałam, przysięgam ci, nie chciałam, nawet nie wiem, jak to się stało.

Żale, które wydobywały się z jej ust, miały inne źródło, dotyczyły innych zdarzeń, kryły w sobie inny sens – tę tajemnicę, która ją trawiła i którą nieraz miała ochotę gwałtownie z siebie wyrzucić, żeby w końcu zlikwidować źródło ciągłych wyrzutów sumienia zżerających ją od środka. Ale przecież kobieta, która głaskała ją teraz po twarzy, tak samo jak robiłaby to jej babcia Mirsa albo siostra Suhra, nie mogłaby tego wszystkiego zrozumieć.

– Co ty wygadujesz? Oszalałaś? Kochanie, ty nie jesteś niczemu winna. Niczemu. Co tutaj mogło być twoją winą? Wypadki się zdarzają, trafiają się nam w życiu różne nieszczęścia bez naszej winy i woli. Ale już wszystko w porządku. Już dobrze, nie płacz i odpoczywaj.

Zehera pozwoliła się objąć ramionom, które nigdy nie przestawały jej wspierać. Na ile mogła, wyciszyła echa, które słyszała w sobie i które mówiły o niegodziwości, o rozdzierającej serce zdradzie, wydawały wyrok stwierdzający winę, wyrok, którego wolałaby nie słyszeć. Była zbyt zmęczona. Jutro będzie czas, żeby się dalej biczować, teraz już miała dość.

Minęło prawie siedem dni. Daniel nie chciał, żeby wyszła ze szpitala, zanim nie będzie całkowitej pewności, że wszystkie rany i stłuczenia na ciele pacjentki bezpiecznie się goją. Wiedział, że rehabilitacja, którą ma przed sobą Zehera, potrwa kilka miesięcy i dopiero po niej wróci do pełni sił. Choć żadne z uszkodzeń nie miało trwałego charakteru – a nawet nie przeszkadzało jej w poruszaniu się i chodzeniu – i wszystkie rokowały dobrze w perspektywie średnio- lub długoterminowej, spowodowane przez upadek urazy w kilku kręgach kręgosłupa wymagały czasu i odpowiedniej terapii, polegającej głównie na odpoczynku i specjalistycznych ćwiczeniach. Wciąż odczuwała bóle, a także nieprzyjemne zawroty głowy i musiała wspierać się na różnych przedmiotach znajdujących się w pobliżu, jeśli nie chciała upaść.

W pierwszym okresie była pacjentką doskonałą: zażywała lekarstwa i bez najmniejszej skargi robiła wszystko, co ordynowali jej lekarze. Nie okazywała zmęczenia ani znudzenia, nie buntowała się. Ale kiedy minęły już pierwsze tygodnie, mniej więcej w połowie drugiego miesiąca rehabilitacji, ta postawa zdyscyplinowanej pacjentki zaczęła się chwiać. Zehera poczuła się lepiej, choć jej organizm nie dawał jeszcze żadnej gwarancji, że jest całkowicie wolna od kłopotów i może robić wszystko, na co ma ochotę. Martwiła się, że przez nią Julia musi dokonywać cudów, żeby jednocześnie doglądać kawiarni i zajmować się coraz to bardziej rozbudowanymi obowiązkami, które nakładało na nią stowarzyszenie. Tak jakby nie miała jeszcze dość pracy, ta kobieta zdołała – dzięki swym wysiłkom, kontaktom w ratuszu i przede wszystkim niemal chorobliwemu uporowi, który pozwalał jej osiągnąć wszystko, co sobie umyśliła – załatwić Zeherze rentę w wysokości czterystu euro.

– Dzięki ubezpieczeniu, burmistrzowi, który jest aniołem, i dzięki mojej dobrej znajomości prawa pracy będziesz miała małą pensję do czasu, aż będziesz mogła wrócić do kawiarni. Wiem, że to nie jest dużo, ale przynajmniej da ci poczucie, że w każdym miesiącu coś zarabiasz. To nie jest przysługa, kochanie, to ci się należy za twoją pracę przez te wszystkie lata. Chociaż możesz to też traktować jako prezent gwiazdkowy. Uwierzyłabyś? Wchodzimy już w rok 2003. Popatrz tylko.

Chciała już wrócić do pracy, choć zdawała sobie sprawę, że dopiero za kilka miesięcy będzie mogła założyć fartuch, zapisywać menu dnia na czarnej tablicy stojącej przy wejściu, rozstawiać książki na półkach i zmierzyć się z portmonetką Jacinta, grymasami Gemy, męczącym uporem Czekolady, wybrzydzaniem Piguły i dumą kryjącą się w sercu Pedro El Macho. Gdyby ktoś ośmielił się jej powiedzieć, że nigdy już do tych zajęć nie wróci, nie uwierzyłaby. Zgrzeszyłaby w ten sposób niewiarą.

Nie potrafiła nic poradzić na swoją niecierpliwość i napięcie. Chciała czuć się przydatna, zajmować się czymś, robić coś, co nie skazywałoby jej na zastanawianie się i analizowanie uczuciowych zawirowań, jakie nie dawały spokoju jej ciału. Z czystego wstydu wolała zaprzeczać niewygodnym dowodom niż konfrontować się z rzeczywistością.

Zbyt długi wypoczynek wyczerpywał ją. Zamknięcie w domu – to prawda, że w scenerii niemal pałacowej – przyprawiało o duszności. Odnajdywała sens w tym uwięzieniu tylko w dni, kiedy Daniel przychodził wcześniej, niż się spodziewała, w porze, gdy nie było jeszcze Julii ani Bruna, ani Teresy Aliny. Tej pierwszej z powodu pracy, drugiego ze względu na ożywione życie towarzyskie, jakie prowadził, od czasu kiedy wstąpił na uniwersytet; najmłodszej zaś domowniczki ze względu na pozaszkolne lekcje gry na pianinie, na które nalegała Julia. Wtedy życie zdawało się sprzyjać Zeherze, podobnie jak rozkład zajęć pozostałych członków rodziny. I właśnie to ją przerażało, niepokoiło, choć jednocześnie ożywiało. Daniel zamienił w stały rytuał swój pozbawiony początkowo większego znaczenia, neutralny zwyczaj całowania jej w czoło i pytania o samopoczucie. Bywały dni, kiedy Zehera czekała na tę codzienną dawkę przyjemności, od chwili kiedy się rano budziła. Zamykała oczy i wyobrażała sobie ten moment, rozciągała go w czasie, smakowała, wdrukowywała go w swój umysł i bawiła się nim... A potem otwierała oczy i samą siebie przeklinała. Niełatwo jej było rozeznać się w stanie własnego umysłu. Niemniej czekała niespokojnie, aż nadejdzie popołudnie.

Zwykle Daniel zastawał ją, kiedy szykowała kolację – było to teraz jej zajęcie. Szło jej przy tym całkiem dobrze ku radości pozostałych, którzy przychodzili głodni. Kiedy indziej porządkowała jakieś papiery albo surfowała po internecie, próbując odnaleźć informacje o swojej rodzinie, coś, co pozwoliłoby mieć wciąż nadzieję. Uznała już właściwie za niemożliwe skontaktowanie się telefoniczne z Suhrą albo z Dinem: żaden z numerów, które nadal miała w głowie i które wciąż próbowała wybierać bez żadnej wiary w powodzenie, nie odpowiadał. Spędzała godziny, całe poranki i popołudnia, szukając stron, wiadomości, zdjęć, czegokolwiek, co pozwoliłoby jeszcze zasilić myśli o szczęśliwym losie najbliższych, ale wszystkie poszukiwania okazywały się bezowocne. Kiedy ta informacyjna posucha przywodziła na jej twarz – o niemal idealnych rysach, pełną świeżości i znamionującą spokojną piękność – wyraz bezsilności i rozpaczy, Daniel próbował ją ożywić, proponując kieliszek wina. Zehera akceptowała to zadowolona i okazywała swą wdzięczność lekkim uśmiechem. Daniel zwykł towarzyszyć jej w kuchni, kiedy szykowała kolację. Zabawiał ją rozmową i starał się jak prawdziwy kuchcik pomagać we wszystkim: a to podać miskę na sałatę, przynieść przyprawę, o której zapomniała, przyrządzając mięso, a to wyjąć z lodówki nowy sos, który zrobiła wcześniej i schowała, czy też znaleźć słoik z warzywami do przybrania któregoś z dań albo nóż do zeskrobania beszamelu, który zasechł na patelni...

– Nie, sałatę ja doprawię, bo ty nie wiesz jak. Mam wrażenie, że ją prysznicujesz, zamiast pokryć oliwą. To delikatna sprawa. Czysta subtelność. Nie umiesz tego robić.

Złość, którą Zehera udawała w obliczu takiej obelgi, sprawiała, że przez chwilę z tego żartowali, ciesząc się śmiechem i swobodą.

– Ale jak śmiesz? – protestowała, śmiejąc się i przywołując go do porządku uderzeniem kuchennej ścierki w ramię. – Uważasz, że sałata będzie smakować lepiej od tego, że wsadzisz w nią palce i je wyjmiesz? Bardzo się mylisz.

– No widzisz, nawet nie wiesz, co do ciebie mówię. Nie chodzi o wsadzenie palców w sałatę, chodzi o to, żeby wszystkie liście dobrze pokryły się smakiem sosu, żeby żaden nie był wolny od jego aromatu, od esencji. Musisz poczuć to tutaj – mówił, pokazując dłonie – żeby potem docenić to tutaj – i wskazywał na usta. – No spójrz sama na tę minę, którą robisz! Chodź, zobaczymy, czy jak spróbujesz sama, uda nam się coś zdziałać...

Daniel ujął w dłonie ręce Zehery i zbliżył je do miski z sałatą, która wydawała się na nie czekać.

– Teraz rozumiesz? Musisz mieć pewność, że wszystko jest... równomiernie... rozprowadzone... że... nic... nie zostało...

Wskazówki i rady, które płynęły z jego ust, były coraz cichsze, aż w końcu całkiem zanikły – w chwili, w której ich palce zaczęły się splatać pod osłoną roszponki, rukoli i pomidorków, milczących świadków tego mistrzowskiego pokazu. Oboje byli mocno podekscytowani i żadne z nich nie chciało przerwać milczenia. Zehera czuła na szyi oddech Daniela, stojącego za nią bez ruchu, niemającego odwagi, by przysunąć się jeszcze choć o centymetr, żeby nie popsuć tej chwili przyjemności. Czuła wyraźnie, jak oddech mężczyzny porusza kosmyki włosów spadające na jej delikatną szyję. Żadne nie musiało się specjalnie koncentrować, żeby usłyszeć ciężkie oddechy obojga, chwilami przyspieszające i wydające się sterować ich dłońmi. Czuła na plecach bicie drugiego serca, czuła ciało, które wyobrażała sobie w trakcie tylu nocy, zasłaniając twarz poduszką, by ukryć wstyd. Nie chciała odrywać wzroku od miski z sałatą, w której ich palce ocierały się o siebie, ale nie mogła powstrzymać odruchu odwrócenia się, kiedy poczuła, że ciało Daniela jest jeszcze bliżej. Bała się, że zemdleje, i modliła się, żeby wytrzymać. Zachowanie przytomności stało się sprawą życiowej wagi. Pragnęła nadal czuć, emocjonować się, przeżyć do końca to nieznane podniecenie obejmujące całe ciało. Poddawała się zamętowi, który w niej eksplodował, i postanowiła zignorować ostrzeżenia umysłu: była jak marionetka, bez własnego osądu, bez rozumu, bez oporu, bez poczucia kierunku poza tym jednym, wyznaczonym przez ręce, którym chciała ulec. Jej ręce, głowa, ramiona, plecy, szyja kierowały się ku magnesowi, którym stało się ciało Daniela, magnesowi, który znosił w niej wszelkie bodźce niepochodzące od niego. Po jej skórze – od palców u nóg aż po czubki włosów – przemaszerowała armia ostrych szpilek, przyprawiając ją o zawrót głowy. Chciała, żeby to uczucie nigdy się nie skończyło; było jej wszystko jedno, jak długo będzie w stanie się opierać i czy zdoła wytrzymać nagłą falę dygotu.

Daniel widział, jak jego ręce przesuwają się po tym polu pokus, w jakie zamieniło się ciało dziewczyny. Te same dłonie, którymi ratował życie wielu nieznajomych, pozwalały mu teraz odzyskać jego własne życie. Wiedział, że powinien się zatrzymać, przeprosić za to, co się wydarzyło, i wyjść z kuchni najszybciej, jak się da. Ale nie potrafił tego zrobić. Ani jego wiek, ani doświadczenie, ani dojrzałość, z której słynął, nie pomagały mu poskromić pożądania. Oddzielenie się od niej oznaczałoby zadanie sobie bólu, było niemożliwe. Chciał poznawać to piękne i kruche ciało, wdychać jej zapach, smakować ją powoli, upijać się nią i zapominać o tabu i moralnych rygorach, które jego poczucie odpowiedzialności zaczynało podsuwać coraz bardziej zmąconemu umysłowi. Rzeczą najrozsądniejszą byłoby powstrzymać to zauroczenie typowe bardziej dla nastolatków, ale jego zmysły były w stanie stłumić każdy osąd, skłaniający do natychmiastowego wycofania się. Nie rozumiał tego, ale nie chciał się pozbawiać wybuchu emocji, które były w nim nieobecne od wielu lat. Zbyt długo trwał okres, w którym miłość, wspólne towarzystwo i przyjaźń zastąpiły namiętność, zbyt traumatyczne były tego następstwa.

– Tato! Jesteś w domu? – Głos Sary w jednej chwili przekłuł bańkę zapomnienia, w której oboje się znaleźli. Ciała Zehery i Daniela obudziły się i gwałtownie od siebie oddaliły. – Przyszłam zjeść z wami kolację. Dzwoniłam do mamy i powiedziała, że nie ma problemu.

Głośny dźwięk sprawił, że zamarli w bezruchu dokładnie w chwili, gdy córka Daniela wchodziła do kuchni. Porcelanowa miska, w której wciąż czekała sałata, spadła z hukiem na podłogę i rozprysła się na tysiąc kawałków.

– Co się dzieje? – spytała Sara, zaniepokojona hałasem. – Ale się przestraszyłam!

– Kochanie, co za niespodzianka! – Daniel podbiegł i pocałował ją w policzek. – Nie wiedziałem, że przychodzisz.

– Czy ktoś mógłby mi pomóc z tymi wszystkimi torbami? – Od drzwi wejściowych dobiegł głos Julii, jeszcze bardziej przyspieszając puls tych, którzy kilka sekund wcześniej nie zdawali sobie sprawy z jakiegokolwiek niebezpieczeństwa.

– Już idę! – krzyknął Daniel. Ucieszył się, że może wyjść z kuchni, gdzie coraz trudniej było mu oddychać.

Sara spojrzała na Zeherę, która wciąż jeszcze zmieszana zbierała kawałki rozbitej miski.

– Dobrze się czujesz? – spytała, widząc, że dziewczyna ciężko oddycha. – Masz wypieki. Coś się dzieje?

– Nie, nie. Co miałoby się dziać? Wszystko w porządku. No może mam trochę gorączki. Nie wiem. Wydaje mi się, że pastylki, które biorę na ból kręgosłupa i na nudności, nie robią mi najlepiej. A poza tym wypadła mi z rąk miska z sałatą.

Nie była przyzwyczajona do kłamania i bała się, że Sara jej nie uwierzy. Myliła się.

– Daj, pomogę ci. To wina mojego ojca. – Zehera spojrzała na nią przerażona. Poczuła się, jakby stawało jej serce, a krew zatrzymywała się w żyłach. – Ta obsesja z mieszaniem sałaty dłońmi. Tak jakby nie rozumiał, że potem wszystko wyślizguje się z rąk. Katastrofa. Na szczęście przy stole operacyjnym jest ostrożniejszy. – Sara się zaśmiała. – Na pewno dobrze się czujesz? Bo rzeczywiście wyglądasz, jakbyś miała gorączkę. Strasznie jesteś czerwona. Daj, zobaczę... – powiedziała, przykładając dłoń do czoła swojej prawie siostry.

– Nie, mówię ci, że dobrze się czuję. Nie przejmuj się mną, bo to tylko mnie deprymuje. Jeśli nie masz nic przeciwko temu, pójdę na górę i wezmę chłodny prysznic, a ty zrób sałatę, co?

Nie czekała na odpowiedź i wyszła z kuchni równie pospiesznie jak Daniel. Wbiegła na górę, pokonując po dwa schodki naraz, nie zauważając nawet, że Julia wróciła do domu w towarzystwie Bruna i Teresy Aliny. Od dłuższej chwili czuła, że się dusi, musiała chwilę swobodnie pooddychać i odświeżyć się. Zamknęła na klucz drzwi swojego pokoju i ściągnęła ubranie, nie zadając sobie trudu rozpinania guzików. Ratunek przybrał formę strumienia wody. Przez kilka minut stała nieruchomo z otwartymi oczami, próbując uspokoić wciąż niepewny oddech i patrząc, jak woda pieni się na całym jej ciele. Nie mogła się oprzeć pokusie przeciągnięcia palcami po tych samych miejscach, które przedtem przebiegały opuszki palców Daniela. Jej skóra znów się rozgrzała i Zeherze wydało się, że zimna woda, która ją opłukiwała, nie jest w stanie wykonać swojego zadania. Straciła poczucie czasu, tak samo jak nieco wcześniej w kuchni. Dopiero stukanie Bruna w drzwi pokoju, mające jej uświadomić, że kolacja jest gotowa, wyrwało ją z oszołomienia.

– Mama i Sara już dały kolację Teresie. Ona czeka, aż przyjdziesz i ją pocałujesz. Pospiesz się, bo mała zaraz padnie.

Zehera posłuchała wezwania, ale nie przyszło jej to łatwo.

Na kolację prawie nic nie zjadła. Ledwie włożyła sobie do ust dwa czy trzy kawałki mięsa uprzednio wypróbowanego widelcem, którego używała tego wieczoru bardziej jako narzędzia do przesuwania potraw po talerzu niż przyrządu do jedzenia. Nie odważyła się spojrzeć na Daniela, on zresztą zachowywał się podobnie wobec niej. Ciężar rozmowy spoczywał tego wieczoru na Julii i Sarze, które opowiadały o wszystkim, co przydarzyło im się w ciągu dnia. Prawdziwi bohaterowie tej biesiady nie bardzo ich słuchali: dobiegały do nich słowa obu kobiet, kiwali głowami, uśmiechali się, ale ich umysły zajęte były inną, całkiem odmienną historią.

– A ty, Zehera? Jak ci minął dzień? – Pytanie Julii zaskoczyło ją. Wydawała się przestraszona. – Dobrze się czujesz?

– Jasne. Tak, dobrze się czuję. Trochę jestem zmęczona nicnierobieniem, sama wiesz. Sądzę, że jak najszybciej powinnam wrócić do pracy. Już mnie prawie nie boli kręgosłup, a nudności w zasadzie minęły.

– Nie spiesz się. Lekarz powiedział przecież, że trzeba czasu i że jeśli będziemy się zanadto spieszyć i za bardzo uwierzymy w siebie, pogorszymy sytuację. Prawda, Danielu? – spytała Julia. Nie uświadamiała sobie, że jej mąż właśnie wypił duszkiem już trzeci kieliszek wina.

– Mamo, to tata powinien coś w tej sprawie zrobić. – Ta uwaga Sary sprawiła, że po raz pierwszy tego wieczoru dwie najbardziej milczące osoby wymieniły się spojrzeniami. – Zehera fatalnie się czuje po lekarstwach. Tato, powinna przestać je brać. Powinieneś zawieźć ją do szpitala, żeby je zamienili na inne. Ona się od nich dusi. Kiedy przyszliśmy do domu po południu, Zehera o mało nie zwymiotowała. Nie zaprzeczaj, widziałeś chyba jej twarz. Pojedziesz z nią, tato?

– Oczywiście. Jutro z samego rana. Albo pojutrze. Kiedy będzie chciała.

Była to najdłuższa kolacja w życiu Zehery. Kiedy wreszcie się skończyła, Daniel zamknął się w swoim gabinecie, a reszta rodziny – poza Brunem, który poszedł do swojego pokoju, żeby powtórzyć materiał do oczekującego go za kilka dni egzaminu na uniwersytecie – została na pogawędkę w salonie. Zehera miała nadzieję, że pozwolą jej iść pozmywać naczynia, ale jej prośby były daremne. Tego wieczoru dałaby wiele, żeby tylko nie musieć patrzeć w twarz Julii, rozmawiać z nią, obejmować się z nią na sofie, opierać jedna o drugą – tak jak to zwykle robiły, zanim zmorzył je sen. Czuła się okropnie. Traktowała to jako karę za wkraczanie na teren, na którym nigdy nie powinna się znaleźć i na który – mimo wszystko – pragnęła wrócić najszybciej jak się da. Kiedy wreszcie postanowiły się położyć, Daniel nadal siedział w swoim gabinecie. Przez całą noc nie słyszały, żeby stamtąd wychodził.

W trakcie kolejnych dni domowe pomieszczenia i korytarze zaczęły służyć obojgu jako kryjówki do chowania się przed sobą. Unikali okazji do spotkań, woleli umykać, niż wymieniać się spojrzeniami, wymawiali się nadmiarem pracy albo chwilowym złym samopoczuciem, żeby nie znaleźć się w tym samym pokoju. Jakikolwiek odgłos kroków albo otwierających się drzwi zapierał im dech w piersiach, budził lęk przed znalezieniem się sam na sam. A przy tym oboje płonęli z chęci zobaczenia się, spojrzenia sobie w oczy, porozmawiania. Bycia razem.

Musiało minąć niemal dziesięć dni, żeby nadarzyła się możliwość ponownego spotkania. Ta nowa sytuacja, nie dość że dziecinna i kłopotliwa, wyglądała też śmiesznie, krępowała ich i dusiła. Żadne z nich nie przeczyło, że istnieją powody, by czuli się okropnie i unikali się przez cały czas, ale wiedzieli też, że nie jest to najlepsza metoda stawiania czoła problemowi. Żadne nie znajdowało jednak lepszego sposobu na poradzenie sobie z tą sytuacją, na położenie kresu temu, co zgodnie z ich życzeniem miałoby być tylko żartem, przelotnym wariactwem, rezultatem nieporozumienia.

Pewnej bezsennej nocy – a więc w stanie, który przydarzał się jej nierzadko – Zehera postanowiła zejść do kuchni, żeby wypić szklankę mleka. Liczyła, że dzięki temu uśnie. Przeszła obok pokoju córki, która spała głęboko, a kiedy znalazła się na schodach prowadzących na parter, zauważyła światło w gabinecie. Wyobraziła sobie, że Daniel wciąż pracuje. Po południu tego dnia, podczas przygotowywania kolacji, Julia wyznała, że nie był to dobry dzień dla jej męża. Na sali operacyjnej zmarło dwóch jego pacjentów. Każda śmierć chorego wywierała na nim bardzo silne wrażenie.

– To samo było w Ekwadorze. Zawsze taki był. Najlepiej zostawić go w spokoju. Przejdzie mu. Musi tylko zostać przez jakiś czas sam. Wtedy nabiera sił. Zawsze tak robił.

Zehera nie wiedziała dlaczego, ale postanowiła zignorować radę Julii: wyszła z kuchni bez szklanki mleka, które wypiła na miejscu, i poszła do gabinetu Daniela.

Wbrew zwyczajowi drzwi były otwarte. Nieśmiało wsadziła głowę do środka i zobaczyła go, jak siedzi w fotelu, skupiony na lekturze. Bała się, że jej obecność zakłóci jego spokój, i ten lęk sprawił, iż postanowiła się wycofać. Kiedy już się odwróciła, żeby po cichu wracać, coś ją jednak zatrzymało. Nie potrafiła odejść, choć byłoby to rzeczą najprostszą. Czuła, że musi wejść i porozmawiać z Danielem, wytłumaczyć mu, jak źle się czuje, jak się wstydzi, prosić go o wybaczenie i obiecać, że poprzednia sytuacja więcej się nie powtórzy. Nie chciała tego ani wcale tak nie czuła, ale wiedziała, że tak należało. Jeśli jej obecność miałaby mu być nie na rękę, pragnęła, żeby sam jej to powiedział. A ona oczywiście zaakceptowałaby to.

– Daniel. – W takich chwilach wydawało jej się to najtrudniejszym do wymówienia słowem, jakie istniało w słowniku.

Wzdrygnął się, słysząc głos Zehery. Podniósł wzrok, dotąd skupiony na publikacjach medycznych, i skoncentrował go na sylwetce kobiety, która z dnia na dzień wydawała mu się coraz piękniejsza. Wpatrywał się w nią bardzo długo, aż poczuł, że to spojrzenie jest powodem jej zmieszania. Wstał wolno, zdejmując okulary, i odłożył je na biurko.

– Coś się stało? Dobrze się czujesz? – Widział, że odpowiedzi na jego pytania więzną w gardle dziewczyny i nie pozwalają jej oddychać. Nawet przełknięcie śliny stało się misją nie do spełnienia. Kiedy zbliżał się do niej, jej zdenerwowanie jeszcze się nasiliło, oddech przyspieszył. Ta słabość wprowadziła go w błąd, wydawało mu się, że Zehera potrzebuje pomocy.

– Tak, tak... Nie. Dobrze... Tylko... widziałam światło i... chciałam, żebyś wiedział... nie czuję się zbyt... – Coraz bliższa obecność Daniela wcale nie pomagała Zeherze uporządkować kłębiących się myśli. Odwrotnie, zaczęła się jąkać. – Chciałam... wiesz... myślałam...

Nie była w stanie wydusić z siebie nic więcej.

Kciuki Daniela głaskały jej wargi, a pozostałe palce w pośpiechu docierały do szyi. Wargi Zehery rozchyliły się i wydostał się spomiędzy nich jęk, który napotkał na swej drodze zachłanność mężczyzny i jego od dawna skrywane pragnienie. To doznanie, które poczuła w ustach, obezwładniło ją. Jej zmysły obudziły się, płynące od nich sygnały uległy zwielokrotnieniu. Uświadomiła sobie, że drzwi za nią zamknęły się i usłyszała zgrzyt zasuwki. Ale ten dźwięk i to, co oznaczał, wcale jej nie zaniepokoił, tylko pobudził jeszcze bardziej. Żadne z nich nie mogło oderwać oczu od drugiego ani zaprzestać namiętnego poznawania jego warg, zębów, języka. W ramionach Daniela ciało Zehery stało się uległe i otwarte. Poczuł jego lekkość, kruchość i głód pieszczot. Fascynowało go, z jaką chęcią i zachłannością odpowiadało na jego dotyk. Było w tym pożądanie doskonałe, precyzja kontaktu dwojga ciał, połączenie absolutne. Usta Daniela przesuwały się wzdłuż linii okalającej twarz Zehery. Jednocześnie popchnął ją lekko na dominującą w gabinecie sofę obitą brązową skórą. Zgrabne ciało Zehery zostało uwięzione pod solidnie zbudowanym ciałem Daniela, który zaczął poznawać biały, twardy brzuch ukryty pod cienką, białą koszulką. Robił to z taką powściągliwością, spokojem i delikatnością, jakby chodziło o świętą figurę. Podniecenie, które zawładnęło Zeherą, nasilało się wraz z przyspieszeniem oddechu i obezwładniało ją. Jej brzuch i piersi unosiły się w górę, jakby nie mogła nabrać powietrza. Przesuwająca się po jej skórze męska dłoń, której dotyk palił jak ogień, usiłowała ją uspokoić, głaszcząc łagodnie. Osiągnęła tylko tyle, że kręgosłup kobiety wygiął się w szczytowym momencie rozkoszy. Kiedy poczuła na brzuchu warstewkę wilgoci, którą zostawiały po sobie jego wargi, nie umiała zapobiec temu, by jej oczy wypełniły się łzami powoli spływającymi po policzkach.

– Co się z tobą dzieje? – spytał Daniel szeptem, precyzyjnie dostosowując swoją pozycję do ułożenia ciała kobiety, która znalazła się pod nim. – Coś jest nie tak?

– Nie, nie, nic się nie dzieje... – Ale działo się wszystko. Wszystko, czego nie doświadczyła jeszcze w trakcie niemal trzydziestu lat życia, wszystko, czym jej skóra, ciało i głowa jeszcze się nie nacieszyły, a co teraz, w ciągu kilku sekund eksplodowało bez pytania o zgodę. Ładunek zanadto wybuchowy, żeby sobie z nim poradzić ot, tak sobie. Każdy centymetr skóry pobudzanej dotykiem rąk Daniela miał swój udział w ogólnym skoku adrenaliny, wprowadzanej do krwiobiegu Zehery niczym niekontrolowana bomba. Kiedy poczuła, że Daniel rozpina jej pasek u spodni, opadły ją wątpliwości. Zmieszała się i zaczęła panikować.

– Nie, zaczekaj – dyszała ciężko. – Poczekaj, poczekaj...

Widząc przerażenie na jej twarzy, dyrygent całej tej symfonii zmysłów zrozumiał, że właśnie popełnił najpoważniejszy błąd w swoim życiu.

– Mój Boże... O mój Boże... Co ja robię?! – Żal nadał mu wygląd zbitego psa, tak jakby bezbrzeżna namiętność, kierująca nim zaledwie przed kilkoma sekundami, przekształciła się w całe tony skruchy, które spadły mu na ramiona. Wyprostował się powoli, odsuwając się od ciała, z którym jego własne ciało właśnie miało się połączyć. Próbował jednocześnie wytrzeć dłońmi pot, który podniecenie pozostawiło na jego twarzy. – Mój Boże! – Spojrzał na Zeherę, wciąż jeszcze nie panując nad oddechem. – Błagam cię, przebacz mi. Na Boga, przebacz mi! Nie wiem, co mi się stało. To się już nie powtórzy. Wybacz mi.

– Ale nie, nie o to chodzi. Proszę cię, nie myśl, że... Proszę cię, błagam, żebyś... – I znów nie była w stanie dokończyć zdania; czuła, że jej głowa za chwilę eksploduje. Wstyd zaćmił jej zdolność postrzegania zewnętrznego świata, gdzie mogłaby szukać jakiegoś wytłumaczenia, i zamknął ją w piekle, z którego nie potrafiła wyjść bez obrażeń. Chciała się obudzić i chciała, żeby duszący ją wstyd zamienił się w zimny pot, którym byłaby zlana po ocknięciu się z tego nieszczęsnego koszmaru.

Zehera zrozumiała to od razu: człowiek, który dopiero co otworzył drzwi, żeby zobaczyła przez nie sens swojego życia, chciał, żeby sobie już poszła, żeby wyszła z pokoju, gdzie odkryła to, co przedtem było nieznane, gdzie zaczęła żyć, ale także umierać. Wchodziła powoli po schodach prowadzących do jej sypialni, nie przestając patrzeć na światło, które sączyło się przez szparę pod drzwiami gabinetu Daniela. Pokonując kolejne stopnie, myślała o tym, co mogłoby przeżywać teraz jej ciało, gdyby nie jej wątpliwości i lęki. Miała wrażenie, że jest poruszającym się trupem, nieboszczykiem pośród żywych.

· 26 ·

Spała jeszcze, kiedy dźwięk telefonu zaczął przenikać przez szczeliny jej świadomości. Trwało dobrą chwilę, zanim rozpoznała charakterystyczny dzwonek; tyle samo czasu zajęło Julii uciszenie go i podniesienie słuchawki. Słyszała głos osoby wykrzykującej do niej jakąś wiadomość, a jednocześnie poczuła gorące miejsce na górnej wardze, jakby drobny ślad po ugryzieniu. Kiedy zaczęła badać wargę językiem, poczuła silne ukłucie. Dotknęła piekącego miejsca palcami i wyczuła małą rankę. Wtedy przypomniała sobie, co wydarzyło się w nocy, i chwilę, w której zęby Daniela mocno wpiły się w delikatną skórę jej warg. Zamknęła oczy – być może z bólu, a być może dlatego, że chciała przypomnieć sobie tamto doznanie. Po chwili gwałtownie je otworzyła.

Jednym susem zerwała się z łóżka.

– Zehera, obudź się! Dzwoni Teresa. Teresa z Salamanki, z Villa de Alba. Chodzi o twoją siostrę. Chodź tu na dół. – W głosie Julii słychać było zaniepokojenie. – Słyszysz mnie, kochanie? Obudziłaś się?

Teresa? Jej przyjaciółka, do której dotąd nie zadzwoniła, choć tyle razy sobie obiecywała? Ta sama Teresa, wobec której miała dożywotni dług wdzięczności, jakiego jeszcze nie zaczęła spłacać?

– Tak, tak, już idę...

Weszła do kuchni, głaszcząc jeszcze palcami zranioną wargę. Widząc, jak Daniel bierze do ręki filiżankę porannej kawy, poczuła zapach ciepła ogarniającego jej ciało. Żadne z nich dwojga nie było w stanie wytrzymać wzroku drugiego: on zaczął wpatrywać się w podłogę, ona w wiszący na ścianie telefon, którego słuchawkę trzymała Julia.

– Chodź, dziecko, szybko... Są jakieś wiadomości.

Zehera chciała klęknąć przed nią pośród łez i lamentów, prosić ją o przebaczenie, błagać o najokrutniejszą karę, jaką zdoła wymyślić za zdradę, za sprzeniewierzenie się przyjaźni i wdzięczności w najbardziej niegodziwy sposób, za to, że ją zawiodła, że nie sprostała sytuacji. Ale zamiast tego przejęła od niej słuchawkę telefonu i uśmiechnęła się.

– Tak? Teresa, to ty? Tak się cieszę, że cię słyszę. Wybacz mi. Powinnam była do ciebie zadzwonić. Gdybyś wiedziała, ile razy szykowałam się, żeby to zrobić...

– Nie musisz się tłumaczyć. Ja też mogłam do ciebie zadzwonić, ale bałam się. Nie wiedziałam, czy mnie posłuchałaś, i pomyślałam, że najrozsądniej będzie czekać, aż sama się do mnie odezwiesz. A teraz... – Głos Teresy załamał się, mina Zehery też się zmieniła. Choć od lat już nie słyszała przyjaciółki, znała wszystkie drgnienia jej głosu, sposoby modulacji, wymowę, akcent i nie miała wątpliwości, że za chwilę usłyszy złe wiadomości.

– Co się stało, Teresa? Mów, wiem, że coś się stało. Boję się...

– Wczoraj, kiedy zamykaliśmy piekarnię, zadzwonił telefon. Nie było słychać wyraźnie, połączenie było fatalne. Na początku myślałam, że to ty, ale potem usłyszałam męski głos, który uparcie pytał o ciebie. Ten człowiek chyba zadzwonił na numer dawnego mieszkania Zorana, gdzie teraz mieszkają inni ludzie. Kiedy zapytał o ciebie, przypomnieli sobie, że ja się z tobą przyjaźniłam i że pracowałaś w piekarni, więc podali mu numer telefonu do nas. Przedstawił się jako Arnold, Andrew albo Aldo, nie dosłyszałam wyraźnie.

Zehera zbladła, słysząc to imię: Aldo, przyjaciel Suhry, człowiek, który pozostał w bloku jej siostry, kiedy zawyły syreny, dając sygnał, że trzeba chronić kobiety. To on opowiadał jej historie o podróżach do Hiszpanii; on odstawił sztuczkę z zamawianiem pizzy w szczytowym momencie oblężenia Sarajewa; zorganizował dla coraz bardziej kurczącej się gromadki sąsiadów miniolimpiadę, w czasie której rozdawano kamienie zamiast medali; to on wyznał siostrze Zehery, że trzeba mieć pecha, żeby w Sarajewie umrzeć od czegoś innego niż kula snajpera. Aldo. Aldo zadzwonił do niej, tak jak wcześniej zrobiła to jej siostra. Dlaczego nie zadzwoniła sama? Dlaczego? Narzucająca się odpowiedź była wstrząsem, ale Zehera jeszcze nie chciała mu ulec i słuchała zmienionego głosu Teresy.

– Wymienił tylko twoje imię, a potem swoje, i jeszcze raz twoje, a potem swoje. Nie rozumiałam go dobrze, wiesz, że mój angielski nie jest zbyt dobry, ale chyba udało mi się zapisać prawidłowo jego numer telefonu. Więc zanotuj sobie. – Zehera chwyciła długopis i oderwała kawałek papieru z kartki, która leżała koło telefonu. Nie uświadamiała sobie, że wszyscy obecni w kuchni, włącznie z Danielem, patrzą na nią w osłupieniu. – Prosił mnie, żebyś do niego zadzwoniła o dowolnej porze. I to jak najszybciej. Chodzi o twoją siostrę. Myślałam, żeby mu podać numer telefonu do stowarzyszenia Julii, ale nie wiedziałam, czy w końcu do niej dotarłaś. I nie mogłam się domyślić, że mieszkasz w jej domu. Dziś rano zadzwoniłam do biura stowarzyszenia i tam mi...

– Teresa, to nieważne – przerwała jej Zehera. – Powiedział coś o mojej siostrze? Rozmawiałaś z nim? Słuchałaś, co mówi? No, nie wiem, cokolwiek. Proszę cię, spróbuj sobie przypomnieć. – Zaczęła się denerwować, nie wiedząc, jak sobie poradzić z otrzymaną informacją.

– Wydaje mi się, że z twoją siostrą coś się stało. Nie zrozumiałam dokładnie, ale nie, nie podeszła do telefonu. Zadzwoń do niego od razu, nie czekaj już. On ci może wszystko powiedzieć, ja nie mogłam, nie wiedziałam... No już, zadzwoń, a potem, jeśli będziesz chciała, możesz mi opowiedzieć.

– Tak, jasne. Tak zrobię. Teresa, dziękuję ci. Dziękuję. – Rozłączyła się, wpatrując w cyfry, które zapisała na kartce, tak jakby zawarta w nich była zaszyfrowana wiadomość. Kiedy podniosła wzrok, zobaczyła wszystkich domowników niecierpliwie czekających, aż coś powie. – Przyjaciel mojej siostry telefonował do Teresy. Zostawił jej numer i prosił, żebym do niego zadzwoniła.

– No to na co czekasz? Bierz telefon i wykręć ten numer albo sama to zrobię. Na pewno na drugim końcu czeka twoja siostra. Pospiesz się! Dzwoń!

Głos Julii uspokoił ją. Zawsze tak na nią działał.

Nie wiedziała, w jaki sposób udało jej się wykręcić prawidłową kombinację cyfr, które ze zdenerwowania tańczyły jej przed oczami. Czekała niecierpliwie, aż w słuchawce, którą z całych sił przyciskała do ucha, usłyszy jakiś sygnał. Zesztywniała w napięciu odczekała kilka chwil, rozglądając się wkoło, ale nic nie widząc. Zastanawiała się, czyj głos odpowie na jej telefon. Na siłę starała się wykrzesać z siebie optymizm, żeby przetrzymać to oczekiwanie. W końcu usłyszała pierwszy sygnał dzwonienia. Czekając na drugi, przestała oddychać, żeby uspokoić bicie serca. Po drugim sygnale przyszedł trzeci i czwarty. Piąty, szósty. A po siódmym usłyszała głos.

Nie odezwała się od razu, a kiedy to w końcu zrobiła, członkowie rodziny Castro – włącznie z małą Teresą Aliną, która wpatrywała się w matkę swym charakterystycznym, pewnym wzrokiem, przenikliwym i wprawiającym w zakłopotanie – jak urzeczeni asystowali w rozgrywającej się scenie. Przestali rozumieć słowa, które wypływały z ust Zehery: nie wiedzieli, z kim rozmawia, ale słyszeli, że robi to w swoim języku, kompletnie niezrozumiałym dla ich uszu. Bez trudu rozpoznali jednak natychmiast mowę gestów, którą Zehera zaczęła się posługiwać po paru minutach słuchania swego rozmówcy. Płacz pojawił się nagle i od razu wymknął się spod kontroli. Zehera, oparta o ścianę, osunęła się na podłogę. Nie zdołała też złapać telefonu, który wylądował u jej stóp. Julia podbiegła, żeby ją objąć, nie wiedząc jeszcze, co się stało. Strach malujący się na wszystkich twarzach był odzwierciedleniem niepokoju, który krążył od rana nad tym domem.

– Suhra, Suhra. Nie. Nie żyje. Nie żyje. To niemożliwe, niemożliwe, błagam... Suhra, dlaczego, dlaczego?!

Mimo wysiłków Julii Zehera nie dawała się uspokoić. Żadne pocieszenie nie istniało. Aldo właśnie zdruzgotał jej nadzieje, najpewniej nieuzasadnione, ale do czasu tej rozmowy telefonicznej wciąż żywe. Wolałaby żyć nadal w niewiedzy, pływać w morzu snów i iluzji, oplatać się pajęczyną utkaną z miraży i pragnień, kołysać się, dryfując w chmurze wiecznych nadziei. Oddałaby wszystko, żeby chimeryczna aura, która przez kilka lat spowijała jej ciało i umysł, pozostała nietknięta i nadal chroniła ją przed niebezpieczeństwami, które niesie rzeczywistość świata zewnętrznego. To nie było sprawiedliwe. Nie chciała tego słyszeć. Jak oni śmieli znów ją zniszczyć? Dlaczego jej istnienie zawsze wyglądało tak samo, zawsze było życiem, które nie potrafi podnieść się z ruin? Dlaczego zawsze wszystkich przeżywała? Czym sobie na to zasłużyła? Gdzie popełniła błąd?

Kiedy te wszystkie pytania grzmiały w jej głowie, Daniel pobiegł po swoją torbę lekarską w poszukiwaniu pomocy. Jedno błagalne spojrzenie żony, proszące go o pomoc, wystarczyło, by zrozumiał, że potrzebny jest środek uspokajający. Kiedy wszedł ponownie do kuchni, trzymał w dłoniach strzykawkę i małą, opróżnioną już szklaną ampułkę. Z igły wypływała pierwsza kropla środka, który wstrzyknięty do układu krwionośnego Zehery przyniósł jej organizmowi spokój – spokój równie nierzeczywisty, jak nierzeczywiste były uprzednie nadzieje, które unicestwiła niedawna rozmowa telefoniczna.

Tak jak kula unicestwiła Suhrę.

W czasie kiedy słabość i środki farmakologiczne zapanowały nad ciałem Zehery, głos Alda przekształcił się dla niej w serię obrazów, wyświetlających się klatka po klatce, aż w końcu wygasły w ciemności, która pochłonęła wszystko.

Dopiero co skończyła się wojna i oblężenie Sarajewa. Niewielu ludzi odważało się wychodzić na ulice oblężonego miasta, a i to jedynie w kuloodpornych kamizelkach. Tę nieufność widać było w twarzach przestraszonych przechodniów, w niepewności ludzi różnych zawodów, tych, którzy przeżyli, kończąc w czasie oblężenia szczególny kurs kruchości życia i nieuchronności śmierci. Skurczeni, przygarbieni, chowający się, przygięci do ziemi. Żeby wiedzieć, co dzieje się w tym mieście, wystarczyło popatrzeć, jak poruszają się po nim mieszkańcy. To było miasto widmo, miasto martwych, obserwowane przez snajperów, zasłane trupami, miasto, w którym zasiano strach i nienawiść, pozostawione na pastwę bomb i pocisków, potępione przez przeszłość, zagrożone w swej teraźniejszości, oczekujące czarnej, pozbawionej nadziei przyszłości. Ale życie wciąż się w nim toczyło, choć w zupełnie niejasnym kierunku; ludzie musieli trwać, choćby po to, żeby grzebać w parkach swoich zmarłych.

Suhra przeżyła wojnę, przetrwała razem z Nicolasem i Arim. Nie mogła chcieć więcej: żyła i miała przy sobie najbliższych. Być może uwierzyła w swoją dobrą gwiazdę: pewnego popołudnia wyszła z domu – zrujnowanego, jak ich życie, ale też, jak i oni, wciąż trwającego na swoim miejscu. Nie była sama, towarzyszyły jej cztery kobiety. Dwie z nich też były malarkami, pozostałe dwie dopiero dorastającymi dziewczynami. Był z nimi nieodłączny Aldo. Suhra dostała wiadomości od męża, który był zmuszony do ukrywania się przez cały czas trwania wojny. Został ciężko ranny, kiedy wpadł w pułapkę zastawioną przez snajperów, i przez wiele miesięcy obawiano się o jego życie. Powierzano go już jego Bogu, jakikolwiek on był. Ale deską ratunku dla Nicolasa okazała się pamięć o Suhrze i małym Arim. Powoli doszedł do siebie na tyle, że mógł opuścić głęboką piwnicę – w odróżnieniu od tysięcy innych, którzy spoczęli w takich miejscach na zawsze – i zdołał za pośrednictwem odpowiednich osób przekazać żonie dobrą nowinę o sobie. Barcasija. Tak nazywała się kawiarnia, która była kiedyś sceną jego przemów i która została wybrana na miejsce ponownego spotkania małżonków. Grupa Suhry przez cały czas miała się na baczności. Wszyscy wiedzieli, że obserwują ich cienie, śledzące ich kroki, każdy ruch, czekające na dogodną chwilę, by pociągnąć za zardzewiały spust i wystrzelić, mimo że wojna już się skończyła.

Kiedy skręcali za ostatni róg, tuż przed kawiarnią, zostali oślepieni przez ogień. Nagle przyszłość, która na nią czekała, rozwiała się na oczach jej męża, oddalonego zaledwie o dwadzieścia metrów. Wszyscy padli na ziemię. Od jednego z kawiarnianych stolików Nicolas widział, jak jego żona kurczy się, zamyka, gaśnie. Uderzał dłońmi w szklaną witrynę, tak jakby tym gestem chciał zatrzymać kulę, która odnalazła już ciało Suhry, kobiety, której wspomnienie utrzymywało go przy życiu w latach niewoli.

Ona też go widziała. Rozciągnięta na ziemi miała jeszcze siłę, żeby się do niego uśmiechnąć. Tego uśmiechu nie można było pomylić z żadnym innym: Nicolas zapamiętał na zawsze czerwone wargi – w tamtej chwili tego samego koloru co jej ciało, ciało jednej z jej towarzyszek i fragment asfaltu. „Nicolas. Ari. Zehera". Na ile Aldo zdołał usłyszeć, to właśnie były trzy ostatnie słowa, które wypowiedziała piękna Suhra. Widział ją wtedy po raz ostatni. Jego oczy też się zamknęły i zdołał je ponownie otworzyć dopiero cztery lata później. Przez cały ten czas pozostawał jakby w stanie śpiączki: dwa lata trwało, aż doszedł do siebie, a kolejne dwa zajęło mu ustalenie losu Suhry i jej bliskich. Pomógł mu w tym Ari. Nicolas nie mógł: strzelił sobie w skroń, stojąc w tym samym oknie, przez które patrzył na ostatni szkarłatny uśmiech żony. Osierocony Ari odprowadził go do raju zabitych rodziców, w który zamieniło się Sarajewo.

Aldo przekazał też Zeherze informacje o jej rodzicach i młodszym bracie, który pozostał w Wiszegradzie, ale te nowiny zostały bezlitośnie zepchnięte na drugi plan. Albo jeszcze dalej. Stały się głuchym echem, niezasługującym nawet na odrobinę uwagi. Suhra nie żyła. Co jeszcze mogło się liczyć w świecie, co znaczyła cała reszta? Wszystko się skończyło.

W końcu Sara przejęła telefon i – ze swoim doskonałym angielskim – odebrała pozostałe informacje, które miał jeszcze do przekazania Aldo. Zmysły i zmaltretowana świadomość Zehery były w tym czasie wyłączone przez działanie środka uspokajającego. Sara zapisywała wszystko, licząc, że kiedy uśpiona obudzi się w końcu w ponurej rzeczywistości, zdoła uporządkować te wszystkie łamigłówki związane z nazwami ulic, adresami, liczbami i numerami telefonów, które – niczym niemi świadkowie wydarzeń – widniały czarno na białym na kartce papieru.

Być może rozwiązanie tej krzyżówki – z nazwami miejsc i imionami krewnych – która wyłoniła się nagle z przeszłości Zehery, już, jak się do niedawna wydawało, niby okiełznanej – pomoże rozwikłać tę plątaninę, w jaką zmieniło się jej życie. Może powrót do miejsca, w którym wszystko zaczęło umierać, stałby się początkiem nowego życia? Mógłby to być jej paszport do normalnej egzystencji, spokojnej, wolnej od szoków, gwałtownych zmian kierunku, bez ciągłej konieczności ukrywania się, bez zagrożeń, lęków, ucieczek, ataków niepokoju, bez klinicznych objawów depresji. Wiedziała, że powrót do miejsca, w którym było się szczęśliwym, jest przedsięwzięciem ryzykownym, bo wszystko to, co uległo idealizacji, może spaść z piedestału. Ale powrót do scenerii koszmarów, przerażenia, do dekoracji, w których wszystko zaczęło obumierać i upadać, mógł oznaczać odrodzenie. Być może popioły przeszłości staną się jej zmartwychwstaniem. Może ogień i rozbłysk bomb, które wysadziły w powietrze całe miasto, podzieliły zasiedziałą społeczność i rozerwały na strzępy tysiące rodzin, posłużą także do oświetlenia jej drogi. Skoro od przeszłości dostała do tej pory bilet do poplątanej teraźniejszości, pełnej wątpliwości i sprzeczności, istniała możliwość, że teraz zdoła przejść od obecnego stanu do bardziej obiecującej przyszłości. Nie mogła przecież już nic więcej stracić.

Te rozważania towarzyszyły jej w trakcie kolejnych dni i tygodni, które nastały po telefonie Alda. Po tamtej rozmowie nastąpiło wiele dalszych, już spokojniejszych, nasyconych szczegółami, wspomnieniami, scenami z przeszłości, anegdotami o przeżyciach, w których brała udział Suhra; wszystko to pomagało w oczyszczeniu i zabliźnieniu się ran. Suhra i pozostali mieszkańcy jej bloku, którzy przeżyli wojnę, wymieniali się między sobą danymi najbliższych, by można ich było poinformować, gdyby moździerz, bomba albo zły los stanął na czyjejś drodze.

– Gdyby mi się coś stało, skontaktuj się, proszę, z nimi. Moja siostra jest w Hiszpanii, ten numer mi podała. A moi rodzice żyją, a w każdym razie żyli, w Wiszegradzie. To ich imiona: Edin i Selma. Jest jeszcze mój brat Dino. Jeśli któregoś dnia zobaczysz, że umieram, proszę cię...

Aldo był jednym z niewielu spośród tych, co przeżyli, który mógł spełnić obietnicę daną zarówno Suhrze, jak i wielu innym. Odszukał też jej rodziców i młodszego brata, którzy wciąż przebywali w rodzinnym mieście. Udało im się przeżyć i wrócić w miejsce, które było ich domem, choć to, co tam zastali, nijak nie przypominało obrazu ich wcześniejszego życia: ani dom, ani sąsiedzi, ani ulice, drogi, szosy, ani – co oczywiste – rzeka.

Tak więc Zehera miała teraz okazję porozmawiać z rodzicami po niemal dekadzie wzajemnego niesłyszenia się, choć lat bez prawdziwego kontaktu było jeszcze więcej. Z drugiego końca linii telefonicznej dobiegał wyraźny głos jej matki, brzmiący całkiem inaczej, niż go pamiętała z dawnych lat. Nie dziwiło jej to, wojna bowiem jest w stanie dokonywać wspaniałych metamorfoz, podobnie jak tworzyć bestie, które potrafią wywierać wpływ na całe pokolenia. W głosie Selmy Zehera odnalazła matczyny ton, jakiego nie znała z czasów poprzedzających wybuch wojny. Po raz pierwszy w swym prawie trzydziestoletnim życiu potrafiła z nią rozmawiać, powiedzieć jej, że ma nowe życie, córkę, rodzinę, z którą mieszka, pracę, którą lubi, choć teraz musiała ją przerwać z powodu nieszczęśliwego wypadku, który przynajmniej przyniósł jej niemal wystarczającą do życia rentę. Ku jej zaskoczeniu rozmowa z matką okazała się łatwa. Dlatego kiedy Selma poprosiła ją, żeby przyjechała razem z Teresą Aliną do Wiszegradu, by się spotkać z rodziną, a przy okazji przedstawić wnuczkę i siostrzenicę Dina, o której istnieniu do tej pory nie wiedzieli, Zehera nie uznała tej propozycji za bezsensowną. Wręcz przeciwnie, potraktowała ją jako drogę ewakuacyjną, deskę ratunku, znalezioną w morzu wątpliwości i sprzecznych uczuć, w którym wciąż pływała i którego prądy znosiły ją, grożąc zatonięciem.

Prześladowały ją wspomnienia niedawnych wydarzeń związanych z jej relacją z Danielem. To, co zaczęło się jako zabawa, niewinne i chwilowe zaćmienie, przyjemne uczucie, pojawiające się wyłącznie, kiedy kładła się spać, przekształciło się w zakazane i trudne do zaspokojenia pożądanie. Pamięć o tym, co się wydarzyło, dręczyła ją nie tylko w ciemności własnego pokoju, ale przez cały dzień. Myśl o spotkaniu sam na sam z Danielem wywoływała tak silny niepokój, że obawiała się szaleństwa albo – co jeszcze gorsze – powrotu do stanu otępienia zmysłów, w który wpadła zaraz po przybyciu do Pazo do Riba i w związku z którym musiała spędzić pół roku w szpitalu. Oczywiście wiadomość o śmierci Suhry podkopała stan jej ducha. Być może fizyczny i emocjonalny dystans dzielący ją od Daniela stałby się zaporą, która zapobiegłaby temu, aby jakaś iskra nie spowodowała eksplozji, mogącej przynieść dodatkowe ofiary. Być może wyjazd na pewien czas był wyjściem awaryjnym, wymyślonym w pośpiechu, dziecinnym, egoistycznym i samolubnym, ale jedynym, jakie w tym momencie oferowało jej życie.

Podjęła decyzję.

Była to decyzja niezłomna; nikt ani nic nie mogło jej od niej odwieść, choć ufała, że wszyscy bez sprzeciwu zaakceptują to postanowienie, do którego dojrzewała przez kilka tygodni. Musiała tylko znaleźć odpowiedni moment, żeby zakomunikować o swoich planach. I znalazła.

· 27 ·

Kiedy okoliczności zmuszały ją do samotnych podróży, nie lubiła prowadzić rodzinnego samochodu. Trochę ją to krępowało. Nie czuła się za kierownicą pewnie, nie miała do siebie zaufania. Wiedziała, że nie prowadzi dobrze. W gruncie rzeczy to Daniel wymógł, żeby pozwoliła mu dać sobie kilka pierwszych lekcji, zanim w końcu zapisała się na kurs jazdy. Być może dlatego nigdy nie czuła się swobodnie, prowadząc samochód. Szosy nadmiernie ją przytłaczały. Poszukiwała jednak odpowiedniej okazji, żeby zarzucić swoją sieć, i pomyślała, że właśnie tego popołudnia, kilka godzin przed powrotem wszystkich domowników, nadszedł właściwy moment.

Przez całą drogę prowadziła samochód w napięciu. Ramiona miała całkiem sztywne, jakby zamieniły się w stalowe sztaby. Ściskała kierownicę tak mocno, że kiedy zdjęła z niej w końcu dłonie, poczuła ich ból. Odrywała oczy od jezdni tylko po to, żeby rzucać szybkie spojrzenia we wsteczne lusterka. Chciała dojechać na miejsce i skończyć już z niepokojem, który tkwił w najgłębszych pokładach jej duszy. Dobrze znała to uczucie napięcia i była świadoma, że nie potrafi nad nim panować: zbyt często mu ulegała i doskonale wiedziała, jak wielką władzę ta bestia potrafi mieć nad jej bezradnym ciałem.

SZPITAL MATKI BOŻEJ DOBREJ RADY

Kiedy dostrzegła wielkie niebieskie litery układające się w nazwę centrum medycznego, w którym pracował Daniel, zaczęła drżeć na całym ciele, jakby opanowało ją złe przeczucie. Cieszyła się, że wczesnym popołudniem liczba przybywających do szpitala chorych jest znacznie mniejsza niż rano. Dzięki temu mogła zaparkować bez problemów i bez konieczności wykonywania skomplikowanych manewrów, które niewątpliwie jeszcze bardziej nadwyrężyłyby jej nerwy. Wychodząc z samochodu, poczuła na twarzy delikatną bryzę. Zamknęła oczy i odetchnęła najgłębiej, jak pozwalały na to jej płuca. Sądziła, że taka dodatkowa dawka świeżego powietrza pomoże zregenerować jej nadwątlone siły, ale kiedy uniosła powieki i dotarł do niej panujący dookoła spokój, naszło ją to samo poczucie wykorzenienia, którego w swoim krótkim życiu doznawała już tyle razy. Nie chciała angażować się w walkę, w której miałyby dojść do głosu jej wspomnienia. Zamknęła auto, odwróciła się i poszła w kierunku szpitalnego wejścia, modląc się po drodze, żeby nie spotkała nikogo znajomego. Nie miała siły prowadzić nic nieznaczących, powierzchownych rozmów. Na szczęście zdołała bez zatrzymywania się przejść niemal pustymi korytarzami. Dobrze znała drogę, bo przez wiele lat odwiedzała Daniela: najpierw jako pacjentka, a potem kiedy przychodzili do niego razem z Brunem po południu, żeby wspólnie wracać do domu. Nie była tu już od kilku miesięcy, od czasu wypadku w kawiarni, ale mogła stwierdzić, że nic się nie zmieniło:

bladozielone kafle, którymi pokryte były ściany korytarzy; białe okna wychodzące na mały, ale piękny ogród, w którym spacerowali i wygrzewali się w słońcu chorzy mogący się samodzielnie poruszać; fartuchy lekarzy z nazwiskami wyszytymi niebieską nicią na kieszonkach pękających zwykle od długopisów; pielęgniarki pospiesznie przemierzające korytarze z wynikami badań w rękach i pozdrawiające uśmiechem wszystkich napotkanych po drodze; zrezygnowane miny pacjentów siedzących w poczekalniach na białych krzesłach...

Kiedy już tylko metry dzieliły ją od gabinetu doktora Castro, jej serce – nie oglądając się na nikogo – rozpoczęło szaleńczy bieg. Silne palpitacje, które poczuła w piersi, omal jej nie zatrzymały, ale przemogła się. Szła dalej, choć wolniejszym krokiem. Zauważyła, że tylko jedno z krzeseł stojących rzędem przed gabinetem jest zajęte przez cierpliwie oczekującą pacjentkę, trzymającą w ręku białą plastikową torbę ze zdjęciami rentgenowskimi. Wyglądało na to, że szczęście znów się do niej uśmiecha. Raz jeszcze. Także tu nie było ludzi. Myślała, żeby się schować w sąsiedniej poczekalni, do czasu aż tamta kobieta wejdzie do gabinetu, i potem zaczekać, aż wyjdzie, ale zabrakło jej na to czasu: drzwi pokoju Daniela otworzyły się i wyszedł z niego mniej więcej czterdziestoletni korpulentny mężczyzna, który na pożegnanie uścisnął dłoń lekarza i z szacunkiem skłonił głowę. Daniel zobaczył ją i jego twarz ściągnęła się w grymasie zdziwienia. Zehera wyczuła napięcie, ale było już za późno, żeby stamtąd uciec, tak jak chciałoby tego jej mocno bijące serce.

– Zehera – powiedział w końcu Daniel, opanowując zdziwienie. – Co ty tu robisz? Stało się coś? Wchodź, nie stój tutaj. Doña Alicia – zwrócił się kurtuazyjnie do siedzącej na krześle kobiety – za chwilę panią przyjmę i obejrzymy zdjęcia.

Kiedy tylko zamknęły się za nią drzwi, Zehera musiała podbiec do okna, otworzyć je i pooddychać głęboko, bo nagle zabrakło jej powietrza. Odrzuciła zaproszenie, żeby usiąść, wolała stać. W ten sposób łatwiej byłoby rzucić się do ucieczki, gdyby zaszła taka konieczność. Ponieważ Daniel też zrezygnował z siedzenia, stali naprzeciw siebie, bojąc się bardziej czynów niż wyjaśnień. W końcu Zehera odważyła się spojrzeć mu w oczy.

– Przepraszam. Pewnie nie powinnam przychodzić bez uprzedzenia. Wiem, że to dla ciebie niewygodna sytuacja, ale chciałam, żebyś się dowiedział przed innymi. Wydaje mi się, że tak będzie sprawiedliwie, a w każdym razie właściwie. Będę się czuła lepiej, jeśli dowiesz się jako pierwszy, ale nie pytaj mnie dlaczego. Wydaje mi się, że to jest jasne. – Daniel przyglądał się jej zaskoczony, nie mając pojęcia, co takiego zamierza mu zakomunikować. Nie odzywał się, nie zadawał pytań, tylko słuchał. – Jadę do Bośni. Przynajmniej na kilka miesięcy. Pomyślałam, że dobrze mi to zrobi. Może wszystkim to dobrze zrobi. Rozmawiałam z matką i zachęcała mnie, żebym ich odwiedziła. A po tym, co wydarzyło się z moją siostrą, prawdę mówiąc, sądzę, że dobrze mi zrobi zmiana otoczenia, jestem pewna, że...

– Czy to ma coś wspólnego z tym, co się zdarzyło w moim gabinecie? – Zadanie tego pytania przyszło mu z trudem.

– Nie – odpowiedziała zdecydowanie. – Zapewniam cię, że to nie ma nic wspólnego – skłamała, odwracając wzrok od oczu Daniela. – Nic. Absolutnie nic.

Znów zapanowało niezręczne milczenie. Wydawało się, że nie ma już nic do powiedzenia, a w każdym razie żadne z nich nie ma odwagi kontynuować rozmowy.

– Jesteś pewna? – spytał wreszcie Daniel, wciąż jeszcze pod wrażeniem jej oświadczenia, które okazało się bardziej zaskakujące, niż był w stanie sobie wyobrazić. – Wracać tam po tym, jak... Prawdę mówiąc, nie wiem, czy to najwłaściwsze. Wciąż jeszcze dochodzisz do siebie po ostatnim wypadku. Nie jesteś w pełni sprawna. Nie wiem, czy w twoim stanie podróże są najbardziej wskazane. Oczywiście nie jestem osobą, która powinna ci mówić, co masz robić, ale może to jeszcze spokojnie przemyślisz...

– Już się zdecydowałam. Nie ma co więcej myśleć. Chciałam ci to powiedzieć przed innymi. Pozostałym powiem dziś wieczorem, przy kolacji. Dzwoniłam do Sary i potwierdziła, że przyjdzie. Chociaż sądzę, że spodziewa się innego komunikatu. – Uśmiechnęła się, przypominając sobie okrzyk Sary „No, nareszcie!", kiedy ją poprosiła, żeby przyszła do domu rodziców, bo ma im wszystkim coś do powiedzenia. – Chciałam cię tylko prosić, żebyś mnie wsparł i nie zgłaszał żadnych wątpliwości w tej sprawie. To i tak jest dla mnie bardzo trudne.

Przez kilka chwil przyglądała się twarzy Daniela, która nagle poszarzała i pokryła się fałdami i zmarszczkami, niewidocznymi, gdy wchodziła do jego gabinetu. Widząc ten smutek, uświadomiła sobie, jak brutalnie zabrzmiało jej oświadczenie. Nie umiała znieść tego widoku, za który czuła się odpowiedzialna, i ruszyła w stronę drzwi. Kiedy niemal chwytała za klamkę, zatrzymała się. Odwróciła nieśmiało głowę. Wiedziała, że Daniel przygląda się jej, czuła jego spojrzenie na swojej szyi i dlatego nie odważyła się odwrócić całym ciałem. Nie chciała, żeby ich spojrzenia się spotkały, bała się, że ta sytuacja ją przerośnie. Postanowiła się odezwać.

– Daniel... tamto... tamtej nocy było... – Musiała przełknąć ślinę; jej usta zamieniły się w pustynię, spaloną i opuszczoną przez wszystkie słowa. – Tamtej nocy wydarzyła się najlepsza rzecz w moim życiu. Nie wiedziałam, że na to zasługuję. Dziękuję.

Chwyciła gwałtownie za klamkę, otworzyła drzwi i wybiegła z gabinetu. Nie chciała, żeby widział, jak płacze. Przerażała ją myśl, że znów miałaby znaleźć pocieszenie w ramionach człowieka, do którego – choćby nie wiadomo jak próbowała tego uniknąć – zawsze w końcu ją przyciągał jakiś magnes. Była przekonana, że zabrakłoby jej silnej woli, gdyby wizyta w gabinecie miała się przedłużyć jeszcze choćby o sekundę. I tak wystarczyło, że odważyła się na to końcowe wyznanie, którego nie miała w planach. Raz jeden to ona będzie odpowiedzialna za nowy kierunek, który przyjmie jej życie. Jeśli miała popełnić błąd, była gotowa ponieść konsekwencje, ale przynajmniej to ona sama będzie w tej sprawie decydować.

Tego wieczoru dom rodziny Castro przypominał ul huczący od emocji, szeptów, komentarzy i aluzji wypowiadanych gromkim głosem – a wszystko w nastroju gdzieś pomiędzy zabawą a dziecięcymi psikusami. Żadna ze zgromadzonych osób nie była w stanie wyobrazić sobie, jakie słowa wypłyną spomiędzy warg Zehery, umalowanych na tę okazję jeszcze staranniej niż zwykle. Nikt nie próbował nawet zgadywać. Nikt poza Danielem, który oparł się śmiesznemu impulsowi, żeby przyjść do domu później niż zwykle.

Jedyną osobą, która – jak zawsze – nie miała nic do powiedzenia, była mała Teresa Alina: żadnego komentarza, żadnego szeptu, skargi, ani jednego słowa. Ograniczała się do obserwowania napiętej i niespokojnej twarzy matki. Przyglądała się też zasępionemu obliczu Julii, która próbowała zasłaniać dłonią ciągle otwarte usta. Teresa Alina wsłuchiwała się też w lamenty wydobywające się z ust Sary; śledziła z uwagą swobodne spadanie szklanki, którą wypuścił z dłoni Bruno, i głośny efekt jej zderzenia z podłogą. A przede wszystkim kontemplowała milczenie Daniela, podlane wieloma kieliszkami wina.

– Ale dajcie spokój! To tylko kilka miesięcy. Pewnie nie więcej niż trzy. Muszę tam wrócić, żeby zobaczyć, jak teraz wyglądają, uściskać mojego brata, no i żeby poznali Teresę. – Zehera dobrze wiedziała, że kończą się jej argumenty. – Będę do was codziennie dzwonić. Obiecuję.

– Przecież ledwo utrzymujesz z nimi kontakt, sama nam mówiłaś – przypomniał niewinnie Bruno, który wciąż nie mógł zrozumieć decyzji Zehery.

– Teraz chcesz jechać? Myślałam, że się już zadomowiłaś w Hiszpanii. A mała? Szkoła, przyjaciółki, nauka... – zdołała wykrztusić Julia, wciąż mocno poruszona.

– Nie wyjeżdżam na zawsze, tylko na parę miesięcy. Najpewniej za dwa miesiące wrócę. Muszę jechać i stawić czoło temu, co każą mi zostawić za sobą. Rozumiesz to, Julio? Powiedz, że rozumiesz – błagała kobietę, która ciągle czuła się trochę zagubiona i w pewnym stopniu rozczarowana faktem, że Zehera nie zwierzyła jej się ze swoich planów wcześniej, w rozmowie sam na sam.

– Ja w każdym razie nic nie rozumiem – podsumowała swoje stanowisko Sara. – Nie wiem jak ty, mamo, ale ja nie rozumiem. Przykro mi, ale nie ogarniam tego.

– To wcale nie jest taki bezsensowny pomysł. Może nawet podróż dobrze jej zrobi – skłamał Daniel, tak jak kilka godzin wcześniej w jego gabinecie kłamała Zehera, zaprzeczając, że jej decyzja nie ma związku z uczuciami, które zrodziły się między nimi dwojgiem. – Skonfrontowanie się z własnym strachem, z tym, przez co przeszła. Dokładnie to od początku zalecał doktor Muñoz. Teraz Zehera jest w lepszym stanie, być może to dobry pomysł.

Daniel utkwił wzrok w szmaragdowych oczach, które wpatrywały się w niego, od chwili gdy zaczął mówić. Wiedział, że jest kiepskim aktorem, ale emocjonalny charakter tej sceny zamaskował jego marną grę. Jedyna osoba na widowni, która mogłaby go zdemaskować, była od tego jak najdalsza. Sara już miała zgłosić swoje zastrzeżenia, ale powstrzymała się, zauważywszy wymianę spojrzeń między ojcem a Zeherą – wymianę, której nie była w stanie zrozumieć. Poczuła się tym bardziej zagubiona.

– Może właściwie wasz ojciec ma rację – orzekła w końcu Julia, która musiała upić duży łyk wody, żeby przełknąć tego rodzaju oświadczenie. – Nie wiem. Może to wszystko jest rozsądniejsze, niż nam się teraz wydaje. Wybacz, kochanie, ale zaskoczyła nas ta sytuacja. Nie mieliśmy pojęcia. Nigdy nic mi nie wspominałaś o powrocie, przeciwnie: przypomnij sobie, o czym rozmawiałyśmy po nocach na kanapie. Całe godziny spędziłyśmy, gadając o dawnych sprawach, aż Daniel musiał po nas przychodzić...

Właśnie tego Zehera nie chciała sobie przypominać.

– Masz rację. Ale, wiesz, śmierć Suhry była dla mnie czymś zbyt trudnym i wcale nie zaprzeczam, że zmieniła moje nastawienie i... – Znów szukała wsparcia w oczach Daniela, ale go nie znalazła. Spełnił już swą obietnicę złożoną po południu, nie mogła od niego oczekiwać niczego więcej. W głębi duszy była mu w pewnym sensie wdzięczna.

Jeśli tego wieczoru wśród członków rodziny Castro dominowało poruszenie i niezrozumienie decyzji Zehery, w następnych dniach wszyscy sprawiali wrażenie, że widzą sytuację w innym świetle. Julia jako pierwsza zaproponowała, że pomoże Zeherze w załatwieniu formalności związanych z otrzymaniem wizy, paszportu i wszystkich dokumentów potrzebnych do wjazdu i, rzecz jasna, wyjazdu z Bośni. Nie było nikogo lepszego niż ona, żeby poradzić sobie z papierami, pieczątkami, formularzami, upoważnieniami – i to w rekordowym tempie. Skoro robiła takie rzeczy dla innych, jakże miałaby nie pomóc komuś, kogo traktowała jak członka rodziny.

Niemal przez miesiąc obie kobiety były zajęte ciągłym załatwianiem czegoś i przygotowaniami do podróży. Zajmowały się najdrobniejszymi detalami i rozwiązywały najmniejsze nawet problemy. Nie chciały, żeby cokolwiek zakłóciło powrót Zehery do Bośni, wystarczyło już wspomnień z przeszłości. Młodszą z kobiet trochę przerażało oddanie starszej i intensywność pracy wkładanej przez nią w przygotowania. Mimo że była już przyzwyczajona do sposobu bycia i działania Julii, chwilami czuła się przytłoczona i trochę skrępowana uwagą, jaką jej poświęcała.

– Mogłoby się wydawać, że twoje życie od tego zależy. Albo że to ty wyjeżdżasz – zażartowała któregoś dnia ze świętej Julii od Jezusa, jak zwykło nazywać żonę Daniela całe miasto, potwierdzając jej zdolności zajmowania się innymi. Mówiąc te słowa, Zehera nie była świadoma, jak są prorocze. Ale okazało się to bardzo szybko – podczas którejś z kolejnych kolacji w rodzinnym gronie.

– Jadę z tobą – oświadczyła promieniejąca Julia dumnie i stanowczo. – Będę ci towarzyszyć w podróży do Bośni. Nie zamierzam zostawić cię samej z małą. Nie ma o czym mówić. Pojadę, zostanę z tobą parę dni i wrócę do Hiszpanii. Przykro mi, ale muszę się upewnić, że wszystko będzie w porządku.

– Zaczynają mnie przerażać te wszystkie oświadczenia – Sara ironicznie skomentowała słowa matki.

– To jakieś szaleństwo. – Na reakcję Daniela nie trzeba było długo czekać. – Co się dzieje, czy to jest jakieś zaraźliwe, zapanowała epidemia rozmaitych wariactw?

– Daniel ma rację – odważyła się wtrącić Zehera. – To szaleństwo. Doskonale sobie poradzę sama z małą. Nie będzie żadnych problemów. Nie masz po co jechać.

– No proszę. Wy dwoje ostatnio świetnie się dogadujecie, nie? Tak często sobie przyznajecie rację. – Sara nadal używała ironicznego tonu, nie zdając sobie sprawy, co naprawdę się dzieje.

– Koniec gadania. To już zdecydowane. A ty, Danielu, znasz mnie lepiej niż ktokolwiek inny. Nie gniewaj się, proszę, ale naprawdę muszę z nimi jechać. – Słowom Julii towarzyszyła mina, której jej mąż nie potrafił się oprzeć. Między innymi dlatego, że to i tak nie miałoby znaczenia. – Prawda, że to rozumiesz? Powiedz, że tak.

– Julio, chyba naprawdę masz źle w głowie. Brakuje jeszcze, żebyś stanęła w kolejce pasażerów czekających na jakiś lot i zaproponowała pomoc wszystkim, którzy mają problemy. – To była jedyna reprymenda, na jaką zdobył się Daniel. Wiedział, że jakiekolwiek próby wpłynięcia na jej decyzję nic nie dadzą. Od pierwszego dnia, kiedy ją poznał – w auli Uniwersytetu Madryckiego – jego żona zawsze była uparta i szczyciła się tym. Nie zdołał tego zmienić. Nigdy nie potrafił, a teraz było już chyba za późno, żeby próbować.

– Wiedziałam. Dziękuję – powiedziała niesforna Julia i pocałowała go w policzek, jak zwykła robić w ostatnich latach. – Bardzo ci dziękuję.

Już po raz drugi Daniel usłyszał „dziękuję" za coś, co robił wbrew sobie. Zaczął się bać tego słowa.

Dzień wyjazdu kobiet do Bośni i Hercegowiny wstał zachmurzony. Niebo zakryte było gęstym płaszczem chmur, które wyglądały, jakby za chwilę miały spaść na ziemię. Były już przyzwyczajone do takiej pogody. Z całej trójki tylko Teresa Alina zdołała się wyspać. Może ze względu na swą niewinność albo absolutny brak strachu – co jest dość częste w wieku dziesięciu lat, który dziewczynka niedawno osiągnęła. Zehera w dniach poprzedzających podróż była trochę wycofana, co wszyscy przypisywali zdenerwowaniu. Miała przecież niebawem znów znaleźć się w miejscach, które kiedyś były jej własnym piekłem. Dlatego nikt nie dziwił się jej kompletnemu milczeniu w drodze z Pazo do Riba na lotnisko. Podczas gdy pozostali nie przestawali mówić o biletach, przesiadkach na kolejnych lotniskach, kupowaniu pamiątek i dzwonieniu zaraz po przylocie, Zehera wymieniała we wstecznym lusterku ukradkowe spojrzenia z Danielem, szybko odwracając wzrok w kierunku szosy albo głowy Teresy Aliny, która siedziała na jej kolanach. Sarze nie umknęło ani jedno z tych pełnych urzeczenia wzrokowych spotkań.

Kiedy dotarli na lotnisko, epopeja pożegnań, która się tam rozegrała, nie rozproszyła lęków Zehery. Wszyscy ściskali się po tysiąc razy, wymieniono drugie tyle pocałunków i wypowiedziano kolejny tysiąc zapewnień, jak bardzo wszyscy się kochają. Było to bardzo serdeczne pożegnanie, przypominające raczej akt hołdu niż rozstanie na pięć dni w przypadku Julii i na trochę dłużej w przypadku pozostałych dwóch pasażerek. Kiedy przyszła kolej na Daniela i jego standardowe „Do widzenia i szczęśliwej podróży", pocałował czule żonę, wziął w ramiona małą Teresę, głaszcząc jej długie, czarne włosy, po czym wyraźnie skrępowany zbliżył się do Zehery. Miał ochotę ją objąć, pocałować, przytulić do piersi, wyszeptać jej do ucha kilka słów, które cisnęły mu się na usta, ale nie mógł spełnić żadnej z tych zachcianek. Ona też nie odważyła się zachować tak, jak dyktowało jej pragnienie, bo jednocześnie zabraniał jej tego rozum. Ich pożegnanie było chłodne, szczególnie w porównaniu z tym, co działo się w ich duszach – nastoletnich, jeśli chodzi o uczucia, i wiekowych, jeśli idzie o formy. Poza tym byli obserwowani, szczególnie przez Sarę, która nie wiedząc nic pewnego, czuła się coraz bardziej zaintrygowana.

– Uważaj na siebie. I pamiętaj, że na ciebie czekamy – powiedział Daniel ledwie słyszalnym głosem.

– Dziękuję. Będę pamiętać.

Była to jedyna odpowiedź, jakiej odważyła się udzielić Zehera. Najbardziej szczera. Najwygodniejsza. Taka, której mogłaby się trzymać w trudnych chwilach pobytu w rodzinnym mieście.

Nie miała wątpliwości, że takie chwile nadejdą.

· 28 ·

Były przekonane, że wsiadły do najlepszej taksówki w kraju: czystej, wygodnej, przyjemnie pachnącej, z kierowcą, który zasługiwał na równie wiele pochwał. Julia szybko się z nim zaprzyjaźniła, choć nie znała ani jednego słowa w jego języku. Nie było jej to potrzebne, nigdy nie miewała takich problemów: choć oboje kiepsko mówili po angielsku, rozumieli się doskonale. Jej gesty, wrodzone ciepło, zniewalająca osobowość i zdolność wyczuwania dobrych ludzi kompensowały braki językowe.

Zehera mówiła niewiele. Była zmęczona podróżą. Wszystkie były zmęczone. Od jej początku minęło już ponad dwanaście godzin. A i tak kupione przez Julię bilety oszczędziły im wielu przesiadek. Mimo to odbyły trudną peregrynację po rozmaitych lotniskach: z Santiago do Madrytu, z Madrytu do Budapesztu i z Budapesztu do Sarajewa. Dzięki zamożności rodziny Castro Zeherze i Teresie Alinie oszczędzone zostało zapoznanie się także z lotniskami we Frankfurcie, Wiedniu i Mediolanie. Mała spała oparta na piersi Zehery, która miała ochotę zamknąć oczy i pójść jej śladem, ale niepokój związany z ponownym pobytem we własnym kraju nie pozwalał na to. Było to dziwne uczucie: wracała do domu, ale nie czuła w sobie żadnych sentymentów związanych z idealizującą ten kraj nostalgią. Wręcz przeciwnie. Były w niej lęk, nieufność i niepokój i to one kierowały jej zmysłami. Zaczynała wątpić w słuszność swojej decyzji, choć postanowiła stanowczo, że nie powie na ten temat ani jednego słowa. Nie miała ochoty, żeby przylgnęła do niej łatka kapryśnicy. „Na Boga, minęło już prawie dziewięć lat od zakończenia wojny. Zrelaksuj się” – próbowała się uspokajać. Cieszyła się, że za oknem taksówki jest już ciemno.

Zmierzch zapadł kilka godzin wcześniej i choć starała się wypatrzyć cokolwiek przez szybę, uniemożliwiała to całkowita ciemność. Ten czarny płaszcz nadawał ich podróży fantasmagorycznego klimatu, ale Zehera była przekonana, że niemożność zobaczenia znajomych miejsc działała w tym wypadku na jej korzyść.

Nie odważyła się pytać o cokolwiek, co związane było z aktualną rzeczywistością kraju, w którym właśnie się znalazła. W głębi serca miała ochotę na te odpowiedzi, ale jednocześnie się ich bała.

– Czy pani jest z Wiszegradu? – zapytał z sympatią taksówkarz. Nie dostawszy odpowiedzi, zadał pytanie raz jeszcze, tym razem z pomocą Julii.

– Kochanie, taksówkarz cię o coś pyta. Coś na temat adresu, który podałaś, tak mi się wydaje. Niewiele z tego rozumiem.

– Że co? – spytała zagubiona Zehera. – Ach tak, tak! Z Wiszegradu. Jestem z Wiszegradu. Tak. Urodziłam się tutaj.

Poczuła, że kierowca przygląda się jej we wstecznym lusterku. Wszyscy wiedzieli, co wydarzyło się zarówno w tym mieście, jak i w tylu innych bośniackich miejscowościach. Powszechnie znany był los, który spotkał muzułmanów. Milczenie taksówkarza przekonało ją, że ma do czynienia z inteligentnym i dobrze wychowanym człowiekiem. Z pewnością zorientował się, że jeśli pójdzie dalej tą samą drogą i będzie ją wypytywał, może postawić swoją pasażerkę w niezręcznej sytuacji. Pytanie posłużyło mu do tego, żeby móc się jej uważnie przyjrzeć. Był to mężczyzna mniej więcej pięćdziesięcioletni, może trochę starszy. Zachowywał się swobodnie, a jednocześnie było w nim coś troskliwego i ojcowskiego, jakaś delikatność. Należał do ludzi, którzy od pierwszej chwili budzili zaufanie. Jego gęste, lśniące, przyprószone siwizną włosy zwijały się w niedające się okiełznać loki wystające spod zielonej czapki z daszkiem, która zdawała się być częścią jego stałego uniformu. Miał na sobie koszulę w dużą kratę, czystą i starannie wyprasowaną, chociaż znoszoną, co widać było szczególnie po mankietach i kołnierzyku. Częściowo zasłaniała ją kamizelka z tysiącem kieszeni, w tym samym kolorze co czapka. Miał zwyczaj spoglądania ponad okularami, co wzmacniało jeszcze poczciwość jego wyglądu. Na małym palcu taksówkarza połyskiwał złoty pierścień, przypominający stylem kobiece pierścionki, z maleńkim czerwonawym kamieniem w środku. Ozdoba ta wyraźnie nie pasowała do wyglądu mężczyzny. Zachowywał się przyjaźnie, co chyba sprawiało mu przyjemność, wykazując się dobrymi manierami, a kiedy pasażer na to pozwalał, błyskał też swoją wiedzą o kulturze. W trakcie kilkugodzinnej drogi z lotniska w Sarajewie do Wiszegradu kilkakrotnie proponował, że wysiądzie z samochodu i pójdzie po coś do picia.

– Chyba jednak nic pani nie zobaczy – odważył się powiedzieć, widząc, jak Zehera szuka wzrokiem jakiegoś szczegółu, który dałby jej pojęcie, gdzie jest. – Są takie regiony, przez które można godzinami jechać i nie zobaczyć ani jednej zapalonej lampy, w miejscach gdzie kiedyś były całe miasta. Wszystko się bardzo zmieniło. Dzisiejsza Bośnia nie ma nic wspólnego z krajem, który pani zostawiła przed laty. – Ostatni komentarz zaskoczył Zeherę, która nie wiedziała, jak ten człowiek doszedł do podobnych wniosków. – Jeśli pani pozwoli na jedną sugestię i nie weźmie mi za złe mojej śmiałości, radziłbym nie oczekiwać, że odnajdzie pani to, co pani kiedyś zostawiła. – Zrobił pauzę. – Ani ludzi, których pani znała.

– Co on mówi? – spytała zaciekawiona Julia.

– Nic takiego. Że jeszcze nam zostało sporo kilometrów, żeby dojechać.

Kiedy taksówkarz oznajmił, że Wiszegrad już niedaleko, ściśnięty żołądek Zehery podskoczył, a serce rozpoczęło skomplikowane manewry, usiłując się wydostać ustami. Niepokój, który ją ogarnął, był tak oczywisty, że Julia uścisnęła jej dłoń z całą energią, na jaką potrafiła się zdobyć. Tak jak wcześniej, wciąż widać było bardzo nieliczne światła i dlatego trudno było się zorientować, gdzie dokładnie są. Zehera nie miała innego wyjścia jak pytać, o ile chciała zaspokoić zjadającą ją ciekawość.

– Czy jesteśmy blisko rzeki?

– Nie. Niezupełnie. Pojechałem inną drogą.

Nie wiedziała, czy odpowiedź kierowcy ją uspokoiła, czy wprost przeciwnie, ale po tych słowach jej serce przestało wariować.

– To tutaj – powiedział taksówkarz, spoglądając znad okularów, żeby upewnić się co do adresu domu, przed którym zatrzymał samochód. – Jeśli się nie mylę, dotarły panie do celu. Pomogę paniom z walizkami – dodał, wysiadając z auta i kierując się do bagażnika.

Operacja wysiadania Zehery z auta trwała dłużej, przebiegała wolno i była dość trudna. Przez dłuższą chwilę kobieta przyglądała się przez okno samochodu domowi, który stał przed nią. Nie wydawał się tym samym, który opuściła przed dziesięciu laty, kiedy Sasza Ludonović po ostatnim gwałcie w osławionym czerwonym passacie pchnął ją, na oczach jej oniemiałego brata Dina, w przedpokoju na podłogę. Tej samej nocy, kiedy spotkała się z Aleksandrem, którego wcześniej uznała za martwego – wyszedł wówczas z piwnicy jej rodzinnego domu, używanej jako kryjówka i schron, kiedy odgłosy wojny nakazywały się chować, by ratować życie. Zehera nie zapomniała tamtych chwil. Pozostały jako wyryte w jej mózgu otwarte, nigdy niezabliźnione rany, krwawiące przy najlżejszym dotknięciu, ropiejące i siejące zarazę.

Znów usłyszała w głowie pytania, które wydobywały się z dziecięcych ust jej brata, po poproszeniu Saszy o pozwolenie, by mógł się nią zająć: „Zehera, co z tobą? Możesz mówić? Jesteś ranna? Chcesz jeść, pić?". Dalekie echo głosu Dina zmieszało się ze słowami Julii.

– Kochanie, wszystko w porządku? – spytała, widząc ją pogrążoną w myślach. – Jesteś bardzo blada. Co się dzieje?

– Nie, wszystko dobrze. Wspomnienia, Julio, to tylko wspomnienia. Nie przejmuj się.

– No właśnie tym się przejmuję, moje dziecko – wyszeptała, żeby inni nie mogli usłyszeć jej słów. – Przeklęte wspomnienia.

Kiedy płaciły taksówkarzowi za przejazd, Zehera nie potrafiła odwrócić oczu od pierścionka, który mężczyzna nosił na małym palcu.

– Podoba się pani? – spytał, z zadumą pokazując tę ozdobę. Zehera zaczerwieniła się. – Wiem, że nie bardzo do mnie pasuje. Nie jest mój. To wspomnienie po mojej żonie. Zginęła podczas wojny. Czy raczej zamordowali ją, tak jak wszystkich, których już nie ma, a powinni jeszcze żyć.

Wyznanie taksówkarza ośmieliło ją, żeby zadać mu pytanie, które ją nurtowało przez całą drogę.

– Skąd pan wiedział, że wyjechałam z kraju?

– Z pani oczu. Pani spojrzenie jest inne niż nasze, inne niż ludzi, którzy tu mieszkają przez cały czas. Ani lepsze, ani gorsze. Po prostu inne. – Nie mogła przestać przyglądać się pełnej uroku twarzy mężczyzny, tak jakby jego słowa ją zahipnotyzowały. Ta reakcja ośmieliła go, by ciągnąć dalej odpowiedź na jej pytanie. – Pani spojrzenie nie jest zagubione. Raczej nieśmiałe, przestraszone, jakby się pani nie decydowała patrzeć ze strachu albo ze wstydu. Trudno pani skupić wzrok na jednym punkcie. A nasze spojrzenia po prostu się gubią. Nie wiem, czy już to pani mówiono, ale ma pani piękne oczy. Jestem pewien, że nie zasługiwały na to, by oglądać koszmary.

Zehera uśmiechnęła się.

– To dziwne. To samo mówiła mi babcia Mirsa. Ale, podobnie jak pan, myliła się. Moje oczy, tak jak i pańskie, widziały rzeczy, których nigdy nie powinny widzieć.

– Jestem o tym przekonany.

– To co, przyjedzie pan po mnie za cztery dni? – Julia wtrąciła się do rozmowy, ale uśmiech nie zniknął z twarzy taksówkarza ani jego klientki. – Wyobrażam sobie, że tu są inne taksówki, ale wolałabym jechać z panem. Bardzo pana polubiłam. Kochanie, przetłumacz to panu, chociaż myślę, że i tak mnie zrozumiał, prawda? – spytała, a mężczyzna przytaknął. – Aha, i nie zapomnij poprosić o numer jego telefonu. Będę spokojniejsza. Ja też mu dam swój, na wszelki wypadek. Świetnie – powiedziała, widząc skrawek papieru, na którym zostało zapisane nazwisko i telefon taksówkarza. – Milan Milicević. Czyli tak się pan nazywa. A więc, Milan, bardzo mi miło i do zobaczenia.

– Do widzenia, drogie panie, poznać panie to była przyjemność – kierowca pożegnał się równie sympatycznie, jak zachowywał się przez cały czas. – Do widzenia, mała. Przez cały czas byłaś taka spokojna – powiedział i pogłaskał dziewczynkę po lokach. Przyglądał się jej przez chwilę, spojrzał na jej matkę i postanowił zachować dla siebie wniosek, który mu się nasunął. W końcu wiek matki i córki mógł oznaczać różne rzeczy. – Śliczna dziewczynka. Uwielbiam dzieci. To nasza przyszłość.

Julia wzięła na siebie ożywienie nieruchomej postaci Zehery, która wyglądała na skamieniałą w odległości piętnastu metrów od drzwi swojego domu. Julia sądziła, że umysł dziewczyny jest zakotwiczony w przeszłości, od której uciekała tak długo, aż stanęła u drzwi jej stowarzyszenia w Pazo do Riba. Dlatego rozumiała, że trzeba nią trochę potrząsnąć, choćby ze względu na głośne ziewanie biednej Teresy Aliny, która nie była w stanie pomieścić wielkiego, całodziennego zmęczenia w swoim niewielkim ciele. W domu świeciło się światło, nikt jednak nie wyszedł, żeby je przywitać. Wydawało się to dziwne, ale nie przeszkodziło im pokonać odległości dzielącej je od ganku. Budynek wydał się Zeherze całkiem różny od tego, który zachowała w swoich sekretnych wspomnieniach. Nie miał nic wspólnego z miejscem, w jakim spędziła osiemnaście lat swojego życia. Widać było ślady dokonanych ostatnio poprawek; kojarzył się z obrazem ubrania, które na skutek długoletniego noszenia lub niewłaściwego eksploatowania wygląda na stare, zniszczone, zużyte. Zehera wspominała śliczny ganek, zawsze zajęty przez wygodny, choć nieco głośny fotel bujany babci Mirsy. W tym domu zaklęty był duch odradzającego się feniksa. Można było odnieść wrażenie, że ponownie położono jego fundamenty, tak jakby ktoś postanowił zbudować go od nowa, zgodnie z parametrami, które dom miał kiedyś, ale w połowie przedsięwzięcia został zmuszony do porzucenia wyjściowego planu. Oszukiwała się, mówiąc sobie, że w świetle dnia wszystko będzie wyglądać inaczej. Lepiej.

– Mamo, to był twój dom? – spytała Teresa Alina.

Zehera ograniczyła się do pokiwania głową. Słowa nie chciały przejść jej przez gardło. Kiedy weszły po schodkach na ganek, drewniane drzwi otworzyły się w ich stronę, zmuszając do cofnięcia się o metr.

– Myśleliśmy, że przyjedziecie jutro! Musieliśmy pomylić daty.

Zehera zrozumiała, że ta przysadzista kobieta, nadmiernie gestykulująca i wyglądająca, jakby skończyła już sto lat, o twarzy pokrytej zmarszczkami i patrząca na nie oczami martwego człowieka, ubrana w czarną suknię do ziemi, z chustką na głowie – to Selma, jej matka.

– Córko! To naprawdę ty?! To niemożliwe. Ale się zmieniłaś!

Zehera nie rozumiała, po co było to powitanie. Wypowiedziane przez matkę słowa, mające być pochwałą jej wyglądu, brzmiały strasznie fałszywie, obco i sztucznie. Postanowiła zapomnieć o swym chłodzie w ocenie matki i odprężyć się, żeby przyjąć i odwzajemnić jej uścisk. M a t k a. To słowo też nie miało sensu w jej obecności. Nie rozumiała, dlaczego jej umysł przyjął tak defensywną postawę. Skarciła za to samą siebie i starała się zachowywać sympatycznie, być komunikatywna i otwarta. Okazało się to wcale niełatwe: nigdy nie wykazywała takiej postawy wobec rodziców, a szczególnie wobec Selmy; ale okazja usprawiedliwiała wyjątkowy wysiłek.

– A to jest twoja córka… – Cień, który dało się zauważyć w jej głosie, kiedy zwróciła się do Teresy Aliny, dotarł całkiem wyraźnie do uszu Zehery. Nie zastanawiając się, dlaczego to robi, chwyciła małą i przytuliła ją do siebie. Było to działanie odruchowe, wywołane tym czymś w głosie Selmy, co ją zaniepokoiło. – Jaka ona mała – ciągnęła matka. – Kiedy napisałaś, że ma już dziesięć lat, wyobrażałam sobie, że jest wyższa.

– A to jest Julia, moja przyjaciółka. – Ta prezentacja wypadła trochę chłodno i mało wylewnie, ale było to pierwsze, co jej przyszło do głowy, żeby zmienić temat i oszczędzić matce odpowiedzi po niezbyt fortunnym komentarzu na temat wzrostu wnuczki.

Kiedy wreszcie zostały zaproszone, żeby wejść do środka, Zeherę przeszedł dreszcz wywołany bezmiarem wspomnień, które drzemały w jej mózgu i które teraz gwałtownie się obudziły. Nie potrafiła powstrzymać się od wspomnienia wieczoru, kiedy Sasza i jego ludzie weszli do ich domu w poszukiwaniu broni i zbiegów, a nie znalazłszy ich, wyprowadzili ojca, Dina i Aleksandra. Pamiętała jeszcze dźwięk łyżek, uderzających o blat stołu w jadalni. Zdołała jakoś odsunąć od siebie te obrazy. Uświadomiła sobie, że stary człowiek stojący obok schodów, oparty na drewnianym kiju jak na lasce, to jej ojciec. Zawsze okazywał jej chłód i obojętność, podobnie jak jej rodzeństwu, tak jakby nie czuł się dobrze w roli ojca. Zehera nie mogła zrozumieć, jak taki człowiek mógł być synem kogoś tak czułego i pełnego macierzyńskiej troski jak babcia Mirsa.

– Córko.

Nawet to słowo w ustach Edina nie było w stanie jej poruszyć. Właściwie osiągnęło całkiem przeciwny efekt. Poczuła, jak stalowe spojrzenie ojca bada ją od stóp do głów, koncentrując się kolejno na poszczególnych partiach jej ciała. Ojciec nie przejmował się faktem, że ta niemal lubieżna inspekcja jest dla niej krępująca.

– Tyle czasu minęło. Matka mi powiedziała, że wracasz na stałe.

– Nie. To nic definitywnego – odpowiedziała, odbierając uwagę ojca jako wymówkę. – Zostanę tylko przez jakiś czas. Tak jak powiedziałam matce, dowiedziałam się o śmierci Suhry i chciałam zobaczyć, jak żyjecie. I żebyście poznali moją córkę. Matka nalegała na to.

Słysząc skrzypienie podłogi, Zehera skierowała wzrok w stronę kuchni. W progu drzwi dostrzegła postać wysokiego mężczyzny, chłopa na schwał, o przeszywającym spojrzeniu i szorstkim obejściu. Metodą eliminacji doszła do wniosku, że ten mężczyzna przyglądający się jej z filiżanką kawy w ręce to Dino. Była pewna, że nie poznałaby go, gdyby spotkali się w innym miejscu. Kiedy widziała go poprzednio, był dziewięcioletnim starcem. Teraz zamienił się w nieznanego jej dwudziestolatka, który odziedziczył po swoim ojcu chłodne i surowe spojrzenie.

– Siostro. – Przestraszył ją jego poważny ton. Głos brata brzmiał zupełnie inaczej niż wtedy, gdy się żegnali na brzegu Driny, obiecawszy sobie, że niedługo znów się spotkają. – Tyle czasu! Zacząłem już myśleć, że nigdy się nie zobaczymy. Taka pomyłka może się zdarzyć raz w życiu. Widzę, że bardzo... bardzo się zmieniłaś od naszego ostatniego spotkania. Dobrze wyglądasz. – Spojrzał na Teresę Alinę, która przysunęła się do Julii. – Drogie panie, witamy – powiedział sucho.

– Dino! – Widok brata, tak różniącego się od jej wspomnienia, naprawdę ją poruszył. Przecież to był jej ukochany braciszek! Mimo mniej więcej metra osiemdziesięciu wzrostu, pozy człowieka, który doświadczył już wszystkiego, mimo sarkastycznego tonu... Przecież to był on. – Ty dopiero się zmieniłeś!

– No dobrze, kończmy z powitaniami. Jeszcze będziemy mieli czas, żeby o wszystkim spokojnie pogadać, prawda, córko? – Selma sprawiała wrażenie, że jako jedyna naprawdę cieszy się z tej wizyty, choć robiła to w sposób nieco sztuczny. – Na pewno chcecie odpocząć po podróży. Wyobrażam sobie, że musiała was wymęczyć. Dino, może byś pomógł siostrze i jej przyjaciółce zanieść bagaże. Pomyślałam, że będziesz chciała spać w swoim starym pokoju. Sporo się w nim zmieniło, jak w całym domu, ale, no wiesz, wojna, odbudowa, okres powojenny... trudne to wszystko było. Wszystko bardzo zawikłane.

– Nie, mamo, ona tego wszystkiego nie wie – skomentował słowa matki Dino, wchodząc po schodach i trzymając w jednej ręce trzy torby, które stanowiły cały bagaż przyjezdnych. – I nie sądzę, żeby to był najlepszy moment, aby ją męczyć tymi historiami. Sama powiedziałaś, że jeszcze będzie czas.

Wolała przypisać to zmęczeniu, ale rodzinne powitanie nie było takie, jak sobie wyobrażała po rozmowach prowadzonych z matką jeszcze z Hiszpanii. Selma nalegała kilkakrotnie, by córka wróciła do Wiszegradu, żeby ich odwiedziła. Zehera jednak nie odnalazła rodzinnego klimatu, którego się spodziewała. Coś złego było w atmosferze tego miejsca, coś, co ją dusiło, krępowało, przytłaczało. Jakiś brak zaufania, który ją ranił, kiedy doświadczała go ze strony młodszego brata. Rozum buntował się przeciwko zaakceptowaniu tak gwałtownej przemiany Dina, jego nieobecnego wzroku, pełnego podtekstów i wątpliwości sposobu mówienia. Nie przypominał tego Dina, jakiego znała. To nie mógł być on.

Nic w tym domu nie wyglądało tak jak kiedyś. Miała wrażenie, że trafiła w jakieś miejsce, gdzie ustawiono dekoracje, żeby odegrać farsę, a ona w trakcie tego przedstawienia miała być honorowym gościem. Jej pokój też nie był ani trochę podobny do tamtego, którego widok jej wspomnienia zakonserwowały jak w formalinie. Jedyne, co się zgadzało, to położenie okna. Przez jego szyby oglądała świadectwa ludzkiego okrucieństwa ucieleśnionego w umundurowanych mężczyznach i ich przywódcy, Saszy Ludonoviciu. Przypomnieli jej się: Behija, silnik czerwonego passata, ambulans, dywan, radio, nóż, muzyka czetników, trupy na moście, czerwone wody Driny, szkoła, hotel, remiza strażacka...

Jej pamięć zaczęła się budzić i zdołała ją poruszyć. Zehera wahała się, czy ma się zbliżyć do tego miejsca, które stało się jej własnym, szczególnym punktem widokowym, skąd obserwowała barbarzyństwo. Zadawała sobie pytanie, czy tej nocy także pojawią się tam te same widoki, których tłem był zimny majestat mostu, czy ogromne łuki pogodziły się już z tym, że codziennie muszą oglądać przerażające obrazy. W końcu przezwyciężyła lęki i wychyliła się, szukając dobrze znanego widoku. Oto trwał przed nią most na rzece Drinie. Nie wiedziała dlaczego, ale wydał jej się mniejszy, mniej wspaniały. Ani śladu po zaklętej w nim kiedyś szlachetności; nie mogła sobie przypomnieć, dlaczego tak podziwiała tę masę kamieni. Mogła powiedzieć, że czuła się rozczarowana.

– Przepraszam, ale rozsadzi mnie, jeśli ci tego nie powiem. Wiesz, jaka ja jestem. Wydało mi się, że twojej rodzinie wcale się nie podoba, że przyjechałaś. To spotkanie nie mogło wyglądać chłodniej. – Głos Julii oderwał jej myśli od tajemniczej konstrukcji z XVI wieku, przemocą zamienionej w symbol ludzkiej głupoty.

– Przypuszczam, że to przez zmęczenie. – Zehera próbowała wytłumaczyć swoich krewnych, ale bez większych sukcesów.

– Chyba twoje, bo oni sprawiają wrażenie, jakby od dawna nie ruszali się z tego domu. Przecież nawet nie wiedzieli, że przyjeżdżamy, przynajmniej tak mówią. – Julia przyglądała się Zeherze, kończąc układać Teresę Alinę w łóżku. – Dobrze. Jeśli nie chcesz teraz rozmawiać, mogę zaczekać na moment, który uznasz za stosowny, żeby mi wszystko opowiedzieć. Ale żebyś wiedziała jedno: po tym, co zobaczyłam tam na dole, nie ruszę się stąd bez przekonującego wyjaśnienia. Przykro mi. Wiem, że jestem nieznośna. Ale to już wiedziałaś wcześniej.

– Nie chcę, żebyś się martwiła. To chyba był wstrząs po tylu latach niewidzenia się. Wiesz, że nigdy nie mieliśmy zbyt dobrych relacji. To moja babcia zastępowała naszej trójce ojca i matkę. Myślę, że to kwestia czasu. Nie będzie łatwo. Musimy usiąść i porozmawiać o tym, co się nam przydarzyło. Tak to czuję, Julio. I tak bym pragnęła. Ale chcę, żebyś się nie martwiła i zaufała mi. – Miała wrażenie, że ta prośba o zaufanie eksploduje jej w ustach. Poczuła nawet napływ gorąca, obejmujący całe ciało i przesuwający się w stronę twarzy. Jak mogła mówić Julii o zaufaniu? Skąd wzięła odwagę, żeby zwracać się do niej z tak niestosowną propozycją? Może sposób, w jaki przyjęła ją rodzina, był właściwy i sprawiedliwy?

Chwilę potem usłyszała za plecami głośne stuknięcie i instynktownie padła na podłogę. Ta sytuacja przypomniała jej noc, kiedy usłyszała odgłosy wystrzałów w domu sąsiadki Behii. Ale zaraz potem inny, znacznie mniej odległy w czasie obraz zatarł tamto nieszczęsne wspomnienie: Zehera zobaczyła, że Julia, blada jak ściana, leży nieruchomo na podłodze, lekko drżąc, jakby nie panowała nad swoimi ruchami. Zehera podbiegła do niej, podobnie jak Teresa Alina, w której oczach odbijało się przerażenie wywołane widokiem nieprzytomnej Julii.

– Julia! Julia! Odpowiedz mi, na miłość boską! Co się dzieje? Julia! – krzyczała Zehera, klepiąc Julię po białych jak śnieg policzkach.

– Ciociu Julio! Co sobie zrobiłaś? – pytała przestraszona Teresa Alina, chwytając Julię za ramię. – Mogę ci pomóc? Boli cię coś? – Dziewczynka patrzyła na matkę, próbując znaleźć w jej twarzy jakieś wyjaśnienie i pociechę. – Mamo, co się z nią dzieje? Zachorowała? – pytała dziewczynka, podczas gdy Julia stopniowo odzyskiwała przytomność.

– Nie wiem, co mi się stało – wymamrotała leżąca kobieta, próbując jednocześnie zebrać się i wstać. – Poczułam zawrót głowy i po chwili nie widziałam już nic. To chyba przez gorąco, podróż, zmęczenie, nie wiem. Ale już się dobrze czuję. Nie martwcie się. A może to były emocje związane z tak gorącym przyjęciem. – Ten komentarz, wypowiedziany cichym głosem, wywołał szerokie uśmiechy na twarzach Zehery i Teresy Aliny. Niewątpliwie Julia czuła się już dużo lepiej.

– Nie bądź złośliwa – skarciła ją Zehera.

– Och, teraz to ja jestem złośliwa. Niewiarygodne. Jakbym to opowiedziała, nikt by mi nie uwierzył. No dobra, pomóż mi wstać i przynieś trochę wody... Jeśli zechcą nam ją dać, nie jestem tego wcale pewna.

Kiedy nazajutrz rano Zehera otworzyła oczy, z trudem uświadomiła sobie, gdzie jest. Rozejrzała się wokół siebie i stwierdziła, że zarówno Julia, jak i jej córka jeszcze śpią, opuściła więc znów głowę na poduszkę. Próbowała zorientować się w stanie własnego ducha. Nie była pewna, czy ta podróż ją ucieszyła, ale z drugiej strony coś w środku mówiło jej, że postąpiła słusznie. Przypomniała sobie słowa doktora Muñoza: „Powinna pani zmierzyć się ze swoimi lękami, ze wspomnieniami, z tym, co pani wycierpiała i co nie pozwala pani zamknąć tamtego rozdziału i iść naprzód. Dopóki to się pani nie uda, będzie pani miała wrażenie, że życie nie trzyma się kupy". I właśnie to zamierzała zrobić. To było powodem decyzji o trudnej podróży.

Po wieczornym incydencie z poprzedniego dnia Julia spała dłużej niż zwykle, a z kolei Teresa Alina obudziła się wcześniej. Otworzyła oczy tuż po Zeherze. Starając się nie obudzić Julii, matka i córka zagłębiły się w rozmowę o miejscach, w których upłynęło dzieciństwo Zehery. Uszy małej, zawsze nastawione na uważne słuchanie, otrzymały wreszcie odpowiedzi na wiele pytań nigdy wcześniej jasno niewypowiedzianych. Zehera opowiadała jej o Leku i Café Andrić, o Petrze i Aidzie, o cioci Suhrze i spacerach przez most, po którym lubiły chodzić... Wciąż próbowała przywoływać dobre chwile, nie pozwalała zepchnąć się z tej drogi przez obrazy, które Sasza zapisał w jej umyśle krwią: nie mówiła córce o Szkole imienia Hasana Velotovacia ani o remizie strażackiej. Ani o Aleksandrze, choć ten ból miał całkiem inny smak.

Kiedy Julia w końcu się obudziła, zeszły we trzy na dół. Rozmowa z córką pozwoliła Zeherze zebrać na nowo siły. Chciała przyjrzeć się temu, co kiedyś było jej miastem, jednak wolała to zrobić, trzymając pod ramię kogoś bliskiego, zaufanego, z kim będzie się czuła pewnie i kto pomoże jej znieść wstrząsy, o jakie może ją przyprawić widok znanych miejsc. Bała się tej podróży w przeszłość, ale wiedziała, że musi ją odbyć.

W pierwszej chwili wydało jej się, że w domu nie ma nikogo. Nic nie było słychać. W pewien sposób ucieszyło ją to, bo mogły spokojnie wyjść na spotkanie porzuconego przez cały świat Wiszegradu. Jednak właśnie w chwili gdy miały już wychodzić, usłyszały głos Selmy.

– A dokąd to się wybieracie? Przygotowałam wam wspaniałe śniadanie. Wyobrażałam sobie, że będziecie umierać z głodu, kiedy wstaniecie, i chyba się bardzo nie pomyliłam.

Zehera ze zdziwieniem oglądała szczodry poczęstunek, który matka przygotowała na kuchennym stole. Selma nigdy nie serwowała śniadania swoim dzieciom, było to zadanie babci Mirsy. Ani śniadania, ani pocałunku, ani uścisku, ani pytania dotyczącego szkoły. Nic. Zawsze tak było i stało się to akceptowaną normą. Ale burczenie w jej własnym brzuchu oraz w brzuchu głodnej Julii – całkowicie już wolnej od skutków wczorajszej słabości – a przede wszystkim w brzuchu Teresy Aliny nie pozwalało oprzeć się perspektywie dobrego jedzenia i odsuwało na dalszy plan rozważania na temat dziwnego zachowania Selmy.

Tego ranka nie mogły wyjść z domu przez upór matki: chciała zostać w domu i rozmawiać o wszystkim, o czym nie zdołały porozmawiać przez tyle lat. Zeherze nie przyszło to łatwo, bo nie miała doświadczenia w pogawędkach córki z matką. Ale zdobyła się na wysiłek, bo była przekonana, że będzie to dla nich obu dobre. Potraktowała tę rozmowę jak jedną z sesji terapeutycznych, których tyle odbyła w Pazo do Riba. Na prośbę Selmy opowiadała głównie o swoim obecnym życiu w Hiszpanii i o ogromnej pomocy, jaką otrzymywała od Julii. Matka wydawała się bardzo zainteresowana: nalegała, żeby Zehera opowiadała o najdrobniejszych szczegółach swego codziennego życia. Ich rozmowa trwała przez cały ranek i dużą część popołudnia. Julia skorzystała z wolnego czasu i poszła spacerować po mieście w towarzystwie Teresy Aliny. Chciała przewietrzyć głowę, która od przyjazdu do Bośni wydawała się jej jakby zakorkowana.

– To normalne – tłumaczyła Zeherze, kiedy ta niepokoiła się zmęczeniem widocznym na twarzy przyjaciółki. – Wystarczy pomyśleć, co się działo na tej ziemi kilka lat temu, i człowiek wpada w dygot.

Zehera miałaby ochotę spędzić trochę czasu z bratem, porozmawiać z nim o tym, co działo się pamiętnej nocy, którą zachował w swym wspomnieniu tak samo jak ona. Pragnęła usiąść obok niego, ująć go za rękę, słuchać go, dzielić się wspomnieniami i pocieszać go tak samo jak wtedy, kiedy był mały i coś go niepokoiło. Ale od ich przyjazdu z Hiszpanii Dino właściwie zniknął i nie udawało się zastać go w domu. Według tego, co mówiła Selma, od zakończenia wojny pracował w pewnej destylarni nad brzegiem Driny i zajmował się produkcją rakii, jednego z charakterystycznych trunków bałkańskich – podobnego do brandy, otrzymywanego przez destylację sfermentowanych owoców i zawierającego czterdzieści procent alkoholu.

– Nie zarabia dużo, ale trudno dziś chcieć więcej. Właścicielem jest Serb, który zdaje się znał wcześniej twojego brata i dlatego dał mu pracę. Chyba Dino wyświadczył mu jakąś przysługę i dlatego facet czuł się zobowiązany go zatrudnić. Gdyby nie to, musielibyśmy się zachować jak inni Bośniacy, którzy tu żyli: uciekać. Dzisiaj większość w mieście stanowią Serbowie. Oni tu rządzą. Nie znajdziesz wielu muzułmanów w Wiszegradzie. – Selma postanowiła wziąć się w garść, tak jakby zdała sobie sprawę, że rozmowa zmierza w złym kierunku. – Wiem, że to mało pieniędzy, ale Dino dostaje dodatek w postaci czterech czy pięciu butelek rakii, które znikają w niecały tydzień.

Jednak nieobecność Dina rozciągała się także na godziny poza pracą. Dokąd i z kim chodził, pozostawało tajemnicą dla jego siostry, choć nie dla matki.

– W jego wieku gdzie miałby być? Pewnie szuka ciepła w jakichś rozmowach z przyjaciółmi – mówiła z pewną dumą.

Na parę dni przed powrotem Julii do Hiszpanii Zehera poprosiła, żeby jej towarzyszyła podczas przechadzki po miejscach, które lubiły odwiedzać z siostrą. Nie było to łatwe. Zehera miała wrażenie, że wszyscy w domu, a szczególnie rodzice, wymyślali różne historie mające zapobiec tej wyprawie. Udawali, że chodzi o dobre rady, o rozsądne zalecenia, żeby zaczekać na właściwy moment, nie spieszyć się nadmiernie. Zawsze niby chodziło o dobro Zehery, o ochronę jej interesów i nadrobienie czasu spędzonego bez kontaktu z rodziną. Wszystko to nie trzymało się kupy. W końcu wyjaśniła matce, że ma ochotę właśnie na taki spacer i – choć wdzięczna jest za dobre rady – zamierza za chwilę wyjść z Julią. Prawie nie miały okazji być same ze względu na głód rodzinnych uczuć i potrzebę rozmowy, które opanowały Selmę.

Trzymając się pod ręce – jak tyle razy w Pazo do Riba – przeszły drogę do miasta, dzieląc się myślami, wątpliwościami, wymieniając rady, opowieści i różne pomysły, które przychodziły im do głowy. Zakątki Wiszegradu trudno było rozpoznać. Wszystko się zmieniło, a przynajmniej takie wrażenie odnosiła Zehera, nawet jeśli nie do końca było to prawdą. Przyglądała się podejrzliwie tej czy owej ulicy, domowi, narożnikowi czy placowi, gdzie dawniej wznosiły się budynki, po których teraz zostało tylko wspomnienie. Wolała patrzeć na nie kątem oka, nie potrafiła bowiem utrzymać wzroku na jednym obiekcie dłużej niż kilka sekund; po chwili bowiem złe wspomnienia odbierały jej ostrość widzenia. Coś takiego wydarzyło się na przykład wtedy, gdy dotarły do miejsca, gdzie przez lata znajdowała się Café Andrić i gdzie w akcji represyjnej przeprowadzonej przez żołnierzy serbskich dowodzonych przez Saszę zginęło wielu jej przyjaciół. Zastanawiała się, co by było, gdyby tamtego dnia, gdy wszystko się paliło, siedziała we wnętrzu kawiarni. Gdyby zamiast Aidy czy Iva to ona piła wtedy kawę, czytała gazetę albo rozmawiała o przypuszczalnym czasie trwania ogłoszonej właśnie wojny. Przypomniała sobie wtedy o Aleksandrze. Wrócił do niej obraz jej młodzieńczej miłości: Alek siedzący w kawiarni i rozprawiający, wyjaśniający słuchaczom przyczyny wypowiedzenia wojny, zagłębiający się w rozważania historyczne, żonglujący datami, liczbami i nazwami miejscowości, które prawdopodobnie determinowały przyszłość wszystkich obecnych. Jak niewiele miał wspólnego tamten Alek z późniejszym – tym, który postanowił ją porzucić pod drzwiami stowarzyszenia Julii; który obrażał ją w piekarni w obecności jej przyjaciółki Teresy; który, ku utrapieniu sąsiadów, śpiewał na golasa, w objęciach kuzyna Zorana, na ulicach Villa de Alba. Nie mogła nie zadawać sobie pytania, jak potoczyłaby się ich historia, gdyby w ich życie nie wtargnęła wojna, obracając w perzynę wszystkie plany na przyszłość. Stamtąd było już tylko o krok do pytania, gdzie w tej chwili byłaby jej siostra, gdyby nie przeklęta wojna, co działoby się z Nicolasem, z małym Arim... Przypomniała sobie o swej obietnicy odwiedzenia Biblioteki Narodowej w Sarajewie: wyobraziła sobie samą siebie siedzącą przy jednym z szerokich i długich drewnianych stołów, pomalowanych lśniącym lakierem, i czytającą tom poezji – albo, jeszcze lepiej, wielki tom opowieści z podróży, w którym opisy i ilustracje rywalizowały o zachwyt czytelnika. Potem obie z Julią poszłyby wypić mocną herbatę w kawiarni Barcasija – i kto wie, gdzie zakończyłby się ten wieczór... Ale zamiast tego były nadal w Wiszegradzie i trafiły w miejsce, gdzie kiedyś wznosił się meczet. Teraz była to wielka, niezabudowana parcela, a na niej niewielki plac zabaw dla dzieci i pustkowie oraz dwie niezajęte ławki. Zeherę przeszedł zimny dreszcz.

Najbardziej bolesna była dla niej bliskość mostu i odgłos Driny. Julia zdała sobie z tego sprawę, bo w miarę jak posuwały się w tamtą stronę, jej przyjaciółka milkła, aż przestała się w ogóle odzywać. Trudno ją było wyrwać z tego stanu, choć Julia wkładała w to wiele wysiłku. Kiedy znalazły się już całkiem blisko brzegu rzeki, czuła, jak mocno Zehera zaciska dłoń na jej ramieniu, wbijając paznokcie w skórę, jakby szukając oparcia, którego kiedyś w tym miejscu nie mogła znaleźć. Julia zauważyła też, że przez ciało jej towarzyszki przeszedł lekki dreszcz.

– Możemy się zatrzymać, kiedy będziesz chciała. Myślę, że to nie najlepszy pomysł, żeby jednego dnia obejść wszystkie twoje wspomnienia. I chyba nie musisz odwiedzić każdego miejsca, w którym... w którym kiedyś byłaś. To ty sama musisz ustalić, gdzie trzeba się zatrzymać. Pamiętaj o tym. Wiesz lepiej niż ktokolwiek inny, gdzie biegnie granica i dokąd chcesz dojść.

Słowa Julii – jak niemal zawsze – okazały się prorocze. Kiedy do uszu Zehery dotarł wyraźnie odgłos krystalicznie czystej rzeki, a chłód wody omiótł jej skórę, dziewczyna uznała, że nadeszła pora wracać do domu. Mocno trzymając dłoń przyjaciółki, dała się jej objąć w silnym uścisku i obie – nie zatrzymując się – rozpoczęły odwrót. Zadbały o to, żeby nie zabrakło im tematów do rozmowy, choćby najbardziej powierzchownych i mało istotnych. Ważne było, żeby postawić tamę napływowi emocji, żeby nie wróciły kolejne zatrute obrazy zdolne zainfekować otwarte rany.

Punktualność była kolejną cnotą sympatycznego taksówkarza Milana Milicevicia. Dokładnie o siódmej rano przyjechał po Julię w to samo miejsce, w którym zostawił ją cztery dni wcześniej. Zehera jako jedyna odprowadziła ją do drzwi samochodu. Poprzedniej nocy obawiały się, że ich pożegnanie zostanie zdominowane i zmącone przez festiwal łez i szlochów. Obiecały sobie, że załatwią wszystko spokojnie i bez płaczu. Pomimo obietnic ich obawy się potwierdziły: obie miały dość ograniczoną kontrolę nad gruczołami łzowymi. Obiecywały sobie, że będą codziennie dzwonić i pisać listy, i przekazywać sobie wszelkie nowiny i wiadomości oraz informować się o podejmowanych decyzjach. Julia absolutnie nie chciała wejść do taksówki, zanim po raz dwudziesty piąty nie powtórzyła tego samego nakazu swej zasmuconej przyjaciółce.

– Nie rozstawaj się ze swoją komórką. Nigdy. Będę do ciebie dzwonić codziennie. Aha, i jeszcze jedno: pamiętaj, że nie musisz czekać do dnia, który jest wypisany na twoim bilecie, żeby wrócić do domu. Możesz lecieć, kiedy będziesz chciała. Zawsze będziesz mile widziana. Przez nas oboje. Pożegnaj ode mnie Teresę Alinę. Nie wiem, czy długo bez niej wytrzymam!

Zehera nie była w stanie wejść do domu, gdy taksówka zniknęła, biorąc kurs na lotnisko w Sarajewie. Prawdę mówiąc, nie przekroczyła progu domu, dopóki na gruntową drogę dojazdową do ich domu nie opadł pył wzbity przez koła samochodu. Wpatrując się w opustoszały teraz żwirowy trakt, poczuła smak absolutnej samotności, która stałaby się jej udziałem, gdyby któregoś dnia nie mogła już liczyć na Julię. To był smak zniechęcenia, smutku, ogromnego bólu i niesprawiedliwości. Taka sytuacja była nie do pomyślenia. Może dlatego jej umysł szybko ją odrzucił. Zehera obiecała sobie, że niebawem wróci, żeby znów spotkać się z przyjaciółką. Zanim nadejdzie ten moment, postanowiła zastosować się do jej rady i samodzielnie określić długość pobytu w Wiszegradzie.

Nie mogła nawet podejrzewać, jak trudne się to okaże.

· 29 ·

Ramiona Daniela natychmiast uśmierzyły słabość, którą zostawiła w niej długa podróż. Znów przesiadki, opóźnienia, godziny oczekiwania, zmiany terminali, telefony z informacjami, rozbieżności między poszczególnymi ekranami z informacjami z centrum kontroli lotów, a nawet zmiana samolotu mniej więcej półtorej godziny po wpuszczeniu pasażerów na pokład. Gdyby wszystkie te przeciwności losu jeszcze wydawały się niewystarczające, któraś z potraw podanych na pokładzie samolotu zaległa jej na żołądku i Julię zaczęły męczyć mdłości, doprowadzając jej ciało do jeszcze gorszego rozstroju. Spędziła potem kilka tygodni, próbując pozbyć się nieprzyjemnej i kłopotliwej migreny, która stała się jej wierną towarzyszką. Walka z nią okazała się całkiem daremna. Żadna, choćby największa dawka środka przeciwbólowego nie potrafiła skłonić jej do odwrotu; Julia z niechęcią musiała się w końcu do niej przyzwyczaić.

Po raz pierwszy poczuła, że życie wystawia jej rachunek za wiele lat wytężonej pracy i że nie da już rady spłacać tej rosnącej z dnia na dzień należności.

– Zestarzałam się, mężu. A ty... Tak samo przystojny i promienny jak zawsze. To nie jest sprawiedliwe, ani trochę. Nie jest sprawiedliwe.

Kiedy dotarła do domu, czuła, że jej ciało potrzebuje wyłącznie łóżka, czystej pościeli pachnącej świeżością i domem – oraz wzmacniającego uścisku ramion Bruna, który mimo swego wieku myszkował w walizce matki, tak samo jak wtedy gdy był dzieckiem, poszukując prezentu, który – był tego pewien – przywiozła specjalnie dla niego. Julia chętnie zachowałaby się zgodnie z tradycją i opowiedziała rodzinie o wszystkich, najdrobniejszych nawet, szczegółach podróży – od rozmowy z pierwszą stewardesą, która powitała je w samolocie, aż do ostatniej rozmowy z sympatycznym taksówkarzem Milanem. Jednakże siły nie pozwalały jej na to. Gadatliwa natura musiała poczekać. Ostatnia myśl Julii przed udaniem się na spoczynek, prawie już nieświadoma, poświęcona była Zeherze. Powinna zadzwonić do niej, żeby jej powiedzieć, że dotarła bezpiecznie. Ale nie miała siły nawet na to. Nie była w stanie zlecić tego mężowi albo synowi. Za pociechę musiała jej wystarczyć myśl, że zatelefonuje do niej nazajutrz.

Kiedy obudziła się po prawie piętnastu godzinach głębokiego snu, sprawdziła, że jej kalendarz na ten dzień pełen jest zobowiązań, zebrań uprzednio przełożonych ze względu na podróż do Bośni, urzędowych spotkań z politykami wszelkich kierunków i kolorów (tych zajęć akurat nienawidziła, bo potrafiły obrabować ją z całego nagromadzonego zapasu cierpliwości; w jej przypadku był to zwykle zapas niemały). Jeden rzut oka na poranny rozkład zajęć, który przysłał jej faksem wierny asystent, wystarczył, by zorientowała się, że przez cały dzień będzie bardzo zajęta. Dlatego po wybraniu po raz dziesiąty numeru komórki Zehery i usłyszeniu mechanicznego głosu wypowiadającego jakieś słowa w nieznanym języku, uznała, że telefon przyjaciółki jest wyłączony albo poza zasięgiem. Nie miała czasu zastanawiać się, jakie mogą być inne przyczyny tego braku łączności.

– No proszę, mówiłam jej, żeby miała telefon ciągle przy sobie. Co za dziewczyna!

Kiedy jednak ta niemożność nawiązania kontaktu przedłużała się także na kolejne dni, Julia się zaniepokoiła. Nie rozumiała, dlaczego nie jest w stanie dodzwonić się do Zehery, dlaczego okazuje się to tak skomplikowane, co takiego mogło się zdarzyć, że jej przyjaciółka straciła dostęp do swojej komórki, ani z jakiego to dziwnego powodu nikt nie odbiera telefonu stacjonarnego w domu jej rodziców. Pewnego dnia udało jej się złapać kogoś na drugim końcu linii stacjonarnej. Krótka rozmowa, najwyżej dziesięciosekundowa, miała ten sam efekt co dzban zimnej wody: męski głos (Julia zgadywała, że należał do ojca) powiedział kiepską angielszczyzną, że Zehera nie może podejść do telefonu, bo wyszła i nie wiadomo, kiedy wróci. Kiedy Julia miała zapytać o Teresę Alinę, ten sam głos poprosił ją wyraźnie aroganckim tonem, żeby więcej nie dzwoniła, bo przeszkadza, a Zehera odezwie się do niej, kiedy wróci. Ale obiecanej rozmowy nie było. I nikt nie odbierał jej kolejnych telefonów.

Julia po raz pierwszy od dawna czuła się bezradna. Dzwoniła wielokrotnie do biura napraw telefonów, żeby upewnić się, czy nie ma jakiegoś problemu z linią telefoniczną – jej własną albo w domu rodziców Zehery w Wiszegradzie – ale nikt nie stwierdzał żadnych nieprawidłowości. Wyjaśnienia mówiące o przeciążeniach sieci czy o kłopotach z łącznością z krajami bałkańskimi jej nie przekonywały.

– Jedyne, co mi przychodzi do głowy, to że w tym domu nikogo nie ma, może gdzieś wyjechali. Albo że nie chcą odbierać telefonu – tak brzmiała szczera odpowiedź operatorki biura napraw po kilku próbach ustalenia, o co chodzi.

– To niemożliwe, proszę pani. Wykluczone.

– Nic innego nie przychodzi mi do głowy. Jeśli jest tak, jak pani mówi, musi pani nadal próbować. W każdym razie linia telefoniczna jest w doskonałym stanie.

Julia nie mogła opanować zdenerwowania. Nie potrafiła się odprężyć, a tym bardziej jasno rozumować. Te kłopoty z koncentracją nie tylko zaczęły przeszkadzać jej w pracy, ale także w domu. W trakcie tego całego zamieszania przypomniało jej się coś, co uznała za znak Opatrzności: wizytówka taksówkarza Milana Milicevicia. Jak oszalała rzuciła się do swojej torby, w której w jednej z przegródek portfela – zawsze wypełnionego skrawkami papieru w różnych kolorach i kształtach, wizytówkami, kwitami, fiszkami i rachunkami – znalazła prostokątny kartonik w kolorze sepii, otrzymany od kierowcy taksówki. Zapisał na nim swój adres i numer telefonu, kiedy postanowili wymienić się danymi. Odczytała na głos rząd cyfr, który widniał w prawym dolnym rogu kartonika, a potem wybrała ten numer – niemalże z pamięci – w swoim telefonie. Była wyraźnie poruszona swoim odkryciem i pospiesznie wciskała maleńkie klawisze telefonu. Czekała niecierpliwie na sygnał połączenia.

– Milan Milicević? Mówi Julia, z Hiszpanii. Pamięta mnie pan? Wiózł mnie pan razem z młodą Bośniaczką z lotniska w Sarajewie do Wiszegradu. Pamięta pan? Rozumie pan, co mówię?

– Oczywiście, że panią pamiętam. I rozumiem panią, ale proszę mówić wolniej i trochę ciszej, bo dobrze panią słychać. Jak się pani miewa?

Nie było trudno wyrobić sobie zdanie na temat jej stanu ducha, słysząc, jak jest podekscytowana, a nawet zrozpaczona. I Milan to zrozumiał, kiedy wytłumaczyła mu powody swojego zaniepokojenia. Nie trzeba było wielu wyjaśnień, żeby uświadomić sobie, że ta kobieta właściwie błaga go, by pojechał raz jeszcze pod ten sam adres, pod który zawiózł je kilka dni wcześniej, i spróbował się dowiedzieć, co tam się dzieje i dlaczego nie odbierają telefonu.

– Milan, niech pan posłucha, biorę na siebie wszystkie koszty. Oczywiście rozumiem, że pan musi odbyć cały kurs, i chciałabym, żeby pan to potraktował jako swoją pracę, jako moje zlecenie. I bardzo proszę, żeby pan nie myślał, że za to nie zapłacę.

– Proszę pani, niech się pani uspokoi. Zrobię to, o co pani prosi. I proszę się nie martwić całą resztą. – Głos taksówkarza podziałał jak ożywczy balsam na wysuszone ciało Julii. Dostrzegła w końcu światło na końcu tego surrealistycznego i absurdalnego tunelu, w który sama weszła przez pomyłkę albo przez figiel losu. – To nie jest dla mnie żaden problem, proszę mi wierzyć. Pojadę do Wiszegradu, zapytam o pani przyjaciółkę, a potem zadzwonię do pani i wszystko opowiem. Ale musi się pani uspokoić. Ja się tą sprawą zajmę.

Być może sprawiły to emocje, które wywołała w niej ta rozmowa po tylu nieudanych próbach, ale Julii wydawało się, że wszystko wokół niej się chwieje. Obraz stał się zamglony, zarysy przedmiotów rozmyły się i miała wrażenie, że na jej oczach wszystko ulega deformacji. Musiała uchwycić się krzesła i powoli opaść na nie, by lekki zawrót głowy nie zakończył się upadkiem na podłogę. Zamknęła oczy i oddychała głęboko, wypuszczając powietrze powoli przez usta, tak jak ją uczyli jeszcze w czasach pierwszej szkoły rodzenia. Tłumaczyła jej to jedna z instruktorek, której zawdzięczała chyba najwięcej ze wszystkich nauczycielek, z jakimi miała w życiu styczność: oddychać głęboko, wypuszczać ustami zgromadzone w płucach powietrze i za trzecim razem można cieszyć się zdrowym uczuciem oczyszczenia własnego wnętrza z brudu.

Wdech, wydech. Wdech, wydech. Wdech, wydech.

W trakcie robienia ćwiczeń oddechowych poczuła, jak coś ciekłego, letniego spływa wzdłuż rowka łączącego jej nos z ustami. Miała uczucie, że to jedwabnik zabawia się na górnej granicy jej warg. Otworzyła powoli oczy i wyciągnęła dwa drżące palce w kierunku tego miejsca: kiedy spojrzała potem na ich opuszki, zdała sobie sprawę, że zabarwiły się na czerwono. Nie był to jakiś poważny krwotok z nosa, ale jednak zaniepokoiła się. Zawsze reagowała nieprzyjemnymi sensacjami na lepkość krwi. Odchyliła głowę do tyłu, tak jak zawsze uczyła swoje dzieci, kiedy miewały podobne krwotoki, zatkała sobie dziurki nosa kawałeczkami jednorazowej chusteczki i próbowała się odprężyć. Tym razem jej się to udało, być może dlatego, że źródło jej głównego zmartwienia było od niej oddalone o kilka tysięcy kilometrów. Pytania dotyczące losu Zehery, jej pomyślności, zdrowia, stanu ducha – podobnie jak małej Teresy Aliny – nękały ją nieustannie jak drobne szpilki wbijane w głowę, która wydawała jej się coraz bardziej umęczona serią niewidocznych uderzeń. Słyszała dziwne hałasy oraz czuła prawie bez przerwy bolesne ukłucia. Nietrudno jej było w tych dniach wyobrazić sobie własny mózg jako siedlisko plotek, szeptów, pomruków i cieni, które – ku jej rozpaczy – nie przestawały się tam kotłować.

Nikt nie byłby w stanie przewidzieć zamieszania, jakie zapanowało w następnych tygodniach w rodzinie Castro. Plama krwi, którą Julia zostawiała na poduszce przez trzy kolejne noce, zaniepokoiła bardziej jej męża niż ją samą. Nie chciała przywiązywać do tego żadnej wagi. Nie widziała też powodu, żeby się przejmować: nie pierwszy raz w życiu leciała jej krew z nosa, choć może nigdy wcześniej nie zdarzyła się taka seria. A poza tym czekała na nią praca – obszar zawsze dla Julii święty – nie wspominając już o braku kontaktu między Pazo do Riba i Wiszegradem oraz niepokojących nowinach, które przekazał jej taksówkarz Milan. Jego relacja ją zmartwiła.

– Pani Julio, to wszystko dziwnie wygląda. Podjechałem w to samo miejsce, gdzie poprzednio panie zostawiłem. Kiedy zadzwoniłem do drzwi, otworzyła mi kobieta, która niechętnie zareagowała na moje pytania o tamtą młodą pasażerkę i jej córkę. Powiedziała mi, że wyprowadziły się z miasta, że nie ma już ich w domu, nie wiadomo, dokąd się przeniosły ani nawet czy zamierzają wrócić. Prosiła, żebym im więcej nie przeszkadzał. Ale, wie pani, było coś dziwnego, coś, czego nie umiem wyjaśnić, tylko tak czuję. Nie uwierzyłem ani trochę w to, co mi powiedziała ta kobieta. Była zdenerwowana, ani przez chwilę nie odeszła od drzwi, tak jakby coś za sobą chowała. Ciągle patrzyła na mój samochód. Była niespokojna, tak jakby się bała, że w taksówce jest jeszcze jakaś osoba. Z domu dobiegały dziwne hałasy, jak kiedy ktoś przesuwa meble albo zatrzaskuje drzwi, i mogę przysiąc, że słyszałem stłumione krzyki albo raczej jęki. I także głos dziewczynki. Nie wiem, czy to była ta sama, którą tam przywiozłem, nie jestem tego pewien, ale na pewno coś się dzieje w tym domu. Kiedy spytałem kobietę, czy może mnie wpuścić, żebym się upewnił, czy wszystko jest w porządku, wyszedł ze środka młody mężczyzna i dość brutalnie kazał mi się wynosić. Zagroziłem, że zadzwonię na policję. A on mi powiedział, że jeśli jeszcze tam wrócę, będę żałował, bo on ma ważnych znajomych, którzy mogą mi narobić kłopotów. Zatrzasnęli mi drzwi przed nosem. Kiedy szedłem do taksówki, rzuciłem jeszcze raz okiem na dom i zwróciłem uwagę, że w dolnej części, prawie na poziomie ziemi, widać cienkie pasmo światła. Przyglądałem mu się przez kilka sekund i wtedy znowu zrobiło się zamieszanie. Prawie natychmiast wyszedł znów ten młody, który mi groził, ale tym razem miał w ręce pistolet. Oczywiście wskoczyłem do auta i jak najszybciej stamtąd odjechałem. Pani Julio, coś się w tym domu dzieje. Nie umiem powiedzieć co, ale coś się dzieje. Myślę, że powinna pani wrócić.

Po wysłuchaniu tej opowieści Julia była jak sparaliżowana. Gratulowała sobie swojego szóstego zmysłu. Od pierwszej chwili czuła, że coś jest nie tak, a relacja taksówkarza potwierdziła jej podejrzenia. Nie było czasu do stracenia. Musiała jak najszybciej ruszać w drogę. Nie mogła sobie pozwolić na najmniejsze wytchnienie, mimo że zmęczenie – jak nigdy dotąd – stawało się stałym towarzyszem jej życia. Kiedy jednak zawroty głowy powtórzyły się, a inne sygnały alarmowe nasiliły i przeraziły całą rodzinę, perspektywa zmieniła się całkowicie. Pewnego dnia Julia miała kłopoty z wypełnieniem jakiegoś prostego urzędowego formularza, tak jakby nie potrafiła zrozumieć, co powinno się znaleźć w poszczególnych rubrykach. Nie miała siły odpowiednio docisnąć długopisu do papieru i dokończyć wpisywania danych. Innego dnia jej język bez żadnych widocznych powodów potykał się na jakichś przeszkodach, może na zębach albo podniebieniu; wydawało się, że jakiś stan zapalny całkiem uniemożliwia mu ruchy. Aż w końcu pewnego wieczoru Daniel nabrał pewności, że dzieje się coś bardzo niedobrego. Podczas kolacji, kiedy Sara i Bruno opowiadali, jak minął im dzień, Julia zadała pytanie, które wszystkich sparaliżowało i odebrało im mowę.

– Danielu, czy nie czekamy na twoich rodziców? Wiesz, jaka jest twoja matka w takich sprawach. Jeśli przyjdzie i zobaczy, że zaczęliśmy bez nich, będą problemy.

Podczas gdy na twarzach wszystkich obecnych narastało zdumienie, Julia nadal kroiła na małe kawałeczki plaster pieczeni, który miała na talerzu.

– O czym ty mówisz, Julio? – spytał Daniel, jakby rozmawiał z widmem swojej żony. – O co pytałaś?

– Twoi rodzice jeszcze nie przyszli – powtórzyła, wzmagając konsternację bliskich.

– Mamo... – zaczęła Sara lękliwie, starając się zawrzeć w swym głosie całą ostrożność świata. – Dziadkowie... od wielu lat nie żyją. Dlaczego tak mówisz? Dobrze się czujesz?

Głębokie milczenie zapadło nad rodzinnym zgromadzeniem, które zaczęło się jak zwykła kolacja, a skończyć się miało jak dramat. To chłodne i kłujące milczenie trwało przez kilkanaście sekund, które wydawały się godzinami, aż pobladły Daniel, nie doczekawszy się żadnej reakcji żony, zadał pytanie, nie umiejąc ukryć swojego przerażenia.

– Julio, czy ty dobrze się czujesz?

– Jasne, wspaniale. A co się dzieje? Czemu tak na mnie wszyscy patrzycie? Zupełnie jakbyście zobaczyli nieboszczyka.

Słowa Julii były znów żywe, jak zawsze. Uwaga pozostałych osób siedzących za stołem jeszcze się nasiliła, a wraz z nią zmieszanie.

– Mamo, właśnie pytałaś o rodziców taty... – zaczął nieśmiało Bruno. – O dziadków...

– Bruno! Nie wygaduj głupot. Dlaczego miałabym pytać o coś takiego? Nie wiem, co się dzisiaj z wami dzieje – zaprotestowała Julia z miną niemalże zagniewaną, tak jakby uważała, że jest celem niesmacznego żartu, który wcale jej nie bawi. – Naprawdę dziwni jesteście.

Nikt nie mógł już przełknąć ani kęsa. Jakby na mocy zawartej bez słów umowy postanowili nie komentować tego, co się wydarzyło, przynajmniej w obecności Julii. Ale nie potrafili ukryć lęku obecnego w ich spojrzeniach. Wiedzieli, że jest jakiś problem, ale bali się o niego pytać, nazwać go – bo obawiali się, że cały ich świat roztrzaska się jak kruchy kryształ. Jedynie Sara odważyła się zadać pytanie ojcu.

– Co się dzieje, tato? O co tu chodzi?

· 30 ·

– Glejak wielopostaciowy. – Głos doktora Sayansa brzmiał jak głos wszechmogącego Boga, zagniewanego i składającego na barki swego ludu odpowiedzialność za całe zło świata i skazującego go na okrutną karę. – Chyba nie muszę ci mówić więcej. Jesteś najlepszym chirurgiem w tym kraju. Wiesz doskonale, co pokazują prześwietlenia.

Daniel wysłuchał diagnozy – stanowiącej ostateczny wyrok – z ust jednego ze swych najlepszych przyjaciół i kolegów z pracy. Wiedział, że mowa o najpaskudniejszym z raków mózgu, o guzie charakteryzującym się większą śmiertelnością, inwazyjnością i szybkością rozrostu niż wszystkie inne, najtrudniejszym i najbardziej niebezpiecznym w leczeniu, o bardzo wysokim współczynniku nawrotów, właściwie niedającym się leczyć chirurgicznie, radioterapeutycznie czy chemicznie.

Wiedział, że jego żona umiera.

Z wyrazem twarzy ślepca patrzył na zdjęcia głowy Julii, wyeksponowane na podświetlonym ekranie w jego gabinecie. Patrzył tak, jakby to był zbiór makabrycznych przezroczy. Jego uwagę nadal przykuwały wyjaśnienia doktora Sayansa.

– To nie znaczy, że wszystko jest stracone. Prawdopodobieństwo wyleczenia jest niewielkie, ale istnieją szanse na przeżycie.

– Chcesz powiedzieć, że Julia mogłaby się znaleźć w grupie dziesięciu procent pacjentów, którym udaje się z sukcesem przetrwać usunięcie nowotworu mózgu o takiej charakterystyce? Albo może nie będzie miała aż takiego szczęścia i znajdzie się wśród jednej piątej pacjentów, którzy przeżywają rok od wystąpienia pierwszych symptomów? To mi chcesz powiedzieć? Dziękuję, że przynajmniej nie próbujesz mi tłumaczyć, jakie są bezpośrednie przyczyny śmierci w tej chorobie: obrzęk mózgu, wzrost ciśnienia wewnątrzczaszkowego i wgłobienie płata skroniowego. – Jeszcze zanim skończył tę sekwencję przerażających stwierdzeń, wypływających desperacko z jego ust, wiedział, że przyjął niewłaściwy ton. – Przepraszam cię, Ricardo. To zbyt bolesne, kiedy człowiek znajdzie się po drugiej stronie, kiedy to nie ty nosisz zielony fartuch i nie ty przekazujesz złe wiadomości. – Twarz Daniela wyrażała bezradność, poczucie porażki wobec nieodwracalności wyroków losu. Jego wzrok szukał oczu przyjaciela. – Powiedz, jak my potrafimy to robić? Jak udaje nam się na chłodno przekazywać takie wiadomości krewnym pacjentów? To niesprawiedliwe. Okrutne. A wychodzi nam tak naturalnie. Nikt tego nie uczy, tak jakby to była wrodzona umiejętność.

– To wcale nie jest chłód, przyjacielu. To logiczny dystans, który daje nam nasz zawód. Nie mogłoby być inaczej. Inaczej nie zdołalibyśmy przetrwać pierwszej nieudanej operacji. Ale nie sądzę, żeby to była najważniejsza kwestia, którą powinniśmy się teraz zajmować. Myślę, że…

– Jak my potrafimy to robić? – Powtórzone pytanie zabrzmiało w ustach Daniela ciężko i posępnie. – Jak?

– Daniel, tu chodzi o pilny zabieg. Nie wiem, czy możemy usunąć całego guza, najprawdopodobniej nie, ale przynajmniej możemy zmniejszyć go o kilka centymetrów. Nie powinno być poważnych następstw. Potem możemy odwołać się do radioterapii i chemioterapii. Stosowaliśmy już w podobnych przypadkach dakarbazynę…

– Julia nie lubi, żeby bawić się jej żyłami – wymamrotał Daniel, wciąż jakby częściowo znarkotyzowany przez otrzymaną wiadomość. – Mówi, że działa jej to na nerwy.

– No więc możemy ją potraktować temozolomidem. – Sayans chciał ciągnąć dalej wyliczankę różnych wariantów terapii doustnej zamiast środków podawanych dożylnie. – Z tym nie będzie problemów.

– Jak mogłem nie zauważyć tego wcześniej? Jestem lekarzem, do cholery! Codziennie spotykam się z takimi objawami. Jak mogłem nie zauważyć, co się dzieje z Julią?

– Daniel, nie rób tego. Nie zadręczaj się takimi absurdalnymi pytaniami. Świetnie wiesz, że chodzi o szybko rozprzestrzeniający się nowotwór, który może rozwijać się z wielką prędkością, nie dając żadnych objawów. A kiedy zaczynają się pojawiać pierwsze symptomy choroby, jeszcze przed ostrzeżeniami w postaci zaburzeń mózgowych, guz jest już duży. Nie mogłeś tego ani zauważyć, ani cokolwiek temu zaradzić. Dopiero teraz możemy i powinniśmy działać. I zrobimy to. Julii niczego nie zabraknie.

Pełne nadziei przewidywania doktora Sayansa nie sprawdziły się: Julii brakowało czasu na życie. Mimo to demonstrowała optymizm, nadzieję i niezwykłą witalność, być może za sprawą swej delikatności w stosunku do najbliższych, a może dzięki naturalności, z jaką Daniel próbował wytłumaczyć jej objawy choroby i rokowania oraz z niezwykłą ostrożnością objaśnić przebieg terapii. Mimo ciosu, jaki zadało jej życie, Julia nie okazywała słabości ani nie chowała się przed bliskimi. Nie zamknęła się w sobie, nie stchórzyła przed niepewną przyszłością, nie poczuła się zamknięta w celi egzystencjalnych pytań, którym trudno stawić czoło. Wiedziała bowiem, że oddanie im głosu oznaczałoby osłabienie oporu własnego i najbliższych. Jedna rzecz była dla niej jasna: nie chciała zarażać pesymizmem i rozpaczą swoich dzieci i męża. Byłoby to zbyt egoistyczne, a więc sprzeczne z jej naturą. Nigdy nie była egoistką. W tych chwilach czuła największą bliskość z nimi i nie wybaczyłaby sobie, gdyby jakaś niepewność jej ducha miała osłabić ich morale. Nie zasługiwali na to. Daniel patrzył, jak jego żona z całych sił walczy z fatum, z tą samą miłością i zrozumieniem, z jakimi zawsze pomagała innym, z charakteryzującą ją zawsze odwagą i samozaparciem, z siłą zdolną oprzeć się bombom, jak zwykle witając uśmiechem każde przeciwieństwo losu, które ją spotykało. Był poruszony tym widokiem i lepiej niż kiedykolwiek wcześniej rozumiał, skąd się brało przekonanie, że Julia jest święta – przekonanie, na które zapracowała przez wszystkie lata spędzone w Pazo do Riba. Może dlatego czekał na cud, który ocaliłby jej życie.

Pomimo nalegań doktora Sayansa i jego własnego zespołu medycznego Daniel odrzucił pomysł, aby to on sam operował Julię. Wszyscy wiedzieli, że ta desperacka propozycja była trochę szalona, może nawet nieco makabryczna, ale wszechstronne doświadczenie Daniela w tym obszarze chirurgii było niezwykle cenną bronią, którą można było zastosować w tym przypadku. Wszyscy rozumieli, że sytuacja go przerasta, że wyzwanie jest zbyt trudne i naleganie na jego zgodę byłoby zbiorowym szaleństwem. Maksimum tego, co udało się osiągnąć, była jego zgoda na obecność podczas operacji; dzięki temu Julia nabrała przekonania, że może się czuć możliwie bezpieczna i pewna siebie, bo mąż będzie u jej boku i zadba, żeby wszystko potoczyło się jak należy. Obiecał jej to i dotrzymał słowa. Ale nie było to jedyne zobowiązanie, do którego nakłoniła Daniela – tym razem w obecności dzieci.

– Danielu, wiem, że wszystko dobrze się skończy, że wejdę na salę operacyjną i wyjdę z niej żywa, i że będę dalej żyła, bo mam wiele rzeczy do zrobienia, wiele chwil do spędzenia przy tobie i dzieciach. Wiem to wszystko i nie pytaj mnie, skąd biorę tę pewność, ale nie mam w tej sprawie żadnych wątpliwości. – Julia przez kilka sekund demonstrowała wszystkim uśmiech, po czym ciągnęła dalej. – W każdym razie, gdyby cokolwiek poszło nie tak i gdyby moje oczy nie otworzyły się więcej, chciałabym, żebyś obiecał mi…

– Julio, pod żadnym pozorem nie chcę, żebyś mówiła takie rzeczy, nie zgadzam się na to… – Daniel nie spodziewał się, że z ust żony usłyszy podobne słowa, a usłyszawszy je, wpadł w przerażenie.

– Mamo, nie mów tak, proszę cię – wtrącił się Bruno.

– Posłuchaj, posłuchajcie wszyscy, gdyby wydarzyło się coś, czego żadne z nas nie chce, proszę, mój kochany, żebyś osobiście udał się do Wiszegradu i przywiózł tutaj Zeherę i małą Teresę Alinę. Jeśli ja nie mogłabym tego zrobić, chcę wiedzieć, że ty po nie pojedziesz i upewnisz się, że nie dzieje się nic złego. Wiesz, jak się o nie martwię i jak kocham tę dziewczynę. Wszyscy to wiecie. Nie możemy jej zostawić. To byłoby niesprawiedliwe…

– Mamo, to chyba nie jest najlepszy moment, żeby o tym mówić – wtrąciła się Sara, ściskając dłoń matki.

– Może i nie jest najlepszy, ale kto wie, czy nie jedyny, jaki mamy, żeby wam powiedzieć, czego oczekuję od waszego ojca, gdybym miała umrzeć i nie mogłabym pojechać sama. – Julia spojrzała na męża, który patrzył na nią oniemiały. – Danielu, musisz mi to obiecać. Bo wiem, że jeśli to zrobisz, postąpisz zgodnie z danym słowem, dotrzymasz obietnicy, tak jak zawsze dotrzymywałeś. Jesteś najlepszym towarzyszem podróży, jakiego mogłam w życiu mieć, i chciałabym, żeby dalej tak było. Musisz mi to obiecać. Potrzebuję tego, kochanie.

– Obiecuję ci – powiedział Daniel, nie mogąc zapobiec temu, że emocje przybrały kształt łez w jego oczach. Od pewnego czasu czuł w piersi zaciskający się supeł, a siłę woli czerpał z tego, co przekazywała mu żona. – Zrobię wszystko, o co mnie prosisz. Jak zawsze. Ale posłuchaj: oboje po nią pojedziemy. Ty i ja wybierzemy się razem, żeby ją przywieźć z powrotem do domu. Obiecuję ci.

– Danielu, to dla mnie wiele znaczy. Wiesz o tym. Kocham cię, zawsze cię kochałam i nie chciałabym odchodzić z tego świata, wiedząc, że osoby, które najbardziej kocham, nie są razem. Ale przede wszystkim nie zniosłabym myśli o tym, że ty, miłość mojego życia, zostaniesz porzucony, przybity, pogrążony w smutku, który cię zabija, zamieniony w bezwolne i bierne widmo pozbawione życia. To byłoby ponad moje siły. Świadomość, że choć przez jedną chwilę mógłbyś być nieszczęśliwy, że w twoim życiu zapanowałaby pustka, przestałbyś marzyć, że świat nie mógłby się cieszyć tym twoim szczególnym uśmiechem, to byłoby dla mnie okropne. Zresztą nie wiem, po co ci to mówię, skoro sam to wiesz. I wiesz, jak bardzo cię kocham. Kocham cię bardziej niż wszystkich innych ludzi, których kochałam w swoim życiu.

Słowa żony wprawiły go w zakłopotanie. Nie wszystko rozumiał. Nie mógł pojąć, że w tak ekstremalnej sytuacji Julia może troszczyć się o pomyślność innych. Ten nadmiar oddania, ofiarności, więzi i troski o wszystko i wszystkich wokół niej był dla niego czymś bolesnym, mógłby nawet powiedzieć, że go drażnił, bo w pewien sposób czuł się z jego powodu niezręcznie. Tej nocy Daniel nie był w stanie zmrużyć oka; wpatrywał się w sufit szpitalnego pokoju, w którym jego Julia – dzięki silnemu środkowi uspokajającemu – spała bez problemów. Jego umysł był zbyt zajęty rozplątywaniem węzłów najrozmaitszych myśli, żeby mógł odnaleźć spokój. Nie wiedział, jak stawić czoło niepokojowi, który doprowadzał go do szaleństwa; jak pokonać poczucie winy, które pogarszało jeszcze jego samopoczucie. Przez całą noc towarzyszył mu strach. Godzinami wpatrywał się w żonę i bał się, że nie zdoła spełnić żadnej z obietnic, które jej złożył. A szczególnie ostatniej.

Słabe światło zaczęło się sączyć przez okna do wnętrza pokoju. Świtało, a upływ czasu przypominał Danielowi, że jego żona, śpiąca tak blisko, może odejść na zawsze. Strach jeszcze się nasilił.

Teraz to Julia z nieodłącznym uśmiechem na ustach obserwowała męża ze swego łóżka.

– Wszystko będzie dobrze. – Te same trzy słowa, które wypowiedziała wcześniej, zanim środek znieczulający zapanował nad jej ciałem i zmysłami. – Wszystko będzie dobrze.

· 31 ·

Ledwo potrafiła cokolwiek sobie przypomnieć, a jeszcze na dodatek bolała ją głowa. To było jedno uderzenie – suche, głuche i, rzecz jasna, niewidoczne. Kiedy taksówka wioząca Julię zniknęła na żwirowej drodze dojazdowej i został po niej jedynie rozmyty kłąb kurzu, Zehera weszła do rodzinnego domu. Było jej trochę zimno. Wydawało jej się, że ma lekką gorączkę, i postanowiła wejść do kuchni, żeby zagrzać sobie garnuszek mleka. Miała nadzieję, że pomoże jej to na nowo zasnąć, przynajmniej do czasu, kiedy mała się obudzi i wyjdą we dwie pospacerować po mieście z jej dalekich wspomnień. Kiedy miała już zapalić płomień, na białych kuchennych kaflach zobaczyła cień. Nie miała nawet czasu, żeby się odwrócić: czyjaś ręka mocno pociągnęła ją do tyłu, łapiąc za szyję i zakrywając usta jakąś szmatą. Kobieta poczuła silny zapach, który sięgnął jej aż do gardła i pozbawił ją przytomności. Ostatnią rzeczą, którą zapamiętała, był upadek na podłogę i towarzyszące mu silne uderzenie w głowę.

Otworzyła oczy, ale nadal nic nie widziała. Ciemność, która ją otaczała, jeszcze bardziej utrudniała jakiekolwiek rozumowanie: nie wiedziała, gdzie jest, nie potrafiła nadać jakiegokolwiek sensu temu, co się z nią działo. Naprawdę wystraszyła się w momencie, kiedy spróbowała się poruszyć. Umysł wspomagany przez wspomnienia podpowiedział jej, że przeżyła już taką sytuację. Przeraził ją ten gwałtowny powrót do najczarniejszej przeszłości. Leżała na czymś miękkim, być może na materacu albo na kilku kocach, a ręce miała przywiązane do jakiegoś żelaznego przedmiotu, może rury. Nie mogła się ruszyć. Próbowała uwolnić się z więzów, ale wszystkie wysiłki były daremne. Udało jej się tylko narobić okropnego hałasu, po którym usłyszała odgłos czyichś kroków. Ogarnął ją strach – tak dobrze jej znany. Zaczęła krzyczeć, wołając pomocy. Niepewność całkiem ją sterroryzowała, a jej wrzaski sprawiły, że kroki przyspieszyły i po chwili otworzyły się jakieś drzwi. Na progu pojawiła się męska sylwetka. Nowo przybyły włączył światło, które początkowo oślepiło Zeherę. Po chwili rozpoznała osobę, która się pojawiła, i miejsce, w którym się znajdowała.

– No proszę, proszę, śpiąca królewna się obudziła. Nareszcie! – Głos Dina zdumiał ją niepomiernie. – Nareszcie jesteśmy sami, siostrzyczko. Już myśleliśmy, że ta kobieta nigdy nie wyjedzie. Teraz możemy ci wyprawić powitanie, na które naprawdę zasługujesz. – Patrzył na twarz spanikowanej siostry i odpowiedział na ten widok głośnym śmiechem, który wprawił ją w jeszcze gwałtowniejszy dygot. Kiedy brudne ręce Dina zaczęły jej dotykać, ciałem Zehery wstrząsnęły skurcze. – Biedna siostrzyczka! Niczego nie rozumiesz. W końcu okaże się, że Sasza miał rację, kiedy cię tu przyprowadził i powiedział, że jesteś nieobyta i że przydałoby się nauczyć cię paru rzeczy, o których ja już wiedziałem. Ale nie dałaś mi czasu, żebym to zrobił. Uciekłaś jak wszyscy tchórze. I jak inni wróciłaś, żeby nas pouczać, opowiadać o tym, co przeżyliście poza własnym krajem, patrzeć na nas z góry, tak jakby was cieszyło nasze upokorzenie. A to tylko dowód waszej ignorancji! – krzyczał. – To źródło całego zła, które na nas spada.

Zehera patrzyła na niego jak na obcego. Nie poznawała swojego brata, nie mogła uwierzyć – i nie wierzyła – w to, co miała przed oczami, a jeszcze mniej w to, co docierało do jej uszu. Kiedy zaskoczenie ustąpiło na tyle, że z jaką taką jasnością była w stanie analizować, co się wokół niej dzieje, stwierdziła, że sposób wysławiania się jej brata w gorzki sposób przypomina mowy, którymi raczył ją Sasza tuż przed momentem, kiedy wykorzystywał jej ciało jako pole bitwy.

– Ale o czym ty mówisz, Dino? Dlaczego jestem przywiązana? Co ja tu robię? To jakieś szaleństwo. Przyjechałam, bo prosiła mnie o to matka. – Jej zielone oczy nie przestawały analizować obrazu brata. Tak inny, tak zmieniony, tak pogubiony. Tak daleki. – Co ci się stało? Co ci zrobili?

– Jak to, co mi zrobili? – powtórzył z wściekłością pytanie, które zadała. – O kim ty mówisz? O nich? To dziwne, że martwisz się o to, co mi zrobili inni, a zapominasz o najważniejszym. A ty, siostrzyczko? Co ty mi zrobiłaś?

Zehera wciąż nie mogła uwierzyć w to, co słyszy; była zagubiona, pogrążona w umysłowym chaosie, który nie ułatwiał przetrawienia tych wszystkich barbarzyńskich słów wypowiadanych przez młodszego brata. Była kompletnie zdezorientowana i ten zamęt skazywał ją na milczenie. Nie była w stanie cokolwiek odpowiedzieć, może dlatego, że to nie był już jej młodszy brat, a poza tym nie używali już tego samego języka.

– Uciekłaś z narzeczonym, zostawiłaś mnie, wykorzystałaś, a potem mnie porzuciłaś na brzegu rzeki, chociaż wiedziałaś, że na mnie czekają. I wiedziałaś, kto czeka.

– O czym ty mówisz? O tej nocy, kiedy uciekliśmy z Wiszegradu? Nie porzuciłam cię. Chciałam, żebyś uciekał z nami, błagałam cię. Namawiałam cię, żebyś wsiadł do łodzi! Ale ty odmówiłeś. Nie chciałeś. Powiedziałeś, że czekasz na rodziców i że wyjedziesz z nimi. Dlaczego teraz kłamiesz, dlaczego mówisz takie rzeczy? – Zehera kompletnie nie rozumiała sytuacji, którą przeżywała. – Dlaczego jestem związana? Czego ty chcesz? Co zamierzasz ze mną zrobić?

– Nic. I wszystko. To samo, co zrobili ze mną. – Dino odwrócił się i zaczął iść w stronę wyjścia. – Potem ci dadzą coś do jedzenia. Będziesz dostawać raz dziennie. Więcej nie ma. Przynajmniej do czasu, kiedy dotrze do nas twoja renta.

Głośny wybuch śmiechu brata omal nie przebił jej bębenków w uszach. Nie była w najlepszej dyspozycji, żeby jasno analizować sytuację, ale ta ostatnia uwaga rzuciła nieco światła na prawdziwe motywy, dla których rodzina nalegała, żeby Zehera przyjechała do Wiszegradu. „A więc o to im chodzi. Pieniądze. Dlatego przekonali mnie, żebym przyjechała, a ja się dałam nabrać jak głupia". To odkrycie wywarło piorunujący efekt: nie chcieli jej zobaczyć, odzyskać, jak mówiła matka w trakcie jednej z rozmów telefonicznych, które prowadziły dzięki bezinteresownemu pośrednictwu Alda. Nawet śmierć Suhry się dla nich nie liczyła. Potraktowali ją tylko jako pretekst, okazję, żeby odgrzebać stare upiory. Odtwarzała w głowie fragmenty rozmów z Selmą: jak nagły błysk eksplozji przypomniała sobie moment, kiedy opowiedziała, że po wypadku jest w złym stanie, ale udało jej się załatwić rentę. Zrozumiała teraz, że to właśnie był początek obrzydliwej intrygi uknutej przez rodzinę – chwila, w której machina ludzkiej chciwości i niegodziwości została puszczona w ruch.

– Zaczekaj, proszę cię, nie odchodź! – krzyknęła Zehera, kiedy zobaczyła, że Dino zamierza się oddalić. – A moja córka? Gdzie jest moja mała? Co z nią zrobiliście? Proszę cię! Proszę! Nie odchodź.

Zehera zobaczyła, że solidnie zbudowana sylwetka brata odwraca się i po kilku chwilach, podczas których nie bardzo wiedziała, co się stanie, znów kieruje się w jej stronę. Dino podszedł do siostry z szyderczą miną, która jeszcze bardziej ją przestraszyła. Kiedy stanął przy materacu, na którym leżała ze związanymi nogami i rękami, zaczął mówić, popisując się ironicznie bolesnym tonem.

– Nie będziesz się już musiała więcej martwić o tego bękarta, którego bezczelnie przywiozłaś do tego domu i pokazałaś, narażając rodzinę na hańbę. Zawsze byłaś bezmyślna, ale przede wszystkim nigdy ci nie wybaczę tego, że jesteś niewdzięczna, jak wszyscy, których jako dziecko uratowałem przed pewną śmiercią: ukrywałem ich w łodzi po wyciągnięciu z rzeki i zamiast wydać Serbom, pomagałem im się schować i pozwalałem uciec. Wszyscy, bez jednego wyjątku, obiecywali mi, że wrócą, żeby wynagrodzić mi moje wysiłki, żeby mi w jakiś sposób podziękować za uratowanie życia i ryzykowanie moim własnym. Ani jeden nie wrócił.

Po prostu nie. A jeśli przypadkiem któregoś spotkałem na ulicy, nawet mi nie spojrzał w oczy. Albo mnie nie rozpoznawali, albo nie chcieli rozpoznać. Nie prosiłem ich, żeby mi coś obiecywali, niczego w zamian nie chciałem. Więc dlaczego musieli składać te obietnice? Kłamali? Niepotrzebnie. I tak bym im pozwolił uciec. Ale nie, oni musieli mnie okłamać.

Przez kilka sekund patrzył na siostrę złośliwie, z pogardą.

– Co zrobiliście z moją córką? – spytała zrozpaczona Zehera, obawiając się, że cały ten skumulowany gniew i gorycz spadły na niewinną głowę małej. – Coście z nią zrobili? Gdzie ona jest?

– Nie mówiłem ci, że przedwczoraj widziałem Aleksandra? – To ironiczne i nieoczekiwane pytanie odmieniło wyraz twarzy i zachowanie Zehery, która nie mogła uwierzyć w to, co usłyszała. – Był tutaj, w Wiszegradzie. Pewnie nie wiesz, że ożenił się z Serbką, z jedną ze swoich, którą poznał przez swoją rodzinę. Jego kuzyn Zoran, ten z Hiszpanii, podjął się załatwienia spotkania. Teraz mieszkają w Budapeszcie. Myślę, że są bardzo szczęśliwi. To normalne. Tak właśnie powinno być. A wasza historia była wbrew naturze. Serbowie i muzułmanie są jak psy i koty. Nie mogą żyć razem w pokoju. To niemożliwe. Tak powiedział Radovan Karadžić. I miał rację, czas i życie mu ją przyznały. – Dino znów popatrzył na siostrę, wciąż z tym samym szyderczym uśmiechem, którym chętnie Zeherę torturował; pęczniał też z radości, widząc rozpacz, jaką siały w niej jego słowa. – Przypuszczam, że wiesz, kim jest Karadžić, chociaż przez cały ten czas byłaś w Hiszpanii. Ale na pewno nie wiesz, że był pisarzem, poetą, pisał wiersze dla dzieci. Mówią, że tak źle radził sobie ze słowami, iż w końcu został mordercą doskonałym. Życie jest zabawne. Co by się z nami wszystkimi działo, gdyby Radovan Karadžić odniósł jakieś literackie sukcesy? – Przybrał ironiczny ton, dając przykład charakterystycznego dla Bośniaków okrutnego, czarnego humoru, o którym tyle razy wspominała babcia Mirsa. – Ale wracając do Aleksandra, muszę powiedzieć, że był zachwycony, widząc znów twoją córkę. Choć nigdy jej nie traktował jak swojej, na pewno trudno mu było o niej zapomnieć. A najbardziej zachwyceni byli ci, co z nim przyjechali. Mówił mi, że to jego rodzina i że po prostu oszaleli na punkcie twojej córki. Musisz przyznać, że nawet i w tej sprawie miałaś szczęście.

– Kłamiesz. Aleksandra tu nie ma. Dlaczego miałby przyjechać po moją córkę? Dlaczego nie mówisz mi prawdy? Powiedz mi, gdzie jest moja mała?

– Zabrała ją ta rodzina, czy kim tam były osoby, które przyjechały w jej imieniu. To wszystko, co wiem.

– Kłamiesz! – krzyczała zdesperowana Zehera. – Kłamiesz, kłamiesz!

– Jak sobie życzysz. Ale będzie lepiej, jeśli jak najszybciej zrozumiesz, że twój bękart nie żyje – odpowiedział Dino ze spokojem, który jeszcze bardziej przeraził Zeherę. – Przynajmniej w takim sensie, w jakim rozumiałaś to słowo do tej pory. Zapomnij o niej, tak jak zapomniałaś o nas. Chyba nie będziesz z tym miała trudności.

Na nic zdały się wydobywające się z ust Zehery krzyki, błagania, jęki, prośby o litość, apele o łaskę i choć odrobinę miłosierdzia. Ani wyzwiska, które stały się po jakimś czasie jedyną drogą, którą mogło ujść z niej poczucie bezsilności. Dino wyszedł z piwnicy, trzaskając głośno drzwiami i zostawiając za sobą zduszony płacz, jęki i prośby zalewające pomieszczenie, w którym zamknięta była Zehera. Kobieta nie przestawała wołać, krzyczeć, błagać o pomoc. Znała doskonale położenie piwnicy, w której ukryła ją rodzina, niemalże grzebiąc za życia, wyłącznie po to, żeby przejąć rentę, którą załatwiła jej Julia. Wiedziała, że jeśli ktoś będzie przechodził ulicą dostatecznie blisko domu, może usłyszeć jej wołania o pomoc. Jednakże te krzyki odniosły inny skutek: została pobita przez brata i ojca. Kiedy zmęczyli się zadawaniem jej wściekłych ciosów, mających ją zmusić do milczenia, kazali jej połknąć jakieś pastylki, po których bardzo szybko i głęboko zasnęła.

Kiedy się obudziła, wciąż jeszcze bolało ją całe ciało. Ale najbardziej kłujący ból sprawiały inne rany – upokorzenie i wstyd wywołane pobiciem i znarkotyzowaniem przez najbliższych. Nie wiedziała, jak długo była nieprzytomna. Zauważyła, że ma suche gardło, a przy próbie przełknięcia śliny stwierdziła, że w jej ustach tkwi coś, co unieruchamia język i wargi. Przypuszczała, że zakneblowali ją jakąś szmatą, żeby nie mogła krzyczeć i przyciągnąć niczyjej uwagi. Knebel został wepchnięty z nadmierną siłą: miała skaleczone kąciki ust, a poza tym trudno jej było oddychać. W tym momencie wiedziała z pewnością, że sytuacja wymknęła się jej z rąk, że ją przerasta. Czuła, że nie zdoła stawić czoła temu nowemu ciosowi zadanemu przez życie. Potrafiła tylko zatracić się w płaczu. Czuła nienawiść, chęć zemsty i bezsilność. Nie była w stanie porównać tego z niczym, co wydarzyło jej się wcześniej. Wzdrygnęła się na myśl, że sytuacja, w jakiej się znalazła, przerastała nawet swoją irracjonalnością i okrucieństwem to, co przed laty przeżyła w hotelu Vilina Vlas. W końcu wtedy była wojna, czystki etniczne stały się najpowszechniej używaną bronią, a ci, którzy pastwili się nad jej ciałem, byli ludźmi obcymi, innej narodowości, niezwiązanymi z nią przez krew, rodzinę, uczucia. Jej obecne położenie wydawało się czymś – o ile to możliwe – jeszcze bardziej nieludzkim, absurdalnym, okrutnym. Był to nonsens o wiele trudniejszy do wyjaśnienia. Zehera czuła się porzucona, oszukana, zmaltretowana, upokorzona – a wszystko to było tym gorsze, że odpowiedzialność ponosili wyłącznie jej krewni. Nie było żadnej logiki w tym cierpieniu – równie niesprawiedliwym, co okrutnym. Wydawało się to całkiem nierealne, nieludzkie i strasznie brudne. Nie rozumiała, dlaczego znów musi przechodzić tę drogę krzyżową.

Miała do dyspozycji godziny, dni całe, a nawet tygodnie, żeby rozważać swoją sytuację, roztrząsać wspomnienia, analizując je i przyglądając się im wciąż od nowa. Najbardziej dręczyła ją niewiedza o losach córki: brak informacji o tym, co zrobiła z nią własna rodzina, pogrążał Zeherę w chorobliwej rozpaczy. Gdzieś w głębi serca żywiła jeszcze nadzieję, niemal pewność, że ani jej rodzice, ani brat nie byliby w stanie skrzywdzić dziesięcioletniej dziewczynki. Ale ta wydumana pociecha nie wystarczyła na długo: zaraz potem przypomniała sobie obraz Dina, zaledwie dziewięcioletniego, zamienionego w pachołka żołnierzy serbskich, oczyszczającego Drinę z trupów. Co tamci ludzie byliby w stanie zrobić z jej córką? Dlaczego nie słyszała jej głosu w domu? Czasami dochodził do niej dźwięk jej własnego telefonu komórkowego, ale pewnego dnia te dźwięki ustały, podobnie jak dający się wcześniej często słyszeć dzwonek telefonu stacjonarnego, zawieszonego na ścianie w salonie. Nietrudno było się domyślić, że to wydzwaniała Julia; Zehera potrafiła sobie wyobrazić zaniepokojenie swej serdecznej przyjaciółki, wielkiego dobroczyńcy i obrońcy – Julii – która nijak nie mogła się z nią skontaktować. Odgadywała nawet, jakie wyjaśnienia wymyślała Selma, żeby wytłumaczyć nieobecność córki. W piwnicy słyszała też czasem dźwięk telewizora, chrapanie Edina, a nawet szepty całej trójki ludzi, którzy postanowili ją porwać i ukryć przed światem we własnej piwnicy. Pewnej nocy usłyszała, jak rodzice i brat planują zabicie jej.

– Nikt nie musi wiedzieć, że umarła, a dopóki pieniądze będą odbierane z banku, nie będzie żadnych podejrzeń. Hiszpanka przestała do niej dzwonić, jak powiedzieliśmy, że nie chce z nią rozmawiać i że całkiem zmieniła swoje życie. Jeśli się od niej uwolnimy, zaoszczędzimy na utrzymaniu i, przede wszystkim, zlikwidujemy dowody i unikniemy nieprzewidzianych komplikacji, takich jak tamten taksówkarz. Widziałam już dwa razy, jak się tu szwendał, i wcale mi się to nie podoba. Możemy mieć przez niego problemy. Gdybyś nie zbiegł szybko i nie zgasił światła w piwnicy, no i gdybyś jej nie uciszył... Ale mimo wszystko jestem przekonana, że on coś widział. A poza tym pastylki się kończą, a zastrzyki są za drogie, żeby ją usypiać za każdym razem, kiedy zaczyna krzyczeć i wołać pomocy. Lepiej będzie się jej pozbyć. W każdej chwili może się wydarzyć coś nieprzewidzianego, czego nie zdołamy uniknąć. I wtedy wszystko się skomplikuje.

Usłyszenie własnej matki mówiącej takie rzeczy było przeżyciem trudnym, obrzydliwym, ale mimo wszystko jeszcze trudniej przychodziło jej znieść inne okrucieństwo: brak informacji o tym, gdzie jest jej córka. Żaden dźwięk nie budził w niej jakichkolwiek nadziei, że mała wciąż jest w domu. Pocieszała się myślą, że Teresa Alina zawsze była dzieckiem skupionym i milczącym; być może to uratowało jej życie. Ale były też inne chwile, kiedy górę brał pesymizm: jeśli jej rodzice mogli zastawić pułapkę na własną córkę, porwać ją, odmówić jej wody i chleba, wyzywać ją, wiązać, bić i planować na zimno jej zamordowanie – czego nie byliby w stanie zrobić ze swoją wnuczką, której właściwie w ogóle nie znali? Przecież spędzili z nią zaledwie kilka dni, podczas których kłamstwo było jedyną zasadą kierującą ich zachowaniem; nic i nikt ich z nią nie wiązał, a jej obecność oznaczała dla nich jedynie problemy. Młody wiek Teresy Aliny, dobre wychowanie, dyskrecja, nieśmiałość, niemal chorobliwe milczenie były cnotami, które jej sprzyjały – choć nie mogły powstrzymać skierowanej przeciwko niej wrogości. Zehera czuła się bezbronna, bezużyteczna, niezdolna, by zapobiec piekłu, które z całą pewnością musi przechodzić jej mała. Modliła się, żeby to nie było piekło podobne do tego, które stało się jej udziałem. Przeklinała się za to, że nie potrafiła jej obronić, ale nie na wiele to się zdało. Płakała, aż zabrakło jej łez, modliła się, aż zapomniała sensu poszczególnych słów składających się na jej błagania, rozważała sytuację wciąż i wciąż od nowa, aż poszczególne myśli osiągnęły taką intensywność, że wywoływały w jej umyśle bolesne i krwawiące rany. Te krwawe cierpienia, bezsilność i nienawiść, która zaczęła panować nad jej ciałem, nie dawały się powstrzymać i całkiem wymknęły się spod jej kontroli.

Każda wizyta członków tak zwanej rodziny przyprawiała ją o bezwiedne spazmy bólu – bardziej psychicznego niż fizycznego – oburzenie, strach, furię, gorycz i nierzadko także odrazę. Za którymś razem, kiedy to ojciec był odpowiedzialny za dostarczenie jej dziennej racji jedzenia, Zehera zebrała się na odwagę i odezwała się do niego.

– Dlaczego tak się wobec mnie zachowujecie? Co wam zrobiłam? – Wydawało się, że to pytanie napełnia nienawiścią oczy mężczyzny, który wyglądał na dużo starszego, niż w rzeczywistości był.

– A dlaczego nie popełniłaś samobójstwa, kiedy cię zgwałcili? Czemu tego nie zrobiłaś, kiedy się dowiedziałaś, że nosisz w brzuchu serbskiego bękarta, tak jak robiły inne kobiety? Czemu postanowiłaś narazić rodzinę na hańbę? Nie mogłem tego zrozumieć przez te wszystkie lata. I kiedy zobaczyłem, jak tu przyjechałaś, pełna dumy z owocu tej hańby… – Zaczął kręcić głową. – Wolałbym, żebyś była martwa. Od dawna powinnaś być martwa.

– Wolałbyś, żebym się pozbawiła życia, bo mnie zgwałcili jacyś mężczyźni? Wtedy byłbyś ze mnie bardziej dumny?

– Twojego brata też zgwałcili. I to samo zrobili z twoją babcią, z matką... i nawet ze mną. Ale twój brat jest szahidem, bohaterem, który przynosi dumę temu domowi, a nie wstyd, tak jak ty. Zawsze wierzyłem, że jesteś wyjątkowa, inna, a ty byłaś taka sama jak wszyscy.

– I ty mi mówisz o wstydzie? Nigdy go nie przeżyliście z waszymi synami i umarlibyście, nie wiedząc, co to jest. Zupełnie zwariowaliście i będziecie musieli zapłacić za wasze szaleństwo. Twoja przeklęta religia i twój fanatyzm nie pozwalają ci widzieć rzeczywistości i pod tym względem wcale się nie różnisz od Serbów. Jesteście tacy sami, a my musimy płacić za wasze grzechy. Jesteś tylko starym, chorym szaleńcem. To mnie jest wstyd za ciebie, za was wszystkich!

Pełna złości odpowiedź Zehery wyzwoliła gniew ojca, który rzucił w ścianę tacą z jedzeniem z taką siłą, że przestraszył wszystkich. A potem Edin rzucił się na swoją córkę i zaczął ją bić, szarpiąc jednocześnie skąpą odzież, która jeszcze zakrywała jej ciało. Wszystkie wysiłki zmierzające do uwolnienia się spod starczego ciała, gotowego do popełnienia kazirodztwa, okazywały się daremne. Jak zwykle ręce i nogi Zehery były związane i choć udało jej się uzyskać to, że Dino już jej nie kneblował, dłoń ojca zdołała zakryć jej usta i zdusić krzyki. Jakikolwiek odruch obronny był niemożliwy, skazany na niepowodzenie. Znów była na łasce upokorzenia, barbarzyństwa, niegodziwości, fanatyzmu. Znów krępowały ją więzy fizyczne, uniemożliwiające bunt, opór, rewoltę. Zostały jej tylko zęby, żeby walczyć z agresją i przemocą: korzystając z nieuwagi ojca, ugryzła go w rękę najsilniej, jak potrafiła. Spadła na nią za to cała seria ciosów. Nie miała nawet czasu, by zdać sobie sprawę z tego, co się dzieje. Zobaczyła, jak ktoś rzuca się na ciało, które usiłowało ją wykorzystać, i zadaje mu potężny cios w szczękę. Był to Dino. Po chwili zdołał wypchnąć ojca z piwnicy, która omal nie zamieniła się w miejsce popełnienia najwstrętniejszego i najhaniebniejszego czynu. Kiedy pozbył się już Edina, Dino odwrócił się i zbliżył powoli do miejsca, w którym leżała jego siostra. Zatrzymał się i splunął na nią. Dwukrotnie.

– Jesteś diabłem. Przynosisz do tego domu tylko wstyd i grzech.

Przyglądał się przez chwilę półnagiemu, unoszonemu ciężkim oddechem ciału siostry. Popatrzył na nią gniewnym, a jednocześnie rozpalonym wzrokiem. Zehera zaczęła się bać kolejnego ataku bestialskiej przemocy, była go już niemal pewna. Ale Dino w końcu wolał założyć jej na głowę czarny, szorstki i cuchnący kaptur, który umocował przy szyi sznurem, wiążąc mocny węzeł. Potem przykrył ją całą kocem. Upewnił się, że łańcuchy krępujące jej ręce i nogi są dobrze umocowane.

– Jeśli przyjdzie ci do głowy się ruszyć, to cię zabiję. Nie będziesz jadła, piła, nie wstaniesz, żeby pójść do łazienki, i nie będziesz z nikim rozmawiać, dopóki ci nie pozwolę. Ułatwiasz mi zadanie, siostrzyczko. Z każdym dniem mam coraz mniej czasu do stracenia.

Zehera nie mogła odzyskać tchu, dopóki nie usłyszała zamykających się drzwi do piwnicy i nie nabrała pewności, że jej strażnik wyszedł. Z trudem była w stanie ogarnąć to, co się właśnie wydarzyło, co zobaczyła: złą, pełną niekontrolowanego obłędu twarz ojca; złowieszczą i chorą zachłanność, którą dostrzegła w swoim bracie; zdradziecką obojętność matki, której obecność w progu piwnicy wyczuwała: Selma stała w drzwiach i obserwowała ponurą scenę z tą samą nonszalancją, która charakteryzowała ją przez całe życie. Teraz Zehera była już pewna, że rodzina zamierza ją zabić i nie będzie z tym zbyt długo zwlekać. Jedyne, co jeszcze pozostało do wyjaśnienia, to sposób popełnienia morderstwa. Uspokajała ją perspektywa potulnego poddania się swojemu losowi.

Sama fantazjowała na temat tego, jak zabójcy pozbędą się ciała. Myślała nawet, że piwnica mogłaby być dobrym miejscem na pogrzebanie jej; być może nikt nigdy by jej tu nie znalazł.

Pomieszczenie to wyglądało całkiem inaczej, niż zapamiętała je Zehera; piwnica nabrała ponurego, cmentarnego klimatu i każdy, kto ją zobaczył, czuł ciarki przebiegające po krzyżu. Była wilgotna, niewygodna, bardzo mała – zaledwie dwa metry na dwa. Trzy ściany i podłogę stanowiła ciemna ziemia, w której roiło się od dżdżownic, robaków, owadów i czeredy innych drobnych stworzeń, których Zehera nie była w stanie zidentyfikować. Jedna ze ścian została wyłożona wielkimi kamieniami, w które wbito haki, a z nich zwieszały się rozmaite przedmioty i narzędzia, głównie służące do prac na roli, a także metalowe kółka, przez które przewleczono sznury, łańcuchy i skórzane pasy. Jedynym źródłem światła w tej podziemnej grocie była brudna żarówka, którą ktoś przyczepił u sufitu, nie zadając sobie nawet trudu ukrycia odchodzących od niej kabli. Brakowało wentylacji, nie licząc tego, co dawała szpara pozostawiona niemal dokładnie na styku jednej ze ścian z sufitem; był to jedyny kanał kontaktu ze światem zewnętrznym. Otwór zwykle był zasłonięty, przysypany ziemią i gliną. Jednak w czasie intensywnych deszczów spływająca woda odsłaniała otwór, ale jednocześnie nanosiła do piwnicy sporo mułu. Z jednej z ziemnych ścian wystawał zardzewiały kran, z którego od dawna już nie wyciekła najmarniejsza kropla wody. Oplatały go jakieś korzenie. Brak jakiegokolwiek przystosowania tej piwnicy do ludzkich potrzeb sprawiał, że zimą było tam nieznośnie zimno, a latem z trudem dawało się oddychać. Była to prosta ziemianka, w której umieszczono zdezelowany materac, metalowy kubeł na odchody – które później wylewano do wykopywanego na tym samym poziomie dołka w ziemi – krzesło, stół i dwa spore, rdzewiejące ze starości kawałki rury. Wszystko wyglądało tak, jakby ktoś wydrążył dziurę w ziemi, włożył minimalny wysiłek w jej przystosowanie do życia w niej, po czym zakrył ją na nowo. To miejsce mogło pełnić funkcje wykopanej w ziemi kryjówki, ale nie nadawało się na dłuższy pobyt. Bez wody, dziennego światła, prawie bez powietrza. Bez niczego. W najgorszym koszmarze sennym nie byłaby w stanie wymyślić, że skończy w podobnym lochu, ale z każdym mijającym dniem coraz trudniej było jej sobie wyobrazić, że zdoła stamtąd wyjść.

Bardzo niewielu ludzi wiedziało o tej kryjówce. W gruncie rzeczy nikt poza jej rodziną i Aleksandrem – który chował się w tym miejscu przez kilka godzin – i nikt z tych ludzi nie miał powodu, żeby z kimkolwiek dzielić się tym sekretem. Czasem Zehera myślała, że mogą ją pochować w ogrodzie przy domu. Ta myśl przynosiła jej ulgę. Cieszyło ją, że w ten sposób spotka się z babcią Mirsą, którą również tam pochowano wiele lat temu, po pobiciu, zgwałceniu, zamordowaniu i powieszeniu na gałęzi jednego z drzew w tymże ogrodzie. I kto wie, czy Zehera nie dołączyłaby tam jeszcze do kogoś z przyjaciół, których chowano w ogrodach, przekształcanych w przeszłości w zaimprowizowane cmentarze, wojenne nekropolie, w anonimowe groby ludzi, którym odebrano prawo do życia na własnej ziemi. Mogli przynajmniej spoczywać w niej w spokoju po wsze czasy.

Te wszystkie makabryczne refleksje pobudzały tylko jej wyobraźnię i ustępowały miejsca innym wspomnieniom, które wypełniała rodzina Castro i wcześniejsze życie Zehery w Pazo do Riba. I właśnie wtedy jej umysł i ciało buntowały się, burzyły, ożywały pobudzone jakąś dziwną energią, której źródła Zehera nie była w stanie ustalić, ale która napełniała ją wolą i głodem życia. Czuła się wtedy gotowa do podjęcia walki, pozwalającej jej wyjść z tej nory. Z jednej strony na skutek złego odżywiania i cierpienia traciła w alarmujący sposób wagę, a z drugiej wspomnienia rozmów z Julią i rekonstrukcja chwil spędzanych z Sarą, Brunem i Teresą Aliną wzmacniały jej duszę i przynosiły ulgę. Ale najsilniej jako serum regeneracyjne działały wspomnienia związane z Danielem. Były dla jej zmaltretowanego organizmu jak koktajl witaminowy. Odtwarzanie spotkań z nim, rozmów, spojrzeń, milczenia, tego wszystkiego, czym byli w stanie dzielić się ze sobą bez otwierania ust, częściowo łagodziło jej udrękę. Paradoksalnie to, co przez długi czas wprowadzało w jej życie konfuzję, co ją męczyło i w gruncie rzeczy stało się głównym powodem wyjazdu do Bośni – to właśnie teraz utrzymywało ją przy życiu. Nie bała się już czynić sobie otwarcie wyrzutów, że nie posunęła się dalej tamtej nocy w gabinecie Daniela, kiedy na kilka chwil oboje zapomnieli o wszystkim i oddali się wzajemnie w swoje ręce. Po raz pierwszy żałowała swoich lęków, nienawidziła dziecinnej ostrożności i miała sobie za złe moralne skrupuły: wszystko to w jednej chwili zniweczyło szczęście, którego przez całe życie szukała. „Jeśli przestaje się szukać szczęścia, nie ma już życia, nie ma historii, która pozwala żyć". Słowa babci Mirsy, jak zawsze mądre i trafne, dawały jej nieco wewnętrznego ciepła w czarnej dziurze, w której się znalazła.

Tak czy owak Zehera zużywała szybko i bezlitośnie wszelkie rezerwy nadziei i optymizmu. Za każdym razem, kiedy rozwiewała się szansa na zakończenie tego niegodziwego uwięzienia – zresztą zanim jeszcze zdążyła przybrać konkretny kształt – wiara Zehery w możliwość ucieczki i jak najszybszego zapomnienia o najnowszym, strasznym doświadczeniu chwiała się, ulatniała i gasła. Coś takiego zdarzyło się w dniu, w którym na prośbę Julii pojawił się Milan Milicević. Ze swej kryjówki Zehera zdołała rozpoznać jego głos i chciała jakoś zareagować, wrzasnąć, wykrzyczeć jego imię, zaalarmować go i przekazać sygnał, gdzie jest, używając do tego wszystkich sił, jakie miała w płucach i strunach głosowych. Jej brat Dino był jednak szybszy. Rzucił się na nią i uniemożliwił jej wołanie o pomoc czy w ogóle jakikolwiek ruch, niszcząc wszelką nadzieję, że ktoś ją usłyszy i przyjdzie z pomocą. Kiedy odgłos silnika potwierdził, że taksówkarz odjechał, jej ciało znów zwiotczało, wróciło do rutyny codziennej niewoli, jej siły osłabły i rozwiały się marzenia, które przelotna wizyta obudziła w jej sercu. Życie znów zadało im kłam.

Nie był to jedyny przypadek, kiedy wydawało się, że nadarza się odpowiednia okazja, by uciec z miejsca uwięzienia. Pewnego dnia, kiedy jej brat uznał za stosowne na kilka godzin ją rozwiązać i pozwolić jej na rozprostowanie nóg na niewielkiej powierzchni piwnicy, usłyszała odgłosy rozmowy dwóch kobiet. Ponieważ ich słowa docierały do jej uszu dość wyraźnie, doszła do wniosku, że nie mogą być bardzo daleko. Zehera popatrzyła z nadzieją na szparę w ścianie ziemianki. Pomyślała, żeby krzyknąć, prosić o pomoc. Chciała podejść jak najbliżej szczeliny, ale łańcuch, który Dino założył jej na szyję, zatrzymał ją o metr od otworu, przez który docierały dźwięki z ulicy. Ciągnęła łańcuch z całych sił, jakby wierzyła, że obroża z metalowych kółek ustąpi pod wpływem jej wysiłków albo że masywny pierścień przymocowany do kamiennej ściany, przez który przewleczono krępujący jej ruchy łańcuch, puści i pozwoli jej zwrócić na siebie uwagę rozmawiających kobiet. Ratunek był o krok, o metr, o jeden okrzyk, ale strach odebrał jej mowę, sparaliżował ją, kazał zrezygnować. Wiedziała, że jeden okrzyk nie wystarczy, by przyciągnąć uwagę nieznajomych, ale z pewnością wystarczy aż nadto, żeby wyzwolić furię jej brata, który pojawiłby się wkrótce na dole i urzeczywistnił swoje nieustanne, śmiertelne groźby. Nie myliła się. Mogła to stwierdzić kilka sekund po tym, jak te wszystkie myśli przeleciały jej przez głowę. Zobaczyła gwałtownie otwierające się drzwi do piwnicy i schodzącego po schodach Dina. Zastał ją, gdy trwała o metr od otworu, z rękami na łańcuchu opasującym jej szyję, w desperackim i daremnym wysiłku, by rozerwać żelazne więzy, które nie pozwalały jej pójść dalej, unieruchamiając ją jak łańcuchowego psa.

– Sama w żaden sposób nie dasz rady. Jesteś beznadziejnie głupia. Nawet nie wiem, czemu się tobą przejmuję – powiedział, przywiązując ją znowu za ręce i nogi. – Już cię nie będę rozwiązywał. Nie zasługujesz na to.

– Jak możesz to robić? Jak możesz mnie tak traktować? Czy wymazałeś z głowy wszystko, co razem przeżyliśmy? Powiedz, Dino, wspominasz czasem Suhrę? Płakałeś po niej? Poczułeś jej śmierć? Szukałeś jej kiedyś? Coś wam przeszkadzało to zrobić? Nie oszukasz mnie. Możesz mnie obrażać, opluć, pobić. Możesz mnie nawet zgwałcić. No proszę! Nie będziesz pierwszy. I nawet zabić mnie możesz, jeśli chcesz, ale ja i tak nigdy nie uwierzę, że zmieniłeś się tak bardzo, iż udało ci się całkiem zlikwidować tego brata, którym kiedyś dla mnie byłeś.

W źrenicach oczu Dina dostrzegła cały legion diabłów.

– Nie masz nawet pojęcia, jak wojna potrafi zmienić człowieka – powiedział. – Mówisz, żeby mówić. Mówisz i nie wiesz, jak wszyscy, którzy się mądrzą o tej przeklętej wojnie, chociaż nigdy jej nie przeżyli. Nie dostałaś się nigdy pod bomby, tak jak ja. Czy nigdy nie czułaś wyrzutów sumienia?

– Dino, dlaczego ty mnie tak nienawidzisz? Dlaczego? Przecież zawsze się tobą opiekowałam. – Zwróciła się do niego, starając się, żeby emocje nie osłabiły siły jej pytania.

– I kto tu mówi o nienawiści! Wśród nas nikt nikogo nie nienawidzi. Ale też nikt nikogo nie kocha. I to daje wolność, która pozwala żyć. Ja tylko nie znoszę tych, którzy przyjeżdżają z zewnątrz, którzy śmieją machać przed naszymi nosami tym, co nam kiedyś zrabowali. I na to jest tylko jedna odpowiedź: zemsta. A ty, siostrzyczko, jesteś jedną z takich. Zmieniłaś się w kogoś innego niż my i stałaś się zagrożeniem. To nie może nam przynieść nic dobrego.

– Ale czy ty sobie nie zdajesz sprawy, co ze mną robili? Posłuchaj sam siebie! Przecież to, co mówisz, nie ma żadnego sensu. Wojna się skończyła. Teraz pora żyć i zostawić przeszłość za sobą, niezależnie od tego, co się działo. A tu wprost przeciwnie: udało im się to, czego się tak baliśmy. Pogrzebali nas za życia.

– Ja nie potrafię zapomnieć. I nie chcę tego załganego pokoju. Jedno dobre, że nie ma już bomb ani wystrzałów, ani ciał do wyciągania z rzeki, żeby je pogrzebać na drugim brzegu. Lecz inne rzeczy się nie zmieniły. Nie ma pracy, nie ma pieniędzy, nie ma przyjaciół ani rodziny. Nic nie ma. Zapomnieć? Nie mogę zapomnieć, zachowywać się tak, jakby się nic nie stało. Byłem tutaj, przeżywałem to. Wiesz, co mówią ci, którzy odmawiają przyjazdu do Wiszegradu? Że ani śnieg nie wybielił dostatecznie doliny, ani wiosna nie podniosła dostatecznie nurtu rzeki. Zehera, obudź się i otwórz oczy. To wszystko kłamstwo. Cały ten spokój i pokój, który nam sprzedali, i pomoc międzynarodowa, wszystko to wielkie kłamstwo. Wolałem wojnę. Przynajmniej była prawdziwa. Zabijali nas naprawdę. Poniżali nas naprawdę. Wysiedlali nas naprawdę.

– Stałeś się jednym z nich. I tak jak oni zapłacisz za swoje grzechy, te, którymi się tak martwiłeś, kiedy byłeś mały.

– Płacić za grzechy? A gdzie ty widzisz, żeby ktoś za coś płacił? Kto ich zmusi do zapłacenia za zbrodnie, które popełnili, za to, co nam zrobili, co zrobili mnie albo tobie, albo Suhrze? Trybunał Haski? Międzynarodowy Trybunał

Karny dla byłej Jugosławii? Psychologowie, którzy pomagają zgwałconym kobietom, wykastrowanym mężczyznom, sierotom wojennym?

Kolejny wybuch śmiechu zmroził krew w żyłach Zehery, która oniemiała słuchała słów brata.

– Nikt tego nie zrobi – ciągnął Dino. – Zmarnowali czas i pieniądze, które były na to przeznaczone. Ci ważni panowie, którzy wypowiadają takie podniosłe słowa i noszą drogie garnitury, zapomnieli o nas wszystkich. O katach, których nawet nie szukają, i o ofiarach, którym nawet nie patrzą w oczy, bo nie warto. Pół wieku po rzezi, czy ktoś zapłacił za sześćdziesiąt milionów ofiar drugiej wojny światowej, spowodowanych przez kompleksy i osobiste frustracje grupki ludzi? Absolutnie nikt. I tak samo będzie z Serbami. Nie przypuszczasz chyba, że z powodu kilkuset tysięcy zabitych w naszej wojnie coś im się przytrafi. Zapomną o nich. Tak jak się zapomina o wszystkim. Albo jeszcze gorzej: przeniosą ich na wyższe stanowiska, tak jak zrobili z odpowiedzialnym za obóz koncentracyjny w Omarskiej Milanem Kovačeviciem[18]. Zrobili go dyrektorem szpitala w Prijedorze i uwielbiał przechwalać się w gazetach, że w sprawie obozów koncentracyjnych Serbowie nie mają się czego uczyć od świata. Taka sprawiedliwość czeka na morderców. Wszyscy sobie wygodnie funkcjonują na odpowiedzialnych stanowiskach albo żyją w różnych krajach jak królowie całkowicie bezkarnie i wydają polecenia, żeby mafijna maszyneria, którą sami puścili w ruch, wciąż była

[18] Kovačević odpowiadał za stworzenie i funkcjonowanie obozów śmierci dla bośniackich muzułmanów i Chorwatów w okolicach Prijedoru, w którym kierował radą miejską. Skazany zaocznie w 1997 r. przez Międzynarodowy Trybunał Karny dla byłej Jugosławii za ludobójstwo i zbrodnie przeciw ludzkości, został ujęty przez brytyjskie siły specjalne i osadzony w więzieniu w Hadze, gdzie zmarł z przyczyn naturalnych w 1998 r.

dobrze nasmarowana. Dobrze wiem, o czym mówię. Widziałem to i sam przez to przechodzę. I nie skarżę się. Jestem jednym z niewielu, którzy mogą ich prosić o drobne przysługi i na pewno się nie zawiodę. Nawet mógłbym ich prosić, żeby cię zabili, oszczędziłbym sobie komplikacji. – Im dłużej Zehera przyglądała mu się i go słuchała, tym mniej rozpoznawała swojego brata. – Koniec pogawędki. To nie ma żadnego sensu.

Włożył jej knebel do ust, mocując go mocniej niż zwykle. Obwiązał jej przy tym głowę aż trzy razy. Potem obserwował ją przez kilka chwil, nic już nie mówiąc. Wyszedł z piwnicy równie gwałtownie, jak do niej wszedł, uprzednio gasząc światło, żeby jego więźniarka siedziała w ciemności, zdana na łaskę mroku i swoich wizji.

· 32 ·

– Wszystko pójdzie dobrze.

Po raz pierwszy i ostatni przewidywania Julii w sprawie najbliższej przyszłości zupełnie się nie sprawdziły. Widok wykrzywionej twarzy ojca wystarczył, żeby Sara i Bruno zrozumieli, że wszystko poszło źle. Nie spodziewali się jednak aż tak brutalnego ciosu, który poczuli, słysząc wiadomość przekazaną przez Daniela:

– Mama umarła. Nie można było nic zrobić. Umarła.

Poczuli, jak w tej feralnej chwili zatrzymują się ich serca, jak płuca nie chcą przyjąć powietrza, jak oczy przesłania nieprzejrzysta mgła, a uszy nie odbierają sygnałów ze świata. Julia umarła. Nie mogło się wydarzyć nic gorszego, nie było większej straty jak ta, o której powiadomił ich własny ojciec na szpitalnym korytarzu. To był koniec. Stało się niemożliwe. Zwyciężyło to, co nie do pomyślenia.

Julia umarła. To nie była prawda. Nie mogła być. Co oni bez niej zrobią?

Czuwanie przy zmarłej, pogrzeb, żałoba, kondolencje – wszystko to przetaczało się przed ich oczami jak niemy film, w którym niemrawe postacie wykonują uroczyste gesty, sprawiające wrażenie udawanych, teatralnych. Krótko mówiąc – fałszywych. Właśnie nierzeczywistość wkroczyła w świat rodziny Castro. Nieobecność matki, żony, partnerki sprawiła, że wszystko opustoszało. Również życie jej najbliższych. Sara i Bruno czuli się sierotami, choć wiedzieli, że to uczucie jest wielką niesprawiedliwością w stosunku do ojca. Być może był to egoizm, ale nie zastanawiali się nad krzywdą, jaką mu wyrządzają, a zresztą nie potrafili nic zrobić, żeby ten stan zmienić.

A to właśnie w nim najsilniej rozwinęło się poczucie sieroctwa. Nie wyobrażał sobie dotąd, jak mocno może ranić samotność – poczuł ją dopiero po zniknięciu żony. Nie przypuszczał, że ból może być aż tak nieludzki, że skurcz żołądka, który poczuł w chwili, gdy doktor Sayans kilka minut po otwarciu czaszki Julii zamknął jej oczy, rozszerzy się i zawładnie także jego duszą – złamaną, kruchą, bezbronną. Nie mógł znieść spustoszenia, którym była utrata wieloletniej towarzyszki życia, nie umiał sobie wyobrazić sposobu, w jaki miałby wziąć się w garść.

Pusty dom, wiecznie ciemny, cmentarny, milczący, pełen wspomnień i duchów przeszłości był idealną metaforą jego życia w tych dniach. Sara starała się połączyć pracę, własny dom, małżeństwo i nieujawnioną jeszcze światu ciążę z częstymi wizytami u Daniela, daremnie próbując wypełnić choćby na parę godzin jakąś część pochłaniającej go pustki.

Bruno był o krok od ukończenia studiów na wydziale prawa i niedługo po dwudziestych trzecich urodzinach zaczął pracę w kancelarii adwokackiej w Madrycie – właśnie w tym czasie kiedy pojawiły się pierwsze symptomy choroby matki. Jego nowe zajęcie i finalizowanie studiów sprawiły, że przebywał setki kilometrów od ojca, tyle że codziennie do niego telefonował. Daniel uwielbiał rozmowy z synem. Bardzo przypominał Julię, także sposobem mówienia, wyrażania myśli, tym, jak się śmiał, słuchał, życiowym optymizmem. Nawet jego głos brzmiał podobnie.

Wbrew jego woli, bez żadnych ostrzeżeń i znieczuleń, cierpienie, jakim była dla Daniela nieobecność żony i samotność, nasilało się i coraz bardziej go raniło. Dlatego kiedy przemyślał już swą decyzję, zebrał dzieci w domu rodzinnym w czasie któregoś z weekendów i oznajmił im, co zamierza.

– Wasza matka przed śmiercią o coś mnie poprosiła. Oboje o tym wiecie, bo byliście przy tym, gdy kazała mi złożyć przysięgę. – Podniósł do ust kieliszek wina, upił łyczek, którym zdołał jedynie zwilżyć wargi, i mówił dalej. – Jadę do Wiszegradu szukać Zehery. Muszę ją znaleźć i upewnić się, że wszystko z nią w porządku. Chciała tego wasza matka. Nie jest ważne, co ja myślę. Taka była jej ostatnia wola.

Jako pierwsza, jak zwykle, pospieszyła z odpowiedzią Sara. Spojrzała na swojego męża, siedzącego obok niej, i zwróciła się do ojca, kładąc dłoń na jego ręce.

– Tato, nie wydaje mi się, żeby to był najlepszy moment na tego typu podróż. Przeżywasz bardzo ciężki okres. Nie jesteś jeszcze gotowy na taki wyjazd. Myślę, że lepiej będzie, jeśli spróbujemy czegoś się dowiedzieć telefonicznie. Przyszło mi do głowy, że możemy zadzwonić do Alda, by on postarał się skontaktować z taksówkarzem i żeby razem ustalili, co się dzieje, bo na nasze telefony nikt nie odpowiada. A później, kiedy wszyscy poczujemy się lepiej… Wtedy tak, dlaczego nie, można po nią pojechać, jeśli będzie tego chciała. Mama by to zrozumiała.

– Nie sądzę. Wiesz, jaka była uparta – powiedział Daniel. Od śmierci Julii z jego oczu nie znikała zasłona smutku i samotności. Z trudem się uśmiechnął, wydawało się, że odpowiednie ułożenie ust jest dla niego ogromnym wysiłkiem.

– Uważam, tato, że twój pomysł jest bardzo dobry. – Komentarz Bruna nie zaskoczył Daniela, spodziewał się go i słowa syna podniosły go na duchu. – Myślę, że może ci to dobrze zrobić. Jeśli uda mi się pozałatwiać sprawy w biurze, chętnie z tobą pojadę. I tak zresztą potrzebujesz wsparcia prawnego.

– Dziękuję, synu. Nie masz pojęcia, jak bardzo ci jestem wdzięczny. I tobie też, Saro. Myślę, że kontakt z Aldem to dobry pomysł. Na pewno nam pomoże. Nie wiem, dlaczego nie pomyśleliśmy wcześniej o takiej możliwości – odrzekł przybity Daniel.

– Zaraz, zaraz – upierała się Sara, która obawiała się, że jej słowa nie zostały zrozumiane tak, jak się spodziewała. – Myślę, że się wszyscy trochę za bardzo spieszymy. Proszę was. Mama dopiero co umarła.

– Twoja matka umarła prawie dwa miesiące temu. I właśnie dlatego, Saro, muszę dotrzymać obietnicy, którą jej złożyłem. Od trzech miesięcy nic nie wiemy o Zeherze i, tak jak mówiła Julia, to wszystko jest bardzo dziwne.

– Myślę, że najlepiej zadzwonić do taksówkarza, znajomego mamy. Jak on się nazywa? – Bruno usiłował sobie przypomnieć, aż wreszcie wykrzyknął: – Milan! Możemy się umówić z nim i z Aldem, żeby nam towarzyszyli. Możemy też porozmawiać ze stowarzyszeniem mamy, żeby nam dali adres jakiejś organizacji humanitarnej, z którą współpracują w tamtym rejonie. I jestem pewien, że burmistrz też będzie chętny, aby nam pomóc. Czekaj! – Za każdym razem, kiedy Brunowi przychodził do głowy jakiś nowy pomysł, jego twarz przybierała identyczny wyraz jak twarz Julii, kiedy udało jej się dopasować jakiś ważny kawałek układanki. – Burmistrz mógłby nam pomóc, gdyby trzeba było wywrzeć jakąś presję. W poniedziałek pomyślę w pracy o problemach prawnych, które możemy tam napotkać. I oczywiście przygotujemy wszystkie papiery na wypadek, gdyby trzeba było pospiesznie wywieźć z Bośni Zeherę i Teresę Alinę.

– Sądzę, że się zanadto spieszysz – upierała się nadal Sara.

– Myślę, że Zehera by się z tobą nie zgodziła, jeśli rzeczywiście jest w takiej sytuacji, jak przypuszczamy – skomentował jej słowa Daniel. Sara nie miała już co odpowiedzieć.

Półtora tygodnia później Daniel i jego syn Bruno w towarzystwie dwóch adwokatów z kancelarii, w której pracował, wylądowali na lotnisku w Sarajewie. Czekali tam na nich taksówkarz Milan Milicević oraz Aldo, który zaoferował, że odwiezie nowo przybyłych do hotelu, gdzie sam zarezerwował dla nich pokoje, by wszystko było przygotowane na odpowiednim poziomie.

Goście byli przyjemnie zaskoczeni pięknym zmierzchem – w pomarańczowej tonacji, pełnym lśniącego i ulotnego światła, które docierało znad horyzontu, rozjaśniając ziemię. Ten piękny, magiczny widok, niemal nierealny, wywołał takie emocje, że nie potrafili wymówić ani słowa, bojąc się, by czar nie prysł. Żaden z nich nie mógł zapobiec temu, że jego umysł odbywał wędrówkę w czasie i wyobrażał sobie tę samą przestrzeń jako makabryczną scenerię wojny, która unicestwiła nie tylko ludzkie istnienia. Milczenie przyjezdnych można było odebrać jako wyraz żałoby albo pamięci o zbiorowym tchórzostwie.

Daniel odetchnął głęboko powietrzem tego miasta i poczuł dreszcz, którego nie mógł – albo bał się – zrozumieć.

Początkowo przypisał go faktowi, że był blisko spełnienia obietnicy danej Julii. Ale był też inny powód: miał znów zobaczyć Zeherę, spotkać się z nią po wszystkim, co się wydarzyło.

W Sarajewie zaczynała już zapadać noc, kiedy hiszpańska grupa była gotowa, żeby wyjść na kolację. Tak jak uzgodnili, mieli spotkać się z miejscowymi pomocnikami, żeby przygotować plan działania. Aldo podjął się występowania w roli gospodarza i doświadczonego przewodnika – tym bowiem zajmował się przed wybuchem wojny – i towarzyszył im w restauracji, w której zarezerwował stół. Tak jakby chodziło o jakieś osobiste zobowiązanie, obstawał, by było to miejsce typowo bośniackie, w którym wygłodniali kompani będą mogli spróbować takich potraw, jak duszona cielęcina z kapustą (Aldo tyle razy wymawiał nazwę tego dania, że w końcu wszyscy, choćby dla świętego spokoju, zaczęli mniej czy bardziej poprawnie powtarzać: *„bosanski lonac, bosanski lonac"*), *burek* (świetny placek z serem, nieodłączny element smakowitej bośniackiej kuchni), *cevapčiči* (aromatyczne danie z mielonego mięsa nadziewanego na patyczki) oraz *pity* (tradycyjne placki z mięsem, pieczone pod przykryciem w węglowym piecu, które ogromnie wszystkim smakowały). Nikt nie oparł się pokusie, jaką w tym kraju stanowi kawa, jedna z miejscowych pereł. „Sławna na całym świecie" – zaznaczył Aldo. Towarzyszyło jej *tufahije* – placek z jabłkami, orzechami i śmietaną – oraz bakława, smakołyk wyrabiany z cienkiego ciasta, suszonych owoców i miodu.

W trakcie kolacji Aldo wyznał, że raz już odwiedził dom rodziców Zehery i podobnie jak Milan zauważył tam dziwne napięcie i niecodzienne zachowanie rodziców i brata.

– Mam w tamtej okolicy paru przyjaciół, których prosiłem, żeby spróbowali zdobyć jakieś informacje na temat domu i jego mieszkańców. Według tego, co mi powiedzieli, niełatwo się tam zbliżyć, bo gdy tylko ktoś próbuje, domownicy wyskakują jak wściekłe zwierzęta. Nie lubią, kiedy ktoś się kręci koło domu. Raz wyciągnęli nawet broń palną i niewiele brakowało, żeby wynikł jakiś poważny problem.

– Mnie się przydarzyło to samo – wtrącił Milan. – I nic nie mogłem zrobić. Byłem na ich terenie, więc mogło się to dla mnie źle skończyć.

– Ale moim znajomym udało się kilka razy podsłuchać jakieś krzyki czy stłumione jęki, które szybko cichły. Prawdę mówiąc, podobno trudno było ustalić, czy chodzi o odgłosy jakiegoś zwierzęcia, czy jęki człowieka. Trudna sprawa. Dlatego nikt się nie odważył pójść z tym na policję. Wie pan, jak to jest – Aldo zwrócił się do Daniela, który nie mógł zrozumieć, dlaczego nikt nie zawiadomił o tej sytuacji sił porządkowych w mieście. – Chociaż wojna się skończyła kilka lat temu, wszystko jest inaczej, niż było dawniej. Ludzie wciąż nie ufają mundurowym, policji. Trzeba to zrozumieć. Nikt nie lubi kłopotów. Wszystko jest jeszcze zbyt świeże i nie całkiem się zabliźniło… Pan mnie rozumie? Policja próbuje udawać, że nic nie widzi, i zachowywać się, jakby się nic nie działo. Musi minąć jeszcze dużo czasu, zanim…

Daniel nie rozumiał go, ale nie to było jego największym zmartwieniem. Chciał tylko odnaleźć Zeherę, upewnić się, czy wszystko jest w porządku, a jeśliby nie było – zrobić, co w jego mocy, żeby zabrać ją z powrotem do Hiszpanii.

– Aha, chciałem jeszcze coś panom przekazać – powiedział Aldo, pociągnąwszy po raz kolejny solidny łyk ze swego kieliszka. – Syn Suhry, Ari… panowie wiecie, o kim mówię… – Daniel i Bruno zdecydowanie pokiwali głowami, więc Aldo zrozumiał, że może mówić dalej. – Mam z nim szczególną więź od czasu, kiedy jego matka… No więc jest bardzo zainteresowany, żeby poznać Zeherę i panów również, oczywiście. Prosił mnie, żebym przekazał panom kontakt do niego, więc może uda się z nim zobaczyć, warto by go zawiadomić... Byłby zachwycony, gdyby mógł uściskać Zeherę po tylu latach. Powiedział mi, że prawie już nie pamięta ciotki. Był bardzo mały, kiedy jego rodzina przeniosła się do Sarajewa, a potem ta przeklęta wojna, śmierć rodziców... Zbyt wiele się wydarzyło. To normalne, że chłopak chciałby uściskać jedyną krewną, jaka mu pozostała.

– Aldo, może pan na nas liczyć w tej sprawie – odpowiedział jak najserdeczniej Daniel. – Ale proszę mi powiedzieć, czy ten chłopiec nie próbował skontaktować się z dziadkami ze strony matki? Mieszkają w Wiszegradzie, zresztą nie tylko oni. Jeśli dobrze pamiętam, Zehera i Suhra miały młodszego brata, i według tego, co Zehera mówiła mi przed wyjazdem z Hiszpanii, on wciąż mieszka z rodzicami...

Widząc wymuszony i smutny uśmiech Alda, reszta towarzystwa przestraszyła się, że pytanie Daniela nie było zbyt fortunne.

– Ari nie ma rodziny. A o tych, o których pan wspomina, nie chce ani słyszeć, ani mówić. Suhra nigdy mi o tym nie opowiadała ze szczegółami. I to dziwne, bo kiedy siedzieliśmy w schronie i czekaliśmy, aż przestaną wyć syreny i skończy się bombardowanie, wydawało się, że rozmawiamy o wszystkim. Ale nigdy nie dowiedziałem się dokładnie, co między nimi zaszło. Pewne jest tylko, że Ari nie chce ich widzieć. Za to z Zeherą... – Spojrzenie Alda zagubiło się w jakimś nieokreślonym punkcie restauracji. Niewątpliwie wspomnienia przeniosły go w inne czasy i sądząc po lekkim uśmiechu, który rozświetlił jego twarz, były to wspomnienia przyjemne. – Suhra nie przestawała o niej mówić. Jak ona to lubiła! Tak jakby smakowała najlepsze przysmaki świata po miesiącach głodowania. Kiedy wspominała chwile przeżyte wspólnie z siostrą w Wiszegradzie, jej śmiech stawał się zaraźliwy. Myślę, że były nie tylko siostrami, ale najlepszymi przyjaciółkami na świecie. Jedna wobec drugiej czuła taki podziw, czułość, wręcz jakieś uwielbienie. No cóż, ja znam Zeherę tylko z paru rozmów telefonicznych, ale sądząc z tego, co dotarło do moich uszu, to oddanie było wzajemne. Ari ciągle wspomina historie, które opowiadała mu matka, i dlatego chce poznać ciotkę. Znów ją spotkać. Mówił mi, że pragnie tego bardziej niż czegokolwiek na świecie. – Aldo upił z kieliszka rakii, tak jakby miał tam wodę. – Będzie naprawdę szczęśliwy, jeśli skontaktujemy się z nią.

– Na pewno się z nią skontaktujemy – odpowiedział Bruno, który sprawiał wrażenie, że cała ta przygoda jest pierwszą pozycją na jego liście spraw do załatwienia. – Proszę nie mieć wątpliwości w tej sprawie, prawda, tato? – spytał, patrząc na Daniela, który pokiwał głową. – Wie pan co, Aldo? Ari nie jest jedyny, któremu dobrze zrobi uściskanie Zehery.

Daniel dostrzegł w uśmiechu syna tę samą dobroć, którą przez lata oglądał w oczach jego matki. Kiedy usłyszał ostatni komentarz Bruna, wypowiedziany tak dobitnie, podskoczyło mu serce, choć nie przypuszczał, żeby w tej wypowiedzi krył się jakikolwiek podtekst: było niemożliwe, żeby chłopak podejrzewał, co jego ojciec czuje do młodej Bośniaczki, która pewnego dnia pojawiła się w ich życiu i której zniknięcie przywiodło ich do Sarajewa. Daniela od kilku tygodni dręczyły wyrzuty sumienia. Wiedział, że podróż do serca Bałkanów nie wynikła wyłącznie z chęci formalnego spełnienia obietnicy złożonej Julii; jego motywacja była głębsza, wiązała się z emocjami, o których nie odważył się nikomu opowiedzieć. Sama myśl o nich zawstydzała go jak nastolatka. Czuł się winny, że ból, który go ogarnął po stracie żony, miał w jego sercu niezdrową konkurencję: Daniel chciał znów wziąć Zeherę w ramiona, znów poczuć, jak jej wargi drżą w oczekiwaniu zbliżającego się pocałunku. Te myśli nachodziły go w samotności; zawstydzały go, napawały lękiem, jakby chodziło o jakąś karę, ale opieranie się im było dla niego zbyt trudne.

Byli już spóźnieni o dwa dni z wyjazdem do Wiszegradu. Prawnicy chcieli upewnić się, że są dobrze przygotowani, że mogą liczyć na minimalną choćby pomoc i – przede wszystkim – na błogosławieństwo oraz wsparcie policji i wymiaru sprawiedliwości, gdyby miało się okazać, że ich obawy są uzasadnione. Przed wyjazdem, jeszcze w Hiszpanii, wybadali teren, na ile to było możliwe, i zawiadomili różne organizacje społeczne i polityczne. Burmistrzowi Pazo do Riba, wstrząśniętemu, jak wszyscy, niedawną śmiercią Julii i zmotywowanemu pamięcią o niej, udało się doprowadzić do tego, że przewodniczący rady pewnego miasta położonego blisko Wiszegradu – z którym Pazo do Riba miało niebawem zawrzeć umowę o partnerstwie – obiecał wsparcie i pomoc dla grupy hiszpańskiej, gdyby okoliczności tego wymagały. Również Aldo i Milan skorzystali ze swoich kontaktów i uzyskali gwarancje od kilku osób z sił bezpieczeństwa miasta i regionu.

Poczucie, że niebawem ma się wydarzyć coś ważnego, dodatkowo zagęszczało i tak już napiętą atmosferę w dwóch samochodach, którymi grupa wyruszyła w drogę. Podczas jazdy z Sarajewa do Wiszegradu nikt nie odczuwał potrzeby rozmowy; ani jedno słowo nie zakłóciło spokoju, tak jakby obowiązywała w tej sprawie szczególna, niepisana umowa. Wszyscy byli pochłonięci własnymi myślami, zajęci rozważaniami na temat tego, co szykuje im najbliższa przyszłość i jaki byłby najlepszy sposób na stawienie czoła możliwym zagrożeniom. Od wylądowania w bośniackiej stolicy Daniel, zawsze sprawny i spokojny, nie potrafił zapanować nad nerwami, okiełznać niekontrolowanych odruchów, uspokoić nieznanych mu do tej pory ataków zniecierpliwienia, uwolnić się od stanu ciągłego wzburzenia i fal niepewności. Jego zwykły spokój ustąpił miejsca – niemal bez walki – burzy emocji, które wystawiły jego organizm na ciężką próbę.

Kiedy przybyli do miasta, było jeszcze wcześnie. Widmowy obraz Wiszegradu wczesnym rankiem nie pokrywał się z oczekiwaniami nowo przybyłych; rzeczywistość okazała się jeszcze bardziej poruszająca. Obraz zimnego pustkowia, który przedstawiały ulice i wyludnione place, brak przechodniów czy choćby wałęsającego się psa, wrażenie opuszczenia emanujące z większości domów – w których ledwo dawało się dostrzec jakieś światło albo słup dymu unoszący się nad kominem – szarość poranka, w którym skąpane było miasto... Wszystko to nie zachęcało do optymistycznych przewidywań.

Pierwszy ciszę przerwał Milan, kiedy postanowił pokazać im, gdzie dokładnie znajduje się dom, którego szukali. Dzieliło ich od niego zaledwie kilkadziesiąt metrów. Tak jak uzgodnili poprzedniego dnia, to Daniel miał podejść do drzwi i w sposób możliwie naturalny – na ile pozwolą mu na to nerwy – zapytać o Zeherę. Bruno zaoferował, że będzie mu towarzyszył. Przekonał wszystkich, że obecność dwóch osób wywrze większe wrażenie, przynajmniej na początku, niezależnie od tego, kto miałby otworzyć drzwi. W głębi duszy Bruno uważał też, że swoją obecnością wspomoże ojca, doda mu energii, którą w pojedynkę trudniej byłoby mu z siebie wykrzesać. Daniel słuchał ostatnich rad towarzyszy podróży na temat konieczności zachowania spokoju, nieulegania prowokacjom mieszkańców domu, niedrażnienia ich.

– Chcemy tylko zobaczyć ich reakcję i, jeśli to możliwe, usłyszeć coś, co pozwoliłoby uchwycić jakiś trop, zrozumieć, co się tam w środku dzieje. Przy najmniejszych objawach zagrożenia wycofajcie się. Wracajcie natychmiast do samochodu. – Głos Alda, jak zawsze milcząco wspieranego przez Milana, brzmiał poważniej i bardziej stanowczo niż zwykle. Daniel zrozumiał, dlaczego podczas oblężenia Sarajewa, pośród syren, bomb i pospiesznej ucieczki tłumów, właśnie ten człowiek stał się autorytetem i liderem grupki ludzi, a wśród nich Suhry, którzy odgrodzili się od wojny w jego własnym mieszkaniu. – Nie potrzebujemy bohaterów. Mieliśmy już ich dość, a większość została pochowana w takich miasteczkach jak to.

– Spokojnie – zgodził się Bruno, widząc, że ojciec milczy, wpatrując się jak zahipnotyzowany w dom, w którego drzwi za chwilę miał zastukać. – Chcemy tylko odzyskać Zeherę. Nie potrzebujemy nic więcej.

– Jeśli trzeba będzie wejść do domu siłą, nie my to zrobimy. Zarówno Milan, jak i ja wiemy, do kogo uderzyć, jeśli sytuacja wymknie nam się z rąk. Ale to oni się tym zajmą, a nie my, jasne? – Aldo jak najsłuszniej kładł nacisk na ten punkt, ale Daniel go nie słuchał. W jego duszy rozlegały się inne syreny, inne komunikaty i inne dźwięki, które wszystko zagłuszały.

Kiedy Daniel i Bruno wysiedli z samochodu, zaparkowanego – żeby nie budzić podejrzeń – w pewnej odległości od dziwnego budynku, obaj poczuli na twarzach chłód poranka. Szli wolno obok siebie, nie rozmawiając. Dopiero kiedy doszli do schodków prowadzących na ganek, syn zapytał ojca:

– Wszystko w porządku, tato?

– Znakomicie – odpowiedział Daniel, nie bardzo nawet zdając sobie sprawę z tego, co mówi.

Trzykrotnie uderzył zdecydowanie pięścią w drewniane drzwi. Pierwsza seria nie przyniosła żadnego rezultatu. Po kilku sekundach oczekiwania w milczeniu, z mocno bijącym sercem, Daniel powtórzył poprzedni ruch. Potrzebne były aż trzy serie uderzeń, jeszcze bardziej energicznych, żeby do Bruna i Daniela dotarły odgłosy ruchu wewnątrz domu. Usłyszeli przez drzwi jakieś szepty, których oczywiście nie zdołali zrozumieć. Postanowili zastukać ponownie, z większym zdecydowaniem. Cała ta operacja trwała już kilka minut, co wystarczyło, żeby Daniela opanował jeszcze większy niepokój. W końcu postanowił wzmocnić uderzenia w drzwi żądaniem wykrzyczanym stanowczym tonem:

– Otwierać drzwi! Wiemy, że jesteście wewnątrz. Otwierać drzwi!

Wiedział, że jest to zachowanie całkiem absurdalne: ci, którzy stali za drzwiami, i tak nie mogli zrozumieć słów wypowiedzianych po hiszpańsku. Niemniej wierzył, że jego ton nie pozostawił żadnych wątpliwości co do ich zdecydowania. Nie pomyślał tylko, jaką reakcję wywołały jego słowa około dwóch metrów pod poziomem ziemi: oczywiście nikt w domu nie zrozumiał, co krzyczał mężczyzna dobijający się do drzwi – oprócz Zehery, która nie tylko bez trudu go zrozumiała, ale też poznała głos Daniela. Od wielu dni nie rozmawiała już nawet ze swoimi dręczycielami, nie patrzyła na nich proszącym wzrokiem, nie odpowiadała na ich prowokacje. Przestała też jeść, nie ruszała się z miejsca, w którym zostawiał ją Dino, kiedy schodził do piwnicy, żeby skontrolować sytuację. Nie uszło jego uwadze, że siostra od pewnego czasu popadła w otępienie, przestała się buntować, poddała się jego dominacji. Napełniało go to dumą i satysfakcją. Wreszcie udało mu się doprowadzić ją do stanu, w jakim on sam znajdował się wielokrotnie. Nie potrafił sobie wyobrazić, że to zwycięstwo zamieni się w wyrok na niego, przekształci się w jego największą porażkę. Może dlatego przez ostatnie dni nadal wiązał Zeherę łańcuchami, ale przestał ją kneblować i zakładać jej kaptur, który przez jakiś czas był jej drugim więzieniem.

Głos Daniela docierający do jej uszu brzmiał jasno, wyraźnie i niósł w sobie ducha ocalenia. Tym razem nie zastanawiała się, czy to, co słyszy, jest owocem halucynacji lub przywidzenia wywołanego przez gorączkę trawiącą ją od kilku tygodni. Ten dźwięk wydał jej się cudem, ale był realny jak jej więzienie i jak upokorzenia, którym była poddawana. Dlatego ani przez sekundę nie zastanawiała się, czy ma z całych sił wykrzyczeć imię Daniela. Zrobiła to z taką mocą, że miała wrażenie, iż pękają jej struny głosowe czy też coś innego w gardle. Krzyknęła tak, jakby ktoś dźgnął ją nożem. Wrzasnęła raz i drugi, wkładając w każdy z tych okrzyków część swojej duszy, życia, resztek nadziei i wiary, które jeszcze się w niej tliły.

– Danieeel! Danieeel! Tu jestem! Pod ziemią!

Selma zareagowała już na władcze żądania dobiegające zza drzwi i otworzyła je. Nie rozumiejąc, co w rzeczywistości się dzieje, zażądała wyjaśnień od sprawców najścia. W tym momencie wszystkie zmysły Daniela przeszył głos Zehery – choć odległy i zniekształcony. Podziałał na niego jak wybuch potężnej bomby. Ignorując rozsądne rady Alda i zaskakując Bruna, Daniel pchnął z całych sił drzwi, przesunął krzyczącą matkę i wtargnął do przedpokoju. Tam wyraźniej usłyszał głos, który napełnił go nadzieją.

– Zehera! Zehera! Gdzie jesteś? Przyszedłem po ciebie! Zehera!

Nie spodziewał się obecności Edina. Kiedy go zobaczył, krzyk uwiązł mu w gardle. Ojciec Zehery trzymał w dłoni pałkę, którą mu zagroził, żądając opuszczenia domu. Pomogły w tym jeszcze ramiona Bruna, który lepiej od ojca zdawał sobie sprawę z niebezpieczeństwa, na jakie się narażają, i z trudem pociągnął go w stronę wyjścia. Kiedy Dino zbiegł do piwnicy i rzucił się na wychudzone ciało siostry, która nie przestawała wrzeszczeć, było już za późno. Dino nie był w stanie zmusić jej do milczenia gołymi rękami i zadawanymi ciosami, wyciągnął więc gdzieś z nogawki spodni pistolet, przytknął lufę do skroni siostry, odbezpieczył go i oznajmił, co zamierza zrobić:

– Jeśli krzykniesz, zabiję cię.

Groźba, wypowiedziana pośród szamotaniny i spazmatycznych jęków, nie odniosła skutku.

– Daniel! Danieeel!

Kiedy wszyscy byli już prawie poza domem i pośród wyzwisk i złorzeczeń rodziców mieli opuścić ganek, usłyszeli odgłos, który z całą pewnością pochodził od wystrzału. Stanęli jak sparaliżowani. Daniel znów próbował wejść do domu, ale Bruno mu to uniemożliwił.

– Chodźmy, tato – prosił. – Poprosimy o pomoc. Wezwiemy policję. Oni się tym zajmą. Sami nic nie zdziałamy.

– Zehera jest tam w środku, nie słyszysz? Kiedy wrócimy z policją, może już być za późno.

Bruno musiał dosłownie szarpać się z ojcem, wypychając go do ogrodu, gdzie pomogli mu Milan i Aldo. Pozostali dwaj prawnicy z kancelarii czekali za kierownicami dwóch samochodów. Kiedy w końcu udało się wsadzić Daniela do jednego z aut, Milan i Aldo dzwonili już do swoich znajomych, prosząc, żeby policja jak najszybciej pojawiła się w ponurym domu. Wszyscy słyszeli wystrzał i nikt nie miał wątpliwości, skąd mógł pochodzić ten odgłos. Na wszystkich twarzach malował się niepokój, ale nikt oprócz Daniela nie odważył się na żaden komentarz.

– Słyszeliście? To był wystrzał. Być może Zehera jest… Słyszeliście? To był wystrzał…

Wszyscy pokiwali głowami. W milczeniu. Fatum przesłoniło im oczy.

· 33 ·

W domu zapadło grobowe milczenie. Rodzice przez chwilę stali oparci o drzwi, które w końcu udało im się zamknąć, jakby akcentowali prywatność zbrodni, która mieszkała w ścianach tego domu. Nie mieli odwagi spojrzeć na siebie, nie chcieli sobie wyobrażać następstw wystrzału. Potem oboje ruszyli w kierunku schodów prowadzących do piwnicy, żeby się czegoś dowiedzieć. Ale nie mieli czasu zejść na dół. Dino wchodził po stopniach z twarzą wykrzywioną z wrażenia po tym, co przed chwilą się wydarzyło, tak jakby ten wystrzał zdumiał jego samego. W jednej ręce niósł pistolet, jeszcze ciepły. Jego rodzice zdumieli się, widząc go: wiedzieli przecież, do czego musiał się przyzwyczaić w czasie wojny.

– Co się stało? – zapytała matka wobec milczenia Edina, który sprawiał wrażenie, jakby nie miał nic do powiedzenia ani nie interesowały go żadne wyjaśnienia. – A Zehera? Czy ją…? Nie żyje?

Jedyną odpowiedzią, jakiej się doczekała, było pełne dramatyzmu spojrzenie syna, który poszedł do kuchni, odłożył pistolet na drewniany stół i wsadził głowę pod kran nad zlewem. Trwał tak przez kilka minut.

– Myślałam, że jesteś odważniejszy. – Matka zwróciła się do niego z wymówkami po powrocie z piwnicy, do której poszła sprawdzić, co się dzieje. – Teraz będziemy mieli problemy. Niedługo zjawi się policja, żeby tu węszyć i zadawać pytania, na które nie będziemy umieli odpowiedzieć. Gdyby przynajmniej…

Dino nie zadał sobie trudu, żeby zmienić pozycję. Nadal tkwił z głową pod cienką strugą wody, która zmoczyła mu już szyję i część pleców. Oczy miał otwarte i utkwione w jakiś punkt za oknem, które miał przed sobą.

Przez szybę widział, jak w kierunku domu zmierzają samochody policyjne i jak po chwili parkują w ogrodzie. Przypomniał sobie, że dokładnie w tym samym miejscu jedenaście lat wcześniej Sasza Ludonović zaparkował swego czerwonego passata i kazał z niego wysiąść Zeherze, która była wtedy w opłakanym stanie. Dino nawet nie drgnął, nie zmienił ani na milimetr pozycji pod kranem. Nie zaalarmował też rodziców, żeby uciekali tylnymi drzwiami, gdzie i tak z pewnością stały inne radiowozy. Kiedy usłyszał, że policjanci wchodzą do domu, wyprostował się i zaczął suszyć głowę kuchenną ścierką. W tym stanie zastał go jeden z umundurowanych funkcjonariuszy, policjant, którego Dino dobrze znał; pomógł kiedyś jego ojcu wydostać się z rzeki, po tym jak Serbowie postrzelili go i wrzucili do Driny.

– Dino, co się tu dzieje? Gdzie jest twoja siostra? Powiedzieli nam, że było słychać jej krzyki, a potem wystrzał. Donieśli, że ją porwaliście. Dino! – policjant próbował zwrócić jego uwagę. – Odpowiedz mi!

– Amir – odezwał się Dino, patrząc policjantowi w oczy i ani drgnąwszy na widok wycelowanej w siebie broni. – Czy twój ojciec powiedział ci, dlaczego nigdy nie wrócił, żeby mi podziękować za uratowanie życia? Czy przynajmniej tobie to wytłumaczył? Mnie nigdy nic nie powiedział.

– Dino, gdzie jest twoja siostra? – nalegał policjant, zmieszany słowami wypowiedzianymi przez człowieka, którego uważał za przyjaciela.

– A gdzie jest twój ojciec? – upierał się Dino.

Pozostali policjanci, którzy weszli do domu, kazali rodzicom Zehery stanąć pod ścianą. Odbyło się to z mniejszą delikatnością i bez tylu znaczących spojrzeń co w scenie w kuchni między Amirem i Dinem. Trzech uzbrojonych funkcjonariuszy zeszło do piwnicy. Selma w końcu przyznała, że tam ukryli własną córkę. Inni policjanci dbali o to, żeby Daniel i Bruno nie weszli do domu. Ojciec i syn próbowali dostać się do środka od chwili, gdy policja wzięła sprawy w swoje ręce.

– Nie możecie panowie wejść. Proszę zaczekać na zewnątrz. Tu będziecie panowie tylko przeszkadzać. – Milan cierpliwie tłumaczył polecenia funkcjonariuszy na najlepszy angielski, na jaki było go stać, a Aldo wspierał go niewielką znajomością hiszpańskiego, jaką zdobył podczas pobytu w Barcelonie.

Kiedy Amir wyprowadził z domu skutego kajdankami Dina, Selma spojrzała na niego z taką samą nienawiścią, z jaką przez kilka tygodni spoglądała na swoją średnią córkę. Była również skrępowana kajdankami – tak jak i Edin – i wyrzuciła z siebie całą złość na syna.

– Wszystko przez ciebie. Zawsze byłeś tchórzem.

– Nie, matko – odpowiedział Dino. – To wszystko była wasza wina. Tak jak zawsze.

Daniel się denerwował. Wydawało mu się, że funkcjonariusze już dawno zeszli do dziury pod podłogą, w której powinna się znajdować Zehera, a jak dotąd nikt jeszcze stamtąd nie wyszedł. Wręcz przeciwnie: do policjantów dołączyli jeszcze dwaj lekarze z noszami i środkami medycznymi. Zignorowali ofertę Daniela („Jestem chirurgiem, mogę wam pomóc!"). Minęło niewiele minut od chwili, kiedy wszystko się zaczęło, ale niepokój oczekujących oraz brak informacji sprawiły, że czas ciągnął się jak wieczność. Wciąż nie wiedzieli, czy Zehera żyje, czy nie.

Kiedy w końcu policjanci wyciągnęli ją leżącą na noszach, nieruchomą, z zamkniętymi oczami, Daniel obawiał się najgorszego. Świadczył o tym jego wyraz twarzy, więc jeden z lekarzy, którzy towarzyszyli uwolnionej kobiecie, podszedł do niego i poinformował, że Zehera czuje się dobrze, choć postanowili ją uśpić ze względu na stan psychiczny, w jakim była, kiedy ją znaleźli.

– Wszystko z nią w porządku. Nie ma istotnych obrażeń. Tylko objawy odwodnienia i poważnego niedożywienia oraz otarcia nadgarstków i okolic kostek u nóg od łańcuchów, którymi była wiązana. – Daniel zmarszczył twarz, słuchając raportu kolegi. – Przejdzie jej to. Potrzebuje tylko odpoczynku i opieki.

Milan przetłumaczył Danielowi także wiadomość, że poszkodowana zostanie przewieziona do szpitala miejskiego, gdzie będzie poddana ogólnemu badaniu. Jeśli nie wyjdą na jaw jakieś ukryte obrażenia, potrzymają ją nie dłużej niż dwadzieścia cztery godziny.

Nie zdążyli jeszcze przetrawić komunikatu o stanie zdrowia Zehery ani nie mieli czasu pomyśleć o barbarzyństwach, jakie miały miejsce w piwnicy, kiedy Daniel zauważył z niepokojem, że większość policjantów wychodzi z domu, i zaczął krzyczeć.

– Nie, nie, nie! Nie możecie jeszcze odejść. Brakuje dziecka. Małej dziewczynki, dziesięcioletniej. Teresy Aliny, córki Zehery... Niezbyt wysoka, ciemna, z wielkimi oczami i bardzo spokojna. Musicie ją znaleźć!

– Tu już nie ma nikogo więcej – poinformował go jeden z policjantów, zaalarmowany jego krzykami i gestykulacją. – Przeszukaliśmy cały dom. Nic nam nie wiadomo o tym, żeby był tu jeszcze ktoś inny.

– Milan, Aldo, powiedzcie im, że brakuje małej Teresy – nalegał Daniel, wychodząc z siebie. – Ty ją widziałeś, wiozłeś taksówką. Wiesz, że tam było dziecko.

– Oczywiście. Brakuje dziecka – powiedział z naciskiem taksówkarz, kierując swoje słowa do policjantów. – Brakuje dziewczynki, małej.

– Tak. Ale tu jej nie ma – powtórzył funkcjonariusz. Dowodzący akcją wydał rozkaz, żeby przesłuchać zatrzymanych w sprawie małej.

Amir, który wciąż pilnował Dina, zwrócił się do niego.

– Gdzie jest dziewczynka?

– Ze swoim ojcem. W podróży – odpowiedział zatrzymany z takim samym chłodem, jaki wykazał, kiedy policja wkraczała do domu.

– Kłamiesz – odpowiedział Amir.

– Kłamię tylko, kiedy mówię, że jest ze swoim prawdziwym ojcem. Reszta to prawda. Smarkata pojechała z nimi. Mówiąc dokładnie, jej rodzina ją zabrała. A przynajmniej przedstawili się jako przyjaciele rodziny Aleksandra. Co z nią zrobili, to nie moja sprawa.

– Jeszcze zobaczymy, Dino. – Amir przyglądał mu się przez kilka sekund, kręcąc głową. – Tak bardzo brakuje ci wojny, że nie możesz zrozumieć, że już się wszystko skończyło. Jesteś chory.

– A wy, chociaż wam się wydaje inaczej, też nie jesteście wyleczeni. Tego raka nie można się pozbyć z dnia na dzień. Sam mi to przyznasz. We właściwym czasie.

Mimo sugestii Bruna, Milana i Alda, a nawet szpitalnego personelu medycznego, żeby spędził noc w hotelu z resztą grupy, Daniel wolał czuwać przy łóżku, na którym położono Zeherę. Wciąż spała, z głową ułożoną na poduszce. Uderzający był kontrast między bielą pościeli a czarnymi jak sadza włosami kobiety. Choć jej skóra była bledsza niż zwykle, z pewnością z powodu braku słońca podczas uwięzienia, policzki miała zaróżowione. Inaczej było z wargami, które Daniel pamiętał pokryte żywą czerwienią, a teraz przypominały raczej marmur, choć było też na nich widać ranki. Zehera bardzo schudła, przez skórę prześwitywały kości, ale w żadnej mierze nie odebrało jej to tajemniczej atrakcyjności, która towarzyszyła jej przez całe życie.

Daniel przyglądał się jej z troską i myślał o trzeciej obietnicy. Zdołał już spełnić dwie. Sprawy musiałyby się potoczyć bardzo źle, by nie wywiązał się z całkiem nowego przyrzeczenia: już nigdy więcej nie pozwoli, żeby tę dziewczynę spotkał kolejny życiowy dramat, nowa krwawa tragedia. Naprawdę przeszła już zbyt wiele: to słabe i kruche ciało leżące między białymi szpitalnymi prześcieradłami nie zasługiwało na kolejne cierpienia. Tego, co zostało zapisane na jej skórze i w jej pamięci, wystarczyłoby już na niejedno życie.

Kiedy Zehera wolno otworzyła oczy – tak jakby bała się stwierdzić, w jakim miejscu znajduje się tym razem – zobaczyła Daniela klęczącego obok niej z pochyloną głową. W pierwszej chwili pomyślała, że musiał zasnąć w tej niewygodnej pozycji, ale kiedy się lekko poruszył, zorientowała się, że to nieprawda: trzymał ją za rękę i delikatnie głaskał, jakby szukał w niej czegoś, czego sam nie był jeszcze pewien. Jego palce muskały rany spowodowane przez łańcuchy. Zehera milczała, nie chcąc zakłócić nastroju tej chwili i bojąc się, że wszystko okaże się tylko iluzją. Mogłaby zresztą milczeć przez całe życie, gdyby miało jej to zapewnić trwanie w tej sytuacji i w tym towarzystwie. Ale coś jej w tym przeszkodziło.

Miodowe oczy Daniela napotkały dwie szmaragdowe latarnie, nad którymi tyle razy rozwodziła się babcia Mirsa. Słowa staruszki wreszcie okazały się prorocze i te oczy zwróciły jej wnuczce urodę życia: Daniela. Żadnej innej nie pragnęła.

– To naprawdę ty? Jesteś tu ze mną, czy to sen? Nie wiesz, ile razy cię widziałam w marzeniach przez cały ten czas. – Zehera szeptała nakręcana przez nieświadomość: nie wiedziała, czy postać oparta o jej łóżko jest prawdziwa, czy nie. – Myślałam o tobie częściej niż o kimkolwiek innym. To takie absurdalne. Niesprawiedliwe. I tak boli.

– To ja. Jestem tutaj. Słyszałaś mój głos, tak jak ja słyszałem twój, kiedy mnie wołałaś. I to nie było żadne złudzenie. – Daniel chwycił obie jej ręce i pocałował je. – Nie ruszę się już od ciebie nigdy. Obiecuję ci. Jeśli tylko mi pozwolisz…

– A moja mała? Teresa Alina? Gdzie ona jest?

Nie mogła powiedzieć nic więcej. Oczy Zehery znów się zamknęły, zmuszone do tego przez zmęczenie i środki uspokajające.

Przebudzenie następnego ranka wyglądało inaczej. Żadne z nich dwojga nie potrafiło przypomnieć sobie słów, które wtedy wypowiedzieli: odurzeni pierwszymi promieniami światła, wydawali się pogrążeni w śnie sprawiedliwych.

Wolno, stopniowo, tak jakby po raz pierwszy w życiu nic jej nie pospieszało, Zehera zaczęła otwierać oczy, budzić się, przyglądać uważnie pokojowi, w jakim się znajdowała, i obserwować ludzi, którzy jej towarzyszyli. Widok Bruna i Daniela wywołał na jej twarzy dziecięcy uśmiech. Ojciec i syn nie mogli tego uśmiechu nie odwzajemnić, a poza tym potraktowali go jako sygnał, że mogą zadawać pytania.

– Jak się czujesz, ślicznotko? Jesteś już bezpieczna. Jesteśmy tu z tobą.

– To dobrze. Trochę jestem ogłuszona, ale nie zamierzam się skarżyć. – Przez chwilę szukała jeszcze jakiejś odpowiedzi w oczach obu swoich towarzyszy. – Gdzie jest moja mała? Jest tutaj? Co oni z nią zrobili? Jest zdrowa? Chcę ją zobaczyć. Muszę ją zobaczyć.

– Wszystko jest pod kontrolą – skłamał Daniel, kierując się zaleceniami lekarzy, którzy radzili, by w pierwszych chwilach nie informował jej o porwaniu córki: wiadomość mogłaby skomplikować proces dochodzenia do sił; należało też brać pod uwagę, że policja prowadzi intensywne śledztwo i jest przekonana, iż niebawem będzie w stanie podać miejsce pobytu małej. – Wszyscy działają, żebyście jak najszybciej mogły być razem. A ty się zajmij tym, żeby wyzdrowieć, zanim ta chwila nadejdzie.

Wierzyła mu; Zehera nigdy nie wątpiła w jego słowa. Ale wydawało się, że nie tylko sprawa córki zaprząta jej głowę. Spokojniejszym już wzrokiem obrzuciła szpitalny pokój, rozejrzała się wkoło i w końcu wystrzeliła pytanie jak strzałę łuku:

– A gdzie jest Julia? Spotkała już na korytarzu kogoś, kto potrzebuje pomocy? – Spojrzała na napięte twarze swoich gości i początkowo nie chciała uwierzyć w to, co przekazywały. – Nie oszukacie mnie – ciągnęła rozbawiona, szukając w ich rysach śladów wesołości. – Wiem, że tu jest. Nie przekonacie mnie, że nie przyjechała, bo to niemożliwe. Za nic w świecie by mnie nie zostawiła. Nie straciłaby takiej okazji!

Przygnębienie Daniela i Bruna zaczęło ją niepokoić. Kiedy zobaczyła, jak Daniel podchodzi zbolały do krawędzi jej łóżka i bierze ją za rękę, przebiegła przez jej ciało fala gorąca, które szybko zamieniło się w zimny pot. Znów poczuła w żołądku zacieśniający się supeł. Nie miało sensu dłużej tego przed nią ukrywać. Daniel nie powiedział jej całej prawdy o córce, ale w tej sprawie nie mógł kłamać, bo już nigdy by mu nie zaufała.

– Stało się coś… – Zaschło mu w gardle i miał wrażenie, że struny głosowe całkowicie tłumią jego coraz słabszy głos. Poczuł, że nie zdoła dobrać słów, sklecić z nich jakiegoś zdania. Z rozpaczą spojrzał na syna, szukając w nim wsparcia. W końcu wziął się w garść i utkwił wzrok w Zeherze, która już wiedziała, że za chwilę usłyszy coś, czego by usłyszeć nie chciała. – Julia… Julia umarła. Kiedy wróciła z Bośni, źle się czuła. Ciągle miała zawroty głowy, krwotoki z nosa, silne bóle głowy, problemy z koordynacją ruchów, zapominała. Poddaliśmy ją badaniom i okazało się najgorsze. Rak mózgu. Wszystko poszło bardzo szybko. Na nic nie starczyło czasu. Po kilku tygodniach był już koniec.

Zehera mechanicznie pokręciła głową. Było dla niej oczywiste, że to nie może być prawda. Nie przygotowała się na otrzymanie podobnej wiadomości i jej umysł ograniczył się do odrzucenia jej jako nieprawdopodobnej. Życie nie mogło okazać się tak bezduszne i niesprawiedliwe. Przecież nie po to wychodziła z głębokiej, czarnej dziury, żeby zaraz zapaść się w inną, taką samą. Oszołomiona tą wiadomością przyglądała się Danielowi, prawie go nie widząc, nie słysząc szczegółów, które jej opowiadał, a które dotyczyły śmierci Julii. „Julia nie żyje? Niemożliwe. To nie może być prawda. Musi chodzić o jakąś pomyłkę. Pomylili się. Albo robią mi głupi, absurdalny kawał, którego im nigdy nie wybaczę. Julia nie mogła umrzeć. W jakiś sposób bym to zauważyła. Świat by zauważył". Podczas gdy te nieracjonalne myśli kłębiły się w jej głowie, wzrok Zehery skierował się ku zamkniętym drzwiom pokoju. Dłuższą chwilę wpatrywała się w nie, mając nadzieję, że zobaczy w progu Julię trzymającą w dłoni bukiet czerwonych róż, podsuwającą w górę okulary w brązowej, rogowej oprawie, które zawsze zsuwały jej się z nosa, nieprzestającą o czymś opowiadać i strofującą ją, że zapodziała gdzieś telefon komórkowy. Ale tak się nie stało. Zmysł wzroku nie dostrzegł tego, co wyobrażał sobie jej mózg.

Daniel zesztywniał w obawie przed atakiem rozpaczy albo inną gwałtowną reakcją Zehery, która nie była w stanie przyjąć do wiadomości gorzkiej prawdy. Wyprostował się i stał nadal przy łóżku chorej, w profesjonalnym odruchu wypatrując objawów, które stanowiłyby sygnał alarmowy.

– To niemożliwe. – Oczy Zehery błagały go, żeby jakoś zmienił tę sytuację. – Powiedz mi, że to nieprawda, że Julia dobrze się czuje.

– Pójdę po jakąś wodę. – Propozycja Bruna została dobrze przyjęta przez ojca, który powitał ją delikatnym skinieniem głowy. – Wszystkim nam się przyda.

Zanim chłopak wyszedł z pokoju, podszedł do Zehery i pocałował ją. Poczuł w ustach słony smak łez toczących się po jej policzkach.

– Daniel… ale jak… To niemożliwe… Niesprawiedliwe. – Słowa uwięzły w jej ustach; nie chciała, żeby stały się rzeczywistością, docierając do cudzych uszu. – I co teraz?

– Kazała mi przyrzec, że pojadę cię odnaleźć. Nie przestawała o tym mówić, aż to zrobiłem, znałaś ją. Przeczuwała, że coś się z tobą dzieje niedobrego, że coś jest nie w porządku. Nie zniknęłabyś przecież bez żadnego wyjaśnienia. I miała świadomość, jak mało czasu jej zostało. – Daniel odetchnął głęboko, jakby pragnął w ten sposób powrócić do życia, i otarł łzy palcami prawej ręki. – Obiecałem jej to i oto jestem, żeby zawieźć was z powrotem do domu. Ciebie i Teresę Alinę.

Kiedy Bruno wrócił z trzema małymi butelkami wody, zatrzymał się w drzwiach pokoju. Postanowił na razie się nie pokazywać, nawet cofnął się na kilka minut na zewnątrz. Chciał uszanować chwilę, w której ojciec próbuje pocieszyć Zeherę. Stał, patrząc na uścisk, którym Daniel starał się postawić tamę rozpaczy młodej kobiety. Strata Julii była dla wszystkich bardzo bolesna i wszystko wskazywało na to, że tak już pozostanie.

· 34 ·

Być może chodziło o mundury i o traumatyczne skojarzenia z nimi związane, ale Zehera nie poczuła się dobrze, ani tym bardziej bezpiecznie, gdy zobaczyła policjantów, którzy chcieli jej przekazać najświeższe informacje dotyczące jej sprawy. Wiedziała, że jej uprzedzenia są nieuzasadnione: przecież zaledwie dwa dni wcześniej ci sami ludzie w mundurach zdołali uwolnić ją z lochu, w którym więziła ją rodzina. Ale niepokój, jaki czuła w obecności tych mężczyzn, nie zależał od jej woli. Ściskała Daniela za rękę, szukając w niej spokoju, którego pragnęło jej ciało. Nie rozdzielili się ani na chwilę od czasu, gdy Zeherę wypisano ze szpitala, co nastąpiło dzień później, niż początkowo zapowiadali lekarze. Przez czterdzieści osiem godzin poddawano ją różnego rodzaju badaniom, analizom, pomiarom i testom, z powodu których czuła się skrępowana i zniecierpliwiona.

Wiedziała, że jej rodzice i brat zostali zatrzymani i oddani do dyspozycji sądu, który zarządził ich natychmiastowe osadzenie w areszcie. W niedługim czasie miała się odbyć rozprawa i adwokaci oskarżonych sami mówili, że nie żywią zbyt wiele optymizmu, jeśli chodzi o wyroki. Kiedy Zehera dowiedziała się, że jej rodzina trafiła za kratki, nie mogła powstrzymać dreszczy, szczególnie z powodu Dina. Ale to nie ta wiadomość przeszkadzała jej oddychać spokojnie, nie ona odbierała jej sen i utrzymywała żołądek w stanie ciągłego skurczu. Nie ona też była odpowiedzialna za głębokie bruzdy wywołane bólem i niepokojem, znaczące jej twarz. Zniknięcie Teresy Aliny dręczyło ją bardziej niż własne uwięzienie, takie przynajmniej miała wrażenie. Nie wiedziała, gdzie jest jej córka, i niezależnie od tego, jak usilnie Bruno, Aldo, Milan i Daniel zapewniali ją, że policja traktuje poszukiwania dziewczynki jako najwyższy priorytet, Zehera nie potrafiła czekać spokojnie na informacje w hotelowym pokoju ani – jak odważył się zasugerować jeden z policjantów – w swoim domu w Hiszpanii.

– Dlaczego nie zmusicie moich rodziców albo brata, żeby powiedzieli, co z nią zrobili? Każcie im to powiedzieć! – prosiła zdesperowana. – Jestem pewna, że umiecie to zrobić. Oni wiedzą. Wiedzą, gdzie jest moja córka! Nienawidzą jej, wszyscy troje nienawidzili jej za to, że jest córką... – Zehera nie uznała za wskazane dokończyć tego zdania.

– Już ich przesłuchiwaliśmy i wszyscy troje mówią to samo: że oddali dziecko krewnemu pani byłego narzeczonego, Aleksandra Sataricia, który przyjechał do miasta – mówił policjant, czytając bezpośrednio z urzędowego raportu – i się nią zainteresował. Mówią też, że dziewczynka bez żadnych problemów zgodziła się pójść z tym człowiekiem. Według tego, co udało nam się stwierdzić, Aleksandra nie było w ostatnich miesiącach w Wiszegradzie. Jeśli ktoś zabrał pani córkę, to nie był on. Może wykorzystano jego nazwisko, żeby zrobić to bez wzbudzania podejrzeń. To też właśnie sprawdzamy.

– Ale przecież to wszystko jest kłamstwo! Trzeba ich zmusić, żeby powiedzieli prawdę! Moja córka nie zna nikogo z rodziny tego człowieka, który na dodatek porzucił nas trzy lata temu. Teresa Alina nie odeszłaby z nikim, kogo nie zna, ty przecież to wiesz – zwróciła się do Daniela, który niezmiennie był tuż koło niej. – To kompletnie nie ma sensu. Oni kłamią. Musicie im kazać, żeby się przyznali, co z nią zrobili! Musicie to zrobić!

– Proszę pani, rozumiem pani zdenerwowanie, ale zapewniam panią, że znamy się na naszej pracy i szukamy dziecka wszędzie, gdzie tylko się da. Jestem przekonany, że to kwestia godzin, może paru dni, i będziemy wiedzieli, co się stało z pani córką. A jeśli chodzi o panią, najlepiej będzie, jeśli się pani uspokoi i spróbuje odpocząć. Pomoże nam pani w ten sposób. I swojej córce również.

Daniel wiedział, że nie mogą zostać ani dnia dłużej w Wiszegradzie, choć zamieszkali w innym hotelu niż Vilina Vlas. Ku oburzeniu wszystkich ten przeklęty hotel był zresztą nadal otwarty i funkcjonował znów jako ośrodek wypoczynkowy, chełpiąc się ofertą różnych zabiegów relaksujących i zdrowotnych dla wszystkich, którzy chcieli skorzystać z jego urządzeń. Jednakże nieliczne wykonane tam prace renowacyjne nie zdołały zatrzeć w zbiorowej pamięci niegodziwości, do których niegdyś dochodziło w tamtejszych pokojach. Daniel nie chciał, żeby wspomnienia zahibernowane w każdym zakątku tego miasta, w połączeniu z tragiczną wiadomością o śmierci Julii, spowodowały kolejne pogorszenie stanu zdrowia Zehery: dopóki policja nie posunie się naprzód w swoich poszukiwaniach, przedłużanie pobytu w Wiszegradzie nie prowadziło do niczego dobrego. Dlatego wszyscy zgodzili się z nim, kiedy zaproponował podróż do Sarajewa i pozostanie tam, aż nadejdą nowe wieści od policjantów. Także rozemocjonowana Zehera zgodziła się na ten plan, gdy Daniel użył argumentu, który natychmiast ją przekonał: kiedy opowiedział jej o Arim i jego chęci spotkania się z ciotką, twarz dziewczyny rozjaśniła się. Wspomnienie Suhry wypełniło jej oczy łzami; wszyscy zrozumieli, że pora wyruszać do Sarajewa.

Aldo zadzwonił do Ariego, żeby się umówić, a potem oddał telefon Zeherze. Słysząc głos siostrzeńca i wyobrażając sobie jego rysy odziedziczone po Suhrze, zdołała na kilka chwil odsunąć od siebie dręczące ją niepokoje. Nie widziała go od lat, mało co o nim w ogóle wiedziała, a teraz nie potrafiła pojąć, dlaczego bała się tego, co mogła w nim zobaczyć. Nie chciała, żeby strach znów popsuł ważny moment jej życia.

Oczekiwane spotkanie odbyło się w kawiarni w centrum miasta, wybudowanej z inicjatywy młodych i obiecujących miejscowych przedsiębiorców. Lokal położony był blisko brzegu rzeki, a sądząc po liczbie ludzi, którzy stukali do jego drzwi, nie było łatwo znaleźć w nim wolny stolik. Najwyraźniej Ari miał szczęście. Dawało się zauważyć, że musiał być częstym gościem, i kelnerzy – roznoszący wśród gości tace zastawione parującymi filiżankami kawy, czekolady czy herbaty oraz szklankami wypełnionymi kostkami lodu pływającymi w różnokolorowych płynach – znali go i lubili.

Kiedy stanęli naprzeciwko siebie – po przezwyciężeniu pierwszej, chwilowej i całkiem zrozumiałej, nieśmiałości – uczestnicy jednego z najusilniej wyczekiwanych spotkań dekady utonęli w długim, głębokim i pełnym emocji uścisku. Żadne z nich nie chciało się oszukiwać: potężna lawina uczuć, od której niełatwo było im się wyzwolić, była w gruncie rzeczy refleksem miłości do innej osoby: wielkiej nieobecnej, matki i siostry, na którą tak bardzo czekali i która nigdy nie przyjdzie. To do ciała Suhry przytulali się tak mocno. Do jej wspomnienia.

W końcu zdołali opanować ten emocjonalny wybuch i postanowili zamienić się w kawiarnianych gości siedzących przy małym stoliku, jaki dla nich przygotowano. Zehera nie mogła oderwać oczu od tej twarzy o idealnym kształcie, pięknej i męskiej zarazem, zachowującej jednak w swoich rysach i minach ślady dzieciństwa, które wojna pozbawiła spokoju. Zehera wiedziała, że to wpatrywanie się w siostrzeńca może go zawstydzać, ale usprawiedliwiały ją długie lata nieobecności tej twarzy w jej wspomnieniach. Chciała starannie zlustrować każdy centymetr jego skóry, każdy znak szczególny, każdą linię, detal i grymas, a potem wypalić ten obraz w swoim mózgu.

– Podoba ci się to miejsce? – spytał w końcu Ari, omiatając oczami wnętrze kawiarni i zatrzymując wzrok na dumnie wyeksponowanych na ścianach fotografiach znanych osób. – Ja je uwielbiam. Dla mnie i moich przyjaciół to jest stałe miejsce spotkań. I w ogóle prawie dla wszystkich osób z mojego pokolenia. Podoba nam się tu. Tu jest jakaś energia, nie wiem, jak ci to wytłumaczyć. Popatrz – powiedział, wskazując jeden z portretów wiszących blisko ich stolika – to jest Tito, tu z Johnem Fitzgeraldem Kennedym, a tam jeszcze dalej możesz go zobaczyć z Fidelem Castro. A to najpiękniejsza kobieta świata, wielka Sophia Loren! – Ari zamilkł na chwilę i na jego twarzy wykwitł szeroki, urzekający uśmiech. – Najpiękniejsza po mojej matce i po tobie, rzecz jasna. To niesamowite, jak mi ją przypominasz. O, i zobacz tam! – powiedział, wskazując kolejne zdjęcie, większe i zajmujące honorowe miejsce w kawiarni. – To Tito oklaskiwany przez tłum. Nic dziwnego, że ludzie tak wiwatowali: przy dwóch procentach bezrobocia i powszechnym ubezpieczeniu zdrowotnym były powody, żeby go uwielbiać. Powinnaś posłuchać różnych historii i anegdot, które opowiadają starzy o tych złotych czasach, legendy o wyzwoleniu dawnej Jugosławii, długie opowieści o zwycięstwach socjalizmu…

Ari znów zamilkł, zauważywszy zdziwienie Zehery. Mina ciotki wywołała jego głośny śmiech, którego nie próbował tłumić.

– Nie przestraszyłem cię? – spytał z figlarną miną.

– Nie, nie o to chodzi. Tylko dziwi mnie, kiedy tak mówisz. Tak jasno, z pewnością siebie, przekonująco, tak rozsądnie. No cóż, trochę mnie rzeczywiście zdziwiłeś. To znaczy, nie przypuszczałam, że tak się interesujesz polityką ani że wiesz tyle o tym, co zrobił Tito. – Zehera zawahała się, zanim w końcu zadała pytanie. – Więc wy byście chcieli, żeby wrócił Tito?

Z ust Ariego wydobyła się kolejna głośna i długa salwa śmiechu.

– Ja bym nie chciał, żeby ktokolwiek wracał, ciociu Zehero. Mogę cię tak nazywać? Nie przeszkadza ci to, co? Mam wtedy takie swoje złudzenia… Mama tak zawsze o tobie mówiła.

Kiedy otrzymał błogosławieństwo Zehery w formie uśmiechu, ciągnął dalej:

– No dobra, kłamię: chciałbym, żeby wróciła moja matka i ojciec. Ale nikt więcej. I nie wzdycham do tego, żeby wrócił Tito. Ani ja, ani nikt inny z ludzi, których tu widzisz przy stolikach i którzy proszą weteranów, żeby im opowiadali historie z przeszłości. I kupują koszulki, plakaty i kubki z portretem Tity, ściągają wygaszacze do komputerów i komórek, które po włączeniu odtwarzają partyzanckie pieśni. To tylko odświeżanie pamięci, ćwiczenie jej, żebyśmy jasno wiedzieli, czego nie należy robić, jeśli nie chcemy następnych bombardowań, mostów zalanych krwią, trupów na ulicach, dziur po pociskach w ścianach budynków, schronów przeciwlotniczych, strachu przed snajperami, głodu, zimna i cmentarzy w miejskich parkach i ogrodach. Nie chcemy, żeby nasze dzieci stały się sierotami przez kolejną głupią wojnę. I dlatego nie chcemy też przywódców politycznych ani religijnych, którzy nas wysyłają na te wojny w obronie swoich interesów albo żeby leczyć swoje własne kompleksy. Jeśli tu trochę zostaniesz i przejdziesz się po mieście, zobaczysz, że w każdym budynku, w każdej szkole, kawiarni, na moście, na każdej ulicy, w sklepie, w parku, na targu są tablice z nazwiskami zabitych. Nie wypisuje się tych nazwisk na złoconych tablicach, bo ludzie chcą, żeby ci zmarli wrócili, choćby po to, żebyśmy nie zapomnieli, dlaczego umarli. Żebyśmy nigdy nie zapomnieli, wszyscy, także ci, którzy nie widzieli tego, co tu się działo… żeby zawsze pamiętali.

Ari przytknął do ust szklankę dżinu z tonikiem, którą właśnie przed chwilą podał kelner razem z kawą dla Zehery. Syn Suhry miał siedemnaście lat i sprawiał wrażenie przyzwyczajonego do alkoholu i tytoniu.

– Jest tu ogromny mural, na starym targu owocowo-warzywnym, na którym w 1994 roku zabili ponad pół setki Bośniaków. I na tym muralu jest wypisanych pięćdziesiąt siedem nazwisk osób, które zginęły, oraz jedno zdanie, które ogarnia to wszystko i nadaje sens:

MÓDL SIĘ ZA NICH I NIE PRZESTAWAJ OPOWIADAĆ INNYM, CO SIĘ DZIAŁO W SARAJEWIE.

Pierwsze można sobie darować, nie sądzę, żeby przez modlitwę dużo się zmieniło. Ale ta druga część to zobowiązanie dla nas wszystkich wobec tych, których już nie ma.

Słowa płynęły z ust Ariego z taką samą naturalnością i łatwością, z jaką powietrze wpływało przez jego nos i gromadziło się w płucach. Zehera słuchała zauroczona tym młodym chłopakiem, który najwyraźniej mógł ją wiele nauczyć. Uśmiechała się, wyobrażając sobie, jak dumna byłaby Suhra, gdyby mogła go usłyszeć.

– Wiesz, dlaczego chcę być artystą, tak jak moja matka? Kilka lat temu zapytano znanego bośniackiego socjologa, w ramach jakiegoś sondażu opinii, jaka jest jego religia. Odpowiedział, że jest ateistą, a ankieter stwierdził: „Wiem, że wszyscy cholerni intelektualiści i artyści są ateistami, ale czy pan jest ateistą katolickim, prawosławnym czy muzułmańskim? Chciałem tylko spytać o pana narodowość". – Ari znów się roześmiał, pokazując wszystkim niezbyt równe zęby. – I tak to jest. Dlatego chcę być artystą. I obywatelem świata. Strasznie bym chciał pojechać do Paryża. Byłaś w Paryżu? – Zehera pokręciła głową. – Pojadę jak najszybciej. Każdy, kto uważa się za artystę, powinien znać to miasto. Wiesz, jaka jest odległość z Sarajewa do wieży Eiffla? Mogę ci powiedzieć: trzy tysiące osiemset pięćdziesiąt kilometrów. Wiem to dzięki znakowi, który jest umieszczony w tunelu Dobrinja. – Znów się roześmiał, ucieszony swoją zdolnością zaskakiwania ciotki. – Podczas oblężenia Sarajewa grupa ludzi zbudowała tajny tunel, długi na osiemset metrów, który prowadził od pewnego prywatnego domu na lotnisko. Cztery miesiące zajęło wykopanie go, a ocenia się, że uciekło przez niego w ciągu trzech lat około miliona Bośniaków. Przejście zajmowało dwadzieścia pięć minut. Mniej więcej w połowie tunelu ktoś umieścił znak drogowy z napisem PARYŻ 3850 KM. – Ari zamilkł, jakby oczekiwał jakiejś odpowiedzi ze strony Zehery. Ale nie żądał jej. – Wiesz, że Bośniacy mieszkają w ponad stu dwudziestu krajach świata? Może to była idealna strategia, żeby posiać ziarno? Oczywiście, jeśli chcesz zwiedzić tunel, mogę cię tam jutro zabrać. Zamienili go w muzeum. Możemy robić, na co masz ochotę. Tak się cieszę, że tu jesteś...

– Ja też nie mogę w to uwierzyć. Cieszę się, że stałeś się taką osobą, jaką jesteś, po tym wszystkim, co się działo... Moja siostra byłaby z ciebie taka dumna. – Nie pierwszy już raz jej głos zadrżał z emocji.

– Nie przejmuj się, ciociu. Ona mnie widzi. I ja też ją widzę. Codziennie. Nawet mam do tego takie specjalne miejsce. Chcę cię tam zabrać. Jesteś gotowa? Bez trudu to miejsce poznasz.

Zehera obawiała się, że nie rozumie słów nowo odzyskanego siostrzeńca. Przez chwilę przerażała ją myśl, że może Ari majaczy, że w jego mózgu powstało jakieś chore połączenie, ale widząc zdrowy i sarkastyczny uśmiech chłopca, porzuciła swoje obawy jako nieuzasadnione i pozwoliła mu prowadzić się za rękę.

– To blisko, nie martw się – powiedział Ari. – Nie każę ci daleko wędrować.

Zehera spojrzała na stolik, który zajmowali Daniel, Bruno i pozostali członkowie grupy, którzy po chwili – tak jakby stanowili zgrany zespół ochroniarzy – poszli śladem jej i Ariego, trzymając się dyskretnie z tyłu, nie chcąc swoją obecnością zakłócać intymności spotkania.

Szli mniej więcej dwadzieścia minut. Zehera wzięła siostrzeńca pod rękę, on też nie szczędził jej oznak czułości, tak jakby chciał nadrobić utracony czas i podkreślić triumf nad barbarzyństwem, które ich rozdzielało przez tyle lat. Kiedy znaleźli się blisko jednej z ulic tureckiej dzielnicy Barcasija, Ari zwolnił kroku, a po chwili całkiem się zatrzymał. Stał obok swojej ciotki, ciągle się uśmiechając. Ona zaś patrzyła na niego, a potem rozejrzała się dookoła, próbując zrozumieć, co sprawiło, że się w tym miejscu zatrzymali. Nie znalazłszy zaś żadnego widocznego powodu, poszukała odpowiedzi w twarzy Ariego.

– Pamiętasz, co ci opowiadałem o złotych tablicach i muralach. Tu masz kolejny przykład. Róże Sarajewa.

Zielone oczy Zehery podążyły zafascynowane – jakby chodziło o jakiś eksperyment dotyczący hipnozy – za dłonią siostrzeńca. Wskazywała dokładnie w dół. W asfalt jezdni wmontowane były spirale różnej wielkości. Wyglądały na całkiem niepołączone, osobne, jakby nie było między nimi żadnego związku, ale każda z nich miała czerwony środek. Na pierwszy rzut oka nie można było stwierdzić, co oznacza ta czerwień. Początkowo Zehera sądziła, że są to nieregularne kształty, rodzaj odrębnych i niezależnych od siebie plam, niedoskonałości powierzchni, jakby ktoś wylał trochę farby na jezdnię i zabarwił ją na zawsze. Wyjaśnienie, które miała zapamiętać do końca życia, wymagało, by oderwała się od absurdalnych, przyjętych z góry schematów.

– Chodź, możesz uklęknąć i bez obaw ich dotknąć. – Przejęta Zehera posłuchała sugestii Ariego, nie okazując żadnych podejrzeń czy lęku. Bardzo chciała usłyszeć wyjaśnienie, co oznaczają te tajemnicze ślady. – To są Róże Sarajewa. Upamiętniają miejsca, w których pod serbskim ostrzałem padli zabici. Jest siedemdziesiąt takich miejsc w całym Sarajewie. Na ulicach, drogach, bocznych uliczkach, alejkach… Tam gdzie ogień serbskich moździerzy przerwał ludzkie życie, znajdują się takie czerwone róże. Pewnego dnia bośniaccy artyści, podobno z pomocą ludności miasta, wpadli na pomysł, żeby wypełnić woskiem, czerwoną farbą, silikonem i czymś tam jeszcze dziury, które pozostały w nawierzchni ulic po bombach, kulach i pociskach moździerzowych.

Od tego czasu te szkarłatne plamy są hołdem dla wszystkich, którzy zginęli przez barbarzyństwo. Najpierw ludzie przychodzili tu, żeby się modlić i wspominać. Chrześcijanie stawiali świeczki, a muzułmanie swoje zielone symbole żałoby. Teraz wydaje się, że róże przeszkadzają i denerwują niektórych znaczących polityków, tak jakby ich drażniło ciągłe przypominanie tego, co się wydarzyło. Ale tutaj te wspomnienia pozostaną na zawsze, będą widoczne dla wszystkich, nie będą się chować. Cały świat może je zobaczyć i zapamiętać, co pewnego dnia zrobił i, co gorsza, na co pozwolił. Te róże są bliznami miasta. To tak jakby rany Sarajewa wciąż krwawiły. Zawsze będą otwarte, jak róże.

Zehera nie mogła oderwać wzroku od oczu siostrzeńca, który mówił skoncentrowany bez reszty na swoich przeżyciach. Zdziwiło ją, że ani jedna łza nie spłynęła po jego twarzy.

– Spójrz. Ta róża, o, tutaj, to twoja siostra. Moja matka. W tym miejscu ją zabili, kiedy szła na spotkanie z moim ojcem, który na nią czekał tam, naprzeciwko. – Ta sama ręka, która przedtem wskazywała bliznę w nawierzchni ulicy, teraz skierowana była w stronę kawiarnianej witryny. – Stamtąd patrzył, jak umierała, i nie mógł tego znieść. Na miejscu popełnił samobójstwo. W tym punkcie, w którym teraz jesteśmy, zaczęło się moje życie jako wojennej sieroty. Miałem szczęście. Mogłem być jednym z prawie dwóch tysięcy dzieci, które zmarły podczas oblężenia Sarajewa. Moi rodzice tego szczęścia nie mieli i należą do grupy około piętnastu tysięcy ofiar, które pozostały na ulicach miasta. Zresztą było ich może więcej, kto to będzie kiedykolwiek wiedział? Nigdy nie da się tego precyzyjnie ustalić. – Ari zamyślił się i przez kilka chwil był jakby nieobecny. – Szczęście. Ważne, żeby człowiekowi szczęście sprzyjało. Myślałaś o tym kiedyś? Ja jestem człowiekiem, który ma szczęście. Matka mi to ciągle powtarzała.

– Pewnego ranka – ciągnął – kiedy bombardowania odbywały się właściwie bez przerw, a syreny nie przestawały wyć i stały się już prawie niesłyszalne, Aldo opowiedział nam pewną historię. Zapewnia, że to prawda, chociaż wiele osób sądzi, że chodzi o jedną z wielu ludowych legend. Ja też tak uważam. Wydarzyło się to podobno bratu jego przyjaciółki. Był żołnierzem, służył na linii frontu, co nie stanowiło większego problemu. Prawie nigdy się tam nic nie działo. Wszystkie dni były do siebie podobne. Któregoś dnia wstał, ogolił się przed lusterkiem, umył twarz, zjadł śniadanie, zapalił papierosa i zajął się słuchaniem radia. Kilka godzin później wyszedł wraz z innymi towarzyszami broni, żeby realizować zadania obserwacyjno-wartownicze gdzieś w pobliżu. Schowali się między drzewami i nakryli muzułmańskiego snajpera. Schwytali go i postanowili odprowadzić do obozu. Wszyscy zaczęli go szarpać, także ten żołnierz, brat znajomej dziewczyny. W pewnym momencie snajper zwrócił się do niego i powiedział: „Inni mają prawo mnie nękać, ale ty nie. Dziś rano miałem cię na muszce przez kilka godzin. Widziałem, jak śpisz, wstajesz, golisz się i myjesz, słuchasz radia i mimo że wystarczyło nacisnąć spust, nie zastrzeliłem cię". – Ari roześmiał się, widząc zachmurzoną minę Zehery, zapewne podobną do tej, którą sam zrobił, kiedy po raz pierwszy opowiadano mu tę historię. – Żołnierz postanowił zawieźć muzułmańskiego snajpera do Belgradu i tam puścił go wolno. Obaj mieli szczęście. Byli różni, nienawidzili się, w innych okolicznościach na pewno jeden drugiego by zabił, ale ich szczęście polegało na tym, że się spotkali. – Przerwał na chwilę, przyzwyczajony do milczenia. – Nie trzeba odrzucać szczęścia ani go lekceważyć. Ci, którzy je poświęcają na ołtarzu kultury i wiedzy, są ignorantami. Szczęście może zdecydować o naszym życiu lub śmierci, zupełnie bez naszego udziału. Na przykład do tego miasta szczęście się nie uśmiechnęło. W odległości zaledwie dwustu metrów rozgrywały się dwie z trzech najokrutniejszych wojen dwudziestego wieku. Kto ośmiela się wątpić w istnienie dobrej gwiazdy, zrobiłby lepiej, gdyby zaczął się za nią modlić.

Przez kilka minut po tej poruszającej opowieści żadne z nich nie powiedziało ani słowa. Dotykali czerwonych plam, jakby były wcieleniem tego, co kochali, co podziwiali.

Gdyby Zehera pomyślała, żeby podnieść głowę, a łzy nie mąciłyby jej wzroku, zobaczyłaby, jak Aldo – równie rozemocjonowany jak ona – tłumaczy Danielowi, Brunowi i Milanowi znaczenie Róż Sarajewa, które były źródłem i przekleństwem ich obecności w tym miejscu. Te czerwone znaki, które wydawały się wyrastać z nawierzchni drogi i słyszeć słowo „szczęście" wypowiadane przez Ariego, potrząsnęły fundamentami psychiki Zehery, poruszyły jej pamięć, wspomnienia o udręce i pozostawiły w stanie emocjonalnego oszołomienia, którego nie była w stanie opanować. „Znowu szczęście. Jeszcze raz to przeklęte szczęście" – pomyślała.

– Ależ nie płacz, ciociu. To nie ma sensu. Spójrz na mnie! – strofował ją czule Ari. – A poza tym wiesz, co by ci powiedziała mama, gdyby tu była. Nie pamiętasz już? Jesteście jak róże, piękne, czerwone róże, które powinny otwierać się na świat, żeby zrozumiał, żeby się dowiedział dzięki waszemu szkarłatnemu uśmiechowi, że ma się zarazić waszą radością. Czy nie byłyście takimi różami? Czy mama mnie okłamywała przez tyle lat?

– Nie okłamywała cię. Suhra nigdy nie kłamała. Tak, jesteśmy różami. Spójrz. Trzeba tylko spojrzeć.

– Ciebie też chcę widzieć, ciociu. Ty też jesteś różą, twój uśmiech zmazuje haniebne milczenie. Dopóki jest jakaś róża albo ktoś się uśmiecha, słowa mają jeszcze sens.

· 35 ·

Po dniu wypełnionym emocjami, ponurymi odkryciami i obietnicami dalszych spotkań Zehera wróciła do hotelu w towarzystwie swego stałego orszaku. Marzyła tylko o gorącej kąpieli, wejściu do białej pościeli i zatraceniu się w krzepiącym śnie, w którym z pewnością i tak wróci do wspomnień tych najdziwniejszych chwil, jakie przeżyła w ostatnich latach. Ale tym razem fortuna nie była po jej stronie.

Wezwanie na komisariat policji do Wiszegradu w sprawie córki odebrało jej ochotę na odpoczynek – i to nie tylko tej feralnej nocy.

Gwiazda.
Przeznaczenie. Los.
Szansa. Fatum.
Fortuna.

Z pewnością szczęście nigdy nie było po stronie jej małej. Została poczęta przez zło i to samo zło ją zabrało. Zgodnie z policyjnym raportem Teresa Alina została przekazana krewnym dawnego narzeczonego Zehery, Aleksandra, którego obecności w mieście nie dało się udowodnić. Policjanci byli przekonani, że jego nazwisko było jedynie przykrywką, słowem-kluczem, i posłużono się nim bez skrupułów, żeby uprowadzić małą. Makabryczną transakcję zorganizował człowiek o imieniu Zoran: policyjne śledztwo pokazało, że dziewczynka została sprzedana mafii, która zajmowała się przemytem osób niepełnoletnich oraz handlem organami. Ustalenia śledczych rozmywały się jak fale na brzegu morza, kiedy woda zaciera wszelkie ślady. Według tego, co powiedziano Zeherze, handel młodocianymi i ich organami był czymś powszechnym nie tylko w Bośni, ale na całym świecie, szczególnie w krajach, w których wojna uczyniła ze śmierci i zbrodni coś całkiem codziennego.

– Nie wyobraża sobie pani, do jakich przypadków dochodziło podczas wojny na Bałkanach. Chyba nigdy nie zdołamy ich wszystkich policzyć. Dziś zrobił się z tego lukratywny biznes, w którym jedyną monetą jest życie. Nerka, serce, płuca... wszystko może być więcej niż wystarczającym powodem do porwania, kupna albo zabicia dziecka.

Zehera aż za dobrze mogła to sobie wyobrazić. Ale nie chciała ani nie mogła znieść myśli, że jej córka jest w rękach takiej mafii. Nie pomogły jej też słowa pociechy wypowiedziane przez policjanta, które w jej uszach brzmiały boleśnie fałszywie. Policja zobowiązała się kontynuować śledztwo i zbadać wszystkie poszlaki, nie zamykać sprawy, nie odkładać jej na dno szuflady i nie zapomnieć o niej. Ale niczego nie mogli jej obiecać. Było to zbyt okrutne. Nie dało się nic zrobić. Bezsilność najwyższego stopnia. Nie było kogo prosić o dalsze wyjaśnienia, kogo strofować za źle wykonaną pracę, nie było kogo prosić, żeby nie zaprzestawał ani na chwilę poszukiwań dziewczynki, bo może wszyscy się mylą i ona wciąż żyje. Funkcjonariusze sprawiali wrażenie, że dla nich sprawa jest dostatecznie jasna: byli przekonani, że jest już za późno, że dziecko zostało sprzedane w pierwszych dniach uwięzienia matki i że wszelkie ślady poznikały wraz z upływem czasu. Po ponad trzech miesiącach wszystkie możliwości działania już się rozmyły.

Zehera podejrzewała, że policja zna więcej szczegółów, choć nie umiałaby powiedzieć, jakie było źródło tych podejrzeń. Byli zbyt pewni wszystkiego, co mówili. Jakoś to wyczuwała, szczególnie kiedy rozmawiała z nimi w komisariacie. I nie myliła się. W osobnej sali jeden z funkcjonariuszy przekazał Danielowi wszystkie informacje, które udało się w tej sprawie zgromadzić.

– Sprzedali dziecko za cztery tysiące euro. Dobili targu tego samego dnia, kiedy kobieta została uwięziona przez rodzinę. Następnego dnia osoby, które pracowały dla tej mafii, przekazały dziecko do Chorwacji, a stamtąd pojechali do Włoch. I tam trop się urywa. Tak jak prawie wszystkie. Fałszywe dokumenty, korupcja organów policyjnych, celnych i politycznych, wielkie sumy płacone za to, żeby przymknąć oko na różne nieczyste sprawy, wymuszenia, często grożenie śmiercią… – Funkcjonariusz, który rozmawiał z Danielem, był już przyzwyczajony do mówienia o tych wszystkich potwornościach. Daniela te opowieści o handlu dziećmi bulwersowały. – Chyba potrafi pan sobie wyobrazić, jak trudno jest rozplątać tego rodzaju sprawy. Zwykle to przekracza nasze możliwości. Ogólnie rzecz biorąc, gangi zdobywają coraz więcej terenu. I wiedzą o tym. – Policjant przyglądał mu się przez chwilę, spuścił wzrok, a potem znów popatrzył w pełną zdumienia twarz Daniela. – Wiem, że to, co mówię, jest nieprzyjemne, i dlatego wolałem porozmawiać z panem niż z tamtą panią. Jak pan rozumie, matka nie musi wiedzieć pewnych rzeczy. To by tylko jeszcze pogorszyło sytuację, a nie przyniosło żadnego pożytku. Pan pewnie będzie umiał znaleźć odpowiedni moment, żeby poinformować ją o wszystkim, co pan uzna za stosowne. – Znów przyjrzał mu się uważnie i po raz pierwszy Daniel dostrzegł w jego oczach coś ludzkiego. – Proszę mi wierzyć, że bardzo mi przykro. Ale niewiele możemy zdziałać.

Daniel i Zehera wyszli z komisariatu w milczeniu, z twarzami zdeformowanymi rozpaczą. Trudno im było zrozumieć, że ktoś mógł tak szybko przestać istnieć, zniknąć z ich życia bez śladu, bez wyjaśnień, bez pożegnania, bez uprzedzenia, nie dając możliwości zrobienia czegokolwiek, przyjścia z jakąkolwiek pomocą. Ale przede wszystkim nie potrafili zrozumieć okrucieństwa, które umożliwia takie czyny.

Niedaleko od komisariatu czekali na nich Bruno i Milan, oparci o samochód. Obaj nieustannie palili, przede wszystkim taksówkarz, który tłumaczył, że nałóg jest jedną z pozostałości po wojnie. „Prawie wszyscy, którzy przeżyli, palą papierosa za papierosem, bez zastanowienia, odpalając jednego od drugiego. Jak maszyny". Zanim wsiedli do samochodu, Zehera obejrzała się i rzuciła okiem na swoje miasto: drzewa, rzekę, most, drogę, plac zabaw urządzony na gruzach jednego z meczetów zburzonych w pierwszych dniach wojny. Podniosła oczy wyżej i zobaczyła w oddali czerwony dach hotelu Vilina Vlas. Przez kilka chwil wpatrywała się w niego lodowatym spojrzeniem, a jej umysł wypełniały obrazy, imiona, krzyki, płacze, cierpienie, twarze niewinnych osób, takich jak jej córka, których już nie było na świecie, którzy po prostu zniknęli, bo tak zadecydowali inni. Była wśród nich Samira, kobieta poznana w hotelowym pokoju, która pokazała jej prawdę i mówiła o jej szczęściu; była też Igbala, muzułmanka przekształcona w seksualną niewolnicę Saszy Ludonovicia, która musiała patrzeć, jak jej nowy pan i władca morduje jej męża; była i Fatima, dwunastoletnie dziecko, sprzedane za dwieście pięćdziesiąt dolarów po wielu dniach wykorzystywania; była Mladenka, więźniarka, która zapisała swoje imię pod jednym z łóżek w hotelu, żeby ktoś je zobaczył i żeby jej bliscy wiedzieli, co się z nią stało. (Serbscy żołnierze nigdy nie odkryli tego napisu. To imię wciąż widniało w tym samym miejscu, wyryte, ukryte, niewidoczne dla większości ludzi z wyjątkiem tych, którzy przeżyli pobyt w tym ośrodku gwałtów, pomyślanych jako narzędzie czystek etnicznych.) Zehera oderwała wzrok od czerwonego dachu, choć nie wystarczyło to, by zniknęły też straszne obrazy: wszystkie zostały zarchiwizowane wśród jej wspomnień, zmagazynowane na zawsze w głowie – tam, gdzie jej oczy o niczym nie decydowały.

– Jedźmy – wyszeptała do Daniela. – Zabierz mnie stąd, proszę cię. To już nie jest moje miejsce na ziemi. Nic już mnie nie wiąże z tym krajem. Nie rozpoznaję go.

Nie chciała nawet oglądać z okien taksówki Milana ostatnich widoków swojego miasta. Ból trawił ją, wspomnienia piekły, ból dusił... ale wzmacniało ją jedno dziwne doznanie, które odczytywała jako rodzaj dumy: to ona sama – przynajmniej tym razem – była osobą, która zadecydowała, że opuści tę ziemię; nikt jej tego nie nakazał.

Było to jej zwycięstwo.

Ułożyła głowę na oparciu fotela w samolocie, którym lecieli z Budapesztu do Madrytu. Zamknęła oczy, obawiając się, że wciąż wpatrzony w nią Daniel odgadnie myśli, które ją osaczały, męczyły. Udawała, że śpi, śniąc przy tym sen, który wydawał jej się odległy, niemal niemożliwy. Bała się nadchodzącej przyszłości, może dlatego, że tak bardzo przerażała ją teraźniejszość, bardziej niż kiedykolwiek wcześniej. Czuła strach przed tym, co może przynieść każda kolejna chwila, szczególnie przed wszystkim, co wymykało się spod kontroli i zaczynało budzić jej nieufność, podważającą sens wszystkich decyzji. Jaka będzie jej reakcja na to, co szykuje dla niej los? Nie wiedziała, co ma zrobić ze swoim życiem, nie była nawet pewna, czy ma jakieś własne życie. Nie była też pewna, czy ma sens wracanie do domu, w którym pewnego dnia poznała swoją rodzinę – i coś jeszcze, do czego się nie przyznawała. Mimo tych wszystkich ciężarów, które życie zrzuciło na jej barki, miała przecież to, czego udało jej się nie pogrzebać – tak jak nie pogrzebano jej samej: Daniel wciąż był przy niej, a ona nie mogła ani nie chciała zastanawiać się nad tym, co to oznaczało. To była cena za jej bezsenność, za niepokój, za jej życie.

Dźwięczały jej w głowie słowa Ariego, syna Suhry. „Podczas wojny ulegasz stopniowej degradacji. A najgorsze jest to, że twoje ciało przyzwyczaja się do coraz bardziej upokarzających sytuacji. Zawsze jednak zostaje coś, czego możesz się złapać. Sztuka albo – co na jedno wychodzi – życie".

Usłyszała to podczas ich ostatniego pospiesznego spotkania w hotelu w Sarajewie, na kilka godzin przed powrotnym lotem do Hiszpanii. Zehera przysięgła samej sobie, że nigdy nie wróci do Wiszegradu, a przecież nie mogła wyjechać z kraju, nie spotkawszy się ponownie ze swym siostrzeńcem, który odziedziczył po matce nie tylko wygląd, uśmiech i artystycznego ducha, ale także sposób patrzenia na życie. Słuchanie go było jak podróżowanie w czasie pod rękę z Suhrą i przypominanie sobie jej rad, jej ostrzeżeń i zaleceń. Rozmowa była krótka, ale niezwykle intensywna. Znów byli sami, dzieląc ból wywołany brakiem nieobecnych, milczenie naładowane historią, szkliste spojrzenia, tajemnice odsłaniane przed sobą wzajemnie i słowa otuchy, które działały jak duchowy balsam. „Przeżywaj życie z taką intensywnością, na jaką zasługuje, jakby każda minuta miała być ostatnia. Nie przyzwyczajaj się do rutyny i jej kolein. Odkrywaj każdy dzień, gdziekolwiek będziesz. Ale rób to naprawdę". Przypadkiem – albo i nie – były to prawie te same słowa, które usłyszała z ust Suhry podczas ich ostatniej rozmowy.

Zasnęła, myśląc o tym. Śniła o tym.

CZĘŚĆ CZWARTA

Zabarwmy jej kolce
krwią. Niech nas rani.
Zgniećmy ukrytą różę,
tkwiącą wolno w czyimś sercu.

Milczenie.
To bóg milczenia.
Róża jest milczeniem,
zawsze będzie jedyną różą.
Tą samą, która
zawsze będzie ogniem
w pamięci.

Kto jest
strażnikiem róży?

Legenda, CECILIA BUSTAMANTE
(Premio Nacional de Poesía, Peru, 1965)

· 36 ·

Miesiąc po wyjeździe z Bośni i Hercegowiny z Danielem i Brunem oraz złożywszy obietnicę utrzymywania kontaktów z Aldem i Milanem – obietnicę, o której od pierwszej chwili wiedziała, że jej nie dotrzymają – życie Zehery w Pazo do Riba stopniowo się stabilizowało, częściowo dzięki dużej dawce jej osobistego wysiłku.

Ponowne wejście do dobrze znanego domu było dla niej przeżyciem dziwnym i jednocześnie rozdzierającym serce. Zbyt wiele wspomnień wiązało się z tym miejscem – wspomnień stanowiących główne filary jej życia i rozwoju jako osoby. To tam właśnie poznała znaczenie wielu słów, które wcześniej – za sprawą kaprysów losu pragnącego zniszczyć jej egzystencję – wypadły z jej słownika: rodzina, pomoc, sympatia, przyjaźń, czułość, uczucie, schronienie, solidarność, obrona, niezależność, praca, miłość i najmniej znane pojęcie z jej życiowego słownika: namiętność. Ale też i inne słowa nabrały w tych ścianach realnego kształtu: ból, zdrada, pożądanie, wina i wyrzuty sumienia. Wszystkie one zjednoczyły się teraz, tworząc swoisty komitet powitalny. Zehera przestraszyła się, że tak przytłaczające emocjonalnie przyjęcie wydobędzie na światło dzienne jej najtajniejsze niepokoje.

Powrót do tego domu zajął jej więcej czasu, niż mogła przypuszczać, a nadmiar samotności, którą przywiozła w bagażu, ciążył jej jak wielki głaz. Miejsca opustoszałe w mieszkaniu miały swoje odpowiedniki w jej życiu: wszystko złożyło się na to, że dom wydał jej się teraz większy, bardziej pusty, ciemny i, mówiąc szczerze, bardziej niebezpieczny. Niekontrolowane emocje zastawiały na nią ciągle liczne pułapki. Bolesne poczucie nieobecności Teresy Aliny i Julii – które krwawiło przy każdym poruszeniu się w mieszkaniu – uniezależnienie się Sary, a wkrótce potem także wyprowadzenie się Bruna, który tydzień po przyjeździe do Pazo do Riba musiał wracać do Madrytu, do pracy w kancelarii adwokackiej.

– Dacie sobie radę, prawda? – zapytał, niosąc walizkę do samochodu. – Gdybyście mnie z jakiegokolwiek powodu potrzebowali, zadzwońcie tylko, a zjawię się tu szybciej, niż się spodziewacie. – Bruno spojrzał na Daniela, oczekując z jego strony takiej samej jak zawsze miny oznaczającej aprobatę. Tak jak wtedy, gdy był mały i przychodziło mu prosić ojca o zgodę na wyjazd na wycieczkę albo na udział w zabawie, albo na pozostanie na noc u kolegi. – Tato?

– Jedź spokojnie, synu. Oczywiście, że damy sobie radę. Ale nic cię nie zwalnia z obowiązku odwiedzania ojca przynajmniej raz w miesiącu.

– I dzwonienia przynajmniej raz dziennie – dodała Zehera, bojąc się, że Daniel zapomni o tym szczególe.

Bruno pożegnał się z nią jak to zwykle on, zamykając ją w silnym uścisku ramion. Tak samo próbował robić, gdy był małym chłopcem, i jego ramiona nie potrafiły jeszcze jej objąć.

– Nie masz pojęcia, jakie to dla mnie szczęście, że znowu jesteś w naszej rodzinie. Mama byłaby taka szczęśliwa... – Widział, że ten komentarz wzbudził emocje w kobiecie, którą wciąż jeszcze trzymał w ramionach. – Aha, tato, jeszcze jedno. Wierzę, że zdołasz ją przekonać, by wróciła za ladę w kawiarni literackiej. Bo jeśli ty tego nie zrobisz, mama na pewno do nas wróci tylko po to, żeby nam porządnie zmyć głowy, jak to ona. Kto to widział, żeby jej ukochany lokal stał zamknięty i się kurzył? Wiesz najlepiej, jak to zrobić. Mam nadzieję, że kiedy tu przyjadę, kawiarnia będzie otwarta i pełna ludzi, do ostatniego miejsca. A przyjadę niebawem!

Daniel i Zehera zaczekali, aż samochód, którym odjechał Bruno, zamieni się w ledwo widzialny punkt wśród zieleni drzew porastających okoliczne góry. Weszli do domu przekonani, że wkrótce znów będę się cieszyć towarzystwem Bruna, jego ujmującą osobowością i dziwną umiejętnością sprawiania, że w jego obecności sprawy toczyły się w dobrą stronę. Były to cechy, które odziedziczył po swojej matce.

Zamykając drzwi wejściowe, Zehera poczuła dreszcz przechodzący od góry do dołu całe jej ciało. Kusiło ją, żeby udawać, że nie wie, o co chodzi, schować się za dziecięcą naiwnością, zignorować prawdziwe źródła doznania, którego doświadczała jej skóra. Ale każda próba udawania wydawała się zbyt tchórzliwa. Po raz pierwszy bała się spojrzeć w oczy prawdzie, gołej rzeczywistości, wolnej od ozdób i banalnych dodatków, które tylko odsuwały w czasie finałową scenę: ona i Daniel całkiem sami pod jednym dachem – tym samym, o którym tyle razy myślała, że zwali jej się na głowę.

Bardziej niż swojej reakcji czy słabości bała się nieokiełznanej i niesprawiedliwej fali spojrzeń, plotek i pogłosek, którą obecna sytuacja mogła wywołać w mieście: młoda i piękna Bośniaczka oraz szanowany, przystojny i zamożny chirurg, od kilku miesięcy wdowiec, mieszkający razem w ogromnym domu. Nie można było zaprzeczyć, że to idealna pożywka dla niezdrowej ciekawości. Życie postawiło ich przed takim problemem i Zehera nie była w stanie temu zaradzić, nie potrafiła stawić czoła ludzkiej złośliwości organizującej się w jednym, jedynym celu: żeby ranić i krzywdzić. „Ale dlaczego mieliby to robić? Zawsze między mną a nimi były dobre relacje i zrozumienie. Dlaczego teraz miałoby się to zmienić?". Sama siebie karciła za uprzedzanie wypadków i snucie takich rozważań. Wszyscy przecież z radością powitali powrót córki marnotrawnej: sąsiedzi z Pazo otwarcie świętowali jej przybycie i próbowali ją pocieszać w związku z traumą po zniknięciu jej córki. Opłakiwanie Teresy Aliny połączyło się z żałobą po śmierci Julii. I rzeczywiście, kiedy rodzina Castro znów postanowiła otworzyć kawiarnię i Zehera zajęła miejsce za barem, stali klienci podjęli na nowo swoje poprzednie zwyczaje; stopniowo wróciły rozmowy o literaturze, różne rodzaje kawy dostosowane do upodobań poszczególnych osób, spojrzenia Tomasa Czekolady – jeszcze bardziej, o ile to w ogóle możliwe, intensywne i pełne miłości niż dawniej – skąpstwo Jacinta, pospieszne i zawsze trochę spóźnione wizyty Gemy Dziury w Ziemi, mocna kawa Pedra El Macho – zawsze skoncentrowanego na Biblii i kazaniu, które miał wygłosić po południu – oraz dziwactwa pozostałej części klienteli, nowej i starej, które Zehera witała z nieodłącznym i szczerym uśmiechem na ustach. A także odwiedziny Daniela, który przychodził do kawiarni w ostatniej chwili. Pomagał Zeherze przy zamykaniu, a potem brał ją do samochodu i odwoził do domu, tak jak robił zawsze, kiedy Julia była zajęta do późnych godzin sprawami stowarzyszenia... Wydawało się, że wszystko wróciło do dawnego rytmu, ale te pozory szybko ustąpiły miejsca rzeczywistości.

Zehera nie mogła stwierdzić, że doświadczyła czyjejś zamierzonej złośliwości bądź świadomej chęci wyrządzenia jej krzywdy ani nawet chorobliwie plotkarskich skłonności sąsiadów, ale rozmaite szczegóły, miny, gesty i znaki świadczyły, że ludzie w miasteczku nie są w stanie zrozumieć sytuacji. Wkrótce pojawiły się rozmaite objawy świadczące o wątpliwościach, wizjach grzechu, plotki mówiące o moralnym upadku, przypuszczenia nabrzmiałe od kłamstw, niezdrowe szepty, które zawsze w takich wypadkach przekształcają się w uprzedzenia i krzywdzące wyobrażenia. Pogłoski obiegały ulice miasteczka, szepty krążyły wokół stołów, kłamstwa zawisały nad stoiskami na targu, pomruki zdobywały władzę nad improwizowanymi zebraniami, a ściszone głosy stawały się bronią palną w rękach niegdyś serdecznych sąsiadów.

Iskrą, która rozpalała te wszystkie komentarze, mogło być cokolwiek: każde zdarzenie – choćby samo w sobie całkowicie pozbawione znaczenia – wyrwane z kontekstu, obserwowane z dystansu i z pewnym złośliwym nastawieniem potrafiło włączać systemy alarmowe i wyzwalać fale plotek. Zapewne widziano Daniela z Zeherą, jak obejmowali się któregoś wieczoru po zamknięciu kawiarni, ale nikt nie przeczytał listu, który był powodem tego uścisku: Daniel przyniósł zawiadomienie, w którym potwierdzono wyrok dwudziestu lat więzienia dla jej rodziców i brata za zorganizowanie porwania. Wszyscy widzieli różne sceny, ale nie czytali tekstu napisanego drobnym drukiem, więc otrzymywali wypaczony obraz zdarzeń. Deformowano rzeczywistość, obejmującą na przykład powitania czy pożegnania, którym towarzyszyły pocałunki w policzek, przyjacielskie rozmowy w trakcie zakupów, pomoc przy wsiadaniu czy wysiadaniu z samochodu, wspólny posiłek przy stoliku w którejś restauracji albo filiżanka herbaty wypijana razem w kafeterii szpitala, do którego Daniel powrócił na poprzednie stanowisko... Oznaki życzliwości, miny i rutynowe gesty, obecne w ich zachowaniach jeszcze w czasach pełnej niewinności, znaczyły teraz coś innego w czujnych oczach miasteczka Pazo do Riba.

Zehera postanowiła podzielić się z Danielem obawami, które uniemożliwiały jej spokojny sen. Jak niemal każdego wieczoru oboje spotkali się w kuchni, gdzie przygotowywali kolację i opowiadali sobie o kończącym się właśnie dniu. Tego dnia Daniel właściwie zmonopolizował rozmowę, podczas gdy Zehera pogrążyła się w dziwnym, nietypowym jak dla niej milczeniu. Nawet go nie słuchała, czekając na najlepszy moment, żeby wyrzucić z siebie to, co ją od pewnego czasu gnębiło. Może kiedy skończy usuwać skórę z pomidorów, które miały posłużyć jako przybranie do mięsa? Była roztargniona i niezbyt skupiona na tym, co robi. W pewnej chwili ostry nóż przeciął jej skórę. Krzyknęła z bólu, a Daniel rzucił to, czym się zajmował, i podbiegł do niej. Obejrzał ranę i stwierdziwszy, że nie jest zbyt głęboka, podsunął jej dłoń pod kran, żeby oczyścić skaleczone miejsce.

– Nie przejmuj się, to drobiazg. Nie trzeba szyć – powiedział, umieszczając na jej dłoni kawałek papierowego ręcznika, żeby powstrzymać krwawienie. – Zacięłaś się tylko po wierzchu. Przez całe życie ostrzegałem wszystkich przed niebezpieczeństwem, jakie stwarzają kuchenne noże, szczególnie dla tych, którzy nie umieją ich używać. Byłaś roztargniona. Widzę to, myślisz najwyraźniej o czymś innym. Chyba w ogóle mnie nie słuchałaś. O czym myślałaś? – Kierował do niej tę niewinną wymówkę wyłącznie po to, żeby odciągnąć jej uwagę od skaleczenia.

– Muszę ci coś opowiedzieć.

Kiedy zaczęła mówić, zdała sobie sprawę, że właściwie nie bardzo wie, jak ma poprowadzić tę delikatną rozmowę. Żałowała, że nie przygotowała sobie choćby jakiegoś krótkiego planu, mimo niezliczonych godzin spędzonych na zastanawianiu się nad tą sprawą. Daniel przyglądał się jej uważnie, tak jakby wyczuwał powagę tego, co ma mu do powiedzenia.

– Co się dzieje? – spytał z pewnym lękiem, kończąc opatrywanie skaleczenia. – Już mnie wystarczająco nastraszyłaś jak na ten wieczór. Bądź ostrożna z tym, co masz mi powiedzieć – próbował żartować.

– Zastanawiałam się nad tą sytuacją…

– Jaką sytuacją? – przerwał jej. Było jasne, że nie ułatwi jej zadania; nie był gotów wysłuchiwać historii, na które po prostu nie miał ochoty.

– Pozwól mi skończyć, bo nie jest mi łatwo sformułować to, co chcę opowiedzieć – poprosiła, wysuwając zabandażowaną rękę spomiędzy jego dłoni. – Jak już mówiłam, zastanawiałam się i pomyślałam, że może najlepiej będzie, jeśli odejdę. Może to nie ma sensu, żebym nadal mieszkała w tym domu, kiedy jesteśmy tu tylko we dwoje. Ludzie mogą myśleć, mogą sobie wyobrażać…

– Nie ma sensu akurat to, co teraz mówisz. Więc może przestań opowiadać głupoty. – Głos Daniela spoważniał, zaczął brzmieć tak, jak wtedy gdy wydawał polecenia swemu zespołowi przy stole operacyjnym. Miał nadzieję, że takie zachowanie wystarczy, żeby uciąć tę rozmowę. Mylił się.

– Daniel, nie udawaj, że nic się nie dzieje. Jakbyś nie wiedział… Jakbyś nie pamiętał… No, tak jakbyś… – Była zrozpaczona, że nie może znaleźć odpowiednich słów, żeby mu jasno wytłumaczyć, co czuje. A czuła zbliżającą się emocjonalną burzę, nad którą nie będzie umiała zapanować. – Przepraszam, ale nie mogę! Nie mogę mieszkać z tobą, jakbym nic nie czuła za każdym razem, kiedy na ciebie patrzę, kiedy z tobą rozmawiam, kiedy się mijamy w korytarzu, kiedy piję z tobą wino, podaję ci chleb, siadam obok ciebie na sofie po kolacji i ty czytasz, a ja oglądam telewizję. Nie mogę. Nie potrafię, rozumiesz? A najgorsze jest to, że nie wiem, czy chcę!

– Więc tego nie rób – powiedział, zbliżając się do niej. W jego źrenicach widać było blask, jak u człowieka, który chce ujawnić przed samym sobą coś, czego od dawna pragnie. – Nie rób tego, do cholery. Ja też tego nie chcę.

– Ludzie mówią… – powiedziała nieco zmieszana, czując nadmierną bliskość ciała Daniela, która nieodmiennie ją krępowała.

– O czym? – spytał z nieruchomymi jeszcze ramionami, wciąż opierający się swoim pragnieniom, które podpowiadały mu, żeby objąć stojącą przed nim kobietę.

– O tobie i o mnie. O tym, co może się dziać w tym domu. – Oczy Zehery wpatrywały się w usta Daniela, ignorując płynące z głowy sygnały.

– Niech mówią. Jeśli się nie mylę, nie daliśmy im żadnych powodów. Od kiedy tak się przejmujesz tym, co mówią ludzie? – spytał, jednocześnie pozwalając się nieść nieświadomości i kładąc w końcu dłonie na ramionach Zehery.

– Chyba teraz im dajemy…

Przez moment poczuła lekki zawrót głowy, jej oczy zagubiły się w głębi jego oczu, a usta pozwoliły się zdobyć wargom, które nie były im już całkiem obce. Miała wrażenie, że spada swobodnie w jakąś ogromną, ciemną przepaść, ale czuła, że ręce Daniela ją chronią i że uniknie upadku. Przestała myśleć o czymkolwiek i skoncentrowała się na odczytywaniu bodźców wysyłanych przez zmysły. Kiedy ich wargi się rozłączyły i Zehera znów otworzyła oczy, patrzyła w twarz, którą miała przed sobą i od której biło spokojne, łagodne, ciche, powściągliwe światło, jak od osoby świeżo obudzonej po uspokajającym śnie, wolnej od jakiegokolwiek poczucia winy, od wszelkiej gwałtowności. Pamiętała, że kiedy poprzednio przeżywali coś podobnego, przepełniała ich namiętność, szaleństwo dyktowało wyraz twarzy, gorąco kierowało ruchami, a podniecenie je blokowało. Tym razem wszystko było inaczej. Ani lepiej, ani gorzej. Po prostu inaczej. I nie wiedziała dlaczego, ale cieszyło ją to.

– Nie możemy – powiedziały jej usta, ignorując sygnały płynące od reszty ciała. – Pomóż mi, proszę, nie możemy tego robić.

Daniel nie zamierzał nawet się nad tym zastanawiać i znów zatracił się w długim i namiętnym pocałunku, który służył za jego odpowiedź. Więc i ona pozwoliła się nieść doznaniom, jakie wywoływały w niej jego poruszające się dłonie. Nie zorientowała się, w jaki sposób jej ciało znalazło się na blacie zajmującym środek wielkiej kuchni ani jak trafiło tam ciało Daniela, które z wielką zręcznością ją uwięziło. Wszystko to nie miało znaczenia. Nic nie zakłócało jej stanu absolutnego zatracenia się. Pragnęła tylko czuć, co przeżywa każdy centymetr jej skóry w kontakcie z ustami mężczyzny, jak jego dłonie odkrywają nowe szlaki nieznanej jej dotąd namiętności, jak rozbudza ją coraz bardziej każdy ruch Daniela. Za chwilę miała zanurzyć się w czymś nieznanym i po raz pierwszy od dawna udało jej się usunąć z horyzontu jakikolwiek lęk. Pozwoliła, by jej ciałem wstrząsały nieznane jej wcześniej spazmy, dyszała, odkrywając nowe doznania, których istnienia nawet nie podejrzewała. Każdy jej mięsień reagował na kolejne, subtelne i jednocześnie intensywne, pieszczoty Daniela. Wewnątrz swego ciała i na skórze czuła mimowolne drżenie; po raz pierwszy miała wrażenie, że ten dygot za chwilę pozbawi ją przytomności. Przyzwyczaiła się do niezwykłej siły uderzeń serca bijącego w jej piersi; zamiast ją przerażać, ta siła stała się źródłem przyjemnych dreszczy. Nie przeszkadzało jej, że pot wypływający z jej porów nawilżał skórę, cieszył ją zapach dwojga złączonych ciał.

W chwili najwyższego podniecenia Daniel zatrzymał się, by uważnie się jej przyjrzeć. Prawie przez cały czas, kiedy jego usta badały ciało, które trzymał w objęciach, miał zamknięte oczy. Chciał teraz zobaczyć tę twarz, upewnić się, że jest prawdziwa, że szaleństwo zmysłów, które przeżywał, nie wynika z jakiegoś sennego doznania. Spoglądał po raz pierwszy na oddanie tego drobnego, pięknego ciała, o którym tyle razy marzył po nocach, kiedy sen kładł kres ostrożności i dodawał skrzydeł wyobraźni. Przypatrywał się z uwagą jej wyraźnemu podnieceniu, cienkiej warstewce potu, która pokrywała jej skórę, i pożądaniu widocznemu w oczach – bardziej zielonych niż zwykle.

– Powiedz, że chcesz, byśmy poszli dalej – poprosił, stając się przez chwilę barierą dla podniecenia, którym wezbrały piersi Zehery. – Powiedz, że nie chcesz, żebyśmy przerwali, że chcesz iść dalej. Powiedz, bo inaczej nie będę w stanie tego zrobić.

Zehera patrzyła, jak Daniel próbuje bezskutecznie kontrolować reakcje swojego organizmu. Poczuła, że pot na jej ciele staje się chłodny. Nie rozumiała wątpliwości Daniela i bała się, że ta sytuacja jest dla niego za trudna i że chciałby ją przerwać. Jeśli tak było, nie mogła go winić, sama przecież zareagowała podobnie kilka miesięcy wcześniej w jego gabinecie. Była w stanie jedynie kiwnąć głową.

– Powiedz to. Chcę to słyszeć. Muszę to usłyszeć – nalegał Daniel.

– Taaak – dźwięk, który wydobył się z jej ust, przypominał raczej westchnienie.

– Więc chodźmy. Nie chcę, żeby to się stało tutaj.

Daniel wziął Zeherę na ręce i wniósł ją po schodach do pokoju, który od początku przeznaczony był dla niej. Z wielką ostrożnością położył ją na łóżku, robiąc to tak, aby ich ciała się nie rozłączyły. To, co wydarzyło się później, zaskoczyło ją: zdumiało ją oddanie, z jakim Daniel okazywał jej, co naprawdę dla niego znaczy. Wiedział, że ciało, które obejmuje, zahartowało się w trakcie długiej i trudnej drogi życiowej, i z wielkim znawstwem robił wszystko, żeby je odprężyć i zmiękczyć. Jego pieszczotami przez cały czas kierowała delikatność, która zapewniła poczucie całkowitego bezpieczeństwa kobiecie przyzwyczajonej do przemocy i upokorzeń. Jego wargi – o których tyle razy marzyła w milczeniu – umiały znaleźć odpowiednie słowa szeptane do jej ucha, a potem przemieniały się w piórko, które pieściło każdy centymetr jej skóry i cierpliwie poznawało kolejne gładkie terytoria. Zehera czuła, że obmywa ją strumień nieskończonej przyjemności, że przenosi się w jakieś miejsce, gdzie nie ma reguł, uprzedzeń, więzów, lęków, a ona ledwo zachowuje resztę przytomności, wydając z siebie głos pełnej aprobaty, jęk dodający skrzydeł Danielowi. Straciła poczucie czasu i mogłaby przysiąc, że świadomość opuszczała ją tej nocy kilkakrotnie.

Kiedy pierwsze promienie światła przesączyły się przez szpary w żaluzjach, poczuła, że musi otworzyć oczy. Robiła to długo i leniwie. Przez chwilę nie mogła sobie uświadomić, gdzie jest, ale kiedy spojrzała na bandaż na swojej ręce, całkiem się obudziła, jakby jej umysł otrzymał właśnie – w formie nagłej retrospekcji – komplet informacji o tym, co wydarzyło się poprzedniej nocy. Leżała na boku, nie poruszając ani jednym muskułem swojego ciała, z obawy że po drugiej stronie łóżka nie znajdzie mężczyzny, który był odpowiedzialny za najszczęśliwsze chwile jej życia. Przerażała ją myśl o tym, co będzie, jeśli się odwróci i stwierdzi, że wszystko to było snem, figlem nieświadomości, wytworem pożądania bardziej niż rzeczywistości. Leżała jak sparaliżowana, obawiała się nawet głębiej odetchnąć. Dopiero kiedy poczuła lekki ruch prześcieradła blisko siebie, zaczęła normalnie oddychać i zamknęła oczy. Chciała jeszcze raz przypomnieć sobie to, czego doświadczała przed kilkoma godzinami, smakować na nowo wspomnienia, zatracić się w podniecających wizjach swego oddania. Jej umysł wciąż jeszcze zajęty był tymi obrazami, kiedy uświadomiła sobie, że obejmuje ją ramię Daniela. Znów poczuła się zgubiona, zwyciężona. Kiedy dotykała ją jego ręka, nie potrafiła uleżeć bez ruchu czy udawać głębokiego snu.

– Śpisz? – Usłyszała głos, który znała z przeżyć minionej nocy.

– Nie – odpowiedziała, myśląc, że nie zdoła przezwyciężyć wstydu. Choć sama się tego nie spodziewała, pokonała własne tchórzostwo i odwróciła się, poszukując źródła dobiegającego ją głosu.

– Dzień dobry. – Twarz Daniela wydawała jej się bardziej atrakcyjna i zmysłowa niż zwykle. – Mam nadzieję, że dobrze spałaś.

– Nigdy tak dobrze nie spałam – wyznała absolutnie szczerze.

Przez kilka chwil rozmawiali wyłącznie za pomocą spojrzeń i tego, co się za nimi kryło. W końcu Daniel nachylił się nad Zeherą, żeby pocałować ją w usta, wiedząc doskonale, jak dobrze przyjęty będzie ten gest.

– Zrobię śniadanie. Nie musisz się spieszyć ze wstawaniem – powiedział, zakładając białą koszulę, która wylądowała w nocy na podłodze w jakimś, trudnym do ustalenia, momencie. Zanim zniknął za drzwiami sypialni, odwrócił się jeszcze i spojrzał na kobietę otuloną białymi prześcieradłami. – Dziś jest sobota. Mamy cały dzień dla siebie.

Korzystając z chwilowej samotności, Zehera usiadła na łóżku i trzymając głowę w dłoniach, próbowała dokonać podsumowania sytuacji, w jakiej się znalazła. Przeżyła właśnie coś, o czym marzyła przez ostatnie lata; po raz pierwszy od bardzo dawna rzeczywistość spełniła jej najgorętsze pragnienia – te same, które na początku tak ją dręczyły, a potem pozwoliły jej przeżyć porwanie i uwięzienie w piwnicy domu rodziców. Wydawało się to absurdem, ale nie potrafiła narysować sobie odpowiedniej mapy na dalsze dni. Osiągnęła szczęście, więc poszukiwania zostały zakończone. Co ma robić teraz? Czym powinna się zająć w dalszym życiu? Czego od niej oczekiwano?

Zapach porannej kawy przygotowanej przez Daniela i gwizd czajnika – oznajmiający, że woda na herbatę Zehery zaraz się zagotuje – kazały jej wyskoczyć z łóżka i ruszyć w dół po schodach. To, co potrzebne do idealnego śniadania, było już rozstawione na kuchennym blacie, przy którym minionej nocy wszystko się zaczęło. Może ze względu na to skojarzenie była bardzo rozemocjonowana, siadając na taborecie. Potrzebowała kilku chwil, żeby wszystko obejrzeć, tak jakby drobiazgowość tej inspekcji pozwalała jej odtworzyć doznania z poprzedniego wieczoru. Nie uszło to uwagi Daniela, który ukrył swą figlarną minę, zasłaniając się filiżanką kawy.

– I co teraz? – zapytała Zehera, nie mając nawet odwagi, żeby wyjąć z filiżanki pływającą w wodzie torebkę z herbatą. – Jak będzie dalej?

Daniel przyglądał jej się przez kilka chwil. Nie potrafił, nie umiał albo nie chciał zrozumieć pytania, a tym bardziej znaleźć odpowiedzi zgodnej z oczekiwaniami Zehery. Podniósł się i stanął przed nią, tak jakby chodziło o odcyfrowanie w jej szmaragdowych oczach tego, czego nie rozumiał, gdy wypowiadały to jej usta. Odstawił filiżankę z kawą na stół i zbliżył się do Zehery.

– Nie wiem. Ty mi powiedz. Czego ty byś chciała? Wszystko zależy od ciebie.

– Nie wiem – wyznała z nietypowym dla siebie spokojem. – Wiem tylko, że nie żałuję tego, co się zdarzyło w nocy. – Zaczerwieniła się od wspomnień i musiała na chwilę spuścić głowę. – Skłamałabym, gdybym powiedziała co innego. Dzięki tobie poczułam coś, czego nigdy wcześniej nie znałam. Wiem, że to zabrzmi cukierkowato, głupio i że na pewno będziesz się ze mnie śmiał, jeśli ci powiem, że to było magiczne. Ale czuję się też winna, że nie wstydzę się tego. Kochałam Julię. Tyle jej zawdzięczam! Zawdzięczam jej życie! I taką sobie znalazłam formę podziękowania jej za wszystko, co dla mnie zrobiła. Co mam myśleć o samej sobie?

– Chcę, żebyś posłuchała uważnie tego, co ci powiem, bo nie zwykłem się tak wywnętrzać. – Daniel głęboko nabrał powietrza. – Julia była dla mnie wszystkim: kobietą mojego życia, moją przyjaciółką. Jej strata była czymś najgorszym, co mogło mi się zdarzyć, i gdyby to tylko mogło ją przywrócić do życia, oddałbym swoje, ani chwili się nie wahając. W naszym tandemie to ona była tą twardą, odważną, silną, a ja byłem tchórzem. Zawsze okazywała się mądrzejsza ode mnie. Jestem pewien, że wiedziała wcześniej od innych, co się święci, że niedługo nie będzie jej już z nami, żeby za nas rozwiązywać życiowe problemy. Jestem też pewien, że wiedziała wcześniej niż ja, jakie będą moje uczucia do ciebie. Nie mam żadnych wątpliwości, że znała i twoje uczucia, zanim jeszcze ty sama je rozpoznałaś. Dlatego kazała mi przysiąc, że pojadę po ciebie. Tak jakby chciała się upewnić, że żadne z nas nie popełni jakiejś głupoty, kiedy jej już nie będzie. Wiem, że to, co się wydarzyło w moim gabinecie, nie było w porządku. Ani wcześniej w kuchni. Zachowałem się jak prawdziwa kanalia, zdaję sobie z tego sprawę i wstyd mi za to. Nigdy nie posunąłbym się dalej, gdyby Julia nie… – Musiał przerwać wyjaśnienia z braku powietrza, a może z braku odpowiednich słów. – Ciągle jeszcze nie rozumiem, co mi się wtedy stało, przysięgam ci, że przez cały czas spędzony z Julią nie byłem w stanie choćby spojrzeć na jakąkolwiek inną kobietę. Ale nagle pojawiłaś się ty i nie wiem, jak mnie to dopadło ani kiedy. Nie zdawałem sobie sprawy. Może gdybym był mądrzejszy, zorientowałbym się, co się święci, ale jest, jak jest, i nie ma teraz co lamentować. – Daniel ujął w dłonie twarz Zehery. – Nie szukałem tego, ale się wydarzyło. I nie chciałbym rezygnować z ciebie, bo to i tak nie przywróci życia Julii. Nie chciałbym już nikogo tracić w życiu. To by nie miało żadnego sensu, a tylko przysporzyłoby nam obojgu dodatkowego bólu. Wiem, że to brzmi egoistycznie, ale to nieprawda. To nie jest egoizm, tylko przyjmowanie rzeczy takimi, jakie są. Dobrych i złych, wszystkich, które przynosi życie. A w tej sprawie, obawiam się, wiesz więcej niż ja.

Milczenie Zehery przestraszyło go. Pomyślał, że ona widzi wszystko inaczej, więc oderwał dłonie od jej policzków, cofnął się o kilka kroków i schował znów za filiżanką kawy.

– To nie będzie dla nas łatwe – powiedziała wreszcie Zehera. – Nie pozwolą, żebyśmy szli naprzód. Zrobią wszystko, co możliwe, żebyśmy przestali. Ale zapewniam cię, że jest mi to obojętne, bo cię kocham. I jeśli muszę za to przepraszać, zrobię to, nie ma problemu. Przeproszę ciebie, Julię, twoje dzieci, moją córkę, gdziekolwiek jest, przeproszę cały świat, jeśli będzie trzeba, ale nie jestem w stanie tego uczucia opanować. Kocham cię – powiedziała, wyciągając do niego ręce. – I jestem gotowa być przy tobie niezależnie od wszystkiego, co się może dziać. Ja też wiem, że Julia w swojej dobroci zaakceptowałaby tę zdradę, bo wiedziałaby, że to wcale nie jest zdrada. A jednak wciąż mnie to boli.

Pocałowali się, żeby przypieczętować te słowa, jakby się obawiali, że ich szczere porozumienie może rozpłynąć się w powietrzu.

– Obiecaj mi, że mi pomożesz. Że zawsze będziesz ze mną i nie zostawisz mnie z tym samej.

– Obiecałem to już jakiś czas temu innej osobie – wyznał jej Daniel, przypominając sobie słowo dane Julii. – A teraz przyrzekam to także tobie.

· 37 ·

Pierwszy sygnał, że sprawy przybierają bardziej skomplikowany bieg, nadszedł ze strony mocno już trzęsącej się Gemy zwanej Dziurą w Ziemi. Pewnego popołudnia, zaledwie piętnaście minut przed zamknięciem kawiarni, Zehera zobaczyła, że Gema wchodzi do środka. Nie pytając o zamówienie, zaczęła przygotowywać dla niej taką jak zawsze herbatkę miętową z mgiełką zimnego mleka i dwiema kostkami brązowego cukru. Nie skończyła jeszcze rozkładać wszystkiego na barze, kiedy Dziura w Ziemi podeszła do niej i otwartą prawą dłonią, z całą siłą, na jaką pozwalał jej wiek, uderzyła w drewnianą ladę, wprawiając w dygot filiżankę z herbatą i dzbanuszek z mlekiem.

– Nie, *señorita*. To nie jest w porządku. To obraza dla nas wszystkich. Przede wszystkim dla Julii. Powinnaś się wstydzić.

Zbuntowana klientka wyszła z takim samym pośpiechem, z jakim weszła do kawiarni, jednocześnie przysięgając, że to ostatnia wizyta w tym miejscu. Ta eksplozja temperamentu całkiem zaskoczyła Zeherę i odebrała jej zdolność reagowania. Potrzebowała paru chwil, żeby się pozbierać. Czuła na sobie spojrzenia czworga klientów, którzy nadal siedzieli przy stolikach i przyglądali się, jakby chodziło o grę w strzałki, w której tarczą było jej zdrętwiałe ciało. Zdawała sobie sprawę, że jej blada twarz się czerwieni, przybierając kolor cynobrowych warg. Węzeł, zawiązujący się w jej gardle, zaczął przenosić się niżej, w kierunku żołądka, który ścisnął z siłą żelaznej pięści. Nie czuła wstydu. Dzięki naukom babci Mirsy wiedziała od małego, że to uczucie bierze się z występku, a nie z kary – a ona przecież nie robiła nic złego. Jej zachowanie było może niezbyt fortunne, ale nikomu nie szkodziło. Nieśmiałość, która ją teraz opanowała, wynikała z obawy przed niezrozumieniem przez innych. Jeden po drugim, zakłopotani sytuacją i zmuszeni do wyjścia przez późną godzinę, pozostali klienci płacili za swoje zamówienia i opuszczali kawiarnię w krępującej ciszy. Ostatni wychodził Tomas Czekolada i Zehera bez trudu zauważyła w jego omdlewającym spojrzeniu mieszaninę rozczarowania i bólu. Po raz pierwszy zebrał w sobie dość odwagi, żeby nie odwracać od niej wzroku, choć miałby ochotę oszczędzić sobie zakłopotania, jakie niosła ta chwila. Przez chwilę Zehera, która zareagowała na jego widok smutkiem, miała ochotę prosić go o przebaczenie, choć zaraz coś zdusiło w niej ten odruch. Właściwie dlaczego miałaby to robić? Dlaczego miałaby się tłumaczyć? Nigdy nie dała mu żadnej nadziei – przeciwnie, musiała znosić jego spojrzenia i uwagi, które nieraz ją krępowały. Kim on był, żeby żądać od niej wyjaśnień czegoś, co istniało tylko w głowie zakochanego szaleńca? Żadne z nich dwojga się nie odezwało. Wychodząc, Tomas – odrzucony, przybity, pokonany – zderzył się w drzwiach z Danielem, który właśnie w tej chwili wchodził do kawiarni, żeby jak co wieczór zawieźć Zeherę do domu. Po raz pierwszy od wielu lat jego pozdrowienie pozostało bez odpowiedzi.

– Co się dzieje z Czekoladą? – spytał zdumiony.

– To samo co z resztą. Uprzedzenia. To chyba będzie epidemia.

W następnych dniach sytuacja się nie poprawiła. Scena, do której doszło w kawiarni, stała się przedmiotem opowieści, jakimi żywili się wszyscy plotkarze w Pazo do Riba. Atmosfera stawała się nie do wytrzymania. Im lepsze i bardziej otwarte – w różnych tego słowa znaczeniach – były relacje między zakochanymi, tym silniejsze biły w nich fale pogłosek. Spojrzenia zamieniły się w wyroki; subtelne uwagi, które padały w trakcie rozmów – w oceniające sądy; a obojętność tych, którzy dawniej rozpływali się w komplementach i podziękowaniach – w potępienie wyrażane prawie jednogłośnie.

Nawet jeśli to Zehera bardziej cierpiała z powodu przerzedzania się przyjaznego jej kręgu, Danielowi też nie szczędzono krępujących uwag. Nie chodziło wyłącznie o spojrzenia rzucane przez niektóre pielęgniarki czy sanitariuszy ani o dystans i chłód wyczuwalne w zachowaniach pewnych pacjentów – w większości sąsiadów z miasteczka – ani nawet o zmniejszony napływ pacjentów do gabinetu. Co innego przekonało go, że obawy Zehery, którymi dzieliła się z nim wieczorami po przyjściu do domu, nie były bezpodstawne. Pewnego popołudnia, po tym jak jego dłonie dokonały cudu na sali operacyjnej i przywróciły życie dziesięcioletniemu dziecku, szpital niespodziewanie odwiedził miejscowy proboszcz. Daniel nigdy nie miał zbyt bliskich relacji z Kościołem, a już szczególnie z Pedrem El Macho – całkiem inaczej niż Julia, która szła na pewne kompromisy z kręgami klerykalnymi, żeby zapewnić sobie ich życzliwość dla stowarzyszenia. Gdyby nie to, że Julia prosiła go czasem, żeby towarzyszył jej przy okazji chrztu czy ślubu kogoś z przyjaciół, Daniel nie bywałby chyba wcale w świątyni, którą rządził dziwny człowiek w sutannie. Nigdy nie lubił tego księdza, nigdy nie potrafił się z nim dogadać i tylko dobre maniery oraz szacunek dla Julii sprawiały, że nie okazywał duchownemu swoich rzeczywistych uczuć. Irytowało go, że za każdym razem, kiedy to jego zręczność w posługiwaniu się skalpelem ratowała czyjeś życie – a szczególnie życie dziecka – ten człowiek w czerni, z miną świadczącą o poczuciu wyższości, redukował wszystko do woli Boga, lekceważąc to, jak bardzo dłonie chirurga i ręce jego zespołu dopomogły łasce Bożej w osiągnięciu sukcesu. Nie mógł tego znieść. Wydawało mu się, że jest to wyraz skrajnego cynizmu. Dlatego nie spodziewał się po obecności księdza w gabinecie niczego dobrego; na razie jedynym efektem wizyty było zdenerwowanie sekretarki, która nie wiedziała, jak ma się wytłumaczyć z tego, że pozwoliła człowiekowi w sutannie – ale bez wyznaczonej wizyty – wtargnąć do pokoju doktora.

– Nie przejmuj się, Lidio. Ja się panem zajmę – powiedział, żeby uspokoić sekretarkę, która zrozumiała, że ma wyjść i zamknąć za sobą drzwi. – Ojcze, cóż za niespodzianka. Ojciec tutaj? Nie sądziłem, że ojciec odwiedzi mnie w moim gabinecie. Mam nadzieję, że nie chodzi o nic poważnego.

– Może i tak, ale jak prawie zawsze, wszystko zależy od ciebie. Można powiedzieć, że wszystko w twoich rękach – odpowiedział ksiądz teatralnym tonem, stosując tani chwyt w postaci nadania słowom podwójnego sensu, co już na samym początku zirytowało Daniela. Co więcej, wyprowadzało go z równowagi, że gość mówi do niego „ty", podczas gdy on sam stosuje formy grzecznościowe dla podkreślenia dystansu.

– No proszę, to dopiero nowina. Zawsze mi się wydawało, że wszystko jest w rękach Boga miłosiernego, o którym ksiądz tyle mówi. Proszę powiedzieć, co mogę zrobić, by księdzu pomóc.

– Coś, co by pomogło nam wszystkim. Głównie tobie, a zrozumiesz to, kiedy pozwolisz, że ci wszystko wyjaśnię. Posłuchaj, Danielu, wiem, że nigdy nie byliśmy w ciepłych stosunkach i różnimy się znacznie sposobem patrzenia na świat. Nie chcę, żebyś myślał, że przychodząc tutaj, kierowałem się czymkolwiek innym niż lojalna chęć pomocy i naprawienia sytuacji. – Widząc nieprzejednany wyraz twarzy rozmówcy, ksiądz uznał, że misja nie będzie łatwa. Postanowił przestać owijać w bawełnę i przejść do sedna. – Chyba wiesz, że swoim postępowaniem powodujesz pojawienie się w mieście plotek, które nie służą dobrze ani twoim dzieciom, ani tobie, ani, rzecz jasna, młodej Zeherze...

– Ach, więc o to chodzi... – Uśmiech Daniela krył gniew, który komentarz proboszcza obudził w głębi jego trzewi. – To była ta ważna kwestia, która sprawiła, że przyszedł ksiądz mnie odwiedzić. Muszę więc poinformować, że odbył ksiądz tę podróż na próżno. A teraz chciałbym przeprosić, ale mam ważne sprawy, decydujące o życiu i śmierci w najściślejszym znaczeniu tych słów, których sens potrafi ksiądz tak po mistrzowsku wypaczać.

– To błąd. Wiesz o tym – nalegał duchowny, nie ruszając się z miejsca mimo wezwania do opuszczenia gabinetu. – Wiem, że prawda bywa bolesna, ale ktoś musi ją powiedzieć. I dlatego tu jestem. To jest niegodne, niemoralne, niewłaściwe dla człowieka tej klasy, osobistej i profesjonalnej.

– Nie przypominam sobie, żeby ksiądz troszczył się o moją sytuację osobistą, przychodząc tu tyle razy, żeby mnie prosić o bezinteresowne operowanie chorych, którzy, nawiasem mówiąc, są księdza przyjaciółmi.

– To niegodne. I tyle. To się sprzeciwia wszystkim normom. Powinieneś zejść z drogi hańby, na którą wszedłeś.

– Dziwne, że to właśnie ksiądz przychodzi mnie pouczać, co powinny robić, a czego nie, dorosłe osoby. – Ostrożność, która zawsze cechowała Daniela, zaczęła się kruszyć, choć ani przez chwilę nie podnosił głosu. – Przy całym szacunku, o którym ksiądz chyba zapomniał, zostawiając go w kościele, te same nauki moralne mógłby ksiądz skierować do swojej matki, żeby nie wspomnieć o księdza ojcu, także pasterzu. Przynajmniej tak wynika z tego, co szepczą te same usta, które teraz złorzeczą na mnie. I bardzo proszę nie brać tego zbyt osobiście.

– To, co czujesz, nie ma nic wspólnego z pięknym i czystym uczuciem, jakim jest miłość – nalegał dalej Pedro El Macho, tak jakby niczego nie usłyszał.

Daniel miał coraz bardziej zasępioną minę.

– Wie ksiądz, wszystkim by nam pomogło, gdyby Kościół zajmował się potępianiem przemocy, której ofiarami padają konkretni ludzie, a nie próbował rządzić sumieniami i uczuciami. Z pewnością nie musiałby wtedy po latach prosić o przebaczenie, kiedy już nie ma innego wyjścia.

– Duma nie zaprowadzi cię daleko, Danielu. Pomyśl o tym, co ci mówię: Julia nie zasługuje na coś takiego.

– Dość już! – Ta ostatnia uwaga wyczerpała całkowicie hojnie okazywaną cierpliwość Daniela. – Zechce ksiądz wyjść z mojego gabinetu i bardzo proszę o powstrzymanie się od mówienia mi, na co zasługuje, a na co nie, moja żona. Przede wszystkim zasługuje ona – i to w ilościach przemysłowych – na tę słynną miłość Boga, którego ksiądz tak ukochał. Ale na to nigdy nie ma miejsca. Widać w ostatnich dniach Bóg musiał być zajęty przy innych zadaniach, takich jak to, które przywiodło dziś księdza tutaj. Myślę, że zna ksiądz drogę. Do widzenia.

Kiedy kroki proboszcza ucichły już w głębi korytarza prowadzącego do wyjścia, Daniel wykonał jeden zdecydowany ruch, po którym wszystko to, co leżało dotąd na stole, spadło gwałtownie na podłogę, a po drodze niektóre z tych przedmiotów obiły się o ścianę. Był to pierwszy tego typu gest, w trakcie ponad trzydziestu lat pracy w szpitalu. Nie poczuł się od tego lepiej. Otworzył okno, żeby chłodne powietrze ostudziło jego głowę, po czym opadł na fotel, w którym zwykł siedzieć podczas rozmów z pacjentami, i utkwił wzrok w jakimś punkcie przed sobą.

Kilka suchych uderzeń w drzwi zakłóciło pozorny spokój, który zapanował w gabinecie po wyjściu proboszcza. Daniel nie odpowiadał, dopóki stukanie się nie nasiliło. Do pokoju wszedł człowiek, który nie potrzebował na to pozwolenia swego współpracownika i przyjaciela – doktor Sayans. Zaintrygowało go, że proboszcz postanowił odwiedzić osobę, która była prawdopodobnie najbardziej zdecydowanym ateistą w całym regionie – i teraz lekarz musiał zaspokoić swoją ciekawość. Przyjrzawszy się bałaganowi w gabinecie, przyjął swój zwykły, ironiczny ton.

– Proszę, proszę. Widzę, że to była diagnoza trudna do przekazania pacjentowi. – Ponieważ jego przyjaciel nadal nie reagował, Sayans przestraszył się, że stało się coś naprawdę poważnego. – Nie opowiesz mi? Co tu się dzieje? – Ricardo Sayans nie był przyzwyczajony do milczenia kolegi. – Jeśli chcesz, to sobie pójdę i wrócę, kiedy ci się poprawi. Nie chcę przeszkadzać.

Zbierał się już do wyjścia tymi samymi drzwiami, którymi przed chwilą wszedł z zamiarem zaspokojenia ciekawości. Głos Daniela powstrzymał go.

– Przyszedł, bo uważa, że to niemoralne. To, że ja i Zehera jesteśmy razem. I jeszcze aby mi powiedzieć, że Julia na to nie zasługuje. – Jego głos brzmiał poważnie; wizyta księdza naprawdę zrobiła na nim wrażenie.

– A, no tak. Coś już o tym słyszałem. – Ricardo zastanawiał się, czy lepiej będzie mówić dalej, czy wybrać milczenie.

– Ty i tak na oko z pół miasta – powiedział Daniel, nie patrząc na niego.

– Daniel, wiesz, że to nie ja, tylko ty jesteś specjalistą od dawania dobrych rad. Ale chcę, byś wiedział, że nigdy bym ci nie wybaczył, gdybyś zrezygnował ze szczęścia z powodu podręcznikowej demagogii, absurdalnej i stronniczej, wymyślonej przez jakichś świętoszkowatych facetów w sutannach. Ja bym ci tego nie wybaczył i Julia też. Znam cię zbyt długo, żeby ktoś musiał mi tłumaczyć, jakiej klasy człowiekiem jesteś i jakie są twoje przymioty. Nie pozwól, żeby ktokolwiek się tobą bawił.

Mógłby mówić dalej albo czekać na odpowiedź, ale ktoś wszedł do gabinetu bez zadawania sobie trudu, żeby zapukać.

– Co tu się dzieje? – spytał doktor Muñoz, ten sam, który podjął się znalezienia odpowiedniej terapii dla Zehery po jej przybyciu do Pazo do Riba. – Widziałem otwarte drzwi, więc wszedłem. Powiecie mi, o co chodzi? Zebranie beze mnie? Kogo obgadujecie? – spytał, nieświadomy napięcia, jakie panowało w czterech ścianach gabinetu.

– Sam otworzyłeś te drzwi, Nacho – odpowiedział mu Daniel. – Były zamknięte, żeby nie wszedł nikt bez mózgu. Ale zdaje się, że na nic się to zdało. – Postanowił zwalić się na sofę, która stała za plecami jego przyjaciół i towarzyszy pracy. Wyraz twarzy nowo przybyłego, który nie był w stanie powściągnąć ciekawości obudzonej przez konspiracyjne spotkanie kolegów, rozbawił Daniela. W końcu ustąpił i udzielił wyjaśnienia, którego domagał się Muñoz.

– Tym razem obgadujemy mnie – powiedział. Zamilkł na chwilę i przyjrzał się wyczekującej twarzy Muñoza, a potem ciągnął dalej. – Zehera i ja jesteśmy razem.

– Ty sukinsynu! – Ten głośny okrzyk podyktowany był jak najszczerszym podziwem i całkowitą aprobatą najwyraźniej wspartą zazdrością. – Ja cię chrzanię! Ale skurwiel! – Najnowsze komentarze doktora Muñoza nie przyczyniły się do polepszenia stanu ducha Daniela. – Powiedziałem ci pierwszego dnia, że to jest klejnot, powiedziałem ci, a ty jak zawsze kazałeś mi się…

– Nacho, nie sądzę, żeby to było najstosowniejsze w takim momencie – próbował mediować doktor Sayans.

– Jak to nie? Ja się najlepiej znam na tych sprawach, a wszystko, co wartościowe, zawsze sprzątają mi inni. – Zauważył, że Daniel nie ma ochoty na dalsze żarty. – No i co się dzieje? Gdzie jest, kurwa, problem? Czy ktoś mi może wytłumaczyć, na czym polega dramat? Coś spoważniałeś, doktorze Castro, ale nie przesadzajmy, to chyba tylko nowa opalenizna. No dobra, chłopie, przestań mi tu pierdzielić!

– Czemu ty musisz tak przeklinać? – Reprymenda w ustach Daniela zabrzmiała śmiesznie, wydawała się nie na miejscu, ale dotyczyła sprawy, przy której zawsze się upierał. – Wypowiedziałeś jakieś trzy bzdury i rzuciłeś przy tym pięć przekleństw. Nie znasz umiaru.

– I ty też nie, przyjacielu. Czy ktoś mi może wytłumaczyć, gdzie, u kurwy nędzy, jest ten wielki dylemat? A może będzie lepiej, jak ja ci wytłumaczę? I zrobię to przy użyciu twoich własnych słów: otwierasz, czyścisz, zamykasz i problem znika. No więc ty już otworzyłeś i zamknąłeś. Więc problem zniknął, bracie. A jak ktoś tego nie rozumie, to niech się pieprzy.

– Nacho! – krzyknął Daniel.

– Przepraszam! Niech się złości, niech się denerwuje, niech się wścieka... A do diabła z tymi kurewskimi formami! Jesteś gorszy niż moja matka. – Doktor Muñoz miał subtelną umiejętność upraszczania spraw najbardziej skomplikowanych i tym razem też postąpił nie inaczej. – No więc co? Zapraszacie mnie na kolację? Moja żona wyszła gdzieś z przyjaciółkami i powiedziała mi, żebym się... – Tym razem się powstrzymał. – Żebym sam sobie radził.

Pięć godzin później Daniel dotarł do domu, mając w żyłach więcej alkoholu, niż wypił przez całe życie. Jeśli sądzić po zachowaniu wszystkich trzech lekarzy, winę za to ponosiły cztery dżiny z tonikiem na głowę. W końcu to też było jakieś lekarstwo.

Było to nieuniknione. Prędzej czy później przerzuty plotek musiały dotrzeć do najdelikatniejszych miejsc, w których mogły wyrządzić najwięcej szkód. Sprytna mieszanina pogłosek, z których część osiągnęła już rozmiary prawdziwego szekspirowskiego dramatu, dosięgła wkrótce uszu Sary. Dziewczyna – choć mieszkała już wtedy w mieście oddalonym o dziesiątki kilometrów od miejsca, w którym się wychowała – nie zerwała różnych nici łączących ją z Pazo do Riba, nieprowadzących bezpośrednio do jej domu rodzinnego. Kiedy jedna z najlepszych przyjaciółek przekazała jej przez telefon sensacyjną wiadomość, która obiegała miasto, Sara zareagowała niekłamanym zdumieniem. Nigdy nie była dobra w sztuce udawania i otwarcie odrzucała wszystko, co pachniało tanią hipokryzją. Pamięć podsunęła jej obraz spojrzeń, które wymieniali między sobą ojciec i Zehera, zachowań, zdań, wypowiadanych uwag, jakie w danej chwili mogły ujść za całkiem niewinne, a teraz dodawały prawdopodobieństwa powszechnie powtarzanym złośliwym plotkom. Sara nie potrzebowała, żeby któryś z bohaterów tej historii potwierdził to, co usłyszała z ust przyjaciółki i co zaczynało już ją dusić. Nie mogła też zaradzić wściekłości, dławiącej ją, gdy zastanawiała się, co ma teraz robić i jak się zachowywać. Czuła wstyd, odrazę i pilną potrzebę zemsty.

Zostało jej już tylko kilka dni do porodu i obawiała się, że gwałtowna reakcja może jej zaszkodzić. Nienawidziła ojca, bo uważała, że zawiódł ją na całego, a jeszcze bardziej nie znosiła młodej Bośniaczki, którą kiedyś traktowała jak siostrę, a teraz uważała za swojego głównego wroga. Zanim zdecydowała się porozmawiać o tym z Eduardem, swoim partnerem, i zanim zapytała go, czy słyszał jakieś nowe plotki – a przecież Daniel i on pracowali w tym samym szpitalu – zadzwoniła do brata i zapoznała go z zaistniałą sytuacją. Reakcja Bruna była dla niej zaskoczeniem. Określiła ją jako tchórzostwo, kompletną głupotę i przejaw skłonności narcystycznych; rzuciła mu w twarz zarzut braku zdecydowania i godności w obliczu czegoś, co ona sama uznała za niewybaczalne zbezczeszczenie pamięci matki.

– Zróbmy jedną rzecz, Saro – powiedział Bruno, próbując obniżyć temperaturę rozmowy i uspokoić wzburzoną siostrę na drugim końcu linii telefonicznej, mając zresztą na uwadze, że jest godzina druga w nocy. – Zadzwonię do ojca i powiem mu, że w weekend jadę do miasta. Zorganizujemy kolację w domu i niech on sam wszystko nam wyjaśni. To będzie lepsze niż słuchanie tego, co mówią twoje przyjaciółki. Nie obraź się, ale znamy je przecież i wiesz, że im dalej od nich, tym lepiej.

– Wyjaśni? Tu nie ma co wyjaśniać. W mieście widzieli ich razem i wydaje się, że oni nie mają żadnych problemów z afiszowaniem się. Trzeba zrobić coś innego: skończyć z tym wszystkim. To wstyd dla całej rodziny i przede wszystkim dla pamięci matki.

– Saro, w mieście ludzie mówią, że widzieli różne rzeczy. Przypomnij sobie, jak twoja podróż do Stanów Zjednoczonych zbiegła się z wyjazdem wikarego z Pazo do Riba i niejeden w mieście was łączył w parę i traktował jako rodziców dwójki ślicznych dzieciaczków. I druga rzecz, znacznie ważniejsza: nic nie jest w stanie splamić pamięci mamy. Nic. Zrób coś dla mnie. Rozłącz się teraz i spróbuj odpocząć. Zobaczysz, że rano będziesz to traktować jak głupstwo. Tak będzie najlepiej dla wszystkich. I dla ciebie też, jeśli nie chcesz urodzić mojego siostrzeńca z symptomami stresu, z którym nawet doktor Muñoz nie da sobie rady.

Sara posłuchała brata, nie bardzo rozumiejąc dlaczego. Może zanadto przypominał jej matkę i nie potrafiła zignorować jego sugestii. Za trzy dni wszystkie wątpliwości się rozwieją i można będzie wysłuchać stosownych wyjaśnień. Była to jedynie kwestia czasu, choć tego właśnie najbardziej jej brakowało: im bardziej wydłużało się oczekiwanie, tym złośliwsze robiły się języki sąsiadów, tym żywsze i bardziej rozdęte stawały się plotki.

· 38 ·

W tym wypadku pilna wizyta Bruna wydała mu się trochę wymuszona. Niewątpliwie kryły się za nią jakieś motywy, których wyjawieniu nie sprzyjała rutynowa, chłodna rozmowa przez telefon. Daniel usłyszał w głosie syna ten sam ton, który rozpoznawał u Julii, kiedy miała go o coś poprosić i nie wiedziała, jak to zrobić, żeby nie wzbudzić podejrzeń. Choć wiedział, że jednym prostym pytaniem mógł rozwiać wątpliwości, które go nurtowały, wolał zanadto nie dociskać syna. Sara i on nalegali na pilne spotkanie rodzinne, niczego nie wyjaśniając. Ale nie było takiej potrzeby. Daniel wiedział aż za dobrze, z jaką szybkością rozchodzą się plotki, szczególnie kiedy toruje im drogę niezdrowa ciekawość zasilana na dodatek znudzeniem. Nie przejmował się zanadto reakcją swoich dzieci, ufał im, może za bardzo, ale bał się, że Zehera nie będzie w stanie stawić czoła sytuacji, że załamie się, gdy zostanie z nią skonfrontowana... Postanowił więc poinformować ją o wielce prawdopodobnej przyczynie zwołanego naprędce spotkania.

Pierwszy stawił się Bruno – uśmiechnięty, wesoły i wyraźnie okazujący swą radość ze spotkania z najbliższymi. Widząc go, Daniel nabrał wątpliwości, czy jednak nie pomylił się w swych przewidywaniach; ale przybycie Sary zniweczyło wszelkie nadzieje, że wieczór upłynie w normalnej, rodzinnej atmosferze. Obiecała bratu i Eduardowi, że zachowa spokój, będzie panować nad nerwami i nie zamieni się w furię, w którą się wcielała, kiedy coś ją wewnętrznie gryzło. Panowanie nad sobą przychodziło jej z trudem; czekała na chwilę, którą ojciec uzna za stosowną, żeby się wytłumaczyć. W końcu jej siła woli okazała się niedostateczna i Sara nie wytrzymała.

– No dobrze. A co słychać w mieście? Wydaje mi się, że panuje spore ożywienie. – Intonacja, z jaką wypowiedziała te słowa, nie zostawiała miejsca na wątpliwości. Daniel zrozumiał, że za chwilę w jadalni jego domu rozpocznie się burza, której się obawiał. – I to chyba dzięki wam dwojgu.

Sarkazm tego komentarza sprawił, że wszyscy obecni utkwili wzrok w twarzy Daniela, czekając na jego reakcję. On zaś był jedynym, który nie odwrócił oczu od stojącego przed nim talerza. Napięcie mięśni usztywniło mu twarz i zapowiadało najgorsze.

– Co masz na myśli, córko? – spytał, jednocześnie spychając widelcem na brzeg talerza pozostałe jeszcze na nim resztki garnirunku.

– Wiesz doskonale, co mam na myśli. Sądziłam, że będziesz miał odwagę sam wszystko nam opowiedzieć, zanim zrobią to inni. Choćby dlatego, że po śmierci matki jesteśmy twoimi najbliższymi. Wiesz: mama, Julia. Pamiętasz ją jeszcze?

– Sara, proszę cię. – Podjęta przez Bruna próba okazała się daremna, podobnie jak wysiłki Eduarda, starającego się uspokoić żonę metodą kopania pod stołem.

– Kiedy zamierzaliście nas poinformować, że spędzacie noce, pieprząc się ze sobą w tym domu? Przed ślubem czy po? Oczywiście robiliście to w łóżku, w którym sypiałeś z mamą, bo pewnie nawet i tego nie uszanowaliście.

– Sara, uspokój się. Co ty wygadujesz? Możesz się uciszyć? Proszę cię. – Jej brat znów próbował się wtrącić, żeby sytuacja nie wymknęła się spod kontroli, jeszcze zanim zacznie się rozmowa. Ale nie dawało się powstrzymać zalewu pretensji, które Sara hodowała w sobie przez ostatnie dni.

– A tobie – Sara zwróciła się do Zehery, kierując na nią pełen emocji wzrok – twarz nie spaliła się ze wstydu? Z pewnością starannie to sobie zaplanowałaś od samego początku. To niewiarygodne, jak nas wszystkich oszukałaś. A na dodatek miałaś szczęście. Dwie osoby, które mogły ci przeszkodzić w realizacji twoich planów, nie żyją. Chociaż prawdę mówiąc, sądziłam, że żałoba po śmierci twojej córki potrwa trochę dłużej.

– Dość tego! – Daniel odstawił kieliszek na stół z taką siłą, że rozsypał się na drobne kawałki. Na dłoni ojca Sary pojawiły się niewielkie krwawe plamki, które można było pomylić z kroplami szkarłatnego wina. – Nie pozwolę, żebyś się tak do nas odzywała w moim własnym domu. Nie masz do tego prawa. Nie masz nawet pojęcia, co wygadujesz.

– Trzeba było nie pozwalać jej, żeby tu wróciła. Reszta jest zbędna, ojcze. Nie poznaję cię.

– Zbędne są twoje sądy wartościujące moje zachowanie. Nigdy nie wypowiadałem takich sądów na twój temat, nawet wtedy kiedy powinienem to robić. I nie zgodzę się, żebyś ty sobie pozwalała na coś takiego wobec mnie. – Daniel wytarł dłoń serwetką, nie zauważając nawet widocznej na niej krwi. Zehera zauważyła skaleczenia Daniela, ale odbywająca się przy stole wymiana oskarżeń całkiem ją sparaliżowała. – Macie rację. Powinienem wam powiedzieć, zanim dotarły do was plotki z miasta. I przepraszam, że tego nie zrobiłem. Ale uwierzcie mi, że to było coś, co przerosło nas samych. Nie zdawaliśmy sobie sprawy, co się dzieje.

– Kurwa! Nie zdawaliście sobie sprawy, ale całkiem dobrze wam to szło! A ty tego nie widzisz! Na miłość boską, przecież ona mogłaby być twoją córką!

– Mogłaby. Ale nie jest – odpowiedział Daniel, podkreślając każde z wypowiadanych słów.

– No dobrze, już dość! – krzyknął Bruno. – Wszystkich nas to zaskoczyło. Nic dziwnego, że jesteśmy trochę wzburzeni. Ale, na Boga, nie musimy tak dramatyzować. Nikt nikogo nie zabił. Więc uspokójmy się trochę wszyscy – mówił, patrząc na Sarę i wierząc, że jego słowa pomogą rozładować napięcie.

– Ależ oczywiście że były i ofiary śmiertelne! Moja matka ryzykowała życie, żeby ratować tę kurwę, która z wdzięczności rzuciła się na jej męża. Ciekawe, kiedy to całe gówno się zaczęło! Nic dziwnego, że cię wyrzucili z twojego kraju i że twoi rodzice tak cię przyjęli. Wiedząc, co im zrobiłaś. Powinnaś była umrzeć. Byłoby lepiej dla wszystkich. – Słowa Sary wydawały się ranić je obie.

– Koniec! Wynoś się natychmiast z tego domu – zażądał Daniel, wstając gwałtownie od stołu. – Jazda!

– No i co z ciebie za ojciec? Wyrzucasz z domu córkę w ciąży, żeby bronić kurwy, którą przywiozłeś z Bośni.

Ojciec i córka mierzyli się wzrokiem, świadomi krzywdy, jaką sobie wyrządzają, ale niezdolni, żeby odsunąć od siebie uczucie nienawiści, choć prawdę mówiąc, nienawiści tam nie było. Tylko wściekłość, gniew i bezsilność.

Daniel spojrzał na wydatny brzuch córki, która niedługo miała rodzić. Potem zwrócił się do Eduarda.

– Prosiłbym cię, żebyś zabrał żonę z tego domu. Nie sądzę, żeby w jej stanie było to najlepsze miejsce – zaapelował grzecznie do swego zięcia.

– Tak, proszę pana – odpowiedział Eduardo, który nadal jeszcze zachowywał pełen lęku respekt wobec teścia, zarówno z powodów osobistych, jak i zawodowych.

– Nie trzeba – powiedziała Sara, wstając z wysiłkiem z krzesła i odrzucając pomoc zaoferowaną przez męża. – Dobrze wiem, gdzie w tym domu jest wyjście. To te same drzwi, którymi po raz ostatni wyszła stąd moja matka. Ale to już dla ciebie nie ma znaczenia.

Kiedy tylko Sara opuściła dom, Bruno podniósł się, żeby wyjść za nią.

– Pójdę jej poszukać – wyjaśnił zasmucony. – Nie wiem, co do siebie macie. Ona jest tak samo uparta jak ty, tato. Nie chciała wypowiedzieć tych słów, które jej się wyrwały.

Zanim wyszedł z pokoju, zwrócił się do nich obojga:

– Róbcie tę kawę, zaraz wracamy.

Daniel i Zehera siedzieli nieruchomo przy stole. Daniel potarł kark prawą dłonią, próbując uwolnić się od napięcia mięśni wywołanego absurdalną sceną, którą właśnie przeżyli. Dopiero głos Zehery wyrwał go z otępienia.

– To wszystko moja wina. Sara ma rację. To moja wina – powtarzała, szlochając, tak jakby jej ciało miało za chwilę eksplodować. – Jestem jedyną winną w tym wszystkim. Powinnam była to przewidzieć. Powinnam była to wiedzieć.

– Nic nie jest twoją winą. Słyszysz mnie? Nic! – Daniel wstał i podszedł do niej. – Jesteś najmniej ze wszystkich winna temu, co się tu wydarzyło dziś wieczorem. Chciałbym, żebyś powiedziała, że to rozumiesz.

– Gdybym umarła w moim kraju, gdybym tu nie przyjechała, gdybym cię nigdy nie poznała...

– Julia i tak by nie żyła. A ja poszedłbym za nią. Więc proszę cię, przestań się tym zadręczać. Zrób to dla mnie.

W tym momencie do jadalni wszedł Bruno. Wrócił sam, z wyrazem przegranej na twarzy.

– Nie udało się. Nie było sposobu. Jest uparta jak osioł – powiedział, siadając na swoim miejscu przy stole. – Nie chciałem bardziej nalegać, bo bałem się, że wszystko skończy się na ostrym dyżurze. Kiedy się taka robi, najlepiej zostawić ją samą. Przejdzie jej. Znamy ją przecież. – Przyglądał się przez chwilę ojcu i Zeherze. – Przykro mi, naprawdę. Nie chciałem, żeby sprawy tak się potoczyły. Najwyraźniej nie potrafiłem tego dobrze zorganizować. Myślałem, że przy stole wszystko będzie łatwiej wytłumaczyć, ale...

– Nie ma powodu, żebyś się tłumaczył, synu. Wymknęło mi się to z rąk. Powinienem zareagować wcześniej i mądrzej. Ona nie jest niczemu winna.

– Przykro mi, Bruno. Przysięgam ci, że nie zrobiłam nic, żeby do tego doszło. Nie wiem, jak to się stało. – Żal Zehery rozdzierał serce. – Musisz mi uwierzyć.

– Wierzę ci. Wiem, jak było. Nie musisz mi się tłumaczyć. Wiecie... w ostatnich czasach wszyscy byliśmy poddani wielkiej presji. I nikt nie jest winien temu, co się stało. Kochałem mamę do szaleństwa, chyba to wiecie. I kocham ciebie, tato, i kocham Sarę, i Zeherę, która była dla mnie jak starsza siostra. Nikt i nic tego nie zmieni. – Bruno zamilkł na chwilę, wpatrując się w oczy swoich rozmówców. – I jeśli życie albo przeznaczenie, albo jak tam chcecie to nazwać, sprawiło, że wasze drogi się skrzyżowały, ja na pewno nie będę próbował tego zmieniać. Nie potrzebuję wyjaśnień. Nie mam prawa. Mój główny obowiązek, bo tak obiecałem matce i tak mnie nauczyła, to czuwanie nad tym, żeby rodzina się nie rozpadła. I tak będę działał. A Sarą się nie przejmuj, tato. Jestem pewien, że jutro wróci cała we łzach i będzie przepraszać za wszystko, co powiedziała, i będzie cię ściskać jak wtedy, kiedy była dzieckiem.

Ale Sara nie zadzwoniła nazajutrz. Ani nie przyszła. Piętnaście dni później urodziła córkę, której dała na imię Julia. Osobiście zadbała o to, żeby jej ojciec nie poznał wnuczki, i odmówiła wszelkich kontaktów z nim. Była jeszcze zanadto obolała od wszystkich słownych pocisków wystrzelonych podczas ostatniej rodzinnej rozmowy. Czuła się zdradzona, zignorowana, porzucona i obrażona przez człowieka, z którym zawsze łączyły ją specjalne relacje. Tego, który teraz wolał zajmować się obcą kobietą i poświęcał jej całą uwagę. Uważała, że egoizm ojca zniszczył świętą jedność rodziny i ktoś powinien zmusić go, żeby za to zapłacił. Tym kimś miała być ona. Pojęcia takie jak wybaczenie czy żal wyrzuciła z obszaru swej świadomości, choć ta drastyczna decyzja uniemożliwiała jej pełną radość ze szczęśliwego wydarzenia, które właśnie odmieniło jej życie.

Daniel nie chciał jeszcze bardziej komplikować sytuacji i przyjął do wiadomości decyzję córki. Uważał ją za niesprawiedliwą, okrutną, wynikającą z żądzy zemsty, która nie miała nic wspólnego z tym, co od zawsze motywowało rodzinę Castro, ale nie miał innego wyjścia, jak zaakceptować ją – choć rozdzierało go to wewnętrznie. Nigdy nie miał zwyczaju uzewnętrzniania swoich emocji, wolał trzymać je w sobie – zarówno radość, jak i cierpienie; jednakże ten cios przekroczył jego możliwości opierania się. Głęboki ból wywołany zakazem poznania wnuczki zostawił na jego twarzy ślad, którego nie dało się przypudrować. Na nic się zdały prośby Bruna i Eduarda, którzy nie potrafili pojąć, dlaczego zawziętość Sary sięga aż tak głęboko. Na wszystkie możliwe sposoby próbowali ją przekonywać; jej brat zagroził nawet, że przestanie ją odwiedzać, jeśli dalej będzie się tak zachowywać. Ale także ten szantaż nic nie dał: Sara nie chciała słyszeć o ojcu, a tym bardziej nie miała ochoty pozwolić mu, by cieszył się swoją nową rolą dziadka.

W kolejnych tygodniach zachowanie Zehery też uległo istotnym zmianom: była zdenerwowana, zła i roztargniona. Coraz częściej widywało się ją z błędnym wzrokiem, wpadała w długie okresy milczenia, w trakcie których wydawało się, że usiłuje ukryć swoje myśli, bo nie chce, aby ktokolwiek je poznał. Daniel dość szybko zdał sobie sprawę z tych zmian. Na początku myślał, że to okropne spotkanie z rodziną wpłynęło na nią silniej, niż można było przypuszczać, że poczucie własnej winy, które spadło na jej ramiona, waży więcej, niż była w stanie udźwignąć. Oczom Daniela ukazywały się też nieoczekiwanie sygnały innego rodzaju, które mogły posłużyć jako znaki orientacyjne: widząc choćby blask i lśnienie jej zielonych oczu, rozlewające się też na resztę twarzy, powinien zrozumieć, że jest dobry powód do świętowania.

Zehera była w ciąży. Nie miała jeszcze okazji zrobić testu, ale już wiedziała. Dwukrotny brak okresu i zapowiadający się trzeci raz – to było zbyt wiele jak na organizm, który działał z precyzją szwajcarskiego zegarka. Zamierzała wstąpić do apteki i kupić test ciążowy, ale odrzuciła ten pomysł, bo bała się plotek. Wystarczyłoby, żeby ktoś ją podsłuchał albo żeby sama aptekarka rozpuściła język, a w parę minut wieść o jej stanie obiegłaby całe miasto. Jednak informację o tym miała wciąż na końcu języka. Jej brzuch nie powiększył się jak na razie na tyle, żeby wzbudzić podejrzenia, nawet Daniela – i to mimo że co noc spali przytuleni do siebie, a brzuch Zehery stał się ważnym obiektem ich wspólnej fascynacji.

– Daniel, wydaje mi się, że jestem w ciąży. – Te słowa nie były tylko komunikatem: wydawać się mogło, że kryją w sobie tajemnicę jakiegoś magicznego napoju, który wywołał na twarzy jej kochanka radość i ożywienie. – Nie jestem pewna, ale wydaje mi się, że to już dwa miesiące. – Każde słowo stawało się kolejnym krokiem ku pełni szczęścia jej rozmówcy. – Pomyślałam, że może u ciebie w szpitalu dałoby się zrobić badania i uchronić się przed złymi językami, no wiesz…

Szczęśliwa i niespodziewana wiadomość sprawiła, że Danielowi całkiem zabrakło słów. Nie był w stanie wydobyć z siebie żadnego dźwięku, wyartykułować choć jednej sylaby. Wpatrywał się tylko w twarz Zehery z czcią należną komuś świętemu, tak jakby w tej twarzy miał znaleźć odpowiedzi na wszystkie swoje wątpliwości, rozwiązanie wszystkich problemów; tak jakby w jej rysach kryły się klucze zdolne otworzyć wszystkie tajne przejścia we wszechświecie. Kiedy w końcu udało mu się zareagować, porwał przyszłą matkę swojego dziecka w ramiona i ściskał ją tak długo, że wydawało mu się to całym życiem.

Następnego dnia w szpitalu Daniela wszystko było już przygotowane, żeby potwierdzić dobrą nowinę z poprzedniego dnia. Współdziałanie jego dwóch przyjaciół, doktorów Sayansa i Muñoza, dokonało reszty. Ten drugi podjął się zanieść wyniki badań do gabinetu Daniela, gdzie czekali na niego oboje przyszli rodzice z nerwami w strzępach. Muñoz dotarł do nich z poważną miną i zmarszczonymi brwiami.

– Nie wiem, czy jesteście przygotowani na to, co mam wam do powiedzenia.

– Nacho, kurwa, co się dzieje?

– A co to za sposób odzywania się? A ty się ciągle przypieprzasz do mojego słownictwa! Proszę panować nad swoim językiem, doktorze Castro, skoro już nie zdołał pan zapanować nad innymi rzeczami. – Rozbawiona mina lekarza sprawiła, że także jego słuchacze wybuchli nagle śmiechem. – Jesteście w ciąży!

– Syn – powiedział Daniel, ujmując w dłonie twarz Zehery. – Dasz mi syna.

– Ty mi dałeś życie – wyznała. – Rachunki będą wyrównane.

– Gratulacje, miła paro – powiedział doktor Sayans, dołączając do grona przyjaciół. – Trzeba to uczcić.

– Oczywiście. I to nie tracąc ani minuty. – Doktor Muñoz wyjął z bocznych kieszeni spodni, ukrytych pod białym fartuchem, cztery miniaturowe buteleczki. – Podprowadziłem je z najlepszego hotelu w Rosji. Te gówienka kosztują niezły szmal. To kawior wśród wódek, więc żeby nie było kręcenia nosem. Czekałem na dobrą okazję, żeby wznieść nimi toast. Czy można sobie wymarzyć lepszą?

– Tak, tylko błagam – zaczął formułować swoją prośbę Daniel, próbując jednocześnie dopilnować, żeby Zehera nie wlała sobie do ust zawartości buteleczki – niech to się nie stanie od razu plotką, od której będzie huczał cały szpital. Nie chcę, żeby ktoś nam dokuczał, a szczególnie jej. Jeszcze przyjdzie czas, żeby sąsiedzi zademonstrowali oburzenie tą sprawą, która i tak ich nie powinna obchodzić.

· 39 ·

Wraz z upływem czasu wiadomość o ciąży Zehery rozchodziła się po wszystkich zakątkach Pazo do Riba. W końcu miasteczkowa ciężka artyleria rozpoczęła ostrzał zakochanych i ich spodziewanego potomka za pomocą komentarzy, uwag i plotek. Od pewnego czasu Daniel i Zehera unikali bywania w miejscowych lokalach publicznych i w trakcie – coraz zresztą rzadszych – wieczornych wyjść woleli albo błąkać się po sąsiednich miejscowościach, albo szukać schronienia w Orense – najbliższym dużym mieście.

Jeszcze zanim Zehera dowiedziała się o swojej ciąży, drzwi Café Castro zamknęły się na dobre. Powodem był brak klienteli – także tej, która uchodziła za najwierniejszą. Na dobrą sprawę wszyscy odwrócili się plecami do tego lokalu. Ostracyzm wynikał z oburzenia na brak moralności, godnego zachowania i obrazę podstawowych zasad przyzwoitości. Głównym rzecznikiem tych opinii był Pedro El Macho, który zachowywał się tak, jakby uznał prowadzenie kampanii dezawuującej nową parę za zadanie jak najbardziej osobiste. Atmosfera stawała się coraz trudniejsza do wytrzymania, szczególnie dla Zehery, która stała się celem nie tylko spojrzeń, ale i licznych komentarzy, rzucanych na tyle głośno przez niektórych sąsiadów, aby dotarły do uszu przyszłej matki. Ani razu Zehera nie czuła pokusy, aby odwrócić się do tych ludzi, stawić czoło miotanym przez nich obelgom, wartościującym sądom czy wykluczającym ją ze społeczności opiniom i odpowiedzieć na nie tak, jak na to zasługiwały. A jeśli nawet czasem ją to korciło, powstrzymywała się, myśląc o szczęściu, które towarzyszyło jej obecnie w życiu. Po raz pierwszy w swej, dotychczas pełnej traumatycznych wydarzeń egzystencji miała wszystko, co było jej potrzebne, żeby czuć się w pełni szczęśliwa. I ani sądy wydawane przez mieszkańców miasteczka, ani ich myśli – choćby najbardziej kategoryczne – nie były w stanie tego zniszczyć. Wiedziała dobrze, do czego może prowadzić fanatyzm. Przeżywała niedawno osiągniętą dojrzałość i nie miała ochoty, żeby czyjaś ideologia albo złość zniszczyła to, co stało się jej udziałem.

Nie miała ochoty, żeby zmuszano ją do udziału w wojnie, ale nie zamierzała też dać się poniżać przez zdeklarowaną i niesprawiedliwą wrogość. Jednakże wyzwiska czy szepty, które towarzyszyły w miejscach publicznych jej sylwetce z coraz wydatniejszym brzuchem, przybierały dla niej formę ciężkich kamieni; w swoich wyobrażeniach widziała, jak trafiają ją w głowę.

Kiedy dobiegał końca szósty miesiąc ciąży, Daniel podjął decyzję, którą od pewnego czasu rozważał. Nie był to krok łatwy ani prosty, ale stanowił najbardziej logiczne i realne wyjście z idiotycznej sytuacji, w jakiej oboje się znaleźli. Oznaczał wielką życiową zmianę, niewolną od pewnych niebezpieczeństw, ale chyba warto było spróbować. Daniel nie chciał dopuścić do tego, żeby Zehera więdła stopniowo zamknięta w domu, odmawiając sobie wody i światła, które mogło jej dać otoczenie. Nie chciał jej skazywać na wymuszone więzienie, na niesprawiedliwe i niezasłużone życie w ukryciu. Żadne z nich dwojga nie miało powodu taić tego, co narodziło się między nimi, ani tym bardziej tego, co miało nadejść za mniej więcej trzy miesiące.

Na dodatek wciąż zerowe relacje z Sarą i coraz bardziej zrozumiałe dystansowanie się Bruna – jedynego, który publicznie wyraził radość z powodu oczekiwanego pojawienia się nowego członka rodziny – także sprzyjały rozwianiu ewentualnych wątpliwości wynikających z raczej ostatecznego charakteru pomysłu Daniela. Był pewien, że Zehera zrozumie to i z czasem będzie mu nawet wdzięczna.

– A co byś powiedziała, gdybyśmy zamieszkali w Argentynie? – spytał, układając poduszki sofy tak, żeby Zeherze było wygodniej.

– W Argentynie? – nie rozumiała sensu tego pytania. – I co tam będziemy robić?

– To samo co tutaj. Kochać się, całować, opiekować się sobą i budować rodzinę. Żyć, ale spokojnie, z dala od gniazda os, które powstało w naszym ogrodzie – powiedział, opatrując ostatnie zdanie porozumiewawczą miną i odnosząc je najwyraźniej do niekończących się plotek, od których huczało miasto.

Przyszła matka zastanowiła się nad wyjaśnieniem, które właśnie usłyszała. Po jej twarzy można było sądzić, że nie przyjmuje go za swoje.

– Ale to by wyglądało na ucieczkę. – Spuściła na chwilę oczy, bo różne epizody z przeszłości zaczęły mącić jej wzrok. – A ja nie chcę znów uciekać. Nie zrobiłam nic złego, żebym miała opuszczać to miejsce.

– Czasem nie trzeba nic robić, żeby poczuć potrzebę zmiany powietrza. Nie traktuj tego jako ucieczki. To raczej krok do przodu. Z takich rzeczy składa się życie, prawda? Ty już postawiłaś wiele takich kroków. Myślę, że teraz jest pora, byśmy zrobili jeszcze jeden, ale razem. Jeśli nie chcesz, możemy o tym zapomnieć. Jedyne, na czym mi zależy, to być z tobą, reszta jest obojętna. Pomyśl. Mamy czas.

· 40 ·

Buenos Aires pachniało wolnością.

Był to zapach ożywczy, dodający energii, zniewalający. Poczuła go w chwili, gdy stewardesa odsunęła ciężkie drzwi samolotu i delikatną twarz Zehery pogłaskało powietrze argentyńskiej stolicy. Odetchnęła głęboko i świeżość wypełniła jej płuca, eksplodując w niej i pobudzając zmysły. Wiedziała, że ten sam powitalny zastrzyk tlenu dotarł też do jej wydatnego brzucha. Zanim samolot wylądował, postanowiła odświeżyć czerwony kolor na wargach. Chciała, żeby wyglądały idealnie, żeby lśniły nieskazitelnym blaskiem. Wiedziała, że nie jest to gest kobiecej kokieterii. To było coś więcej. Chodziło o rozpoczęcie pod dobrym znakiem nowej przygody, na którą się zdecydowała. Chciała powitać najlepszym ze swoich uśmiechów nowe życie, które na nią czekało. Był to gest pewności siebie, który w jej przypadku zawsze dobrze działał. Gdyby Suhra mogła jej się przyjrzeć, wiedziałaby, że młodsza siostra nauczyła się tego, co miała zadane, i wie, jak tę wiedzę zastosować w praktyce.

W pierwszych dniach ledwo starczało jej czasu, żeby spacerować po ulicach miasta i odkrywać skarby, tajemnice i szczególną, magiczną aurę, która otaczała place, parki, kawiarnie, a przede wszystkim ludzi Buenos Aires. Daniel zarządził jeszcze z Hiszpanii, żeby wszystko było gotowe na ich przyjazd. Chciał jak najszybciej zacząć pracę w szpitalu, który uważany był za najlepszy w argentyńskiej stolicy, ale przestronny i luksusowy strych, który przekształcił się w ich nową rezydencję, wymagał jeszcze poprawek. Zajmowała się tym Zehera, w czasie gdy Daniel szedł do szpitala, by zorientować się w swoich nowych obowiązkach – i przy okazji odebrać kolejne podziękowania od dyrekcji, która była zachwycona, że zechciał w końcu zaakceptować propozycję, którą przez wiele lat odrzucał ze względu na sytuację rodzinną. W ekskluzywnej i współcześnie zaaranżowanej rezydencji niczego nie brakowało. Ktokolwiek zajmował się urządzaniem nowego mieszkania dla państwa Castro, dał przykładowy popis wykwintnego smaku. Wszystkie pokoje były przestronne: od salonu aż do kuchni poprzez jadalnię i wielką małżeńską sypialnię, która dzięki niedawno przeprowadzonym pracom remontowym łączyła się z nieco mniejszym pokojem o ścianach utrzymanych w tonacjach pastelowych i udekorowanym ślicznymi detalami, skompletowanymi z myślą o mającym się niebawem pojawić dziecku. Jasne światło wpadało przez okna wychodzące na wszystkie strony świata i dawało efekt zwielokrotnienia rozmiarów mieszkania, które i tak było spore, wydobywając jednocześnie urodę wnętrz. Bajeczna weranda, będąca przedłużeniem salonu, pozwalała podziwiać wspaniałą panoramę miasta. Za każdym razem, kiedy Zehera się budziła, znajdowała coraz więcej powodów, żeby traktować Buenos Aires jako swój prawdziwy dom.

Taka oto miała być wspaniała sceneria nowego życia z Danielem i jego dzieckiem. Podobała jej się.

Przez miesiąc od przybycia do Buenos Aires Zehera nie zdołała jeszcze ani razu wykraść paru godzin ze swej codziennej domowej rutyny, żeby poznać szpital, w którym pracował Daniel i w którym ona miała rodzić – wedle wszelkich rachunków już w najbliższych dniach. To Daniel przekonał ją wreszcie pewnego ranka, żeby mu towarzyszyła i poznała zespół, który miał udzielić jej wsparcia w trakcie porodu. Powitanie było ciepłe i serdeczne – jak wszystkie od chwili jej przybycia do tego kraju. Uspokoiła się, kiedy powiedziano jej, że ciąża przebiega prawidłowo, tak samo zresztą jak przez cały czas, włącznie z trzema pierwszymi miesiącami, kiedy Zehera nawet nie zauważyła u siebie typowych niedogodności, takich jak wymioty, zgaga czy częste parcia na mocz, męczące większość ciężarnych kobiet. Prawie idealna ciąża Zehery nie wymagała żadnych dodatkowych starań i w ciągu piętnastu dni powinna się zakończyć.

Wreszcie zdoła zobaczyć tę śliczną, maleńką twarzyczkę. Marzyła o tej chwili co noc, kiedy zamykała oczy i wyciągała się na łóżku przytulona do Daniela. Kłamała, mówiąc, że to przede wszystkim on chciał, aby urodziła im się dziewczynka. Ona sama nie posiadała się z radości, a jej szczęście było nagrodą za cierpienia niedawnej przeszłości.

Kiedy skończyło się oprowadzanie po ogromnym, nowoczesnym szpitalu, okazało się, że Daniel musi poświęcić jeszcze kilkanaście minut na jakieś biurokratyczne obowiązki.

– Jeśli chcesz, możesz zaczekać na mnie w kawiarni, która jest dokładnie naprzeciwko szpitala – zaproponował Zeherze, wiedząc, że na pewno będzie jej przyjemniej czekać przy stoliku w lokalu z pięknym widokiem. – Widzieliśmy ją, kiedy wchodziliśmy. Wiesz, o której mówię? Ja zaraz tam dojdę i wypiję z tobą mrożoną herbatę. Albo jeszcze lepiej: zamów mi *yerba mate*[19], muszę się przecież przyzwyczajać do najlepszych rzeczy, jakie oferuje ten kraj.

– Dobrze. Tylko się nie spóźniaj, jak to zwykle ty. Nie chce mi się iść samej do domu – ostrzegła go, marszcząc lekko brwi i chętnie przyjmując pocałunek, który złożył na jej wargach.

Nie miała problemów ze znalezieniem wolnego stolika. Nie była to jeszcze pora lunchu, kiedy wypatrzenie jakiegoś miejsca w tym modnym i eleganckim lokalu możliwe było tylko za wstawiennictwem sił nadprzyrodzonych. El Café. Tak głosił napis wiszący pod sufitem. Maszyneria, która działała w jej mózgu, natychmiast podrzuciła jej obraz Café Andrić i Café Castro. Te wspomnienia nie pogrążyły jej jednak w smutku ani nie zakłóciły spokoju. „Poznałam tyle kawiarni, że nie rozumiem, dlaczego nigdy jeszcze nie uległam pokusie. Ten aromat świeżo palonego ziarna…”.

[19] Napar z suszonych liści i gałązek ostrokrzewu paragwajskiego, popularny w wielu krajach Ameryki Południowej.

Ale przecież było jasne dlaczego. Wiedziała to doskonale, aż nadto dobrze znała źródło tej odrazy. Fakt, że jej umysł zadawał to retoryczne pytanie, wzmocnił ją, gdyż pozwalał na wniosek, że wreszcie – po tak długim czasie starań – jej przeszłość zajęła miejsce, na które zasługiwała. Nie miała już wątpliwego przywileju występowania w jej życiu w roli głównej; teraźniejszość wywalczyła sobie należne miejsce za pomocą swych własnych zalet.

Usiadła przy stoliku usytuowanym niemal przy wejściu do kawiarni, poprosiła o mrożoną herbatę i nie zapomniała o zamówieniu, o którym wspomniał Daniel. Kiedy po chwili kelner opróżniał zawartość tacy, rozstawiając wszystko ze zręcznością świadczącą o doświadczeniu, Zehera podziwiała piękno poranka pełnego słońca i ciepła. Wszystko ją fascynowało. Wszystko przyciągało uwagę: samochody, pospieszny ruch przechodniów, elegancja prezentowana przez argentyńskie kobiety, młodzież przemieszczająca się na rowerach – ku rozpaczy kierowców aut – albo sprzedawca gazet, wykrzykujący hasła mające zainteresować ludzi jego towarem. Życie miasta toczyło się na jej oczach jak fragmenty filmu nakręconego tylko dla niej. Uraczyła się dwoma głębokimi wdechami i upiła kilka łyków odświeżającego napoju.

Potem zmieniła obiekt zainteresowania i zaczęła się przyglądać ludziom, którzy zajmowali cztery stoliki w kawiarnianym ogródku. Przy jednym ze stołów rozpoznała piątkę studentów medycyny, dumnych ze swych białych fartuchów, ale jednocześnie zdenerwowanych i zaniepokojonych: szukali czegoś w grubych podręcznikach, które otwierali i zamykali z desperacją świadczącą o zbliżaniu się terminu jakiegoś testu czy egzaminu. Grupa składała się z dwóch chłopaków i trzech dziewczyn; te ostatnie zachowywały się spokojniej niż ich koledzy i zdradzały szczególne zainteresowanie własnymi włosami. Przy sąsiednim stoliku siedziało małżeństwo w średnim wieku. Wyglądali, jakby nie wiedzieli, co to znaczy życie upływające na walce o byt. Schowali się za wielkimi stronami rozłożonych gazet, które nie miały chyba za zadanie dostarczać im informacji ze świata, tylko stanowiły coś w rodzaju rozdzielającego ich wału ochronnego. (W istocie od chwili gdy Zehera zajęła miejsce w El Café, ani razu nie zdradzili się z jakimkolwiek zamiarem wdania się w rozmowę. Każde z nich mogłoby wstać i wyjść, a drugie nie zwróciłoby na to najmniejszej uwagi.) Kolejny stolik zajmował młody, zadbany mężczyzna, ubrany w elegancki garnitur, z nażelowanymi włosami, chroniący się za maleńkimi okularami, które podlegały jakiemuś dziwnemu przyciąganiu przez ekran komputera: mężczyzna nie odwracał od niego wzroku choćby po to, żeby skosztować kawy, którą kelner postawił przy nim jakiś czas temu; para unosząca się nad filiżanką stawała się coraz mniej gęsta, aż w końcu całkiem zniknęła. Zeherę fascynowała szybkość i zręczność, z jaką ten młody człowiek przebierał palcami po białej klawiaturze laptopa, nie spoglądając na nią ani razu.

Rozbawiło ją odkrycie, że jej podziw znalazł swoje lustrzane odbicie w jeszcze innych oczach: mała dziewczynka patrzyła jak zahipnotyzowana na niezwykłą prędkość, z jaką palce mężczyzny biegały po niewielkich klawiszach. Zehera uśmiechnęła się, obserwując zdumienie na twarzy dziewczynki. Miała nie więcej niż cztery czy pięć lat. Była ślicznym dzieckiem, z pulchnymi, różowymi policzkami, na których zauważyć można było piegi, podkreślające jeszcze żywość twarzy. Dziewczynka miała czarne włosy, gęste i lśniące, zebrane w dwa kucyki po dwóch stronach głowy. Wielkie czarne oczy zajmowały pół twarzy i intensywnie wpatrywały się w ruchy właściciela komputera. Ujęta tym widokiem Zehera położyła rękę na swym wydatnym brzuchu i pogłaskała go czule, tak jak to robiła od czasu, kiedy doktor Muñoz przekazał jej dobrą nowinę.

Wytrwałość dziecka przykuła uwagę ojca małej, który siedział przy innym stoliku i czytał z zainteresowaniem gazetę. Powiedział do córki coś, czego Zehera nie usłyszała wyraźnie, ale co chyba było delikatną reprymendą, że należy temu panu pozwolić spokojnie pracować. Dziewczynka szybko podbiegła do stolika taty i usiadła mu na kolanach. Mógł się już pożegnać z dalszą lekturą prasy. Zehera mu się przyjrzała. Był to mężczyzna korpulentny, o szerokich plecach i dużej głowie. Uwagę przyciągał widoczny ponad kołnierzykiem koszuli szeroki kark, na którym bujne włosy układały się w literę V. Ubrany był na sportowo: dżinsy, biała koszula z rękawami podwiniętymi do łokci i ogromne, czarne buty, które zupełnie nie miały uzasadnienia. „Przy tej temperaturze musi się piec w takich butach". Zehera nie wiedziała czemu, ale jej ciało zaczęło odczuwać takie samo gorąco, jak gdyby miała na nogach podobne buty. Była przyzwyczajona do ataków gorąca, właściwie jedynej niedogodności, jakiej doświadczała w trakcie ciąży, ale tym razem to uczucie dotyczyło także jej żołądka, co wydawało się dziwne.

Odstawiła do połowy opróżnioną szklankę z mrożoną herbatą i pomyślała, że ta nagła niedyspozycja musi mieć coś wspólnego z tym napojem. Dotknęła dłonią czoła i stwierdziła, że pokryte jest cienką warstwą zimnego potu. Starła ją serwetką. Przy okazji przeciągnęła nią także po szyi i dekolcie, równie wilgotnych. Ponieważ wciąż nie poczuła ulgi, włożyła palce do szklanki z herbatą, wyjęła kilka kostek lodu, które tam jeszcze pływały, i przytknęła je do szyi. Poczuła się trochę lepiej. Niemniej wciąż dręczył ją niepokój, choć nie wiedziała dlaczego. Uświadomiła sobie, że nagle, bez uprzedzenia i bez proszenia o pozwolenie, jakiś lęk usadowił się w jej gardle, w żołądku, w jelitach. Poczuła zbliżające się duszności, którym chciała zapobiec, głęboko oddychając.

Wydawało jej się, że opanowała już sytuację, kiedy znów spojrzały na nią duże czarne oczy dziewczynki: mała przyglądała się Zeherze, jakby ją znała, jakby badała jej poszczególne rysy z niezmąconym spokojem w spojrzeniu, ani jednym mrugnięciem powiek nie przerywając tej inspekcji. Pamięć podsunęła Zeherze obraz Teresy Aliny. Kiedy czuła już, że za chwilę wybuchnie zduszonym płaczem, dziewczynka uśmiechnęła się do niej. Jej śliczne policzki uniosły się w górę i pojawiły się w nich dziecięce dołeczki, które poprawiły humor Zeherze. Odwzajemniła uśmiech, a dziewczynka nadal trwała z tym samym sympatycznym wyrazem buzi. W końcu ojciec małej odwrócił spojrzenie w jej stronę, a potem w stronę osoby, do której jego córka stroiła miny. Zehera zobaczyła mężczyznę tylko z profilu.

– Nie przeszkadzaj pani – powiedział z dość silnym akcentem.

W tym momencie rozległ się głośny dzwonek telefonu i Zehera nie odpowiedziała mężczyźnie – jak planowała – że dziewczynka wcale jej nie przeszkadza. Na małym, rozświetlonym ekranie zobaczyła numer Daniela.

– Gdzie jesteś, kochanie? – Usłyszała głos człowieka szczęśliwego, nieprzejmującego się kłopotami i cieszącego się nowym biegiem własnego życia. – Siedzisz jeszcze w kawiarni? Idę w tamtym kierunku, ale cię nie widzę.

– Jestem prawie na końcu ogródka. – Zehera raz jeszcze spojrzała na mężczyznę, który wziął dziewczynkę na ręce, i pomyślała, że to będzie punkt orientacyjny. – Zaraz przed panem w białej koszuli, z dzieckiem na rękach. Widzisz mnie? – spytała, ufając, że dzięki tym nowym instrukcjom będzie mu łatwiej ją dostrzec.

– A, tak. Teraz cię widzę. Dobrze się schowałaś.

Odszukała go spojrzeniem i zauważyła sylwetkę Daniela na środku przejścia dla pieszych, tuż obok El Café. Na jej twarzy wykwitł szeroki, kolorowy uśmiech.

– Przychodzę po ciebie, bo musimy iść – powiedział, gdy ją pocałował i bardziej z obowiązku niż dla rzeczywistej przyjemności upił łyk *mate* czekającej na niego od kilku minut na stoliku. – W końcu zadzwonili ci od telewizora plazmowego i powiedzieli, że zaraz przyjadą go instalować razem z zestawem kina domowego. Są o pół godziny drogi od naszego domu. Jeśli zaraz się ruszymy, za godzinę wszystko będziemy mieli podłączone. Obawiam się, że po południu będę musiał jeszcze wpaść do szpitala. Nieoczekiwana praca. Ale spokojnie, nie zajmie mi to dużo czasu.

Daniel zostawił na stoliku kilka monet jako zapłatę za zamówione napoje i oboje wyszli z kawiarni. Zehera pożegnała się z dziewczynką o dużych oczach, wymieniając z nią uśmiech. Przez kilka sekund widziała przy tym twarz jej ojca, który skończył czytać gazetę i – bawiąc się z córką – założył okulary słoneczne. Miała wrażenie, że mężczyzna przyglądał jej się przez chwilę przez przyciemnione szkła. Było to dziwne uczucie, jakby wyrwane z jakiegoś snu. Jakby na jedną krótką chwilę zatrzymał się czas. Znów zaskoczył ją nagły atak złego samopoczucia, dziwne kłucie w brzuchu zamieniające się po chwili w przypływ niekontrolowanego niepokoju. Po raz kolejny naszła ją duszność połączona ze zgagą; te dolegliwości spadły na nią jak ponure widma, będące zwiastunami czegoś, co dopiero ma się zdarzyć.

– Dobrze się czujesz? – Pytanie Daniela wyrwało ją z tej dziwnej pajęczyny oplatającej zmysły i odrywającej od rzeczywistości. – Coś nie w porządku? Z tobą, z dzieckiem?

– Nie, nie, wszystko w porządku. To tylko gorąco. – Próbowała znaleźć jakąś odpowiedź, którą chciała uspokoić bardziej siebie niż jego. Chodźmy do domu.

Wszystkie prace zostały zakończone i w ciągu mniej niż dwudziestu minut imponujący zestaw audiowizualny został przygotowany do działania. Daniel był w świetnym nastroju i nawet nie próbował ukrywać niemal dziecięcej euforii, w którą wprawił go widok wszystkich rozstawionych wkoło nowych urządzeń. Wreszcie miał swój wymarzony sprzęt audio i wideo, który pozwalał na korzystanie – we własnym salonie – z dobrodziejstw najróżniejszych współczesnych technologii.

Obserwowanie go w stanie takiego ożywienia, charakterystycznego dla dziecka, które staje przed wielkim pudłem kryjącym prezent, sprawiało Zeherze wielką radość. Szykowała się, żeby wykorzystać przy tej okazji cały zapas żartów i dowcipów, które miała w głowie. Kończyła rozkładać talerze na stole i chciała się jeszcze upewnić, czy sztućce są na właściwych miejscach. Wtedy zadzwonił telefon Daniela.

– Zostawić ci wiadomości? – spytał, wskazując kanał, który uruchomił się po włączeniu telewizora, a jednocześnie szukając telefonu, żeby odebrać. – Zaraz się zaczną. – W końcu znalazł komórkę. – Tak, słucham... Tak, to ja.

W czasie gdy Daniel rozmawiał, postanowiła doprawić sałatę sosem dokładnie tak, jak ją uczył. Ta czynność przynosiła jej radość. Czuła, jakby zanurzała się w jakimś dobrze wyuczonym i magicznym rytuale, którym cieszyła się, korzystając ze wspomnień. Jej wyobraźnia błądziła w jakichś dalekich rejonach, niewątpliwie bardzo przyjemnych, gdy nagle jej zielone oczy przykuło coś, co zobaczyła na nowiutkim ekranie plazmowego telewizora. Pojawił się na nim obraz ogródka kawiarni El Café, w którym była mniej więcej przed godziną. W paru ujęciach pokazano, jak kilka grup policjantów otacza lokal i wyprowadza skutego kajdankami mężczyznę, który został umieszczony w radiowozie, jeden z policjantów zaś trzymał na rękach dziecko, które nie przestawało płakać. Twarz Zehery była jak zamrożona, wszystkie jej mięśnie stężały. Rozpoznała na ekranie dziewczynkę o wielkich czarnych oczach, z którą wymieniła w tym lokalu kilka uśmiechów.

– Mój Boże, ale co się stało?

Wyjęła dłonie z miski z sałatą, którą zamierzała doprawić, i próbowała je osuszyć ścierką. Jednocześnie rozglądała się za pilotem od telewizora, żeby zwiększyć głośność.

– Gdzie on jest? Gdzie on go położył?

Ekran telewizora wciąż emitował obrazy, których znaczenia nie była w stanie zrozumieć, nie słysząc komentarza. Wreszcie szczęśliwie znalazła pilota i odszukała na nim guzik do pogłaśniania. Głos spikera i słowa pokazywanej na ekranie kobiety z długimi siwymi włosami – według towarzyszącego jej podpisu była to Carla del Ponte, prokuratorka Międzynarodowego Trybunału Karnego do osądzenia zbrodni wojennych w dawnej Jugosławii – przyspieszyły jej puls i sprawiły, że serce zaczęło mocniej bić.

– *Nie mamy pojęcia, gdzie przebywał. Kiedy jakiś przestępca wyjeżdża ze swojego kraju, zwykle trudno jest go zlokalizować. Dlatego trzeba szukać wytrwale, bo wcześniej czy później zbrodniarz popełnia błąd. Sasza Ludonović zadzwonił do swojej żony, przebywającej w Bośni, i dzięki temu mogliśmy złapać trop. To samo zdarzyło się w przypadku chorwackiego zbrodniarza wojennego Ante Gotoviny, który też zadzwonił tylko jeden raz z Wysp Kanaryjskich. Wystarczyło, żeby go namierzyć. Jest więc ogromnie ważne, żeby w sposób ciągły śledzić rodziny i przyjaciół zbrodniarzy, gdyż dzięki temu można trafić do osób poszukiwanych.*

Z gardła Zehery wydobył się niepokojący jęk, a jednocześnie ultranowoczesny pilot od telewizora roztrzaskał się na podłodze na kawałki. Zamieszanie sprawiło, że Daniel zapomniał o telefonie i natychmiast do niej podbiegł. Głos spikera nadal coś mówił na tle obrazów miasta i wojny, które Zeherze wydały się dobrze znane. Zamrożony na ekranie wizerunek Saszy Ludonovicia w mundurze czetnika, z charakterystyczną czapką z czarnej skóry – a więc w stroju, w którym i ona go zapamiętała – sprawił, że złapała się rękami za swój ogromny brzuch. Poczuła silne ukłucie, jakby ostrym nożem próbowano zrobić w nim nacięcie od środka. W tej samej chwili zauważyła, że gęsty i ciepły płyn ścieka jej po nogach. Jednak nadal słuchała, z trudem łapiąc oddech i ciężko dysząc.

– *Sasza Ludonović został zatrzymany dziś rano, w towarzystwie czteroletniej córki, w kawiarni w centrum Buenos Aires, gdzie zamierzał spotkać się z żoną, niedawno przybyłą z Bośni. Zatrzymany nie stawiał żadnego oporu, został przewieziony do najpilniej strzeżonego argentyńskiego więzienia w Ezeiza. Ludonović uważany jest za jednego z najkrwawszych zbrodniarzy wojennych w dawnej Jugosławii, za winnego ludobójstwa. Obok Radovana Karadżicia i Ratko Mladicia stał się symbolem osławionych czystek etnicznych, których ofiarą padali muzułmanie. Oskarża się go, że własnoręcznie zabił, zastrzelił, spalił, utopił lub śmiertelnie pobił ponad dwieście osób – wyłącznie z powodu ich narodowości lub religii. Podczas wojny w Bośni Sasza Ludonović stworzył paramilitarną grupę o nazwie Białe Orły i dowodził nią, siejąc terror, rozpacz i śmierć w dawnej Jugosławii, a szczególnie w niewielkim mieście w Bośni i Hercegowinie – Wiszegradzie.*

– Co się dzieje? Co ci się stało? – pytał Daniel. Był bezsilny wobec faktu, że jedynym wyjaśnieniem, jakiego mu udzieliła, były łzy płynące z jej zielonych oczu wpatrzonych w ekran telewizora. Po krótkiej chwili zorientował się, co się dzieje. – To on, prawda? To ten człowiek, który to zrobił…

Nie musiał zadawać więcej pytań, żeby mieć pewność: to właśnie ten człowiek skazał ją na śmierć za życia. Nie było czasu na dalsze wyjaśnienia. Jeden rzut oka wystarczył, żeby Daniel zrozumiał, jak krytyczna jest sytuacja: pod nogami ciężarnej zbierała się wciąż rosnąca kałuża białawego płynu z widocznymi śladami krwi. Wziął Zeherę na ręce, wsadził do samochodu i popędził z maksymalną prędkością ulicami Buenos Aires. Dojechali do szpitala. Trwało to tylko pięć minut, ale przecież cała wieczność daje się czasem sprowadzić do marnej sekundy.

– Bądź spokojna. Nie zostawię cię ani na chwilę. Kocham cię.

A więc znów spełnił swą obietnicę.

EPILOG

To był szybki poród, bez komplikacji większych niż symptomy szczególnego zdenerwowania zauważalne u położnicy. Nikt z personelu medycznego obecnego w izbie porodowej nie znał powodów tego zdenerwowania. Poza Danielem.

Dziecko ważyło trzy kilogramy i osiemset pięćdziesiąt gramów, mierzyło pięćdziesiąt cztery centymetry. Był to śliczny, zdrowy bobas z wielkimi, różowymi plackami na policzkach, delikatnymi blond włoskami na główce i wyraźnym uśmiechem na buzi. Wbrew wszelkim prognozom medycznym noworodek od pierwszego dnia pokazał całemu światu, że ma oczy koloru szmaragdowego, stanowiące dumne dziedzictwo jego matki. Pierwszą, która w te oczy spojrzała, była Zehera, próbująca umieścić pierś między maleńkimi, naturalnie zaróżowionymi wargami noworodka.

– Rosa. Będziesz miała na imię Rosa. I obiecuję ci, że będziesz się uśmiechać do świata przez całe swoje życie.

Siedzący w nogach szpitalnego łóżka Daniel wpatrywał się jak urzeczony w ten obraz macierzyństwa, który roztaczał się przed jego oczami. Obezwładniał go i przyprawiał o dziwne, niepokojące uczucie. Wiedział, że jest jedynym, uprzywilejowanym widzem, któremu dane jest obserwować ten spektakl – najwspanialszy, jaki może zaoferować życie. Przez całą wieczność – bo tyle trwał ten moment – nie mógł oderwać oczu od Zehery i małej Rosy. Jego dwie róże właśnie przed nim zakwitły.

Był najszczęśliwszym człowiekiem na świecie.

Spis treści